W0208903

ROBIN G. HUNTER

Im Namen des Ordens –
Der magische Foliant

Weitere Titel aus der Reihe

IM NAMEN DES ORDENS

1: Die Asche des Lazarus
2: Der magische Foliant
3: Das Gift des Alchemisten

Robin G. Hunter
Hinter dem Pseudonym Robin G. Hunter steckt ein von Diana Itterheim angeführtes Autoren-Team, darunter Lara Lorenz, Ann-Kathrin Karschnick, Daniela Pusch und Sandra Grauer. Ausführlichere Biografien der Autorinnen am Ende des Buches.

ROBIN G. HUNTER

IM NAMEN DES ORDENS

DER MAGISCHE FOLIANT

ROMAN

Nach einer AUDIBLE-Original-Produktion

Lübbe

Die Bastei Lübbe AG verfolgt eine nachhaltige Buchproduktion. Wir verwenden Papiere aus nachhaltiger Forstwirtschaft und verzichten darauf, Bücher einzeln in Folie zu verpacken. Wir stellen unsere Bücher in Deutschland und Europa (EU) her und arbeiten mit den Druckereien kontinuierlich an einer positiven Ökobilanz.

MIX
Papier | Fördert gute Waldnutzung
FSC® C014496

Copyright © 2022 by Robin G. Hunter
Published by arrangement with Audible GmbH, Berlin

Original Printausgabe:
Copyright © 2023 by
Bastei Lübbe AG, Schanzenstraße 6–20, 51063 Köln

Umschlaggestaltung: Thomas Krämer
Umschlagmotiv: Thomas Krämer unter Verwendung eines Designs von denisholzmueller.de
Satz: GGP Media GmbH, Pößneck
Gesetzt aus der Adobe Garamond
Druck und Verarbeitung: GGP Media GmbH, Pößneck

Printed in Germany
ISBN 978-3-404-20984-2

2 4 5 3 1

Sie finden uns im Internet unter luebbe.de
Bitte beachten Sie auch: lesejury.de

FOLGE

1

KAPITEL 1

Caleb

Der Alarm ist durchdringend, und wie immer bin ich schlagartig wach: ein neuer Fall, am frühen Morgen.

Das alte Leder der Couch knarzt, als ich mich hinsetze und mir müde durch die Haare fahre. Es ist dunkel draußen, und ein Blick auf mein Handy zeigt mir, dass ich kaum länger als eine Stunde geschlafen habe.

Nach Zacs Tod und meiner erfolgreichen Vernichtung der Banshee habe ich meinen alten Posten als Erster Tatortermittler zurückerhalten. Nichts könnte mir weniger bedeuten.

Meine Gedanken wandern zu Zac. Er hat den Alarm nie gehört und zu seiner kleinen Wecker-Armada immer ein Wachrütteln benötigt, wenn er so früh rausmusste. Die Erinnerung an ihn lässt alles, was mit mir passiert ist, unbedeutend erscheinen.

Ohne Licht anzumachen, ziehe ich mich an und versuche, die dunklen Gedanken abzuschütteln. Noch einmal verliere ich kein Teammitglied!

Ich schnappe mein Katana und die Beretta, werfe die Tür hinter mir zu und eile ins Erdgeschoss. Noah und Mike waren schneller und warten schon auf mich.

»Wo ist Isabella?«, frage ich.

Mike deutet zur Ausgangstür, aber eigentlich kenne ich die Antwort schon. Zacs ›Ersatz‹ ist überpünktlich und sehr qualifiziert, zudem ist Isabella Montrose die Tochter eines der besten Freunde meines Vaters. Sie hat in Edinburgh vor einigen Wochen ihre Ausbildung bestanden – und zwar als Jahrgangsbeste. Allerdings ist sie dann nicht nach Frankreich gegangen, wie ich angenommen hatte, sondern hat sich hier, in London, im Orden beworben.

Mike grinst. »Deine Schwägerin ist das Auto holen.«

Dass ich meiner Familie trotz meiner untypischen Berufswahl nicht entkommen kann, trägt zur Belustigung meines Teams bei. Selbst Sir Henry hat vor Isabellas Ernennung mit mir Rücksprache gehalten. Er wollte wissen, ob es für mich ein Problem wäre, wenn er sie meinem Team zuweisen würde.

Was hätte ich da sagen sollen? Etwa: *Ich will nicht mit jemand arbeiten, der bald meinen Bruder heiratet und mich von Kindesbeinen an kennt?*

Nein, das war kein Satz, den ich dem Ordensführer hätte präsentieren können. Nicht, wenn ich meinen Job behalten will.

»Noch ist sie nicht meine Schwägerin. Sie ist nur mit Adam verlobt. Gebt mir einen Moment und wartet im Auto.« Meine Aufforderung klingt schroff, das fällt selbst mir auf.

Gemeinsam treten Noah und Mike vor den Vigilantentrakt, wo gerade Isabella mit dem Van vorfährt, während ich zum diensthabenden Einsatzleiter laufe. Als ich die Adresse höre, zu der wir fahren müssen, wird mir klar, wie wichtig dieser Einsatz ist, und eile zum Auto.

Noah und Mike sitzen bereits auf ihren Plätzen im Fond. Ich hätte es vorgezogen, wenn einer der beiden den Fahrdienst übernommen hätte, aber Isabella kennt London wie ihre Westentasche. Immerhin ist sie hier aufgewachsen.

Ich nehme auf dem Beifahrersitz Platz und begrüße sie mit einem: »Guten Morgen, Isa. Zur Downing Street, bitte.«

Wenn die Adresse für Isa eine Überraschung ist, lässt sie es sich nicht anmerken. Noah und Mike jedoch atmen hörbar ein. Isa nickt nur und fährt los, sehr kontrolliert. Nicht wie Zac, bei dem der Kies der Auffahrt manchmal bis gegen die Hauswand geschleudert wurde. Ich unterdrücke den Schmerz bei dem Gedanken an ihn und konzentriere mich auf das Hier und Jetzt.

»Ein Überfall, wir wissen noch nichts Genaues. Jeremy Meyer, ein altgedientes Mitglied des Ordens und unser Kontakt beim

Sicherheitsdienst des Premierministers, wird uns vor Ort einweisen. Ich erwarte höchste Professionalität!«

Alle nicken schweigend.

»Soll ich einen Illusionszauber wirken oder können wir den Van schwarz lassen?« Noahs Frage ist berechtigt, und ich schüttele den Kopf.

»Nein, keinen Illusionszauber, schwarz genügt. Aber gib dem Wagen ein Scotland-Yard-Nummernschild.«

Ich spüre, wie Noah den kleinen, aber nicht unwichtigen Zauber wirkt, kurz bevor wir das Ordensgelände verlassen, und werfe Isabella einen Seitenblick zu. Jetzt sitzt kein rothaariger Hüne mehr am Steuer, sondern eine blonde, schlanke Frau mit dezent rosa manikürten Fingernägeln, deren gepflegte Hände das Lenkrad sicher umfassen und sehr zivilisiert den Wagen durch die noch dunklen Straßen lenken.

Nach Small Talk steht mir nicht der Sinn, der Ort, zu dem wir fahren, ist ehrfurchtgebietend. Downing Street Nr. 10 ist ein Begriff weit über unsere Landesgrenze hinaus. Jeremy Meyer, einer der höchsten Sicherheitsbeamten des Premiers, ist zudem ein talentierter Magier und unser Kontakt in die obersten Reihen der Landesführung. Allerdings ist ein Einsatz dort ein Novum.

Wäre Victoria Bannister nicht in Edinburgh, um bei den Zwischenprüfungen die neuen Rekruten zu begutachten, wäre sie es, die mit uns zur ersten Adresse unseres Landes unterwegs wäre. Mir ist es recht, ich muss die Chefin der Vigilanten nicht mit dabeihaben, damit sie unsere Arbeit überwacht und mein Team nervös macht.

Isabella nimmt die Straße an der Themse entlang. Kurz kann ich einen ihrer Silberdolche sehen, der unter dem lilafarbenen Bouclé-Mantel hervorblitzt. Ich bin mir sicher, sie kann exzellent damit umgehen.

Bis die Sonne aufgeht, wird noch eine gute Stunde vergehen, und außer ein paar Müllmännern, die dafür sorgen, dass die Touristen wieder ein perfektes Ambiente vorfinden, ist niemand unterwegs. Als wir Big Ben passieren, ist es exakt sechs Uhr. Isabella lenkt den Van sicher um den Parliament Square Garden und biegt in die verlassen wirkende Parliament Street ein. Sie fährt zügig, aber absolut regelkonform – was anderes hätte ich von ihr auch nicht erwartet.

Schon als Kinder haben wir gelegentlich miteinander gespielt, und sie hat nie geschummelt oder Spiele gemocht, bei denen es etwas wilder zuging. Sie war das typische Barbie-Girl und alles andere als ein Wildfang. Ihre Ausbildung zur Vigilantin hat mich daher ziemlich überrascht.

Mein Vater hätte es gern gesehen, wenn ich Interesse an ihr gezeigt hätte, aber allein sein Wunsch ließ sie für mich uninteressant werden. Zum Glück war mein Bruder Adam auch hier der perfekte und gehorsame Sohn. Da Isa bildschön und intelligent ist, zudem clever und freundlich, gehe ich aber davon aus, dass Adam sich nicht nur aus Pflichtgefühl und für unseren Vater auf sie eingelassen hat.

Isa hält vor dem hohen schmiedeeisernen Tor, das die Downing Street von der Parliament Street abschottet. Ein Wachhäuschen steht dahinter, und vier grimmig dreinschauende Uniformierte mustern uns misstrauisch. Sie lässt die Scheibe herunter und hält dem Sicherheitsbeamten ihren Ausweis hin – eine Harrods-Reward-Card.

»Wir sind vom Yard und wurden gerufen. Ich bin Inspector Montrose.«

Der Wachposten prüft ihre Kundenkarte – mit der sie sicherlich auch den Mantel und die etwas hellere Schlupfbluse gekauft hat, die sie trägt – und bedeutet dann seinem Kollegen, das Tor zu öffnen. Weiter vorn stehen vier Metall-Poller, die lautlos zur Seite gleiten, nachdem er etwas in sein Walkie-Talkie genuschelt hat.

»Danke, Sir.« Isabella schenkt dem Mann noch ein Lächeln, bevor sie weiterfährt. Direkt vor der Adresse des Premiers parkt sie unseren Van, während die Poller hinter uns wieder in ihre Ausgangsposition zurückgleiten.

»Isa, du kommst mit mir. Und nimm den Koffer für die Beweissicherung mit. Mike, du prüfst mit Noah die Umgebung. Seht nach, ob euch was auffällt. Sobald ich etwas Genaueres weiß, rufe ich euch an.«

Alle nicken, und wir steigen aus.

In der Tür vor der schwarzen Fassade wartet Jeremy Meyer auf uns, ein hagerer Mann mit hohen, eingefallenen Wangenknochen. Er wirkt mehr wie ein Skelett als ein Mensch, sieht in dem dunklen Nadelstreifenanzug aber wie immer äußerst korrekt aus.

»Guten Morgen«, begrüße ich ihn.

Er nickt mir zu. Fast ein wenig zu erleichtert für einen Mann, der schon alles gesehen hat. »Guten Morgen, Mr O'Connor. Bitte treten Sie und Ihre Kollegin ein. Miss …?«

»Das ist Miss Montrose.«

Der Magier nickt nur und deutet auf den Eingang.

Der imposanten Treppe im Eingangsbereich kann ich nur einen kurzen Blick schenken, bevor wir in einen kleinen Raum rechts davon geführt werden. Es ist ein Büro, in dem mehrere Telefone, Überwachungsbildschirme und ein komplett überfüllter Schreibtisch stehen.

»Mein Einsatzbereich. Leider ist der Premier nicht so leicht zu beschützen. Ich möchte, dass Sie mit ihm sprechen, da ich nicht sicher beurteilen kann, ob es ein Fall für den Orden ist oder nicht. Das Einzige, was ich sicher weiß, ist, dass dieser Mann die schärfste Beobachtungsgabe hat, die ich je bei einem Premier erlebt habe.«

Das werte ich als Auszeichnung für den jetzigen Premier. Immerhin ist Jeremy Meyer schon lange für die Sicherheit und die unzähligen Bewohner dieses Hauses verantwortlich und als Ordenskontakt tätig. Ich kenne ihn, weil er jeden ersten Sonntag zum Frühstück in den hermetischen Orden kommt und anschließend mit Sir Henry in der Orangerie Schach spielt. Da Isa neu im

Londoner Ordenshaus und bei den Vigilanten ist, kennt er sie noch nicht.

Ohne uns genauer einzuweisen, eilt er aus dem kleinen Büro die Treppe hinauf. Wir folgen ihm, und ich kann die Verwirrung bei meiner Kollegin spüren, die auch mich umtreibt: Er hat uns weder mitgeteilt, um was es geht, noch, was er vermutet. Das ist ungewöhnlich. Normalerweise sind Magier, wenn es um Paras geht, die über die Stränge schlagen, sehr mitteilsam.

»Hier entlang.« Jeremy Meyer biegt im ersten Stock ab, in einen eleganten Gang hinein. Vor einer Holztür bleibt er stehen, schüttelt unmerklich den Kopf, und klopft dann an.

»Herein«, ertönt eine weibliche Stimme, und Mr Meyer öffnet die Tür.

»Sir, Ma'am, die Ermittler vom Yard sind da.«

Beim Eintreten sehe ich den Premier, der sich einen Eisbeutel ins Gesicht drückt. Zumindest nehme ich an, dass es unser Minister ist, denn außer den prägnanten Haaren kann ich nur einen riesigen blauen Beutel erkennen. Er trägt einen Jogginganzug, der ziemlich schmutzig und zerrissen aussieht. Seine Frau steht blass, aber gefasst neben ihm und hält ein Glas mit einer bernsteinfarbenen Flüssigkeit in der Hand.

»Guten Morgen, Sir. Ich bin Commander O'Connor. Fühlen Sie sich in der Lage, uns zu schildern, was Ihnen passiert ist?«

Je nachdem, was geschehen ist, müssen wir ausgesprochen vorsichtig sein. Ein Premierminister, der beispielsweise zu einem Vampir mutiert, wird nicht toleriert werden, da bin ich mir sicher. Ich hoffe inständig, er ist unversehrt.

»Nehmen Sie Platz. Es tut mir leid, dass wir Sie so früh bemühen mussten.« Er hat eine angenehme Stimme und nimmt das Kühlpack vom Gesicht.

Ich kann eine rötlich-blaue verfärbte Augenhöhle, eine aufgeplatzte Lippe und mehrere Schürfwunden erkennen. Keine Bisswunden, wie ich erleichtert feststelle, aber sein Antlitz ist nicht mehr fernsehtauglich. Immerhin betrachten mich seine beiden blauen Augen mit klarem und aufmerksamem Blick.

»Sir, das ist meine Kollegin, Inspector Montrose. Wir würden gern genau hören, was passiert ist.«

»Bitte setzen Sie sich«, bittet er uns.

Vor dem altmodischen Kamin stehen zierliche Polstermöbel, die Möbelstoffe allein dürften teurer sein als meine gesamte Habe. Isa nimmt elegant Platz und wirkt, als würde sie hierhergehören. Ich bleibe stehen, irgendwie habe ich die Befürchtung, auf dem filigranen türkisblauen Möbelstück deplatziert zu wirken.

»Ich war joggen, wie jeden Morgen: Um fünf Uhr starte ich durch den Hinterausgang, und dann jogge ich einmal um den Parliament Square Garden. Damit man mich nicht erkennt, trage ich immer eine Kappe. Es ist die einzige Zeit des Tages, in der ich ohne Überwachung unterwegs bin, zumindest habe ich niemanden in unmittelbarer Nähe. Natürlich sind immer ein paar Beamte in ausreichender Entfernung da, die ein Auge auf mich haben, auch wenn Jeremy meint, ich würde davon nichts wissen.«

Der Magier hat den Anstand, ein wenig verlegen dreinzublicken. Er hat mein vollstes Mitleid. Wie aufwendig ein Personenschutz ist, hängt davon ab, inwieweit die zu schützende Person mitspielt. Und unser Landesvater scheint sehr stur auf ein Zeitfenster am Tag ohne Bewacher zu bestehen. Ein Sicherheitsalbtraum.

»Bitte sprechen Sie weiter, Sir.« Isas Stimme klingt sanft und beruhigend. Sie hat einen kleinen Block in der Hand, über den die Spitze ihres silbernen Füllers nahezu fliegt. Ein Requisit ohne magischen Nutzen, aber es wirkt professionell. Für einen Anfänger erscheint sie erstaunlich sicher, allerdings hat sie schon immer in den besten Kreisen verkehrt und sich dort sehr wohl gefühlt.

Der Premier drückt sich das Kühlpack wieder auf das Gesicht, kommt aber Isabellas Aufforderung nach, weiterzuerzählen.

»Ich verlasse und betrete das Haus über den Hintereingang, der normalerweise für die Hausangestellten vorgesehen ist. Dort ist eine kleine Gasse, die von den Bediensteten und Lieferanten genutzt wird. Gerade als ich in diese Gasse einbiege, greift mich ein Mann an. Er schlägt auf mich ein, ohne dabei ein Wort zu sagen. Ich habe versucht, mich zu wehren, und dabei bekam ich ihn zu fassen …« Der Premier bricht ab und atmet tief ein.

»Bitte, Sir, jeder Hinweis hilft uns weiter. Lassen Sie nichts aus.« Meine Stimme halte ich ruhig. Welchen Para er auch immer gesehen hat, ich werde wahrscheinlich eine Obscura rufen müssen, um ihm diese Erinnerung zu nehmen.

»Ich habe ihn gekratzt. Seine Haut war irgendwie ölig, glatt und kalt, es hat sich nicht normal angefühlt.«

Könnte ein Ghul sein, überlege ich. Dann hätte der Premier unheimliches Glück gehabt, dass er noch hier sitzen kann. Andererseits: Ghule vermöbeln ihre Beute normalerweise nicht, sondern töten sie unauffällig, um dann mit ihr im Untergrund zu verschwinden.

»Bitte fahren Sie fort, Sir. Wir werden gleich Spuren sichern, und bestimmt finden wir den Täter. Konnten Sie irgendwas erkennen, was uns hilft, ihn zu identifizieren?«

Der Premier wechselt einen Blick mit Mr Meyer.

»Sir, Sie können den Ermittlern vertrauen. Erzählen Sie ihnen, was Sie mir erzählt haben.«

Dass der Magier ihm gut zureden muss, wundert mich, aber ich schweige und warte auf die weitere Schilderung.

»Es war ein Pirat. Genauer gesagt: Jack Sparrow. Er hat mich verprügelt und ist dann einfach wortlos davonspaziert.«

Isas Mundwinkel zuckt kurz. Sie ist also doch nicht so perfekt, wie ich dachte.

Ich schaffe es, mein Gesicht ruhig zu halten. Was der Premier sagt, klingt lustig, aber der Mann, der sich immer noch Eis gegen das Auge drückt, macht keine Scherze.

»Jack Sparrow. Eine Verkleidung also?«, frage ich.

»Nein. Es war Jack Sparrow. Das Original. Johnny Depp in seiner Rolle. Ich weiß selbst, wie das klingt, aber es muss ein Doppelgänger gewesen sein. Ich glaube zumindest nicht, dass Mr Depp mir aufgelauert hat, um mich in seiner bekanntesten Rolle zu maßregeln. Aber das ist es, was ich gesehen habe.«

Da muss ich ihm zustimmen. Und ich verstehe, warum er diese Aussage zögerlich gemacht hat. Sie klingt mehr als nur unglaubwürdig.

»Sir, ich danke Ihnen. Meine Kollegin wird die Aussage notieren und die Spurensicherung übernehmen. Mr Meyer, kann ich Sie sprechen?«

Der Magier sieht mich verwundert an und nickt dann zögerlich, während Isa ihren Koffer aufklappt und beginnt, Spuren zu sichern.

Jeremy Meyer und ich treten vor die Tür in den eleganten Flur. Er seufzt leise, fast ein wenig resigniert.

»Ich weiß, wie das klingt, Mr O'Connor. Aber er ist klar und nicht verwirrt. Ich habe Sie angefordert, weil Kumar mich über ähnliche Übergriffe informiert hat.«

Hellhörig geworden, schweige ich, während der Magier sich durch die schütteren grauen Haare fährt. Er wirkt ein wenig überfordert und so, als wüsste er selbst nicht recht, was er von all dem halten soll. Kein Wunder, wenn Jack Sparrow – alias Johnny Depp – den Premierminister Großbritanniens verprügelt. Die Sun würde für so eine Schlagzeile töten. Ich kann es förmlich vor mir sehen:

Premier von Pirats-of-the-Caribbean-Darsteller vermöbelt – Goldschatz voraus.

Effektiver kann man politischen Selbstmord gar nicht begehen.

»Ich hatte ihn gebeten, vollkommen ehrlich zu sein, aber es ist klar, dass hiervon und auch von allem, was Kumar mir geschickt hat, nichts bekannt werden darf. Kumar ist sich nicht sicher, ob die Vorkommnisse überhaupt für den Orden relevant sind, und hat sich deshalb an mich gewandt, weil es nur Politiker betrifft und keiner mehr als ein paar Blessuren davongetragen hat.

Ein Opfer kam gerade aus dem Pub, beim anderen war es dunkel und die Erinnerung durch einen Kopftreffer vielleicht nicht sachdienlich. Also habe ich den Inspector darum gebeten, noch zu warten, ehe er es als paranormalen Fall dem Orden meldet. Allerdings lässt der heutige Überfall doch ein paar Fragen aufkommen, die für den Orden interessant sind, wenn man ihn mit allen anderen Vorfällen gemeinsam betrachtet.«

Er seufzt und wirft einen Blick zur geschlossenen Tür, bevor er fortfährt. »Ich denke nicht, dass wir den Premier löschen müssen, er hat selbst ein Interesse daran, dass nichts von der Geschichte bekannt wird. Allerdings weiß er auch nichts hiervon.«

Jeremy Meyer hält mir ein Tablet mit Fallakten vor die Nase, die ich mir genauer anschaue:

Die Queen, die einen Untersekretär eines Ausschusses übel mit ihrer Handtasche im Hyde Park verprügelt haben soll. Der Mann hat eine Nasenbeinfraktur davongetragen, und der Fall wurde als Halluzination durch die erlittene Gehirnerschütterung abgetan und geschlossen.

Ich bin mir jedoch sicher, ›Her Majesty‹ hat ein Alibi.

»Es sind noch mehr. Lesen Sie weiter.« Der Magier klingt zutiefst besorgt und scheint Kumars Befürchtungen zu teilen.

Eine Richterin des Verkehrsgerichts, die vom Hulk höchstpersönlich angegriffen wurde, wobei ihr Auto eine deutliche Beule davongetragen hat und im Graben gelandet ist.

Und ein weiterer Politiker, der, nach eigener Aussage, Freddy Mercury eine ›Beule ins Gesicht‹ schlagen konnte, als dieser ihn mit seinem Mikrofon angreifen wollte. Er schwört, die Beule habe sich deutlich abgezeichnet, als Freddy samt Mikrofon die Flucht ergriffen habe.

Und zu guter Letzt Albert Einstein, der den Sprecher des Unterhauses zu Tode erschreckt und dem armen Mann mit einem antiken Rechenschieber eine Rippe gebrochen hat, als dieser aus seinem Stamm-Pub nach Hause wollte.

Ich fand Mathematik auch immer schmerzhaft, aber das geht definitiv zu weit.

Alle Zeugen sind über jeden Zweifel erhaben und besitzen eine einwandfreie Reputation. Allerdings sind die Vorkommnisse so skurril, dass ich verstehe, warum der Inspector gezögert hat, direkt zu uns zu kommen. Alle Fälle wurden still und leise zu den Akten gelegt und werden laut Inspector Kumar von den Opfern totgeschwiegen. Kein Wunder, sind diese doch allesamt politisch aktiv und stehen teilweise mitten im laufenden Wahlkampfgeschehen.

Meine Gedanken rasen: *Ein Geist, der die Form von Prominenten annimmt?*

Merkwürdig, aber das Unmögliche kann ich berufsbedingt nicht ausschließen.

Eine neue Art von Gestaltwandler?

Aber warum dann genau diese Opfer? Das ergibt für mich im Moment keinerlei Sinn, nur jede Menge weiterer Fragen. Und es lässt die Erlebnisse des Premiers in einem neuen Licht erscheinen.

»Sie verstehen, warum ich das unbedingt unter Verschluss halten muss. Denn die Presse hat Wind bekommen, dass etwas im Gange ist. Und gerade der letzte Angriff darf auf keinen Fall publik werden. Für sich allein ist er schlimm genug, mit den anderen zusammen ein wahres Desaster. Auch für den Orden.«

Ich nicke nur, natürlich will niemand, dass der Premier des Landes so diskreditiert wird. Oder paranormale Aktivitäten bekannt werden.

Ich schicke Noah eine WhatsApp, die er sofort beantwortet: Sie haben nichts gefunden und auch nichts Ungewöhnliches bemerkt.

So viel zu meiner Hoffnung, dass der Täter gleich geschnappt werden könnte. Ich habe keine Ahnung, wonach ich suchen soll.

Etwa nach der Black Pearl im Londoner Hafen?

Isa kommt aus dem Raum, und Jeremy eilt hinein, während sie mit einigen Tütchen in der Hand auf mich zugeht.

»Und?«

Sie seufzt. »Er hat eine Substanz unter den Fingernägeln gehabt, die wie Wachs aussieht. Offenbar konnte der Premier den Täter abwehren und hat ihn dabei gekratzt. Aber ich konnte weder Blut noch Gewebe unter seinen Nägeln finden, zumindest kein sichtbares.

Das Wachs ist merkwürdig und scheint eine eigenartige Beschaffenheit zu haben. Ich habe die Beweise gesichert. Wir müssen sie analysieren, dann wissen wir mehr. Ansonsten hat der Premier nur Wunden, die auf eine Prügelei schließen lassen. Was immer er gesehen hat …«

»… wird von uns genau geprüft werden«, unterbreche ich sie streng.

Bald-Schwägerin, Kindergartenfreundin und Bekannte der Familie – egal, was sie war, jetzt ist sie Vigilantin und mir unterstellt. Ich habe vor, sie wie jedes andere Teammitglied zu behandeln, und sie sollte mit ihrem Urteil nicht voreilig sein.

»Ja, Caleb. Entschuldige. Ich bin nervös. Erster Tatort und so.« Verlegen nestelt sie an den Beweismitteltüten herum und schenkt mir ein Lächeln.

»Schon gut. Du hast nicht gelacht, das war schon eine gute Leistung. Wenn das mein erster Fall gewesen wäre, ich hätte nicht für meinen Gesichtsausdruck garantieren können.«

Ein Grinsen huscht bei meinen Worten über ihr Gesicht. Ich kann es ihr nicht verübeln.

»Mal ernsthaft, Jack Sparrow? Allein der Gedanke …« Sie gluckst leise, und ich gestatte mir ein kurzes, verschwörerisches Lächeln.

»Oh. Da ist ja noch ein wenig vom alten Caleb in dir. Ich hatte schon Angst.«

Ich vergesse manchmal, wie lang wir uns schon kennen. Und dass sie weiß, dass ich meinen besten Freund verloren habe. Dennoch sollte ich mich zusammenreißen. Meine Gefühlslage geht niemanden etwas an.

»Komm, gehen wir.« Meine Stimme klingt strenger, als ich beabsichtig habe. »Bringen wir alles in den Orden und ins Dead Mans Hole, damit der Doc die Beweise prüfen kann. Was immer es war, wir fangen es.«

Sie nickt und folgt mir nach draußen.

Kritisch beäugen die Sicherheitsbeamten Mike und Noah, die am Van auf uns warten. Isabella packt die Beweismittel in den Fond des Fahrzeugs, während die Sicherheitsleute jetzt Isas Beine und ihren Hintern bewundern, als sie sich bückt.

Adam ist ein Glückspilz, Isabella ist in jeder Hinsicht perfekt. Und ich muss aufpassen, dass ihr nichts zustößt. Bei Zac habe ich versagt. Bei ihr wird mir das nicht passieren.

KAPITEL 2

Sally

Zu meinen neuen Pflichten gehört es, Lady Kaitlin in der Bibliothek zur Hand zu gehen, und natürlich dafür zu sorgen, dass ihr immer heißer Tee zur Verfügung steht. Ihren Nachmittagstee nimmt sie traditionell in der Orangerie ein, die selbst zur kalten Jahreszeit eine grüne Oase ist und beinahe tropische Wärme bietet. Aber auch während der Arbeit mit den Büchern liebt sie es, stets eine heiße Tasse Earl Grey in Reichweite zu haben.

Natürlich ist es außer Lady Kaitlin niemandem sonst gestattet, Speisen oder Getränke mit in die Bibliothek zu nehmen.

Der Bibliotheksturm, der die Bücher des Ordens mit dem gesammelten Wissen über Magie enthält, schmiegt sich an das westliche Gebäude und ist entweder durch einen langen Gang von der Haupthalle aus zu erreichen oder über ein kleines Tor durch den Garten, wenn man dem Kiesweg von der Orangerie folgt. Es ist nicht leicht, den Tee von der Küche bis hierher auf dem Tablett zu transportieren, ohne dass das Getränk auskühlt. Ich habe Madeleine nie um diese Aufgabe beneidet. Denn bei lauwarmem Earl Grey versteht Lady Kaitlin keinen Spaß.

Der Trick ist, die Kanne in ein warmes Tuch zu wickeln und sie in Lady Kaitlins Leseecke sofort auf ein Stövchen zu stellen. Hier befindet sich die einzig bequeme Sitzecke im ganzen Turm. Ihre Vorgänger haben an Stehpulten oder Schreibtischen mit harten Holzstühlen gearbeitet, und auch die Besucher sind zu dieser unbequemen Arbeitsweise gezwungen.

Wenn ich meinen Aufgaben in der Bibliothek nachgehe, folge ich Lady Kaitlin auf Schritt und Tritt und versuche, mir den Titel eines jeden Bandes und seinen angestammten Platz einzuprägen.

Aber das ist eine Mammutaufgabe. Ich bezweifele, ob ich dieser Anforderung jemals gewachsen sein werde. Und ich frage mich, wie Lady Kaitlin mir genügend beibringen will, damit ich eines Tages ihre Nachfolge antreten kann, ohne dass jemand etwas bemerkt.

Ich stecke gerade ein schmales Büchlein mit einem Titel über Mehltau in das obere Regal zurück, wo ich nur mit der großen Schiebe-Leiter hinkomme, da betreten Caleb und die neue Vigilantin die Bibliothek. Sie kommen von einem Fall und überreichen Lady Kaitlin Kopien des Berichts. Es wurde geflüstert, sie wären heute in aller Frühe zur Downing Street gerufen worden. Neugierig recke ich von meiner erhöhten Position aus meinen Hals. Gut, dass ich schwindelfrei bin.

Lady Kaitlin nimmt die handschriftlich beschriebenen Seiten an sich und bringt sie, ohne mich dazu aufzufordern, mit ihr zu kommen, in die Mittlere Bibliothek. Dort lagern die Fallakten und auch die Erinnerungsbücher.

Caleb bemerkt mich.

»Hey, Caleb.« Ich lächele zu ihm hinunter und steige hinab, darauf bedacht, auf den engen Stufen der Holztreppe nicht über den Saum meines blassblauen Kleides zu stolpern.

Die Neue betrachtet mich von oben bis unten. Für eine Vigilantin ist sie viel zu schick gekleidet, und ihr akkurat geschnittener Bob sieht aus wie aus einer Frisuren-Zeitschrift. Im Dienstbotentrakt wird gemunkelt, sie würde bald heiraten und vermutlich nicht allzu lange im Orden bleiben.

»Was ist das?« Ich zeige auf das Beweismitteltütchen in Calebs Hand und ignoriere den Blick der Vigilantin, die sich scheinbar wundert, warum ich so neugierige Fragen stelle.

»Beweise.« Caleb hält die Tüte so, damit ich den Inhalt besser betrachten kann.

»Sieht aus wie Ohrenschmalz.«

Er lacht. »Eher nicht. Das Opfer ist ein recht gepflegter Mensch, würde ich sagen.«

»Ihr seid also wirklich beim Premier gewesen?« Ich gebe preis, was ich im Orden aufgeschnappt habe, und schaue ihn und die Vigilantin beeindruckt an. Über ihr Gesicht huscht Stolz oder vielleicht auch Arroganz. »Wurde er etwa angegriffen? Wovon?«

»Streng geheim.« Caleb amüsiert sich, an seinen Mundwinkeln bilden sich Grübchen, etwas scheint sehr lustig zu sein, aber er will nicht damit herausrücken. Sein Lächeln ist ansteckend, es tut gut, ihn wieder fröhlich zu sehen, auch wenn es mich wurmt, dass er mit dieser Blondine ein Geheimnis teilt und wissende Blicke tauscht.

Lady Kaitlin kehrt aus der Mittleren Bibliothek zurück und sieht mich bei Caleb und der Vigilantin stehen. »Sally, wir brauchen noch Kopien der Akten für das Archiv. Fahr doch bitte zum Yard und hol sie bei Inspector Kumar.«

»Sehr wohl, Lady Kaitlin.« Ich mache einen Knicks.

»Dann kannst du ja auch gleich zum Dead Mans Hole und die Beweismittel dort vorbeibringen. Squirrel soll sie unter die Lupe nehmen, dann wissen wir mehr.«

Es missfällt mir, dass Caleb mich für seine Botengänge einspannt, noch dazu vor den Augen der Neuen. Dafür bin ich eigentlich nicht mehr zuständig. Aber Lady Kaitlin widerspricht nicht, also beiße ich mir auf die Zunge und knickse wieder brav.

*

Auf meinem Zimmer unter dem Dach ziehe ich rasch meine Dienstmädchenkleidung aus und schlüpfe in Jeans und einen warmen Pullover. Ich schnappe mir meinen geliebten Parka vom Haken an der Tür, wo er einsam neben Bettys plüschiger Leopardenprint-Jacke hängt, und hoffe, dass er mich nicht nur gegen den feinen Nieselregen, sondern auch gegen die kriechende Oktoberkälte schützt.

Bevor ich das Ordenshaus durch den Hinterausgang verlasse, gebe ich noch Mrs Bones Bescheid, dass ich auf einem Botengang für Lady Kaitlin unterwegs bin. Draußen atme ich die kalte Luft ein. Meine Kopfhaut kribbelt leicht wie unter Strom, als ich durch den mit Zaubern geschützten Torbogen auf die Straße trete.

Ich laufe zur Temple-Station und quetsche mich mit müden Pendlern in das überfüllte Abteil der U-Bahn. Bis zum Yard ist es nur eine Station, doch ich muss trotzdem aufpassen, dass ich nicht wegdöse. Mir gegenüber sitzt ein Geschäftsmann in feinem Anzug und mit einem blauen, locker um den Hals gewundenen Kaschmirschal. Vom Titelblatt des Evening Standard in seiner Hand prangt mir eine Meldung entgegen:

Untersekretär wird von Queen mit Handtasche attackiert. Alle Berufs-Queen-Doppelgänger werden zum Verhör aufs Revier gerufen.

Ich muss schmunzeln. Was es nicht alles gibt.

Als ich aussteige, schnappe ich mir am Ausgang der U-Bahn-Station Embankment ebenfalls eines der kostenlosen Exemplare des Standard, der heute schon so gut wie vergriffen ist. Die kuriose Meldung erhöht anscheinend die Auflage, neben Artikeln über steigende Immobilienpreise und skandalöse Parlamentskandidaten, die sich teure Villen leisten können.

Ich betrete das moderne, gläserne Foyer von New Scotland Yard, das noch immer nach seinem alten Standort benannt ist, und melde mich am Empfang. Inspector Kumar erwartet mich bereits. Ich werde gleich durchgelassen und nach nur wenigen Minuten von ihm persönlich im Wartebereich abgeholt. Der kleine Inspector trägt einen knittrigen Anzug und hat seine Krawatte gelockert, als hätte er bereits eine lange Schicht hinter sich. Er führt mich in sein Büro, in dem es nach abgestandenem Kaffee und einer offensichtlich hastig heruntergeschlungenen Mahlzeit riecht.

»Meine Frau hat für mich gekocht«, entschuldigt er sich und räumt die Reste seines Mittagessens, das noch in der Tupperdose ist, beiseite. »Sie denkt, ich ernähre mich zu ungesund und bekomme langsam einen Bauch. Und sie hat recht. Bitte, Miss Davies, setzen Sie sich.«

Ich nehme auf dem angebotenen Stuhl Platz und ziehe den Reißverschluss meines Parkas auf. Das kleine Büro ist überheizt, und mir bricht der Schweiß aus.

»Ich bin hier, um Kopien der Fallakten zu holen, man sagte mir, sie wüssten Bescheid.«

Kumar nickt. »Ja, in der Tat. Eine merkwürdige Angelegenheit. Ich hoffe, der Orden kann herausfinden, was da passiert, ich bin mit meinem Latein am Ende.« Er holt einen Stapel in beige Aktenordner sortierte Blätter und Fotos aus einem Aktenschrank hervor und reicht sie mir.

»Dies sind Kopien. Die Originale wandern erst ins Archiv, wenn der Orden mir sagt, was ich in meinen abschließenden Bericht schreiben kann.«

Es juckt mich in den Fingern, hineinzusehen, um was es hier geht, aber das steht mir nicht zu, daher lege ich die Akten ungeöffnet auf meinen Schoß. Etwas anderes ist wichtiger.

»Wo ich schon einmal hier bin, wollte ich Sie fragen, ob es etwas Neues im Fall Betty Jamison gibt, Inspector?«

Kumar lehnt sich in seinem Drehstuhl zurück und fängt unruhig an, mit der Lehne zu wippen. Sein indischer Teint wirkt fahl gegen das Grau der Bürowand hinter ihm, er sieht aus, als könne er ein wenig Sonne und einen langen Urlaub gebrauchen.

»Die Vermisstenanzeige ist raus, und wir gehen allen Hinweisen nach, aber bisher haben sich alle Meldungen als falsche Spur erwiesen. Ein paar junge Männer sagten aus, ein Mädchen, das auf die Beschreibung von Betty Jamison passt, in der fraglichen Nacht in einer Leoparden-Jacke in einem Pub gesehen zu haben …«

»Aber ihre Jacke ist in meinem Zimmer.«

»Richtig. Andere Zeugen wollen sie im Morgengrauen wartend an einer Underground-Station gesehen haben. Aber die Aufnahmen der Kamera zeigen ein anderes Mädchen, das ihr nur ähnlich sieht. Wir haben die Bilder den Eltern vorgespielt, sie haben sie ganz eindeutig als jemand anderes identifiziert, aber wenn Sie auch noch einmal einen Blick auf die Aufnahmen werfen wollen …«

»Nein, nicht nötig.« Mein Herz wird schwer wie ein Stein. Ich weiß, dass Betty im Ordenshaus verschwunden ist und es daher keine Zeugen außerhalb geben wird, Kumars Suche ist vergeblich. Und im Ordenshaus kann er nicht ermitteln.

Auch um Tom Waringham, einen ehemaligen Vigilanten und Freund, mache ich mir Sorgen. Sein Gedächtnis wurde gelöscht und danach wurde er aus dem Orden verbannt. Ich frage mich, wie er ohne Erinnerung zurechtkommt, aber auch dabei kann mir Scotland Yard nicht helfen.

Ich erhebe mich. »Danke für Ihre Bemühungen.«

Inspector Kumar steht ebenfalls auf. »Wir von der Polizei werden alles in unserer Macht Stehende tun …«

»Ja, ich weiß.«

Ich kenne den Spruch.

*

Von Scotland Yard aus fahre ich mit der U-Bahn die vier Stationen bis zum Dead Mans Hole. Der Tower wird von Dutzenden Scheinwerfern bestrahlt und scheint in der einsetzenden Dämmerung beinahe zu glühen. Bei der Brücke weht der Wind besonders schneidend. Ich ziehe die Kapuze über meinen Kopf und ramme meine Fäuste in die Jackentaschen auf der Suche nach etwas Wärme.

Die Stahlkonstruktion der Tower Bridge ragt drohend über mir auf, als ich mit anderen Passanten die Brücke betrete. Wie ich bei meinem ersten Besuch herausgefunden habe, liegt einer der Eingänge zum geheimen Labor oben im nördlichen Brückenpfeiler. Einen zweiten erreicht man vom Wasser aus mit dem Boot. Dennoch muss ich einen Moment nach den eingeritzten Zeichen im Mauerwerk suchen, bis meine Finger den Knauf einer Tür ertasten, wo meine Augen nur glatten Stein sehen. Ich warte einen Moment, bis alle Passanten sich dem farbenprächtigen Schauspiel der untergehenden Sonne auf der Themse widmen und mir den Rücken zudrehen, dann packen meine Finger den unsichtbaren Knauf und drehen ihn herum.

Rasch gleite ich, hoffentlich unbemerkt, durch die von einem Illusionszauber geschützte Tür und ziehe sie zu. Dahinter windet sich eine metallene Wendeltreppe hinab ins Dunkel. Meine Schritte hallen auf den Stufen wider. Als ich das letzte Mal hier hinabstieg, spürte ich Aarons warmen Körper hinter mir. Wir beide haben uns bemüht, leise zu sein und unbemerkt zu bleiben. Das ist heute nicht nötig.

Unten angekommen, begrüßt mich flackerndes Licht aus Neonröhren in einem kalten, gekachelten Tunnel. Es riecht nach Feuchtigkeit, dem Schlamm der Themse und ganz flüchtig nach Formaldehyd. Mich schaudert's.

»Hallo?« Meine Stimme klingt schwach und kläglich in dem rundgemauerten Tunnel.

Eine Antwort bekomme ich nicht. Doch Doc Brown hat mich gehört und schlendert mit einem Becher Tee in der Hand aus der offenen Tür des Labors, wo sich auch die Leichenhalle befindet. Das grelle Neonlicht zaubert einen Leuchtkranz um seinen grauen Haarschopf.

»Guten Abend, Doktor Brown. Ich soll Ihnen das hier bringen.« Ich übergebe ihm die Beweismittel-Tütchen, auch die mit der ohrschmalzartigen Substanz. »Es stammt aus der Downing Street, das Opfer hatte das hier unter den Fingernägeln.«

Doc Brown lächelt. »Ich habe davon gehört. Kurios, nicht wahr?«

Ich hoffe, der Doc sagt noch mehr. Ich brenne vor Neugier, was in der Downing Street vorgefallen sein mag, doch er schweigt und zieht sich mit den Tütchen in sein Labor zurück, scheinbar glücklich, etwas zu tun zu haben.

Jetzt bereue ich es, mir die Akten nicht auf dem Weg hierher durchgelesen zu haben. Ich überlege, das jetzt nachzuholen und in den Seiten des beigefarbenen Ordners zu stöbern, den ich unter meinen Arm geklemmt habe. Da streckt Lili Gardener, im Orden besser bekannt als Squirrel, in einem weißen Laborkittel über ihrer bunten Kleidung den Kopf aus einer Tür. Sie winkt mich zu sich:

»Hey Sally, habe deine Stimme gehört. Lust auf einen Tee? Ich hab gerade Wasser aufgesetzt.«

»Gerne.« Froh über die Aussicht auf ein heißes Getränk und eine kurze Pause nach der Fahrt mit der U-Bahn und dem Marsch in der Kälte vom Yard hierher, folge ich Lili in die kleine Teeküche, die an den Serverraum angrenzt.

Auf dem abgenutzten Resopaltisch herrscht ein Durcheinander an Teetassen, Zeitungen und Petrischalen. Man merkt, dass sie hier im Dead Mans Hole ohne Dienstpersonal zurechtkommen müssen. Mrs Bones würde in Ohnmacht fallen beim Anblick dieses Chaos.

Auf dem Metallschirm der tiefhängenden Deckenlampe wuselt ein Eichhörnchen herum und beäugt mich neugierig.

»Ingwerkeks?« Lili zieht den Deckel von einer zerbeulten Dose einer Schokoladenmarke, die es seit dem Zweiten Weltkrieg nicht mehr gibt.

Ich nehme mir einen krümeligen alten Keks und verfüttere ein Stück an das Eichhörnchen, während Lili mir Tee eingießt.

»Was ist das für ein Fall?« Squirrel nickt zu den Akten, die ich oben auf dem Stapel mit Zeitungen auf dem Tisch abgelegt habe.

»Keine Ahnung, aber der Premierminister ist scheinbar darin verwickelt.«

Squirrel pfeift durch die Zähne. »Viel los bei unseren Politikern in letzter Zeit.« Sie lacht. »Und, wie weit seid ihr, Caleb und du, mit euren Privat-Ermittlungen?«

Ich verschlucke mich fast am Tee. Ihr Blick sagt mir, dass sie es mir nicht abnehmen wird, wenn ich abwiegele oder leugne. Sie weiß ganz genau, dass Caleb und ich im British Museum waren, und wir schulden ihr zumindest eine Erklärung, wenn nicht sogar einen Gefallen dafür, dass sie für uns die Kameras mit einer Videoschleife versehen hat. Außerdem habe ich versprochen, ihr alles zu erklären. Aber ich kann ihr unmöglich anvertrauen, was Caleb und ich getan haben. Ich weiß nicht, ob sie so etwas wie das Ritual bei der Hexe für sich behalten würde. Also muss ich mir rasch etwas ausdenken, es sollte skandalös und glaubwürdig genug sein und einen Funken Wahrheit beinhalten, um sie zu überzeugen.

Um Zeit zu schinden, beiße ich von meinem Keks ab und nehme einen Schluck Tee, aber Lili Gardener ist nicht dumm. Sie durchschaut, was ich da tue, und beginnt, mit den Fingern auf die Tischplatte zu trommeln. Ich werde wohl oder übel bei einer angepassten Wahrheit bleiben müssen.

»Okay, hör mir zu.« Ich werfe einen Blick über die Schulter, um sicherzugehen, dass Doc Brown nicht in der Nähe ist. »Es geht um das, was auf dem Highgate Cemetery passiert ist. Um Zacs Tod.«

Squirrel nickt. »Das hat Caleb ziemlich mitgenommen, kann ich mir vorstellen. Die beiden waren dicke Freunde.«

»Er will untersuchen, wie es dazu kommen konnte.«

Lili tunkt ihren Keks in den Tee. »Was glaubt er denn, was passiert ist? Er war doch beim Angriff der Banshee dabei.«

»Ja, schon, aber laut Caleb hätte sie gar nicht da sein dürfen. Auf diesem Teil des Friedhofs sind keine Banshees beheimatet, der Orden hätte das sonst gewusst. Außerdem greifen Banshees normalerweise keine Menschen an.«

»Und was wolltet ihr dann im Museum?«

»Ich weiß nicht genau, Caleb folgt irgendeiner Spur …«, rede ich mich heraus. »Aber es ist wichtig, dass niemand davon erfährt.«

»Wieso nicht? Wenn etwas mit dem Tod eines Ordensmitglieds nicht stimmt, dann muss das untersucht werden. Hat er schon mit Victoria gesprochen?«

Ich zögere. Ich gehe ein großes Risiko ein, wenn ich Lili in meinen Verdacht einweihe. Aber sie hat uns bereits in der Vergangenheit geholfen und wäre sicher eine wertvolle Verbündete.

»Das ist es ja gerade …«, flüstere ich und beuge mich nach vorne, dichter über den Stapel aus Zeitungen, sodass der Schein der Lampe meinen Schatten über den Tisch wirft. »Ich befürchte, Victoria ist irgendwie darin verwickelt.«

Squirrel wirft mir einen langen Blick zu. »Wie kommst du denn darauf?«

»Bei den Tatorten gab es … Auffälligkeiten«, bleibe ich vage.

Squirrel mustert mich mit hochgezogener Augenbraue. »Was für Auffälligkeiten?«

»Ist euch an den Leichen nichts aufgefallen?«

Sie zögert. »Was hätte uns denn auffallen sollen?« Ihr Tonfall sagt mir, dass sie genau weiß, wovon ich rede.

»Hat vielleicht etwas gefehlt oder so?«

Squirrel legt den Kopf schief und schweigt einen Moment, bevor sie fast beiläufig sagt: »Bei dem Letzten, dem Friedhofswärter vom Highgate Cemetery, haben die Augen gefehlt …«

Das ist mir neu. »Was?! Wieso die Augen?«

»Keine Ahnung, aber wenn der Friedhofswärter nicht durch den Schrei der Banshee getötet worden ist, sondern ihrem Klagelied lauschen musste, dann hätte er sich, nach allem, was ich weiß, im wahrsten Sinne des Wortes … totgeheult.«

»Das ist ja schrecklich.«

»Nicht wahr? Aber auch sehr abgefahren. Ich hätte mir gerne seine Augen angesehen. Aber jemand hat sie ihm herausgeschnitten.« Squirrel greift nach einem weiteren Keks. Herausgeschnittene Augen scheinen ihr nicht den Appetit zu verderben.

»Das ist uns auf dem Friedhof gar nicht aufgefallen.«

»Willst du damit andeuten, es sei hier im Labor passiert?«

»Nein, auf keinen Fall!«, wehre ich ab. »Aber wer könnte ein Interesse an den Augen des Friedhofwärters haben?«

»Wenn Victoria, wie du sagst, tatsächlich etwas mit dem Angriff durch die Banshee zu tun hat, dann hätte sie vor dem Angriff auf dem Highgate Cemetery gewesen sein müssen, richtig?«

»Jaaa …«, gebe ich zögerlich zu.

Squirrel grinst. »Das lässt sich herausfinden.« Sie beugt sich ebenfalls verschwörerisch vor und flüstert: »Vor dem Haupttor des Friedhofs sind Überwachungskameras gegen Vandalismus installiert.«

Daran hatte ich noch gar nicht gedacht. Es könnte Aufnahmen geben von dem, was Victoria getan hat!

»Das würdest du tun?« Aufregung breitet sich in meinem Magen aus. Vielleicht kann Squirrel uns tatsächlich helfen. Zumindest weist sie, im Gegensatz zu Caleb, den Gedanken, die Chefin der Vigilanten könne etwas mit dem Tod von Zac zu tun haben, nicht sofort von sich.

»Ich sag mal so …«, fährt Squirrel fort und grinst. »Victoria Bannister ist nicht gerade ein Freund von Eichhörnchen.«

KAPITEL 3

Kaitlin

»Sind Sie sicher, dass wir das hier machen sollen?«, fragt Sally und schaut sich unsicher um.

»Also, in der äußeren Bibliothek, zwischen den ganzen Studierenden, können wir das wohl kaum machen, sonst werden wir gesehen.« Meine Finger berühren die Erinnerungsbücher in dem Regal hinter mir. »Und das ist etwas, was wir aktuell noch nicht riskieren können.«

»Wieso eigentlich nicht?« Sally stellt die Frage beinahe nebensächlich, aber ich spüre die Dringlichkeit dahinter.

Sie hat zwar zugestimmt, dass sie zur nächsten Bibliothekarin ausgebildet wird, aber die Geheimhaltung gefällt ihr offensichtlich nicht. Doch Geheimhaltung ist aktuell das A und O, um unser Vorhaben umzusetzen. Dass ich Sally als meine Nachfolgerin ausgesucht habe, ist noch geheim. Ein Dienstmädchen als Bibliothekarin ist in den alteingesessenen Strukturen des Hermetischen Ordens undenkbar. Aber das war auch eine weibliche Bibliothekarin vor über fünfzig Jahren. Wenn ich den Orden vor vollendete Tatsachen stelle, könnte das ein Schritt in die Zukunft sein.

Vor allem aber bedeutet es für Sally, sehr viel Magie zu erlernen. Ich kann es in ihren Augen sehen. Sie will mehr vom Leben, als nur ein Dienstmädchen in einem magischen Orden zu sein. Ihr Verstand muss beschäftigt werden, und genau das wird sie als Bibliothekarin ihr Leben lang haben.

»Das haben wir doch schon geklärt, Kindchen. Der Orden ist nicht so weit, dass er ein Hausmädchen, egal, wie gut es sein mag, als Bibliothekarin akzeptiert. Wenn wir ihn aber vor vollendete

Tatsachen stellen und du fertig ausgebildet bist, dann haben sie keine andere Wahl.«

»Ich verstehe das ja, aber es ist trotzdem unfair.«

»Es ist vieles unfair in dieser magischen Welt, Sally.« Wie wahr meine Worte sind, ahnt Sally nicht einmal im Ansatz.

»Was denn noch, abgesehen von der Diskriminierung, weil ich ein Dienstmädchen bin?«

Mit Mühe unterdrücke ich ein Schnauben. Es sind so viele Dinge, dass ich den Überblick schon fast verloren habe. Die Behandlung der Frauen, vor allem der Dienstmädchen, in dieser altehrwürdigen und in der Welt der Magie so angesehenen Einrichtung. Natürlich sind zwei Frauen in der Führung des Ordens vertreten – das erste Mal seit Gründung des Hermetischen Ordens. Doch danach kommt sehr lange nichts. Auch der Nachwuchs in den einzelnen Bereichen ist bereits wieder männerdominiert. So wie bei den Vigilanten. Dazu geht mir persönlich der unmenschliche und aggressive Umgang gegenüber den Paranormalen am meisten gegen den Strich. Doch Sally ist noch nicht so weit, dass ich sie in meine geheimen Pläne einweihe. Ganz zu schweigen von der Tatsache, dass ihre Mutter am Leben ist und sie mir diese Lüge wohl lange nicht verzeihen wird.

»Darüber unterhalten wir uns ein anderes Mal, in Ordnung? Uns bleibt nicht viel Zeit, und ich denke, wir sind uns einig, dass wir hier noch einiges erledigen müssen, ehe wir uns der täglichen Arbeit wieder widmen.«

»Wie Sie meinen. Was genau steht heute auf dem Lehrplan?«, fragt Sally, und ich sehe die Neugier in ihren Augen. Mit Wissen kann ich sie stets ködern. Darin ist sie wie ihre Mutter. Immer darauf bedacht, etwas Neues zu lernen.

»Ich dachte, wir verbinden das Nützliche mit dem Sinnvollen. Das ist auch der Grund, warum wir heute hier in der Mittleren Bibliothek sind.« Ich lasse eine bedeutungsvolle Pause, um die Spannung zu erhöhen.

Für Sally ist es das erste Mal, dass ich ihr den Zugang zu diesen Räumlichkeiten erlaube. In letzter Zeit betrete ich sie nur, wenn ich Erinnerungsbücher von verbannten Vigilanten oder Erinnerungszettel von gelöschten Zeugen wegsortiere. Das Schicksal treibt mich aktuell öfter in die Innere Bibliothek oder zwingt mich dazu, die äußeren Teile nicht zu verlassen. Seit dem Angriff des Werwolfs auf den Orden, dem Tod von Zaccarias O'Brian und der Löschung von Tom Waringham sind alle verunsichert und verlangen mehr Beratung und Schutzzauber als üblicherweise. Mir bleibt immer weniger Zeit für meine Studien der schwarzen Schriften, was besonders nach den Geschehnissen mit Caleb notwendig geworden ist.

»Nun sagen Sie schon, Lady Kaitlin.« Sally massiert aufgeregt ihre Finger, während sie sich die Bibliothek näher anschaut und scheinbar jeden Aspekt in sich aufnimmt.

»Wir werden uns die Bücher zur Nekromantie näher anschauen.«

Sally zuckt zusammen und verliert ihren ehrfürchtigen Blick auf die Bibliothek. »Lady Kaitlin, sind Sie sich sicher?«

»Wir müssen uns irgendwann mit dem Thema beschäftigen. Und heute ist ein genauso guter Tag wie jeder andere auch.«

»Aber Zacs Beerdigung war erst vor zwei Tagen«, murmelt sie. »Sollten wir das Thema nicht lieber eine Weile ruhen lassen?«

»Seit wann bist du abergläubisch, Kindchen?« Ich stoße mich vom Regal ab und wandere durch die schmalen Gänge der Mittleren Bibliothek. Dort ist längst nicht so viel Platz wie in dem Hauptstudienbereich der Magier im vorderen Teil, aber es reicht, um nicht ständig mit der Hüfte oder dem Hintern gegen die Regale zu stoßen.

»Bin ich nicht, es ist nur …« Sie zögert und dreht mir den Rücken zu. »Ich weiß nicht, ob ich für weitere schlechte Nachrichten schon bereit bin.«

»Also, wenn du so negativ an die Sache herangehst, brauchen wir gar nicht erst anzufangen. Eine Bibliothekarin kümmert sich nicht darum, wie das Ergebnis ihrer Forschung ist. Sie interessiert sich rein für das, was sie erfährt.« Demonstrativ mache ich ein paar Schritte auf den Ausgang zu.

»Halt, so meinte ich das nicht.« Sally hält mich mit einer Hand auf meiner Schulter zurück. »Ich will es lernen. Das habe ich Ihnen versprochen. Und wenn ich ein Versprechen gebe, dann schwöre ich beim Tod meiner Mutter, das auch zu halten. Egal, wie viel Zeit es in Anspruch nimmt.«

Wohlwollend nehme ich ihre Entschlossenheit zur Kenntnis. »Wir werden uns die Zeit nehmen müssen, denn es drängt. Oder weißt du aus dem Kopf heraus alles über die Nekromantie?«

Sally schüttelt den Kopf. »Ich weiß nur das, was Sie mir am Telefon und am Tag nach dem Ritual gesagt haben.«

»Und was war das?«

»Durch das Ritual könnte der Tod ein wesentlicher Bestandteil von Calebs Dasein geworden sein. Aber sicher ist das nicht.« Hoffnung breitet sich auf Sallys Gesicht aus. »Vielleicht stimmt es auch nicht, und er verwandelt sich nicht.«

»Äußerst unwahrscheinlich, aber wir werden sehen.« Auch wenn es mich schmerzt, so muss ich ihre Hoffnung gleich wieder eindämmen. Immerhin reden wir nicht darüber, einen Zauber auf ein zahmes Kaninchen anzuwenden, damit es still in einem Hut sitzen bleibt. Den kann jeder Magier nach dem ersten Tag der Ausbildung. Wir sprechen von schwarzer Magie, deren Erforschung verboten und deren Notizen über die Jahrhunderte sukzessive ausgelöscht wurden. »Was noch?«

»Es gibt verschiedene Unterarten der Nekromantie. Ein vollständiger Nekromant, der sich in den Toten verliert und noch zwei weitere, die ich aber nicht mehr genau weiß.«

»Das waren nur Beispiele, damit du verstehst, was du angerichtet hast.« Einen Moment lang lasse ich den Vorwurf sacken. Noch immer habe ich ihr nicht verziehen, dass sie meine Warnung ignoriert hat.

Sie streckt entschlossen ihr Kinn vor. »Ich habe dafür gesorgt, dass Caleb lebt. Mehr habe ich nicht getan.«

»Eben das. DU hast das getan. Nicht er. Aber lass uns darüber nicht wieder diskutieren. Wir können nicht ändern, was passiert ist. Wir können nur überlegen, was wir in der Zukunft verbessern wollen. Und dazu zählt, dass wir herausfinden, was mit Caleb passieren könnte.«

»Sie verwenden immer wieder das Wort könnte. Was, wenn gar nichts mit ihm geschieht? Sie haben es damals selbst gesagt. Er ist ein fähiger Vigilant. Vielleicht hat er sich gegen diesen Teil des Rituals gewehrt.«

»Vielleicht, eventuell, möglicherweise. Alles Worte, auf die ich persönlich lieber vorbereitet bin. Du nicht auch? Was, wenn er tatsächlich ein Nekromant ist und dem Orden oder dir Schaden zufügt? Willst du unvorbereitet sein?«

Sally verzieht nachdenklich ihre Lippen. »Nein, da haben Sie recht. Also gut, womit fangen wir an?«

»Zunächst müssen wir alle Bücher zusammensuchen, die auch nur den Hauch eines Verweises auf Nekromantie besitzen. Du kennst das Verwaltungssystem meiner Bibliothek nun schon gut genug, um das zu erledigen.«

»Und was machen Sie in der Zeit?«

»Mich ausruhen und dir bei der Arbeit zusehen. Welchen anderen Sinn hat sonst ein Nachfolger, wenn man immer noch alles selbst macht?« Ich zwinkere ihr zu und setze mich in den Lehnstuhl, der zwar nicht so bequem wie mein Sessel im äußeren Teil ist, aber ausreicht, um zu ruhen.

Während Sally die Bücher herausräumt, überlege ich, was ich tun werde, falls Caleb ein Nekromant ist. Doch eine Antwort finde ich weder in meinem Verstand noch in meinem Herzen. Ich kenne ihn zu wenig, als dass ich diese Entscheidung ohne Beweise fällen könnte. Erst einmal muss ich mit Sally herausfinden, was mit ihm passiert.

»Ich bin fertig.« Sally reißt mich mit ihren leisen Worten aus meinen Gedanken, und ich erhebe mich wieder.

Auf dem Tisch neben dem Lesepult sind vier unterschiedlich große Stapel Bücher aufgereiht. Ich rücke meine Brille zurecht und hebe überrascht die Augenbrauen. »So viele Bücher über Nekromantie?«

»Jein. Sie sagten, alles, was auch nur im Entferntesten darauf verweist. Ich habe die Bücher so sortiert, dass wir effizient vorgehen können. Bücher wie *Allgemeine Formen der Magie*, in denen nur ein paar Sätze stehen sollten, habe ich auf diesen Stapel gelegt.« Sie deutet auf den größten Stapel, der ganz links liegt und sie überragt. »Damit sollten wir beginnen, dann können wir sie schnell wieder wegsortieren.«

»Und die anderen?«

»Die sind nach der Menge der Informationen sortiert, die vermutlich enthalten sind. Ich musste bei ein oder zwei raten, aber im schlimmsten Fall sind wir damit schneller durch.« Sie zuckt mit den Schultern und vergräbt die Hände in ihrer Schürze. Erwartungsvoll schaut sie mich an. »Bei einigen konnte ich das Inhaltsverzeichnis nicht lesen, da ich die Sprache nicht kannte.«

»Du wirst die anderen Sprachen nach und nach lernen müssen. Es sei denn, dir fällt zufällig eine Leselupe in den Schoß. Die könnte diese für dich übersetzen.«

»Eine Leselupe?« Sally runzelt die Stirn.

»Deine Mutter hatte mal eine, um alte und fremde Sprachen zu übersetzen. Sie sind zu diesem Zweck verzaubert, aber ob sie noch unter ihren Besitztümern ist? Solche Leselupen sind selten, und ich würde mich nicht wundern, wenn sie abhandengekommen ist.«

Entschuldigend zucke ich mit den Schultern, betrachte die Bücherstapel und nicke. »Eine gute Taktik, um nichts zu übersehen und doch schnell voranzukommen. Du liest den linken Stapel und ich den rechten. So lernst du, und ich konzentriere mich auf die Recherche. Hoffen wir, dass wir alles erfahren.«

»Das hoffe ich auch. Am vielversprechendsten klang *Die Variationen des Todes.*« Sally deutet auf das oberste Buch auf dem rechten Stapel, das ich mir daraufhin nehme.

Während ich mit dem einen Stapel anfange, liest Sally nach und nach die Verweise auf die weniger interessanten Bücher und sortiert diese im Anschluss ordentlich weg.

»Hast du schon etwas gefunden?«, frage ich schließlich. Lange können wir nicht mehr bleiben, denn die ersten Studierenden werden bald eintreffen.

»Nichts, was relevant wäre. Es sei denn, Sie möchten erfahren, dass Sir Livingston Bell seine Frau für eine Nekromantin hielt, weil sie keinerlei grünen Daumen hatte und jede noch so simple Pflanze bei ihr einging.«

Ich seufze. »Dummer Aberglaube, den man im 18. Jahrhundert gelebt hat. Wenn eine Frau nicht gärtnern konnte, war sie automatisch nicht fähig.«

Sally schmunzelte. »Das Buch ist erst vor achtzig Jahren verfasst worden.«

»Herrjemine. Ist ja kaum zu glauben. Was soll ich dazu noch sagen?«

Sally legt ihr Buch beiseite und lehnt sich zu mir hinüber. »Haben Sie etwas gefunden?«

»Ich bin mir noch unschlüssig. Das Buch ist sehr alt und sehr ausführlich, wenn es um die Aufschlüsselung der verschiedenen Nekromanten-Level geht, wie es der anonyme Verfasser beschreibt. Aber etwas stimmt nicht.«

Ich reibe mir mit den Fingerspitzen über die Schläfen. Der Kopfschmerz kehrt langsam zurück, der sich in den letzten Wochen wie ein vertrauter Freund bei mir eingenistet hat. Vielleicht kann ich ihn noch für kurze Zeit verscheuchen, ehe ich zurück in die Bibliothek gehe.

»Was genau stört Sie denn?«

»Das ist es eben. Ich bin mir nicht sicher. Schau du bitte mal nach, ob dir etwas auffällt.« Ich lehne mich in meinem Sessel zurück und schließe kurz die Augen.

»Ist das ein Test?«, fragt Sally schon nach wenigen Sekunden.

»Nein, wieso?«

»Ich glaube, einige Seiten sind mit Tinte aus Blut geschrieben.«

»Das ist nichts Außergewöhnliches.«

»Und es fehlen ein paar Seiten über die finalen Zusammenfassungen und der Bezug auf die Warnung von der ersten Seite.«

Ruckartig reiße ich die Augen wieder auf. »Da fehlen Seiten?« Dass mir das nicht aufgefallen ist, macht mich stutzig. Nun, da Sally aber deutlich darauf hingewiesen hat, ist es unübersehbar.

»Die Seite endet mitten im Satz, und auf der nächsten Seite geht es mit einer Erklärung zu Ghulen weiter.« Sally blättert vorsichtig das Buch um und schaut mich stirnrunzelnd an. »Alles in Ordnung?«

»Natürlich. Test bestanden.« Ich wedele mit der Hand vor meinem Gesicht und schaue zu dem Buch. *Wie können denn Seiten darin fehlen?* Es ist schon ewig im Besitz des Ordens. Ich kann mir höchstens erklären, dass ich nie zu Nekromantie nachschlagen musste und es mir deswegen nicht aufgefallen ist. Allein der Gedanke, dass jemand Seiten herausgerissen hat, lässt mein Herz bluten, und ich streiche mir mit der Hand über die Brust.

»Lies am besten, was dort steht, damit wir denselben Kenntnisstand dazu haben!«

Ich gebe Sally einen Moment, in dem sie die Seiten in dem nicht sehr dicken Journal liest, ehe sie das Buch zuklappt. »Also, verstehe ich das richtig? Solange er keine Magie anwendet, wird ihm nichts passieren? Sollte er aber zu viel Magie anwenden, gibt es keinen Weg zurück?«

»Was als Vigilant gar nicht so einfach ist. Ich bezweifle, dass das machbar ist. Ansonsten müssen wir auf die Anzeichen achten. Ob er mit Menschen redet, die wir nicht sehen können, oder ob er dunkle Magie wirkt. Du hast mehr Umgang mit ihm, also wirst du ihn überwachen müssen.«

»Und was, wenn er diese Anzeichen zeigt? Oder was hat die Warnung zur Magieanwendung zu bedeuten?« Ihre Stimme klingt ängstlich, und ich verstehe, warum.

Doch mein Mitleid hält sich in Grenzen. Sie hat die Entscheidung getroffen, und sie muss mit den Konsequenzen leben, und Caleb entsprechend auch.

»Die Warnung werden wir erst mal außer Acht lassen und hoffen, dass er nicht die letzte Stufe erreicht. Sollten wir allerdings feststellen, dass er dunkle Magie anwendet, werde ich keine Gnade walten lassen. Ich möchte nicht, dass jemand zu Schaden kommt.«

»Ich verstehe, aber es ist Caleb, über den wir hier reden. Er lebt für den Orden.«

»Caleb hat eine Familie und wird schon zurechtkommen. Außerdem wissen wir noch gar nicht, ob er überhaupt Anzeichen zeigt. Also lass uns das Pferd nicht von hinten aufzäumen. Deine Aufgabe, hast du verstanden?« Ich hake nach, um sicherzugehen, dass sie die Dringlichkeit meines Wunsches versteht.

»Beobachten, und falls ich was bemerke, melde ich es Ihnen.« Sie zögert einen Moment, schaut an mir vorbei und legt die Stirn in Falten.

»Diesen Blick kenne ich, Kindchen. Was ist los?«

Sally zuckt ertappt zusammen, ehe sie die Lippen zusammenpresst. »Mir ist da schon vor einiger Zeit etwas aufgefallen, aber es hat nichts mit Caleb zu tun.«

»Womit denn dann?«, frage ich neugierig. Wenn sie mir etwas verschwiegen hat, dann erfolgreich, denn bisher ist mir nichts aufgefallen.

»Es geht um Aaron und um den Friedhofswärter vom Highgate Cemetery.« Sally verzieht das Gesicht. »Okay, es hat doch mit Caleb zu tun, aber nicht mit dem Ritual. Das war alles schon vorher.«

»Mir scheint, dass Caleb so manche Probleme hat, von denen ich noch nichts weiß. Erzähl mir mehr. Vielleicht hilft es uns bei unserer Recherche. Alles, was wir zu Caleb in Erfahrung bringen können, ist wichtig.«

»Mir ist nicht ganz wohl, in seiner Vergangenheit herumzuwühlen. Besonders nicht in der, die ihn selbst so schmerzt wie der Tod von Zac.«

»Keine falsche Scheu, Sally Davies. Du hast das Thema angesprochen, und glaube ja nicht, dass ich dich jetzt davonkommen lasse.«

Sally nickt und holt tief Luft. »Ich habe vor einiger Zeit herausgefunden, dass Aarons Körper an seine Familie zurückgegeben wurde, aber nicht vollständig. Sein Herz fehlte.«

Überrascht hebe ich eine Augenbraue. »Sein Herz? Bist du dir sicher?«

Hat sich da etwa jemand heimlich an dem Werwolf zu schaffen gemacht? So ein Wolfsherz ist eine seltene Zutat für einige magische Zauber.

Ich bin ein wenig enttäuscht von mir, dass ich nicht selbst auf die Idee gekommen bin, es einfach zu stehlen – obwohl ich das Sam und seiner Familie vermutlich nicht antun könnte. Abgesehen davon, hatte Sir Henry ganz offiziell verboten, interessante Organe verstorbener Paranormalen zu entnehmen.

»Absolut. Ich habe es aus einer verlässlichen Quelle. Aber das ist nicht das Einzige. Ich weiß auch, dass die Augen des Friedhofswärters gefehlt haben. Und aus irgendeinem Grund stört mich das. Ich kann nicht genau sagen, warum. Aber es fühlt sich an, als ob das zusammengehört.«

Sally hebt den Blick und schaut mir direkt in die Augen. Darin kann ich den Wunsch nach Bestätigung sehen. »Bitte sagen Sie mir, dass ich nur Geister sehe und es eigentlich nichts ist.«

»Geister stehlen keine Organe. Zumindest wäre mir das neu.« Ich hole tief Luft und überlege, was man mit den Augen eines

Menschen, der durch eine Banshee gestorben ist, und einem Werwolfherz anfangen kann. Im Nebel meines Verstands blitzt eine Erinnerung aus meiner Ausbildung hoch, aber gerade als ich durch den Kopfschmerz hindurch danach greifen will, öffnet sich die Tür zur Mittleren Bibliothek.

»Sir Henry!« Sally springt von ihrem Stuhl auf und knickst vor ihm. »Sally, was machst du denn in diesem Teil der Bibliothek?« Der Protector stellt mir die Frage, auch wenn er Sally angesprochen hat.

»Sie hat unter meiner Aufsicht mal die Spinnweben aus den Ecken entfernt.« Ich nicke Sally zu, damit sie sich wieder setzt. »Und im Anschluss hat sie mir die Bücher hergetragen. Was kann ich für Sie tun, Sir Henry?«

Der Protector streicht sich über die grau melierte Krawatte. »Ich bin hier, weil ich eine gute Nachricht für Sie habe.«

Wer jetzt erwartet, dass ich freudig erregt darauf warte, was Sir Henry Blake mir mitteilen will, der kennt mich kaum. Denn wenn ich eines gelernt habe in all den Jahren im Hermetischen Orden, dann, dass eine solche Ankündigung selten wirklich gute Nachrichten bedeuten. Deswegen erwidere ich gar nichts auf diesen Satz und warte, welche magische Bombe er platzen lassen möchte.

Sir Henry räuspert sich und lächelt mich freundlich an. »Es ist mir in der Tat eine Freude, Ihnen mitzuteilen, dass ich einen adäquaten und äußerst fähigen Nachfolger und zukünftigen Lehrling für Ihre Position gefunden habe.«

Für einen Moment verschlägt es mir die Sprache. Ich spüre Wut in mir aufsteigen und zugleich höre ich das enttäuschte Keuchen von Sally. Was Sir Henry da gerade ohne Rücksicht auf Verluste gesagt hat, zerstört mehr, als ich auch nur erahnen kann.

»Bitte was?«, ist alles, was ich sage.

FOLGE

2

KAPITEL 4

Caleb

Das, was wir schon geahnt haben, wurde gerade durch einen Anruf von Doc Brown bestätigt. Es handelte sich bei der Substanz unter den Fingernägeln des Premiers tatsächlich um Wachs. Und zwar um Wachs, das auch bei Madame Tussauds verwendet wird und aus dem die berühmten Repliken hergestellt sind, die in dem gleichnamigen Wachsfigurenkabinett präsentiert werden. Das würde die Berühmtheit der Täter erklären. Nur wer oder was diese Figuren übernommen oder zum Leben erweckt und eine davon auf den Premier gehetzt hat, bleibt rätselhaft.

Ich habe mein Team informiert, dass wir beim Einsetzen der Dämmerung aufbrechen, dann hat das Wachsfigurenkabinett geschlossen, und wir können uns ungestört umsehen. Wieder zwischen Touristen auf die Jagd zu gehen, habe ich diesmal nicht vor.

Isabella betritt als Letzte des Teams den Aufenthaltsraum der Vigilanten, wie immer elegant – vom blonden Long-Bob bis in die Spitzen ihrer schwarzen Pumps. »Wann fahren wir?«

»Wie kannst du nur mit diesen Schuhen arbeiten? Wie willst du damit rennen?« Noah lümmelt auf einer der altertümlichen Ledercouchen, sein Blick ist herausfordernd, als er die Frage in den Raum wirft.

Vigilantinnen sind selten, und ich bin mir sicher, dass Isa auch bei Victoria einen schweren Stand hat. Die *Eishexe* duldet kein Versagen, und als einzige Geschlechtsgenossin zwischen den Vigilanten hier im Orden steht Isa mit Sicherheit unter ihrer besonderen Beobachtung.

»Ich kann in meinen Pumps wahrscheinlich schneller rennen als du Clown in deinen klobigen Stiefeln.«

Sie sagt es so überzeugend, dass Noah grinst, mit den Schultern zuckt und beschwichtigend die Hände hebt. Ich glaube ihr. Sie neigt nicht zu Übertreibungen und wäre nicht hier, wenn sie nichts auf dem Kasten hätte.

»Hol bitte den Wagen, Isa, wir brechen in fünf Minuten auf. Dann sollte Mike aus der Waffenkammer wieder da sein, er braucht noch Munition.«

Sie nickt mir zu und gehorcht. Sie ist bereits ausgerüstet und trägt ihre silbernen, mit keltischen Runen verzierten Dolche in ledernen Scheiden am Gürtel ihrer Wollhose.

Ich habe noch immer Schwierigkeiten, sie als Kämpferin und Vigilantin wahrzunehmen. Für mich ist sie die Freundin der Familie und Adams Verlobte. Irgendwann werde ich in Erfahrung bringen, warum sie hier ist und was zu dieser ungewöhnlichen Berufswahl geführt hat.

Ich gehe davon aus, dass auch Adam bald hier auftauchen wird. Isabella hätte niemals im Orden angefangen, wenn mein Bruder nicht ebenfalls eine Beschäftigung als Magier gefunden hätte. Wenn ich Glück habe, wird er in Edinburgh eingesetzt oder in einer entfernten Außenstelle. Allerdings richten die beiden Turteltäubchen sich gerade eine teure Stadtwohnung in Richmond Green ein, und das Wort Hochzeitsplanung wurde von meiner Mutter in meinem WhatsApp-Verlauf hinterlassen. Zum Glück wird Adam zumindest kein ständig anwesendes Ordensmitglied werden – er ist kein Vigilant, und alle anderen Stellen sind besetzt.

Unser anerzogener Konkurrenzkampf würde im Orden zu Problemen führen. Dass Isabella jetzt hier ist, ist schon mehr als genug Familie in meinem Arbeitsumfeld. Auch noch Daddys Paradesohn jeden Tag sehen zu müssen, würde meinen Nerven den Rest geben.

Während Isa den Wagen holt, gehe ich zur Einsatzzentrale, wo mein Katana sicher verwahrt ist. Heute Nacht werde ich auf eine Schusswaffe verzichten. Wenn wir etwas aufscheuchen, sollten wir es leise fangen. Madame Tussauds liegt in der Innenstadt, und Diskretion ist unabdingbar.

Draußen angekommen, atme ich tief durch. Es ist dunkel und kurz vor neun Uhr. Der feine Nieselregen hat nachgelassen, und der aufkommende Nebel ist noch nicht besonders dicht, nur leichte Schlieren durchziehen die kühle Luft. Wie an jenem Abend auf dem Highgate Cemetery, als wir den Lazarusdämon …

Ich zwinge mich, meine Gedanken in eine andere Richtung zu lenken. Immer, wenn ich an Zac oder das denke, was ich tun musste, wird mir bewusst, wie ich zuerst meinen Freund verloren und danach den Orden verraten habe. Wie weit ich mich von allem entfernt habe, nur, um mein Überleben zu sichern. Ich fühle mich schuldig, und doch kann ich meine Entscheidungen nicht bereuen. Ganz davon abgesehen, dass ich jetzt tief in Sallys Schuld stehe.

Isa hält mit dem Wagen vor dem Haupteingang. Mike drängt sich an mir vorbei, Noah folgt ihm auf dem Fuß. Ich lasse mir eine Sekunde mehr Zeit und steige ohne Hektik vorne ein, strahle Ruhe für das Team aus. Die Zeiten, in denen ich mich beweisen muss, sind zwar noch nicht vorbei, aber ich bin nicht mehr ganz so grün hinter den Ohren, dass ich das unbedacht tun muss.

Einen kurzen Moment hoffe ich, Zac hinter dem Steuer sitzen zu sehen, aber da ist nur Isa, die auf dem Fahrersitz wartet, bis wir alle angeschnallt sind. Sie ist ein wenig pedantisch, was gewisse Dinge betrifft, aber sie hat im Grunde recht.

Als die Gurte eingerastet sind, fährt sie zügig los Richtung Madame Tussauds. Die vier Meilen bis zur Regents University London, neben der sich unser Ziel befindet, sind schnell zurückgelegt. Wir biegen ab, und Isa findet tatsächlich in der Nottingham Terrace, auf der Rückseite von Madame Tussauds, eine Parklücke, die für den Van ausreicht. Ein kleiner Lottogewinn in London.

Wir steigen aus und gehen zum Hintereingang des Wachsfigurenkabinetts. Die Mülltonnen stehen für die morgige Abholung bereit, und auch sonst wirkt alles verlassen und ruhig im gelblichen Licht der alten Straßenlaternen. Was einst als kleines Projekt begann, ist nun eine riesige Attraktion für die unzähligen Touristen.

An der Stahltür des Personaleingangs genügt ein kleiner Zauber von Noah, um den Alarm und das elektronische Schloss zu überlisten. Leise schlüpfen wir in den Mitarbeiterbereich des Wachsfigurenkabinetts. Wachpersonal gibt es keines, nur modernste Überwachungstechnologie. Die meiste davon hat heute Squirrel unter ihrer Kontrolle. Kein Alarm, sei er auch noch so still, wird die Polizei erreichen, solange wir in dem Gebäude sind.

Wir passieren die Umkleiden, einen Aufenthaltsraum mit Snackautomaten und mehrere verschlossene Büros und betreten die Ausstellung durch eine normalerweise elektronisch gesicherte Tür. Sie führt uns direkt zur königlichen Familie, oder dem, was davon nach dem Megxit noch übrig geblieben ist:

Königin Elisabeth steht lächelnd vor uns, Prinz Philipp hinter ihr, flankiert von Charles, Camilla und ihrem Enkel William und dessen Frau Kate. Harry und Meghan wurden in den Bereich der Feld-, Wald- und Wiesen-Celebrities verbannt.

Eine Notbeleuchtung verleiht den Figuren vor uns etwas Bedrohliches. Ein kleiner Schauer läuft mir über den Rücken, und ich bin froh, dass Isa in diesem Moment ihre helle LED-Taschenlampe anknipst.

Wer weiß heute noch, dass diese Figuren nur hier stehen, weil man von den Köpfen der französischen Adligen während der Revolution Kopien anfertigte? Sicher die wenigsten. So makaber es auch war, da die echten Schädel verrotteten, mussten einst die Wachsgesichter als abschreckendes Beispiel für die Bevölkerung dienen.

»Isa, du bleibst bei mir. Mike, Noah, ihr untersucht bei Hulk und Einstein, ob ihr an den Figuren irgendwelche Spuren oder Hinweise findet. Isabella und ich nehmen uns Freddie Mercury, Jack Sparrow und *Her Majesty* vor.« Bei diesen Worten nicke ich mit dem Kopf in Richtung der gekrönten älteren Wachsfigur vor uns.

Mike grinst. »Cool, wir kriegen den Großen, Grünen.«

»Mike! Das ist eine Ordens-Ermittlung. Ich erwarte volle Konzentration, verstanden?« Meine Stimme ist leise, aber der strenge Unterton ist nicht zu überhören. Zac hat sein sorgloses Verhalten mit dem Leben bezahlt. Egal, wie skurril oder lächerlich das hier in diesem Gang wirken mag, egal, was wir jagen, es hat Menschen verletzt.

Mike wird puterrot, das kann ich sogar im Zwielicht der Taschenlampen erkennen. »Sorry, Boss. Wir sind vorsichtig.«

Er schaltet seine Lampe nun auch ein und folgt Noah, der seine Wurfsterne in der Hand hat. Noahs Aufmerksamkeit beruhigt mich ein wenig.

Als die beiden außer Sicht sind, seufzt Isa leise. »Du wirst mich nicht aus den Augen lassen, oder?«

Ich schüttele den Kopf. »Isa, du bist neu. Das ist normal. Und ich werde dich nicht anders behandeln als jeden anderen neuen Vigilanten.«

»Nein, wirst du nicht. Aber du wirst hoffentlich außerhalb der Dienstzeit irgendwann mal wieder normal mit mir reden. Du gehst mir aus dem Weg und hast uns noch nicht einmal besucht, Caleb.«

Ich schnaube genervt. Nein, ich habe das traute Heim meines Bruders noch nicht besichtigt. Und ich rede auch mit Isa im Orden nicht über Familienangelegenheiten, worunter Eltern, Brüder, Hochzeiten oder Anschaffung von Haustieren und Möbeln fallen. Inklusive Tapeten, Umzugsdienste und Malerarbeiten sowie Familiendinner und traute Zusammenkünfte nach Feierabend. Das wäre unprofessionell. Was mir wiederum eine passende Ausrede liefert, der Familie aus dem Weg zu gehen.

»Jetzt nicht, Isa. Wir sind zum Arbeiten hier.« Ich bin schroffer als nötig, doch das ist mir egal. Kurz huscht ein verletzter Ausdruck über ihr Gesicht, aber sie ist ein Profi, und einen Moment später hat sie sich wieder gefangen.

»Gut. Ich beginne am besten mit der Handtasche der Queen. Wenn die Figur draußen war, müssten wir Beweise daran finden.«

Ich nicke und folge ihr zur Queen, die ein weißes Kleid mit blauer Schärpe und natürlich die Kronjuwelen trägt. Allerdings keine Tasche.

»Wo ist die Handtasche?«

Isa zuckt mit den Schultern. »Keine Ahnung. Das hier ist ihr offizielles Outfit. Meinst du, sie hat eine gemopst, als ihr klar wurde, dass sie aus dem Haus geht?«

Es fällt mir schwer, bei Isas Frage nicht zu lachen. Es gibt aber auch noch andere Möglichkeiten, zu prüfen, ob die Figur das Gebäude verlassen hat. Ich umrunde die Queen. Der tadellose Saum ihres Kleides berührt den Boden. Ich greife nach dem Rock, unter dem sie Pumps trägt, die wiederum sehr verschmutzt aussehen. Schlammig und mit Erde bespritzt.

»Halt mal.« Isa reicht mir die Taschenlampe, nimmt eine Beweissicherungstüte aus ihrer Hosentasche und kratzt vorsichtig ein wenig der Erde in das kleine Tütchen. Die Schuhe der Figur sind nicht nur schlammverkrustet, sondern auch stark beschädigt.

»Da hat sich wohl jemand nach der Sperrstunde rausgeschlichen«, bemerkt Isa trocken.

Außer den schmutzigen Schuhen finden wir leider keinen weiteren Hinweis für ein Ausbüchsen der Queen. Zumindest keinen, der auf paranormale Aktivität hindeuten könnte. Und auch sonst benimmt sich *Her Majesty* in unserer Anwesenheit tadellos.

»Lass uns nachsehen, was mit Freddie und Jack Sparrow ist. Irgendein konkreter Hinweis muss doch zu finden sein. Niemand kann so viele Figuren ohne einen sichtbaren Beweis zum Leben erwecken«, schlage ich vor.

Isa nickt, und ich gebe ihr die Taschenlampe zurück, bevor wir weiter zu den Celebrities gehen, vorbei an Daniel Craig, Brad Pitt,

George Clooney und eigentlich auch Freddie Mercury. Doch der Platz ist leer. Ein Schild weist auf Reparaturarbeiten der Figur des Sängers hin. Laut unseren Akten hat ihm ja auch jemand eine ordentliche Beule ins Gesicht geschlagen, was uns jetzt leider nicht weiterhilft.

Ich bedeute Isa, weiterzugehen, und tatsächlich findet der Lichtstrahl ihrer Taschenlampe nicht allzu weit entfernt Johnny Depp in seiner Paraderolle. Die Figur steht fotogen und in bester Piratenpose vor uns, den Säbel kampfbereit erhoben. Dahinter Keira Knightley, ebenfalls im Filmkostüm.

Ich will mir die Figur genauer ansehen.

»Kannst du was erkennen, Caleb?«

Ich nicke. Auf den zweiten Blick sehen die Finger der Figur merkwürdig aus. Das Wachs wirft kleine, unnatürliche Falten, als wären die Gelenke bewegt worden. Ich ziehe vorsichtig den Ärmel des Kostüms nach oben und erkenne vier tiefe Kratzer am Unterarm des wächsernen Piraten. Sollte er jetzt zum Leben erwachen, bin ich viel zu nah an ihm dran. Dennoch untersuche ich auch noch die anderen Gliedmaßen, finde aber keine weiteren Spuren.

»Der hier hat den Premier angegriffen.«

Eine Aussage, die Isa mit einem professionellen Nicken quittiert. Wir können nichts tun, die Verhaftung von Wachsfiguren wäre ein Novum. Und ich habe auch noch keine Antwort auf die Frage, wie sich Johnny oder die Queen unbemerkt aus dem Museum geschlichen haben.

»Die Figuren können hier erst mal nicht weg. Lass uns Mike und Noah suchen, vielleicht hatten die beiden mehr Glück.«

Aus dem Augenwinkel sehe ich, wie hinter Isabella eine Gestalt zum Leben erwacht. Doch bevor ich reagieren kann, hat sie ihr einen kräftigen Stoß versetzt und sich an ihr vorbeigedrängt. Isa taumelt vorwärts, die Taschenlampe fest in der Hand. Ich kann sie gerade noch auffangen, während die dunkle Gestalt wegrennt. Es wirkt wacklig, beinahe zombiehaft, als wäre Laufen ein neues Konzept für das Wesen.

Ich lasse Isa los und renne hinterher. Die Figur wird schneller und kommt immer besser mit ihren Beinen klar, dennoch kann ich den Abstand zu ihr verringern. Mein Katana findet den Weg in meine Hand, als ich eine engere Kurve nehme, um Victoria Beckham auszuweichen und hinter ihrem Mann David die Geschwindigkeit wieder zu erhöhen. Ich höre Isas Schritte auf dem glatten Boden, auch sie hat die Verfolgung aufgenommen. Aber sie kann nicht mithalten. So viel zu ihren Pumps.

Das Wesen hat inzwischen die königliche Familie erreicht und biegt in die Personalräume ab, durch die Tür, die wir offen gelassen haben. Ich renne hinterher. Je länger die Verfolgung dauert, desto schneller wird der Flüchtende. Es ist eine schlanke, drahtige Erscheinung. Ich kann dunkelblonde, wuschelige Haare erkennen, während die Gestalt mit nun langen, sicheren Schritten immer eiliger dem Ausgang entgegenstrebt, mehr aber auch nicht.

»Wir verlieren ihn.« Isas gekeuchte Worte will ich nicht akzeptieren.

Ich lasse mich doch verflucht noch mal nicht von einer verdammten Wachsfigur abhängen!

»Tun wir nicht«, zische ich wütend und lege einen Zahn zu, obwohl meine Lunge protestiert.

Ich schaffe es, im Laufen einen kleinen Elementarzauber zu wirken, es gelingt mir erstaunlich leicht. Obwohl ich Feuerzauber am besten beherrsche, kann ich diesen Zauber im Gebäude nicht riskieren.

Der Eisblitz trifft den Flüchtenden und verlangsamt ihn. Ich bin voll Adrenalin, sodass ich die Erschöpfung durch den Zauber nicht spüre. Nur den Triumph, weil der Mann deutlich an Geschwindigkeit verliert und nur noch eine Handbreit vor mir durch die Ausgangstür ins Freie stürmt. Allerdings hat er nicht mit den Mülltonnen gerechnet, die davor den Platz und die Übersicht deutlich einschränken. Auch die Straßenlaterne, die alles in ein gelbliches Licht taucht, scheint ihn zu irritieren.

Er stoppt verwirrt und dreht sich langsam zu mir um. Wir starren uns an. Ich komme nicht auf den Namen des Briten vor mir, aber ich kenne seine Filmrolle.

»Edward?« Auch Isa ist durch die Tür gekommen und von der Identität des Flüchtenden ein wenig überrascht, zumindest ist ihr Namensgedächtnis besser als meines. Stimmt: Edward, alias Robert Rattisson, oder so ähnlich, heißt der Schauspieler. Ich kenne ihn vor allem als Edward, den glitzernden Kuschelvampir.

Diesen Vampir habe ich noch nie gemocht. Er und die Filmreihe haben alles andere als dafür gesorgt, Menschen von Vampiren fernzuhalten.

Langsam trete ich einen Schritt nach vorn, das Katana lasse ich beiläufig zurück in die Halterung gleiten. Ich weiß, was Wachs ziemlich nachhaltig vernichtet. Etwas, das ich im Gebäude aufgrund von Rauchmeldern und Sprinklern vermeiden musste, wird jedoch hier draußen zur ultimativen Waffe.

Das stumme, stimmbandlose Wesen vor mir hebt die Hände. Wie in dem Spielfilm deutet er Klauen an und hält seine Finger weit nach oben, bereit zum Sprung. Es würde beeindruckender aussehen, wenn er nicht vor Großstadtmüll posieren würde.

Ich ziehe die Energie für den Feuerzauber an mich und werfe einen ziemlich heißen, aber nicht zu großen Feuerball in seine Richtung.

Edward ist fixer, als ich dachte, und weicht geschickt aus. Nur sein Arm fängt Feuer, das er rasch mit der anderen Hand ausschlägt. Er schaut sich kurz um, offenbar auf der Suche nach Deckung, was hier zwischen dem Müll und ein paar parkenden Autos aber nicht so einfach ist.

Ich sehe aus dem Augenwinkel, dass Isa ihre Messer in den Händen hält und versucht, sich unbemerkt an dem Wachsmonster vorbeizuschieben. Die Hand und der Arm des Wesens haben sehr unter dem Feuer gelitten, Wachs tropft herab und landet auf dem Boden. Die Tropfen treten hell auf dem grauen Asphalt hervor – eine ganz besondere Blutspur.

Wütend sieht das Monster sich nach einer Fluchtmöglichkeit um und entdeckt Isa, die ihm den Weg versperrt, bereit, ihn mit ihren zwei silbernen Dolchen anzugreifen. Während ich einen weiteren, ziemlich großen und heißen Feuerball entstehen lasse, sucht es lautlos und schmelzend nach einem Ausweg. Es ist bereits mein dritter Zauber, aber dieses Mal bleiben die bleierne Müdigkeit und die Erschöpfung aus, die mich sonst beim Wirken von Magie übermannen.

Offensichtlich macht Übung doch den Meister.

Mit diesem Gedanken schleudere ich das entstandene, blau leuchtende, fußballgroße Feuergeschoss zielsicher auf den Wachsvampir. Diesmal fängt er sofort Feuer und steht in Sekundenschnelle in Flammen. Die Kleidung verbrennt zu Asche, während das Wachs träge zu Boden fließt, als die Gestalt gespenstisch und stumm in sich zusammenfällt, wobei das merkwürdige Feuer noch ein wenig knackt und knistert. Es geht schneller, als ich angenommen habe. Zurück bleibt nur ein wenig Wachs, ein grotesk verformter Körper ohne Kopf und mit seltsam dünnen Beinen: das Glasfaser-Skelett der Edward-Cullen-Figur.

»Tja, Bella, am Ende wurde dein Edward doch erledigt.«

»Sehr witzig, Caleb. Was zur Hölle war das?«

Ich trete näher an die Überreste heran. Im Wachs und zwischen den Glasfasern sind regenbogenfarbig glitzernde Partikel zu erkennen, auch auf dem Asphalt vor mir kann man das bunte Funkeln sehen.

Isabella gibt ein Geräusch des Ekels von sich.

»Hey, das ist nur Pixie-Zauberstaub. Wenigstens wissen wir jetzt, wonach wir suchen.«

Sie schnaubt und atmet schneller, entfernt sich von mir und den Edward-Überresten.

»Caleb, das hat nichts mit dem Pixie-Staub zu tun. Sieh doch, da liegen haufenweise tote Ratten. Das ist ekelerregend.« Sie klingt angewidert und ein wenig zittrig.

Mein Blick folgt ihrem, und ich sehe, was sie meint. Unter und neben den Mülltonnen liegen mindestens acht fette Ratten, die unversehrt, aber ziemlich tot aussehen. Ein Fall für einen Kammerjäger, nicht für Vigilanten – im Gegensatz zu der Pixie, die für den Zauber verantwortlich ist. Doch die wird nun, nachdem wir ihre Marionette erledigt haben, nicht mehr hier sein.

Ich packe Edwards Überreste und stopfe sie in die nächstbeste Tonne. Die Müllabfuhr wird diesen Beweis noch in dieser Nacht verschwinden lassen.

»Sag Mike und Noah Bescheid, dass sie herkommen sollen. Wir fahren in den Orden zurück.«

Isa nickt und fischt ihr Handy aus der Tasche, unsere Arbeit hier ist getan.

Ich weiß, was ich wissen wollte: Wir müssen jetzt eine wahrscheinlich total durchgedrehte Pixie finden, die für den Bruch des Friedens verantwortlich ist. Und die kann überall sein!

KAPITEL 5

Kaitlin

Der Protector runzelt die Stirn und richtet seinen schicken schwarzgrauen Anzug, der ihm von seinem persönlichen Schneider wie immer perfekt an den Körper angepasst wurde. Meine Nachfrage auf seine äußerst explosive Nachricht scheint ihn tatsächlich zu verwirren.

»Ich habe meinen Besuch doch vor einer Woche mit einer Notiz an Sie angekündigt. Ist die nicht bei Ihnen angekommen?«

»Eine Notiz? Nicht bei mir. Ich denke, die wird durch die Vorkommnisse der letzten Wochen verschollen sein.«

Mit Sicherheit hat er keinen Brief oder eine Notiz geschickt, denn es ist eine Unart von ihm, dass solche Nachrichten gerne mal verschwinden, bevor sie bei mir ankommen. In den letzten vier Jahren ist das nun schon die dritte Besuchsankündigung, die mich angeblich nicht erreicht hat. Ich vermute, dass er das mit Absicht macht, um zu testen, ob ich wirklich in der Bibliothek bin oder ob ich etwas Verbotenes anstelle.

»So wird es wohl sein. Dann tut es mir leid, dass ich diese Nachricht so plötzlich verkündet habe. Ich dachte, Sie wären schon darauf vorbereitet.«

Bevor ich etwas nicht sehr Damenhaftes erwidern kann, tritt hinter Sir Henry ein hochgewachsener, junger Mann hervor. Seine offenen grünen Augen strahlen mir entgegen, während er sich vermeintlich verlegen über den gut gepflegten Vollbart streicht. Sein Gesicht kommt mir entfernt bekannt vor, aber ich kann nicht zuordnen, woher. Vielleicht ein Magier aus einem anderen Orden, der schon einmal zum Austausch von Informationen bei uns war. Sein äußeres Erscheinungsbild wirkt wie das eines Beamten, der auch mal ein Auge zudrückt, wenn es die Not erfordert. Und doch schwingt unterschwellig eine erhabene Ausstrahlung mit, als ob er den Adel schon mit der Muttermilch aufgesogen hat.

»Guten Tag.« Für mehr Freundlichkeit fehlt mir gerade die Geduld. *Soll dieser Jüngling etwa mein Nachfolger werden? Und wer gibt Sir Henry das Recht dazu, einfach über meinen Kopf hinweg einen Nachfolger zu bestimmen?* Mit eiskaltem Blick warte ich auf eine Vorstellung durch den Protector.

»Lady Kaitlin McGregor, dies ist Adam O'Connor.«

Sally hingegen keucht erneut, als sie den Namen des jungen Mannes hört, ich jedoch lasse mir nichts anmerken.

»Mr O'Connor, die ehrenwerte Bibliothekarin des Hermetischen Ordens, Lady Kaitlin McGregor.« Sir Henry deutet auf uns beide und tritt beiseite, damit wir uns die Hände reichen können.

Es kostet mich alle Kraft, meine Hand in die des jungen O'Connors zu legen und ihm nicht den notwendigen Respekt zu verwehren, der von mir erwartet wird. Formvollendet und mit der Eleganz eines gut ausgebildeten Edelmanns, dem lediglich der Titel fehlt, nimmt er meine Hand und haucht einen Kuss auf den Handrücken.

»Es ist mir eine außerordentliche Ehre. Ich habe schon viel von der umfangreichen Ausstattung Ihrer Bibliothek gehört und bin sehr gespannt darauf.« Als er den Kopf wieder hebt, zwinkert er mir verschwörerisch zu, als würden wir uns schon lange kennen.

Ich entziehe ihm meine Hand und verkneife mir, dank meiner jahrelangen Erfahrung im Umgang mit mir ungeliebten Menschen, einen angewiderten Gesichtsausdruck. »O'Connor? Wir haben einen Vigilanten, der ebenso heißt.«

»Caleb, er ist in der Tat mein kleiner Bruder.« Adam verschränkt die Hände hinter dem Rücken, während er wieder zu Sir Henry tritt. Neugierig betrachtet er nun Sally, die noch immer neben mir steht und sich längst nicht so gut unter Kontrolle hat.

Die Nachricht eines fest bestimmten Nachfolgers muss sie schwer treffen, und ich kann in diesem Augenblick nichts tun, um sie zu trösten. Die Gefühle in mir schwanken zwischen Mitleid für Sally und Wut auf Sir Henry. Ein »Ah, interessant« ist alles, was ich in diesem Moment vorbringen kann.

Eine peinliche Stille breitet sich aus, die Sir Henry mit einem Räuspern füllt. »Ich habe Adam aus einem Pool von möglichen Kandidaten ausgewählt, um als Nachfolger in der Bibliothek ausgebildet zu werden.«

»Er soll mein Nachfolger werden? Interessant.« Der spitze Unterton entgeht weder Sir Henry noch Adam, aber beide sind Gentlemen genug, um nicht darauf einzugehen. Ich wende mich an Sally, um ihr eine weitere Demütigung zu ersparen. »Das wäre erst einmal alles, Sally. Bitte bringe mir nachher wie üblich den Tee in die Orangerie.«

Sally öffnet den Mund, und ich kann den Protest schon auf ihrer Zunge marschieren sehen, doch bevor sie etwas sagen kann, schließt sie die Lippen und nickt. Mit gesenktem Kopf verlässt sie nach kurzer Verabschiedung die Bibliothek.

»Ich weiß, es ist nicht üblich, dass Ihnen jemand vorgesetzt wird, aber der Orden muss Vorkehrungen treffen.«

»Wieso denn das?«, frage ich provokant. Natürlich weiß ich, dass er auf mein Alter anspielt, aber wenn er mich schon so vor den Kopf stößt, dann muss er mit einer Retourkutsche rechnen.

»Nun, also …« Sir Henry schaut mir in die Augen, und auch wenn er Adam gegenüber so tut, als ob er herumdrucksen würde, so sehe ich klar, dass es ihm nicht unangenehm ist. »Die Vorschriften des Ordens besagen, dass im Falle eines Notfalls ein Ersatz in greifbarer Nähe vorhanden sein soll. Sie werden uns sicher noch die nächsten Jahre erhalten bleiben, doch der Orden muss auf alles vorbereitet sein. Und da sie seit über zehn Jahren nicht einmal mehr einen Kandidaten in die nähere Auswahl, geschweige denn in Augenschein genommen haben, habe ich laut den Statuten des Ordens das Recht, einen geeigneten Nachfolger auszuwählen.«

Gut gekontert, denke ich und ärgere mich, dass ich diese Regel vergessen habe. Ich nicke einmal kurz, ehe ich mich Adam zuwende. Der Bruder von Caleb scheint von unserer Unterhaltung wenig beeindruckt zu sein. Er verkehrt also in den oberen Kreisen, was mich angesichts meiner Erfahrungen mit Caleb doch etwas verwirrt. Der rebellische Vigilant ist die meiste Zeit über sehr forsch, wenn auch intelligent genug, um im richtigen Moment den Mund zu halten. Dennoch hätte ich die beiden sehr unterschiedlichen Männer nicht aus demselben Elternhaus vermutet.

»Welche Erfahrungen bringen Sie denn mit, Mr O'Connor?« Ich setze mich wieder in meinen Stuhl und lege die Fingerspitzen aneinander, während ich ihn genau mustere. Adam hat keine Scheu mir gegenüber, auch wenn er Respekt zeigt.

»Nach meiner magischen Ausbildung habe ich alle Bereiche des Pariser Ordens durchlaufen und somit einen guten Einblick erhalten.« Adam steht kerzengerade vor mir und rattert seinen Lebenslauf wie bei einem Vorstellungsgespräch herunter. Dabei scheint die Entscheidung längst von Sir Henry getroffen zu sein.

»Irgendwelche Erfahrungen in einer Bibliothek?«

»In den letzten zwei Jahren habe ich im Orden in Paris die Vertretung des Bibliothekars übernommen und im Krankheitsfall oder im Falle eines Urlaubs die Leitung innegehabt.«

Ich überlege, was ich dazu sagen soll. Der Bibliothekar in Paris ist ein verbohrter Paragrafenreiter, der nie eine Ausnahme macht, wenn es um die Regeln geht. Zwar ist er noch nicht so lange im Dienst wie ich, aber sein Ehrgeiz ist ebenso groß wie meiner, wenn es um den Neuerwerb antiquarischer Magiebücher geht. Allerdings studiert er die dunklen Folianten nicht, um daraus neue Zauber oder Magiekunde zu erfahren, sondern schließt sie in einen Tresor weg, der im Keller des französischen Ordens steht.

»Sortiert Monsieur Laurent noch immer die Erinnerungsbücher in den öffentlichen Teil der Bibliothek?« Ich schaue Adam genau an, warte auf eine Reaktion seinerseits.

Diese folgt prompt, allerdings anders, als ich erwartet habe. »Diesen kolossalen Regelverstoß hat er nicht in der Zeit begangen, in der ich unter ihm arbeiten durfte. Wenn er dies in der Vergangenheit getan hat, so hoffe ich inständig, dass keine größeren Probleme daraus entstanden sind.«

»Regelverstoß?« Ich hake nach, und spätestens jetzt ahnt Adam, dass ich ihn teste.

»Die Dringlichkeit der Geheimhaltung ist unumstritten in den Grundregeln der verschiedenen Orden festgehalten.« Adam spricht mit voller Überzeugung und ohne Vorwurf, dass ich seinen Wissensstand testen will. »Niemandem außer dem Bibliothekar beziehungsweise seinem weiblichen Pendant oder deren Nachfolger ist es erlaubt, diese Erinnerungsbücher einzusehen, solange das nicht von der Ordensführung genehmigt wurde.«

Ich antworte darauf nicht, beobachte Adam nur, will wissen, wie er auf permanentes Anstarren reagiert. Die meisten Männer werden von meinem Selbstbewusstsein abgeschreckt und verlassen fast immer die Konversation. Oder sie senken beschämt den Blick.

Adam hingegen zieht sich weder zurück, noch wendet er sich ab. Im Gegenteil. Mit offenem, neugierigem Blick lächelt er mir zu. Unwillkürlich verspüre ich eine gewisse Zuneigung zu dem jungen Mann. Auch wenn er zum denkbar schlechtesten Zeitpunkt in meine Bibliothek kommt. Sallys Ausbildung habe ich gerade erst begonnen. Da stört ein weiteres Gesicht in meinen Räumlichkeiten nur. Vor allem eines, das so aufmerksam ist.

Sir Henry verzieht amüsiert die Lippen und hebt schließlich eine Hand, wie ein Schiedsrichter, der einen Kampf beendet. »Ich denke, wir haben geklärt, dass er kompetent ist. Wenn es in Ordnung ist, werde ich Mr O'Connor nun im restlichen Orden herumführen, um ihm den Einstieg zu erleichtern.«

Ich überlege, ob ich diesen Einstieg mit einigen unangenehmen Fragen überschatten soll, aber entlasse die beiden vorerst mit einem Kopfnicken. Früh genug wird mir Sir Henry mitteilen, wie er es wagen konnte, eine Entscheidung ohne mich zu treffen. Und auf dieses Gespräch wird er sich sicher nicht freuen.

KAPITEL 6

Kaitlin

Ich sitze in der Orangerie und warte auf meinen Tee, den Sally mir jeden Augenblick bringen wird. Vermutlich wird sie über die Nachricht vom Protector reden wollen. Das bedeutete einen gravierenden Einschnitt in ihre Zukunftsplanung und auch in meine. Sallys Leben hat schon so manchen Rückschlag erlebt.

Ich lehne mich in meinem Sessel zurück und denke an ein Treffen mit Beatrice. Sie hatte eine Entscheidung für Sally getroffen, die – abgesehen von ihrem Fortgang nach Sallys Geburt – wohl die schwerste Einschränkung in Sallys Leben bedeutet hatte …

*

»Nächste Woche hat sie Geburtstag«, sagte Beatrice und streichelt zärtlich über das Foto, das ich ihr mitgebracht hatte. »Ein weiteres Jahr, in dem ich sie nicht aufwachsen sehe.«

Die Schwere ihrer Stimme machte selbst mich traurig, obwohl ich keine Mutter war. Unwillkürlich legte ich ihr meine Hand auf die Schulter. »Sie macht sich gut, und wenn du möchtest, kann ich demnächst mit ihr auf einen öffentlichen Spielplatz gehen. Dann kannst du sie zumindest einmal sehen.«

Ruckartig richtete Beatrice sich auf. »Auf keinen Fall. Niemand darf mich sehen und erst recht nicht mit Sally zusammen. Bitte versprechen Sie mir, dass Sally im Orden bleibt, Lady Kaitlin!«

Verwundert hob ich eine Augenbraue. »Du vermisst sie, aber willst sie nicht sehen? Warum das nicht? So ein Spielplatz ist ideal, um ein unauffälliges und vollkommen zufälliges Treffen möglich zu machen.«

Beatrice presste die Lippen zusammen. »Ich gehe schon ein nicht unerhebliches Risiko ein, wenn wir uns hier treffen.« Mit ihren grazilen Fingern deutete sie auf das Büro, das ich angemietet hatte, um ein Gespräch in absoluter Privatsphäre sicherzustellen. Es war simpel eingerichtet und für Menschen gedacht, die eigentlich von zu Hause arbeiteten, aber ab und an das Gefühl einer Arbeitsstätte haben wollten. So hatte es mir der Vermieter erklärt. Mir war nur wichtig gewesen, dass es nicht zentral in London lag und keinerlei Überwachungskameras besaß.

»Mach dir bitte nicht so viele Sorgen. Es ist uns niemand gefolgt, und wir werden nicht beobachtet.«

»Sie sprechen für sich, Lady Kaitlin. Bei mir bin ich mir da nicht so sicher.«

Auf einmal fiel mir auf, dass Beatrice bei jedem Geräusch, das in das separat gelegene Büro drang, zusammenzuckte. »Ist wirklich alles in Ordnung? Gibt es Probleme bei den Verhandlungen?«

Beatrice schaute aus dem Fenster hinter mir. Ihr Blick glitt in die Ferne, als suchte sie etwas, das nur sie sehen konnte. Es dauerte einen Moment, ehe sie sich wieder fing und den Kopf schüttelte. »Nein, alles gut. Die Verhandlungen laufen gut.«

»Was ist es dann? Beatrice, ich sehe doch, dass du etwas verschweigst. Wir können uns doch alles sagen? Oder vertraust du mir so wenig?«

Sie schnaubte und richtete ihre volle Aufmerksamkeit wieder auf mich. »Wenn ich Ihnen nicht vertrauen würde, hätte ich wohl kaum meine Tochter bei Ihnen gelassen, oder?«

»Wohl wahr.«

Ein weiteres Mal strich Beatrice über das Foto in ihren Händen, ehe sie fortfuhr. »Bitte versprechen Sie mir, dass Sally für immer im Orden bleibt, ja? Sie müssen Sie beschützen.«

»Vor wem denn, Kindchen? Du klingst so, als ob es eine akute Bedrohung für Sally geben würde. Wenn du etwas weißt, dann sag es mir. Denn je mehr ich weiß, desto besser kann ich sie beschützen.«

Beatrice verzog das Gesicht, als hätte sie allein bei dem Gedanken daran Schmerzen. »Ich weiß nicht …«

»Beatrice Davies, jetzt rede schon, oder muss ich es erst aus dir herauszaubern?«

Auch wenn ich nie eine Tochter hatte, so kam das Verhältnis, das ich mit Beatrice pflegte, dem am nächsten. Es war also für mich nicht weiter verwunderlich, dass sie auf meine ernste Ansprache reagierte, wie es eine artige Tochter tun würde.

»Sie erinnern sich vielleicht noch daran, wie traurig ich damals war, als Sallys Vater plötzlich verschwunden war?«

Erstaunt riss ich die Augen auf. »Hast du ihn wiedergefunden? Ist er ein Verbrecher und musste ins Gefängnis, weswegen er fast neun Jahre nicht auffindbar war?«

»Was?« Beatrice schüttelte amüsiert den Kopf. »Nein, Lady Kaitlin. Sie lesen in letzter Zeit eindeutig zu viele dieser Schundromane. Ich kann Ihnen nicht sagen, warum er verschwunden ist, aber ich habe etwas über ihn herausgefunden. Und nach allem, was ich weiß, ist es das Beste, was uns hätte passieren können, dass er aus Sallys und meinem Leben verschwunden ist.«

»Was soll das bedeuten?« Ich hakte nach, auch wenn ich wenig Hoffnung hatte, dass Beatrice mehr verraten würde.

»Das kann ich Ihnen nicht sagen. Bitte versprechen Sie mir einfach, dass Sally im Orden bleibt und dort in Sicherheit ist.«

»Natürlich, Kindchen. Das habe ich dir doch schon vor ihrer Geburt versprochen.«

»Nehmen Sie das bitte nicht auf die leichte Schulter, Lady Kaitlin. Ich brauche die absolute Gewissheit, dass sie den Orden nicht verlassen wird. Sie muss dort bleiben!«

Die Beharrlichkeit, mit der Beatrice mich dazu nötigte, für den Schutz von Sally zu sorgen, bereitet mir Kopfzerbrechen. Dennoch nickte ich. »Ich verspreche es. Du weißt aber, dass ich nicht lockerlassen werde, um herauszufinden, warum du mich zu diesem Versprechen nötigst?«

Ein mütterliches Lächeln breitete sich auf Beatrice' Gesicht aus. »Das ist mir klar, auch wenn ich Ihnen nur raten kann, es dabei zu belassen. Ich muss selbst erst einmal damit klarkommen. Dass Sally in Sicherheit ist, bedeutet mir schon sehr viel.« Sie lehnte sich über den Schreibtisch, um einen Brief abzulegen. »Wir sollten jetzt aber zu unserem eigentlichen Grund für das Treffen kommen.«

»Immer auf das Wesentliche fokussiert, so gefällt mir das. Also, was gibt es Neues?«

Beatrice deutete auf den Brief, den sie mir vorgelegt hatte. »Ich habe diesen vor ein paar Tagen bekommen und weiß noch nicht, was ich davon halten soll. Bisher habe ich noch nicht mit den anderen darüber gesprochen, aber es wäre ein weiterer Verbündeter, der sich uns anschließen will.«

Neugierig greife ich zu dem Brief. Es ist ein leeres Blatt Papier, auf dem nur kleine Kratzer zu erkennen sind, aber keine Schriftzeichen. »Welche Spezies?«

»Gespenster.«

Überrascht hebe ich die Augenbrauen. »Tatsächlich? Damit hätte ich jetzt nicht gerechnet. Das sind doch Einzelgänger. Wollen die wirklich zu uns stoßen?«

»Es sieht so aus. Machen Sie die Schrift sichtbar. Dann erklärt sich vieles.«

Ich zeichnete den Zauber in die Luft, sodass wenige Sekunden später eine blaugrüne Lichtkugel erschien. Kaum hielt ich die Kugel hinter das Blatt, tauchten die Schriftzeichen auf, die ich dank meiner Ausbildung in der Bibliothek lesen konnte. Es war eine alte Sanskritschrift, die für den Rest der Welt als ausgestorben galt. Nur ein paar Magier besaßen die Fähigkeit, diese noch zu lesen.

An den neuen Orden, der sich in London formt.

Wir sind ein Kollektiv aus zwanzig Gespenstern, die in einer Gemeinschaft leben und gerne mit der Führung reden möch-

ten. Wir haben dies besprochen und einstimmig beschlossen. Daher ersuchen wir um ein Gespräch mit der Führungsriege. Sollte das gewünscht sein, legen wir den Treffpunkt und die Uhrzeit fest.

Grüße,
das Kollektiv

Ich legte das Blatt beiseite. »Wer hat den Brief überbracht? Und woher wissen die Gespenster von unserem Orden?«

»Ich habe vor einem Jahr mit einem Gespenst in Kensington zu tun gehabt, aber nur angedeutet, was wir tun. Scheinbar hat dieses Gespenst die Informationen weitergegeben.« Beatrice strich sich über die körperbetonte Hose und legte den Kopf schief. »Was die Lieferung angeht: Ich weiß es nicht genau. Er war auf einmal in meiner Manteltasche, nachdem ich einkaufen war. Jemand muss ihn mir zugesteckt haben.«

»Das heißt, es gibt jemanden in London, der von dir weiß und auch weiß, wo du dich aufhältst?« Erschrocken sog ich die Luft ein. »Das ist keine gute Entwicklung. Wieso hast du das nicht gleich gesagt?«

Beatrice seufzte. »Ich glaube, dass es eins der Gespenster war. Im Nachhinein erinnere ich mich an eine ungewöhnliche Kältephase, als ich durch den Kühlbereich gegangen bin. Zuerst dachte ich, dass der Besitzer die Anlage zu kalt eingestellt hätte, was aber am nächsten Tag, als ich nochmal dort war, nicht mehr so war und eindeutig auf ein Gespenst hindeutet.«

»Das ergibt Sinn. Dennoch solltest du in nächster Zeit sehr vorsichtig sein. Du erregst mehr Aufmerksamkeit, als es vielleicht gut für unsere Sache ist.«

»Ich weiß. Deswegen bin ich sehr vorsichtig geworden und habe mit Chen einen Plan ausgearbeitet. Meine Tarnzauber schützen mich vor den meisten Magiern, die mich erkennen könnten.

Zudem hat Chen einige ihrer Vampire für meinen Schutz abgestellt.«

»Das ist gut. Wie geht es Chen? Sie ist scheinbar immer noch eine unschätzbare Hilfe?«

Vor etwas mehr als vier Jahren hatte Beatrice es geschafft, die junge Vampirclan-Chefin für unsere Sache zu gewinnen. Sie war die erste Verbündete, und bis heute hatte sich das mehr als bezahlt gemacht. Denn Chen war überzeugt von den Zielen des neuen Ordens, aber vor allem von Beatrice' Ehrlichkeit. Letztendlich hatte das Chen Lu Chén in ihrem Entschluss bestärkt, sich unserer Sache anzuschließen. Seither hatte sie sich als äußerst wertvolles Mitglied erwiesen, was Beatrice zu würdigen wusste, indem sie Chen mit in die Führung aufnahm.

»Ohne Chen wären wir nie so weit gekommen. Wir haben ihr viel zu verdanken. Aber das lässt sie mich auch jeden Tag spüren.« Beatrice schmunzelte. Doch ich hörte den Respekt vor der Vampirin in ihrer Stimme.

Ich hatte Chen erst einmal getroffen, aber durch Beatrice schon viel von ihr gehört und konnte verstehen, warum das so war: Die Vampirin war selbstsicher, intelligent und vor allem eloquent im Umgang mit anderen Paranormalen.

»Wie sieht es bei den anderen Wesen aus? Gibt es Fortschritte?«, wollte ich wissen.

Beatrice hob die Hand und wackelte damit hin und her. »Es geht voran. Dank Chen habe ich Kontakt mit einem Werwolfsrudel hier in London erhalten. Ursprünglich waren ihr Clan und das Rudel Feinde, aber Chen hat schon vor einiger Zeit den Krieg eingestellt. Sie konzentriert sich lieber auf die Wirtschaft und die finanzielle Sicherheit ihres Clans. Deswegen ist der Kontakt zwischen den beiden Gruppen entspannter geworden. Allerdings ist es noch ein sehr fragiler Frieden. Jedenfalls hat sich auf die Empfehlung von Chen der Anführer des Rudels vor einer Woche das erste Mal mit Chen und mir getroffen.«

»Welches Rudel ist es denn?« Es gab ein gutes Dutzend Rudel in London und Umgebung, aber ich kannte längst nicht alle. Einige bestanden nur aus zwei oder drei Werwölfen. Andere waren größer, wenn auch nicht immer stärker.

»Es ist das Johnson-Rudel. Vielleicht kennen Sie es?«

Ich schüttelte den Kopf. »Noch nie gehört. Wo lebt es?«

»Lustigerweise gar nicht weit vom Ordenshaus entfernt. Sam ist vor einigen Jahren aus Amerika hergekommen und hat sich hier der Liebe zu JJ wegen niedergelassen.«

»Sind sie vertrauenswürdig?«

Beatrice antwortete nicht sofort, starrte zunächst aus dem Fenster, ehe sie seufzte. »Zumindest sind sie sehr charmant.«

»Sie?«

»Sam Johnson und seine Frau JJ. Sie ist aktuell schwanger und etwas emotional, aber grundsätzlich eine sehr liebevolle Frau.«

»Glaubst du, sie haben Interesse an unseren Idealen?« Die Details zu ihren Emotionen waren für mich nicht relevant. Nur für Beatrice, die mit ihnen regelmäßig Kontakt haben könnte.

»Es steht noch auf der Kippe. Sie sind nicht abgeneigt, aber bisher haben sie sich noch nicht entschieden. Ich denke, es wird ein langer Weg, aber sie könnten gute und wichtige Verbündete werden. Zumindest, wenn sie in London bleiben.«

»Glaubst du, sie könnten weiterziehen?«

»Es ist ein Rudel, das noch am Anfang steht. Aber so wie ich die beiden erlebt habe, wollen sie größer werden. Sie scheinen wirkliche Familienmenschen zu sein. Und vor allem wollen sie sich in die Gemeinschaft einbringen. Sam Johnson ist für die Menschen Tierarzt, aber er ist auch Arzt für paranormale Wesen. Niemand, der keine gute Absichten hat, wählt solch einen Beruf.«

»Es könnte auch eine gute Maskerade sein. Wir sollten auf jeden Fall vorsichtig bleiben und ihnen noch nicht zu viel verraten.«

»Keine Sorge. Ich weiß schon, wie ich vorgehen muss. Ist ja nicht meine erste Verhandlung, die ich führe.«

Der stille Vorwurf in ihrer Stimme über meine Haltung im Hintergrund entging mir nicht, aber ich ignorierte das. »Wir haben also aktuell die Vampire fest auf unserer Seite und zwei weitere potenzielle Verbündete?«

Beatrice zögerte. »Wenn wir denn die Gespenster aufnehmen wollen?«

»Bist du etwa dagegen?«

»Gespenster sind nicht die Verlässlichsten. Sie haben immer einen eigenen Plan und verfolgen diesen mit Hinterlist.«

»Das stimmt wohl, aber sie kennen sich auch sehr gut aus in der paranormalen Welt. Sie bekommen viel mit, was geheim bleiben sollte, weil niemand sie bemerkt.«

»Das ist aktuell der einzige Grund, warum ich den Brief nicht weggeworfen habe. Aber sicher bin ich mir nicht. Sie sind gefährlich.«

Ich nickte. »Dann versuch, mehr über sie herauszufinden. Bevor wir sie aufnehmen, sollten wir uns sicher sein. Ich vertraue deinem Urteil, Beatrice.«

Beatrice stand auf und nahm den Brief wieder an sich. »Danke, Lady Kaitlin.« Auf einmal griff sie sich an den Kopf und riss die Augen auf. »Ich sollte aber jetzt lieber wieder gehen. Es ist zu gefährlich, zu lange an einem Ort zu verweilen. Die Vampire vermuten einen Verfolger unten auf der Straße.«

»In Ordnung. Melde dich, sobald du wieder in London bist.«

Beatrice drückte mich zum Abschied, ehe sie aus dem Bürogebäude in die Dunkelheit des nächtlichen Londons eilte. Ich schaute ihr noch nach und hoffte, dass dieser eilige Abschied kein schlechtes Zeichen für die Zukunft war.

KAPITEL 7

Sally

Später am Nachmittag, nachdem Lady Kaitlin ihren Tee in der Orangerie genossen hat und ich die Kamine im Speisesaal gereinigt habe, kehren wir wieder zurück in die Bibliothek. Das Licht sickert träge durch die Turmfenster und lässt den feinen Papierstaub in der Luft tanzen.

Mit einer raschen Geste ihres Handgelenks bringt Lady Kaitlin einen dicken, in schwarzes Leder gebundenen Band zum Schweben. Er folgt ihrer unausgesprochenen Aufforderung und schiebt sich in die mittlere Regalreihe an seinen Platz. Die anderen Bücher rechts und links davon beeilen sich, brav beiseitezurücken.

Neidisch sehe ich zu und frage mich, ob sie mir das jemals beibringen wird und mir die Bücher ebenso gehorchen werden wie ihr. Oder ob nun, da Adam ihr Nachfolger werden soll, ich gar nicht erst ausgebildet werde.

In der Orangerie habe ich Lady Kaitlin darauf angesprochen. Sie meinte, dass sich nichts an ihren Plänen ändern würde. Allerdings bin ich mir nicht sicher, ob sie dem Protector letztendlich nicht doch nachgeben muss.

Frustriert wende ich mich dem großen Tisch am Eingang zu, auf dem die Bände ruhen, die heute alle noch eingeräumt werden sollen. Mindestens ein Dutzend davon müssen in die oberen Regale, und ich werde die Schiebe-Leiter brauchen.

In der Mitte des Tisches ist ein Stapel Akten. Ich erkenne den beigefarbenen Ordner von Inspector Kumar wieder. Es sind die Kopien der Akten des aktuellen Falles in der Downing Street, den die Vigilanten bearbeiten. Auch sie wurden noch nicht weggeräumt.

Lady Kaitlin bemerkt meinen Blick: »Ach ja, die Akten wurden zurückgebracht. Lili Gardener ist sie durchgegangen und hat eine Liste mit den möglichen nächsten Opfern zusammengestellt.«

»Darf ich?«

»Nur zu.«

Ich schlage den Ordner auf und überfliege die erste Seite, eine Liste von Namen und Adressen, mit einer handschriftlichen Notiz von Squirrel versehen. *Labour Partei, House of Commons* steht da. Demnach waren alle bisherigen Opfer Mitglieder von Labour und kandidieren für einen Sitz als Member of Parliament. Eine Liste von fünf weiteren Anwärtern im Wahlkampf liegt bei.

Ein Name fällt mir dabei ins Auge: »Diesen Namen habe ich schon einmal irgendwo gelesen.«

»Wo?«

»Ich bin mir nicht ganz sicher. Vielleicht in der Zeitung? Da stand etwas im Evening Standard … Ich habe die Ausgabe noch auf meinem Zimmer.«

»Dann lauf und hole sie, Mädchen.«

*

Ich finde die Ausgabe des Standard auf dem kleinen Nachttisch in meinem Zimmer unterm Dach. Die Titelmeldung handelt von einem angeblichen Angriff durch ein Queen-Double im Hyde Park. In einer schmaleren Spalte daneben wird über steigende Immobilienpreise und das Privileg der Reichen gewettert. Dort fällt auch der Name, der mir aufgefallen ist: Anthony Chains.

Ich klemme mir die Zeitung unter den Arm und eile die vielen Stufen und den langen Gang zurück in den Turm, wo Lady Kaitlin über die Akten gebeugt in ihrem Lehnstuhl sitzt.

»Hier«, sage ich und zeige auf die Schlagzeile über steigende Immobilienpreise. »Mr Chains hat eine Villa für ein Vermögen in Uxbridge gekauft. Da ist ein Foto.«

Lady Kaitlin beugt sich über die Schlagzeile. »Somerset Manor. Das ist ein sehr altes Haus. Solch alte Häuser bergen oft Geheimnisse. Vielleicht findest du etwas über das Anwesen hier in der Bibliothek. Wenn du eine Bibliothekarin wärest, wo würdest du nachsehen?«

»Wenn ich eine Bibliothekarin wäre, würde ich in der Abteilung für Spukhäuser und Orte mit bedeutsamer Vergangenheit nachschauen. Aber ich bin ja keine Bibliothekarin, sondern ein Dienstmädchen.«

Kaitlin lächelt und nickt mir zu, meinen Zusatz übergeht sie kommentarlos.

Ich mache ihr kleines Spiel mit und gehe zu dem Regal unter dem Fenster, wo Besitzurkunden, Gebäudepläne und Almanache über berühmte Gebäude lagern. Wenn sie nicht vorhätte, ihr Wort zu halten und mich auszubilden, hätte sie mir nicht diese Aufgabe gestellt.

Ich brauche mehr als eine Stunde, dann finde ich in einem dicken Band über berühmte Architektur und Gutshäuser in Londons Umgebung endlich einen Eintrag zu dem Herrenhaus.

Laut dem Buch wurde Somerset Manor bereits im Jahre 1209 erbaut und hat eine bewegte Geschichte. Das ursprüngliche Haus soll von einem Graben umsäumt gewesen sein, wie bei einer Wasserburg. Anhänger Cromwells haben vergeblich versucht, das Besitztum zu plündern. Auch mehrere Brände überstand das Gebäude unbeschadet, wie durch ein Wunder – *oder einen Schutzzauber?* Der bekannte Theosoph Archie Billbroke hat das Grundstück 1895 von einem gewissen Charles Compton gekauft und dort spiritistische Sitzungen abgehalten. Er behauptete, Pixies im Garten tanzen gesehen zu haben und mit den Naturgeistern des Hauses zu kommunizieren.

Ich notiere mir den Namen und auch die vielen anderen Besitzer und Grundbuch-Eintragungen. Mit meiner Liste in der Hand gehe ich hinüber zu der Leseecke mit dem bequemen Sessel, wo auf einem Tischchen eine Kanne Tee auf einem Stövchen vor sich hin dampft, und zeige Lady Kaitlin die Früchte meiner Recherche.

»Waren die Theosophen Magier?«, frage ich Kaitlin.

»Gute Güte, nein.«

»Somerset Manor hat 1895 einem Mann gehört, der behauptete, Pixies im Garten gesehen zu haben.«

Lady Kaitlin gluckst. »Der Gute hatte wohl nicht alle Tassen im Schrank.«

»Aber es gibt doch Pixies, oder?«

»Ja natürlich. Wenn er sie wirklich gesehen hat, dann beschützen diese vielleicht das Haus. Lass mal die Liste sehen.«

Ich reiche ihr den Zettel mit den Namen der ehemaligen Besitzer.

Lady Kaitlin runzelt nachdenklich die Stirn. »Archie Billbroke mag nicht alle Tassen im Schrank gehabt haben, aber der Vorbesitzer Charles Compton schon. Er war ein fähiger Magier und angesehenes Mitglied des Ordens.«

»Dann hat das Haus einst einem Magier gehört? Was ist, wenn der neue Eigentümer, dieser Anthony Chains, etwas in dem Haus gefunden oder an etwas gerührt hat, das dem Magier Compton gehört hat?«

»Unwahrscheinlich, nach all der Zeit. Der Nachlass des Magiers Charles Compton wurde nach seinem Tod vom Orden konfisziert, damit nichts in uneingeweihte Hände gelangt. Ein Standard-Vorgehen, wenn es keine Ordensmitglieder gibt, die ein Erbe übernehmen. Die magischen Gegenstände und alle Hinweise auf ein Wirken von Magie werden eingelagert für spätere Generationen oder Forscher.«

»Und die Sachen meiner Mutter?«

Lady Kaitlin hebt den Blick. »Bei deiner Mutter habe ich dafür gesorgt, dass ihre Hinterlassenschaften unangerührt bleiben. Ich dachte, du wirst sie eines Tages haben wollen.«

Ich bin mir nicht sicher, ob Lady Kaitlin das als Vorwurf meint. Seit Jahren meide ich das Zimmer im zweiten Stock. Ich werde nur ungern an meine Mutter erinnert. Sie starb bei meiner Geburt und ist für mich so fremd wie dieser Theosoph. Dennoch hat Lady Kaitlin recht, ich bin alt genug, mich der Vergangenheit zu stellen, und murmele ein »Danke«, bevor ich mich wieder um die Besitzer dieses Haus kümmere.

»Dann handelt es sich um einen Zufall, dass Anthony Chains, der seit Neuestem in dem Haus eines Magiers wohnt, das möglicherweise von Pixies beschützt wird, auf dieser Liste mit den eventuell nächsten Opfern auftaucht?«

»Sagen wir so: Ich glaube nicht an Zufälle und gebe Victoria Bescheid. Die Vigilanten sollen sich auf jeden Fall auch diesen Anthony Chains vornehmen.«

*

Bereits eine halbe Stunde später sitze ich zusammen mit Madeleine hinten im Van der Vigilanten. Es ist ihr erster Einsatz als Obscura seit ihrer Versetzung, und sie ist entsprechend nervös und wirft immer wieder einen Blick zu Caleb, der auf dem Beifahrersitz neben der neuen Vigilantin Isabella Montrose Platz nimmt. Die Neue ist als Ersatz für Zac hier.

Als sie Madeleine und mich anweist, uns anzuschnallen, habe ich den Eindruck, dass die Blondine stets alles im Griff haben möchte. Sie war es auch, die vorgeschlagen hat, dass die Obscura im Van mitfahren und nicht in einem eigenen Wagen folgen, wie sonst immer. Sie hält es für Umweltverschmutzung, zwei Wagen zu benutzen. Auch wenn es für Madeleine und mich viel praktischer gewesen wäre, in einem eigenen Auto zu fahren und die Ausrüstung im Kofferraum zu verstauen, anstatt unsere Sachen zwischen unsere Füße zu klemmen, weil der Van vollgestopft ist mit der Ausrüstung und den Waffen der Vigilanten.

Isabella Montrose schaltet im Radio einen Klassiksender ein, und wir werden mit leiser Klaviermusik beklimpert. Über den Rückspiegel fange ich einen Blick von Caleb auf. Ich rolle mit den Augen, und er kann sich ein kleines Lächeln nicht verkneifen.

Wir werden länger als eine Stunde nach Somerset Manor brauchen. Caleb instruiert uns auf dem Weg über den Fall:

»Das Haus wird vermutlich von einer Pixie bewacht. In alten Zeiten haben Magier Hausgeister zum Schutz an Gemäuer gebunden. Eigentlich wollen wir nur Anthony Chains befragen, ob er etwas über die Angriffe weiß, die in letzter Zeit stattgefunden haben. Isabella ist als Verstärkung dabei, falls es zu einer Auseinandersetzung kommen sollte. Denn wir müssen davon ausgehen, dass die Pixie den Hausbesitzer beschützen wird. Und vermutlich hat sie schon öfter Menschen verletzt.«

»Und was machen wir?« Madeleine rutscht auf der Sitzbank hin und her, sie scheint nicht glücklich über den Einsatz.

»Ihr Obscura seid dabei, falls jemandem das Gedächtnis gelöscht werden muss.«

»Oh Gott, ich hoffe, wir müssen nachher kein Blut wegputzen. Eigentlich bin ich zum Teeservieren ausgebildet.« Madeleine wirft mir einen bösen Blick zu. Sie hat es noch nicht verdaut, dass sie nun eine Obscura sein soll und ich an ihrer Stelle Lady Kaitlin diene.

»Vielleicht haben wir Glück und dürfen sogar Gedärme aufwischen«, sage ich nur, um sie ein wenig zu ärgern. Vielleicht hätte ich das lieber nicht tun sollen, denn sie wird blass wie eine frisch gewaschene Schürze.

*

Das Haus des Abgeordneten liegt in Uxbridge zwischen grünen Wiesen, auf denen vereinzelte Schafe wie weiß-graue Gewitterwölkchen in den Senken treiben. Es ist umgeben von knorrigen alten Weiden und einer hohen Mauer. Das Gebäude aus rotem Backstein im Tudor-Stil wirkt wie frisch aus dem Ei gepellt. Die gesamte Fassade hat eine General-Überholung erhalten und wurde vom Ruß der Jahrhunderte befreit.

Isabella parkt den Van kerzengerade vor dem Haus. Wir werden erwartet. Ein Angestellter in schwarzem Anzug kommt uns entgegen, die Schultern nach hinten durchgedrückt.

Caleb steigt aus und schüttelt ihm die Hand. »Guten Tag, Scotland Yard, wir haben ein paar Fragen an Mister Chains.« Er zückt eine Polizeimarke.

Ich vermute, dass es nur eine Illusion ist, wie bei der Karte mit den Katzen, die Caleb mir mal gegeben hat. Denn selbst für mich sieht der Ausweis echt aus. Ich ärgere mich, dass ich nicht besser aufgepasst habe, wie Caleb den Zauber gewirkt hat. Mit ein wenig Übung müsste ich das irgendwann auch hinbekommen, so mühelos, wie ihm die Illusion gelingt, ist das sicher ein einfacher Zauber.

»Gewiss, Inspector O'Connor, Sie wurden angekündigt. Wenn Sie und Ihre Kollegen mir bitte ins Haus folgen würden.«

»Meine beiden Kolleginnen hier werden mit Mr Chains sprechen. Ich würde mich gerne zusammen mit Constable Davies«, er deutet auf mich, »auf dem Grundstück umsehen und beim Personal umhören.«

Caleb scheint zu glauben, dass ich mehr aus dem Dienstpersonal herausbekommen werde als er. Oder er hat keinen Bock auf das Verhör und überlässt es deshalb Isabella. Jedenfalls nimmt er mich mit auf Pixie-Jagd, was mir viel lieber ist, als mit Madeleine zusammen etwas sauber zu machen.

Der Angestellte in dem schwarzen Anzug zögert. Er scheint zu überlegen, ob er nach einem Durchsuchungsbefehl fragen soll.

Auch Caleb ist das nicht entgangen. »Das dient nur zu Mr Chains Sicherheit. Es gab in letzter Zeit Übergriffe auf Abgeordnete des Parliament.«

Der Angestellte nickt. Dass unser Besuch der Sicherheit dient, scheint ihn zu überzeugen. Er weist Caleb und mich an, zum Dienstboteneingang zu gehen, während er Madeleine und Isabella durch den Vordereingang ins Haus begleitet.

Caleb und ich laufen auf dem sorgfältig geharkten Kiesweg um das Gebäude. Trotz des kalten Oktoberwetters und des ersten Frostes, den wir in diesem Jahr schon hatten, blühen entlang der Mauer noch vereinzelt ein paar Rosen. Der immergrüne Efeu vor den Fenstern wurde sorgsam zurechtgestutzt. Das alte, frisch renovierte Haus macht einen sehr gepflegten Eindruck – hier hat jemand viel Geld hineingesteckt. Auch der weitläufige, von alten Bäumen und großen Hecken gesäumte Garten ist in einem tadellosen Zustand. Ich kann mir sehr gut vorstellen, wie Pixies hier tanzen.

Der Dienstboteneingang steht offen, wir klopfen an den Türrahmen, und Caleb macht sich bemerkbar:

»Hallo?«

Eine Frau, Anfang vierzig, mit silbernen Strähnen in ihren dunklen Locken, kommt uns entgegen. Sie streicht ihren Blazer glatt und reicht uns die Hand. »Kann ich Ihnen helfen?«

»Scotland Yard, wir haben ein paar Fragen.« Caleb zückt wieder seinen Ausweis.

»Natürlich, kommen Sie näher.« Der Lockenkopf stellt sich uns als Mrs Taylor, die Haushälterin, vor.

»Seit wann sind Sie im Dienst bei Mr Chains?«

»Seit fünf Jahren nun schon. Er ist ein wunderbarer Arbeitgeber, ich könnte mir keinen besseren vorstellen, stets untadelig im Umgang mit mir und dem anderen Personal. Mir ist noch nie eine Beschwerde zu Ohren gekommen. Und er ist so großzügig. Zu Weihnachten hat er allen einen Truthahn gesendet und Spielzeug für die Kinder. Mr Chains wird es noch sehr weit bringen. Bis in die Downing Street, das sage ich Ihnen. Meine Stimme hat er auf jeden Fall, wenn es so weit ist, wenn Sie verstehen, was ich meine.«

»Ich verstehe Sie durchaus, Mrs Taylor. Können Sie uns noch sagen, was genau Sie für Mr Chains tun?«

»Oh, ich bin seine persönliche Assistentin und seine Haushälterin, ich kümmere mich um alles, was anfällt und so. Nur nicht um seine geschäftlichen Sachen, davon habe ich keine Ahnung. Zuletzt habe ich den Umzug aus der Stadtwohnung in dieses Haus organisiert. Das war nicht leicht mit den ganzen Möbeln von Mrs Chains und den Sachen der Kinder. Und dann die Renovierungsarbeiten und der ganze Lärm und Dreck von dem Umbau.«

Caleb kann sein Desinteresse bei Mrs Taylors Wortschwall kaum noch verbergen.

Ich dagegen horche auf. »Renovierungen?«

»Ja, Somerset Manor ist ein altes Haus mit seinen ganz eigenen Problemen. Wir haben strenge Auflagen des English Heritage zum Denkmalschutz, sodass sich leider nicht alle von Mr Chains' Wünschen umsetzen lassen.«

»Das Haus ist großartig, ich sehe, dass hier schon viel gemacht wurde, um es in neuem Glanz erstrahlen zu lassen. Die Zimmer müssen beeindruckend sein«, schmiere ich ihr Honig ums Maul.

Mrs Taylor schluckt meinen Köder. »Wenn Sie wollen, führe ich Sie ein wenig herum?« Sie strahlt vor Stolz.

»Das wäre großartig!«

Mrs Taylor zeigt uns den Küchentrakt, der mich an den des Ordenshauses erinnert, wobei dieser hier weit weniger geräumig, aber dafür deutlich moderner eingerichtet ist. Durch einen Gang gelangen wir ins Erdgeschoss, wo eine Eingangshalle mit einer breiten Freitreppe ins obere Stockwerk führt.

»Kommen Sie, ich zeige Ihnen den neuen Salon.«

Sie öffnet eine verzierte Flügeltür zu einem mit Chintz-Vorhängen in blassem Gelb ausgestatteten Salon, in dem ein Cembalo und eine Reihe von bequemen Polstermöbeln den Raum einnehmen. Alles ist sehr weiblich eingerichtet. Anthony Chains' Frau hat scheinbar einen etwas verspielten Geschmack. Drei Stufen führen in den Raum hinab.

»Vorsicht, nicht stolpern. Dieser Teil des Hauses ist der ältere aus dem zwölften Jahrhundert und hatte eine schrecklich niedrige Deckenhöhe, sehr bedrückend. Der kluge Mr Chains hat das Problem gelöst, indem er den Boden hat ausheben lassen.«

»Hier wurde gegraben? Dann war dieser Teil nicht unterkellert?« Ich werfe Caleb einen Blick zu.

»Ganz recht.« Mrs Taylor deutet auf den glatten Dielenboden, der wie frisch gebohnert glänzt.

»Wurde dabei etwas gefunden?«, horcht nun auch Caleb auf.

»Komisch, dass Sie das fragen, aber ja. Bei den Aushebearbeiten sind die Arbeiter auf eine Art Opfergabe gestoßen.«

Caleb und ich tauschen uns mit Blicken aus.

»Wir haben es aufgehoben, wollen Sie es sehen?«

»Sehr gern«, antwortet Caleb.

»Es ist da drüben.« Mrs Taylor führt uns zu einem Wandschrank, der mit feinen Verzierungen in weißem Ahorn ein Blattmuster bildet. Sie schwingt die Türen auf. Dahinter kommt eine Art Schrein in Form eines Miniaturhauses aus Lehm zum Vorschein. Kleine wächserne Püppchen und Opfergaben aus Stoff und Wolle liegen neben Rosenblättern aus dem Garten.

So etwas habe ich noch nie gesehen.

»Mr Chains zündet bisweilen gerne ein paar Kerzen an, um die Hausgeister und Kobolde zu besänftigen.« Mrs Taylor, die das offensichtlich für einen harmlosen Spaß ihres Hausherrn hält, kichert leise.

Aber spaßig ist das hier ganz sicher nicht. Ich fühle mich schutzlos und bin froh, dass Caleb so dicht neben mir steht.

Caleb lacht gekünstelt. »Haha, ja, sehr richtig. Kobolde sollte man nicht verärgern. Tun Sie mir einen Gefallen und sagen Sie bitte meinen Kolleginnen Bescheid, dass wir hier fertig sind?«

Die Angestellte nickt. Sie dreht sich auf dem Absatz herum und lässt uns allein im gelben Salon zurück. Die Tür schließt sie hinter sich.

»Weißt du, was das ist?«, flüstert Caleb mir zu, kaum dass die Haushälterin außer Hörweite ist.

»Vermutlich die Gegenstände, die die Pixie ans Haus binden?«

»Richtig. Und die Rosenblüten dort sind neue Opfergaben. Der Pixie wurde vor Kurzem etwas befohlen.« Vorsichtig nähert Caleb sich dem Miniatur-Altar. Eine bauchige Kristallvase im Buchregal beginnt zu wackeln. Doch Caleb geht entschlossen weiter.

Ich dagegen trete einen Schritt zurück. Die Vase wackelt nun bedrohlich, und ein leichtes Glitzern, wie Staub, tanzt auf einmal in der Luft.

Ohne zu zögern, lässt Caleb mühelos und mit der ihm eigenen Selbstverständlichkeit einen blauen Schockzauber in Richtung des Regals los. Ich beobachte ihn dabei, wie Lady Kaitlin es mir aufgetragen hat, aber ich kann keine Anzeichen einer Veränderung entdecken.

Der Zauber windet sich um die Vase und sorgt dafür, dass ein von grellen blauen Blitzen umgebenes, kleines geflügeltes Geschöpf aus seiner Transparenz fällt. Sichtbar und wenig elegant landet die blasse Pixie mit ihren hellgrünen, strubbeligen Haaren rücklings mit einem dumpfen Geräusch auf dem Regalbrett, wo sie regungslos liegen bleibt.

»Das war einfach.«

Auch ich hatte mehr Gegenwehr erwartet. Immerhin sind wir zu viert gegen eine Pixie ausgerückt. Doch vielleicht braucht das Geschöpf die Befehle des Hausherren, um zu agieren?

Langsam kommt das Wesen zu sich und richtet sich mühsam auf. Damit sie nicht entkommt, greife ich kurzerhand zu der bauchigen Vase und stülpe sie über die Pixie.

Caleb lächelt. »Gut gemacht. Einmal gefangen und sichtbar, kann sie so schnell nicht wieder entkommen«, erklärt er mir.

»Ich weiß.« Ich betrachte das niedliche Geschöpf mit den struwweligen Haaren. »Sie wirkt gar nicht gefährlich.«

»Ich bin ja auch nicht gefährlich!« Eine piepsig hohe Stimme dringt aus dem Gefäß zu uns. Die Pixie presst ihre kleinen Finger von innen gegen das gewölbte Glas und funkelt uns wütend an. »Lasst mich frei!«

»Das können wir nicht tun«, antwortet Caleb ruhig. »Du hast Wachsfiguren zum Leben erweckt und mich und andere Menschen angegriffen.«

Was redet Caleb da? Was für Wachsfiguren?

»Aber ich bin unschuldig!«, beteuert das kleine Wesen. »Bitte, lasst mich frei!«

FOLGE

3

KAPITEL 8

Caleb

Ich starre auf das Wesen, das sich von dem Schockzauber erholt hat und durch das dicke Kristallglas der Vase ein wenig verzerrt aussieht. Es klopft mit seinen winzigen, dürren Händen schwach gegen das Innere seines Gefängnisses und sieht sich panisch um. Wie alle Feenwesen wirkt es androgyn, hat lange, spitz zulaufende Ohren, die man auch für dünne Hörner halten könnte, und einen sehr blassen Hautton, der nicht nur beige, sondern manchmal bläulich oder grünlich ausfallen kann, gelegentlich schillernd oder glitzernd.

»Bitte, lasst mich frei! Ich bin unschuldig«, wiederholt die Pixie. Ihre Stimme ist piepsig, aber sanft. Sie klingt nicht wie ein Geschöpf, das anderen Schaden zufügen kann. Sie klingt unschuldig.

Noch ein Grund, bei Paras vorsichtig zu sein. Sie können sich exzellent verstellen.

Langsam schüttelt sie die Nachwirkungen des Zaubers ab, kommt wieder zu Kräften und funkelt mich mit Krokodilstränen in den Augen an.

Hofft sie etwa, das würde bei mir etwas bewirken? Ich unterdrücke ein Grinsen. Ich wurde darauf trainiert, auch den harmlosesten Kreaturen zu misstrauen.

»Das können und werden wir nicht tun. Du hast Menschen verletzt und gegen das Friedensabkommen verstoßen! Wir werden dich in den Hermetischen Orden bringen, zur Befragung. Du bist verhaftet.« Meine Stimme ist fest, und ich lasse mich nicht von ihr, ihren kleinen durchsichtigen Flügeln oder dem kurzen Lederkleid bezirzen. Sie mag so treuherzig aussehen wie Tinkerbell aus Peter

Pan, aber sie hat Wachsfiguren missbraucht, um Menschen zu verletzen.

Bei meinen Worten sieht die Pixie einen Moment schuldbewusst aus, und ihr Blick wird misstrauisch. Offenbar ist an den Anschuldigungen etwas dran, zumindest weiß sie, wovon ich spreche.

»Ich bin unschuldig. Bitte, ich habe nichts Unrechtes getan. Der Orden wird … wird mich töten, wenn …« Sie bricht ab, und eine deutliche Röte überzieht das bleiche kleine Gesicht.

Offensichtlich war sich die Fee bislang nicht darüber im Klaren, was sie mit den Angriffen angerichtet hat. Zumindest wirkt sie sehr überzeugend. Immer mehr Tränen kullern der Pixie über die Wangen, und ich muss mich dazu zwingen, nicht ihrer Verletzlichkeit zu verfallen und unvorsichtig zu werden. Aber so sind Paras nun einmal. Man darf und kann ihnen nicht trauen.

Und selbst wenn alles nur ein derber Scherz hätte sein sollen. Ein Schwerverbrechen ist es so oder so.

»Lasst mich wenigstens raus hier. Ich bekomme keine Luft.«

Die Worte der Fee sorgen zumindest bei Sally für Mitleid. Auch sie ist unschlüssig, was sie jetzt tun soll, die widersprüchlichen Empfindungen sind ihrem Gesicht deutlich anzusehen.

»Du willst nur fliehen. Warum sollten wir dir trauen?«, antworte ich, um Sally davor zu bewahren, eine unüberlegte Tat zu begehen.

»Ich … ich werde es bei meinem Namen versprechen, nicht zu fliehen.«

Ich stutze: Pixies brechen keine Versprechen, die sie auf ihren Namen ablegen.

»Komm schon, Caleb. Sie ist noch geschwächt, wir können sie jederzeit wieder überwältigen.«

Sally hat recht, und ein Versuch kann nicht schaden. Ich konzentriere mich auf das kleine Geschöpf vor mir, schärfe meine Wahrnehmung, und als ich versuche, die Pixie zu fixieren, nehme ich erneut etwas wahr: eine dunkle, bedrohliche Schwingung. Doch bevor ich das Gefühl näher ergründen kann, hebt die Pixie ihre Hände über den Kopf, klatscht einmal und dreht sich schnell um die eigene Achse, wobei ihre Flügel heftig schlagen. In der Vase blitzen einen Moment alle Farben des Regenbogens auf, Feenstaub legt sich innen an das dicke Kristallglas, und ich höre einen Namen direkt in meinem Kopf. Obwohl ich ihn weder abrufen noch wiederholen kann, weiß ich im gleichen Moment, dass die Pixie gerade ihren Schwur geleistet hat.

Als sie zur Ruhe kommt, sieht sie mich auffordernd an, über und über mit Feenstaub bedeckt. Die dunkle Aura, die eben noch greifbar war, ist verschwunden.

Dass ich überhaupt etwas wahrgenommen habe, beunruhigt mich, aber ich dränge mein Unbehagen zurück. Das sind bestimmt nur Nebenwirkungen des Rituals. Kein Vigilant sollte mit so viel schwarzmagischer Energie in Berührung kommen, wie ich das getan habe.

Mühsam wende ich meine Aufmerksamkeit wieder dem nun glitzernden, geflügelten Feenwesen in der Vase zu.

»Sobald du auch nur einmal mit dem Flügel zuckst, wirst du dich vom nächsten Schockzauber nicht so schnell erholen, ist das klar?«

Die Pixie nickt hektisch, und ich bedeute Sally, die Vase anzuheben. Die Fee atmet erleichtert auf, als sie aus ihrem Glasgefängnis entlassen wird.

»Ich kann es erklären, wenn ihr mir zuhört.« Sie klingt kleinlaut.

»Rede!« Ich muss zugeben, ich bin neugierig, habe aber nicht vor, sie davonkommen zu lassen. Der Fall ist glasklar, die Indizien und Hinweise haben uns direkt zu ihr geführt.

»Ich hab die Zauber gewirkt, ja. Aber ich hatte keine Wahl.« Die kleine Gestalt schluchzt bei diesen Worten herzzerreißend. »Der Hausherr hat mich gezwungen, meine Magie für seine niederen Zwecke einzusetzen. Ich musste Menschen Schaden zufügen. Er hat meinen Namen beim Renovieren gefunden, dort, wo ihn der Erbauer in die Substanz des Hauses eingearbeitet hat, damit ich dieses Grundstück nicht verlassen kann und es schütze. Er hat meinen Altar entweiht und ihn für alle sichtbar in den Schrank gestellt. Und dabei hat er die lederne Rolle gefunden, die meinen wahren Namen enthält. Er konnte mich rufen, und ich war dazu gezwungen, mich ihm zu zeigen. Er hat mir gedroht, meinen Namen und meinen Schrein zu verbrennen, wenn ich nicht tue, was er von mir verlangt. Und er verlangt ständig etwas …«

Die kleine Gestalt sieht Sally flehentlich an. »Wenn er meinen Namen verbrennt, sterbe ich. Wenn er meinen Altar zerstört, zerstört er damit alle Erinnerungen meines Volkes an mich. Es wäre, als hätte ich nie existiert.« Zittrig holt die kleine Gestalt Luft und sieht sich ängstlich um.

Was für eine grausame Drohung, die zur Erpressung genutzt wurde. Zu wissen, dass man sterben könnte, ist eine Sache, zu wissen, dass man auch noch aus den Erinnerungen des eigenen Volkes getilgt wird …

Ich werfe Sally einen kurzen Blick zu, auch sie ist von den Ausführungen des Wesens betroffen.

Die Pixie schnieft lautstark und fährt dann fort: »Er hat meine Namensrolle in diesem furchtbaren Eisensafe im Büro eingeschlossen, wo ich sie nicht rausholen kann. Eisen kann ich nicht anfassen! Bitte, ihr müsst mir helfen! Dann muss ich auch niemanden mehr angreifen oder verletzen. Ich schwöre euch, ich gehe fort und mache niemandem Schwierigkeiten, wenn ihr mich befreit. Ich bin schon viel zu lange an diesen Ort gebunden und gezwungen, mein Leben den Menschen zu widmen!«

Ich starre die Pixie an, aber es ist Sally, die die Stille im Raum durchbricht.

»Das ist ja schrecklich! Wie kann jemand so etwas tun! Erst

einen jahrhundertelang versklaven und zum Dank dann erpressen und bedrohen?!«

Ich hätte es mir denken können. Ein wenig Feenstaub und die herzzerreißende Geschichte haben Sally überzeugt. Ihr Gerechtigkeitssinn ist ausgeprägt. Allerdings wissen wir nicht, ob die Pixie die Wahrheit sagt. Dieses Wesen ist eine Verdächtige, und Anthony Chains mag ein niederträchtiger Mensch sein, aber die Fee ist diejenige, die die Magie gewirkt hat. Und das sehr effektiv, wenn ich mir das Ergebnis der Prügelei zwischen unserem Premierminister und dem Captain der Black Pearl ins Gedächtnis rufe.

Andererseits glaube ich ihr. Keine Fee würde sich jemals so eine verrückte Geschichte ausdenken, außerdem lässt sich das leicht überprüfen: Wenn wir gewöhnliche Menschen befragen, die lügen, bleibt das Papier bei einer Löschung weiß wie Schnee.

»Sie muss mit in den Orden und dort befragt werden, Sally. So sind die Vorschriften, und wir haben schon genug Ärger. Wir sollten streng nach Protokoll vorgehen. Ein offizielles Verhör.«

»Hör mal, die Ärmste wurde gezwungen, und alles, was dir einfällt, ist, sie den Behörden auszuliefern. Wenn ich das mit dir getan hätte …«

Treffer, versenkt. Ich bleibe zwar nach außen hin gelassen, aber innerlich koche ich vor Wut und unterdrücke mit Mühe einen Fluch. So einfach ist es inzwischen also, mich zu erpressen.

Dennoch trage ich auch dem Orden gegenüber eine Verantwortung und habe ihm meinen Gehorsam geschworen.

»Sally, ich bin dem Orden verpflichtet. Sie wissen, dass hier eine Pixie sein muss, und werden nicht ruhen, bevor sie gefunden ist. Seit dem Angriff auf den Premier ist es nicht mehr zu verhindern, dass sie sich verantworten muss. Und im Orden kann die Pixie ja dann immer noch ihre Geschichte erzählen.«

Das Wesen auf dem Tisch zittert wie Espenlaub. Aber wir haben keine Zeit mehr, noch länger über ihr Schicksal zu diskutieren, die Hausdame wird bald zurückkehren.

»Bitte, ich wollte doch nur leben. Was für eine Wahl hatte ich schon? Die Menschen werden geschützt, aber was ist mit mir? Wer schützt uns Pixies?« Die leise Stimme der Fee klingt gebrochen und traurig. Hoffnungslos.

»Caleb, sie wurde gezwungen. Sie konnte nichts dafür und ist in eine Zwangslage gerutscht. Ben war unschuldig und sollte trotzdem sterben. Glaubst du etwa, Victoria würde der Pixie zuhören und das Dilemma erkennen, in dem sie steckt? Oder akzeptieren, dass auch Paras ein Recht auf Leben haben? Glaubst du wirklich, dass die Magier im Zweifel für dieses arme Geschöpf stimmen? Der Orden jagt im Moment keine Schuldigen. Er jagt Paras, koste es, was es wolle. Und hier muss nicht mal jemand viel Aufwand betreiben und Beweise fälschen, um einen weiteren Para zur Verantwortung ziehen zu können.«

Kurz bin ich unschlüssig und nicht sicher, was ich tun soll. Ich wollte immer nur Vigilant sein und habe dem Orden gegenüber einen Schwur geleistet. Aber ich weiß, dass Sally im Prinzip recht hat. Trotzdem versuche ich, keine übereilte Entscheidung zu treffen.

»Sally, was, wenn sie uns anlügt? Natürlich will sie nicht in den Orden und sich ihrer Verantwortung stellen!«

»Wir können ja prüfen, ob Mr Chains ihren Namen in seinem Safe eingesperrt hat. Dann wissen wir, ob sie die Wahrheit sagt. Caleb, Victoria wird die Pixie vernichten. Es ist ihr egal, dass sie keine Wahl hatte!« Sally macht eine kleine Pause und sieht mich an. »Du weißt am besten, wie es ist, wenn man keine Wahl hat.«

Ja, das weiß ich in der Tat.

In meiner Brust schlagen zwei Herzen. Aber es ist nicht der verzweifelte Blick der Pixie, der immer noch stumme Tränen über das Gesicht laufen, der den Ausschlag gibt. Im Grunde hatte ich meine Entscheidung schon gefällt, als ich gehört habe, was der Pixie widerfahren ist. Anthony Chains ist der Verursacher der Überfälle, die Pixie nur sein Werkzeug. Nicht mehr als eine Waffe, wie mein Katana. Sie kann nichts dafür, dass ihr Name in seine Hände gefallen ist, sie konnte nicht einmal etwas dafür, dass sie an das Haus gebunden wurde.

»Meinetwegen. Lass uns in das Büro gehen und im Safe nachsehen. Wenn die Namensrolle dort ist, geben wir sie dir. Dann wärst du frei und das Band gelöst, nicht wahr?« Ich werfe dem Geschöpf auf dem Tisch einen fragenden Blick zu, und die Pixie nickt.

»Mein Name war in einer Eisenkiste im Fundament eingegossen, damit ich gezwungen war, dieses Haus zu schützen. Jetzt liegt diese Kiste im Safe. Eisen ist Gift für uns, das wusste auch Compton, der Magier, der mich hier für den Schutz des Hauses angekettet hat.«

Ich nicke knapp und wende mich Sally zu. »Wenn uns jemand fragt, habe ich die Pixie mit einem Schockzauber getötet, als sie fliehen wollte. Sie ist dabei vollständig vernichtet worden. Kannst du meiner Partnerin dabei helfen, ein wenig Feenstaub hier zu verteilen?«, frage ich die Pixie.

Die Fee strahlt und beginnt augenblicklich, den Raum mit ihrem in Regenbogenfarben glitzernden Feenstaub zu bedecken.

»Wir bitten Madeleine, hier zu reinigen. Es ist für sie eine gute Übung, und wir haben genügend Zeit, nach dem Safe zu sehen. Außerdem stützt das später unsere Geschichte. Madeleine wird sicher jedem erzählen, was sie an ihrem ersten Tatort machen musste, und keiner den Tod der Pixie anzweifeln.«

Sally nickt und greift, ohne nachzudenken, nach der Fee, die damit kein Problem zu haben scheint, und steckt das kleine Geschöpf fast beiläufig in die Tiefen ihrer Jacke.

An der Haustür warten Isabella und Madeleine bereits auf uns. Kurz informiere ich Isa, dass wir die Fee erledigt haben, aber noch nicht die Zeit hatten, den Raum zu säubern. Ohne zu zögern, geht sie mit der viel zu blassen Madeleine zum Auto, um die Ausrüstung zu holen, während wir dieses kleine Zeitfenster nutzen, um nachzusehen, ob die Namensrolle der Pixie tatsächlich im Safe liegt. Von Isa weiß ich, dass der Hausherr in seinem Büro ist, und ich bin mir bewusst, was ich tun muss und dass es das Richtige ist.

»Werden wir Mr Chains löschen müssen?« Sally flüstert, aber ich höre, dass sie besorgt ist.

Ich antworte genauso leise wie sie. »Nein, nicht um nachzuschauen, was im Tresor liegt. Sobald die Tür aufgeht, werde ich einen Schockzauber wirken, der ihn außer Gefecht setzt. Den Tresor bekomme ich mit einem normalen Öffnungszauber auf. Er ist ja nicht magisch versiegelt, nur verschlossen. Und wem soll er schon davon erzählen? Wer würde ihm glauben, dass er eine Pixie gesehen hat?«

Als wir vor dem Büro stehen, lege ich meinen Finger an die Lippen und öffne leise die Tür. Mr Chains, ein adipöser, blonder Mann, ist gerade dabei, etwas in den Tresor zu räumen, der hinter dem Schreibtisch gut zu sehen ist. Endlich haben wir mal Glück.

Der Schockzauber ist ausgeführt, bevor er uns überhaupt bemerken kann. Der Politiker fällt wie paralysiert zu Boden, wo er schwer atmend liegen bleibt.

Sally eilt zu dem offenen Tresor, ohne auf den Mann zu achten, während ich einen kurzen Blick auf Mr Chains werfe. Seine Augen sind geschlossen, aber sein Puls ist regelmäßig.

»Hier ist etwas«, höre ich Sally murmeln, bevor sie sich zu mir umdreht, ein eisernes Kästchen in der Hand, auf dem eine Glockenblume eingeätzt ist.

Ein kleiner Schrei, halb überrascht, halb wütend, hallt aus Sally Tasche, und die Pixie flattert empor. »Da ist mein Name drin! Bitte, hol ihn da raus!«

Sally öffnet die kleine Blechdose. Eine winzige Rolle aus Leder kommt zum Vorschein. Als Sally meinen Blick sucht, nicke ich geschlagen. Die Pixie hat die Wahrheit gesagt, wir halten unseren Teil der Abmachung ein. Mein Nicken genügt Sally. Beinahe ehrfürchtig übergibt sie der Fee die winzige Lederrolle.

»Danke.« Das Wort ist kaum verklungen, als die kleine Fee auch schon verschwunden ist. Nur der leise Klang von Glöckchen und Flügelschlagen und der Geruch nach Wildblumen hängen noch in der Luft.

Bestimmt ist sie schon längt über alle Berge. Und ich kann ihr das nicht mal verübeln.

KAPITEL 9

Kaitlin

Dass ich es rechtzeitig zum Treffpunkt schaffe, grenzt eigentlich an ein Wunder. Denn mein mir von Sir Henry aufgezwungener Assistent Adam O'Connor ist leider sehr aufmerksam und möchte mich auf Schritt und Tritt begleiten, um möglichst viel von mir zu lernen. Ihn immer wieder abzubügeln, damit ich auch mal ein paar Minuten für mich – und vor allem Sally – habe, wird langsam zur Herausforderung.

Doch an diesem Tag kann und darf er mich auf keinen Fall begleiten. Es hat mich drei Tage gekostet, um Beatrice eine Nachricht zukommen zu lassen und unbemerkt aus dem Ordenshaus zu gelangen. Aber nun bin ich endlich beim Treffen angekommen, das in einer abgelegenen Ecke im Kensington Garden stattfindet. Es ist das erste Mal seit zehn Jahren, dass alle Anführer zusammentreffen.

Vor zehn Jahren wurde die Zuversicht in den neuen Orden schwer erschüttert und die Arbeit von beinahe fünfzehn Jahren auf den Anfang zurückgeworfen. Und das nur, weil ein Vertreter der Gespenster von einem Mitglied von Chen Lu Chéns Vampirclan Besitz ergriffen hatte. Das Gespenst hatte versucht, die Clanchefin zu töten, wenn auch erfolglos. Nach diesem eklatanten Zwischenfall war das Vertrauen der Gruppe massiv eingebrochen, und nur wenige hatten es noch gewagt, sich mit den anderen Para-Anführern zu treffen. Und das, obwohl wir zu der Zeit bereits erste Allianzen zwischen den Vampiren, Werwölfen und Dryaden geschlossen hatten. Vieles, was Beatrice zwischen den Paranormalen und ihr als Magierin aufgebaut hatte, wurde zerstört, weil einige der paranoiden Paras es für eine Verschwörung des Hermetischen Ordens gehalten hatten.

Es hat Beatrice viel Zeit, Überzeugungskraft und Organisationstalent gekostet, wieder alle Anführer an einen Tisch zu bekommen. Teilweise waren es so triviale Probleme wie das der Dryaden-Anführerinnen, die ihren Park nur kurz und mit großem Aufwand verlassen können, da diese Naturwesen an einen bestimmten Baum oder eine Pflanze gebunden sind. In diesem Fall an einen Baum im Kensington Garden.

Im östlichen Bereich, in der Nähe des Lady Diana Memorial Playgrounds, steht eine 900 Jahre alte Eiche, keine gewöhnliche, sondern eine, um die ein Käfig gebaut wurde. Aber nicht nur der Käfig und das Alter des Baumes sind besonders, auch die Schnitzereien, die sich auf dem Stamm und den großen Ästen befinden. Winzige Figuren, die vor 90 Jahren von einem versierten Magier in die Rinde geschnitzt wurden: Hexen, Gnome, Elfen und noch ein paar andere Wesen. Die Menschen nennen sie die Elfeneiche. Wie recht sie damit haben, wissen sie nicht einmal. Denn dieser Ort strotzt nur so vor Magie.

Ich sitze an einem der Picknicktische, die zu dem kleinen Kiosk an der Ecke des Spielplatzes gehören. Der Tag ist schön, über mir fliegt einer der wild im Park lebenden Halsbandsittiche, und ich warte, dass es etwas ruhiger wird. Viele Familien nutzen das gute Wetter, um mit ihren Kindern rauszugehen.

Erst als nur noch eine Kleinfamilie anwesend ist, mache ich mich auf zu dem kleinen Brunnen, der nur ein paar Schritte entfernt ist. Für die Menschen ist es bloß ein Brunnen, der nicht mehr in Betrieb ist. Für mich und die anderen Teilnehmer hingegen ist es der Zugang zum geheimen Treffpunkt.

Mit leisen Worten zitiere ich die Formel, während ich um den Brunnen gehe. Niemand achtet auf mich. Der Illusionszauber, den ich gerade gewirkt habe, verschleiert meine Handlungen. Kurz nachdem ich die Worte gesprochen habe, berühre ich die kupferfarbenen kleinen Fische, die an dem Brunnen in alle vier Himmelsrichtungen zeigen, in der vor 90 Jahren bestimmten Reihenfolge.

Kaum beende ich das Ritual, spüre ich die Veränderungen in mir. In Sekunden schrumpfe ich auf die Größe der Schnitzereien. Die wenigen Meter zurück zur Eiche würden mich vermutlich eine Stunde kosten, wenn nicht eines der vielen wild im Kensington Garden lebenden Eichhörnchen auf einmal neben mir auftauchen würde. Es neigt den Kopf und zwinkert mir zu. Unwillkürlich schmunzele ich.

»Ja, ich nehme die Mitlaufgelegenheit sehr gerne an, Ratatöskr.« Ich spreche nicht mit dem Eichhörnchen, sondern mit dem Mann, der das Tier steuert und es in diesem Augenblick dazu bringt, sich so vorzubeugen, dass ich auf dessen Rücken klettern kann.

Es ist nur ein kurzer Ritt mit dem pelzigen Nager, aber ich spüre, wie es meine Sinne belebt. Ich lache und freue mich über das Gefühl der Freiheit, ehe das Eichhörnchen zwischen die schwarzen Metallstreben des Käfigs schlüpft und vorsichtig den Baum hinaufklettert.

»Danke schön«, flüstere ich dem Tier in die plüschigen Ohren, ehe ich von seinem Rücken klettere und in den hohlen Stamm gehe. Die Elfeneiche besitzt viele kleine Höhlen, die über die Jahrzehnte entstanden sind. Eine davon ist heute der Treffpunkt für die Ordensführung. Allerdings erst in zwei Stunden. Ich will mich vorher mit Beatrice besprechen, da sie die Verhandlungen führen soll.

»Lady Kaitlin«, begrüßt mich die ebenso geschrumpfte Beatrice mit einer Umarmung. »Schön, dass Sie es haben einrichten können.«

»Bei solch einem Anlass will ich einfach anwesend sein. Ist Ratatöskr auch schon hier?«

Beatrice löst sich aus meinen Armen. »Bisher nicht. Ich erwarte alle erst in zwei Stunden. Wieso?«

»Ach, er ist wohl schon ganz in der Nähe. Eines seiner Nagetiere hat mich vom Brunnen hergebracht. Wissen die anderen Ordensführer, dass ich heute hier bin?«

»Nein, und wie immer weiß nur ich von ihrem Wirken im Hintergrund. Die anderen ahnen nur, dass ich auf Anweisung von jemandem handle.« Beatrice lacht leise. »Allerdings gibt es bereits erste Vermutungen. Ratatöskr scheint sich sicher zu sein, und Sam Johnson deutete ebenfalls etwas in die Richtung an. Aber die anderen haben keine Ahnung.«

Ich setze mich auf eine winzige Sprosse, die als Stuhl dient und zusammen mit einigen anderen Sprossen um einen großen roten Pilztisch angesiedelt ist. »Bitte sorge dafür, dass meine Beteiligung weiterhin geheim bleibt.«

»Das ist mein Bestreben.« Beatrice stockt kurz und schaut mich dann sehnsüchtig an. »Wie geht es Sally?«

So gerne ich ihr diese Sehnsucht auch erfüllen würde, so sehr muss ich sie enttäuschen. »Es geht ihr gut, aber wir müssen uns beeilen, bevor die anderen kommen. Du weißt, warum ich hier bin?«

Beatrice schaukelt mit dem Kopf hin und her. »Ich bin mir nicht ganz sicher. Sie sagten, ich solle alle versammeln und die Königin der Pixies einladen. Hat es etwas mit dem Fall zu tun, den der Orden zuletzt gelöst hat?«

»Was weißt du darüber?« Intensiv beobachte ich meine einstige Nachfolgerin. Ihre blonden, schulterlangen Haare sind von ersten grauen Strähnen durchzogen. Um ihren Hals trägt sie eine goldene Kette, die auf ihrer gebräunten Haut wundervoll aussieht. Mit der dünnen blauen Strickjacke, passend zu dem blauen Wasserfalloberteil, sieht sie aus wie eine adrette Frau auf dem Weg zur Arbeit.

»Nicht viel. Es ging um eine Pixie, die irgendwelche Wachsfiguren verzaubert hat, um Politiker anzugreifen.«

Ich nicke. »Das ist nur die halbe Wahrheit. Und du wirst vor Stolz platzen, wenn du hörst, was Sally getan hat. Sie ist wahrlich deine Tochter.«

Neugierig betrachtet mich Beatrice, ehe ich ihr von dem Fall und Sallys Beteiligung daran erzähle. Mit jedem Wort, das ich berichte, lächelt Beatrice ein bisschen mehr, und mir wird warm ums Herz. In all den Jahren, die Beatrice nun schon im Untergrund agiert, hat sie die Liebe zu ihrer Tochter nicht verloren. Auch wenn sie nah unserer Zusammenkunft kurz vor Sallys achtem Geburtstag nie wieder Anstalten gemacht hat, sie treffen zu wollen. Eines Tages werden die beiden wieder vereint sein, da bin ich mir sicher. Aber noch ist es nicht so weit.

*

Zwei Stunden später stehe ich in einer verborgenen Nische, abgeschirmt von einem Zauber, den Beatrice über mich gewirkt hat, sodass mich niemand wahrnimmt, ich aber der Sitzung folgen kann. Ich habe Beatrice so gut es geht auf das vorbereitet, was ich gerne umgesetzt hätte, und endlich trudeln auch die Ordensführer ein.

Als Erstes betritt Sam Johnson den hohlen Raum in der Elfeneiche, direkt gefolgt von der Vampirchefin Chen Lu Chén, der ich schon einmal vor langer Zeit begegnet bin. Sie nehmen auf gegenüberliegenden Sprossen Platz und warten stumm mit Beatrice, bis alle eingetroffen sind. Die Dryade, ein Waldgeist aus dem Westen des Kensington Garden, schwebt hinein und lässt sich ebenfalls auf einer Sprosse nieder. Gleich darauf kommt der haarlose und krummbuckelige Anführer eines Ghulnests herein. Seine fast schon rötliche Haut wirkt in dieser hölzernen Umgebung wie ein Feuer, das jeden Moment auszubrechen droht. Ich kann nur hoffen, dass Beatrice weiß, was sie tut. Einen Ghul in der Mitte des neuen Ordens zu haben ist ein Risiko, da man nie weiß, wie diese wilden Wesen reagieren.

Schließlich fliegt eine kleine, in den schillerndsten Farben funkelnde Pixie hinein und setzt sich auf den ersten Pilz neben dem Eingang, stets bereit, jederzeit zu verschwinden. Die Königin der Pixies ist mit Feenglitzer bedeckt. Dank des Feenstaubs kann jeder

Untertan sie erkennen und sich entsprechend respektvoll verhalten, allerdings verlässt sie nur selten ihren Unterschlupf.

Als Letztes betritt Ratatöskr den Saal – mit ausgebreiteten Armen. Ein Mann, den ich vor langer Zeit das erste Mal getroffen habe. Auch wenn ich damals noch nicht wusste, wer er ist. In seiner Hand hat er einen Gehstock, und er trägt einen schicken Abendanzug, der vollkommen fehl am Platz wirkt. Sein übergroßer Zwirbelbart leuchtet hellgrau in dem rundlichen, aber immer aufmerksamen Gesicht.

Er ist der Einzige, dessen Blick länger auf meiner Nische verweilt. Vermutlich spürt er meine Anwesenheit, oder eines der Tiere, die mit ihm wie ein großes Netzwerk verbunden sind, hat mich wahrgenommen.

Erst als er den Mund aufmacht, wendet er seinen Blick von mir ab und nickt der Vampirchefin und dem Ghul amüsiert zu. »Meine Freunde, es ist so schön, euch alle mehr oder minder lebend wiederzusehen.«

Innerlich schnaube ich. Der Humor von Ratatöskr ist schon immer fragwürdig bis beleidigend gewesen. Aber als Verbündeter in der Neuen Arkana ist er unabdingbar. Ratatöskr ist nämlich niemand Geringeres als der König der Nager. Kein wirkliches, paranormales Wesen, eher ein gewählter Diktator, der über alle Nager, die ihm Untertan sind, herrscht und ihnen Befehle erteilen kann. Im Gegenzug informieren ihn seine Untertanen darüber, was in der Welt passiert. Niemand weiß genau, seit wann er existiert, denn der Name ist schon in der Edda als Nachrichtenüberbringer genannt. Damals soll es noch ein Wesen in Form eines Eichhörnchens gewesen sein. Ich vermute, dass es ein Titel ist, den derjenige tragen darf, der von den Nagern auserwählt wird, bis er von einem neuen Anführer ersetzt wird.

»Vielen Dank, dass ihr heute hier seid. Ich weiß, es ist ein großes Risiko für uns alle, deswegen werde ich mich so kurz halten, wie es nur geht«, beginnt Beatrice.

»Worum geht es denn genau?«, will Chen Lu Chén wissen und lehnt sich entspannt an die Rinde des hohlen Baumstamms.

»Vor einigen Tagen ist etwas im Hermetischen Orden passiert, was so noch nicht vorgekommen ist, und das möchte ich nutzen, um eine Allianz mit den Pixies vorzuschlagen.«

»Vor einigen Tagen?«, schnaubt der Ghul. »Seit ich denken kann, passiert ständig etwas im Zusammenhang mit dem Orden. Keiner von uns Paras ist mehr sicher.«

»Er hat nicht unrecht. Die Auslegung der Ordensregeln werden immer abstruser und schränken unser Leben weiter ein.« Chen Lu Chén schüttelt den Kopf. »Letztens wurde ich doch tatsächlich verdächtigt, einen Menschen angegriffen zu haben. Wie gut, dass ich nachweislich zu der Zeit im Ausland war. Wer weiß, ob mich deine Einladung sonst erreicht hätte.«

»Deswegen möchte ich hiermit meinen Antrag vorbringen. Die Neue Arkana soll gestärkt werden, und dazu brauchen wir mehr Verbündete. Eines Tages werden wir aus den Schatten treten, und dann sollten wir stark genug sein, um neue Gesetze durchdrücken zu können.«

»Was heißt eines Tages?« Sam Johnson legt die Spitzen seiner langgliedrigen Finger aneinander und schaut über sie hinweg in die Runde. »In den letzten zehn Jahren haben wir herzlich wenig getan, um aus deinen besagten Schatten zu treten. Im Moment habe ich das Gefühl, Teil von etwas zu sein, das sich für immer verstecken will. Vor allem, wenn man die aktuellen Vorkommnisse bedenkt.« Es sind Sams schneeweiße Fingerknöchel, die mir seine wahre Gemütslage verraten, denn seine Stimme bleibt vollkommen ruhig.

Beatrice hebt beschwichtigend die Arme, und ich hoffe, dass sie die Diskussion wieder in die richtigen Bahnen leiten kann. »Ihr Lieben, bitte, lasst uns das später besprechen. Es gibt jetzt Wichtigeres zu bered…«

»Wichtiger als das Herz meines toten Sohnes?« Sam Johnson

wird nie laut, zumindest habe ich das noch nie erlebt. Aber dieses Mal merke ich, warum er einer der Anführer der Werwölfe von London ist: Seine Bedrohlichkeit, das Knurren in seiner Kehle, geht mir durch Mark und Bein.

Chen stößt sich von der Wand ab und schaut Sam neugierig an. »Was meinst du mit dem Herz deines Sohnes? Ist seine Geliebte verschwunden?«

»Nein, ich meine wortwörtlich das Herz von … Aaron.« Es fällt ihm schwer, den Namen auszusprechen, und Mitleid keimt in mir auf.

Seit Sally mir von dem fehlenden Herzen erzählt hat, überlege ich, wofür jemand diese Zutat gebrauchen könnte. Doch es gibt ein gutes Dutzend schwarzmagische Rituale, für die man ein Werwolfsherz benötigt und die in Betracht gezogen werden können. Erstaunlich, wenn man bedenkt, dass es nicht leicht zu beschaffen ist.

Meine Versuche, die Spur weiter einzugrenzen, scheiterten bisher an der Zeit für die Recherche. Adam will jedes Mal mitkommen, wenn ich in die Innere Bibliothek gehe, aber das lasse ich noch nicht zu. Deswegen kann ich nur in der Nacht dorthin. Und sollte ich mal nicht verschlafen, plagen mich die Kopfschmerzen so sehr, dass ich mich kaum konzentrieren kann. Es ist, als ob mich jemand davon abhalten würde, allzu gründlich nachzuforschen.

Die Tatsache, dass ich genau weiß, dass mir die Augen eines Bansheeopfers und ein Wolfsherz als Zutaten bekannt vorkommen, aber ich partout nicht zuordnen kann, für welche Art Ritual oder Zauber sie benutzt werden, wurmt mich außerordentlich.

»Der Orden hat mir seinen Leichnam zwar zurückgegeben, aber ohne das Herz. Angeblich sucht der Protector danach.« Sam Johnson schnaubt und holt danach tief Luft. »Doch wer glaubt schon dem Orden?«

»Einem meiner Vampire wurde der linke vordere Reißzahn gezogen, bevor er tot vor unserem Gebäude abgelegt wurde.« Chen verschränkt die Arme vor der Brust. »Meinst du, das wäre ein Zufall?«

Der Ghul krächzt etwas, das ich nicht genau verstehe. Aber als sich Sam alarmiert nach vorne beugt, ahne ich, dass auch bei ihm was passiert sein musste.

»Heißt das, bei jedem von uns ist jemand verschwunden oder getötet worden? Und immer nur ein Paranormaler von jeder Art?« Sam taxiert den Ghul, während er redet.

»Das kann wirklich kein Zufall sein.« Die Stimme der Dryade ist nur schwer zu verstehen. »Dahinter muss ein Plan stecken. Wenn es ein Krieg zwischen zwei verfeindeten Arten ist, dann sterben mehr, tränken Mutter Erde mit ihrem verschiedenfarbigen Blut. Aber nur einer jeweils?«

»Ich denke, dahinter steckt der Orden. Ganz sicher. Diese verfickten Magier brauchen doch ständig Organe und Fell von uns, um irgendwelche geheimen Rituale durchzuführen.« Der Ghul springt auf und schlägt mit der Faust auf den Tisch. »Ich finde, wir sollten endlich einmal zuschlagen. Und damit meine ich nicht auf geistiger Ebene, wie es deine Stimme dir sagt, Beatrice.«

Erneut hebt meine Freundin beschwichtigend die Arme. »Wir können nicht angreifen. Noch sind wir nicht stark genug.«

»Wann werden wir es endlich sein? Wir kommen nicht schnell genug voran, um diese Probleme zu verhindern. So viele Tote hätten vermieden werden können, wenn wir nicht alles heimlich machen müssten.« Der Ghul schnaubt abschätzig. »Selbst ein langes, paranormales Leben reicht nicht, um Fortschritte zu erkennen in der Neuen Arkana.«

»Wir haben Rückschläge zu verzeichnen gehabt, aber bedenkt immer, wie weit wir schon gekommen sind. Hier sitzen Vampire mit Werwölfen an einem Tisch und zerfleischen sich nicht. Wir haben es geschafft, Allianzen zwischen Todfeinden zu schließen. Und das sollten wir nicht für einen mehr als fragwürdigen Angriff riskieren.«

»Aber wir könnten es verdammt noch mal versuchen.« Chen, die sonst eher pragmatisch veranlagt ist, heizt mit ihren Worten die Stimmung weiter an.

Ich frage mich, ob Beatrice noch Herrin der Lage ist. Sie verliert die Kontrolle über die Gruppe, das kann ich genau sehen. Und das Letzte, was zu den sowieso schon existierenden Problemen im neuen Orden hinzukommen sollte, wäre ein Krieg mit dem Hermetischen Orden. Innerlich flehe ich Beatrice an, die Paras wieder zu beruhigen. Und sie scheint mein Flehen zu erhören.

»Wenn wir es jetzt versuchen, sterben wir alle. Die Arbeit der letzten 25 Jahre wäre umsonst. All das, wofür wir kämpfen, der Wunsch nach mehr Selbstbestimmung, Sicherheit für Paras und Magier, und eine faire Rechtsprechung für unsere Welt, all das wäre verloren. Alles würde wieder so sein, wie es schon immer gewesen ist. Das wisst ihr. Denkt nach. Bitte! Ein Angriff auf den Orden und seine Magier ist kontraproduktiv und würde uns mehr kosten, als uns lieb ist. Wenn ihr schon euer eigenes Leben nicht hochschätzt, so denkt an die, die ihr liebt. Denkt an eure Familien.«

Auf einmal wird es totenstill um mich herum. Mir entgeht nicht die Ironie, dass ausgerechnet die Frau, die ihre Familie aufgegeben hat, mit diesem Argument bei den vermeintlich emotionslosen Paranormalen punktet.

Beatrice fasst nach. »Ich weiß, dass es ein emotionsgeladenes Thema ist, aber ich möchte euch bitten, das auf später zu verschieben. Ich verspreche euch, dass ich Nachforschungen anstellen werde, was es mit diesen Toten auf sich hat. Dafür existiert unser neuer Orden. Um Gerechtigkeit zu wirken. Doch heute sind wir hier, um über eine Aufnahme der Pixies in die Neue Arkana abzustimmen.«

Die Farben der Pixie-Königin leuchten auf. Sie hat sich die ganze Zeit aus der Diskussion herausgehalten, auch wenn sie äußerst neugierig gelauscht hat. »Wer sagt denn, dass wir daran interessiert sind? Wir haben die letzten tausend Jahre auch ohne Magier überlebt. Alles, was die Magie uns gebracht hat, ist Unterdrückung durch das Binden an Häuser.«

»Das wollen wir ändern. Und Eure Teilnahme an diesem Treffen sagt mir, dass Ihr nicht abgeneigt seid. Aber lasst mich alle auf einen Stand bringen.« Beatrice beginnt vor dem Pilztisch auf und ab zu laufen, während sie berichtet.

Auch wenn der Ghul die ersten Sätze übersteht und noch immer wütend ist, nimmt er nach kurzer Zeit Platz und lauscht Beatrice. Unwillkürlich bin ich beeindruckt von dem Respekt, den sie in der Gruppe genießt.

»Vor drei Tagen kam heraus, dass eine Pixie von einem Menschen gezwungen wurde, seine Gegner zu verletzen. Ihr Name wurde ausgesprochen, weswegen sie keine Wahl hatte. Offiziell ist sie in den Augen des Hermetischen Ordens somit die Schuldige. Sie hat Menschen verletzt, obwohl sie keine andere Wahl hatte, als den Befehlen ihres Hausherrn zu folgen.«

»Wurde sie vom Orden hingerichtet?« Ratatöskr sitzt auf einem Sprossenstuhl und starrt in meine Richtung, als könne er mich sehen. Dabei ist das unmöglich. Nicht einmal die Vampirin spürt meinen Herzschlag. Dass er sich aus der bisherigen Diskussion herausgehalten hat, wundert mich ebenfalls. Normalerweise hat der alte Mann zu allem eine Meinung, die er gerne kundtut.

»Zum Glück nicht.« Beatrice' Lippen umspielt ein warmes Lächeln. »Das haben wir aber nicht den starren Ordensregeln zu verdanken, sondern einem jungen Vigilanten und einer Obscura, die diese Entscheidung getroffen haben. Hätten sie das nicht getan, wäre die Pixie vom Orden verurteilt worden.«

»Aber was hat das mit uns zu tun?« Die Stimme der Dryade ist so zart wie ein warmer Sommerwind. Wenn man ihr nicht genau zuhört, versteht man sie kaum.

»Es ist eben diese Entscheidung, die mich dazu veranlasst hat, alle zusammenzurufen. Ich denke, es ist an der Zeit, solche Vorfälle zu nutzen, um zu zeigen, dass wir anders sind.« Beatrice klingt so stark, als würde sie jeden Tag solche Reden halten. Mein Herz will sich ihrem direkt anschließen, dabei ist es meine Idee, die sie da vorträgt.

»Heißt das, wir sollen uns jetzt doch offenbaren?« Der Ghul verschränkt die Arme vor der Brust und schnaubt. »Das haben wir doch eben gerade noch gefordert und wurden von dir abgebügelt.«

»Ich möchte damit nicht an die Öffentlichkeit.« Beatrice hebt beschwichtigend die Arme, um die Diskussion nicht ausarten zu lassen. »Dafür fehlt uns noch die Stärke und die endgültige Einigkeit. Aber ich möchte, dass wir der Pixie-Königin zeigen, wie anders wir sind. Dass Magier, Paranormale und Menschen in einem Orden gemeinsam für Ordnung sorgen können. Dass es eine Gerechtigkeit gibt, die der Hermetische Orden nie verstehen wird.«

Sie lässt eine theatralische Pause folgen, und ich kann sehen, wie sie jeden einzelnen der Ordensführer anschaut und sich ihrer Aufmerksamkeit versichert. »Wir sind gleichberechtigt. Niemand steht über dem anderen, und wir wollen die Gesetze verändern. Dafür steht die Neue Arkana.«

Beatrice stellt sich neben die Pixie-Königin, die immer noch abflugbereit dasitzt und sich mit ihren langen, zerbrechlichen Fingern in die Kante des Pilztischs krallt.

»Wir sind anders, wie Ihr sehen könnt, Eure Hoheit. Das soll dieses Treffen auch beweisen. Wann haben Sie zuletzt eine Magierin, einen Werwolf, eine Dryade, einen Ghul, eine Vampirin und Ratatöskr an einem Tisch sitzen sehen, ohne dass sie einander an die Kehle gehen? Wir möchten Sie gerne mit in unsere Gemeinschaft aufnehmen und Ihnen zeigen, wohin Gleichberechtigung für jedes Lebewesen führen kann.«

Die Pixie-Königin bleibt angespannt, aber zumindest redet sie mit Beatrice. »Welchen Vorteil haben mein Volk und ich davon?«

»Eines Tages wird der Hermetische Orden sich selbst ins Aus schießen, und dann werden wir da sein, um für Ordnung zu sorgen. Je mehr wir sind, desto stärker können wir auftreten und desto gefestigter ist unsere Allianz. Also, was sagt Ihr?«

Neugierig lausche ich auf die Antwort, die jedoch ausbleibt, da die Pixie-Königin sich zurücklehnt und eine Hand an ihr spitz zulaufendes Kinn legt. »Ich werde darüber nachdenken«, sagt sie schließlich nach einer gefühlten Ewigkeit.

Erleichterung macht sich in mir breit. Es ist keine Absage für unsere Sache. Und über solch einen Schritt muss jeder nachdenken, das ist mir bewusst.

Ich bleibe noch in meinem Versteck, warte darauf, dass alle wieder nach Hause zurückkehren. Doch stattdessen steht Ratatöskr auf und geht zu Beatrice. »Wenn du schon nach toten Paranormalen und verschwundenen Organen suchst, kannst du auch mehr zu meinen toten Ratten herausfinden?«

Beatrice schüttelt den Kopf. »Ich habe mich schon darum gekümmert. So wie es aussieht, sind sie nicht an Rattengift gestorben. Ich warte noch auf die Untersuchung der Tiere. Das kann aber noch einige Tage dauern, nicht wahr, Sam?«

Sam Johnson nickt. »Ich analysiere noch, was genau passiert ist. Sobald ich etwas weiß, sage ich dir Bescheid, Ratatöskr. Ich weiß ja, wo man dich findet.«

Der Nagerkönig nickt und klopft entschlossen mit dem Stock auf den Tisch, ehe er damit auf Beatrice zeigt. »Gut. Wenn die Ratten in der Nähe von Touristenorten sterben, ruft das irgendwann nämlich die Behörden auf den Plan, die dann erst recht gegen meine Familie vorgehen. Also sollten wir lieber schnell herausfinden, warum sie so plötzlich gestorben sind.«

Ich runzele die Stirn. Tote Ratten in der Nähe von Touristenorten? Seit wann kümmert sich Beatrice um solche Lappalien? Gibt es aktuell nicht weit Wichtigeres zu tun?

»Wo genau ist es denn passiert?« Zum Glück stellt Chen die Frage, die mich ebenfalls brennend interessiert.

»Vor fünf Tagen verstarben einige meiner geliebten Familienmitglieder in der Nähe dieses Wachsfigurenkabinetts, und ich muss sagen, ich bin nicht begeistert davon.«

Es dauert einen Moment, bis ich den Zusammenhang verstehe. Vor fünf Tagen? Das war der Abend des zwölften Oktober. Laut Einsatzbericht, der über meinen Schreibtisch gegangen ist, hat Caleb in dieser Nacht mit der neuen Vigilantin Isabella dort ermittelt, Beweise sichergestellt und eine Wachsfigur mithilfe eines Zaubers vernichtet.

Mein Herz schlägt immer schneller, je mehr ich darüber nachdenke. Aber egal, wie lange ich grübele, mein Verstand lässt nur einen Schluss zu: Caleb hat etwas mit dem Tod der Ratten zu tun.

KAPITEL 10

Sally

Von Lady Kaitlin als persönliches Dienstmädchen angefordert worden zu sein, hat meinen täglichen Ablauf komplett verändert. Zwar stehe ich noch immer genauso früh auf wie alle anderen, heize den großen Kamin im eiskalten Speisesaal vor, serviere das Frühstück für die Vigilanten, putze den Ofen in der Küche und schrubbe den Marmor in der Eingangshalle, aber ich verbringe jetzt auch viel mehr Zeit in der Bibliothek. Und dort bringt Lady Kaitlin mir heimlich Magietheorie bei: Richtige, echte Zauber, nicht bloß diese Tricks, die der Scopae mit der Drehung eines Handgelenks hervorbringt. Auch wenn ich befürchte, dass meine Ausbildung zur Bibliothekarin vielleicht umsonst ist, hält Lady Kaitlin weiter daran fest, wofür ich ihr sehr dankbar bin.

Die zusätzliche Belastung, die jede Menge Lesearbeit nach Feierabend mit sich bringt und Wissen, das ich in mich reinstopfen muss, auch wenn meine Füße bleischwer und meine Schultern müde sind, macht mir nichts aus. Sie lenkt mich von all dem ab, was ich an Sorgen mit mir herumtrage:

Meine Freundin Betty ist noch immer verschwunden. Toms Gedächtnis wurde gelöscht, ohne Hoffnung darauf, es jemals zurückzubekommen. Jemand im Orden tötet paranormale Wesen, die kein Gesetz gebrochen haben. Und für all das ist möglicherweise Victoria verantwortlich, die Chefin der Vigilanten, was bedeutet, dass die Führung des Ordens fehlgeleitet ist.

Abgesehen davon, ist dann noch dieser Adam aufgetaucht. Der Protector wird meiner Ernennung zur Bibliothekarin niemals zustimmen. Warum sollte er? Erst recht, wenn Lady Kaitlin sich weiterhin weigert, meine Ausbildung offiziell zu machen.

Irgendwann wird jemand es mitbekommen, und dann bleiben dem Orden nur zwei Möglichkeiten: Entweder, mich als Magierin anzuerkennen, oder meine Erinnerungen an das Gelernte zu löschen. Nur, für beides müsste ich überhaupt erst mal einen Funken Magie zeigen.

Dass mir das bislang noch nicht gelungen ist, beunruhigt mich. Denn die Fähigkeit, Magie zu wirken, ist viel schwerer zu erlernen als irgendwelche Wissenslücken zu schließen – falls es mir überhaupt jemals gelingen wird, einen Zauber zustande zu bringen.

Aber nicht nur meine Unfähigkeit und Adams Wissensvorsprung haben mich aus der Bahn geworfen. Er sieht Caleb auf verwirrende Weise ähnlich, wie eine ältere, distinguiertere Version von ihm. Einer, der mit seinem Verstand und nicht mit seinem Katana zuschlägt.

Hätte er Aaron entkommen lassen? Oder hätte Adam den Werwolf getötet, wie sein Bruder das getan hat?

In einer ruhigen Minute verdrücke ich mich in die Vorratskammer, klemme mich zwischen die Regale und lasse mich auf einem Stapel Kartoffelsäcke nieder. Schließlich hole ich mein Handy aus der Schürze und wähle eine Nummer.

»Tierarztklinik Dr. Johnson«, meldet sich die Sprechstundenhilfe am anderen Ende der Leitung.

»Einen schönen guten Tag, mein Name ist Sally Davies. Ich würde gerne Dr. Johnson sprechen.«

»Worum geht es denn?«

»Um einen Patienten. Sagen Sie ihm, Miss Davies würde gerne über das Organproblem sprechen.«

»Einen Moment bitte …« Die Sprechstundenhilfe geht aus der Leitung, und einen Augenblick lausche ich dem anonymen Rauschen.

Ich weiß, es wäre besser, keinen Kontakt zu Sam Johnson aufzunehmen, aber ich muss einfach wissen, ob es seinem jüngeren Sohn Ben gut geht und ob er etwas über Tom Waringham weiß.

Immerhin hat der Rudelführer der Werwölfe mir sein Wort gegeben, auf den verstoßenen Vigilanten aufzupassen.

Nach einem Moment klickt es in der Leitung, und Sam Johnsons tiefe Stimme meldet sich: »Johnson.«

»Dr. Johnson, hier ist Sally.«

Ein Seufzen erklingt. »Was kann ich für dich tun?«

»Ich weiß, ich sollte mich nicht melden. Aber haben Sie etwas von Ben gehört?«

»Mein Sohn ist in Sicherheit, Sally. Es geht ihm gut. Er meckert, weil er London und seine Schule verlassen musste. Typisch Teenager. Dass noch immer ein Todesurteil auf ihm liegt, stört ihn weniger, als die Skateboard-Saison in der Stadt zu verpassen.«

Ich muss lächeln. Es ist schön, zu hören, dass es Ben gut geht. »Was das Todesurteil betrifft … ich kann da im Moment nichts machen. Aber ich versuche noch immer, den wahren Täter der Limehouse-Morde zu finden – versprochen!«

»Nur, dass du schon sehr viel versprochen hast, Sally Davies«, knurrt er am anderen Ende der Leitung, was ich von ihm gar nicht kenne. Der sonst so ruhige und besonnene Sam Johnson scheint langsam seine Beherrschung zu verlieren. Mir wird ein wenig mulmig.

»Ich bin dabei, Beweise zu sammeln. Ich werde herausfinden, wer Ben das anhängen wollte. Und auch, warum man Aaron das Herz entnommen hat.«

Es fällt mir schwer, darüber zu sprechen. Wenn ich Aarons Namen sage, sehe ich ihn wieder vor mir. Blutüberströmt in der Eingangshalle.

Und Calebs blitzendes Katana.

»Das hoffe ich, denn wenn du nicht bald etwas unternimmst, kann ich keine Garantien mehr für Tom Waringham übernehmen. Noch habe ich in der Gesellschaft der Paranormalen verbreiten lassen, dass er unter meinem persönlichen Schutz steht, aber das kann ich auch ganz schnell wieder zurücknehmen, wenn sich der Orden nicht bald für seine Taten rechtfertigt.«

»Das ist nicht im Namen des Ordens geschehen, und ich werde den Schuldigen überführen, und der Orden wird ihn verurteilen.«

Sam Johnson knurrt erneut. »Gut. Lange werde ich nämlich nicht mehr warten. War's das?«

»Okay, ja klar … das war's. Danke fürs Gespräch!«

Er legt auf.

Ich lausche dem Verstummen der Verbindung. Sam Johnson scheint nicht sehr gut auf mich zu sprechen zu sein. Ich sollte besser bald ein paar Ergebnisse vorweisen können, sonst könnte das für Tom fatale Folgen haben.

Wenn ich doch nur wüsste, wie ich das anstellen soll?

Wenigstens ist Ben in Sicherheit. Aber ich habe noch immer keine Ahnung, wer hinter den Morden steckt. Ich bin kein Stück weitergekommen, und ich weiß nicht, was ich machen soll, wenn Victoria Bannister wirklich darin verwickelt sein sollte.

Wie soll eine einfache Dienstmagd des Ordens gegen die Vigilanten-Anführerin ankommen?

Auch wenn ich Caleb auf meiner Seite habe, so ganz ist er nicht davon überzeugt, dass seine Chefin unschuldige Paras verurteilen würde.

Ich würde Caleb so gerne erzählen, dass Lady Kaitlin mich ausbildet. Vielleicht würde er mich dann eher als seinesgleichen ansehen. Nur … müsste ich dafür endlich mal einen Zauber hinbekommen. Bisher mache ich nämlich nicht mehr, als über die Theorie von Zaubern in alten Folianten zu lesen und komische Zeichen und Symbole auswendig zu lernen. Lady Kaitlin hat mir noch nicht einmal den allerkleinsten Trick verraten. Caleb würde mich auslachen und mir kein Wort glauben.

Zeit, etwas zu unternehmen.

Ich erhebe mich von dem Kartoffelsack, streiche meine Schürze glatt und warte, bis Mrs Bones die Aufgaben des Tages an dem

Brett befestigt hat, das bei den altmodischen Dienstbotenklingeln an der Wand neben den Haushaltsräumen angebracht ist.

Als sie verschwunden ist, gehe ich die Liste durch, lösche an einer Stelle meinen Namen vom Plan und an einer anderen den eines der Dienstmädchen, die heute im ersten Stock arbeiten. Dann schnappe ich mir die Kreide und trage mich stattdessen für ihren Dienst ein und sie für meinen: Laut Plan soll ich nun bei Victoria Bannister putzen, die noch in Edinburgh ist.

Die Privaträume der Vigilanten-Chefin liegen, genau wie die des Protectors, im ersten Stock. Laura ist gerade dabei, Handtücher und frische Bettwäsche zu verteilen. Ich nicke ihr zu. Sie beachtet mich zum Glück nicht weiter, auch wenn ich normalerweise selten Dienst bei Victoria habe.

Zwei Zimmer, ein Wohnraum und ein Schlafzimmer, sowie ein angrenzendes Bad stehen der Chefin der Vigilanten zur Verfügung. Durch die mannshohen Fenster hat man von den beiden Zimmern einen freien Blick auf die Themse. Ansonsten sind Victorias Räume schlicht und schnörkellos eingerichtet. Sie hat mit der Tradition gebrochen, auf die antiken Möbel ihrer Vorgänger verzichtet und ihre Zimmer stattdessen mit Designermöbeln aus Leder und Stahl ausgestattet.

Victorias Bett nebenan wurde bereits abgezogen, in wenigen Minuten wird eine meiner Kolleginnen kommen, um es neu zu beziehen. Mir bleibt nur ein kurzer, unbeobachteter Moment Zeit.

Ich zücke meinen Scopae und klappe den Staubwedel auf, so dass die Straußenfedern hervorspringen. Im Vorbeigehen streiche ich über die Oberflächen der Möbel und Wände und sehe mich dabei um. Alles ist sauber und ordentlich. Victoria lässt nichts herumliegen.

Nachdem ich einen erfolglosen Blick in ihren übersichtlich und gut sortierten Kleiderschrank geworfen habe, nehme ich mir die Kommode vor. Als wolle ich in einer der Schubladen putzen, ziehe ich die oberste auf, durchsuche rasch den Inhalt und fahre mit der Handfläche unter den Bodenbelag. Auch die nächste Schublade untersuche ich auf diese Weise. Doch wie zuvor schon im Schrank finde ich nur Kleidung, zudem Handschuhe und einen von Victorias zahlreichen Schals. Würde mich eine Kollegin mit den Händen in den Sachen erwischen, gäbe es Ärger. Dennoch mache ich weiter.

In der untersten Schublade entdecke ich ein kleines schwarzes Kästchen unter einem grauen Pullover aus Merinowolle. Ich ziehe es hervor und rümpfe die Nase. Ein leicht süßlicher Geruch schlägt mir entgegen, wie von einem flüchtigen Parfüm. Kein Duft, den ich je an Victoria gerochen habe. Ich sehe mich kurz um, die Tür zum Flur steht noch immer offen, und jeden Moment kann meine Kollegin mit der frischen Bettwäsche hereinkommen.

Egal.

Vorsichtig klappe ich das Kästchen auf. Der süßliche Geruch wird stärker, mit einer muffigen Note durchsetzt, und riecht auf einmal nach abgestandenem, altem Parfüm oder Minze, die zu lange in Wasser gelegen hat und vergoren ist. In einer Umhüllung aus Samt liegt eine dunkle, matt schimmernde Halskette. Obwohl kunstvoll geschmiedet, enthält sie weder Edelsteine noch Fassungen, nur durchbrochene, blattartige gotische Motive. Die Kette sieht nicht unbedingt wie ein Schmuckstück aus, das Victoria Bannister tragen würde, dafür ist sie viel zu altmodisch. Sie wirkt eher wie eine Antiquität oder ein Familienerbstück. Auch das Material gibt mir Rätsel auf. Es glänzt nicht, ist aber ebenmäßig schwarz.

Ist das etwa Eisen?

Während des Krieges mit Napoleon wurde Schmuck aus Eisen hergestellt, um die Kriegskasse zu füllen, und auch als Trauerschmuck war Eisen unter der Herrschaft Königin Victorias eine Zeit lang sehr beliebt.

Aber was macht Victoria mit so einem alten Schmuckstück?

Meine Nase prickelt, der Geruch nimmt überhand. Ich wage es

nicht, die Halskette zu berühren, und bin unschlüssig, was mein Fund zu bedeuten hat.

Auf einmal höre ich Schritte auf dem Flur. Mir bleibt keine Zeit mehr, mich noch weiter umzusehen. Rasch klappe ich den Deckel wieder zu, schiebe das schwarze Kästchen zurück und ziehe den grauen Merinopullover darüber, doch zu schnell, um es ordentlich zu machen. Dennoch schließe ich hastig die Schublade und nehme den Staubwedel auf – keine Sekunde zu früh.

William, der Kammerdiener Sir Henrys, betritt den Raum. *Ausgerechnet William!*

Er bleibt stehen und wirft mir einen fragenden Blick zu. »Was machst du hier?«

»Staubwischen.« Ich hebe demonstrativ meinen Scopae und fahre über die Ablage der Kommode, auf der sich kein einziges Staubkorn befindet.

William verengt die Augen zu Schlitzen. »Du hast hier heute keinen Dienst.« Er scheint verärgert zu sein, mich hier zu sehen, beinahe misstrauisch. Aber dazu gibt es ja eigentlich keinen Grund.

»Auf dem Dienstplan steht das aber«, sage ich unschuldig und fahre weiter staubwischend die Kommode entlang.

»Lass das! Hier muss nicht gewischt werden. Da muss ein Fehler vorliegen. Geh, und melde dich bei Mrs Bones! Sie soll dir einen anderen Dienst zuweisen.« Er fuchtelt unwirsch mit der Hand, die in einem weißen Handschuh steckt, als wolle er ein lästiges Insekt vertreiben.

Ich knickse artig in seine Richtung und beeile mich, den Raum zu verlassen, auch wenn ich befürchte, mich durch meine Hast zu verraten. Aber ich ertrage keine Sekunde länger den bohrenden Blick seiner Augen.

Ich kann nur beten, dass William in dieser Angelegenheit nicht zu Mrs Bones geht. Denn diese hat ein Gedächtnis wie ein Elefant und wird ganz genau wissen, dass sie mich nicht zum Dienst bei Victoria eingeteilt hat …

FOLGE

4

KAPITEL 11

Caleb

Ich stehe ganz hinten im Musikpavillon an das Metallgeländer gelehnt und versuche, mir meine schlechte Laune nicht anmerken zu lassen. Beim Anblick meines Bruders, der natürlich kurz nach seinem Eintritt in den Orden auch dem Hermetischen Kammermusik-Orchester beigetreten ist, möchte ich am liebsten die Flucht ergreifen.

Schlimm genug, dass neue Orchester-Mitglieder traditionell im Musikpavillon vor der versammelten Zaubererschaft ihre erste Darbietung vortragen. Nicht mal Wind und unwirtliche Temperaturen haben das jemals verhindern können. Tradition verpflichtet.

Ich finde dennoch, dass Hausmusik genau da bleiben sollte, wo sie hingehört: im Haus! Und zwar in den eigenen vier Wänden. Und nicht in einem zugigen Pavillon.

Adam, der zugegeben exzellent Geige spielt, ist jedoch nie ein Kind des Understatements gewesen und zeigt zu gerne, was er kann. Isabella sitzt, ganz die stolze Verlobte, auf einem der filigranen weißen Metallstühle in der ersten Reihe, eine dunkelrote Decke elegant über den Beinen drapiert, und lauscht verzückt. Ich bin froh, dass niemand darauf bestanden hat, mir einen Sitzplatz vor der *›Band‹* aufzudrängen. Ich bin nur hier, weil es erwartet wird und mein Bruder sonst denken würde, ich wolle ihn nicht im Orden haben. Das trifft zum Teil durchaus zu, aber die Gründe dafür sind vielschichtig. Gegen Adam als Bibliothekar habe ich nichts einzuwenden. Qualifiziert dafür ist er.

Wenigstens hatten wir vor kurzem bei der Pixie-Ermittlung Glück. Victoria, die inzwischen wieder aus Edinburgh zurückgekehrt ist, war sehr zufrieden mit der Aufklärung des Falles und dem Tod der Pixie, sodass sie dem Bericht nur ein Minimum an Aufmerksamkeit geschenkt hat. Zudem hat Sally mir erzählt, dass Madeleine wirklich jedem von ihrem ersten Tatort berichtet hat und bei ihrer Schilderung auch ein wenig Übertreibung im Spiel war. Niemand zweifelt daran, dass die Ärmste Feenüberreste entsorgen musste. Unser Plan hat perfekt funktioniert und alle überzeugt.

Victoria sitzt neben Isabella und lauscht Mozarts Violinkonzert Nr. 3, das formvollendet vorgetragen wird. Das Stück kenne ich seit frühester Jugend. Ich bin in einem Haus aufgewachsen, in dem Musik zum guten Ton gehört. Zum Verdruss meiner Mutter habe ich mich erfolgreich dagegen gewehrt, ein Instrument zu erlernen. Aber auf Adam war wie immer Verlass. Er hat meine Eltern mit seinen exzellenten Leistungen beim Geigespielen sehr stolz gemacht. Allein wie selbstverständlich er spielt und die Geige hält, ohne dass es seiner Männlichkeit schadet, ist beneidenswert. Nur wenigen Männern gelingt es dabei, wie ein Undercover-Agent zu wirken. Allerdings haben auch nur wenige Musiker so gut trainierte Körper wie mein Bruder.

Ich sehe zu ihm, und er erwidert meinen Blick, mit einem entschuldigenden Lächeln, während sein Spiel nicht eine Sekunde unsicher wirkt.

Er ist mein Bruder, doch manchmal möchte ich ihn einfach, wie damals als Teenager, nur in die Luft sprengen. Es ist schwer, mit ihm zu konkurrieren, aber ich kenne zeitlebens nichts anderes, als den Drang, an ihn heranreichen zu wollen. Und genau dem wollte ich mit meiner Ausbildung zum Vigilant aus dem Weg gehen. Doch erst Adams Anwesenheit macht mir klar, dass ich den Versuch, ihn zu übertrumpfen, nicht aufgegeben habe. Für Geschwisterrivalitäten gibt es offensichtlich kein Verfallsdatum. Mein Bestreben seit dem Teenageralter, Adam zu schlagen, um einmal vor unserem Vater als der ›bessere‹ Sohn dazustehen, einmal die Nummer eins im Hause O'Connor zu sein, sind selbst jetzt noch in mir verankert, obwohl mir mittlerweile egal sein sollte, was mein Vater von mir hält.

Doch was man einmal mit Erziehung verinnerlicht hat, geht ohne Therapie anscheinend nicht mehr weg.

Lady Kaitlin sitzt ebenfalls in der ersten Reihe. Sally steht hinten bei Mrs Bones und der Köchin am Eingang des achteckigen, offenen Gebäudes. Alle tragen dicke schwarze Wollmäntel, eine Art Dienstboten-Schlechtwetteruniform. Nur so ist das Fehlen von Sallys geliebtem Parka zu erklären. Nach der Darbietung sollen Tee und Gebäck gereicht werden, allerdings im Ordenshaus, und mit Sicherheit bei einem Kaminfeuer. Keine Veranstaltung, bei der ich noch dabei sein will. Im Gegensatz zu Sallys Beteiligung ist meine mehr oder weniger optional. Bestimmt muss sie Tee ausschenken und Scones reichen, während alle sich darüber freuen, wie kultiviert sie doch sind.

Das Musikstück nähert sich seinem Ende, aber ich habe genug gehört. Über mich selbst verärgert, weil ich so lange in der Kälte ausgeharrt habe, um mir diese Katzenmusik anzuhören, gehe ich am Rand des Pavillons vorbei an den stehenden Zuhörern in Richtung der kurzen, breiten Treppe, die nach unten führt. Sally sieht mich erstaunt an, als ich zwischen den frierenden Dienstmädchen hindurchschlüpfe, ohne mich umzusehen, und den nächsten Weg zum Haupthaus einschlage.

Der geharkte Kiesweg führt zur Orangerie. Durch sie gelange ich am schnellsten zum Vigilantentrakt. Da alles, was Rang und Namen hat, gerade dem Gefiedel meines Bruders lauscht, habe ich wenigstens auf dem Weg zurück meine Ruhe.

Als ich aus dem ungemütlichen und schon dämmrigen Park unter die warme Glaskuppel trete, ist die Kälte mit einem Schlag aus meinen Gliedern vertrieben. Der Duft von unzähligen Zitrusblüten und Früchten vermischt sich mit dem erdigen Geruch des dunklen Bodens in den Kübeln und gepflegten Beeten. Es ist zu dunkel, um den Weg gut erkennen zu können, und ich lasse eine

Lichtkugel über mir aufsteigen, damit ich nicht versehentlich etwas beschädige. Der Gärtner ist ein alter, verbissener Magier, der mit konventionellen Mitteln das Gras kurz und grün, die Orangerie blühend und die Rosen in tadellosem Zustand hält. Magie setzt er nur zur Schädlingsbekämpfung ein oder gegen Vigilanten, die das Gras vor dem Ordensgebäude ruinieren.

Kaum habe ich meinen Weg erleuchtet, nehme ich den Geruch von verdorbenen Orangen intensiver wahr. Zu süß, zu schwer und mit einem merkwürdigen Beigeruch, sodass ich mich beeile, dieses altehrwürdige Gewächshaus zu durchqueren, und schnell in die kalte, aber wenigstens frische Luft auf der anderen Seite hinaustrete.

Ich atme tief durch, mir ist ein wenig übel. Das Konzert und der Gestank nach vergorenem, verschimmeltem Obst haben mir auf den Magen geschlagen. Die Musik ist hier kaum noch zu hören, immerhin habe ich ein ganzes Gewächshaus zwischen mich und die Kultur gebracht.

Bevor ich weiter über Brüder, Geigen und Familienbande nachgrübeln kann, sehe ich Mike den Platz vor dem Vigilantentrakt überqueren. Er wirkt blass und müde. Vor ihm ist ein großer, schlanker Mann auf dem Weg ins Haus, der gerade laut die Tür ins Schloss wirft. Mike hat heute Dienst und muss Schutzzauber erneuern mit Hollister Grey, dem Waffenmeister des Ordens. Der Mann mit den hohen Geheimratsecken in den grau-blonden Haaren kann keinen der Vigilanten leiden. Und keiner der Vigilanten mag Hollister. Die Waffenkammer ist ein Ort, den man meidet, wenn man die Möglichkeit dazu hat. Man munkelt, seit Victoria ihm den Chefposten weggeschnappt hat, wäre Hollister miesepetrig und würde nur noch auf seinen Ruhestand warten. Das würde zumindest sein Verhalten und seine ständigen Versuche erklären, Streit mit anderen Vigilanten anzufangen.

»Hey, Mike.« Mein Teamkollege dreht sich um und schenkt mir ein müdes, schiefes Lächeln.

»Hey, Caleb. Gott, Hollister braucht ewig für die Schutzzauber, und jetzt muss er eine Teepause machen, weil ihm kalt ist. Okay, er ist älter als ich, aber er ist doch ein erfahrener Vigilant.« Mike klingt genervt.

So kurz vor Halloween erneuern wir alle, fast rund um die Uhr, die Zauber und verstärken die magische Barriere des Ordens sogar in unserer Freizeit. Allerdings fordern solche Sprüche viel Konzentration und Energie. Sie allein zu wirken, ist sehr anstrengend, weshalb Victoria angeordnet hat, dass alle Vigilanten, die keine Aufgabe haben, das im Wechsel gemeinsam übernehmen sollen.

»Ich helfe dir, wenn du noch zaubern kannst.«

Mike nickt erfreut und deutet zu den Stallungen.

Zusammen gehen wir über die Parkanlage zu dem kleinen Nebengebäude aus Backstein, das früher der Pferdestall gewesen ist und heute als Garage dient. Wir umrunden die alten Stallungen und stehen kurz darauf zwischen hohen Eichen, Walnussbäumen und Platanen, die ihre Blätter schon weitgehend abgeworfen haben. Diese Zufahrt führt zum Hintereingang und einem alten schmiedeeisernen Tor mit zwei Goldlöwen, die auf hohen Pfeilern thronen. Das Tor wird selten genutzt, aber auch hier ist Schutz notwendig. Besonders an Halloween, wenn die Geister der Toten – Magier, Menschen und Paras – versuchen, in die Welt der Lebenden zurückzukehren.

Die Grenzen zwischen dem Bösen und dem Guten verschwimmen, wenn die Geister im Schleier tanzen, hat mein Grandpa immer gesagt.

»Diesen Abschnitt haben wir noch nicht gesichert. Ich fürchte, Hollister nimmt sich ein wenig Whiskey in den Tee und wird heute nicht mehr aus seiner heiligen Waffenkammer rauskommen.« Mike klingt nicht traurig darüber.

»Du rechts, ich links?« Meine Frage wird von ihm mit einem Nicken und einem kräftigen Schlag auf meine Schulter beantwortet.

Oft stärkt schon allein die magische Präsenz eines anderen Magiers den Zaubernden, und bei so langweiligen und kräfteraubenden Routinezaubern ist das besonders hilfreich.

Mike entfernt sich von mir und geht, die Schutzformeln murmelnd, den schmiedeeisernen Zaun entlang. Ich wandere in die andere Richtung. Hinter den Stäben kann ich wie durch Milchglas Touristen und Passanten erkennen: Verschwommene Gestalten, die mich nicht wahrnehmen können. Vier Frauen laufen lachend vorbei. Dem Klang ihrer Worte nach zu urteilen, sind es Deutsche. Sie sehen nur eine verlassene Parkanlage vor einem riesigen Backsteingebäude.

Die Illusionszauber sind stark und in die Grundstücksgrenzen des Ordens verwoben. Die Schutzzauber dagegen, die immer nur so gut wie die Zauberer sind, die sie wirken, haben nicht die Endgültigkeit der Illusionszauber. Sie wurden erst viel später notwendig, nachdem der Orden seine Funktion als wahrende Instanz für das Geheimhaltungsabkommen eingenommen hat und klar wurde, dass Paras und andere Abnormalitäten auch in Zukunft ihre Spuren hinterlassen werden.

Ich murmele eine Beschwörungsformel und bündele die Magie. Mühelos gelingt der Zauber, und ich sehe, wie kurz ein leichtes Flimmern vom Zaun in den dunklen Nachthimmel aufsteigt. Ich gehe weiter und nehme mir das nächste Zaunsegment vor, während draußen die Menschen keine Ahnung haben, was sich hinter der geschichtsträchtigen Fassade verbirgt. Sie machen Fotos, ohne jemals wirklich diesen Ort erkennen zu können, laufen an uns vorbei, ohne uns wahrzunehmen.

Der nächste Schutzzauber baut sich auf, und das Flimmern steigt nach oben. An dieser Stelle wird niemand ohne Weiteres den Zaun überwinden, egal, ob Mensch, Magier oder Para. Kaum habe ich den Zauber gewirkt, höre ich ein dumpfes Geräusch direkt hinter mir. Als wäre etwas auf dem Boden aufgeschlagen.

Ich trete einen Schritt zurück und lasse meinen Blick über das mit Laub bedeckte Gras schweifen. Im Licht der altertümlichen Laterne, die von der nahen Straße herüberscheint, sehe ich eins der unzähligen, grau-braunen Eichhörnchen liegen, die Lili Gardener so liebt. Die Augen des possierlichen Tieres sind offen, es sieht unbeschadet aus – bis auf die Tatsache, dass es tot ist.

Ich entdecke ein paar weitere Eichhörnchen. Sie liegen unter dem Nussbaum, unter dem ich stehe. Und alle sehen so aus, als würden sie nur schlafen.

Aber ich weiß es besser.

Auf einmal spüre ich den kalten Wind, der an mir zerrt, allzu deutlich. Vorsichtig hebe ich eines der Tiere auf, sein Körper ist noch warm. Alle meine Instinkte rufen mir zu, dass ich für seinen Tod verantwortlich bin.

Was ich die ganze Zeit verdrängt habe, holt mich jetzt mit aller Macht ein:

Ein paar tote Ratten, dafür kann es viele Gründe geben. Auch das eine Mal, als ich einen toten Vogel nach einem Zauber entdeckt habe, kann man noch als Zufall abtun. Aber das? Mehr als ein Dutzend tote Eichhörnchen?

Bleib ruhig, denk nach. Niemand tötet einfach so Tiere, wenn er zaubert. Werd jetzt nur nicht albern. Das ist der Stress! Zacs Tod, das Ritual, dein Bruder im Orden, Isa in deinem Team – da ist jeder mal ein wenig paranoid!

Doch so gern ich das glauben würde – ich weiß genau, wer diese wehrlosen Geschöpfe getötet hat.

Ich.

Mit dem Schutzzauber.

Mir ist schon eine geraume Weile klar, dass es nicht normal sein kann, wie wenig Magie mich seit Kurzem entkräftet. Wie anstrengend Zaubern ist, habe ich beim Kampf gegen den Wolf und auch gegen die Sirene deutlich gespürt – jetzt gelingen mir alle Zauber mühelos.

Meine Finger fahren zittrig über das flauschige Fell des Tieres.

Ich wünschte, es würde einfach aufwachen und weghüpfen, während meine Gedanken träge versuchen, meine Erkenntnisse zu verarbeiten.

Ich brauche Hilfe, wird mir klar. Ich muss wissen, was mit mir los ist. Und sicherstellen, dass ich mir das alles nur einbilde. Dass es nichts mit diesem schwarzmagischen Ritual der Hexe zu tun hat, das mich vom Fluch der Banshee befreit hat. Bestimmt sind die possierlichen Tiere nur an einer grassierenden Eichhörnchen-Seuche verendet.

Wem willst du etwas vormachen? Seit dem Ritual hast du dich verändert.

Die Gewissheit, dass ich für den Tod der Tiere verantwortlich bin, festigt sich jeden Moment mehr in mir. Die Büchse der Pandora ist geöffnet, und die Selbstverleugnung funktioniert nicht mehr. Irgendetwas stimmt nicht mit mir. Ich brauche jemanden, der mir weiterhilft. Nur, zu wem kann ich gehen?

Victoria? Ich traue ihr nicht. Nicht seit dem, was mit Tom passiert ist. Nicht nach dem Verdacht, der im Raum steht.

Sally? Ihr vertraue ich, aber das hier ist etwas, was weit über das hinausgeht, was ich ihr zumuten und worüber sie etwas wissen kann.

Lady Kaitlin? Sie hat mir immerhin schon einmal geholfen, aber vertraue ich ihr? Nein. Ich kenne die Gründe nicht, warum sie mir geholfen hat, ich bin mir aber sicher, dass sie nichts ohne Hintergedanken macht.

Ich brauche eine neutrale Person. Jemand, der mir sagen kann, was mit mir passiert. Und wie ich das wieder in den Griff bekommen kann. Jemand, der nichts mit dem Orden zu tun hat …

KAPITEL 12

Sally

Meine Hand steckt bis zum Ellbogen in der glitschigen, weichen Masse. Ich muss meine ganze Kraft aufwenden, um mit dem Messer alles abzuschaben, und schaffe es doch nicht, die Fasern auf Anhieb sauber vom Körper zu trennen. Ich bin bereits von oben bis unten mit Saft und Brocken bespritzt. Die rostroten Flecken auf meiner weißen Schürze zeugen von dem klebrigen Massaker.

Seit Stunden nehmen Harriet, das Küchenmädchen Mary und ich Kürbisse aus. Eigentlich gehört das nicht zu meinen Aufgaben. Ich war überrascht, als ich heute Morgen auf dem Tagesplan gelesen habe, dass ich zum Küchendienst eingeteilt bin.

Ist das Schikane von William, weil er mich in Victorias Räumen erwischt hat?

Andererseits ist wegen des anstehenden Halloween-Festes viel zu tun, nicht nur in der Küche. Zusätzliche Betten für die Gäste müssen bezogen, Räume gelüftet, Teppiche ausgeklopft werden … Harriet freut sich jedenfalls sichtlich, mich in der Küche um sich zu haben, die inzwischen aussieht wie ein Schlachtfeld: Überall auf dem langen Arbeitstisch stehen Schüsseln voller Kürbismasse, Messer und Schabwerkzeuge. Sogar auf der großen Anrichte an der Stirnseite des langen Raumes stapeln sich die gewaltigen orangenen Früchte. Sie werden von dem Licht der Neonröhren beleuchtet, das auf uns herabflackert. Durch die auf Straßenhöhe liegenden Fenster dringt nur wenig Tageslicht herein. Auch deshalb verliert man hier unten schnell jedes Zeitgefühl.

Mir ist, als wäre ich seit Tagen dabei, Kürbisse auszuschlachten. Dass meine Hände so klein sind, war Harriets Argument, mich für diese nicht sehr beliebte Aufgabe einzuteilen. Allerdings tun mir bereits Finger und Handgelenk weh, und Harriet kritisiert mich für meinen ungeschickten Umgang mit ihren kostbaren Küchenmessern.

»Nicht so, Sally, mit Gefühl. Nimm dir ein Beispiel an Mary, sie bekommt das Fruchtfleisch sauber abgelöst, ohne sich selbst zu gefährden.«

Die pummelige Mary neben mir errötet. Harriet verteilt nicht oft Lob, da freut man sich über jedes, auch wenn dieses in eine Zurechtweisung an mich verpackt war. Ich gönne es ihr, sie hat es nicht leicht, unter Harriets Herrschaft kochen zu müssen, vor allem jetzt, wo viele Gäste aus anderen Ordenshäusern kommen.

»Setz das Messer nicht so spitz an! Du schneidest sonst zu weit in die Schale!« Harriet greift nach meiner Hand.

Mein Blick gleitet über die Kürbisse, die wir bisher ausgehöhlt haben. An die Stapel, die schubkarrenweise im Hinterhof noch warten, will ich gar nicht erst denken. Ich seufze.

Das Ordenshaus wird an Halloween nicht nur geschmückt, um festliche Stimmung aufkommen zu lassen. Auch wenn die Papier-Girlanden im Speisesaal und die schwarz verhängten Fenster allein der Atmosphäre dienen. Die Kürbisse schützen uns vor dem Eindringen der Geister der Verstorbenen, wenn der Schleier zwischen den Welten dünn ist. Sie werden später von den Magiern noch zeremoniell mit einer verzauberten Kerze versehen.

Ich lege das Messer beiseite, greife mit beiden Händen tief in die glitschige Fruchtmasse hinein, hebe sie aus dem Kürbis hinaus und lasse den mit weißen Kernen gespickten Brei in eine der Schüsseln platschen. In den nächsten Wochen wird es sehr viel Kürbissuppe, Quiche und Kürbiskuchen geben.

»Nimm lieber einen Löffel zum Auskratzen. Wenn zu viel Fruchtfleisch drinbleibt, schimmert die verzauberte Kerze nicht durch.«

»Ach, mein Rücken.« Harriet streckt sich, und ein deutliches Knacken ihrer Wirbel ist zu hören.

Ich schlucke meinen Kommentar und greife nach dem großen Löffel. »Was ist mit der Einladung zu deiner Schwester? Willst du sie nicht über die Feiertage besuchen?« Harriet hatte mir letzte Woche einen Brief gezeigt, eine Einladung nach Wales zu der Familie ihrer Schwester. Ein kleiner Urlaub würde ihr bestimmt guttun.

Doch sie sieht mich nur empört an: »Doch nicht jetzt, wo der Orden mich braucht mit all den wichtigen Gästen!« Harriet wuchtet einen neuen Kürbis zum Aushöhlen auf den Tisch. Er ist so groß, dass ich kaum über ihn hinwegsehen kann.

Ich greife den scharfkantigen Löffel fester und beginne, den weitaus kleineren Kürbis vor mir mühsam auszukratzen. Harriet sieht mir dabei aus dem Augenwinkel heraus zu, während sie an dem Monster vor ihr das Messer ansetzt. Sie hatte immer gewollt, dass ich bei ihr eine Ausbildung zum Küchenmädchen mache, sodass ich eines Tages Köchin werde. Aber die Küche liegt mir nicht. Auch wenn ich mir Mühe gebe, dieser Knochenjob macht mir einfach keine Freude. Harriet jedoch hat diesen Traum noch immer nicht aufgegeben, selbst die Zurschaustellung meines kläglichen Umgangs mit Messern und anderen Küchenwerkzeugen kann ihre Meinung nicht ändern. Sie sagt, dass sich das erlernen lässt, und hofft, dass ich es mir eines Tages anders überlege.

»Ist sie gut zu dir?«, fragt Harriet mich plötzlich und sieht mich von der Seite an. Sie meint Lady Kaitlin.

Meine Finger kratzen mitsamt dem Metall über die harte Schale des Kürbisinneren, und ich beiße mir auf die Lippe. Wie gerne möchte ich Harriet erzählen, was mir alles auf der Seele lastet. Wie schwer es für mich ist, in der Bibliothek zurechtzukommen. Der Ordens-Protector will Adam als Nachfolger einsetzen, und Adam O'Connor bewegt sich bereits in der Bibliothek, als wäre es sein Zuhause. Er war Assistent des Ordens-Bibliothekars in Paris. Ich werde gegen ihn kaum bestehen können. Ich schaffe ja noch nicht einmal den kleinsten Zauber.

Caleb wird mich auslachen.

Alle werden mich auslachen.

Harriet beobachtet mich. Ich muss ihr antworten. Aber Harriet würde jegliche Klage nur als Anlass nehmen, mich in die Küche zu holen. Außerdem kann ich ihr nicht sagen, dass ich Magieanwendung lerne. So sehr ich das auch möchte. Lady Kaitlin hat es mir verboten.

»Lady Kaitlin ist sehr gut zu mir.«

Mary, das Küchenmädchen, beäugt mich. Ihre kräftigen Arme schaufeln gekonnt Fruchtfleisch aus dem Kürbis, der vor ihr steht. Ich habe mitbekommen, wie sie und Madeleine neuerdings die Köpfe zusammenstecken. Früher hat Madeleine sich nie mit dem Küchenpersonal abgegeben. Vielleicht wartet sie ja nur auf einen Fehler von mir, damit sie ihren Job zurückbekommt. Vielleicht sehe ich aber inzwischen auch schon Gespenster.

»Das hoffe ich, aber nicht nur, dass die Lady gut zu dir ist, sondern auch ihr neuer Assistent.« Harriet kennt mich und spürt, dass ich etwas auf dem Herzen habe. Aber es ist zu viel geschehen, ich will sie da nicht mit reinziehen, indem ich sie einweihe.

»Keine Sorge, Adam O'Connor nimmt mich kaum wahr, und für Lady Kaitlin muss ich nicht viel mehr tun, als Tee zu servieren und Bücher wegzulegen.« Ich bemühe mich um einen leichten Tonfall. Vermutlich denkt Harriet jetzt, ich sei faul, weil ich mich über diese einfache Tätigkeit freue. Aber das ist immer noch besser, als wenn sie Verdacht schöpft.

Nach gefühlten hundert ausgehöhlten Kürbissen setzt Harriet endlich den Nachmittags-Tee auf. Ich tausche meine schmutzige Schürze gegen eine neue und gehe hinüber zur Butlers Pantry. Unter der strengen Aufsicht von Mr Morris lagert dort alles Geschirr, das nicht für den täglichen Gebrauch bestimmt ist. Auch die hinter Glasvitrinen eingeschlossenen prunkvollen Tafelaufsätze und das Silber mit dem aufgeprägten Ordenswappen werden hier aufbewahrt, ebenso Lady Kaitlins privates Teeservice.

»Es ist Zeit für den Tee, Sir«, begrüße ich den Butler, der sich von seinem Schreibtisch erhebt und nach dem Schlüsselbund an der Wand hinter sich greift. Bei meinem Anblick hebt Mr Morris eine Augenbraue. »So kannst du aber nicht den Tee servieren, Mädchen.«

Ich schaue an mir herunter. Ich habe mir eine neue Schürze umgebunden, aber die Ärmel meines Kleides sind noch immer hochgekrempelt, und der Rock ist mit Kürbissaft bespritzt. Er hat recht. Und genau darum übernehmen die Dienstmädchen normalerweise auch keine Küchenarbeiten. Man müsste sich ständig umziehen, um den Magiern nicht mit verschmutzter Kleidung unter die Augen zu kommen.

Ich knickse und beeile mich, zu meinem Zimmer unter dem Dach hochzueilen, um mir dort eine neue Uniform anzuziehen. Als ich in die Butlers Pantry im Tiefparterre zurückkehre, ist das Teeservice bereits herausgestellt und der Earl Grey aufgebrüht, obwohl ich das eigentlich hätte tun sollen. Die Tassen und die Kanne mit dem schönen Rosenmotiv sind Lady Kaitlins Lieblingsgeschirr, das sie von zu Hause mitgebracht hat. Ich glaube, es hat ihrer Schwester gehört. Mr Morris hütet es wie einen Augapfel.

Um rechtzeitig dort zu sein, eile ich mit dem Tablett mit der dampfenden Teekanne auf dem Arm zur Orangerie. Kühler Wind und leichter Nieselregen schlagen mir entgegen. Ich werde es kaum schaffen, dort mit heißem Tee anzukommen, auch wenn ich die Kanne sorgfältig mit einem warmen Küchentuch umwickelt habe. Mir bleibt nur die Hoffnung, dass die Kanne sich auf dem Stövchen wieder etwas erwärmt.

Wenn ich doch nur einen Wärmezauber beherrschen würde.

Ich habe schon oft gesehen, wie Magier ihre Hände um ihre Tassen legen und den Inhalt zum Kochen bringen. Feuerzauber sind natürlich nicht leicht, aber jeder Magier kann simple Entropie durch seine Handflächen leiten. Das ist wie Reiki.

Ich umrunde den Teich und eile den Kiesweg entlang. Selbst

die Goldfische lassen sich bei diesem Wetter nicht blicken. Die Glasscheiben der filigranen Stahlkonstruktion mit den beiden Kuppeln sind beschlagen. Angenehm warme, wenn auch subtropisch feuchte Luft umfängt mich. Lady Kaitlin ist noch nicht hier.

Ich stelle das Tablett auf den schmalen Glastisch, der zwischen zwei Sitzbänken steht, auf denen schneeweiße Kissen liegen, breite das Teeservice mit dem Teller mit Shortbread aus und nehme das Geschirrtuch von der Kanne. Prüfend lege ich meine Finger um das Porzellan. Es ist nur noch lauwarm.

Rasch werfe ich einen Blick über die Schulter. Niemand ist zu sehen. Dann schließe ich meine Augen und konzentriere mich auf meine Hände, die die Teekanne umfassen. Ich versuche mir vorzustellen, wie Wärme sich in meinen Handflächen sammelt und auf das feine Porzellan überträgt. Meine Hände beginnen zu schwitzen, aber nicht, weil ich einen Zauber wirke, sondern vor Nervosität.

Nichts geschieht, außer dass der Tee sich von Minute zu Minute kälter anfühlt. Hinter mir höre ich die leisen Schritte von Lady Kaitlin, die das Gewächshaus betritt. Beschämt nehme ich meine Hände von der Kanne.

Sie taucht hinter den üppigen Blättern eines Mandarinenbaums auf und lässt sich auf ihrem Sessel mit der hohen Lehne nieder. Sie seufzt, als sie die Beine ausstreckt, und schließt für einen Moment genüsslich die Augen.

Ich schenke ihr ein und reiche ihr die Tasse.

Lady Kaitlin nimmt sie entgegen, nippt am Rand und verzieht dann das Gesicht. Missbilligend schnalzt sie mit der Zunge: »Tss.«

Ich schäme mich, dass ich überhaupt versucht habe, etwas mit Magie zu erreichen. Ich hätte die Kanne sofort auf die Flamme des Stövchens stellen sollen.

Lady Kaitlin setzt die Teetasse ab, ohne davon getrunken zu haben. Sie ist eindeutig schlecht gelaunt. »Ach übrigens, Sally. Was gedenkst du wegen des Buches zu unternehmen?«

Ich lege etwas Shortbread auf einen Teller und reiche ihn ihr.

Welches Buch meint sie? Meine Gedanken rasen, und ich gehe im Geiste jedes Buch durch, das ich in den letzten Tagen in der Bibliothek in der Hand hatte, und jedes Gespräch mit Kaitlin. *Hatten wir von einem bestimmten Buch gesprochen, und ich habe es vergessen?*

»Das Buch des Schwarzmagiers Krotor Slovik«, hilft Lady Kaitlin nach, als sie meinen verwirrten Gesichtsausdruck bemerkt. »Das du in die Hände der Hexe gegeben hast.«

»Ach … ach so, das …«, stottere ich. Ich hatte verdrängt, was Caleb und ich getan haben.

Aber warum kommt sie mir ausgerechnet jetzt damit?

»Ja, das.«

»Ich dachte …« Ich dachte nicht, dass die Hexe das Buch als Bezahlung fordert. Aber als sie es tat, sah ich keine andere Möglichkeit, als es ihr zu überlassen, wenn ich Calebs Leben retten wollte. Ich dachte, wir könnten es uns später wiederholen. Aber dann sagte Lady Kaitlin, sie rechne gar nicht damit, das Buch wiederzusehen.

»Ich weiß, was ich gesagt habe«, sagt Lady Kaitlin, als hätte sie meine Gedanken gelesen. »Aber jetzt bereue ich es, euch das Buch so sorglos überlassen zu haben«, fährt sie missmutig fort. »Es ist ein gefährliches Buch und gehört nicht in die Hände von Amateuren. Ich will, dass du das Buch zurückholst.«

»Aber wie …?«

»Das ist dein Problem. Als zukünftige Bibliothekarin solltest du diese Angelegenheit lösen können. Ich kann nicht zulassen, dass ein Buch aus meinem Bestand verschwindet. Nicht jetzt, wo man mir auf die Finger schaut. Außerdem könnte etwas über Nekromantie drinstehen. Krotor Slovik war ein gefährlicher Hexer.«

Ich nicke. Ich habe keine Ahnung, wie wir es anstellen sollen, aber Lady Kaitlin hat recht: Das Buch darf nicht in den Händen der Hexe Soraya bleiben. Diese Frau hat bewiesen, dass sie skrupellos und zu allem fähig ist.

*

Sofort nach Dienstschluss ziehe ich meine Privat-Klamotten an, schlüpfe durch den Dienstbotengang in den Flur, der zu den Wohneinheiten der Vigilanten führt, und gehe weiter Richtung Vigilantentrakt. Um diese Uhrzeit halten sich die meisten Vigilanten, die keine Wohnungen außerhalb des Ordens haben, im Aufenthaltsraum auf, aber auch diejenigen, die zur späten Wache eingeteilt sind.

Aus dem Aufenthaltsraum dringen Gelächter und flackerndes Licht des Großbildfernsehers. Und es riecht nach Zigaretten. Dieser Raum ist einer der wenigen, in denen Rauchen erlaubt ist.

Caleb sitzt etwas abseits an einem Tisch in der Ecke und vervollständigt offenbar einen Bericht. Ich bleibe im Türrahmen stehen und räuspere mich. Die Vigilanten nehmen kaum Notiz von mir, aber Caleb sieht zu mir herüber und hebt eine Augenbraue.

Ich zucke mit der Schulter und trete einen Schritt zurück in den Flur, als Aufforderung, mir zu folgen.

Tatsächlich taucht Caleb im Türrahmen auf. »Sally, was machst du hier?« Es ist ihm sichtlich unangenehm, mit einem Dienstmädchen im Gespräch gesehen zu werden, aber die Angelegenheit duldet keinen Aufschub.

Ich senke meine Stimme, sodass niemand außer Caleb mich hören kann. »Lady Kaitlin will, dass wir das Buch von der Hexe zurückholen.«

Caleb wirft einen Blick zu seinen Jungs zurück, die neugierig zu uns sehen. »Jetzt? Warum gerade jetzt?«

»Das weiß ich auch nicht, aber du weißt, wie sie ist, wenn sie ihren Willen haben will.«

»Hm, ich hatte heute eigentlich etwas anderes vor … Aber, na gut, ich habe meinen Bericht fast fertig und dann Dienstschluss. Ich hoffe, es dauert nicht lange. Am besten, du holst dir gleich eine Jacke, draußen regnet es.«

»Ich muss mich eh noch umziehen. Wir treffen uns in zehn Minuten beim Mini.«

Mit gesenktem Kopf verschwinde ich durch den Dienstbotengang in der Wand, damit es für die anderen so aussieht, als hätte ich ihm etwas im Auftrag des Ordens mitgeteilt. Vom Billardtisch höre ich Mike und Noah nach einem Stoß johlen.

Ich warte im Wagen auf Caleb und heize das Innere des Minis vor. Tatsächlich erscheint er zehn Minuten später mit mürrischer Miene in einer Lederjacke, jedoch ohne sein Katana. Er wirkt auch ohne das Schwert selbstbewusst. Ich lehne mich über den Beifahrersitz und entriegele die Tür.

Caleb schiebt sich auf den engen Sitz. »Wieso will sie das Buch ausgerechnet jetzt wiederhaben?«

»Ich weiß es nicht. Vielleicht, weil dein Bruder in der Bibliothek herumschnüffelt und sie befürchtet, er würde bemerken, dass es fehlt?«

Caleb verzieht das Gesicht. Ich frage mich, was für ein Verhältnis er zu ihm hat. Jedenfalls ist Adam ganz anders, als ich mir einen älteren Bruder von Caleb vorgestellt hätte. Viel … distinguierter. Sein Geigenspiel im Musikpavillon gestern war umwerfend. Ich wäre nie darauf gekommen, dass die beiden aus demselben Elternhaus stammen, auch wenn eine gewisse Ähnlichkeit nicht zu leugnen ist. Sie haben beide diese dunkelgrünen Augen und Grübchen, wenn sie lächeln, auch wenn Adam sie unter einem sorgfältig gestutzten Bart versteckt.

Ich reiße mich vom Blick auf Calebs Mundwinkel los und starte den Mini. Wir brechen auf nach Camden Town, zu dem Tattoo-Studio, über dem die Hexe Soraya ihrem kleinen Geschäft mit spiritueller Beratung nachgeht. Obwohl die Sonne bereits untergegangen ist, haben viele Läden in Camden noch geöffnet. In einer Seitenstraße parken wir im Meer der Neonlichter und bunten Schilder, nicht weit entfernt von dem Laden. Ich bin unschlüssig, wie wir die Hexe am besten überreden, uns das Buch zu geben, und frage Caleb.

»Wie wollen wir vorgehen?«

»Wir können hoffentlich mit ihr verhandeln. Sie hatte Zeit, das Buch zu lesen oder gar zu kopieren und ist an Wissen interessiert. Vielleicht kann ich ihr einen Zauber oder etwas Ähnliches zum Tausch anbieten.«

»Noch einen Deal? Du weißt schon, dass wir damit wieder die Regeln des Ordens brechen würden.«

Calebs Kaumuskeln zucken. Ihm ist ein Deal offenbar ebenso wenig recht wie mir, und er hat einen anderen Vorschlag: »Laut den Regeln müssten wir sie festnehmen, aber dann kommt heraus, was wir getan haben. Abgesehen von einem Tauschhandel sehe ich keine andere Möglichkeit, außer ihr zu drohen.«

Ich bin anderer Meinung, schweige aber. Nach allem, was ich von Soraya Porter gesehen habe, hätte ich sie nicht gerne zur Feindin.

Das Tattoo-Studio ist zwischen einen Laden mit bunten Sneakers und einen Shop mit handgefertigten Ledertaschen gequetscht. Die Neonschilder im Schaufenster glühen Pink in der Dämmerung, der Laden selbst liegt im Dunkeln, das Schild kann ich dennoch lesen.

»Mist! Geschlossen.«

»Das haben wir gleich.« Caleb sieht sich kurz um und reibt dann seine Handflächen aneinander.

»Was hast du vor?« Neugierig schaue ich auf die Bewegung seiner Hände.

»Pass auf, dass uns keiner sieht.«

Missmutig drehe ich mich um und behalte die Straße im Auge. Ich hätte zu gern zugesehen, wie Caleb zaubert, welche Gesten und

Formeln er benutzt. Doch so höre ich ihn nur etwas murmeln und kurz darauf ein leises Schnappen, als sich die Ladentür entriegelt.

»Sesam öffne dich.« Caleb schiebt die Tür mit dem Fuß auf und grinst.

Mit einem letzten Blick über die Schulter schlüpfe ich vor ihm in das dunkle Ladeninnere. Die Wände sind mit Entwürfen und Fotos von Tätowierungen gepflastert. Mein Blick huscht zu dem Platz neben der Treppe, wo ein Plakat gehangen hat, das Soraya Porters spirituelle Dienste anpries. Es ist nicht mehr da, an seiner Stelle klafft ein auffällig leerer Fleck an der Wand inmitten all der Tattoo-Bilder.

Caleb steigt die schmale Treppe hoch zu der über dem Laden liegenden Wohnung, und ich folge ihm. Er klopft erst gar nicht, sondern drückt vorsichtig den Türknauf herab, als erwarte er eine Falle. Es ist nicht abgeschlossen. Die Tür schwingt auf, der Vorhang aus Plastik-Schnüren klimpert verräterisch in der Stille. Es brennt kein Licht, und nichts rührt sich.

Vorsichtig betritt Caleb den Raum und sieht sich in Bad und Küche um. »Es ist niemand da.«

Ein schwerer Geruch nach Räucherstäbchen und kaltem Weihrauch lungert wie ein ungebetener Mitbewohner in der Luft, und ich wage mich nun ebenfalls hinein. »Ist sie abgehauen?«

Caleb schaut in die Schränke. »Ich weiß nicht, ihre Sachen sind jedenfalls noch da.«

Ich gehe die Regale ab und sehe mir die Sammlung von okkulten Gegenständen etwas genauer an. »Ihre Kristallkugel ist weg und auch ihre Karten.«

»Was ist mit dem Buch?«

Ich fahre mit dem Finger die Buchrücken auf dem Regal ab. In der Dämmerung ist es schwer, die Titel zu lesen. Ich finde den Picatrix und den Ars Goetia, aber nicht den Band von Krotor Slovik. »Hier ist es nicht.«

»War ja klar.«

»Vielleicht hat sie es versteckt. Lass uns die ganze Wohnung durchsuchen.«

Caleb und ich machen uns daran, alles auf den Kopf zu stellen. Wir sehen in jedem Schrank nach, unter ihrer Matratze, hinter dem Regal und sogar im Klokasten. Das Buch ist nirgends zu finden. Soraya Porter scheint aber auch nicht überstürzt abgereist zu sein, außer ein paar Zauber-Utensilien scheint nichts zu fehlen.

Schließlich gebe ich die Suche auf. »Vielleicht ist sie nur bei einem Klienten und kommt bald wieder.«

»Möglich.« Calebs Blick fällt auf den bunten Teppich und die vielen Sitzkissen. Darunter befindet sich das in den Boden geritzte Pentagramm, in dem Caleb bleich und leblos gelegen hat. Ich glaube nicht, dass ihm gute Erinnerungen an diesen Raum geblieben sind.

Ebenso wenig wie mir, aber ich bin froh, dass Caleb noch lebt und jetzt hier sein kann. Alles andere verblasst dagegen.

Die Luft in den Räumen scheint immer stickiger zu werden, am liebsten würde ich ein Fenster aufreißen, aber das würde uns verraten. Der muffige Duft, den die Halskette in Victoria Bannisters Schublade ausgeströmt hat, fällt mir wieder ein.

»Ich habe übrigens in Victorias Privatgemach eine Halskette aus Eisen gefunden«, informiere ich Caleb. »Das Schmuckstück hat einen komischen Geruch ausgeströmt. Da war sicher Magie am Werk, oder?«

»Das kann alles Mögliche bedeuten. Das beweist gar nichts.« Caleb übergeht meine Frage und verschwindet in der Küche. Er ist auf das Finden des Buches fixiert. »Wieso glaubst du, dass Victoria etwas damit zu tun hat? Sie würde die Vigilanten nie gefährden.«

Da bin ich mir nicht so sicher, aber ich beiße mir auf die Lippe und schneide ein anderes Thema an. »Weißt du, wie es Tom geht?«

»Ich hab keine Ahnung. Ich wollte ihn besuchen, aber er war nicht in seiner Wohnung. Zumindest hat er nie aufgemacht, wenn ich da war, und ich darf mich ja auch nicht dabei erwischen lassen, wie ich ihn treffe.«

Uns allen im Orden ist es verboten, die Ausgestoßenen zu kontaktieren. Dennoch ist das keine gute Nachricht.

»Sam Johnson hat mir versprochen, auf Tom ein Auge zu werfen, aber er wird ihn vielleicht nicht mehr lange schützen. Meinst du, wir könnten Tom irgendwie dazu bringen, London zu verlassen?«

Caleb kommt aus der Küche. »Gut möglich. Tom hat immer davon gesprochen, sich ein Haus in Bath zu kaufen. Aber dazu müssten wir ihn erstmal aufspüren, und ich habe keine Idee, wo er stecken könnte. Und das Buch kann ich auch nirgendwo finden.«

Ich seufze. Wir haben alles bis auf den letzten Winkel durchsucht. »Und wie sollen wir es jetzt zurückholen?«

»Keine Ahnung. Wir werden es wohl wieder hier versuchen müssen – so lange, bis Soraya Porter auftaucht. Sie wird ja nicht ewig weg sein. Aber vielleicht kann uns auch der Alchemist einen Tipp geben. Er hat uns schließlich zu ihr geführt.«

»Meinetwegen. Uns bleibt sowieso nicht viel anderes übrig. Dann informiere ich wohl besser Kaitlin, dass es noch etwas dauern wird, bis ich ihr das Buch zurückbringen kann.«

KAPITEL 13

Kaitlin

Es war schon schwer genug, mich aus der Bibliothek wegzuschleichen, doch aus dem Orden selbst wurde es immer komplizierter. Seit Beatrice vor fünfzehn Jahren offiziell gestorben war, hatte ich mir keinen weiteren Nachfolger gesucht. Warum auch? Ich sah keinen Sinn darin, jemanden auszubilden, wenn ich sowieso in den nächsten Jahren die Seiten wechseln wollte. Also im übertragenen Sinne. Schließlich hatte ich nicht vor, eine Paranormale zu werden.

»Wohin des Weges, Lady Kaitlin?« Sir Henry stand auf einmal vor mir und lachte mich freundlich an. »Wollen Sie das gute Wetter noch einmal genießen, ehe der Herbst kommt?«

Kurz blieb ich stehen. Nur wenige Schritte hinter Sir Henry stand sein Sohn Nathan und hatte die Nase in ein Buch vertieft. Er schaute nur flüchtig auf und grüßte mich, ehe er weiterlas.

»Genau. Ich muss noch ein paar Zutaten besorgen, und im Anschluss wollte ich ins Theater gehen«, log ich, ohne rot zu werden. Genau genommen log ich nicht, da ich tatsächlich ins Theater gehen wollte. Aber aus einem anderen Grund, als Sir Henry vermutete. Diesen würde ich ihm jedoch nicht auf die Nase binden.

»Oh, das Theater. Nathan. Wir sollten auch mal wieder ein Stück besuchen. Das haben wir lange nicht mehr gemacht.«

Ich unterhielt mich noch einen Augenblick mit Sir Henry, ehe ich mich verabschiedete. Die Sonne schien, und ich war froh über die frische Luft, so nah an der Themse.

Auch die Aussage mit den Zutaten war nicht gelogen. Ich kaufte alles, was ich für meine Studien und Forschungen brauchte, in einem kleinen, chinesischen Geschäft namens Yin-Yang in Soho.

Er war nicht so gut bestückt wie mein favorisierter Laden Banyan Tree Shop. Da dieser aber schon vor zehn Jahren geschlossen hatte, weil die Besitzerin keinen adäquaten Nachfolger gefunden hatte, musste ich mir in den letzten Jahren eine Alternative suchen. Zudem hatte Yin-Yang den Vorteil, dass er nicht weit vom Piccadilly Circus entfernt lag, wo ich mich mit Beatrice in einem Improvisationstheater treffen wollte.

Seit fast zwei Jahren hatte ich sie nicht mehr gesehen. Beatrice war viel gereist, hatte die Nachbarländer Irland und Frankreich und somit auch andere paranormalen Wesen besucht, die wir für unsere Sachen zu gewinnen versuchten. Sie wollte unsere Idee eines gleichberechtigten Ordens verbreiten, damit auch woanders die starren Vorschriften der altgedienten Orden nicht mehr länger einfach hingenommen wurden. Ich freute mich schon darauf, von ihren Erfolgen zu hören.

»Lady Kaitlin McGregor«, sagte ich an der Kasse. »Ich habe eine dunkle Loge verlangt.«

»Einen Moment bitte.« Der Junge hinter der gläsernen Scheibe sprach durch ein Mikrofon mit mir und schaute auf einem Monitor nach der Buchung, die ich erst am Morgen getätigt hatte. »Ah, da haben wir es. Ihr Gast ist bereits eingetroffen und erwartet Sie, Lady McGregor.«

Ich nickte ihm zu und bezahlte die Tickets für den Abend, ehe mich ein Platzanweiser zu meiner Loge führte.

Beatrice sprang sofort auf, als sie mich sah. »Lady Kaitlin.« In ihrer Stimme lag so viel Wärme, dass diese direkt auf mich überging, auch wenn die Loge selbst etwas kühl war. Dafür war sie dunkel genug, um niemandem zu zeigen, wer auf dem schmalen Balkon saß. Von den Nachbarlogen waren wir durch breite Trennwände separiert, sodass wir uns in Ruhe unterhalten konnten.

»Beatrice, es ist schön, dich gesund zu sehen. Ich hoffe, du hattest eine gute Anreise?«

Meine ehemalige Nachfolgerin schmunzelte. »Mir ist niemand gefolgt, falls Sie das andeuten wollen.«

Wie immer verstand sie mich besser als jeder andere im Orden. »Es ist wichtig, dass diese Treffen geheim bleiben, sonst haben wir irgendwann ein ziemliches Problem.«

»Keine Sorge. Ich habe auf meinen Reisen jemanden gefunden, der für diese Sicherheit sorgen wird.«

Interessiert legte ich den Kopf schief und wartete auf eine Erklärung.

»Ein anderes Mal. Das ist eine zu lange Geschichte für diesen Abend. Wir haben dringendere Dinge zu besprechen«, erklärte Beatrice.

Kurz hielt ich inne, begierig zu wissen, wen sie gefunden hatte, aber ich sah in ihren Augen, dass sie vorerst nicht darüber reden wollte. Also seufzte ich und setzte mich in einen der roten, weichen Sessel, die im Theater in den Logen bereitstanden. »Nun, dann warten wir, bis das Stück anfängt, um auf jeden Fall nicht belauscht zu werden.«

Beatrice nickte und deutete auf die weißgraue Handtasche, die ich bei mir trug. »Sind da neue Fotos drin?«

»Leider nein.« Ich stellte die Tasche neben mir auf den Sitz. »Nur ein paar Einkäufe, die ich getätigt habe. Sally ist im Moment nicht so sehr für Fotos zu haben. Sie steckt mitten in der Pubertät.« Ich lachte bei dem Gedanken an ihre Versuche, sich heimlich in meine Bibliothek zu schleichen. Auch wenn sie nicht auf Krawall gebürstet war, wie die Jugend von heute es sagte, so wusste sie sich doch sehr gut mit Worten zu verteidigen.

»Keine Fotos?« Beatrice kniff ihren Mund zusammen. Ich konnte sehen, wie traurig es sie stimmte, keine neuen Bilder zu bekommen.

»Es tut mir leid.«

Widerwille war auf ihrem Gesicht zu erkennen, aber gleich darauf fing sie sich wieder und die Sehnsucht kehrte zurück. »Sie ist jetzt fünfzehn Jahre alt.« Beatrice seufzte. »Wie kommt sie mit dem Leben im Orden zurecht? Wünscht sie sich, all das nicht erlebt zu haben?«

»Für sie ist der Hermetische Orden die einzige Heimat, die sie kennt. Auch wenn du nicht da bist, so hat sie genügend Frauen vom Personal, die sich um sie kümmern. Sie ist nicht allein«, versicherte ich Beatrice und tätschelte dabei ihre Hand. »Und beim nächsten Mal bringe ich dir auch wieder Fotos mit, versprochen.«

»Das wäre schön. Immerhin habe ich sie schon eine Ewigkeit nicht mehr gesehen.« Die Traurigkeit in ihrer Stimme zerriss mir beinahe das Herz.

In dem Moment setzte der Gesang ein und übertönte meine tröstenden Worte. Es wurde Zeit, sich den Geschäften zu widmen. »Ich habe eine Idee, wie wir uns etwas neu ausrichten können.«

Schon länger hatte ich darüber nachgedacht, dass wir etwas ändern mussten. Nach dem Verrat durch die Gespenster war alles, wofür wir gearbeitet hatten, zerstört worden. Und aus diesen Ruinen mussten wir nun die Trümmerteile heraussuchen, die noch zu gebrauchen waren, und daraus das Fundament für eine Neuausrichtung bauen.

»Wie kommen Sie darauf, dass wir das nötig haben?« Beatrice wischte sich über das Gesicht, vermutlich, um die Gedanken an Sally loszuwerden.

»Seit nunmehr fünfzehn Jahren versuchen wir etwas aufzubauen, und es geht immer noch nur zäh voran, nicht wahr?«

Beatrice presste die Lippen zusammen. »Wenn wir mehr Möglichkeiten hätten, mehr Paras, denen wir vertrauen können …« Sie ließ den Satz unbeantwortet, aber ich wusste, was sie meinte.

»Das ist es, warum ich mit dir sprechen wollte.«

Beatrice griff nach der Karaffe mit Wasser, die auf dem Beistelltischchen zwischen unseren Stühlen stand, und goss uns etwas davon ein. »Dann schießen Sie mal los. Ich bin für alle Vorschläge offen.«

»Das ist gut, denn du wärst diejenige, die sich in Gefahr begeben würde.«

Beatrice hielt in ihren Bewegungen inne und schaute zu mir auf. »Tue ich das nicht immer?«

»Diesmal wäre es allerdings hier in London. Du müsstest nicht mehr so viel ins Exil, damit dich niemand erkennt. Aber die Gefahr, von einem alten Ordenskameraden erkannt zu werden, steigt überproportional.«

»Was genau wollen Sie von mir, Lady Kaitlin?«

»Ich möchte, dass du die Paragruppierungen ansprichst, denen der Orden in unseren Augen Unrecht antut.«

Beatrice riss die Augen auf. »Ich soll als ausgebildete Magierin ausgerechnet denen gegenübertreten, die kurz zuvor von den Magiern des Ordens verletzt wurden oder denen jemand genommen wurde?«

»Es ist gefährlich. Aber ich denke, dort gibt es eine Menge Potenzial, um den Paras zu zeigen, dass wir anders handeln als der Orden mit seinen nicht für jeden nachvollziehbaren Gesetzen.«

Beatrice stellte die Karaffe wieder zurück und schüttelte den Kopf. »Was versprechen Sie sich davon?«

»Allianzen. Nicht mehr und nicht weniger.«

Bisher hatten wir nur ein paar Verbündete, die dasselbe Ziel verfolgten wie wir: eine bessere Zusammenarbeit. Aber bislang arbeiteten sie nur mit uns zusammen, jedoch nicht miteinander. Ein Fehler, den ich erst spät bemerkte und den wir unbedingt korrigieren mussten. Denn wenn wir immer als Mittler dabei sein sollten, hätten wir eine ähnliche Vormachtstellung wie der Hermetische Orden. Wir aber wollten Gleichberechtigung, und dazu gehörte auch, dass ein Vampir direkt mit einem Ghul zusammenarbeitete, anstatt immer nur zu uns zu kommen.

»Vielleicht noch ein paar Mitglieder für unseren großen Rat. Auf jeden Fall sollten wir wachsen, sonst werden wir nie aus dem Schatten treten.«

Einen Moment lang schwiegen wir, als das Orchester lauter wurde und wir uns hätten anbrüllen müssen, um uns weiter zu verstehen. Als die klassische Musik wieder zu einem dumpfen Brummen im Hintergrund verebbt war, führte Beatrice unsere Unterhaltung fort. »Eine Allianz setzt Bedingungen voraus, die wir vermutlich nicht liefern können.«

Ich winkte ab. »Wir haben die beste Bedingung von allen, wenn wir sagen, wofür unser Orden steht.«

Beatrice überlegte eine Weile, ehe sie schließlich nickte. »Haben Sie eine bestimmte Gruppierung im Sinn?«

»Ehrlich gesagt, ja. Vor zwei Wochen wurde ein Ghul hingerichtet, weil er bei einem Spaziergang einen Mann erschreckt hat, der daraufhin tot umgefallen ist. Es wurde vom Orden als Mord eingestuft, weswegen er dem Gerechtigkeitssinn des Protectors ausgeliefert war. Leider hat dieser sich für die Hinrichtung entschieden.«

Ich schnalzte mit der Zunge, und auch Beatrice schaute besorgt zu mir. »Weil er jemanden erschreckt hat?«

»Genau das. Ich denke, es ist der beste Zeitpunkt, um mit dem Anführer der Ghule zu sprechen und ihm eine Allianz vorzuschlagen. Wenn wir ihm von unseren Zukunftsplänen und den bisherigen Zusammenschlüssen erzählen, ist er zum aktuellen Zeitpunkt sicher sehr aufgeschlossen – trotz des Verrats durch die Gespenster. Wenn die anderen deshalb nicht mehr miteinander reden, so brauchen wir neue Verbündete.«

Beatrice nickte langsam, auch wenn sie noch nicht vollends überzeugt schien.

Eine Weile sprachen wir über mögliche Kontaktaufnahmen und Ideen, wie man die Ghule mit den schon vorhandenen Verbündeten wie den Vampiren und dem bisher einzigen Werwolfsrudel in London vereinen konnte. Die in andere Länder versprengten Paras, die geflohen waren, weil sie sich vor den in ihren und auch unseren Augen ungerechten Strafen des Ordens verstecken wollten, ließ ich erst mal außen vor. Denen konnte man eine Allianz mit den Ghulen später noch schmackhaft machen.

Erst als das Theaterstück endete, merkte ich, wie spät es schon war. »Kindchen, die Zeit scheint immer schneller zu rasen. Ich fürchte, ich muss dich wieder verlassen.« Auch wenn ich nie Kinder hatte, so kam Beatrice dem Familienkonstrukt einer Tochter doch am nächsten, und mich von ihr zu trennen, fühlte sich falsch an.

»Wir sehen uns sicher bald wieder. Ich werde so oder so noch einige Wochen in der Stadt bleiben, um ein paar Dinge zu regeln. Kommen Sie gut nach Hause, Lady Kaitlin.« Beatrice zögerte kurz. »Und geben Sie Sally einen Kuss von mir.«

Ich nickte nur, ehe ich die Loge verließ. Beatrice würde noch einige Minuten warten und aus dem Lieferantenausgang verschwinden, um nicht aufzufallen.

Draußen war es bereits dunkel und frisch geworden. Ich zog den Kragen meines dicken Mantels gegen den aufkommenden Wind höher und machte mich auf den Rückweg. Die Lichter und lauten Geräusche des Piccadilly Circus begleiteten mich. Doch schon nach wenigen Schritten hatte ich das seltsame Gefühl, beobachtet zu werden. Irritiert runzelte ich die Stirn. Hier gab es überall Touristen. Natürlich sah mich der ein oder andere auch an, aber niemand wirkte so, als ob er mich beobachten würde, also ging ich weiter.

Sicherheitshalber bog ich jedoch in eine kleine Nebengasse ab, die nicht so überlaufen war. Dort würde ich etwaige Verfolger besser erkennen können. Mein Herz schlug einen Tick zu schnell für die Geschwindigkeit, die ich anschlug. Ich wusste genau, woher das rührte. Allein der Gedanke, dass jemand mir gefolgt sein könnte, machte mich nervös. Niemand vom Orden durfte von unserem Treffen erfahren, niemand wissen, was wir vorhatten.

Die Schritte hinter mir schreckten mich weiter auf. Ich strich eine Haarsträhne hinter mein Ohr und tat so, als würde ich die Straße überqueren wollen und nachschauen, ob ein Auto kam.

Tatsächlich, da war ein Mann hinter mir, der nun ebenfalls die Seite wechseln wollte. Mein Puls schoss schlagartig in die Höhe, pochte bis in meinen Hals hinein.

Warum wurde ich verfolgt? Und von wem? War das jemand vom Orden, der von meinem Treffen mit Beatrice wusste? Oder jemand anderes, der mir nur zufällig folgte? Wie war das möglich? Ich war immer vorsichtig, wenn es darum ging, die Treffen geheim zu halten.

Ich bog mehrere Male in rascher Reihenfolge ab, aber der Mann verfolgte mich weiter.

War es vielleicht ein Para, der es auf Magier abgesehen hatte?

Meine Gedanken rasten, und ich fragte mich, was ich tun könnte. Magie in der Öffentlichkeit anzuwenden war zu vermeiden. Dennoch ging ich die Kräuter durch, die in meiner Tasche lagen. Doch daraus konnte ich auf die Schnelle höchstens einen kleinen Heiltrank erstellen, aber das würde mir bei einem Kampf nicht viel nützen. Innerlich machte ich mir eine Notiz, dass ich ab sofort immer ein paar Tränke in meiner Handtasche bereithalten sollte.

Da der Verfolger nicht lockerließ, wollte ich die Konfrontation wagen. Ich eilte um eine Straßenecke und lief direkt in den Erker eines Hauseingangs, um ihm aufzulauern.

Der Mann mit der Kapuze lief an mir vorbei, schaute sich verwirrt um und suchte umgehend die Umgebung ab. Also trat ich wieder aus dem Hauseingang heraus und stellte mich hinter ihn.

»Warum verfolgen Sie mich?«

Erschrocken zuckte der Mann zusammen und fuhr herum. Vor mir stand ein dicklicher Herr, dessen Gesicht leicht aufgedunsen war. Sein Zwirbelbart stach als stärkstes Merkmal hervor und erinnerte mich an die alten Hercule-Poirot-Filme mit Sir Peter Ustinov, die ich gerne mit meiner Schwester gesehen hatte. Wehmütig schob ich die Gedanken beiseite und konzentrierte mich auf diesen Mann, der mir mit seinen hin und her huschenden Augen auf einmal nicht mehr so gefährlich vorkam.

»Ohhhh, Sie haben mich erwischt«, entfuhr es ihm. Er fuhr sich mit einem weißen Taschentuch über die speckige Stirn. »Das war eigentlich nicht geplant.«

»Wer sind Sie, und wieso folgen Sie mir?« Langsam beruhigte sich mein Herz. Hätte er mich angreifen wollen, wäre das vermutlich schon passiert. Aber er machte nicht einmal Anstalten, eine Waffe oder Ähnliches zu ziehen.

Zu meiner Irritation griff er nur in die Jackentasche seines leicht schief sitzenden Mantels und holte eine Nuss hervor. Im nächsten Augenblick sprang ein Eichhörnchen auf seine Schulter und lief an seinem Arm hinunter, bis es die Leckerei greifen konnte.

»Mein Name ist Ratatöskr, und ich soll aufpassen, dass Sie heil zurückkommen und Ihnen niemand folgt.«

»Wer hat Sie damit beauftragt?« Ich hob bedrohlich meine Hand, als hätte ich darin einen Trank. Es schien mir, als ob dieser Ratatöskr ein Paranormaler wäre, allerdings hatte ich keine Ahnung, welcher Gattung er angehören könnte. Meiner Vermutung nach lebte er irgendwo, wo es viele Tiere gab. Und abgesehen von dem abgenutzten Mantel wirkte er gepflegt.

»Ihr Date.« Ratatöskr lächelte amüsiert und zwinkerte mir unbeholfen zu. »Sie meinte, dass ich mich bewähren könnte, wenn ich Sie heimlich beschütze.« Er zog die Kapuze vom Kopf und kratzte sich über das schüttere graue Haar. »Ich denke, ich habe mit Pauken und Trompeten versagt.«

»Ich hatte kein Date.« Jeder konnte behaupten, von ihr beauftragt worden zu sein, nur um mehr herauszufinden.

»Ich denke, das zu hören, würde Beatrice sehr kränken. Aber ich verstehe Ihre Vorsicht. Sehr löblich.« Ratatöskr scheuchte das Eichhörnchen fort und zeigte auf eine Ecke mit Mülltonnen. Im nächsten Moment sprangen vier gut im Futter stehende Ratten hervor und rannten dem Eichhörnchen wie bei einer Verfolgungsjagd hinterher. »Ich werde wohl meine Fähigkeiten der Verfolgung noch etwas verbessern müssen.«

»Wer sind Sie?«

»Das sagte ich doch schon. Ratatöskr.« Er winkte ab, und eine Hasenpfote an seinem Handgelenk wedelte dabei herum. Er stoppte in seinen Bewegungen. »Sie haben noch nie von mir gehört?«

Zunächst zögerte ich. Ich war Bibliothekarin einer der größten magischen Orden der Welt und brüstete mich damit, mehr zu wissen als die meisten Magier. Dennoch musste ich zugeben, dass ich diesen Namen noch nie gehört hatte.

»Muss ich das denn?«, fragte ich provokant.

Ratatöskr schmunzelte und verneigte sich. »Das Vergnügen verschieben wir wohl auf ein anderes Mal. Vielleicht, wenn Sie Zeit haben, bei einem Kaffee?«

Ich hob eine Augenbraue. »Laden Sie, der mich gerade noch verfolgt hat, mich etwa gerade zu einem Date ein?«

»Nur, wenn Sie Ja sagen. Ansonsten ist es ein rein berufliches Treffen.«

Ich musste unwillkürlich schmunzeln. Mein Herzschlag hatte sich längst wieder beruhigt. Dieser Mann war keine Gefahr für mich. Höchstens für meine Geduld.

»Bitte verfolgen Sie mich nicht mehr.« Ich drehte mich auf dem Absatz um und lief in Richtung Orden.

»Das kann ich nicht versprechen.« Ratatöskr lachte. »Eine so nette Frau wie Sie muss man nun mal im Auge behalten.«

Ich schüttelte den Kopf und hatte das Gefühl, dass ich diesen Mann noch viele Male wiedertreffen würde. Ob ich wollte oder nicht.

KAPITEL 14

Caleb

Als ich aus der Dunkelheit in den hellen, altertümlichen Verkaufsraum trete, betrachtet mich der Mann hinter der Theke aufmerksam – und misstrauisch, als ich auf ihn zugehe.

Seit jener Nacht habe ich diesen Ort gemieden. Die Fragen, wie viel der Alchemist Donald Egmond inzwischen wohl weiß und was er bereits wusste, als er mich zu der Hexe geschickt hat, beschäftigen mich aber schon eine Weile.

Sally hat keine Ahnung, dass die Suche nach Soraya Porter nur ein Nebenkriegsschauplatz für mich ist. Auch das Buch interessiert mich im Moment nur sekundär. Ich habe andere Probleme und Fragen, die mir auf der Seele brennen und für die ich mir hier Antworten erhoffe. Der Versuch, das tote Eichhörnchen zu verdrängen, war nicht von Erfolg gekrönt, und der Einbruch bei Soraya Porter hat mein ungutes Gefühl nur noch verstärkt.

»Mr O'Connor, es ist schön, Sie wohlauf zu sehen.« Die Begrüßung des Alchemisten klingt ernst gemeint, aber ich schaffe es nicht, sie freundlich zu erwidern.

»Wir müssen reden.« Meine Worte erstaunen ihn nicht, nur eine seiner Augenbrauen hebt sich leicht, mein gereizter Tonfall ist ihm nicht entgangen.

»Möchten Sie mir hier sagen, was Sie mit mir besprechen wollen?«

Ich deute nur auf die Tür, die hinter seinen Verkaufsraum führt. Ich werde so eine heikle Angelegenheit nicht hier und mit der Gefahr, dass Kundschaft uns stört, besprechen.

Er zögert eine Millisekunde und nickt dann kaum merklich. Wie schon beim letzten Mal dreht er zuerst das Geöffnet-Schild um und schließt die Vordertür ab. Ein weiteres Schild – *Bin gleich wieder für Sie da* – wird für die Kundschaft sichtbar platziert.

»Nach Ihnen.« Er deutet auf den Durchgang bei der Verkaufsfläche. »Nichts für ungut, aber in so düsterer Stimmung habe ich kein Wesen gern im Rücken.«

Er klingt amüsiert, und das ärgert mich. Immerhin ist er derjenige gewesen, der mich zu der Hexe geschickt hat.

Als wir in seinem Wohnzimmer ankommen, ist es beinahe so, als wäre wirklich keine Zeit vergangen. Sogar die Tasse Tee steht genauso da, wie ich es vom letzten Mal in Erinnerung habe. Nur die Tageszeitung neben dem Sessel weist ein neueres Datum auf. Die Schlagzeile handelt von der Gehirnerschütterung bei Anthony Chains, mit der er Lücken der Darstellung des Immobilienkaufs zu erklären versucht. Mein Schockzauber war offenbar ein voller Erfolg. Zudem wurde eine Untersuchungskommission gebildet, die herausfinden soll, wie er sich das doch recht imposante Landhaus inklusive Umbaus leisten konnte. Und der Denkmalschutz hat ihn ebenfalls im Auge. Mit großer Wahrscheinlichkeit wird er für seine Vergehen an der Pixie wohl doch noch bestraft. Wenn auch auf Umwegen.

»Nehmen Sie Platz, Mr O'Connor. Ich habe das Gefühl, Sie sind nicht hier, um Ihre Schuld zu begleichen, weil ich den Kontakt zu Miss Porter hergestellt habe, um den Fluch zu brechen? Also gehe ich davon aus, dass Sie neuerlich meine Hilfe benötigen?«

Ich schnaube nur, nehme aber in dem Sessel Platz, wie vor einigen Wochen. Nur bin ich jetzt Herr meiner Sinne und werde merken, wenn er versucht, mich übers Ohr zu hauen.

»Irgendetwas passiert mit mir, und ich will wissen, was.«

Mr Egmond legt den Kopf schräg und runzelt die Stirn. »Mein lieber, junger Freund. Ich habe Sie lediglich mit einer Kundin zusammengebracht, mit der Sie temporär eine Schnittmenge an Bedürfnissen und Befähigungen geteilt haben. Nicht mehr, nicht weniger. Reklamationen sollten Sie dann doch eher bei Soraya anmelden, nicht bei mir.«

Er hat also keinen Kontakt mit der Hexe, also weiß er auch nicht, wo ich sie finden kann. *Verdammt!*

»Die Hexe wird mir nicht helfen. Also kann ich außer Ihnen niemanden um Hilfe bitten. Ich will wissen, was mit mir passiert, und werde das auch nicht erneut unter Einsatz von Schwarzmagie herausfinden. Sie haben umfassende Kenntnisse und mich zu Soraya geschickt. Also hatten Sie eine ungefähre Vorstellung davon, was mich retten könnte. Und bestimmt wissen Sie auch über Risiken und Nebenwirkungen einiges – oder irre ich mich, Donald?«

Er zuckt nicht zusammen, als ich ihn despektierlich mit dem Vornamen anspreche, im Gegenteil, ein kurzes Lächeln huscht über seine strengen Züge. Und falls ihn das Verschwinden der Hexe irritieren sollte, zeigt er es zumindest nicht.

»Caleb, ich weiß mehr, als du oder der Orden ahnen. Wir beiden wissen, dass bestimmte Zauber einen hohen Preis haben. Du bist nicht dumm. Kann es sein, dass dir der Preis jetzt im Nachhinein zu hoch erscheint?«

Die Art, wie er mich nun seinerseits beim Vornamen nennt und duzt, ist befremdlich. Er klingt nicht so, als würde er mich abweisen, im Gegenteil. Eher so, als wolle er meine Wut und mein Misstrauen zerstreuen, auch wenn er klarstellt, dass ich hier nicht die Oberhand habe.

Kurz messen wir uns mit Blicken. Es ist sein mitfühlend-interessierter Gesichtsausdruck, seine Art, einfach zu warten, was ich ihm erzählen möchte, die den Ausschlag gibt. Ich beschließe, ihm zu vertrauen. Was habe ich schon für eine Wahl? Und er hat recht, ich war nie naiv. Ich war feige, habe zu viel verdrängt und sollte beginnen, dem Problem in die Augen zu schauen.

Ich atme tief ein, bevor ich spreche, ohne weiter nachzudenken. »Irgendetwas geschieht mit mir. Und ich fürchte, es tötet, wenn ich Magie nutze.«

»Erkläre mir das bitte genauer, Caleb.« Er setzt sich auf einen Polsterhocker und legt die Fingerspitzen aneinander.

Stockend berichte ich ihm von den Eichhörnchen, obwohl mir nicht wohl dabei ist. »Es ist kein gutes Zeichen, wenn ein Eichhörnchen tot vom Baum fällt, wenn man in der Nähe zaubert – geschweige denn mehrere. Das ist Magie, die nicht sein darf. Magie, die wir bekämpfen. Ich hatte nur keine Ahnung, dass man es ohne eigenes Wissen tun kann. Das ist wie ein Fluch, und ich muss wissen, wie ich ihn wieder loswerden kann!«

Als ich geendet habe, sieht er mich direkt an, sein Blick bohrt sich förmlich in meinen. Er ist ernst, und obwohl ich ahne, was er sagen wird, ist das, was kommt, trotzdem ein Schock.

»Caleb, ich fürchte, du bist durch das Ritual zu einem Para geworden. Und zwar nicht zu irgendeinem Wesen, sondern zu etwas, das auch außerhalb des Ordens gefürchtet wird: zu einem Nekromanten.«

FOLGE

5

KAPITEL 15

Caleb

Nekromant!

Das Wort ist noch nicht verklungen, und doch weiß ich, dass es die Wahrheit ist. Es ist eine Gewissheit, die in mir selbst verankert ist. Ich bin nicht blöd und habe eine exzellente Ausbildung durchlaufen. Die Bestätigung durch den Alchemisten wäre gar nicht nötig gewesen. Ich hätte es selbst wissen können – wissen müssen.

Aber ein Nekromant ist etwas … Dunkles. Etwas zutiefst Böses. Etwas, das vernichtet werden muss, unter allen Umständen. Ohne Prozess im Tribunalraum, ohne Befragung. Ein Nekromant ist zu gefährlich für die magische und nicht magische Welt, als dass er leben dürfte. Und nicht nur der Orden sieht das so. Auch viele Paras fürchten Nekromanten.

»Das kann nicht sein.« Meine Worte klingen nicht mal in meinen Ohren überzeugend.

»Wir können das überprüfen. Wir sollten das sogar unbedingt tun. Caleb, wenn du ein Nekromant bist, ist das etwas, was niemand erfahren darf. Du würdest dann außerhalb dessen existieren, was noch toleriert wird.«

Falls ihn das, was er in mir vermutet, beunruhigen sollte, zeigt er es zumindest nicht. Er scheint sich auf seine Neutralität zu verlassen, oder er ist sich sicher, dass ich ihm nichts tun werde.

Tief in mir brauche ich keine weitere Bestätigung, aber ein Teil von mir weigert sich nach wie vor, es zu glauben oder anzuerkennen. Ich klammere mich verzweifelt an das Gute in mir, das bisschen Menschlichkeit, an dem ich festhalten muss. Festhalten will – aber nicht kann …

Nekromant. Para. Monster.

»Prüf es! Sofort!« Ich fauche die Worte, während zum zweiten Mal innerhalb weniger Wochen mein Leben um mich herum in Trümmern zusammenfällt. Nicht genug, dass ich Zac verloren habe und fast gestorben wäre.

Bin ich jetzt zu dem geworden, was ich zeitlebens bekämpfen wollte? Zu etwas, vor dem sich Kinder fürchten und dessen Existenz so unnatürlich ist, dass sogar Werwölfe und Ghule es nicht tolerieren?

Bin ich mein schlimmster Feind?

Das Gespenst unter dem Bett? Das Monster im Schatten?

Nein!

Ich will niemandem etwas zuleide tun. Ich bin nach wie vor Caleb. Ich fühle mich menschlich, ich habe noch dieselben Prinzipien und Ziele. Ich bin ein Vigilant. Ich glaube an Recht und Unrecht, an Gut und Böse.

Ich bin nicht böse!

Diese Erkenntnis hilft mir ein wenig, die aufsteigende Panik und irrationalen Gedanken in Schach zu halten und mich zu beruhigen. Der alte Mann muss sich einfach irren.

Donald ist aufgestanden und geht zu seinem Regal, um kurz darauf mit in Folie verpackten Blättern zurückzukehren. Er ist äußerst behutsam und behandelt die Stücke, als wären sie aus purem Gold, oder als könnten sie bei einer falschen Berührung explodieren. Er reicht sie mir so bedächtig, dass ich instinktiv genauso achtsam reagiere. Meine Hände zittern, das wird ihm nicht entgehen.

»Ich hole etwas, an dem wir es prüfen können, Caleb. Aber wir wissen beide, dass ich recht habe.« Er ist ruhig und ernst.

»Du wusstest es, alter Mann. Du hättest mich warnen können.« Ich weiß, damals haben wir ihm keine Wahl gelassen, und ich wollte nur überleben, aber ich hatte keine Ahnung, wie hoch der Preis sein würde.

Lügner. Du wolltest es dir nur nicht eingestehen.

»Du wusstest, dass man dein Leben nur mit schwarzer Magie retten konnte. Ich hatte dich gewarnt, junger Freund. Magie ist nichts, was man halbherzig ausüben kann. Aber vielleicht hast du Glück im Unglück – wir werden sehen.«

Mit diesen Worten verlässt er den Raum, während ich die merkwürdigen Zeichen auf dem Papier anstarre. Es dauert einen ganzen Moment, bevor ich das Altenglisch als solches erkenne. Vermutlich handelt es sich um Teile eines Buches: Die Kanten der Blätter sind ebenmäßig, als wären sie vorsichtig herausgetrennt worden. Ein paar Zeilen kann ich nicht entziffern, sie sind in einer mir unbekannten Keilschrift geschrieben. Das Papier ist alt und faltig, die Tinte rotbraun, fast schwarz. Instinktiv weiß ich, dass die Worte mit Blut niedergeschrieben wurden.

Ein Schauer überläuft mich. Ich habe gelernt, dass Nekromantie diverse Ausprägungsformen hat, welche, wurde nie gelehrt. Es gibt Dinge, über die selbst der Orden schweigt. Uns wurde nur beigebracht, dass Nekromantie etwas mit dem Tod zu tun hat und die schwärzeste Form der magischen Künste darstellt. Sie soll mächtig sein, etwas, was ich nicht bestätigen kann. Denn mächtig fühle ich mich nicht, eher verunsichert.

Wenn das Schwarzmagie sein soll, sind die Lehren des Ordens ziemlich irreführend und sollten dringend überdacht werden.

Kurz lasse ich die Hoffnung zu, dass der alte Mann sich genauso irrt wie meine Intuition, während ich beginne, die ersten Sätze auf den Blättern zu entziffern. Mit jedem Satz, den ich lese, fühle ich mich mutloser.

Passt wie angegossen, oder?

Der Alchemist kommt zurück, einen kleinen Drahtkäfig in der Hand, in dem ein gescheckte Kaninchen sitzt. Ich ahne, was er vorhat, und weiß jetzt schon, dass es mir nicht gefällt.

Ich will das nicht tun.

Das Tier sieht mich neugierig und nicht gerade beunruhigt an, ein Gemütszustand, den ich nicht teile.

»Du hast die Blätter gelesen?« Die Frage des Alchemisten ist verhalten interessiert. Bestimmt kennt er jedes Wort, das auf diesen kostbaren, uralten Seiten zur Nekromantie geschrieben steht.

»Ja, offensichtlich beziehe ich meine Energie für Zauber nicht mehr von den normalen Magiequellen, die in mir selbst und in meiner Umgebung vorhanden sind, sondern bin in der Lage, Lebensenergie zu nutzen. Die Magie, die man damit wirken kann, schwächt nicht mich, sondern das Lebewesen, von dem sie bezogen wird. Ein Nekromant ist dadurch mächtiger und seinen Gegnern überlegen. Je mehr Energie er nutzt, desto öfter muss er Magie praktizieren. Es ist wie eine Droge, von der er abhängig wird. Und je mächtiger der Nekromant selbst wird, desto mächtiger wird der gewirkte Zauber.«

Donald Egmond nickt. »Du weißt, was das bedeutet?« Er stellt den Käfig mit dem plüschigen Tier neben mir ab, und ich schlucke schwer.

»Ja. Ich nutze Lebensenergie, um Magie zu wirken.« Er nickt und sieht mich abwartend an.

Ich bleibe sitzen, meine Gedanken rasen. Ich bin auf meine magischen Kräfte angewiesen. Wie soll ich sonst Paras bekämpfen?

»Caleb, wir müssen sicher sein. Zaubere irgendetwas. Ich denke, die niederen Stufen der Nekromantie, über die ich nicht viel Informationen und Wissen habe, können wir ausschließen. Oder hast du Kontakt zu Toten? Sprechen deren Geister mit dir?«

Ich schüttele den Kopf, betrachte den kleinen, unschuldigen Mümmelmann und will auf einmal alles, nur nicht zaubern. Der Alchemist mag nur ein Kaninchen sehen, ich sehe eine Seele, ein Leben, das mich erwartungsvoll ansieht und mit zuckender Schnauze auf eine Möhre wartet.

»Jetzt ist nicht die Zeit für Bedenken zu Tierversuchen. Caleb, du musst wissen, ob du mit deiner Magie Lebensenergie nutzen willst oder nicht. Jeder Zauber, den du wirkst …«

»Ich weiß!« Meine Stimme ist ein wütendes Fauchen. Ich fühle mich wie ein blanker Nerv.

Ich warte, bis der Alchemist den Raum verlassen hat, und atme tief ein, bevor ich beginne. Es kostet mich keinerlei Anstrengung. Die Kraft, die nötig ist, sammelt sich mühelos zwischen meinen Händen und formt Raum und Materie zu etwas, das ich mir wünsche. Die bläulich brennende Kugel, die nun vor mir schwebt, demonstriert einen gelungenen Feuerzauber. Ich werfe den melonengroßen Feuerball zornig in den offenen Kamin, in dem ein paar Holzscheite liegen, die augenblicklich anfangen zu brennen.

Als der Alchemist kurz darauf zurückkommt, kann ich hören, wie er Luft holt und leise seufzt. »Du bist ein Nekromant, mein Junge.«

Ich drehe mich um, und das Schuldgefühl beim Anblick des leblos auf der Seite liegenden Kaninchens ist erdrückend.

Was, wenn ich mehr als einen kleinen Feuerzauber wirke? Wie viele Geschöpfe habe ich versehentlich ermordet, allein beim Erneuern der Schutzzauber? Oder als ich die Pixie und den Politiker mit einem Schockzauber lahmgelegt habe?

Allein der Gedanke sorgt dafür, dass Übelkeit in mir hochkocht.

»Mach dir keine Vorwürfe. Das Tierchen wäre sowieso gestorben. Ich erwarte heute noch eine Hexe, die Kaninchen-Leber und -Pfoten benötigt. Du hast es immerhin schmerzfrei getötet.« Ein Blick in sein Gesicht zeigt mir, dass er es tatsächlich ernst meint.

»Gibt es ein Heilmittel?«

Er seufzt und nimmt langsam Platz. »Ich weiß es nicht. Mehr als diese paar Seiten besitze ich nicht. Ich weiß auch nicht, wo der Magier, der damit einen sehr speziellen Einkauf ausgelöst hat, sie her hatte, ich bin mir jedoch ziemlich sicher, dass er sie aus der Bibliothek des Ordens entwendet haben muss. Falls es ein Heilmittel gibt, dann steht es in dem Buch, aus dem diese Blätter sind. Finden wir das Buch, finden wir vielleicht eine Lösung.«

Na toll. Das ist wie eine Nadel im Heuhaufen. Keiner weiß, wo das Buch sein könnte und ob es überhaupt noch existiert!

»Caleb, wenn du einverstanden bist, versuche ich, dir zu helfen. Wenn es ein Heilmittel gibt, muss es auch Informationen dazu geben. Den ein oder anderen Kontakt, der hilfreich sein könnte, habe ich. Aber hier muss auch ich sehr diskret vorgehen.«

Verwirrt sehe ich den alten Mann an, der mich besorgt mustert und dabei abwesend mit der Hand über seinen kurzen, perfekt gestutzten Vollbart streicht.

»Warum solltest du das tun? Ich kann dich nicht bezahlen, ich schulde dir sogar noch einen Gefallen.« Dennoch gibt mir sein Angebot einen Aufschub, in dem ich die Wahrheit und die Konsequenzen kurz verdrängen und mich auf den Funken Hoffnung konzentrieren kann, der noch in mir glimmt.

Donald Egmond lächelt dünn. »Am Ende des Tages, mein Junge, bin ich Geschäftsmann. Ich lebe davon, dass ich ein Plus auf der Habenseite erwirtschafte. Doch im Gegensatz zur Meinung des Ordens und der meist eher durchschnittlich intelligenten Kundschaft bekomme ich meinen Lohn nicht nur in monetärer Form. Ich bekomme viele Arten der Bezahlung, schon über sehr viele Jahre. Ich weiß mehr, als du oder ein anderer Magier des Ordens auch nur erahnen kann. Ich kenne die Welt der Magier und die Welt auf der anderen Seite des Ordens. Die Geschöpfe, die verborgen oder gejagt werden, sind genauso auf meine Dienste angewiesen wie Magier, die ihre persönlichen Ziele verfolgen.« Er schüttelt leicht den Kopf, als müsste er einen amüsanten Gedanken loswerden.

»Mein junger Freund, du bist ein Nekromant und ein Vigilant. Ein O'Connor, dessen Bruder als Nachfolger von Kaitlin McGregor gehandelt wird. Also faktisch der Bruder des Mannes, der in Kürze die Hermetische Bibliothek Londons unter sich hat. Und – wenn wir kein Heilmittel finden – vielleicht bald ein mächtiger Para, der in den kommenden Querelen besser ein Verbündeter und Freund als ein Gegner und Feind ist. Man könnte sagen, indem ich dir helfe, investiere ich sehr klug in meine eigene Zukunft. Die Welt der Magie steht auf tönernen Pfeilern, und ich habe gehört, dass eine Flut kommen wird, der diese Pfeiler vielleicht nicht standhalten.«

Verwirrt vernehme ich seine Worte. *Er weiß von Adam? Vom Einfluss meiner Familie? Und was meint er damit, dass eine Flut kommt?*

»Caleb, glaub mir, der Orden hat mehr Geheimnisse, als du ahnst. Ich kenne einige davon. Auch dein Geheimnis muss nun bewahrt werden. Keiner darf auch nur ahnen, welche Kräfte du entfesseln kannst und woher du deine Macht beziehst. Und da du es loswerden willst, solltest du auf jede Anwendung von Magie verzichten, um der Macht gar nicht erst zu verfallen.«

Das ist mir klar, und ich habe auch nicht vor, diese Kraft unkontrolliert freizusetzen.

»Könnte ich Menschen gefährden?«

Der Alchemist nickt knapp. »Davon ist auszugehen. Je größer der Zauber, desto größer die Energie, die benötigt wird. Je mehr Energie, desto größer die benötigte Lebenskraft.«

Mir bleibt keine Wahl, ich muss etwas finden, womit ich diesen Fluch wieder loswerde. Die Hexe hat mich nicht gerettet, sondern in ein Wesen verwandelt, das der Orden vernichten wird.

Ich versuche noch zu begreifen, dass ich jetzt das Ding bin, das ich jagen und eliminieren will. Ich bin ein Para, der außerhalb der Regeln existiert und Menschen gefährdet.

»Ich verlasse mich darauf, dass alles, was hier gesprochen wurde, in diesem Raum bleibt.« Ich knurre die Worte, während meine Gedanken rasen und ich meine Möglichkeiten und Optionen abwäge.

Er nickt nur. Falls er gekränkt ist, zeigt er es nicht. »Natürlich. Und jetzt entschuldige mich. Ich muss ein Kaninchen zerlegen, du findest bestimmt allein den Weg hinaus. Ich melde mich, wenn ich etwas habe, was hilfreich ist.«

Ich folge ihm, als er mit dem Käfig in den Nebenraum geht, der wie eine Mischung aus Küche und Labor aussieht. Ich müsste mich bedanken, aber ich bringe es nicht über mich. Also nicke ich ihm nur zum Abschied zu, während er schon mit einer Hand das Kaninchen aus dem Käfig holt und auf den Tisch legt. Ein Beil liegt bereit, und ich will gar nicht sehen, was er jetzt tut.

»Lass die Ladentür offen und dreh das Schild um«, ruft er mir noch hinterher, während ich durch den Verkaufsraum gehe.

Als ich vor dem Laden stehe, dreht sich kurz alles um mich. Ich lehne mich an die Hauswand neben dem Eingang und atme die frische Luft ein, während mir der Nieselregen ins Gesicht fällt. Die Realität und die Informationen holen mich ein, und mir wird mit einem Schlag glasklar, was dieses kurze Intermezzo gerade für mich und mein Leben bedeutet.

Ich bin geliefert. Im Eimer. Erledigt.

In meinem Fall erübrigt sich die Frage nach einem selbstlosen Heldentod, den der Orden bestimmt bevorzugen würde. Zumindest würde er nichts gegen einen Freitod haben. Es würde den anderen Vigilanten ersparen, mich zu fangen und umzubringen, wenn mein Zustand publik wird. Allerdings weiß ich mittlerweile sehr genau, wie stark ich am Leben hänge. Und daran ändert auch ein wenig Nekromantie nichts. Dazu kommt, dass es nicht meine Schuld ist. Schuld ist derjenige, der die Banshee auf dem Highgate Cemetery ausgesetzt hat. Gnade Gott dieser Person, die Zac und mich auf dem Gewissen hat. Es mag kommen, was will, der- oder diejenige wird seine gerechte Strafe erhalten. Es ist mir egal, was es mich kostet.

Langsam wird mir klar, in welch schwieriger Situation ich stecke. Ich kann und darf niemandem etwas erzählen. Adam würde versuchen, mir zu helfen. Bruderrivalität hin oder her, Blut ist dicker als Wasser. Und er würde seine Zukunft im Orden und seine Verbindung mit Isa gefährden, um mich zu decken.

Nein! Das kann ich unmöglich zulassen. Auch wenn er mir mit

seinem Wissen und seinem Zugang zur Bibliothek bestimmt mehr helfen könnte als jeder andere, ich kann meinen Bruder nicht mit ins Verderben reißen. Ich finde allein eine Lösung. Ohne ihn und auch ohne Sally. Sie wäre eine Hilfe, mit ihrer tapferen, unerschütterlichen Stärke. Und ich bin mir ziemlich sicher, sie würde mir sofort beistehen und ein Heilmittel suchen, aber sie hat schon genug am Hals. Sie will Victoria überführen, das ist gefährlich genug, ohne dass sie sich noch einen Nekromanten aufhalst.

Ich muss dieses Schlammassel selbst lösen. Möglichst ohne Magie. Mein Bedarf an einer weiteren Portion Friedhof der Kuscheltiere ist gedeckt. Solange ich vorsichtig bin, immer meine Waffen griffbereit habe und mich zurückhalte, sollte ich es hinbekommen, erst mal auch ohne Magieanwendung weiterhin im Orden bleiben zu können, ohne dass jemand Verdacht schöpft. Dort ist mein Zuhause, dort ist mein Team, und ein Teil meiner Familie ist jetzt auch dort. Ich bin Vigilant, und der Orden ist der einzige Ort, zu dem ich wirklich gehöre.

Noch gehöre.

Nur was, wenn ich diese Sache nicht in den Griff bekomme? Wenn es keine Heilung gibt?

Ich brauche dringend einen Drink.

KAPITEL 16

Kaitlin

Etwas stimmt nicht in der Orangerie. Als ich sie betrete, spüre ich es deutlich, kann aber nicht auf Anhieb erfassen, woran es liegt. Die Glasfenster sind geputzt und glänzen wie immer im Schein der nachmittäglichen Sonne. Auch der Eingang mit dem Torbogen ist gepflegt wie eh und je. Doch je tiefer ich in das Innere der Orangerie vordringe, desto mehr verfestigt sich das Gefühl.

Die Beerensträucher, an denen ich heute vorbeigehe, wachsen beständig und verströmen einen süßlichen Duft. Auch die Minzblätter, nicht weit davon entfernt, erscheinen frisch wie immer.

Ich setze mich auf meinen Sessel, lege die Fingerspitzen vor meinem Mund zusammen und beobachte die Umgebung eingehend. Alles ist grün, braun oder bunt, so wie es sein sollte. Dennoch werde ich das Gefühl nicht los, dass sich etwas verändert hat.

Als Sally mit dem Tablett zu mir kommt, ist es das Erste, was ich sie fragen muss. Es ist wie ein innerer Zwang, dem ich nicht entkommen kann. Wahrlich bin ich kein Feind von Veränderungen, stoße ich sie ja oft genug selbst an. Aber was in diesem Gewächshaus auch abgeändert wurde, es schlägt mir aufs Gemüt und verdüstert meine Stimmung mehr als die fehlende Sonne im Winter.

»Sally, ist hier etwas anders als sonst?« Die junge Obscura bleibt mit ihrem Tablett vor mir stehen und schaut sich verwirrt um.

»Mir ist bisher nichts aufgefallen, Lady Kaitlin. Wieso fragen Sie?«

»Ich bin mir noch unsicher. Es fühlt sich seltsam an, hier zu sein. Als ob …« Doch ich kann mein Gefühl nicht in Worte fassen. Ich, die normalerweise immer weiß, wie man etwas beschreiben kann, finde nicht die richtigen Worte, um zu sagen, wie es mir geht. Ein seltsames Gefühl beschleicht mich, als ob mir die Kontrolle entgleitet, dabei ist dieser Ort so sehr zweite Heimat für mich wie für sonst kaum jemanden im Orden, außer vielleicht den Gärtner. »Ach, nicht so wichtig. Vermutlich ist es nichts.«

»Wenn Sie das sagen, Lady Kaitlin. Ich kann mich gerne gleich einmal umschauen, wenn es Ihnen lieber ist.«

Ich schnaube. »Was denkst du denn, was du entdeckst? Einen ungebetenen Gast oder Magie, die gewirkt wurde?«

Sally schaut sich erschrocken um. »Wir sollten hier nicht darüber sprechen. Was, wenn wirklich jemand hier ist?«

»Hier ist niemand. Mich bei meinem Nachmittagstee zu stören, wagt niemand.« Ich deute auf das kleine Tischchen neben mir und warte darauf, dass Sally mir meinen Tee reicht. »Außer vorlaute und freche Obscura, die ein Anliegen an mich haben.«

Sally schmunzelt, während sie mir die Tasse hinstellt. Sie weiß genau, worauf ich anspiele, sagt aber nichts.

Ich lehne mich in meinem Stuhl zurück und schließe kurz die Augen. Auch wenn ich es nur ungern zugebe: Der Weg in die Orangerie fällt mir zunehmend schwer. Ich bin froh, dass Sally erst einige Minuten nach mir kam, sodass ich durchatmen konnte, ohne dass sie etwas bemerkt. Nun spüre ich allerdings erneut den stechenden Kopfschmerz, der mich schon seit einigen Wochen immer wieder begleitet. Möglicherweise sollte ich doch einmal zur Krankenstation gehen und mich untersuchen lassen. Schaden kann es jedenfalls nicht. Später am Tag vielleicht.

»Ihr Tee ist fertig.« Sally reicht mir das Gedeck, ich betrachte es mit einem Stirnrunzeln.

»Das ist nicht meine übliche Tasse.«

Sally verzieht keine Miene, wirkt aber dennoch, als hätte ich sie bei einer Straftat erwischt. »Ja, das stimmt. Es ist gerade sehr viel zu tun in der Küche. Mrs Brewster scheucht alle herum, um für morgen vorbereitet zu sein.«

»Und das ist eine Entschuldigung für die falsche Tasse?«, fordere ich zu wissen. »Ich nutze dasselbe Teeservice schon länger, als du auf dieser Welt bist. Das solltest du wissen.« Der Vorwurf in meiner Stimme wäre nicht einmal einem stumpfsinnigen Vigilanten entgangen. Und auch Sally bemerkt ihn. Sie senkt den Kopf.

»Leider konnte ich sie auf Anhieb nicht finden. Ich weiß nicht genau, wo die Tasse hingekommen ist. Entschuldigen Sie, Lady Kaitlin. Ich dachte, einmal würde es auch mit diesem Service gehen.«

Wieder ist da dieses dumpfe Gefühl, dass etwas nicht stimmt. Diesmal breitet es sich aber auf eine größere Zeitspanne aus. Als ob jemand mir den Tag versauen will.

»Nein, geht es nicht! Es ist immer das Hutschenreuther mit den blauen Rosenranken am Rand.« Ich reagiere schroffer als beabsichtigt, aber heute kommen so viele Dinge zusammen, dass ich ein Ventil brauche. Und Sally ist leider die Einzige, die gerade verfügbar ist und einen Fehler gemacht hat. Wenn wenigstens Adam ab und an etwas falsch machen würde, dann könnte ich meinen Unmut an ihm auslassen.

»Nein?«, hakt Sally verwirrt nach.

»Nein!« Harsch winke ich sie und die falsche Tasse weg. »Geh zurück in die Küche und finde mein Service. Ich werde meinen Tee nachher in der Bibliothek trinken.«

Sally zögert, stellt dann jedoch die Tasse samt Untertasse zurück auf das Tablett und hebt es an.

»Die Kekse kannst du hierlassen. Wenigstens etwas will ich in der Orangerie genießen, wenn es schon nicht der Tee ist.« Mit einer Hand massiere ich meine schmerzenden Schläfen und warte darauf, dass ich endlich allein bin. Ein leises Klirren verrät mir, dass Sally den Teller mit den Keksen abgestellt hat. Im nächsten Augenblick huscht sie davon.

Erst als ich nichts mehr höre, hebe ich den Blick und schaue ihr Richtung Ausgang hinterher. Sicher bin ich zu harsch gewesen, und es tut mir auch leid, dass sie die Leidtragende ist.

Mein schlechtes Gewissen nagt an mir wie ein Eichhörnchen an einer schwer zu knackenden Nuss. Vielleicht sollte ich mich später bei ihr entschuldigen. Vorausgesetzt, wir sind dann allein in der Bibliothek. Seit Sir Henry mir Adam vorgestellt hat, war ich dort kaum noch einen Augenblick allein. Die Ausbildung von Sally leidet auch schon darunter. Ein Grund mehr, warum ich ein schlechtes Gewissen ihr gegenüber habe. Immerhin wäre der Nachmittagstee eine gute Gelegenheit, um sie abzufragen und ihren Lernfortschritt zu beurteilen.

Stattdessen sitze ich allein hier und genieße die Ruhe. Keine schlechte Alternative, wenn man bedenkt, was im Orden gerade los ist.

Ich greife mir einen Keks von dem Teller und lehne mich in meinen Sessel zurück. Ein süßlicher, leicht vergorener Duft steigt mir in die Nase, und ich erhebe mich ein weiteres Mal, um mich umzusehen. An einem Baum, nicht weit von mir entfernt, fehlen einige Orangen, die gestern noch daran hingen. Verwirrt überlege ich, aus welchem Grund der Gärtner sie hätte entfernen sollen. Reif waren sie nicht, und für einen Zauber wurden sie sicher auch nicht benötigt.

Ich gehe zu dem Baum und schaue ihn mir genauer an. Einige der Blätter haben braune Stellen, als hätte ein Parasit den Baum befallen, der nach und nach den gesamten Bestand tötet.

Ein Parasit, der die Orangenbäume befällt? Nein, das wäre mir zu Ohren gekommen.

Vielleicht hat jemand in der Orangerie heimlich gezaubert und etwas ist schiefgegangen. Das würde auch erklären, warum ich dieses ungute Gefühl hatte, als ich sie betrat. Magie an einem Ort zu spüren, der beinahe magiefrei ist, kann schon mal dafür sorgen, dass die Empfindungen gestört werden. Besonders bei mir, die ich aktuell eh etwas sensibler auf meine Umgebung reagiere. Hauptsächlich durch den Kopfschmerz, aber auch durch die Unruhe, die sich im Orden breitmacht.

Kopfschüttelnd setze ich mich zurück auf meinen Sessel und esse den Keks auf. Nach einer halben Stunde gehe ich zurück in die Bibliothek, wo Sally bereits mit meiner angestammten Tasse und einem frisch gebrühten Earl Grey steht. Zufrieden nicke ich ihr zu. Ich hoffe, dass sie die stumme Entschuldigung vernimmt, die in diesem Nicken enthalten ist. Wenn nicht, muss ich sie in einer ruhigen Minute noch mal darauf ansprechen, denn natürlich ist Adam auch anwesend.

»Lady Kaitlin, schön, Sie zu sehen. War der Aufenthalt in der Orangerie erholsam?«

Es hatte einige Diskussionen gekostet, aber schließlich verstand Adam, dass mir dieses Ritual heilig ist und niemand meine Ruhe stören darf. Ich gehe jedoch nicht auf seinen Konversationsversuch ein.

»Haben Sie die Sortierung der Bibliothek verstanden und verinnerlicht?«

Adam nickt. »Ich denke schon. Ein vollkommen anderes System als in Paris, aber wenn ich es anmerken darf, deutlich effizienter.«

Innerlich hebe ich eine Augenbraue, frage mich, ob er sich einschleimen möchte oder ob er tatsächlich mein System bevorzugt. »Vielen Dank. Gut, dann war es das für heute. Sie können Feierabend machen.«

»Ein Bibliothekar hat erst Feierabend, wenn die Türen sich hinter der Halle des Wissens verschließen.«

»Sie sind vertraut mit den Arbeiten von Albert Macintosh?« Amüsiert schnaube ich. Albert Macintosh war bekannt für seine Journale aus dem 19. Jahrhundert, in denen er die verbotene schwarze Magie als gar nicht so gefährlich hinstellte. Ich persönlich bin ein Anhänger seiner Arbeiten, wage es aber nicht, dies öffentlich kundzutun.

»Seine Ansichten in Bezug auf die Magie mögen fragwürdig sein, aber mit diesem Satz hatte er vollkommen recht.« Adam strafft sich und korrigiert den Sitz seines Jacketts. Auch wenn ich ihm gesagt habe, dass er keines tragen muss, lässt er es sich nicht nehmen, jeden Tag wieder darin aufzutauchen.

»Vielleicht. Dennoch sollten Sie auf das hören, was ich sage. In den nächsten Stunden werden Sie sicher zum Verstärken der Schutzzauber abkommandiert. Sie brauchen die Ruhe. Also gehen Sie. Ich komme die letzten Stunden allein zurecht, Sie müssen nicht hierbleiben.« Mit einer vielsagenden Geste deute ich in die Räumlichkeiten der Bibliothek, in der nur zwei Studierende sitzen und eine junge Frau am Informationspult darauf wartet, dass ich frei bin.

»Ich werde eine kurze Pause machen, Lady Kaitlin, um mir einen Tee zu holen. Danach kehre ich wieder zurück, um Ihnen weiterhin zu helfen. Denn das ist es, was ein Assistent macht. Eine Frage habe ich jedoch noch, Lady Kaitlin. Was haben Sie denn heute Abend vor?«

Von der Tatsache, dass ich ihn nach Hause schicken will, lässt er sich nicht irritieren. So sehr ich seine Ignoranz meinen Anweisungen gegenüber auch missbillige, so beeindruckt bin ich von seiner Zielstrebigkeit, immer mehr lernen zu wollen.

»Das, was ich jeden Abend machen werde. Ein gutes Buch lesen und meinen Schlaf genießen.«

»Wieso liegt dann Ihr Mantel schon bereit, als wollten Sie heute noch ausgehen?« Er deutet auf den grau melierten, knielangen und gefütterten Mantel, der an der Seite eines Bücherregals an einem Haken hängt, der eigens für uns Angestellte der Bibliothek reserviert ist.

»Gut beobachtet.«

Adam verneigt sich ob des unerwarteten Lobes und setzt sich auf die Kante des Informationstresens. »Falls Sie noch nicht wissen, wohin Sie gehen möchten, möchte ich Sie zu mir nach Hause zu einem Tee einladen. Isabella wird früh schlafen gehen, und ich bin eine Nachteule. Wenn Sie also möchten?«

Überrascht hebe ich eine Augenbraue und warte darauf, dass Adam das Angebot zurückzieht. Doch der junge Assistent richtet nur das Ende seiner Krawatte, um diese wieder perfekt an seinen Gürtel auszurichten.

»Sie sind ein seltsamer Mann, Mr O'Connor, hat Ihnen das schon mal jemand gesagt?«

»Wieso das?«

»Die meisten Menschen in diesem Orden meiden meine Gesellschaft.« Ich wedele unwirsch in der Luft herum. »Aus diversen Gründen, die ich nicht weiter zu benennen brauche. Sie hingegen scheinen damit keine Probleme zu haben.«

Adam lacht warm und herzlich. »Lady Kaitlin. Die meisten Menschen im Orden verstehen wohl auch nicht die Tragweite ihres Berufs. Sie machen das schon so lange, dass ich tief beeindruckt bin. Immerhin habe ich die Ehre, von Ihnen zu lernen. Der besten Bibliothekarin, die es vermutlich in Europa derzeit gibt. Ist es da nicht verständlich, dass ich gerne mehr von Ihnen kennenlernen möchte als nur das Arbeits-Ich?«

»Ich verstehe.« Natürlich geht es ihm nur um die Arbeit. Etwas anderes habe ich nicht erwartet. Dennoch bin ich überrascht über seine Ehrlichkeit. »Sie brauchen mir nicht zu schmeicheln, um mich kennenzulernen. Das wird in den nächsten Jahren ganz automatisch passieren. Aber für heute muss ich Ihr Angebot leider ausschlagen, da ich schon etwas anderes vorhabe.«

Adam nickt mir formvollendet mit einem Lächeln zu. Er nimmt es mir nicht übel, das kann ich sehen. »Dann werde ich den Abend mit einem guten Wein und vermutlich einer Dokumentation über Kricket begehen. Ich wünsche Ihnen einen hoffentlich nicht zu schrecklichen Halloween-Vorabend.«

Damit verabschiedet er sich aus der Bibliothek. Auf dem Weg nach draußen höre ich ihn eine fröhliche Melodie von Beethoven pfeifen.

Als ich mich zu Sally umdrehe, bemerke ich zu meinem Amüsement, dass sie ihm mit wütendem Blick hinterherschaut. »Du kannst ihn nicht leiden, nicht wahr?«

Sally glättet erschrocken ihre Stirn. Ihre Wangen färben sich hellrosa, aber sie wendet den Blick nicht ab. Sie steht nur einen Schritt neben mir, als sie sagt: »Er ist ein Schleimer.«

Ich lächele ihr zu und flüstere: »Keine Sorge. Ich bilde dich weiterhin aus. Wir müssen nur vorsichtiger sein, Sally.«

Tatsächlich huscht so etwas wie Erleichterung über ihr Gesicht. Ich deute ihr an, zu schweigen. »Ich habe eine Ahnung, warum diese junge Frau zu uns zukommt. Ich werde sie abwimmeln, und du kannst den Löschzauber üben, der den Sauerstoff aus dem Glas zieht. Stell dir vor, ein Feuer wütet in der Mittleren Bibliothek. Allein um die Erinnerungen zu schützen, die von den Flammen freigesetzt werden könnten, musst du es erlernen.«

Halloween steht vor der Tür, und das bedeutet viel Arbeit für alle Ordensmitglieder, auch für mich. Nicht nur die Schutzzauber des Ordens werden auf Vordermann gebracht, auch die persönlichen Vorräte der Magier werden aufgestockt. Jeder möchte den besten Trank haben, um vor dem Schrecken geschützt zu sein, der sie in der Nacht von All Hallows' Eve erwartet. Viele zelebrieren den Tag wie einen Feiertag. Und den Kindern geht es nur um die Süßigkeiten, die sie bekommen, wenn sie verkleidet an den Türen klingeln.

Doch die Süßigkeiten schützen sie nicht vor dem, was mit Beginn des Sonnenuntergangs jedes Jahr wieder über London hereinbricht: Jack O'Lantern.

In den Legenden heißt es, dass er ein Hufschmied war, doch in Wirklichkeit war Jack O'Lantern ein irischer Magier, der zu gern einen über den Durst getrunken hat. Eines Abends, in der Nacht vor Allerheiligen, traf er auf einen Schwarzmagier, den die Legende mittlerweile als Teufel darstellt. Dieser wollte ihn töten, doch Jack bat ihn um einen letzten Drink. Da der Schwarzmagier kein Geld hatte, verwandelte er sich selbst in eine Münze. Diese steckte Jack in seinen magischen Beutel, aus dem der Magier nicht mehr herauskam.

Betrunken wie Jack war, verhandelte er mit dem Schwarzmagier und schlug zehn weitere Jahre seines Lebens heraus, ehe der Magier ihn töten dürfe.

Zehn Jahre später, wieder in der Nacht vor Allerheiligen, schlug Jack dem Schwarzmagier ein weiteres Schnippchen, sodass dieser ihm versprach, niemals seine Seele in die Hölle zu schicken.

Zuerst freute sich Jack O'Lantern, doch als er tatsächlich starb und vom Himmel und der Hölle zu gleichen Teilen abgewiesen wurde, da hatte er auf einmal keinen Ort, an den er gehen konnte. Er steckte fest in einer kalten und dunklen Zwischenwelt, in der er erbärmlich fror.

Auch wenn ich immer noch glaube, dass der Schwarzmagier kaum Mitleid mit ihm hatte, so schenkte er ihm doch ein Kohlestück, das einem magischen Feuer entsprang. Ein Geschenk, das Jack lange Zeit nicht zu würdigen wusste.

Bis er verstand, dass es magisch war.

Schließlich steckte Jack das Stück Kohle in die ausgehöhlte Rübe, die er als Wegzehrung mitgenommen hatte, sodass er es stets dabeihat.

Auch heute noch lebt er in der Zwischenwelt und kommt am Abend vor Allerheiligen zurück auf die Erde, um für Chaos zu sorgen. Und das ist es, was uns Magier auf Trab hält. Denn niemand weiß, wo er auftaucht. Wir wissen nur, dass Jack O'Lantern ab Sonnenuntergang erscheinen wird, sich die ganze Nacht durch die Kneipen der Stadt schlägt und ohne Unterlass säuft – und tötet.

O'Lantern zu töten ist unmöglich, da er bereits tot ist. Ihn aufzuhalten, ein äußerst schwieriges Unterfangen, das der Hermetische Orden sich zur Aufgabe gemacht hat. Dazu reisen Magier aus dem ganzen Land und auch ein paar Gäste vom Kontinent oder aus Übersee an, um unsere Vigilanten zu unterstützen und die Zauber zu verstärken, die ihn zugleich vom Orden fernhalten, seinen Aufenthalt aber auf London beschränken.

Diese Geschichte kennt jeder im Orden, der schon lange dabei ist. Selbst Sally ist der Name Jack O'Lantern geläufig, auch wenn sie vielleicht nicht die ganze Legende kennt. Die Auswirkungen auf den Orden und ihre Arbeit spürt sie nur zu gut.

»Guten Tag, Lady Kaitlin«, begrüßt mich die junge Magierin, in deren Händen ich ein Buch über Schutzzauber zu Halloween sehe.

Ich nicke Sally zu und sehe, dass sie vor dem Glas steht, das ich ihr hingestellt habe, und mit dem Rücken zur jungen Magierin die Bewegungen übt. Sehr gut. Jeder ist an seinem Platz.

KAPITEL 17

Sally

Lady Kaitlin steht an dem Tresen, um sich um das Anliegen der jungen Hexe zu kümmern. Wegen der anstehenden Halloween-Nacht sind alle ein wenig nervös. Ich werde im Ordenshaus bleiben, aber die Vigilanten und Magier werden in London unterwegs sein, um die Bevölkerung vor Jack O'Lantern zu schützen. Keine zehn Pferde würden mich hinaus auf die Straße bringen, jedenfalls nicht ohne überzeugende Verkleidung.

Ich starre auf das flackernde Flämmchen des Teelichts vor mir. Das Glas, in dem es steht, ist fein geschliffen. Die Brechung des Lichts zaubert rätselhafte Muster auf die Tischplatte und taucht meine Hände in orangefarbene Wärme. Ein Löschzauber ohne Wasser ist einer der wichtigsten Zauber für eine Bibliothekarin: Man entzieht dem Feuer den Sauerstoff und erstickt die Flammen, um die uralten Folianten nicht durch Wasser zu gefährden.

Mir geht nicht aus dem Kopf, was Lady Kaitlin noch gesagt hat: ›Allein um die Erinnerungen zu schützen, die von den Flammen freigesetzt werden könnten …‹

Bedeutet das, man kann gelöschte Erinnerungen durch die Zerstörung der Bücher zurückbekommen? Sinn ergeben würde das.

Im Bibliotheksturm hat es vor vielen Jahren gebrannt, und Lady Kaitlin war im Beisein meiner Mutter dazu gezwungen, magisch kontrolliertes Wasser einzusetzen, um die Bücher zu retten. Niemand hat herausgefunden, wie das Feuer ausgebrochen ist.

Meine Finger legen sich um das Glas und spüren die Wärme der kleinen Flamme. Es sieht so harmlos und heimelig aus. Wie viel Schaden ein solch kleines Flämmchen doch anrichten kann, wenn es außer Kontrolle gerät.

Ich konzentriere mich auf das Feuer, bis der blendende Schein vor mir blau flackert und dunkle Schatten mit roten Flächen auf meine Netzhaut brennt. Ich soll mir für diesen Brandbekämpfungszauber vorstellen, wie alle Luft aus dem kleinen Glas weicht, der Sauerstoff nach außen dringt und nichts als ein Vakuum hinterlässt. In Gedanken steige ich in den begrenzten Raum des Glases hinab, seine eigene kleine Welt, und verdränge dort mit meinem Willen die Luft um mich herum. Und tatsächlich flackert das Kerzenlicht wie unter einem plötzlichen Luftzug. Ich halte unwillkürlich den Atem an. Meine Hände pressen fester gegen das Glas. Die Flamme flackert kurz und verfärbt sich blau. *Gleich wird sie erlöschen.*

Ich höre, wie Lady Kaitlin den Gang entlangkommt. Offenbar hat sie die junge Magierin am Tresen bereits mit Zauberkomponenten versorgt. Meine Konzentration bricht ab – und das Kerzenlicht flammt wieder auf. Frustriert atme ich die angehaltene Luft aus.

Lady Kaitlin hat meinen kleinen Ausbruch mitbekommen. Ihre Stirn ist gerunzelt, als wäre sie verärgert. In letzter Zeit ist meine Mentorin mürrisch und launischer als sonst. Sie vergisst oft, wo sie etwas hingelegt hat, und klagt über Kopfschmerzen. Ich frage mich, wie lange sie noch den Job der Bibliothekarin ausüben kann – schließlich ist Lady Kaitlin nicht mehr die Jüngste – und ob ich rechtzeitig mit meiner Ausbildung fertig sein werde, um ihn von ihr zu übernehmen.

Lady Kaitlin bleibt neben mir stehen und stützt sich seufzend auf ihren Stock. Ich blicke nicht zu ihr auf, das fröhlich flackernde Teelicht vor mir spricht Bände.

»Nicht den Kopf hängen lassen!« Sie betont ihre Worte mit einem harten Aufschlag ihres Stockes auf den Boden. »Übung macht den Meister. Auch in der Brandbekämpfung. Und jetzt blase bitte dieses Feuer aus, der Anblick macht mich nervös.«

Ich beuge mich vor und gebe dem Flämmchen mit meinem Atem den Rest.

»Siehst du, so einfach ist das. So leicht zu ersticken. Entropie ist eine der Naturgewalten. Ich kenne viele Magier, die sich aus falschem Respekt damit schwertun, Mutter Natur zu trotzen. Dabei können wir unsere Realität formen. Deine Mutter hat das auch geschafft.«

»Wollen Sie mich deswegen als Ihre Nachfolgerin? Weil Beatrice es hätte werden sollen?«

»Ich habe dir meine Gründe genannt, und ich bin nach wie vor davon überzeugt, dass du die richtigen Entscheidungen treffen wirst. Und das hier …«, sie tippt auf den Rand des Glases. »Wird dir bald vorkommen wie ein Kinderspiel.« Ihre Augen mustern mich aufmerksam über den Rand ihrer Brille. »Du musst nur aufhören, zu glauben, Magie wäre dir nicht erlaubt.«

Ich öffne den Mund, um zu protestieren, doch sie schneidet mir das Wort ab.

»Ich weiß, dass du denkst, es stünde einem Dienstmädchen nicht zu. Aber du bist auch die Tochter einer äußerst fähigen Magierin. Vergiss das nicht.«

»Ja, Lady Kaitlin.«

»Gut. Und nun widme dich wieder deinen Aufgaben. Da warten noch stapelweise Bücher auf dich, die in die Regale zurückmüssen.«

Ich drücke mich von dem Stehpult ab, die Tischbeine schaben unangenehm laut über die Dielen. Vielleicht ist es besser, wenn ich heute Abend in meinem Zimmer noch ein wenig übe. Außerdem muss ich mir einfallen lassen, wie ich Soraya Porter und das Buch des Schwarzmagiers wiederfinde.

Auf dem großen Tisch mit den Rückgaben neben dem Tresen stapeln sich dicke Bände einer Abhandlung über Riten und Zeremonien zu Allerheiligen sowie gerollte Papyri mit Schutzzaubern und Symbolen und weitere Bücher, die gelesen und zurückgegeben wurden. Ich nehme den erstbesten Band vom Stapel und sortiere ihn auf dem kleinen Schiebewagen nach Standort und Regalreihe, danach greife ich das nächste Buch. Dabei gehe ich sorgfältig die Seiten nach Beschmutzung oder abgeknickten Blättern durch. Wie so oft finde ich auch heute Lesezeichen oder hingekritzelte Notizen, die ich herausnehme, darauf notiere ich, in welchem Buch ich es gefunden habe, und in einen Karteikasten stecke, falls der Schreiber sie wiederhaben will.

Alle Bände der Bibliothek besitzen ein Exlibris des Finders, also des Magiers, der das Buch aufgespürt, erworben und der Bibliothek übergeben hat, sowie einen Bibliotheksstempel mit dem Wappen des Ordens. Der Stempel dient nicht nur dazu, Diebstähle zu verhindern, sondern auch, Leihgaben wiederzufinden.

Meine Finger fahren über die schwarze Tinte des Aufdrucks auf dem marmorierten Deckblatt eines besonders schönen Einbands. *Vielleicht kann man das Buch von Krotor Slovik ja mithilfe des Stempels wiederfinden?* Mir ist so, als hätte Lady Kaitlin einmal von einem Aufspürzauber gesprochen – und ich habe sogar schon gesehen, wie sie einen benutzt hat, als sie ihre Brille verlegt hatte.

Rasch blicke ich mich um und versichere mich, dass niemand zu mir hersieht, bevor ich an die Apotheker-Kommode gehe, in der Lady Kaitlin ihre Zauberkomponenten aufbewahrt. Ich muss ein wenig wühlen und in viele der kleinen, unbeschrifteten Schubladen hineinsehen. Schließlich finde ich, was ich brauche: eine Astgabel mit einer y-förmigen Gabelung, wie bei einer Wünschelrute, und ein Stück Fell eines Bluthunds. Ich stopfe beides in die Tasche meiner Schürze und drücke die Schubladen wieder zu.

Den Rollwagen schiebe ich an den Regalen vorbei zum hinteren Teil der Bibliothek, als wolle ich die Bücher wegsortieren. Dank der Rundung des Turmzimmers und der Bücherborde verschwinde ich gänzlich aus dem Blickfeld der wenigen Besucher. Nicht einmal Lady Kaitlin kann mich hier sehen.

Hier hinten steht ein alter Schrank mit Karteikarten, die den Bibliotheksbestand dokumentieren. Ich ziehe die Schubkästen auf. Meine Finger fliegen über die Reiter, bis sie bei dem Gesuchten landen, und holen die Karte mit dem Eintrag des Buches von Krotor Slovik heraus. Auch auf diesem Kärtchen prangt ein großer Stempel mit dem Exlibris aus schwarzer Tinte.

Es könnte funktionieren. Und Lady Kaitlin meinte ja: ›Übung macht den Meister.‹ Ob ich nun einen Brand- oder einen Aufrufe-Zauber wirke – Zauber bleibt Zauber.

Wie Lady Kaitlin lege ich das Stück Fell und meine Hände mit gespreizten Fingern auf das Papier und konzentriere mich auf den Namen.

Slovik. Slovik. Slovik.

Mein Blick verschwimmt, die verschlungenen, in Tinte geschriebenen Worte vermischen sich vor meinen Augen, während ich auf den Ordensstempel starre.

Slovik. Wo bist du?

In meinem Geist erscheint die leere Wohnung der Hexe über dem Tattoostudio. Aber das ist nur der Ort, von dem ich weiß, wo das Buch sich zuletzt befunden hat. Ich will wissen, wo es jetzt steckt!

Ich ziehe die Astgabel hervor und halte sie mit beiden Händen über das Karteikärtchen, genau so, wie Lady Kaitlin sie einst über das Brillenetui gehalten hat, und flüstere dieselben Worte: »Enthülle mir den Aufenthaltsort.«

Die Astgabel zuckt. Doch sie gibt mir kein Bild ein, keine Vision, wo sich das Buch jetzt befindet, und zeigt nach wie vor in ein und dieselbe Richtung.

»Mist!« Entweder es liegt an mir, weil ich nicht zum Zaubern, sondern zum Putzen gemacht bin, oder der Zauber funktioniert anders, als ich mir das vorgestellt habe. Enttäuscht lasse ich die Astgabel wieder in meine Schürzentasche gleiten. Magie ist eben doch nicht die Lösung für alles.

Ich räume das Karteikärtchen und die Zauberkomponenten wieder an ihren Platz, schiebe den Rollwagen durch die Gänge und sortiere Bücher weg, wobei ich mich erst mal nur auf diejenigen konzentriere, die in die unteren Regale in der äußeren Bibliothek müssen. Dann bleiben nur noch die übrig, die in die hochgelegenen Regalbretter gehören.

Ich komme an dem Durchgang vorbei, der zwischen den Regalreihen zur mittleren, geschlossenen Sammlung führt. Dort lagern die Seiten aus den Erinnerungsbüchern und die Fallakten der Vigilanten. Auch Tom Waringhams Erinnerungsbuch steht dort, wie alle anderen, zusammen mit den Cold Cases, die ich ja schon einmal unerlaubt durchsucht habe.

Wenn ich nur einen Moment in die Mittlere Bibliothek hinein könnte … Dann könnte ich ausprobieren, ob es möglich ist, Toms Gedächtnis wiederherzustellen – zumindest einen Teil davon. Es würde reichen, ihm die Erinnerung an einen Ort zurückzugeben, wo ich ihn treffen und dazu bringen kann, London zu verlassen.

Adam kommt mir mit einem aufgeschlagenen Folianten in der Hand entgegen. Sein Jackett sitzt hervorragend, und das farbige Einstecktuch ist perfekt auf sein Hemd abgestimmt.

»Noch nicht alles weggeräumt?« Er wirft einen Blick auf meinen Rollwagen. Dann auf seine Taschenuhr, die an einer Kette von seiner Weste baumelt. »Wie lange, sagtest du, arbeitest du schon hier?«

»Erst wenige Wochen, Sir.«

»Aha. Und was war mit dem Mädchen vor dir?«

Ich spüre, wie ich rot werde. »Madeleine hat vorher hier geholfen. Aber sie ist noch nicht so lange im Orden und soll jetzt Erfahrungen als Obscura sammeln. Lady Kaitlin hat mich als Ersatz geordert, da ich schon seit meiner Geburt im Ordenshaus bin.«

»Das Waisenkind? Ich erinnere mich, sie sprach davon.« Er schaut desinteressiert wieder in sein Buch. »Ich halte ja nicht viel davon, Dienstpersonal die Bücher handhaben zu lassen. Wenn ich die Leitung hätte, würde ich Magie-Studenten dafür einsetzen. Aber na gut, so dauert alles halt viel länger.« Er schlendert an mir vorbei, ohne mich noch einmal anzusehen, und verschwindet hinter der Biegung.

So ein arroganter Schnösel.

Aber wenn er wirklich Magie-Studenten hier einsetzen will, kann ich einpacken.

Die Buchrücken vor mir auf dem Rollwagen starren mich an. Ein gutes Dutzend davon muss noch in die oberen Regale. Ich lege den Kopf in den Nacken und blicke zu den freien Lücken zwischen den ledergebundenen Bänden hinauf. Lady Kaitlin scheucht die Bücher normalerweise mit einer simplen Geste ihres Handgelenks und einem gemurmelten Wort weg wie lästige Fliegen. Und wie am Schnürchen gezogen, surren die Bände stets an ihren Platz zurück.

Mir ist es nur einmal gelungen, etwas, wie von Geisterhand bewegt, durch die Luft schweben zu lassen: die Scherben der Vitrine im British Museum. Aber das war mir nur mit meinem Scopae möglich.

Kurzerhand löse ich den Griff des Scopae von meinem Gürtel. »Lass mich jetzt nicht im Stich!«

Mit einer Drehung des Knaufs gleiten die Straußenfedern aus dem Holzgriff. Ich tippe mit dem Staubwedel auf die Buchrücken, dreimal.

Zurück, wo du warst, murmele ich angestrengt. Dann deute ich mit einer raschen Bewegung auf die Lücke im Bücherbord.

Und tatsächlich saust das Buch durch die Luft!

Mit großen Augen sehe ich zu, wie es mit der richtigen Seite voran ins Regal gleitet und an seinem angestammten Platz zur Ruhe kommt. Begeistert starre ich auf den Scopae, tippe auf das nächste Buch und wiederhole die Bewegung und den Befehl. Wieder saust das Buch, als könne es plötzlich fliegen, durch die Luft und verschwindet auf einem der ganz oben gelegenen Regalbretter.

Mit einem breiten Grinsen im Gesicht schicke ich mit dem Scopae auch alle anderen Bücher mit fließenden Bewegungen auf die Reise. Es fühlt sich an wie tanzen.

Was wohl Lady Kaitlin dazu sagen würde? Und vor allem Adam?

In weniger als einer Minute ist mein Rollwagen leer. Als ich ihn zurückschieben will, fällt mir auf, dass Adam den Durchgang zur Mittleren Bibliothek offen gelassen hat.

Vielleicht ist das meine Chance, ungesehen zu den Erinnerungsbüchern zu huschen?!

Ich nehme mir nicht die Zeit, meinen Triumph zu feiern, den *Scopae* so kreativ zum Bücheraufräumen eingesetzt zu haben. Die Zeit drängt. Adam kann jeden Moment zurückkommen.

Ich höre, wie Lady Kaitlin am anderen Ende des Raumes mit einem Besucher redet, und blicke mich noch einmal um. Niemand ist in der Nähe. Dann nehme ich meinen ganzen Mut zusammen und husche in die verbotene Mittlere Bibliothek. Hier lagern nicht nur Bücher mit vorenthaltenen Zaubern und potenziell gefährlicher Magie, sondern auch die Seiten aus den Erinnerungsbüchern sowie große schwarze Kästen mit den Fallakten der Vigilanten.

Ich eile an dem ersten Regal entlang. Mit gestochen scharfer Handschrift sind die Namen aller Betroffenen, denen ein Teil ihrer Erinnerung gelöscht wurde, auf die Ordner geschrieben, und alle Ordner säuberlich nebeneinander aufgereiht.

Auch Tom Waringhams Akte muss hier irgendwo sein. Meine Finger gleiten über die Namen. Einige Akten sind sehr dick, daran erkennt man, dass besonders viele Erinnerungen gelöscht wurden. Ich übergehe die schmaleren Bände und konzentriere mich auf die dicken. Doch das sind noch immer recht viele. Ich brauche zu lange, um zu begreifen, dass die Akten nicht alphabetisch, sondern nach Jahreszahlen geordnet sind.

Endlich finde ich es: Tom Waringhams Leben ist in ein dickes, gelbes Buch eingesperrt.

Würde Tom tatsächlich sein Gedächtnis zurückbekommen, wenn es zerstört würde?

Als Obscura weiß ich, dass Erinnerungen wie ein Film sind, den man vor- und zurückspulen kann. Wenn die Obscura mit dem

Silberstift die Beschreibungen eines Zeugen aufnehmen, um das Ereignis zu löschen, dann ist es so, als würde man im Schneideraum ein Stück aus einem Film schneiden. Ein paar Minuten oder eine ganze Szene, und der Betroffene erinnert sich nicht mehr, an einem Ort gewesen zu sein, oder mit jemandem gesprochen oder etwas gesehen zu haben. Aber er würde sich noch immer an den Ort erinnern, sofern er ihn aus anderen Begebenheiten kennt.

Als Obscura bekomme ich ebenfalls beigebracht, wie sorgfältig man mit den Seiten der Erinnerungsbücher umgehen muss. Denn der kleinste Fleck oder ein Verschmieren der speziellen Tinte kann das Löschen unvollständig machen. Ein Wort oder ein Name könnte in das Gedächtnis des Gelöschten zurückkehren. Es müsste also durchaus möglich sein, Tom an einen ganz bestimmten Ort zu locken …

Mit zitternden Fingern schlage ich Toms Buch auf. Mein Herz klopft mir bis zum Hals, denn ich weiß ganz genau, dass ich hier etwas Verbotenes tue, das auch Lady Kaitlin nicht gutheißen würde. Denn wenn sie Tom hätte helfen wollen, indem sie ihm das Gedächtnis zurückgibt, hätte sie das schon längst getan.

Oder kann man ihm gar nicht helfen, weil bei einer kompletten Löschung alles unwiederbringlich verloren ist?

Ich lausche und werfe einen weiteren Blick über die Schulter, in der festen Überzeugung, jeden Moment Adam oder Lady Kaitlin an dem offenen Durchgang stehen zu sehen. Aber alles bleibt ruhig, nur gedämpft höre ich das Gemurmel der Besucher der Äußeren Bibliothek. Schließlich schiebe ich meine Bedenken beiseite. Ich muss mich beeilen!

Die Seiten in meiner Hand zittern, als meine Augen über den ersten Eintrag huschen: *Abend des vierzwanzigsten März: Wir waren im Ye Olde Cheshire Cheese, müde von einem Einsatz, und haben ein paar Ale zu viel getrunken. Mit der Kellnerin geflirtet, aber allein nach Hause gegangen …*

Es kommt mir unangenehm intim vor, die Worte zu lesen. Das

ist kein Tagebucheintrag, ich stöbere nicht in den privaten Seiten eines Bekannten oder lese einen Brief, der nicht für mich bestimmt ist, sondern halte die Lebenserinnerung eines Freundes in meinen Händen.

Wenn Tom diese Worte lesen würde, könnte er sich dann an diesen Abend zurückerinnern? Oder reicht es nicht, sie nur zu lesen?

Ich kann es nicht riskieren, die ganze Seite oder gar das gesamte Buch zu stehlen, das ich sowieso niemals unbemerkt hier rausschmuggeln könnte. Aber irgendetwas muss ich für Tom doch tun können. Er sollte nicht sein ganzes Leben aufgeben müssen, weil er Gefühle für ein Wesen hatte, das ihn verzaubert hat, oder mit der Gefahr leben müssen, von einem Para zur Rechenschaft für seine Tätigkeit als Vigilant gezogen zu werden. Außerdem könnte Tom mir helfen, Victoria zu überführen.

Bevor mich der Mut verlässt, lecke ich mir über den Daumen. Das Blut rauscht mir vor Aufregung in den Ohren. Vorsichtig wische ich mit der feuchten Fingerkuppe über die Worte ›*Ye Olde Cheshire Cheese*‹ auf dem Blatt vor mir. Die magische schwarze Tinte verschmiert, bis die Worte kaum mehr lesbar sind.

Tom hat man nicht nur diesen einen Abend im Olde Cheshire Cheese genommen, sondern jeden Abend, jede Begebenheit, jeden Tag seines Lebens. Er erinnert sich nicht einmal mehr daran, dass das Pub existiert, geschweige denn, dass er jemals dort war – oder mit wem.

Nur könnte es sein, dass meine kleine Aktion eben genau das geändert hat. Der Orden würde diese Tat in jedem Fall als Schwerverbrechen ahnden. Aber um Tom zu schützen, ist mir mein Versuch das wert.

Ich höre Stimmen und Schritte, die sich dem Eingang der Mittleren Bibliothek nähern. Hastig klappe ich das Buch zu und packe es zurück in das Regal mit den anderen Erinnerungen. Ich fühle mich, als hätte ich gerade Hochverrat begangen, und kann nur hoffen, dass niemand mein Eindringen hier bemerkt.

Rasch eile ich zum Durchgang, um so schnell wie möglich in die Äußere Bibliothek zu gelangen. Doch das Glück verlässt mich. Schritte nähern sich.

Ich rase zum Ausgang.

»Was machst du hier?!«

Ich pralle beinahe mit Adam zusammen, der gerade um die Ecke biegt. Ich war zu langsam. Seine Gestalt blockiert den Durchgang. Mit irritiert zusammengezogenen Augenbrauen schaut er auf mich herab. »Der Zutritt ist dir nicht gestattet!«

Ich starre ihn an. Wie soll ich bloß rechtfertigen, dass ich in der Mittleren Bibliothek war?

FOLGE

6

KAPITEL 18

Sally

Die Gestalt von Calebs gelehrtem Bruder steht wie aus dem Nichts vor mir. Es ist mir natürlich bewusst, dass es niemandem außer der Bibliothekarin und den Ordensführern ohne ausdrückliche Genehmigung gestattet ist, die Mittlere Sammlung zu betreten. Adam selbst hat erst vor Kurzem die Erlaubnis erhalten, ohne Lady Kaitlins Begleitung in den Raum in der Mitte des Turmes zu gehen, sodass meine Anwesenheit ihm besonders bitter aufzustoßen scheint. Jedenfalls zieht er eine Grimasse, als hätte er verdorbene Gänseleber gegessen. Was seinem klassischen Profil und an sich hübschem Gesicht genau die Dosis Arroganz verleiht, die man von jemandem wie ihm erwartet.

Ich muss mir eine plausible Ausrede einfallen lassen, die keine Zweifel aufkommen lässt. Falls er Lady Kaitlin davon berichten sollte, dass er mich hier erwischt hat, bin ich nicht sicher, ob sie mich decken wird. Und selbst wenn sie mich deckt, wird sie wissen wollen, was ich dort zu suchen hatte. Lady Kaitlin ist nicht dumm und kennt mich viel zu gut. Sie wird den Braten riechen und ahnen, dass ich nicht bloß aus reiner Neugier in dem verbotenen Bereich der Bibliothek war.

»Ich habe nur abgestaubt«, rutscht es mir heraus, im unschuldigsten Tonfall, den ich hinbekomme. Wie um meine Behauptung zu unterstreichen, fummele ich den Scopae hervor und entfalte ihn hinter meinem Rücken. Ich bin nicht sicher, ob mein kleines Manöver unbemerkt bleibt, aber Adam O'Connor schaut auf den Staubwedel in meiner Hand, als ich ihn wie zur Demonstration an dem Türrahmen entlangwedele.

»Sehr staubig hier«, füge ich leise murmelnd hinzu und vermeide es, ihn anzusehen. Keine Ahnung, ob er mir das dümmliche Dienstmädchen abnimmt, aber im Moment möchte ich nur weg und mich aus dem engen Durchgang an ihm vorbeiquetschen, um seinem inquisitorischen Blick zu entgehen.

»So schnell fertig?«, fragt Adam, als ich mich an ihm vorbeidrücke. Sein Körper strahlt Wärme aus, und er duftet dezent nach einem sehr teuren Aftershave, das ich eigentlich gerne rieche. Er hat Geschmack, das muss man ihm lassen. Isabella Montrose wird einen attraktiven Mann heiraten.

Er wirft einen misstrauischen Blick auf den Rollwagen, der leer neben dem Durchgang steht und der vor wenigen Minuten noch mit Büchern beladen war.

»Ja, ähm, war gar nicht mehr so viel.« Ich bilde mir ein, in seiner Irritation auch einen Hauch von Furcht wahrzunehmen, dass es mir tatsächlich gestattet sein könnte, die Regale mit den Erinnerungsbüchern abzustauben. Ich hoffe nur, er wird Lady Kaitlin nicht danach fragen.

Mit dem Rollwagen vor mir drehe ich ihm den Rücken zu und schiebe den Wagen den gebogenen Gang hinab aus seinem Sichtfeld.

Das lief überhaupt nicht gut.

Ich hoffe, das Risiko war es wert und mein Plan funktioniert. Eigentlich müsste Tom sich, nachdem ich die Worte ›*Ye Olde Cheshire Cheese*‹ aus seinem Erinnerungsbuch gelöscht habe, an den Pub erinnern können. Und falls noch eine klein wenig von dem Vigilanten in ihm steckt, der er mal war, wird er dieser Spur nachgehen und noch heute im *Cheese* auftauchen. Das wäre dann meine Chance, ihn unbemerkt zu treffen, da alle Vigilanten, die dort normalerweise rumhängen, heute mit den Vorbereitungen für Halloween beschäftigt sind.

Ich weiß zwar nicht mit Sicherheit, was genau passieren wird, aber es gibt nur eine Möglichkeit, das herauszufinden.

*

Ich beeile mich, meine restlichen Aufgaben zu erledigen, und melde mich dann zu Dienstschluss bei Mrs Bones ab. Die Hausdame notiert, dass ich das Ordenshaus verlasse, fragt aber nicht, wohin ich will.

Natürlich mache ich mich auf den Weg zum *Cheese*. In meiner Jackentasche habe ich die Postkarte aus Bath, die Tom mir einst geschickt hat. Darauf ist das Ferienhaus zu sehen, in dem er oft seinen Urlaub verbracht und viele schöne Tage erlebt hat. Auch wenn er sich daran vermutlich nicht erinnern kann, so hoffe ich, dass das Bild seine Sehnsucht beflügelt und die Handschrift Toms Spürsinn wecken wird und er dorthin fährt, um nach seinen Erinnerungen zu suchen oder nach alten Bekannten, die ihn wiedererkennen.

Mit etwas Glück werden ihm vielleicht schon das *Old Cheese*, die Leute dort und die gewohnte Atmosphäre ein paar Erinnerungen zurückbringen.

Ich eile die mit Kopfstein gepflasterte Middle Temple Lane hinab, die Hände in den Taschen meines Parkas vergraben. Es ist nicht weit zum *Old Cheese*, es befindet sich nur zwei Straßen vom Ordenshaus entfernt, was einer der Gründe sein mag, weswegen es bei den Vigilanten so beliebt ist.

Den Pub gibt es schon seit 1538. Er ist einer der ältesten Londons und hat eine bewegte Geschichte. Charles Dickens soll hier sein Ale getrunken und Dr. Johnson sein erstes englisches Dictionary geschrieben haben. Der Ort ist aber auch wegen der Privaträume im Obergeschoss beliebt, die es schon gab, als der Pub noch eine Herberge war – und das nicht nur bei Menschen oder Zauberern. Der Hermetische Orden und ebenso die Paras halten dort oft ihre Treffen ab.

Ich biege in die Fleet Street ab, die zu so später Stunde kaum befahren ist. Das *Cheese* ist nur über einen schmalen Durchgang zwischen den Gebäuden zu erreichen. Touristen stehen oft vor der düsteren Holzfassade und finden den Seiteneingang nicht, und das ist durchaus gewollt. Im geschichtsträchtigen *Old Cheshire Cheese* bleiben wir gerne unter uns.

Als ich das Pub betrete, empfangen mich am Eingang des kleinen Flures eine dunkle Holzvertäfelung und eine Einrichtung, an der sich seit dem 16. Jahrhundert nichts geändert zu haben scheint, zusammen mit dem warmen Mief und der Geräuschkulisse eines stark frequentierten Pubs. Die wirklich urigen Plätze aber sind unten in den Gewölbekellern, wo einst die Fässer gelagert wurden. Hier treffen sich Paras, Magier und Vigilanten gleichermaßen und tauschen Neuigkeiten aus.

Zweifel holen mich ein, in all dem Lärm und Gedränge. Es gibt keine Garantie, dass mein Plan aufgeht und Tom heute hier auftauchen wird. Vielleicht ist er schon wieder weg, oder er kommt morgen oder übermorgen. Oder nächste Woche … Doch ich kann unmöglich das Cheese rund um die Uhr bewachen.

Aber ich könnte den Barkeeper fragen, ob er Tom gesehen hat, und ihn bitten, meine Botschaft zu übermitteln. Es darf nur niemand vom Orden davon Wind bekommen.

Nachdem ich mich vergewissert habe, dass ich weder Vigilanten noch Magier oder jemanden vom Personal in der Menge ausmachen kann, drängele ich mich an den Gästen vorbei zur Treppe hinab ins Gewölbe. Schilder warnen davor, sich an der niedrigen Decke den Kopf zu stoßen, doch darüber muss ich mir bei meiner Größe keine Sorgen machen.

Hier unten ist es noch lauter als oben. Mein Blick schweift über die Menge, jede Nische in den rundgemauerten Sitzplätzen mit den Tischen ist besetzt. Gruppen und Pärchen drängen sich auf den schmalen Holzbänken aneinander, bei einem von ihnen schauen spitze Ohren unter den Haaren hervor. Aber ich kann keinen Tom Waringham ausfindig machen. Also schlängele ich mich an der Bedienung vorbei, die Pints mit Ale, Sandwiches, Pommes und Pasteten serviert, und steige noch einmal drei Stufen tiefer hinab, in den ehemaligen Weinkeller, wo meistens nur Paras sitzen. Hier stehen lange Bänke an groben Tischen, und lärmende Gäste lehnen an einer weiteren Theke. Von der oberen Stufe habe ich einen guten Überblick. Aber es ist nicht Tom Waringham, den ich entdecke. Sondern ausgerechnet Caleb O'Connor. Er steht an der Theke und starrt in ein Glas, das verdächtig nach Whiskey aussieht.

Scheiße, was macht der denn hier? Den kann ich hier überhaupt nicht gebrauchen. Was, wenn Tom jetzt auftaucht?

Nicht nur, dass Caleb misstrauisch werden und vermuten würde, dass ich etwas damit zu tun habe. Ich bin mir auch nicht sicher, ob er sich in seinem derzeitigen Zustand so weit im Griff hat, Tom zu ignorieren. Denn das muss er, ansonsten würde er die Regeln des Ordens brechen. Allerdings war Tom nicht nur Calebs Mentor, sondern auch einer seiner besten Freunde. Es gibt nur eine Lösung:

Ich muss Caleb loswerden.

KAPITEL 19

Caleb

Die dunkelbraune Holzplatte vor mir ist alles, was ich im Moment sehen will. Die und das Glas mit der goldenen Flüssigkeit, das ich von einer Hand in die andere wandern lasse. Ab und an nehme ich einen Schluck, der sich meine Kehle hinunterbrennt und mir zeigt, dass ich noch etwas empfinde. Und wenn es nur eine Reaktion auf den Alkohol ist – der brennende Schmerz ist mir höchst willkommen.

Um mich herum, im Kellergewölbe des *Old Cheese* mit den Rundbögen in den weiß getünchten, rauen Wänden, herrscht die typische Geschäftigkeit eines Londoner Pubs nach Feierabend. Zwar werden heute, so kurz vor Halloween, keine Vigilanten hier sein, aber um gar nicht erst einem über den Weg zu laufen, habe ich im Erdgeschoss die Theke ignoriert und bin zwei Geschosse tiefer in den großen Kellerraum gewandert. Hier, vor dem Regal mit den dekorativen alten Milchkannen und Fässern, wird mich niemand entdecken, den ich kenne. Und die Paras, die sich hier unten rumtreiben, stören mich nicht.

Ich gehöre jetzt ja quasi zur Familie.

Ich bin nicht in Gesprächslaune und stehe nur auf, um mir drüben, an der altertümlichen Holztheke, Nachschub zu holen. Drei Mal war ich bisher an der Bar – von betrunken bin ich noch weit entfernt, aber ich gedenke, das zu ändern. Wenigstens das kann ich aktiv beeinflussen und steuern. Auf alles andere, was mit mir sonst so passiert, habe ich, wie es scheint, erschreckend wenig Einfluss. Am meisten dabei nervt mich, dass irgendjemand dafür verantwortlich ist, indem er die Banshee auf dem Friedhof ausgesetzt hat, und ich nicht weiß, wer.

Irgendjemand hat nicht nur Zac auf dem Gewissen, sondern auch mein Leben vernichtet. Sally vermutet Victoria, doch ich kann und will nicht glauben, dass jemand, den ich bewundere und der für die gleichen Ziele kämpft wie ich, die Vigilanten und alles, wofür wir stehen, so verraten kann.

Andererseits verrate auch ich gerade meine eigenen Ideale.

Nekromant.

Noch immer schwingt das Wort in mir nach wie der Schrei der Banshee. Aber akzeptieren will und kann ich es nicht. Ich will mein Schicksal bekämpfen, dagegen antreten und nicht wie ein Vogel Strauß den Kopf in den Sand stecken. Dabei erstickt man doch nur. Allerdings ist jeder außer mir davon überzeugt, dass ein Nekromant etwas Böses ist – *dass ich böse bin.*

Ich habe noch nie über Grautöne nachgedacht. Und nun rutsche ich immer tiefer in genau diese Zwischennuancen. Dabei ist es so leicht, ich darf einfach keine großen Zauber wirken. Und die kleinen Zauber nur im Notfall.

Gut und Böse, die sich die Waage halten.

Vielleicht kann ich ja steuern, von welchen Wesen ich die Lebensenergie benutze? Ein paar Tauben würde keiner vermissen, im Gegenteil. Man würde mir ein Denkmal setzen, sollte ich die Plage in der Stadt in den Griff bekommen. Der kleine Cocker von nebenan sollte lieber nicht tot umfallen.

Nur, wie soll ich das üben? Und was, wenn ich einen Fehler mache? Wenn ich in Notwehr handle? Was, wenn ich menschliche Lebensenergie benutze?

Diese Grenze kann und will ich nicht überschreiten. Das muss ein Tabu bleiben, obwohl ich fürchte, ich könnte auch einen Menschen problemlos und unbemerkt ins Jenseits befördern.

Nein! Keine Magie mit menschlicher Lebenskraft. Niemals!

Ich fühle mich zweigeteilt und weiß, dass ich auf der hellen Seite der Medaille bleiben muss. Und doch ist mir tief im Inneren auch klar, wie verlockend diese Zaubermacht ist, die mir in die

Hände gelegt wurde. Ich kann ohne Ermüdung alle Zauber wirken, die notwendig wären. Ein Gedanke, der schwindelig macht bei genauer Betrachtung. Keiner könnte sich mir dauerhaft entgegenstellen. Ich wäre wie …

Darth Vader. Oder besser noch: Luke Skywalker.

Und dabei hat mich Skywalkers Leiden immer amüsiert, da ich der Meinung war, etwas nicht zu tun – wie dunklen Gedanken nachzugeben – wäre eine einfache Aufgabe. Zac würde sich totlachen, wenn er wüsste, dass ich mich nun in der gleichen Zwickmühle befinde: Um das Gute zu tun, muss ich Menschen enttäuschen, die sich auf mich verlassen. Und wenn ich die Erwartungen erfülle, schade ich vielleicht mir oder anderen.

Es ist ein absoluter Albtraum.

Aber ich muss einen Weg finden. Einen Mittelweg, der mir mein Leben lässt und mich nicht zu einem seelenlosen Schwarzmagier mutieren lässt, dem das Leben anderer egal ist.

Hehre Ziele, junger Padawan – und zum Schreien komisch.

Hier, in diesem Pub zum Beispiel, wenn ich hier einen Zauber wirke, würde ich einen der Anwesenden schwächen oder töten. Und ich wüsste nicht mal, wen es treffen würde: Den Banker, der hastig einen Pint trinkt, bevor er die Subway nach Hause nimmt? Oder die nette schwangere Frau mit dem grünen Kleid, die gerade mit ihrem Mann verliebte Blicke tauscht und deren spitze Ohren verräterisch unter der roten Haarpracht hervorblitzen?

Es ist zum Verzweifeln.

Ich nehme den letzten Schluck aus meinem Glas und gehe hinüber zur Theke. Der Barkeeper gibt mir wortlos einen weiteren Drink. Vielleicht macht ihm auch mein Gesichtsausdruck Angst. Er bedient ab und an oben und kennt mich, aber heute hat nicht mal er den Versuch gestartet, den üblichen Small Talk mit mir zu führen. Dummerweise quatscht mich dafür die Blondine an, die sich neben mich an den Tresen lehnt und auffordernd lächelt.

»Hey. Ich bin Stacey.« Ihre Stimme ist angenehm-rauchig, ihr Kleid einen Hauch zu kurz, der Busen ein wenig zu üppig.

Normalerweise hätte mir das als Aufforderung für einen Flirt gereicht, aber nun scheint mir alles, was keine wahre Substanz hat, bedeutungslos zu sein: Keine roten Haare. Kein Porzellanteint. Kein freches Mundwerk, und das Lächeln ist auch nicht gerade schelmisch. Es wirkt aufgesetzt. Ich bin mir zudem sicher, dass die Lady eine Vampirin ist.

Ist sie lebensmüde, einen Vigilanten anzubaggern?

»Hi. Ich bin nicht interessiert.« Ich lege meine Pfundnoten mit Trinkgeld auf die Holztheke und will zurück zu meinem Platz bei den Bänken gehen, als ein bulliger Mann zu der Frau tritt.

»Belästigt der Kerl dich, Stacey?« Er klingt angriffslustig, und meine Instinkte schlagen Alarm.

Zwei Vampire, auf der Jagd nach einem Menschen? Ein leichtes Abendessen auf dem Nachhauseweg? Das hätten sie wohl gern!

Alkohol, Schuldgefühle, Wut und Zorn über meine Lage sind nicht gerade die beste Kombination, als der Mann sich mit einem breiten Grinsen zu mir wendet.

»Du hast die Lady doch nicht etwa beleidigt, Freundchen?«

Ich sollte mich zurückhalten, aber die Blonde grinst hämisch, und ich kann nicht aus meiner Haut. Nicht in meiner gegenwärtigen Gefühlslage. »Ich seh hier keine Lady.«

Dem Kerl entgleisen die Gesichtszüge, und Blondie zieht heftig die Luft ein.

»Nichts für ungut, Herzchen. Nimm deinen Kumpel und haut ab, wenn ihr keinen Ärger haben wollt.«

Der Kerl richtet sich auf, er ist gut einen Meter neunzig groß und sehr kräftig gebaut. Ich habe einiges getrunken und bin geneigt, zu prüfen, wie viel Magie ich von einem Para ziehen kann. Erst recht, wenn es ein Vampir ist, der meint, er könne sich mit einem Menschen anlegen.

Meine Hand ballt sich zur Faust.

»Du bist wohl ein ganz cleveres Kerlchen. Lass uns das hier und jetzt klären«, höre ich, wie der Kerl sich sein Grab schaufelt.

Ich grinse. Dieser Para kommt mir gerade recht, um meinen Frust abzubauen.

»Hey, Caleb. Hier, der geht auf mich.« Der Barkeeper, Josh heißt er, glaube ich, reicht mir einen weiteren Whiskey. Ich greife aus Reflex nach dem Glas mit dem Doppelten.

»Steve, Stacey, macht euch nach Hause. Caleb ist ein Freund von mir, nicht wahr, Kumpel? Er ist heute nicht in Höchstform. Ein Trauerfall im Orden.« Die letzten Worte raunt er halb verschwörerisch, als wäre ich gar nicht anwesend. Bestimmt denkt er, ich wäre wegen Zac so durch den Wind und hier unten, anstatt oben, wo normalerweise die Vigilanten sind.

Wenn er wüsste, dass ich genau da bin, wo ich hingehöre: bei den Monstern!

Der Vampir atmet tief ein und nickt, bevor er mit der Frau geht, nicht ohne noch einen bösen Blick auf mich zu werfen. Aber allein, dass er nun weiß, dass ich ein Mitglied des Ordens bin, reicht, um seinen Kampfeswillen verpuffen zu lassen.

Schade, ich hätte einen Kampf begrüßt.

Josh sieht mich ebenso vorsichtig wie missbilligend an: »Caleb, Sie sollten wirklich nicht hier unten auf Konfrontationskurs gehen. Die Paras sind im Moment sehr dünnhäutig.«

Seine Worte sind wie ein Eimer kaltes Wasser, der über mir ausgegossen wird, und mir wird klar, wie kurz ich davorstand, einen offenen Streit zu riskieren und eine Kneipenschlägerei anzuzetteln. Im *Olde Cheese*. Mit einem riesigen Vampir.

Ich stürze den Doppelten hinunter, nicke Josh zu und lege eine Zwanzig-Pfund-Note auf den Tresen. »Stimmt so. Danke. Du hast was gut bei mir.« Als ich mich umdrehe, um zurück zum Tisch zu gehen, blicken mich zwei blaue Augen vorwurfsvoll an.

Shit, was macht ausgerechnet sie hier?

KAPITEL 20

Caleb

»Verdammt, Caleb, was machst du hier?«

Sally sieht beinahe noch niedlicher aus als sonst, wenn sie sauer ist. Ich verstehe nur nicht, warum sie gerade ausgerechnet auf mich eine Aggression hegt – ich kann als erwachsener Nekromant wohl einen oder zwei Drinks nehmen, ohne eine Obscura um Erlaubnis fragen zu müssen.

»Wonach sieht es deiner Meinung nach denn aus, Red?« Meine Stimme klingt ein wenig verwaschen und nicht ganz so souverän, wie ich es gern hätte. Offensichtlich wirkt der Alkohol langsam. *Gut so.*

Sally funkelt mich an und hebt missbilligend eine Augenbraue. Es wäre eindrucksvoller, wenn sie dabei nicht den Kopf in den Nacken legen müsste.

»Du besäufst dich, inmitten von Paras, am Abend vor Halloween. Danach sieht es aus.« Ihre Worte sind so leise, dass ich mich anstrengen muss, sie in dem Stimmengewirr des Gewölbekellers zu verstehen.

Verdammt. Halloween. Sie hat recht – ich muss fit sein.

Nicht der ideale Tag für einen Kater, und die *Eishexe* würde es mehr als nur ein wenig missbilligen, wenn ich mir ein zweits Mal etwas zuschulden kommen lassen würde. Ich bin noch auf Bewährung als Teamführer. Trotzdem kann ich vor der rothaarigen Obscura jetzt nicht klein beigeben. So weit kommt es noch. Ich mag mein Leben nicht mehr unter Kontrolle haben, aber was ich wann trinke, ist ganz allein meine Sache. Nicht ihre. Sie ist ja nicht meine Freundin.

»Und das tangiert dich aus welchem Grund?«

»Ich dachte, wir wären Freunde! Geh in den Orden, du dämlicher Hornochse! Du gefährdest deine Karriere!«

Sie hat schon wieder recht. Aber ich habe nach allem, was ich heute erfahren habe, doch sowieso keine Karriere mehr – was sie ja nicht wissen kann. Und außerdem: Falls es wirklich einen Ausweg aus dieser Nekromanten-Sache geben sollte, dann würde ich mich ärgern, wenn ich es mir jetzt mit dem Orden versaue.

»Ja, ich geh in den Orden, aber nicht, weil du es gern hättest oder befiehlst, du kleiner Putzdrachen. Ich hasse nur vorwitzige Obscura in Zwergengröße, die mir sagen, was ich zu tun habe. Also überlasse ich dir den Pub. Denn wenn du hier bist, hab ich keine Lust mehr zu feiern. Viel Spaß, Red.«

Sie sieht merkwürdig erleichtert aus und scheint mir meine Worte und die Beleidigung nicht mal übel zu nehmen.

»Geh nach Hause, Caleb. Morgen ist ein wichtiger Tag.«

Ohne einen weiteren Abschiedsgruß dränge ich zum Ausgang. Sie hat mir den Abend verdorben, andererseits bin ich froh, dass sie es getan hat. Sally ist ein wahrer Freund, und ich werde mich entschuldigen müssen, wenn ich morgen einen klaren Kopf habe. Sie ist der einzige Freund, den ich noch habe, und das sollte ich zu schätzen wissen.

*

Draußen fühle ich mich schlagartig wacher, als die Tür des Pubs sich hinter mir schließt. Sally hat es tatsächlich geschafft! Sie hat mich aus dem *Olde Cheese* dirigiert, indem sie an mein Pflichtbewusstsein appelliert hat. Ich frage mich, warum sie da war. Aber vermutlich hat sogar sie irgendwann mal Feierabend und amüsiert sich.

Ich habe ihr zwar gesagt, ich würde in den Orden zurückgehen, aber zuerst brauche ich einen klaren Kopf. Auch wenn es noch nicht genug Alkohol war, um mir meine Situation erträglich zu trinken, es war zu viel, um Victoria im Orden in die Arme zu laufen, ohne dass mein Zustand ihr auffallen und sie mich deswegen zur Verantwortung ziehen würde.

Ich wende mich nicht in Richtung *Two Temple Place*, wie versprochen, sondern drehe mich um und gehe auf die *Fleet Street* zurück. Es ist inakzeptabel, dass ich einen Tag vor Halloween so von der Rolle bin. Und eigentlich sollte ich Sally für ihr Eingreifen dankbar sein, aber ich bin angefressen, weil sie mir meine Sauftour vermiest hat. Selbst wenn es das Beste war, was heute jemand für mich getan hat. Dennoch, sie hat mich bevormundet, und das vor allen Anwesenden. So was kann ich nicht zulassen, sie untergräbt damit meine Autorität.

Der Nieselregen hat aufgehört, aber die Luft ist noch schwer und feucht. Kurz überlege ich, in die *The Old Bell Tavern* zu gehen, aber wenn mich Sally dabei erwischt, packt sie bestimmt ihren Staubwedel aus, um mich damit zu verprügeln. Der Gedanke sorgt für ein kurzes Zucken meines Mundwinkels. Sie ist schon eine herrische kleine Person. Herrisch, verantwortungsbewusst und sexy.

Ich versuche, dem Drang, meinen *Old-Cheese-Eskapaden* noch ein paar *Old-Bell-Eskapaden* hinzuzufügen, nicht nachzugeben, und laufe die *Fleet Street* hinunter. Es ist dunkel, nur die gelben Lichter der Straßenlaternen hauchen der Szenerie einen Film-Noir-Charme ein und erleuchten den Weg zur *Millennium Bridge*, den ich einschlage. Ich brauche den frischen Wind des Flusses, das Schlagen der Wellen im Auf und Ab der Gezeiten, die mir Ruhe und Frieden geben und die man nur hier an der Themse so wahrnehmen kann. Kein Fluss auf dieser Welt ist so sehr mit seiner urbanen Heimat verbunden wie die Themse mit London.

Wie von selbst beschleunigen sich meine Schritte, bis ich die *City of London School* passiert habe und auf Höhe der *Millennium Bridge* bin. Hinter mir erhebt sich die Kuppel von St. Pauls, erhaben und effektvoll beleuchtet, während ich zügig auf die Fußgängerbrücke zulaufe. Von hier erscheint die filigrane Stahlkonstruktion nur wenig imposant. Viel besser kann man die architektonischen Besonderheiten der Hängebrücke vom anderen Ufer oder von der Themse aus bewundern.

Der Wind wird kälter und stärker, aber genau das ist mir willkommen. Er bläst mir den Kopf frei, der schwer ist, von all dem Grübeln, dem Selbstmitleid und nicht zuletzt vom Alkohol. Ich gehe mir langsam selbst auf den Wecker. Es wird Zeit, ein wenig fokussierter zu werden.

Vereinzelt kommen mir durchgefrorene Touristen entgegen, die sich von den beleuchteten Gebäuden animieren lassen, ihre Handys zu zücken. Und ein paar Londoner, deren raumgreifende Schritte einem guten Beobachter verraten, dass hier jemand unterwegs ist, der das Terrain kennt. Kein Staunen in Richtung der Sehenswürdigkeiten, kein Zucken wegen der Wetterkapriolen oder hektisch auf der falschen Seite des Weges herumspringender Touristen. Londoner sind wie der Strom, der durch diese Stadt fließt: selten vom Weg abzubringen und unerschütterlich.

Ich erreiche die Brücke und halte erst an, als ich in der Mitte angekommen bin. An das Geländer gelehnt, starre ich auf die Tower Bridge, die von hier aus noch gut zu erkennen ist. Das Dead Mans Hole ist dort, und bestimmt ist unten in der Tiefe gerade ein Earl Grey fertig, um Lili und den Doc zu wärmen.

Warum kämpfe ich eigentlich gegen diese Nekromantie-Sache an? Warum akzeptiere ich es nicht einfach?

Seit Zac nicht mehr im Orden ist, seit ich die Regeln infrage stellen muss, um zu überleben, seitdem fühle ich mich nicht mehr zugehörig, ausgestoßen – und seltsam einsam.

Paranormal. Nekromant!

Der Gedanke, dass ich nun ein paranormales Wesen bin, ist surreal. Mir ist ein wenig flau, was aber am Alkohol liegen könnte, auch wenn ich das nicht glaube. Sich einzugestehen, dass Angst das vorherrschende Gefühl ist, auch wenn es nur die Angst vor dem Ungewissen ist, ist schwerer, als ich gedacht habe. Und der Gedanke, jemanden zu verletzen oder zu töten, indem ich dunkle Magie – Blutmagie – nutze, besorgt mich zutiefst, ebenso die Vorstellung, nie mehr zaubern zu können.

Habe ich überhaupt noch eine Zukunft?

Ich wünschte, es gäbe ein Zeichen, einen Hinweis, was ich tun kann oder sollte. Möglichst etwas, das meinen Tod oder meine Löschung nicht mit einschließt.

Als ob die Lösung unter mir liegen würde, starre ich auf die grau-braune Wasserfläche. Doch anstatt Erleuchtung zu finden, fühle ich mich auf einmal bedroht von den unruhigen, wild schlagenden Wellen. Sie erinnern mich an die Golden Hinde und den Kampf mit der Sirene.

Ein ungutes Gefühl überkommt mich. Ich bin schlagartig nüchtern und springe erschrocken zurück, wobei ich gegen einen Mann pralle, der mich festhält.

»Hey, Kumpel, vorsichtig!« Die Stimme klingt freundlich – und ist mir nur zu bekannt.

Unmöglich, oder? Er kann es nicht sein.

Ich drehe mich um, starre in stahlblaue Augen, die mich amüsiert-nachsichtig mustern. Die schwarzen Haare sind vom Wind zerzaust, und der lange Wollmantel macht das nur zu vertraute Bild komplett. Bevor ich mich von dem Schock erholt habe und etwas total Falsches sagen kann, tritt Tom Waringham einen Schritt zurück und lässt mich los.

»Immer aufpassen. Die Themse ist kalt um diese Jahreszeit, vor allem für jemand, der wie eine nervöse Gazelle hin und her springt.« Mit einem »Gute Nacht« dreht Tom sich um und geht zügig weiter.

Ich bin wie paralysiert. Tom weiß nicht, wer ich bin. Vermutlich hält er mich für einen der vielen Touristen. Wäre da nicht der melancholische Ausdruck um seine Augen, hätte ich mich täuschen lassen. Sein Gang ist genauso kraftvoll und zielstrebig wie früher.

Ohne sich umzusehen, entfernt er sich immer weiter, während ich ihm hinterherstarre, als hätte ich einen Geist gesehen. Und in gewisser Weise trifft das auch zu. Er ist ein Geist, zumindest für den Orden.

Mit ausreichend Abstand, um unbemerkt zu bleiben, laufe ich ihm hinterher. Es ist beruhigend, zu sehen, dass es ihm zumindest oberflächlich gut geht. Und ich bin neugierig, wo er hinwill.

Seine Anwesenheit ist für mich in diesem Moment ein Lichtblick und vielleicht auch ein Zeichen. Er hat nie aufgegeben und sich seinen Fehlern immer aufrecht, mutig und mit Würde gestellt. Und genau das sollte ich auch tun.

Tom war immer ein Vorbild für mich. Er hätte die Sache mit der Sirene vertuschen können, aber er hat es nicht getan. Aus seinem Verhalten habe ich gelernt, dass es einen Punkt gibt, an dem es nur noch Richtig oder Falsch geben kann. Und den bestimmt nicht der Orden. Den bestimmt jeder für sich selbst. Wenn ich das auch schaffe, gewinne ich, egal, wie diese Sache für mich ausgeht. Allerdings ist eine Löschung keine Alternative für mich, denn ich möchte nicht an Menschen, die ich mag – die ich gemocht habe –, vorbeigehen, ohne sie zu erkennen, und alles vergessen, was ich erlebt und getan habe. So wie Tom.

Kurz bevor Tom in die Fleet Street einbiegt, bleibt er bei einem Herrenausstatter an der Ecke der Kreuzung stehen und bewundert die Auslage, knapp und effizient wie eh und je. Seinen guten Geschmack hat er offensichtlich nicht verloren. Auch heute Abend sieht er gepflegt aus, so wie früher: Dunkle Lederschuhe, schwarze Stoffhose, und ich wette, er trägt ein Hemd, in Blau oder Weiß. Wenn da nicht diese Leere in seinem Blick gewesen wäre, als er mich festgehalten hat, könnte man meinen, er wäre noch der Alte.

Ich folge Tom weiter und registriere, dass er auf das *Olde Cheese* zusteuert.

Warum sollte er ausgerechnet dorthin gehen? Das ist merkwürdig.

Er biegt ab in den schmalen Durchgang, der zum Pub führt.

Vor der Eingangstür hält er kurz an, als würde er überlegen. Dann öffnet er die Tür, und ich will gerade hinter ihm in den Pub schlüpfen, als ich aus dem Augenwinkel rote Haare aufblitzen sehe, direkt an der Bar im Erdgeschoss. Ein unverkennbares Rot – und auf einmal frage ich mich, was Sally heute hier treibt. Und wie es sein kann, dass ausgerechnet jetzt Tom hier aufkreuzt.

Sie hatte vorhin nicht angeboten, mich zu begleiten. Im Gegenteil, sie schien sehr darauf erpicht zu sein, mich schnellstmöglich aus dem Pub und in den Orden zu bekommen.

Was läuft hier eigentlich?

Meine Neugierde ist geweckt. Inzwischen ist auch die Wirkung des Alkohols verschwunden, und ich fühle mich wieder wie ich selbst. Hier ist ein Rätsel, eine Ermittlung, die es zu lösen gilt.

Ich ziehe mich zurück und gehe an der dunklen Holztür vorbei. Einige Meter weiter ist ein Haus, dessen Kellereingang mich gut verbirgt, mir aber eine perfekte Sicht auf den Eingang der Bar gewährt. Das schwarz-goldene, schmiedeeiserne Zäunchen ist kein Hindernis, ich springe schnell darüber und gehe einige Stufen in die Dunkelheit hinab, bis ich sicher bin, dass man mich nur wahrnimmt, wenn man direkt vor dem Kellereingang steht. Ich vermisse mein Katana. Ohne das Schwert fühle ich mich nackt.

Wie zur Hölle ist es so weit gekommen, dass ich Jagd auf eine Freundin mache? Und was zum Teufel treibt Sally da drin?

Sie ist im Pub und Tom auch. Und ich glaube schon lange nicht mehr an Zufälle.

KAPITEL 21

Sally

Ich drängele mich wieder in den Pub. Die Tür fällt hinter mir zu, und ich hoffe, Caleb geht tatsächlich zurück ins Ordenshaus.

Anstatt zur Damentoilette wende ich mich der Theke im Erdgeschoss zu. Ich habe Glück und ergattere einen freien Platz, als gerade eine Gruppe gehen will. Der Barhocker ist wie immer etwas zu hoch für mich, mir wäre es lieber gewesen, auf der gemütlichen Bank am Fenster zu sitzen. Aber von dort hat man keine freie Sicht auf den Eingang des Pubs, weshalb ich mich in unbequemer Haltung an die Theke lehne, eine halbe Pobacke auf dem Hocker, die Ärmel meines Parkas um meine Hüften geschlungen, damit niemand meine Jacke klaut.

Ich frage den Barkeeper, ob er meinen Freund gesehen hat, und beschreibe ihm Toms Aussehen. Er schüttelt den Kopf, und ich bestelle einen halben Pint dunkles Samuel Smith bei ihm, nippe aber nur daran.

Mein Blick liegt auf dem Durchgang zum schmalen Eingangsflur und der Treppe nach oben. Jeder, der den Pub betritt, muss hier vorbei, und bei jedem Luftzug, der das Öffnen der Vordertür anzeigt, steigt Aufregung und leise Hoffnung in mir hoch, es könnte Tom sein.

Wie es wohl ist, ohne Erinnerung zu leben?

Wird Tom einfach einen Job annehmen, eine Frau kennenlernen, eine Familie gründen und glücklich werden? Wäre es grausam, ihm seine Erinnerungen an die Magie und das Leben im Orden zurückzugeben, wenn er doch nie wieder zu seinen alten Freunden zurückkehren kann?

So gerne ich Tom Waringham zurückhätte: Ohne Begnadigung

des Ordens wird er immer ein Ausgestoßener sein. Allerdings wüsste ich nur zu gerne, warum man ihn so hart bestraft hat. Ging es wirklich nur darum, dass er eine Liebesaffäre mit einer Sirene hatte? Oder wollte man ihn loswerden?

Meine Gedanken kreisen um den Burberry-Knopf, den ich am Tatort in der Fabrik in Limehouse gefunden habe. *Hat Tom den Knopf Victoria gezeigt? Hat er sie beschuldigt? Wurde er deswegen verstoßen?*

Ich nippe an meinem dunklen Ale, das meine Nerven beruhigt und mich zusammen mit der stickigen Wärme des Schankraums müde macht. Eine Gruppe angetrunkener Männer neben mir unterhält sich lautstark über eine Wette, die einer von ihnen verloren hat. Aber ich bekomme nicht mit, worum es bei der Wette ging, nur, dass er eine weitere Runde ausgeben muss.

Allmählich frage ich mich, ob Tom überhaupt noch hier auftauchen wird.

Der Barkeeper stülpt ein weiteres Glas über einen Zapfhahn, das Zeichen, dass das Fass leer ist.

Ich sitze schon zu lange hier.

Da betritt Tom das Pub.

Es ist der gute, alte Tom Waringham, wie ich ihn kenne. Er trägt den gleichen auf Maß geschneiderten Mantel und macht einen gepflegten Eindruck. Ganz anders als das letzte Mal, als ich ihn gesehen habe und der Orden ihn auf einer Parkbank zurückgelassen hat.

Mein Herz klopft.

Toms Blick schweift über die Menge, als suche er nach einem bekannten Gesicht. Oder auch nur nach überhaupt etwas Vertrautem. Sein Ausdruck ist verwirrt und melancholisch. Es bricht mir das Herz.

Ich ducke mich hinter einem Gast an der Theke, als Toms Blick zu mir herüberschweift. Er darf mich nicht sehen.

Obwohl … würde er mich überhaupt erkennen?

Kann ich das riskieren?

Auf einmal wird mir die Tragweite meiner Handlung klar. Denn es ist tatsächlich möglich, Erinnerungen wiederherzustellen. Und vielleicht könnte Tom sein Gedächtnis komplett zurückbekommen, wenn sein Erinnerungsbuch vernichtet würde. Er wäre dann wieder ein Magier und würde sich an uns und sein Leben im Ordenshaus erinnern. Allerdings würde der Orden diese Tat als Schwerverbrechen ahnden.

Dennoch, ich muss ihm irgendwie helfen.

Ich rutsche vom Barhocker und ziehe meinen Parka und die Kapuze über. Mit gesenktem Kopf drängele ich mich durch die Menge und stoße gegen Tom.

»Schulligung«, murmele ich, während ich blitzschnell die Postkarte aus meiner Hand in Toms Manteltasche verschwinden lasse.

»Nicht so stürmisch, Darling«, antwortet Tom mit seiner tiefen, wohlvertrauten Stimme, der über meinen Anrempler nicht genervt zu sein scheint.

Es kostet mich meine ganze Überwindungskraft, nicht zu ihm hochzuschauen und ihn anzulächeln, um ihn zurücklächeln zu sehen, sondern stattdessen mit gesenktem Kopf weiter zum Ausgang zu eilen. Auch wenn es mir das Herz bricht, schlüpfe ich aus der Tür des Pubs hinaus in die Gasse, ohne mich noch einmal umzudrehen. Zum Glück folgt Tom mir nicht, er scheint mich nicht erkannt zu haben. Und er hat wohl auch nicht mitbekommen, wie ich ihm die Postkarte zugesteckt habe.

Ich hoffe, die Erinnerung wird zurückkehren und ihn dazu bringen, London ein paar Tage zu verlassen, um in Bath, wo er Sam Johnsons Schutz nicht braucht, seinen Gedächtnislücken nachzujagen. Und bis dahin habe ich die Sache mit den Werwölfen hoffentlich geregelt.

Ich laufe die Fleet Street herab in Richtung Ordenshaus, an einem dunklen Hauseingang vorbei. Jemand packt mich an der

Schulter. Ich bin so sehr in Gedanken, dass ich die Gestalt, die dort gelauert hat, zu spät bemerkt habe.

»Caleb?!«

»Was wolltest du im Pub?« Calebs Stimme ist ruhig, aber sein Blick wirkt verärgert.

Warum ist er so wütend?

»Nur ein Bier …«

»Genau an dem Abend, an dem Tom dort auftaucht?«

Ich versuche, ihm auszuweichen, doch er blockiert mir den Weg. »Solltest du nicht schon längst wieder im Orden sein?«

»Du führst doch was im Schilde.«

»Ich hatte keine Ahnung, dass Tom auch da sein würde. Ich habe mich total erschrocken, als ich ihn eben gesehen habe, und bin sofort gegangen!«

Caleb blickt mich noch immer misstrauisch an, weshalb ich eine andere Taktik einschlage.

»Du warst doch auch da. Ich könnte dich also das Gleiche fragen.«

Calebs Miene wird entspannter. »Was, meinst du, wollte er im *Cheese*? Hat er sich erinnert?«

Ich schlucke. Ich kann hören, wie sehr Caleb sich das wünscht. Genauso sehr wie ich. »Eher nicht. Das *Olde Cheese* ist einer der besten Pubs in London. Und Tom mochte schon immer nur das Beste.«

Caleb lächelt. »Ja, so ist er.« Er schweigt einen Moment, fährt sich mit den Händen durch die kurzen Haare. »Entschuldige. Heute ist nicht mein Tag. Ich sehe wohl Gespenster.«

»Kein Problem. Meine Nerven liegen auch blank. Komm, wir gehen zurück zum Ordenshaus.«

Wir laufen schweigend nebeneinander her, während wieder einmal leichter Regen einsetzt. Ich sage ihm lieber nicht, was ich getan habe. Er war jetzt schon so wütend, wie wird er da erst reagieren, wenn er erfährt, dass ich an Toms Erinnerungsbuch herumgepfuscht habe? Als Vigilant wäre es seine Pflicht, mich anzuzeigen – und wir haben beide schon genug Regeln gebrochen.

KAPITEL 22

Kaitlin

Halloween. Für einige Menschen ein ganz normaler Tag. Für uns Magier allerdings mit viel Arbeit verbunden. Nachdem ich in den letzten Tagen wieder einmal jede Menge Zeit darauf verwendet habe, den ängstlicheren Mitgliedern des Ordens zu erklären, dass sie sich keine Sorgen zu machen brauchen, solange sie sich nicht in der Nähe einer Kneipe oder eines Pubs aufhalten, habe ich heute wieder etwas mehr Ruhe an meinem Informationstresen.

Adam sortiert einige Bücher weg, die ich in der Nacht noch gelesen habe. Weitere Informationen zur Nekromantie habe ich jedoch nicht gefunden, was mich wirklich stört. Immerhin besitze ich die größte magische Bibliothek weit und breit. Wenn ich nicht herausfinden kann, was mit Caleb passiert, wer dann?

»Lady Kaitlin, sind Sie sicher, dass ich mit diesem Trank den Schleier um mich herum verstärken kann?« Der ältere Magier mit dem grauen Vollbart vor mir deutet auf das Fläschchen, das ich ihm kurz zuvor gereicht habe. Seine Finger zittern, aber er sieht ansonsten beherrscht aus.

Ich frage mich, warum er den Schleier um sich verdichten möchte. Ob er wohl Angst vor der Rache eines kürzlich Verstorbenen hat? Oder will er einfach nur einer ehemaligen Freundin nicht begegnen?

Viele Fragen kommen mir bei den Wünschen der Magier, aber ich stelle keine einzige von ihnen. Es steht mir nicht zu, und wenn ich ehrlich bin, interessiert es mich auch nicht.

»Natürlich. Niemand wird Sie heute Nacht belästigen«, versichere ich ihm und nicke dem Nächsten zu, vorzutreten.

Nur zögerlich geht der Bartträger beiseite und beobachtet mich noch einen Moment. Ich drehe mich noch einmal zu ihm. »Mr Ford, wären Sie so freundlich und würden einen gewissen Diskretionsabstand halten?«

»Entschuldigen Sie. Einen schönen Tag noch.«

So geht es die nächste Stunde, bis ich alle Anfragen abgearbeitet habe. Mein Vorrat an Tränken neigt sich langsam dem Ende zu, und ich fürchte, ich muss demnächst einige Zutaten wieder aufstocken.

Da räuspert sich Adam neben mir, und mir kommt eine Idee: Ich lasse ihn diese Zutaten holen. Noch etwas, womit ich ihn beschäftigen kann. Langsam drehe ich mich zu ihm um und sehe ihn erwartungsvoll an.

»Die Bücher sind wegsortiert. Interessante Bettlektüre, wenn ich das sagen darf.«

»Wie meinen Sie das?«

Dass Calebs Bruder nicht auf den Kopf gefallen ist, ist mir nicht entgangen. Ich kann nur hoffen, dass er nicht die falschen Schlüsse aus meiner Lektüre zieht, sonst muss ich die Suche bald besser vor ihm verheimlichen und Sally die Bücher wegsortieren lassen. Sie weiß, wieso ich gerade dieses Thema nachschlage. Aber Adam darf es auf keinen Fall herausbekommen. Sonst haben wir alle ein großes Problem.

»Als ich die grausamen Rituale des Paraquälers Abraham Zwanziger das erste Mal gelesen habe, ist mir übel geworden. So etwas vor dem Schlafen zu lesen ist mutig.«

»Papperlapapp.« Ich winke gelangweilt ab. »Wenn Sie jemals die markanten Zeichnungen und Journale des jungen Hamid Arabi lesen, dann reden wir weiter. Dagegen sind die Ritualbücher von Zwanziger harmlose Kinderbücher.«

Adam fallen beinahe die Augen heraus. »Sie haben Journale von Hamid Arabi gelesen? Die sind äußerst selten und gelten in Paris als verschollene Bücher.«

»Das liegt daran, dass niemand sich die Mühe macht, sie aus dem Altarabischen zu übersetzen.« Den Stolz kann und will ich nicht aus meiner Stimme verbannen. Immerhin gibt es nicht mehr viele Gelehrte auf der Welt, die dazu in der Lage sind. Vielleicht noch einige Historiker, aber das war es dann auch.

Adam hebt eine Hand, als wolle er mich ausbremsen. »Moment, wollen Sie damit andeuten, dass Sie im Besitz eines dieser Journale sind?«

»Selbstverständlich.« Ich gehe zu meinem Vorratsschrank und beginne, eine Bestandsaufnahme zu machen.

»Kann ich es sehen?« Ehrfürchtig folgt Adam mir.

»Nein.«

Adam zögert einen Moment, ehe er nachhakt. »Und warum nicht?«

»Weil Sie noch nicht so weit sind, um in die Innere Bibliothek vorgelassen zu werden.« Schlicht und einfach. Außerdem versuche ich immer noch die Ausbildung von ihm zu verzögern, damit Sally eine faire Chance hat, sollte es jemals zu einer Stichwahl kommen. Sie ist Adam gegenüber deutlich im Nachteil, das kann ich nach den ersten Wochen mit ihm bereits sagen. Adam hat Erfahrung, ist ein ausgebildeter Magier und versteht sich auf Bücher.

Einzig die Begeisterung, mit der Sally die Folianten berührt, fehlt ihm. Für ihn sind es zwar auch wundervolle Erzeugnisse geistiger Wissenschaft, aber längst selbstverständlich. Sally betrachtet die Bücher mit der kindlichen Begeisterung, die ich mir von einem Bibliothekar wünsche. Niemals das Wissen als selbstverständlich hinzunehmen ist für mich eine Grundvoraussetzung bei der Ausbildung, und diese erfüllt Sally umso mehr. Damit ist ihr Verstand offener für neue Entdeckungen.

»Wann werde ich es denn sein?«

Ich seufze. »Das obliegt meiner Entscheidung, und aktuell befinde ich Sie für noch nicht fähig, die Innere Bibliothek zu betreten.«

»Darf ich den Grund dafür erfahren? Immerhin ist meine Expertise im Umgang mit alten Folianten und Magierwerken nicht von der Hand zu weisen.«

Erneut drehe ich mich zu ihm und sehe ihm direkt in die Augen. Was ich zu tun gedenke, wird ihn verletzen, das ist mir bewusst, aber mir bleibt keine andere Wahl. Abgesehen von der Tatsache, dass dort unten noch Bücher offen herumliegen, die meine Forschung zur Nekromantie deutlich besser beweisen als die grausame Nachtlektüre, auf die Adam mich angesprochen hat, will ich Sally schützen.

»Und genau diese Überheblichkeit ist es, die mich davon abhält.« Treffer versenkt, hätte meine Schwester lautstark gebrüllt.

In Adams Gesicht entgleisen für einen Moment seine sonst durch Manieren und Erziehung so fest verankerten Muskeln, und ich sehe die Kränkung. »Möchten Sie damit andeuten, dass ich zu schlau bin, um vorgelassen zu werden?«

»Natürlich nicht.« Ein klein wenig von seinem Bruder Caleb kommt in ihm durch. Das erste Mal erkenne ich einen ähnlichen Wesenszug zwischen den beiden sonst so verschiedenen Brüdern. »Nur zu voreilig. Geduld ist eine Tugend, die man in der Bibliothek jederzeit wie einen Mantel tragen muss. Wenn wir nicht geduldig mit den Büchern sind, werden sie es auch nicht mit uns sein und uns ihr Wissen nicht verraten. Wenn Sie also in die Innere Bibliothek kommen möchten, dann sollten Sie aufhören, mich damit zu belästigen.«

»Sir Henry hat ausdrücklich gesagt, dass mir alle Aspekte der Ausbildung schnellstmöglich zugänglich gemacht werden sollen. Ich soll auf alle Eventualitäten vorbereitet sein.«

Dass er damit meinen vorzeitigen Tod meint, ist uns beiden bewusst, aber ich sage nichts weiter dazu. Schon zu lange warten die Aasgeier darauf, dass ich abtrete und den Platz wieder freimache für jüngeres Blut.

Kurz nach meiner Ernennung und dem Tod des vorherigen

Bibliothekars wurde mir ebenfalls ein Lehrling zugeteilt. Er war älter als ich und hielt es immerhin vier Jahre bei mir aus, ehe er seine Ambitionen aufgab und sich zu einem Gelehrten umschulen ließ. Die Aussicht, sein Leben lang nur Lehrling zu sein, hatte ihn ermüdet.

Adam hingegen hat gute Chancen, tatsächlich meinen Platz eines Tages zu übernehmen. Ich werde nicht jünger, und zu meinem Bedauern merke ich den körperlichen Verfall zunehmend. Vor allem die Kopfschmerzen bereiten mir Probleme. Doch so einfach gebe ich nicht auf. Lady Kaitlin McGregor wird ihren Platz nicht kampflos räumen. Nicht, solange ich noch so viele Ideen habe, die ich umsetzen will!

»Sir Henry mag für die Gesamtheit des Ordens zuständig sein und darüber bestimmen. Aber in meiner Bibliothek ist es immer noch meine Stimme, die zählt. Habe ich mich klar ausgedrückt, Mr O'Connor?«

Adam presst die Lippen zusammen und bringt seine Gesichtsmuskeln langsam wieder in die richtigen Bahnen. »Dann sollte diese Stimme dem Dienstmädchen klarer erklären, wo die Grenzen sind«, nuschelte er. Laut sagte er: »Klar und deutlich.«

Ich übergehe den ersten Satz, weil ich nicht will, dass er länger als nötig bei mir bleibt. Es stehen wichtigere Dinge an. »Gut. Um Ihre Geduld ein wenig auf die Probe zu stellen und auch Ihr Wissen zu testen, werde ich nach Halloween drei Aufgaben für Sie haben, Mr O'Connor. Sollten Sie diese mit Bravour – und nicht weniger erwarte ich von Ihnen nach Ihren Ankündigungen über Ihre ach so ausgezeichnete Bildung – bestehen, werde ich mir überlegen, ob Sie in die Innere Bibliothek vorgelassen werden.«

Erneut presst Adam die Lippen zusammen. Die Ankündigung scheint ihm nicht zu schmecken, obwohl ich so etwas wie Neugier und Ehrgeiz in seinem Gesicht entdecken kann. Er steht diesen Aufgaben zumindest aufgeschlossen gegenüber.

»Dann bin ich gespannt, wie die Aufgaben lauten werden.«

»Sehr gut. Und jetzt helfen Sie mir bitte, eine Liste mit Zutaten anzulegen, die ich nachher einkaufen werde.«

Es dauert einen Augenblick, ehe er nickt und zum Informationstresen zurückgeht, um Zettel und Stift zu holen. »Wenn Sie es wünschen, Lady Kaitlin, biete ich mich gerne an, die Zutaten zu kaufen. Dann können Sie sich ausruhen.«

Dieser unterschwellige Hieb gegen mein Alter, verpackt in ein Hilfsangebot, entgeht mir nicht. »Unterlassen Sie solche Anspielungen! Ich bin seit fünfzig Jahren in der Lage, diese Bibliothek allein zu führen, und habe nicht die Hilfe eines überambitionierten Jungspunds benötigt. Das hat sich nicht geändert, nur weil Sie jetzt hier aufgetaucht sind.«

Adam zuckt zusammen ob meiner lauten Worte und schaut drein, als ob ich ihn mit der Hand im Bonbonglas erwischt hätte. »Verzeihung, so war das nicht gemeint. Ich wollte lediglich meine Hilfe anbieten.«

Das glaube ich zwar nicht, aber ich gehe auf seinen Erklärungsversuch ein, um die peinliche Situation zu beenden. Immerhin müssen wir noch länger zusammenarbeiten. »Das können Sie, indem Sie Ihre Arbeit machen und mich nachher in der Bibliothek vertreten, während ich einkaufen gehe.«

»Das mache ich gerne, Lady Kaitlin.«

Ich nicke ihm zu. »Und jetzt schreiben Sie alles auf, was ich Ihnen sage.«

*

Es ist bereits nachmittags, als ich durch die Straßen von London schlendere. Die ersten Kinder sind schon verkleidet unterwegs, und ich schaue ihnen wohlwollend hinterher. Jeder, der sich an Halloween gruselig maskiert, ist vor den Geistern sicher, die an diesem Tag durch den Schleier treten. Nicht viele schaffen den Übergang, aber diejenigen, denen das gelingt, sorgen für genügend Probleme.

Ich überquere die Oxford Street und laufe an den neumodischen Bekleidungsgeschäften vorbei, die sich wie ängstliche Kinder eng aneinanderkuscheln. Als wäre es heutzutage ein tolles Marketingkonzept, möglichst viel Mode auf wenig Raum anzubieten. Mein Ziel liegt in einer kleinen, abgelegenen Sackgasse, die direkt von der Oxford Street abgeht.

Nachdem ich mich mit Adam in der Bibliothek unterhalten habe, bin ich zu dem Schluss gekommen, dass ich mir etwas einfallen lassen muss. Sonst wird er immer wieder nachhaken. Und ich halte es nicht für sonderlich klug, darauf nicht vorbereitet zu sein, immerhin hat mich diese Gedankenlosigkeit erst in diese Situation geführt.

Eine Gruppe von lachenden Kindern stürmt auf mich zu, und ich ziehe die Arme näher an den Körper heran, um ihnen möglichst wenig Angriffsfläche zu bieten.

Die frische Luft tut meinem Kopf gut, und mein Verstand arbeitet wieder deutlich effizienter als noch zuvor in den verstaubten Ausdünstungen der Bibliothek. Ich liebe diesen Geruch, wirklich, aber in den letzten Wochen scheint mein Körper nicht mehr mit meinem Herzen einverstanden zu sein. Hier draußen hingegen geht es mir besser, und ich atme freier.

»Süßes, sonst gibt's Saures«, höre ich auf einmal hinter mir. Ein Junge, vielleicht zehn Jahre, scheint das Prinzip des neumodernen Halloweens nicht verstanden zu haben und spricht die Menschen auf offener Straße an, statt an deren Türen zu klingeln.

Ich beobachte die Szene amüsiert. Der Herr, den er angesprochen hat, trägt einen Businessanzug und ist offensichtlich überfordert mit der Situation. Also lässt er den Jungen einfach stehen. Statt es jedoch dabei zu belassen, rennt der Junge ihm hinterher und bewirft ihn mit Glitzer. Der Mann versucht, die bunten Teile abzuklopfen, aber sie bleiben an dem Wollstoff haften, und bei jedem Sonnenstrahl, der durch den wolkenverhangenen Himmel dringt, glitzert er nun wie eine Pixie.

Ich schmunzele, als der als Gespenst verkleidete Junge mit einem Lachen weitergeht und seine nächsten Opfer anvisiert. Kurz frage ich mich, was seine Eltern wohl davon halten, dass er Menschen mit Glitzerkonfetti bewirft, aber schlussendlich ist mir das egal. Immerhin verwendet er keine faulen Eier.

Langsam gehe ich weiter und suche den Eingang zu der Straße. Ich runzele die Stirn, als ich den Laden nicht finde, an dem ich mich immer orientiere. Auf der rechten Seite hätte ein alter Hutmacher sein sollen. Ein ehrwürdiges Geschäft, in dem sogar einmal Queen Mum einen Hut gekauft haben soll. Ich selbst bin nie im Innern gewesen, da ich Hüte nur als unnütze Zeitverschwendung empfinde, trotz meines Ranges in der Gesellschaft. Allerdings muss ich zugeben, dass ich die Auslage stets begutachtet habe, wenn ich an dem Laden vorbeigegangen bin. Doch dieser ist nicht zu sehen.

Ich drehe mich einmal um mich selbst und suche das Straßenschild. *Stratford Place*. Die Straße, in die ich einbiegen will, ist die richtige. Aber in dem Laden an der Ecke ist kein Hutmacher. Im Gegenteil. Die Schilder sprechen vom Räumungsverkauf eines dieser Jugendmodenläden.

Ich schüttele den Kopf. Seit ein paar Monaten bin ich nicht mehr hier gewesen. Vielleicht hat der Hutmacher geschlossen und der neue Shop hat sich mit den Mietpreisen der Oxford Street übernommen. Wie auch immer, ich befinde mich am richtigen Ort und biege in die Statford Place ab.

Schwarze Metallzäune grenzen die gut gepflegten, zumeist weißen Häuser vom Bürgersteig ab, der breit genug ist, um darauf entspannt zu schlendern. Gärten findet man hier jedoch nicht.

Die Straße endet an einem alten Herrenhaus, das mit den Mauern der Nachbarhäuser verschmolzen ist. Doch als ich mich nach rechts wende, ist keine Spur von dem Laden zu sehen, den ich suche. Nur die von Baustellenfolie eingepackte Fassade des Hauses. Ein Gerüst ragt unter der Folie hervor wie Beine, die eine zu kurze Hose tragen.

Ich trete näher, doch es gibt keinen Hinweis auf den *Banyan Tree Shop*, in dem ich sonst immer meine Zutaten einkaufe. Die Auslage des Ladens zeigt Bücher, aber keine Gewürze, Pflanzen oder Kräuter. Ich betrete den Shop und schaue mich um. Es riecht wie in meiner Bibliothek, nur mit Baustellenstaub vermischt. Von den würzigen Kräutern und orientalischen Pflanzen, die hier sonst die Luft erfüllen, ist nichts wahrzunehmen.

»Kann ich Ihnen helfen?«, fragt mich eine Verkäuferin freundlich.

»Entschuldigung, wo ist denn der Kräuterladen, der hier vorher drin war?«

Das Lächeln der Verkäuferin verrutscht ein wenig, aber sie fängt sich schnell. Ein mitleidiger Ausdruck tritt auf ihr Gesicht. »Entschuldigen Sie, Ma'am, aber der ist schon seit zwanzig Jahren nicht mehr in diesem Gebäude.«

»Unmöglich. Ich war doch vor ein paar Monaten noch hier.«

»Tut mir leid, aber da müssen sie wohl etwas verwechselt haben. Ich arbeite schon seit zehn Jahren hier.«

Verwirrt fasse ich mir an den Kopf und gehe einige Schritte rückwärts. »Das … kann nicht sein.«

»Ma'am, ist alles in Ordnung?«

»Ja, ich muss mich wohl in der Adresse geirrt haben.« Rasch verlasse ich den Laden und spüre, wie mein Herz aus meiner Brust zu springen droht.

Seit zwanzig Jahren nicht mehr an diesem Ort? Wie ist das möglich? Klar und deutlich erinnere ich mich daran, dass ich noch vor ein paar Monaten hier gewesen bin, um Baldrianwurzeln, Mottenflügel und Schafgarbe zu kaufen.

Meine Gedanken rasen, während ich den Weg zurückgehe, den ich gekommen bin. Auf einmal erscheint mir die Stadt zu groß und zu laut, um zu denken. Ich nehme die Subway bis zum Orden und grübele die ganze Zeit über, was mit dem Shop passiert sein könnte. Auf eine logische Erklärung komme ich jedoch nicht.

Als ich die Bibliothek betrete, ist Adam gerade mit einem Magier beschäftigt, der mehr zu der Anwendung von Metall bei Ritualen wissen will. Ich gehe an ihnen vorbei, ohne sie zu grüßen, direkt bis zu meinem Zutatenschrank. Dort muss noch der Beleg liegen, den ich für meinen Einkauf erhalten habe.

Ich krame in der Box, finde aber keinen einzigen Beleg zu Einkäufen im *Banyan Tree Shop* aus den letzten zwei Jahren. Länger bewahre ich die Belege nicht auf. Ich setze mich auf den Sessel, der nicht weit entfernt steht, und betrachte die Schubladen mit den Zutaten. Dabei fällt mir noch etwas auf. Im unteren Teil des Schranks steht ein kleiner Karton mit Ingredienzien, die ich noch nicht wegsortiert habe. Ich stehe auf und knie mich hin, um den Karton zu öffnen.

Ein leises Keuchen entwindet sich meiner Kehle, als ich die Zutaten sehe, die ich heute eigentlich kaufen wollte. Allerdings mit einem Beleg vom Vortag und nicht aus dem *Banyan Tree Shop*. Voller Verwirrung betrachte ich die Kräuter, als Adam auf einmal hinter mir steht.

»Alles in Ordnung, Lady Kaitlin? Es klang gerade so, als ob es Ihnen nicht gut geht.«

Ich erhebe mich mit seiner Hilfe aus der knienden Position und kann meine Verwunderung kaum verbergen. Es kostet mich mehr Kraft, als ich aktuell aufbringen kann, um ihm eine heile Welt vorzuspielen, während ich selbst nicht sicher bin, ob mit mir wirklich alles in Ordnung ist. Denn ich kann mich beim besten Willen nicht daran erinnern, dass ich am Vortag einkaufen gewesen bin. Geschweige denn, wie die Zutaten in den Vorratsschrank kamen. Und das, obwohl auf dem Beleg eindeutig meine Handschrift zu sehen ist.

»Natürlich, Mr O'Connor. Beachten Sie mich gar nicht, sondern Ihre Kundschaft.«

Adam nickt und verneigt sich ein Stück weit, ehe er sich wieder zurückzieht. Ich hingegen lasse mich mit dem Karton auf den

Sessel fallen. Vor mir liegt ein Rätsel, das mich zutiefst verunsichert und von dem ich nicht weiß, ob ich es wirklich lösen möchte. Doch eine Wahl habe ich nicht.

Auf einmal höre ich ein krachendes Geräusch, und die Tür der Bibliothek fliegt aus ihren Angeln. Ruckartig richte ich mich aus meinem Sessel wieder auf. Holzgeschosse der splitternden Tür schießen in meine Richtung, und ich hebe die Arme, um mich zu schützen. Schmerzhaft bohren sich einige der Splitter in meine Haut. Durch den Staub, der sich langsam senkt, kann ich mehrere Paras mit blutverschmierter Kleidung erkennen. Angeführt werden sie von dem Ghul, der in der Neuen Arkana für einen Angriff gegen den Orden gestimmt hatte.

Mein Herz setzt einen Moment lang aus, nur um im nächsten Augenblick umso schneller und härter gegen meine Brust zu pochen.

Ein Angriff! Sie greifen uns tatsächlich an.

Verzweifelt sauge ich die Luft in mich hinein, versuche die Lähmung zu vertreiben, die sich in mir ausbreitet, während die Paranormalen wie ein Haufen Wilder in meine Bibliothek einfallen. Paralysiert starre ich in die durch die Arbeit in der Neuen Arkana so vertrauten Gesichter. Doch keiner von ihnen zögert. Mit unvorstellbarer Wut reißen sie Bücher aus den Regalen, greifen die Magier an. Als der Ghul mich erblickt, wendet er sich von den Büchern ab und rast auf mich zu. Noch immer kann ich mich nicht rühren, nur atmen. Immer schneller atmen. So schnell, dass ich glaube, meine Brust würde explodieren.

Aber egal wie schnell ich die Luft in mich ziehe, ich kann mich nicht rühren. Da wird mir schlagartig und mit aller Klarheit bewusst, dass ich diesem Angriff hoffnungslos ausgeliefert bin.

FOLGE

7

KAPITEL 23

Caleb

Als ich aufstehe, werde ich mit erstaunlich wenig Kopfschmerzen für meine gestrige Entgleisung belohnt. Offensichtlich schulde ich Sally mehr als nur ein kleines Dankeschön. Denn heute Abend wird jeder, der auch nur einen kleinen Zauber hinbekommt, auf die Jagd nach Jack O'Lantern geschickt. Einen Kater kann ich da nicht gebrauchen.

Der Orden ist heute ein wahrer Bienenstock und der Fitnessraum dank unserer Gäste so voll, dass ich beschließe, erst einmal frühstücken zu gehen. Ich komme jedoch gar nicht bis ins Hauptgebäude, Hollister Greys Stimme erreicht mich, als ich das Erdgeschoss betrete.

»Mr O'Connor, ich habe eine Lieferung, die auf der Stelle ins Labor zu Doc Brown gebracht werden muss.« Er sieht mich lauernd an, bestimmt erwartet er Protest – immerhin bin ich noch nicht im Dienst, abgesehen davon sind Botengänge auch nicht die Aufgabe eines Ersten Tatortermittlers. Offenbar sucht er Streit, doch den Gefallen, jetzt mit Victorias Stellvertreter zu diskutieren, werde ich ihm nicht tun. Seit meiner ersten Verfehlung lauert er auf einen weiteren Fehler von mir, um mich bei Victoria anzuschwärzen. Hollister ist einfach bösartig.

»Sehr gern, Sir.«

Meine Antwort überrascht ihn. Wütend drückt er mir den Umschlag in die Hand. »Es eilt. Trödeln Sie nicht.«

Ich nicke nur, und er geht davon, seine Frustration ist greifbar, sein Versuch, mich zu provozieren, im Nichts verpufft. Mit dem Motorrad ist es zum Dead Mans Hole nur ein Katzensprung – ein kleiner Preis für diesen Sieg über unseren Waffenmeister.

*

Schon eine halbe Stunde später schlendere ich auf die Tower Bridge zu. Es ist noch zu früh für Touristen, nur ein paar verschlafene Gestalten machen Fotos vom *Tower* und dem *Shard*, während ich mich dem Eingang beim nördlichen Pfeiler nähere. Ich blicke mich um, identifiziere die Zeichen und umfasse den durch einen Zauber verborgenen Knauf, um die Tür zu öffnen. Einen Moment später bin ich hinter den dicken Steinen der Tower Bridge verschwunden und steige die eiserne Wendeltreppe in die Tiefe hinab. Als ich unten ankomme, begrüßt mich Squirrel, lässig an die Wand gelehnt, mit einem »Hey, Caleb«. Sie trägt heute einen Laborkittel und hat die Haare in einem grellen Pink gefärbt.

»Anschleichen ist hier eine schwierige Angelegenheit, hm?«

Meine Frage wird mit einem amüsierten Grinsen und einem Schulterzucken beantwortet. »Wie geht es dir?«

Ihre aufrichtig gemeinte Frage tut gut, allerdings liegt eine ehrliche Antwort außerhalb dessen, was zumutbar wäre. Also greife ich zur gesellschaftlich akzeptierten Lüge. »Gut. Und dir?«

Während sie mir genauso höflich antwortet, gehen wir in Richtung Küche und Pathologie. Ich ziehe den Umschlag aus meiner Jacke. Sie nimmt ihn mir nicht ab, sondern bedeutet mir, dass ich ihr zu einem kleinen Büro am Ende des Ganges folgen soll. Es muss ihr Reich sein, überall sind Postkarten von Eichhörnchen an den Wänden, ein Käfig mit einer Wärmelampe steht auf einem Regal an der Wand, unter dem roten Licht liegt zusammengerollt ein pelziger Patient. Ein Schreibtisch ist in dem rechteckigen, fensterlosen Raum an die Wand geschoben, und vier Monitore tauchen das Büro von dort in bläuliches Licht. Auf einem kann ich Verkehrsaufzeichnungen von London sehen, und es dauert einen Moment, bis mir klar wird, dass Squirrel hier die Überwachungskameras anzapft. Überall stehen Bücherstapel auf dem Boden, mit Post-its in allen Farben darin. Sie scheint eine

Leseratte zu sein und viel zu recherchieren. Berufsrisiko, vermute ich.

»Ich nehme an, Sally hat dir gesagt, dass ich ein wenig für euch recherchiere. Ihr habt ja den Verdacht, dass Victoria etwas mit der Banshee zu tun haben könnte.«

»Ob es Victoria war, wissen wir nicht. Sally hat eine Vermutung, aber ich glaube nicht, dass sie es getan hat. Warum auch? Sie würde ihrer eigenen Abteilung damit schaden.«

Lili seufzt und setzt sich an ihren Tisch. Sie zieht mir einen Hocker heran, und ich nehme neben ihr Platz.

»Interessant, dass du Victoria in Schutz nimmst, allerdings hat Sally den richtigen Riecher gehabt, Caleb. Ich habe ein wenig in den Reisedokumenten und Abrechnungen unserer Chefin gewühlt. Sie war in Irland und dort auf einer Veranstaltung zugunsten der Kinderkrebshilfe.« Lili sagt es beiläufig, während sie komplizierte Befehle in den PC hämmert. »Weißt du, wer immer verreist und dabei Karten benutzt, Hotels bucht und sonstige Dienstleistungen in Anspruch nimmt, gibt sehr viel von sich preis. Victoria war in Irland, um dort eine antike Halskette zu ersteigern, von einer Agnes O'Connor. Klingelt da etwas bei dir?«

Ich überlege. Meine Mutter hatte eine Urgroßtante, deren Sohn eine Agnes oder Agneta geheiratet hat, aber die müsste mindestens 70 Jahre alt sein, und ich weiß nicht mal, ob die Dame noch lebt. »Ich bin nicht sicher.«

Lili grinst breit. »Ach, ich liebe Ahnenforschung, und das Internet macht es mittlerweile so einfach. Agnes O'Connor ist über zig Ecken mit dir verwandt. Und sie hat die Halskette bei der Versteigerung gestiftet, ein altes Familienerbstück der O'Connors. Und nun rate mal, wer das Kleinod gekauft hat?«

Ich rolle mit den Augen. »Suggestivfrage. Victoria, so wie du mich ansiehst.«

»Genau, die *Eishexe* war die Käuferin, aber ich glaube nicht, dass Victoria damit ihren Altruismus gefeiert hat oder ihre

Schmucksammlung aufstocken wollte. Sie kauft normalerweise Cartier, und da auch nur klassisch schlichte Stücke. Ihre Kreditkartenabrechnung ist überschaubar. Außerdem ist sie ein Geizkragen und würde niemals 25.000 Pfund für eine antike Kette ausgeben, wenn es keinem Zweck dienen würde.«

Wow. Das ist wirklich eine stattliche Summe.

»Lustige Anekdote am Rande, dein Vater hat auch auf die Kette geboten. Schätzpreis waren 7.500 Pfund. Dein alter Herr hat unsere *Eishexe* wohl ordentlich ins Schwitzen gebracht.«

Ich nehme an, beide hatten nach der Auktion eine Scheißlaune.

Lili deutet auf den Monitor, und ich sehe dort eine Folge von Bildern. Victoria in Irland am Flughafen. Victoria bei der Versteigerung. Victoria in London am City Airport. Victoria, die in ein Taxi steigt. Ein Taxi, das vor dem Highgate Cemetery hält, laut der Anzeige in der Ecke des Bildes am gleichen Abend. Victoria, die auf einen der Seiteneingänge des Friedhofs zugeht. Und Victoria, die auf dem Friedhof verschwindet.

»Leider sind auf dem Friedhof selbst nur wenige Kameras, aber ich hab trotzdem was gefunden.« Lili flüstert beinahe, und ich beuge mich gespannt vor.

Ich sehe Victoria, die auf die Katakomben zugeht. In der nächsten Einstellung nur die Katakomben, sie muss sich in einer davon befinden.

»Dort ist nur eine Kamera, die Bilder macht. Ist so eine Art Wildkamera.«

Noch weitere Bilder flimmern über den Bildschirm. Die *Eishexe*, wie sie den Highgate Cemetery verlässt, und dann ihre Ankunft mit dem Taxi im Orden. Der Bildschirm wird schwarz, und ich atme aus, mir war gar nicht klar, dass ich die Luft angehalten habe.

»Sally hatte recht, oder?« Lili klingt fragend, und ich nicke betäubt.

Sallys Instinkt ist besser als meiner, aber ich hätte nie geglaubt, dass Victoria diejenige ist, die mein Schicksal besiegelt hat.

Und ich will wissen, warum!

Ich stehe auf, ein wenig betäubt von der Erkenntnis, dass ich ausgerechnet von Victoria verraten wurde. »Danke, Squirrel. Du hast was gut bei mir.«

Sie nickt grimmig. »Holt euch die Schlampe, wenn ich euch helfen kann, tue ich es. Für Zac.«

»Für Zac.«

*

Die Fahrt zurück zum Orden vergeht viel zu schnell, als dass ich meine Gedanken ordnen könnte. Eins jedoch ist mir klar: Ich darf nicht übereilt handeln. Victoria Bannister würde sich aus jeder nicht hieb- und stichfesten Anklage herauswinden wie ein Aal. Sie ist gerissen und schon lange im Orden. Aber vor allem muss sie für all das einen triftigen Grund haben, einen, der sich mir noch verbirgt.

Und auch wenn alles in mir sofortige Vergeltung wünscht, ich brauche Beweise, um sie bei Sir Henry anzuklagen. Anders wird es nicht funktionieren.

Im Orden gehe ich direkt zur Bibliothek. Ich will herausfinden, ob es möglich ist, dass die Halskette tatsächlich in Verbindung mit der Banshee steht. Von so etwas habe ich noch nie gehört, aber das heißt nichts: Ich kenne nicht jeden existierenden Zauber. Niemand tut das.

Wut treibt mich an, so sehr, dass ich sogar bereit bin, meine Nase in die mir so verhassten Bücher zu stecken, um das Rätsel von der Kette und der Banshee zu lösen.

In der Bibliothek entdecke ich Sally, die dabei ist, Bücher wegzuräumen.

»Wir müssen reden.« Meine leisen Worte scheinen sie nicht zu erstaunen. Sie deutet auf einen Gang zwischen zwei vollbepackten Regalen, wo uns niemand sehen kann.

»Was gibt es?« Sie sieht mich aufmerksam an, auch sie flüstert.

»Du hattest recht, Sally. Victoria hat eine Kette ersteigert. Die Kette hat meiner Familie gehört. Es muss einen Zauber geben, eine Verbindung zwischen dem Erbstück und der Banshee. Aber ich brauche mehr Informationen. Wenn wir sie anklagen wollen, müssen wir herausfinden, was genau sie getan hat.«

Sally nickt, sieht mich aber fragend an. Kurz erkläre ich ihr alles, was Squirrel herausgefunden hat.

»Wir brauchen eine Verbindung zwischen einem Familienerbstück und der Banshee. Ich vermute, es gibt einen Zauber, um eine Banshee zu binden.«

»Wenn es so einen Zauber gibt, dann ist er bestimmt hier in der Bibliothek dokumentiert. Ich helf dir, lass uns loslegen.«

Ich nicke grimmig. Ich will Gerechtigkeit und die *Eishexe* dafür bestrafen, was sie Zac und mir angetan hat.

KAPITEL 24

Sally

Ich muss erst mal verdauen, was Caleb gesagt hat. Victoria im Verdacht zu haben ist eine Sache. Zu wissen, dass sie einen Tag vor Zacs Tod eine Halskette ersteigert hat und dann am Friedhof war, eine andere. Ich bin mir sicher, dass ich diese Halskette gesehen habe. Vielleicht ist sie der Beweis, dass Victoria den Tod von Zac und beinahe auch den von Caleb verursacht hat. Meine Hoffnung steigt, dass ich mein Versprechen gegenüber Sam Johnson doch noch einlösen und ihm das Herz seines Sohnes zurückbringen oder zumindest den Schuldigen überführen kann.

»Wir müssen mehr über Banshees herausfinden. Victoria hat das Wesen irgendwie mit einem Zauber manipuliert.« Ich deute auf die gewundene Treppe, die den Turm hinaufführt. Hier unten ist heute viel los, und oben gibt es private Lesesäle.

Caleb folgt mir die steinerne Wendeltreppe hinauf, und ich schließe eine der kleinen Kammern für uns auf. Außer einem großen Tisch und vier hölzernen Stehpulten ist er leer. Hier hat man Ruhe und kann ungestört Nachschlagewerke wälzen, ohne dass einem jemand neugierig über die Schulter späht.

Auf die Idee, über Banshees und ihr Verhalten nachzuforschen, bin ich noch gar nicht gekommen. Bisher haben Lady Kaitlin und ich uns auf die Nekromantie konzentriert. Das darf Caleb natürlich nicht wissen. Zudem hatten wir bislang einfach noch keine Zeit, in dieser Richtung nachzuforschen.

»Ich markiere den Lesesaal als besetzt und hole die passenden Bücher.« Das ist schließlich genau das, wofür eine Bibliothekarin da ist, und es erfüllt mich mit merkwürdigem Stolz, Caleb zur Hand zu gehen. »Was genau brauchen wir?«

»Etwas darüber, ob es möglich ist, eine Banshee mit einer Art Bindezauber an einen Gegenstand zu binden und sie so an einen neuen Ort zu transportieren.«

»Das klingt schwierig.« Wenn es so etwas gibt, dann handelt es sich um einen sehr speziellen Zauber. Und es klingt irgendwie nach verbotener Magie. So etwas findet man nur in der Inneren Bibliothek, und die ist tabu für mich. »Ich bin mir nicht sicher, ob wir so etwas in der Äußeren Bibliothek finden können. Vielleicht sollte ich Lady Kaitlin fragen?«

»Nein, lieber nicht. Wir wissen nicht, wer alles darin verstrickt ist. Möglicherweise hat Lady Kaitlin Victoria geholfen.«

Ich will meinen Mund öffnen, um zu protestieren. Lady Kaitlin hat Caleb so viel mehr geholfen, als er ahnt. Sie würde nie gemeinsame Sache mit Victoria machen. Soweit ich weiß, kann sie die Chefin der Vigilanten nicht ausstehen.

Aber Caleb hat recht. Vermutlich ist es besser, wenn wir erstmal im Geheimen forschen, bis wir Näheres wissen.

»Hm, ich schau mal, ob ich etwas finde. Aber das kann eine Weile dauern.«

»Dann besorge ich uns inzwischen Kaffee.« Caleb lächelt.

Obwohl Getränke in den Lesesälen verboten sind, sage ich nichts dagegen. Ich bin froh, dass er sich mir anvertraut hat. Und ehrlich gesagt, kann ich einen Kaffee jetzt gut gebrauchen.

Ich mache mich auf den Weg zurück ins Erdgeschoss. Auf der Theke am Eingang steht einer der Kürbisse, die Harriet, Mary und ich geschnitzt haben, die verzauberte Kerze im Inneren ist noch nicht entzündet. Das geschieht erst heute Abend bei Sonnenuntergang. Am Karteikasten mit den Querverweisen verbringe ich fast eine Stunde damit, Bücher, die Informationen über Todesfeen enthalten könnten, herauszusuchen und auf einem Stapel zu sammeln. Im Ordenshaus ist noch alles analog, eine Bestandsaufnahme mit einem Computer würde einiges erleichtern. Aber Magier sind oft sehr altmodisch.

Schließlich steige ich mit einem Stapel Bücher unter dem Arm die Wendeltreppe hinauf in die kleine Kammer. Caleb hat tatsächlich eine Kanne Kaffee besorgt, ohne dass Kaitlin oder Adam ihn erwischt haben. Ich lasse ihm das noch mal durchgehen. Der Duft weckt meine Lebensgeister.

»Da wartet Arbeit auf uns«, lächele ich ihn aufmunternd an.

Caleb verzieht das Gesicht, als hätte ich ihn gerade zu Hausaufgaben verdonnert.

Ich lege die Bücher auf den Tisch und teile sie in zwei Stapel auf. Caleb stöhnt, als ich ihm den größeren davon hinüberschiebe. Gemeinsam vertiefen wir uns in die Seiten, inmitten einer Insel aus Licht. In den düsteren Raum fällt durch die schmalen Turmfenster nur der trübe Schein eines regnerischen Tages, aber die Leselampen an den Stehpulten bilden eine warme Oase in dieser staubigen Stille von Gelehrsamkeit. Es gefällt mir, so einträchtig mit Caleb hier zusammenzuarbeiten. Es ist schade, dass er nicht öfter in die Bibliothek kommt. Sollte ich wirklich den Posten der Bibliothekarin erhalten, werde ich viel Zeit hier im Turm verbringen und nicht mehr bei Einsätzen der Vigilanten als Obscura mit anwesend sein. Der Gedanke stimmt mich traurig. Es ist aufregend, bei den Tatorten in erster Reihe mit dabei zu sein.

Caleb seufzt und verlagert ungeduldig das Gewicht von einem Bein auf das andere. Die Arbeit am Stehpult scheint ihm nicht gerade zu gefallen. »Gibt es hier keine Sessel?«

»Nur den von Lady Kaitlin, alle anderen müssen in den Lesesälen mit Stehpulten vorliebnehmen.«

»Barbarisch.«

»Wahrscheinlich hofft Kaitlin, dass die Besucher dann schneller gehen und sie ihre Ruhe hat.«

Caleb schmunzelt. »Das klingt nach ihr.« Er räuspert sich. »Vielleicht wird das ja anders, wenn Adam den Laden übernimmt. Ich kann ihn bestimmt überreden, ein paar bequeme Ledersofas aufzustellen und Sessel im Turm zu verteilen.«

Der Gedanke behagt mir gar nicht. Zwar hätte ich nichts gegen ein paar Sessel, vor allem nicht, wenn das heißen würde, dass Caleb dann öfter hier auftaucht. Aber Adam als neuer Leiter der Bibliothek bedeutet, dass Kaitlin meine Ausbildung nicht abschließen wird und ich dann zum Putzen zurückkehre.

»Vielleicht wählt Lady Kaitlin jemand anderen als Nachfolger …«

»Wer weiß«, meint Caleb desinteressiert und blättert eine Seite um. »Was ist mir dir?«, fragt er plötzlich, und ich zucke zusammen.

Kann er Gedanken lesen?

»Willst du dein ganzes Leben ein Dienstmädchen bleiben?«

»Was hast du dagegen, wenn ich ein Putzdrache bleibe?«, schnappe ich schärfer zurück als gewollt. Ich mag es nicht, wenn jemand andeutet, mein Job wäre etwas Minderwertiges. Wir Mädchen leisten jeden Tag gute Arbeit. Arbeit, die ganz und gar nicht leicht ist.

Caleb ist nicht entgangen, dass seine Bemerkung bei mir nicht gut ankam, und will etwas hinterherschieben.

Ich falle ihm ins Wort, noch bevor er etwas sagen kann. Dieses Mal etwas sanfter: »Du verstehst das nicht. Ich habe mein ganzes Leben im Ordenshaus verbracht. Ich bin zwar auf eine öffentliche Schule gegangen, aber ich habe keine Ausbildung oder so. Wenn ich einen anderen Beruf ergreife, müsste ich das Ordenshaus verlassen. Und dann wird man mir meine Erinnerungen nehmen, weil ich als Dienstmädchen zu viel über den Orden und Magie weiß. Mir bleibt nur, hier weiter zu arbeiten, wenn ich nicht die Menschen, die mich großgezogen haben, vergessen will.«

Caleb sieht mich traurig an. »Das habe ich nicht gewusst.«

»Meine Mutter hat mir keinen Gefallen damit getan, zu sterben«, sage ich sarkastisch.

»Das tut mir leid, Sally. Was ist mit deinem Vater?«

Ich beiße mir auf die Lippen. Ich möchte Caleb nicht auf die Nase binden, dass ich keine Ahnung habe, wer mein Erzeuger ist.

Das klingt dann so, als wäre meine Mutter sehr freizügig gewesen und hätte sich von einem One-Night-Stand schwängern lassen.

Aber vielleicht war es ja auch so.

Ich klammere mich an die Vorstellung, dass es stimmt, was Lady Kaitlin mir über meinen Vater erzählt hat: Dass meine Mutter sehr verliebt gewesen war, und er auch in sie.

»Der ist fort«, sage ich vage.

Caleb ist aus gutem Haus, seine Familie hat einen Stammbaum und einen Familiensitz in Irland und was weiß ich noch alles. Sein Bruder trägt teure Anzüge und spielt Geige und ist ein Gelehrter des Ordens. Ich bin nur das Dienstmädchen und ein Waisenkind mit unklarer Herkunft. Dennoch gibt mir Caleb nicht das Gefühl, dass ihn das stören würde. Nicht mehr. Nicht jetzt. Er sieht mich an, und da ist Mitleid in seinen Augen, aber auch Verständnis.

Lady Kaitlin hat Angst, dass Caleb zu einem Nekromanten wird, aber das kann ich mir beim besten Willen nicht vorstellen, er ist so nett, er würde niemals jemandem etwas zuleide tun. Auf einmal habe ich den Drang, ihm mehr von mir zu erzählen.

»Manchmal stelle ich mir vor, wie es gewesen wäre, wenn sie mich in ein Waisenhaus gegeben hätten. Dann wäre ich zwar auch ohne Eltern aufgewachsen, aber vielleicht hätte man mich adoptiert, und ich wäre in einer ganz normalen Pflegefamilie in einem Reihenhaus mit Fernseher großgeworden. Dann hätte ich nie erfahren, dass es Magier, Ordenshäuser und paranormale Wesen gibt.«

Caleb hört auf zu lesen, er stützt die Ellbogen auf das Pult und legt den Kopf in die Hände. Seine grünen Augen sind wie tiefe Teiche.

»Es ist mir lieber so. Ich kann mir ein Leben ohne Magie nicht vorstellen. Jeden Tag im Ordenshaus bin ich stolz darauf, ein Teil der magischen Welt zu sein. Auch wenn ich nur den Boden wische.«

Caleb nickt. »Ich kann mir ein Leben ohne Magie auch nicht

vorstellen. Aber dass ich ein Vigilant geworden bin, anstatt ein gelehrter Magier, ist in den Augen meiner Familie natürlich eine Schande. Deswegen kann ich dich nur darum beneiden, dass du keine hast.« Er lächelt schief.

»Oh, ich habe eine Familie. Eine sehr große sogar. Das ganze Dienstpersonal hat mich aufgezogen. Die Köchin, Mrs Brewster, hat mir die Windeln gewechselt und mir die Flasche gegeben, und Butler Morris hat mir einmal sogar den Hosenboden versohlt, als ich vier Jahre alt war.«

Caleb lacht. »Das hattest du wohl verdient.«

»Allerdings!« Ich strahle, nicht ohne Stolz. »Seither habe ich großen Respekt vor Morris. Es reicht ein einziger strenger Blick von ihm, und ich schrumpfe zusammen. Er hätte mir vermutlich noch mehr Strafen aufgebrummt, wenn Nathan sich nicht für mich eingesetzt und behauptet hätte, es wäre seine Idee gewesen, im Astrolabium herumzuklettern.«

»Nathan? Der Sohn des Protectors?«

»Ja. Er war zwar einige Jahre älter als ich, aber wir haben manchmal zusammen gespielt. Heimlich natürlich, es sollte ja keiner mitbekommen, dass er sich mit dem Dienstpersonal abgibt. Er war eine Zeit lang mein bester Freund.«

Caleb runzelt die Stirn, sagt aber nichts.

»Ich liebe das Ordenshaus, Caleb. Es ist mein Zuhause. Ich möchte nirgendwo anders wohnen.«

Und vielleicht werde ich eines Tages ja auch kein Dienstmädchen mehr sein, sondern eine Magierin und Bibliothekarin des Ordens, aber das sage ich ihm nicht.

»Das kann ich verstehen, irgendwie. Du kennst halt nichts anderes. Aber irgendwann einmal wirst du vielleicht heiraten wollen und eigene Kinder kriegen und einem Mann zuliebe fortziehen.«

»Das müsste dann aber ein Magier sein«, platzt es aus mir heraus. Im nächsten Moment erschrecke ich über meine eigenen Worte und rudere zurück: »Oder jemand vom Personal.«

Caleb schmunzelt. »Die Auswahl an männlichem Dienstboten ist nicht besonders groß. Wie wäre es mit William?«

Ich verziehe das Gesicht. »Du weißt schon, dass William mich nicht ausstehen kann.«

»Mach dir nichts draus, ich glaube, er kann Frauen generell nicht ausstehen.« Caleb grinst mich an. »Aber es müsste sich doch ein schicker Kammerdiener für dich finden lassen, einer mit gegelten Haaren und weißen Handschuhen und Knackarsch.«

»Finde mal lieber einen Eintrag zu Banshees, der uns weiterhilft, anstatt einen Knackarsch«, lenke ich rasch vom Thema ab und tippe auf das vor ihm aufgeschlagene Buch.

Caleb lacht leise, senkt aber den Blick und liest weiter.

Und auch ich schaue lieber wieder auf die Seiten und Illustrationen vor mir, bevor ich noch mehr darüber nachdenke, was das eben war.

Eine ganze Weile gehen wir die Bücher durch und machen uns schweigend Notizen.

»Du hattest recht, Sally. Mit Victoria. Ich wollte es nur nicht wahrhaben.«

Klingt Caleb etwa zerknirscht?

»Schon gut. Es macht mir keinen Spaß, recht zu haben. Mir wäre lieber, wenn sie unschuldig wäre. Aber wenn sie es nicht ist, müssen wir den Orden vor ihr beschützen.«

»Ja, ich weiß, und wir werden sie drankriegen. Schau mal.« Er deutet auf einen schwarz-weißen Kupferstich mit filigranen Linien in einem Buch. »Das sieht doch aus wie eine Banshee, die da einen Menschen mit ihren Krallen attackiert.«

Ich beuge mich hinüber. »Ja, könnte eine sein, sie sieht aus wie die auf den anderen Illustrationen.«

»Banshees sind örtlich gebunden, richtig? Der Legende nach sind sie normalerweise friedlich und auf den Friedhöfen der Familien zu finden, zu denen sie gehören. Sie sind eine Art Geist, sehen zumeist aus wie eine Frau, jung oder alt, mit langen weißen Haaren in altmodischer Kleidung aus langen grauen, ätherischen Stoffbahnen, und sie haben lange Fingernägel, die wie Krallen gebogen sind. In Irland und Schottland gibt es viele Banshees. Sie werden von den Clans geachtet. Stirbt ein Familienmitglied, singt die Banshee ein Klagelied, um die Seele des Verstorbenen aus dem Clan zu beruhigen und nach Hause zu rufen.«

»Ja, darin scheinen sich alle Quellen einig zu sein.«

»Die Banshee, die Zac getötet hat, hatte auf dem Friedhof in London nichts zu suchen. Wir patrouillieren den Highgate Cemetery regelmäßig, und seit Jahren ist dort keine mehr gesehen worden. Aber nicht nur das, es gibt in ganz London keine Banshees mehr, auch wenn ein paar Magier das nicht glauben wollen. Die Stammbäume der Londoner Familien sind zu oft durchkreuzt worden, viele haben ihre Familiensitze veräußert, die dann von neuen Bewohnern übernommen wurden. Das hat die Todesfeen vertrieben. Aber: Hier steht, dass es einen Fall gegeben haben soll, in dem eine irische Familie nach Amerika ausgewandert ist und ihre Familien-Banshee mitgenommen hat. Die Banshee wurde auf einem Friedhof in der Neuen Welt in Virginia freigelassen. Allerdings ist sie durchgedreht und hat andere Iren angegriffen.«

»Und wie wurde sie nach Amerika gebracht?«

»Das steht hier leider nicht.«

Ich beuge mich zu ihm herüber und studiere den Text. »Aber wenn die Banshee vom Highgate Cemetery durchgedreht ist, weil sie von ihrem eigentlichen Stammsitz entwurzelt wurde, wieso hat sie dann nur Zac und den Friedhofswächter angegriffen? Wieso nicht auch dich?«

»Hat sie doch.«

»Nein, ich meine: Du warst der Einzige, der ihren Schrei gehört hat, oder? Die anderen wurden von ihren Krallen zerfetzt.«

»Hm, vielleicht weil ich ein O'Connor bin und die Banshee zu meiner Familie gehört? Also zu meinem Clan, im entferntesten Sinne?«

Ich grübele. Das wäre möglich.

»Wir müssen herausfinden, was das mit der Halskette zu tun hat. Steht in dem Buch wirklich nichts darüber drin, wie diese irische Familie die Banshee nach Amerika gebracht hat?«

Gemeinsam beugen wir uns über die Seiten. Unsere Ellbogen berühren sich, und ich spüre die Körperwärme, die Caleb ausstrahlt. Der Kupferstich aus dem 18. Jahrhundert zeigt eine unheimliche, geisterhafte Frau mit zur Klage verzogenem Mund, die auf einen Mann zuschwebt, der vor Furcht hinter einem Grabstein kauert.

»Hier steht nur, dass Eisen eine Banshee in Schach halten kann, und dass ein Gegenstand aus Eisen, der mit einer Todesfee in Berührung gekommen ist, noch lange danach einen starken Geruch nach gegorener Minze ausströmt.«

»Minze?«

Wir blicken uns beide an. Ich lese in seinen Augen, dass er dasselbe denkt wie ich.

Die Halskette, die ich in Victorias Unterwäsche-Schublade gefunden habe, war aus Eisen und hat einen gegorenen Geruch verströmt.

Wie nach Minze.

KAPITEL 25

Kaitlin

Halluzination.

Realistisch, angsteinflößend und absolut unerwartet. Aber ich hatte sie. Der Angriff des Ghuls, der mir so echt vorgekommen ist, war nie passiert. Ich bin erst aus meiner Schockstarre erwacht, als Adam mich an der Schulter berührte und fragte, was denn mit mir los sei.

Es hatte mich viel Mühe und all meine blaublütige Ignoranz von Problemen gekostet, um halbwegs angemessen zu reagieren. Vor allem, ohne Verdacht auf meinen doch sehr fragwürdigen und angegriffenen Geisteszustand zu lenken.

Was bei all meinen magischen Vorfahren ist nur los mit mir?

Ich habe doch nie Schwierigkeiten gehabt, meinen Verstand zu kontrollieren. Doch in den letzten Wochen scheint mein Geist den Spieß umzudrehen und mich zu kontrollieren, ohne dass ich ein Mitspracherecht habe.

Es ist zum Verrücktwerden.

Auch wenn schon einige Stunden vergangen sind, rätsele ich noch immer, was die Halluzination ausgelöst haben könnte. Und wie ich Zutaten kaufen konnte, ohne mich tatsächlich daran zu erinnern. Je länger ich darüber grübele, desto weniger Sinn ergibt es. Mein Verstand ist klar genug, um sich an gestochen scharfe Details aus der Vergangenheit zu erinnern, die schon länger zurückliegen, als viele der Besucher der Bibliothek alt sind.

Und dennoch …

Ich wische mir über die Augen und schiebe die Erinnerung an die Quittung mit dem gestrigen Datum und die beängstigende Halluzination beiseite. Es gibt Wichtigeres zu tun, als im Moment darüber nachzudenken, ob ich langsam verrückt oder dement werde. Immerhin steht Halloween an, und der Bedarf an Zaubern oder Beschwörungen, die in letzter Sekunde gegen Jack O'Lantern oder andere Wesen aus dem Schleier helfen, ist groß.

Ich schnaube. Man sollte meinen, dass sich Magier besser auf so ein regelmäßiges Ereignis vorbereiten, aber vermutlich sind sie da genauso wie jeder andere Mensch auch: Ausharren bis zur letzten Sekunde, um dann schnell noch etwas zu erledigen.

Eine der jüngeren Studierenden tritt an den Tresen. Anhand der Bücher auf ihrem Arm kann ich erkennen, dass sie sich mit der Geschichte der Zauberei auseinandersetzt und vielleicht eines Tages als Ausbilderin arbeiten wird.

»Ich hätte gerne einen der Lesesäle, wenn das möglich ist.«

»Natürlich. Moment, ich gebe Ihnen den Schlüssel für Lesesaal ...« Ich halte inne, als ich von dem vertrauten Anblick der vier Schlüssel nur drei erkenne. Einer fehlt.

Wie kann das sein? Bisher hat mich niemand nach einem Lesesaal gefragt.

»Ähm, Lesesaal zwei. Melden Sie sich bitte wieder bei mir, sobald Sie fertig sind. Und tragen Sie sich in die Liste ein.«

Die junge Frau nickt und steckt sich den Schlüssel in die Tasche ihres langen Umhangs, ehe sie sich in die Buchungsliste des Saales einträgt. Kaum ist sie ein paar Schritte entfernt, blättere ich zu der Liste von Saal eins. Dort steht, in der mir wohlbekannten Handschrift, Sallys Name. Ich gehe ein paar Schritte nach hinten und schaue in die verschiedenen Gänge der Bibliothek, aber sie ist nirgendwo zu sehen. Wenn ich es recht bedenke, habe ich sie schon eine Weile nicht mehr gesehen.

Ich hebe den Kopf und versuche mir vorzustellen, was sie dort oben macht. *Ob sie ihre Zauber übt?* Wenn ja, bin ich beeindruckt. Solange ein Raum belegt ist, betritt kein Magier ihn. Also hat sie dort oben ihre Ruhe.

Gerade will ich das Buch zuschlagen und es dabei belassen, als ich den Zusatz in der Spalte für Sonstiges sehe. Nicht ganz so sauber geschrieben steht dort O'Connor.

Was macht Sally mit Adam in einem der Lesesäle?

In dem Moment höre ich Adams Stimme, wie er einem älteren Herrn ein Buch gibt, das nur über eine Leiter zu erreichen ist. Adam ist in der Bibliothek. Bleibt nur …

Caleb?

Nun packt mich doch die Neugier, und ich entschuldige mich für einige Minuten bei Adam, dem ich die Bibliothek überlasse.

Die junge Frau geht kurz vor mir die Steintreppe mit einem zweiten Stapel Bücher hinauf. Ich warte, bis ich das Zufallen der Tür höre, ehe ich mich ganz nach oben begebe.

Alle Türen sind geschlossen, und auch wenn es hier oben ein Reich der Ruhe sein soll, so hört man durch die einfachen Holztüren doch jedes Wort – wenn man möchte. Es sind ja schließlich auch keine Hörsäle, in denen man redet, sondern Lesesäle, in denen man liest und schweigt. Das lauteste Geräusch, das normalerweise aus solch einem Raum dringt, ist das Umblättern der Seiten.

Neugierig stelle ich mich vor die Tür und hoffe, dass die beiden wirklich nur etwas besprechen oder nachschlagen. Auf einmal kommt mir ein absurder Gedanke.

Was, wenn die beiden eine heimliche Liebesaffäre pflegen? Und das in meiner Bibliothek? Das wäre undenkbar!

Ich brauche Klarheit und stelle mich dicht neben die Tür, sodass ich jedes Wort verstehen kann, das gesprochen wird. Schon nach wenigen Sekunden kann ich erleichtert ausatmen. Es klingt nicht so, als ob die beiden dort heimlich Sex hätten. Sie sprechen über eine irische Banshee und wie diese nach Amerika gebracht wurde. Ich erinnere mich an die Legende. Allerdings bin ich mir sicher, dass diese nichts mit der Banshee auf dem Highgate Cemetery zu tun hat.

Gleich darauf sprechen sie über Eisen und gegorene Minze.

Und dann fällt der Name Victoria. »Die Kette passt eigentlich gar nicht zu ihrem sonstigen Stil, weshalb ich zuerst dachte, es wäre ein Familienerbstück.« Sallys Stimme überschlägt sich beinahe, als ob ihr Mund nicht hinter ihrem Verstand herkommt.

Ich kann hören, wie Calebs Faust auf den Tisch schlägt. Doch der Lärm wird von der Wut in meinem laut pochenden Herzen übertönt. Bevor ich nachdenken kann, umfasse ich die Klinke der Tür und drehe den Knauf. Sally hat ein Geheimnis vor mir. Nicht nur ein winziges, sondern gleich den Verdacht, dass niemand geringerer als Victoria Bannister etwas Verbotenes getan hat.

»Diese Kette ist es gewesen, die die Banshee auf den Friedhof gebracht hat. Sie ist es gewesen, Sally. Ich weiß es.«

Mit einem Ruck öffne ich die Tür und trete in die kleine Kammer. Augenblicklich verstummen die beiden, während ich bedächtig die Tür schließe. Ich brauche dafür all meine Geduld, um sie nicht einfach zuzuschlagen. Aber das würde zu viel Aufmerksamkeit generieren.

Sally wird blass um die Nase, als sie mich sieht, während Caleb nur kurz zusammenzuckt und sich gleich darauf wieder fängt.

»Was tut ihr hier?« Die Worte presse ich zwischen meinen Zähnen und den zu einem Strich verzogenen Lippen hervor.

Caleb findet seine Stimme als Erster wieder. »Ich habe Hilfe bei einer Rechercheaufgabe zu einem Fall gebraucht. Sally war so freundlich, mich dabei zu unterstützen.«

Ich nicke langsam und sehe dann zu Sally. »Stimmt das?«

Ich gebe ihr noch eine Chance, mir die Wahrheit zu sagen. Sie hat mich schon hintergangen, indem sie mir nichts von ihrem Verdacht erzählt hat. Wenn sie jetzt ehrlich ist, kann ich ihr vielleicht noch helfen.

Caleb wendet sich ebenfalls an Sally, die nun zwar mit erhobenem Haupt vor mir steht, aber deren Augen so schnell hin und her huschen, dass ich nicht weiß, was sie gleich tun wird.

Schließlich sacken ihre Schultern nach vorne und sie seufzt. »Mehr oder minder. Es geht um den Fall mit der Banshee.«

Ich hebe eine Augenbraue, während Caleb die Arme in die Luft wirft und sich von ihr abwendet. »Klar, weih sie ruhig mit ein«, murmelte er vor sich hin.

»Sie kann uns helfen, Caleb. Das hat sie immer getan.«

Ich schaue den beiden zu, wie sie miteinander diskutieren, während ich selbst versuche, nicht laut zu werden. »Was genau habt ihr hier getan? Und wagt es nicht, mich anzulügen.«

Sally und Caleb tauschen noch einmal einen Blick aus, ehe Caleb hinüber zu einem der Stehpulte geht und den Folianten mit den Daten zur Banshee in meine Richtung schiebt. »Wir glauben, dass Victoria Bannister die Banshee mit Absicht auf den Friedhof gebracht hat. Allerdings können wir es noch nicht beweisen. Es gibt nur Indizien gegen sie.«

Ich schnaube vor Wut. »Und damit kommt ihr jetzt erst zu mir, nachdem ich euch hier zusammen antreffe? Warum?«

Sally massiert ihre Hände und schaut mir direkt in die Augen. »Es ist ja nur ein Verdacht. Beweise haben wir noch keine, und ich wollte Sie da nicht mit reinziehen.«

»Das ist doch Unsinn. Du hast mich schon in viel schlimmere Dinge reingezogen, ohne vorher nachzudenken.« Mit einem kurzen Blick auf Caleb signalisiere ich, dass ich damit nicht nur ihre Kindheit meine, sondern auch ihre jüngste Vergangenheit.

Sally versteht mich und presst die Lippen aufeinander, Caleb antwortet an ihrer Stelle.

»Lady Kaitlin, wir wollten Ihre kostbare Zeit nicht verschwenden, solange wir nichts Konkretes haben. Aber seit Kurzem wissen wir, dass Victoria einen Tag vor dem Angriff auf dem Friedhof war und diese Kette aus Irland mitgebracht hat.«

»Außerdem sind Sie in letzter Zeit immer so abwesend und verschwinden manchmal, ohne mir Bescheid zu sagen.« Sally schüttelt den Kopf. »Ich habe angenommen, dass Sie Besseres zu tun haben.«

»Ich verschwinde sicher nicht.« Ich schlage meinen dünnen

und dekorativen Schal über meine Schulter und stemme die Hände in die Hüften.

»Gerade erst vor einigen Tagen. Da kam ich in die Orangerie, aber Sie waren nicht da.«

Stirnrunzelnd betrachte ich Sally. »Das kann nicht sein. Ich sitze jeden Tag dort. Das weißt du doch, Kindchen.«

Gleich darauf zweifele ich daran. *Warum würde Sally so etwas behaupten, wenn es nicht wahr ist?* Sie hat keinen Grund, mich diesbezüglich anzulügen. Und wenn ich nachmittags nicht in der Orangerie sitze, könnte dies vielleicht erklären, warum die Vorräte aufgefüllt sind, ich mich aber nicht daran erinnere, sie gekauft zu haben. Innerlich flammen die Fragen lichterloh in mir auf, und für einen Moment drohe ich, darin zu verbrennen.

Halluzinationen und Gedächtnislücken. Was ist nur los mit mir?

»Es ist doch erst mal egal, warum wir es nicht gesagt haben.« Caleb hebt beschwichtigend die Arme und deutet auf den Folianten. »Hier steht schwarz auf weiß drin, dass es möglich ist, eine Banshee von einem Ort zum nächsten zu bringen. Also wir wissen, wie Victoria das gemacht hat. Die Frage ist nur, was fangen wir mit diesem Wissen an?«

Stille breitet sich zwischen uns aus. Dafür, dass Caleb nur ein Vigilant ist, arbeitet sein Verstand äußerst effektiv. Das gefällt mir. Auch wenn ich Caleb noch immer nicht vertraue, so empfinde ich es als positiv, dass er uns zurück zum eigentlichen Thema lotst.

»Zunächst einmal verlange ich, alles zu wissen, was ihr in Erfahrung gebracht habt.« Ich nehme das Buch und lese den Abschnitt über Banshees durch. Ich kenne die Zeilen bereits und frische nur meine Kenntnisse auf.

»Warum sollten wir das? Sie haben damit bisher nichts zu tun gehabt.« Caleb verschränkt seine Arme vor der Brust. »Sie müssen uns nicht helfen. Wir kommen damit gut allein zurecht.«

Auch wenn Caleb sich vor mir verschließt, versuche ich, auf den Grund seiner Seele zu schauen. Da ist immer noch die Frage offen, ob aus ihm ein Nekromant erwächst oder ob er Glück gehabt hat. Bisher scheint er keine Anzeichen dafür zu zeigen. Ein selbstbewusster, eigenbrötlerischer Heißsporn war er schon vorher.

»Ich bezweifle, dass Sie ohne mich zurechtkommen werden, Mr O'Connor.« Mein stechend kalter Blick ihm gegenüber geht nicht spurlos an ihm vorbei, und er zuckt kurz zusammen. »Außerdem weiß ich nun davon und werde sicher nicht zuschauen, wie ihr euch selbst ins Bein schießt.«

»Wie sollten wir das machen?« Caleb schaut mich aufgebracht an und lehnt sich zurück in seinen Stuhl.

»Wenn ich mir anhöre, was ihr bisher so wisst, wollt ihr vermutlich als Nächstes zu Sir Henry gehen, korrekt?«

Sally und Caleb tauschen einen vielsagenden Blick aus.

»Dachte ich es mir doch. Aber das wäre das Dümmste, was ihr aktuell machen könnt. Mal abgesehen davon, dass wir nicht wissen, wer vielleicht noch alles an den Ereignissen beteiligt ist, habt ihr keine konkreten Beweise, wie ihr selbst gerade zugegeben habt.«

»Und?«, fragt Caleb herausfordernd.

»Wir könnten ihm davon erzählen, und er kann dann selbst Nachforschungen anstellen«, schlägt Sally vor.

»Was, denkst du, wird er tun? Heimlich gegen Victoria ermitteln? Das bezweifle ich stark. Sir Henry wird das Gespräch mit ihr suchen und die konkreten Anschuldigungen benennen. Vielleicht sogar eure Namen nennen. Und was passiert dann?«

Caleb knirscht mit den Zähnen, aber seine abweisende Haltung lockert sich etwas. »Sie würde die Beweise, die es vielleicht irgendwo gibt, verschwinden lassen und uns das Leben zur Hölle machen. Vor allem mir.«

»Korrekt. Wenn du darauf bestehst, kannst du gerne von ihr für den Rest deiner Karriere im Hermetischen Orden gepiesackt werden. Immerhin bist du der Mann, der ihr einen Mord vorwirft.«

»Sie hat es getan!« Caleb schlägt erneut mit der Faust auf den Tisch. Seine Wut auf diesen Angriff hat er jedenfalls noch nicht verloren. Gut so, denke ich und nicke ihm zu.

»Das scheint außer Frage zu stehen. Dennoch sollten wir weniger wie ein Oger im Porzellanladen vorgehen. Vielmehr wie ein Geist sein, der sie langsam aus ihrer Komfortzone treibt.«

»Wie meinen Sie das?« Sally lehnt sich interessiert nach vorne auf den Tisch und stützt ihr Kinn auf die geballte Faust. »Wir haben aktuell nichts Großartiges gegen sie in der Hand.«

Erneut breitet sich Schweigen über uns aus, und wir hängen unseren Gedanken nach. Meine drehen sich weit weniger um Victoria und ihren Verrat dem Orden gegenüber. Für mich war es nur eine Frage der Zeit, bis eben das passieren würde. Die Entwicklung, die Victoria seit dem Tod von Nathan durchgemacht hat, deutete darauf hin, dass sie eines Tages auch illegale Methoden anwenden würde, um den Mörder zu finden.

Meine Gedanken hingegen wandern zu Beatrice und wie ich ihr mitteilen kann, dass Victoria vermutlich für die Morde verantwortlich ist. Sie ermittelt schon in den Fällen, wie sie es bei der Besprechung der Neuen Arkana versprochen hat. Dieser Hinweis könnte ihre Position den immer unruhiger werdenden Paras gegenüber stärken. Und auch wenn eine Frau aus der Führungsebene des Hermetischen Ordens verschwinden würde, so wäre es ein Sieg für die Arkana.

Allerdings weiß ich immer noch nicht, wofür Victoria die Organe braucht, die ganz offensichtlich mit den Morden der Paras und der Menschen zusammenhängen und von ihr gesammelt werden. Dass hierbei Schwarzmagie im Spiel ist, steht außer Frage. Doch bisher habe ich noch kein passendes Ritual in den alten Journalen finden können. Was es auch ist, es ist ein so seltenes Ritual, dass kaum darüber berichtet wird.

Ein stechender Schmerz in meiner Schläfe hält mich davon ab, diese Gedanken weiter zu verfolgen. Um Beatrice werde ich mich später kümmern, auch wenn ihr Name mich auf eine Idee bringt, die ich Sally und Caleb mitteilen muss.

»Zunächst einmal sollten wir uns einig sein, dass niemand außerhalb dieser Gruppe darüber redet, verstanden?« Ich zeige mit dem Finger auf die beiden. »Ich muss mich auf eure Verschwiegenheit verlassen können.«

»Wir haben es bisher niemandem gesagt – außer Squirrel.« Sally nickt. »Von ihr haben wir den Hinweis erhalten, dass Victoria auf dem Highgate Cemetery war.«

Ich schnalze missbilligend mit der Zunge. »Sonst noch jemand?«

»Nein, sie ist die Einzige. Das schwöre ich. Wir haben ihre Hilfe gebraucht, weil wir nicht mehr vorangekommen sind. Aber sie weiß nur das Nötigste und hat versprochen, nichts weiterzugeben.«

»In Ordnung.« Langsam beruhigt sich mein schnell pochendes Herz. »Dabei sollten wir es belassen. Ich möchte nicht, dass jemand von dieser Ermittlung erfährt, sonst bringen wir uns alle in Gefahr.«

»Was soll schon passieren?« Caleb schnaubt. »Sie wird uns wohl kaum umbringen.«

Ich lege den Kopf schief, betrachte ihn mit einem eiskalten Blick und sage nur ein Wort: »Zac.«

Der Name trifft ihn wie ein Kricketschläger in den Magen, und er stößt abrupt die Luft aus. »Das würde sie nicht wagen.«

»Wir wissen nichts über die Hintergründe ihrer Tat. Wer weiß, was Zac wusste? Vielleicht hat sie ihn deshalb in die Gruft geschickt, damit er dort sterben wird. Es sieht schließlich alles nach einem Para-Angriff aus, oder nicht?«

Ich sehe, wie es hinter Calebs Stirn rattert, aber er schweigt. Scheinbar akzeptiert er die Tatsache, dass seine Vorgesetzte nicht nur einen Mord auf dem Gewissen haben könnte, sondern noch weiter morden könnte.

Auch Sally schlägt die Hand vor den Mund und starrt mich erschrocken an. »Daran habe ich noch gar nicht gedacht. Was, wenn Zac wirklich etwas über sie herausgefunden hat und deshalb sterben musste.«

Caleb schüttelt den Kopf. »Warum hätte sie mich dann in die Sache mit hereinziehen sollen? Sie muss doch gewusst haben, dass ich mit Zac in die Gruft gehe.« Caleb stutzt. »Es gibt zwei Möglichkeiten. Entweder sie hat nicht damit gerechnet, dass ihr Plan so danebengehen könnte, oder sie hat unser Team schon im Vorfeld als Kollateralschaden eingeplant. Was ich ihr bei ihrer Kaltschnäuzigkeit durchaus zutrauen würde.«

»Wenn das wahr ist, dann hat Victoria noch ganz andere Pläne.« Sally starrt mich aus großen Augen an. »Aber was genau hat sie vor?«

Ich stoße mich von dem Tisch ab und verschränke die Arme hinter dem Rücken, während ich ein paar Schritte in Richtung eines Stehpults gehe. »Das wissen wir nicht. Und genau das ist der Grund, wieso wir sie aus der Reserve locken müssen.«

»Und wie sollen wir das machen?« Sally schlägt eines der Bücher zu und legt es vorsichtig auf ein anderes Nachschlagewerk, das sie bereits begutachtet hat.

Einen Moment lang denke ich noch über meine Idee nach, ehe ich mich zu ihnen umdrehe und sie mit einem herausfordernden Lächeln ansehe. »Ich hätte da einen Vorschlag, aber er ist nicht ganz ungefährlich.«

KAPITEL 26

Sally

Lady Kaitlins Plan erfordert allerdings, dass er sofort in die Tat umgesetzt werden muss. Der Zeitpunkt ist günstig, wie Caleb meint, da es gleich eine große Einsatzbesprechung geben wird.

Langsam gehe ich um die Galerie im oberen Stock der Eingangshalle herum und halte mich vom Geländer fern, damit niemand mich sieht. Der Teppich dämpft meine Schritte. Ich bin allein in der Halle, weswegen mir das Rascheln meiner Dienstmädchenuniform übermäßig laut vorkommt. Alle Magier sind bei der Besprechung im Trakt der Vigilanten, auch die Gäste und Caleb.

Ich vergewissere mich, dass wirklich niemand in der Nähe ist. Mein Blick wandert wie hypnotisiert auf zwei Kürbisse am Eingang, die das Haupttor wie Wächter flankieren. Sie sind besonders groß, geradezu riesig. Mary hat sie geschnitzt. So eine Fratze, mit zu einem Grinsen verzogenen Mundwinkeln, die äußerst spitz zugeschnittene Zähne wie die eines Haifischs enthüllt, hätte ich nicht hinbekommen.

Obwohl ich das ungute Gefühl nicht loswerde, beobachtet zu werden, schleiche ich die Treppe hinab in den ersten Stock, wo sich das Büro des Protectors und die Privaträume von Victoria Bannister befinden. Mit einem letzten prüfenden Blick über die Schulter lege ich die Hand auf die Türklinke zu Victorias Räumen und drücke sie so leise wie möglich herab. Sie hat nicht abgeschlossen. Das macht hier im Ordenshaus eigentlich niemand. Hätte Victoria diese Vorsichtsmaßnahme getroffen, hätte ich mir den Schlüsselbund von Mrs Bones besorgen müssen, was mir zum Glück erspart bleibt.

Ich öffne die Tür einen Spalt weit, um hindurchschlüpfen zu können, und schließe sie sofort wieder hinter mir. Mit klopfendem Herzen lehne ich mich an die Wand. Es ist dunkel, doch ich wage es nicht, das Deckenlicht anzuschalten. Die Vorhänge sind noch nicht zugezogen, sodass Licht von den Straßenlaternen hereinfällt und ich mich einigermaßen orientieren und zu der Kommode vortasten kann.

Meine Finger suchen die Schublade, in der die Halskette gelegen hat, und ziehen sie auf. Ich taste nach dem schmalen Schmuckkästchen.

Wo ist es denn nur? Mein Herz klopft nervös.

Da stoßen meine Fingerspitzen gegen etwas Hartes. Das Kästchen liegt unverändert an der Stelle unter dem Merinopullover, wo ich es zurückgelassen habe. Ich öffne es. Auch die Kette liegt darin. Das stumpfe Metall hebt sich kaum von der Samteinlage ab, und noch immer umgibt die Halskette ein leicht modriger Minze-Geruch.

Weil ich das Schmuckstück lieber nicht berühren möchte, klappe ich den Deckel wieder zu und stecke das Kästchen in meine Kittelschürze. Lady Kaitlin wartet in der Bibliothek mit einem Zauber, um sie zu untersuchen, da wir noch nicht wissen, ob und was für ein Fluch auf ihr liegt. Doch wenn Victoria diese Kette tatsächlich benutzt hat, um die Banshee auf dem Highgate Cemetery freizulassen, gibt es mit großer Wahrscheinlichkeit Spuren von ihr mit Restmagie, die nachgewiesen werden können. Und dann hätten wir genug gegen Victoria in der Hand, um sie für den Tod von Zac verantwortlich zu machen oder zumindest ihre Verwicklungen mit der Banshee und den verschwundenen Augen des Friedhofswärters aufzudecken.

Mit schwitzigen Fingern schiebe ich die Schublade wieder zu und schleiche zurück zur Tür. Gerade als ich nach der Klinke greifen will, höre ich leise, vom Teppich gedämpfte Schritte. Von wem sie auch immer stammen, der- oder diejenige steht schon direkt vor der Tür! Ich bleibe wie angefroren stehen.

Die Türklinke senkt sich herab.

Ich reagiere, ohne nachzudenken, und hechte hinter einen Sessel.

Das Deckenlicht wird eingeschaltet, und jemand betritt das Zimmer. Mit Entsetzen sehe ich von meiner dürftigen Deckung aus, wie Victoria mit langen Schritten den Raum betritt.

Was macht sie hier? Sie sollte doch bei der Einsatzbesprechung der Vigilanten für Halloween sein. Caleb hat deswegen extra diesen Zeitpunkt für meinen kleinen Einbruch gewählt. Etwas muss schiefgelaufen sein.

Victoria durchquert das Zimmer, sie muss nur noch ein paar Schritte gehen, dann wird sie mich hinter dem Sessel entdecken!

Ich kauere mich so klein wie möglich zusammen und robbe vorsichtig hinter der Lehne entlang. Noch verdeckt der Sessel mich, doch das kann sich jeden Moment ändern.

Ich halte den Atem an.

Über meinen pochenden Herzschlag hinweg höre ich das Rascheln von Stoff und das gedämpfte Auftreten ihrer hohen Absätze auf dem Teppich. Die Geräusche verraten mir, dass sie zu ihrem Schreibtisch geht. Von dort hat sie einen freien Blick auf mich.

Ich sehe ihre schlanke Gestalt an den Schreibtisch treten. Sie dreht mir den Rücken zu, aber sie muss nur den Kopf drehen, um mich zu entdecken. Mir bleibt nur eine Chance: Ich muss zur Tür und hoffen, dass sie sich nicht umdreht.

In der Hocke drehe ich mich lautlos hinter der Sessellehne in Richtung Tür und raffe meinen Rock. Zu meinem heutigen Glück würde nur noch fehlen, dass ich über den Saum stolpere. Ich will gerade losrennen, da poltert etwas mit einem hörbar dumpfen Aufprall zu Boden, bevor ich reagieren kann:

Das Schmuckkästchen! Es ist mir aus der Kitteltasche gefallen.

Victoria wirbelt auf dem Absatz herum. Sie sieht mich hinter dem Sessel hocken und reißt vor Überraschung die Augen auf.

Ich zögere keine Sekunde, greife nach dem Kästchen und sprinte los zur Tür.

»Halt! Stehen bleiben!«

Victoria ruft mir hinterher, doch ich ignoriere ihren wütenden Schrei und stürze in den Flur.

»Hiergeblieben! Du Miststück!«

Ich renne den Gang hinab zur nächstbesten Wandvertäfelung, in der sich ein Durchgang zum Dienstbotentrakt befindet. Victoria ist mir auf den Fersen. Ich reiße die versteckte Tür auf, schlüpfe in den grell erleuchteten Dienstbotengang und drücke hinter mir das Wandpanel wieder zu. Vielleicht habe ich Glück, und Victoria findet den verborgenen Öffnungs-Mechanismus nicht auf Anhieb. Lange wird sie das aber nicht aufhalten. Ich muss die Halskette sofort zu Kaitlin bringen! Doch bis zur Bibliothek schaffe ich es niemals.

Ich rase los, den Gang hinab in die entgegengesetzte Richtung. Zum Vigilanten-Trakt. Was auch immer Victoria dazu gebracht hat, die Einsatzbesprechung zu verlassen, ich hoffe, dass sich dort nach wie vor viele Vigilanten aufhalten. Vor allem Caleb.

Hinter mir höre ich, wie die Wandvertäfelung gewaltsam aufgebrochen wird und das Holz in tausend Splitter zerbirst. Ich kann nicht glauben, wie brutal Victoria vorgeht. Keine noch so gute Ausrede kann mich jetzt retten.

Mein Atem geht keuchend, während meine Beine rennen, so schnell sie können. Aber ich war noch nie ein guter Sprinter.

Victorias klappernde Absätze kommen näher. Ich kann ihr nicht entkommen, ich muss sie abhängen. Mein Vorteil ist, dass sie bestimmt noch nie freiwillig einen Fuß in die Dienstbotengänge gesetzt hat, während ich mich hier bestens auskenne. Die Dienstbotengänge ziehen sich wie ein Kaninchenbau durch das Ordenshaus und wirken für Uneingeweihte geradezu labyrinthisch.

Anstatt den kürzesten Weg zu nehmen, stürze ich durch eine Abzweigung, springe drei Stufen eines Absatzes hinunter und biege schlitternd um eine Ecke. Anna, ein Dienstmädchen, kommt mir ausgerechnet in diesem Moment mit einem Speisewagen entgegen.

»Aus dem Weg!«, rufe ich.

Hinter mir höre ich Victorias wütendes Brüllen: »Halt sie fest!«

Ich winde mich an meiner Kollegin vorbei, wobei ich fast mit dem Wagen zusammenstoße. Anna reißt mit schreckgeweiteten Augen den Speisewagen herum.

»Sally? Spinnst du!?«

Gläser und Teegeschirr knallen klirrend zu Boden. Ich versuche, nicht an den Schaden zu denken, den ich gerade verursacht habe, und sprinte weiter den Gang entlang. Fast glaube ich, die Hitze eines Feuerballs in meinem Rücken zu spüren. Aber Victoria wagt es hoffentlich nicht, einen Zauber nach mir zu schleudern – er könnte Anna treffen.

Ein rascher Blick über die Schulter zeigt mir, dass ich ein paar Sekunden Vorsprung gewonnen habe. Doch der kann jeden Moment schrumpfen, sobald Victoria sich an dem Speisewagen vorbeigedrängelt hat. Wieder biege ich um eine Ecke. Ich muss unbedingt zu den Vigilanten. Unter Zeugen wagt sie es bestimmt nicht, mich mit einem Zauber außer Gefecht zu setzen.

Ich muss zu Caleb. Er wird mich beschützen. Doch der Weg zu ihm erscheint mir unendlich weit.

Schließlich kommt der Durchgang zum Vigilanten-Trakt in Sicht. Noch fünf Meter, dann habe ich den Zugang erreicht. Hinter mir nähern sich lauter klappernde Absätze. Noch einmal gebe ich Gas, obwohl meine Lunge bereits brennt wie Feuer. Schlitternd komme ich vor der Wandtäfelung zum Stehen und verliere beinahe das Gleichgewicht. Meine Finger krallen sich in die Vorrichtung. Ich brauche wertvolle Sekunden, um den Durchgang zu öffnen und die Tapetentür aufzudrücken. Der Vigilanten-Trakt liegt in greifbarer Nähe.

Ich kann Isabella Montroses hohe Stimme hören, Gelächter und Stimmengemurmel. Keuchend und mit hochrotem Kopf stürze ich aus dem Dienstbotengang in den Flur, hechte zum gegenüberliegenden Aufenthaltsraum und platze in das Meeting. Zu meiner großen Erleichterung sehe ich in überraschte, aber vertraute Gesichter.

»Mike! Noah!« Noch nie war ich so froh, die beiden zu sehen.

KAPITEL 27

Caleb

Erstaunt sehe ich, wer gerade so rüde unsere teaminterne Anschlussbesprechung unterbricht. Sally steht schwer atmend in der Tür und wirft Noah und Mike einen erleichterten Blick zu. Sie ist hochrot im Gesicht, und ihre Haare hängen ihr verschwitzt und wirr in die Stirn. Panik ist in ihren Augen zu sehen. Ich stehe auf, und in diesem Augenblick sieht sie mich. Isa, die sich ebenfalls erhoben hat, wirft mir einen fragenden Blick zu.

»Sie ist hinter mir her«, keucht Sally.

Ich brauche nicht zu fragen, wen sie meint. Während Noah, Mike und auch einige der älteren Vigilanten, die heute wegen Halloween im Orden sind, mir und Sally verwirrte Blicke zuwerfen, reagiert Isa professionell: Sie hält ihre Hände vor sich und ist bereit, jederzeit einen Verteidigungszauber zu wirken. Allein Sallys Tonfall hat ihr den Ernst der Lage deutlich gemacht. Selten war ich so stolz auf eins meiner Teammitglieder als in diesem Moment.

Nur hat nicht mal Isa mit der Person gerechnet, die jetzt beeindruckend und für den Bruchteil einer Sekunde fuchsteufelswild durch die Tür des Aufenthaltsraums tritt, während Sally sich furchtsam hinter Mikes Rücken versteckt, der in Richtung des Angreifers sieht. Ich verstehe seinen irritierten Gesichtsausdruck vollkommen.

»Mike, nehmen Sie diese kleine Diebin fest und bringen Sie dieses Subjekt ins Verlies!« Die Chefin der Vigilanten tritt selbstsicher auf, aber ich erkenne, wie abgehetzt sie aussieht: Ihre Kleidung ist voller Holzsplitter, und auch Victorias Frisur wirkt nicht mehr so akkurat wie sonst. Und ihre Augen haben einen fiebrigen Glanz.

Isa keucht leise, aber zu meinem Erstaunen behält sie die Hände oben.

Ich brauche nicht viel Fantasie, um mir auszumalen, warum Sally außer Atem und Victoria zornig ist: Sallys Arm ist angespannt, ihre Hand in der Kittelschürze hält etwas verzweifelt umklammert. Offenbar hat sie Erfolg gehabt, die Kette gefunden, und damit vermutlich den Beweis für Victorias Schuld erbracht. Victoria wird alles tun, um sowohl die Kette als auch Sally aus dem Weg zu schaffen. Dumm nur, dass die *Eishexe* nicht weiß, dass ich informiert bin.

»Nein. Sally steht unter meinem Schutz.« Meine Stimme ist kalt, klar und füllt den Raum aus, sodass sich alle Aufmerksamkeit mir zuwendet.

Die älteren Vigilanten scheinen die Show zu genießen, keiner von ihnen mischt sich ein. Noah und Mike blicken zwischen mir und Victoria hin und her wie Zuschauer bei einem Tennismatch. Die Chefin und Vigilantin, für die ich noch vor wenigen Stunden meine Hand ins Feuer gehalten hätte, sieht mich mitleidig an.

»Sie beerdigen gerade Ihre Karriere, Caleb. Zu schade, ich dachte, Sie wüssten, dass eine zweite Chance eine einmalige Angelegenheit ist.« Victorias Worte klingen sanft, eine Spur enttäuscht, aber ich durchschaue ihr Spiel, sie will zuerst mich ausschalten. Danach ist Sally ein leichtes Ziel.

Ich werfe einen kurzen Blick zu meinem Team, Isa steht mir unerschütterlich bei, und auch Mike und Noah erwachen aus ihrer Erstarrung. Sie heben ebenfalls die Hände, Noah zieht seine Wurfsterne und nickt mir unmerklich zu.

Victoria hat noch nicht begriffen, was passiert. Sie kommt mit einem Kopfschütteln auf mich zu, ihr Blick wandert jedoch immer wieder kurz zu Sally, die sich nun in der Nähe von Mike hinter der Tür versteckt. Sie scheint sich an meiner Insubordination fast mehr zu stören als an der Obscura, die sich der Kette bemächtigt hat.

»Caleb, nehmen Sie Sally Davies fest, sonst sorge ich dafür, dass Sie sich für den Rest Ihres jämmerlichen Lebens für einen Ochsenfrosch halten.« Die Worte sind eine gezischte Warnung. Der Wahnsinn, der nun in ihrem Blick lodert, erstaunt mich. Ich hatte so etwas in das Reich der Phrasen verbannt, aber der Ausdruck ist bei ihr mehr als berechtigt. Die kühle, beherrschte, rationale Frau ist einem Geschöpf gewichen, das von Zorn und Hass getrieben ist.

Ich erstarre, als ich sehe, wie sie ihre Hände nutzt, um Magie zu bündeln. Zum einen möchte ich ungern als Ochsenfrosch enden – auch wenn es nur ein Mentalzauber ist. Zum anderen werde ich mich verteidigen müssen – in einem Raum voller Menschen, die mir nahestehen. Und:

Ich darf nicht zaubern!

Der kleine Moment meiner Unschlüssigkeit ist alles, was Victoria benötigt, um eine Entscheidung zu treffen. Doch noch bevor sie den Zauber wirken kann, wird sie von einem Eisstrahl getroffen, der sie nach hinten schleudert. Sie fliegt an der offenen Tür, an Mike, Noah und Sally vorbei und landet direkt neben dem Kamin an der Wand. Ich kann nicht glauben, dass sie bereit war, mich zu verzaubern, und bin Isa dankbar, die zitternd neben mir steht. Ihr fragender Blick ist alles, was ich brauche, um mich zu fassen, während meine ehemalige Chefin stöhnend am Boden liegt.

»Lauf, Sally! Hol Lady Kaitlin und Sir Henry.«

Sally reagiert. Wie ein geölter Blitz flitzt sie aus dem Raum. Bestimmt ist sie froh, Abstand zwischen sich und die *Eishexe* zu bringen.

»Was ist hier eigentlich los? Und was machen wir mit ihr?« Mike deutet auf Victoria und stellt die Fragen, die wohl jedem im Raum auf der Seele brennt.

Die älteren Vigilanten starren uns an, greifen aber noch immer nicht ein. Fast furchtsam sehen sie zu der Magierin, die langsam wieder zu sich kommt.

Unentschlossene Rentner! Und so was soll uns bei Jack O'Lantern unterstützen.

Ich atme erst mal tief durch und werfe der Frau neben mir einen dankbaren Blick zu. »Gut gemacht, Isa.«

Meine Kollegin nickt nur und atmet leise, aber hörbar aus. Wie ich, ist auch sie noch immer angespannt. Dann wende ich mich meiner Chefin zu, die sich langsam aufsetzt.

»Victoria Bannister, ich verhafte Sie unter dem Verdacht, eine Banshee von Irland nach London gebracht zu haben und den Tod des Vigilanten Zacharias O'Brian zumindest billigend in Kauf genommen zu haben. Sir Henry und Lady Kaitlin werden über die Anklage informiert und die Beweise sichten.« Ich hätte noch ein paar andere Anklagepunkte, aber meine Verwicklungen in die Banshee-Sache darf ich nicht publik machen.

»Ach, Sie wollen mir das anhängen, Caleb? Ich war gerade dabei, die wahre Schuldige zu verhaften. Wenn Sie sich nicht mit dem Personal angefreundet hätten, würden Sie wissen, dass diese kleine Obscura die Schuldige ist. Sie hat die Kette bei sich, mit der die Banshee transportiert wurde. Sie haben aus einer Verhaftung eine Farce gemacht und ihre Chefin angegriffen!«

Eins muss man ihr lassen, sie ist in die Ecke gedrängt, und trotzdem beißt und schlägt sie noch sehr wirkungsvoll um sich.

Langsam richtet Victoria sich auf und glättet ihre Kleidung, als wäre nichts passiert. Elegant und bedächtig, auch wenn sie schon einiges ihrer Ausstrahlung verloren hat. »Aber was erwarte ich auch von einem Vigilanten, der schon im ersten halben Jahr seine Position verloren hat, weil er sich nicht an die elementarsten Regeln halten konnte. Mike, bringen Sie Caleb in sein Zimmer, ich stelle ihn unter Hausarrest.«

Mikes Blick wandert von Victoria zu Isa und dann schließlich fragend zu mir. Anstatt ihm eine laut ausgesprochene Antwort zu geben, schüttele ich leicht lächelnd den Kopf, und er begreift, was ich ihm damit sagen will: *Lass dich nicht von ihr einwickeln.*

»Tut mir leid, ich denke, wir sollten auf Sir Henry und Lady Kaitlin warten.« Mikes Worte sind leise, aber fest.

Victorias Reaktion ist ein wütendes Zischen. Sie hat verloren und begreift es langsam. Schritte an der Tür lassen alle ihre Aufmerksamkeit auf die Ankömmlinge richten. Zuerst tritt Sally ein, zittrig und blass. Direkt hinter ihr kommt Sir Henry mit besorgtem Gesicht. Er sieht fragend von uns zu seiner besten Mitarbeiterin, die deutlich derangiert an der Wand lehnt, während Noah und Isa noch immer aufpassen, dass sie keine Dummheiten macht.

»Henry, gut, dass du kommst. Ich verlange …« Sir Henry unterbricht die *Eishexe* mit dumpfer, kalter Stimme.

»Es reicht, Victoria. Sally Davies hat mir eine Eisenkette gezeigt und eine kurze Zusammenfassung gegeben. Wenn auch nur im Ansatz der Verdacht besteht, muss sich selbst die Chefin der Vigilanten vor dem Orden verantworten.« Er klingt rechtschaffen und zornig, seine Stimme muss er dazu nicht erheben.

»Henry!«, beginnt Victoria erneut, als Lady Kaitlin eintrifft.

Sie sieht blass und mitgenommen aus, aber ihr Blick zu Victoria ist kalt und wirkt sehr zufrieden. »Ich denke, wir sollten zuerst die Anschuldigungen mit der Kette überprüfen. Falls noch Reste eines Zaubers daran sind, lässt sich sicher feststellen, welcher Magier diesen gewirkt hat.«

»Ihr glaubt einer kleinen, dummen Obscura mehr als mir? Einer Diebin, die ich auf frischer Tat ertappt habe? Ich habe mein Leben für den Orden mehr als einmal eingesetzt. Dann wollen wir mal sehen, was diese kleine Schlampe so draufhat!«

Ich begreife zu spät, was Victoria vorhat. Der Schockzauber kommt so unvermittelt, dass keiner im Raum rechtzeitig reagieren kann. Er trifft Sally mit voller Wucht. Sie bricht mit einem Schrei zusammen, während Isa keine Sekunde später einen Zauber dicht an mir vorbeischießt.

Victoria hält Isas Angriff mit Mühe stand, ihr Verteidigungszauber ist stark, und sie ist eine talentierte Magierin.

Ich presche durch den Raum. Meine Faust landet hart in Victorias Magen. Die *Eishexe* prallt nach hinten, ihr Kopf schlägt dumpf gegen die Wand. Ich kann die gigantische Energie ihres zusammenbrechenden Schutzzaubers förmlich spüren. Mit Magie hätten wir sie nur schwer besiegt. Mein Schlag jedoch hat die *Eishexe* ausgeknockt. Die nächsten Minuten wird sie niemanden angreifen.

Ich wende mich Sally zu, während Noah mit zitternden Händen der bewusstlosen Victoria Handschellen anlegt. Sir Henry starrt wie geschockt auf Victoria, Lady Kaitlin schaut ebenfalls in die Richtung, wo Sally noch vor ein paar Momenten gestanden hat.

Red hat es schwer erwischt. Sie liegt blass und reglos auf dem dicken Teppich, die Hand fest um ein Schmuckkästchen geschlossen. Sie hat alles riskiert, um mir zu helfen, den Beweis zu sichern und Zacs Tod zu rächen.

Hat Victoria sie am Ende doch getötet? War alles umsonst?

Habe ich sie verloren?

FOLGE

8

KAPITEL 28

Sally

»Tretet beiseite!«

Die resolute Stimme von Lady Kaitlin dringt durch den Nebel und die Schwärze nur langsam zu mir.

Was ist passiert?

Ich erinnere mich, auf den Beinen gestanden zu haben, als mich etwas wie eine unsichtbare Kraft mit voller Wucht getroffen hat.

»Sie kommt wieder zu sich.«

Verschwommen tauchen Gesichter über mir auf. Ich liege auf dem blank gebohnerten Dielenboden im Aufenthaltsraum der Vigilanten und kann ein Stöhnen nicht unterdrücken. Mein ganzer Körper schmerzt wie bei einem Muskelkater, nur dass sich die Schmerzen überall verteilen. Besonders mein Rücken tut mir weh.

Mike beugt sich über mich, sein Gesicht spricht Bände. Als hätte er mit dem Schlimmsten gerechnet. Er fasst mich unter dem Arm und hilft mir, mich in eine sitzende Position aufzurichten. Mir dröhnt der Schädel, und ich bin froh über Mikes stützende Hand. Der Raum ist voll mit Leuten, alle starren mich an.

»Was ist passiert?« Meine Stimme ist nur ein Nuscheln.

»Ein Schockzauber hat dich erwischt. Kannst du aufstehen, Kindchen?« Lady Kaitlin ist ebenfalls da und scheucht die Menge auseinander.

Jetzt erst wird mir bewusst, dass ich zusammengebrochen sein muss und hier auf dem Fußboden liege. Meine Haube ist verrutscht, und meine Beine schauen unter dem Kleid hervor. Mühsam rappele ich mich auf, richte mich wieder her und streiche mein Haar aus meinem Gesicht. Um mich dreht sich alles, aber auf keinen Fall will ich vor den Augen aller wieder auf dem Fußboden liegen.

Meine Erinnerung kehrt langsam zurück. Es war Victorias Schockzauber, der mich getroffen hat. Sie hat es tatsächlich gewagt, mich mit Magie zu attackieren. Ich blicke mich um, aber ich kann die Anführerin der Vigilanten nirgendwo entdecken.

»Wo ist …?«

»Victoria wurde in Gewahrsam genommen, mach dir keine Sorgen«, beantwortet Lady Kaitlin meine Frage, noch bevor ich sie stellen kann.

Ich erinnere mich, wie Victoria mich des Diebstahls bezichtigt hat – was ja auch stimmt –, aber auch, dass sie mir den Angriff durch die Banshee in die Schuhe schieben wollte. Nicht nur, dass Victoria sofort wusste, was es mit der Kette auf sich hat – was eigentlich einem Geständnis gleichkommt –, sie hat sofort den Spieß umgedreht und behauptet, sie sei dabei gewesen, mich zu verhaften.

Das ist lächerlich. Für das mit der Banshee müsste ich zaubern können.

So gesehen ist es ein Vorteil, dass mein Unterricht mit Lady Kaitlin noch keine Früchte gezeigt hat. Denn wenn ich tatsächlich Magie wirken könnte und Victorias Schockzauber abgeblockt hätte, würde die Frage aufkommen, woher ich das kann und ob ich nicht doch in der Lage wäre, eine Banshee mit einer Halskette zu transportieren.

Lady Kaitlin hakt mich unter und dirigiert mich sanft aus dem Raum. »Diesen Angriff wird sie nicht so schnell erklären können«, flüstert sie mir ins Ohr. Lady Kaitlins Worte klingen, als wäre der Angriff auf mich ein Triumph, aber der Schock sitzt mir noch immer in den Knochen.

»Und die Halskette …?«

»Habe ich Sir Henry übergeben. Mach dir keine Sorgen, es ist geschafft. Du hast Victorias Schuld bewiesen, und nach ihrem kleinen Auftritt eben wird sie sich nur noch schwer herausreden können.«

Ich bin mir da nicht so sicher. Klar, Victoria hat die Nerven verloren, aber ob mir ohne Calebs Einmischen jemand aus den Reihen der Vigilanten geholfen hätte, weiß ich nicht. Vermutlich hätte Victoria mich einfach verhaften oder auf der Flucht im Gang umbringen können, wenn sie eine Chance dazu gehabt hätte, und niemand würde nachhaken. Sie ist skrupellos, und sicher hat sie schon einen Plan, wie sie das Blatt zu ihren Gunsten wenden kann.

Lady Kaitlin übergibt mich den anderen Dienstboten, und eine Schar aufgeregter Mädchen hilft mir, die Treppe zu meinem Zimmer hinaufzusteigen, damit ich mich in mein Bett legen und erholen kann.

Meine Kollegen erzählen mir, dass Victoria mich als Diebin bezeichnet hat und es so darstellt, als wäre ich die Schuldige.

Zum Glück scheucht Harriet sie alle weg. »Lasst Sally in Ruhe, sie muss sich ausruhen.« Ich bin froh, dass Harriet das tut, allerdings brauche ich danach noch eine halbe Stunde, um sie zu beruhigen.

Als meine Ziehmutter endlich geht und die Tür zu meinem Zimmer hinter sich schließt, schwirrt mir der Kopf. Ich fühle mich nicht, als hätte ich einen Triumph errungen. Vielmehr habe ich versagt und mich bei der Beschaffung der Halskette erwischen lassen. Nun stehe ich als Diebin da, und es steht Aussage gegen Aussage: Dienstmädchen gegen Vigilanten-Chefin. Ich kann nur hoffen, dass Sir Henry und Lady Kaitlin Victorias Schuld belegen können.

*

Ich finde keine Erholung und wälze mich nur hin und her. Der Muskelkater schmerzt. So ein Schockzauber ist eine ganz schön fiese Waffe.

Als Harriet mir etwas zu essen raufbringt, erklärt sie mir, dass sich bei Sonnenuntergang alle in der großen Eingangshalle versammeln, wo Sir Henry eine Ansprache halten wird. Das will ich mir natürlich nicht entgehen lassen, und obwohl Harriet protestiert und ich noch ein wenig wackelig auf den Beinen bin, stehe ich auf.

Gemeinsam gehen wir zur Versammlung, Harriet bei mir untergehakt. Ich bin genauso gespannt wie alle anderen, was Sir Henry zu sagen hat und ob Victoria auch mit dabei sein wird.

Auf der Galerie sehen wir zusammen mit den anderen Dienstboten zu, wie sich unter uns die Halle nach und nach mit so vielen Magiern füllt, bis diese, dicht aneinandergedrängt, Schulter an Schulter zusammenstehen. Der schwarz-weiße Marmor mit der eingelegten Kompassrose ist kaum noch sichtbar.

Es ist die Nacht von Halloween. Sämtliche Vigilanten und Magier des Ordens von London sind heute im Ordenshaus, dazu die extra für diesen Anlass geladenen Gäste. Ich sehe Caleb, Mike und Noah, die sich zusammen mit Isabella zu einem Team aufstellen. Wie die Magier tragen auch sie ein Halloween-Kostüm. Alle sind gespannt, was Sir Henry zu den Ereignissen sagen wird.

Ein paar meiner Kolleginnen tuscheln hinter vorgehaltener Hand, aber ich weiß auch so, worüber sie reden. Sie haben von Victorias Angriff auf mich erfahren. Und von ihren Anschuldigungen.

Ich bin überrascht, dass Sir Henry mich noch nicht zu einer Befragung zu sich ins Büro gerufen hat. Aber ich nehme an, dass Lady Kaitlin ihm den Sachverhalt erklärt und dafür gesorgt hat, dass ich mich ausruhen kann. Mir wäre es lieber gewesen, selbst mit dem Ordensprotector zu reden. Zumal man so schwere Anschuldigungen gegen mich erhebt.

Entlang der Galerie sowie im ganzen Ordenshaus und auf dem Gelände draußen wurden geschnitzte Kürbisse verteilt und mittlerweile mit magischen Kerzen beleuchtet. Grün flackernde Flammen geistern in den Fratzen und verleihen der langsam in der Abenddämmerung versinkenden Halle eine gespenstische Atmosphäre. Mit den letzten Strahlen bricht All Hallows Eve an, was bedeutet, dass Jack O'Lantern sein Unwesen auf den Straßen treiben wird, weswegen man in dieser Nacht nicht ohne Verkleidung ausgehen sollte. Für die Vigilanten und Magier ist das die Gelegenheit, sich einmal nicht verstecken zu müssen, denn sie sind in bunten Kostümen unterwegs.

Caleb trägt einen Piratenhut und sein Katana ganz offen über einem schwarzen Ledermantel. Ich frage mich, wieso er sich ausgerechnet diesen Hut ausgesucht hat. Noah hat sich als Joker verkleidet und dafür seine Haare grün gefärbt. Das aufgemalte Grinsen sieht gruselig aus. Isabella trägt einen üppigen Kranz aus roten Rosen und gelben Dahlien auf dem Kopf und hat sich im Stile des mexikanischen Día de los Muertos – dem Tag der Toten – geschminkt. Einige Magier haben nichts weiter an als ihre offiziellen Roben. Sie genießen es, in dieser Nacht auf die Straße gehen zu können, ohne komische Blicke von Passanten zu ernten, und ihre Gewänder nicht nur zu zeremoniellen Anlässen innerhalb des Hauses zu tragen.

Auch die Obscura, die heute mit auf den Straßen sein werden, sind in Verkleidung. Ich hätte eigentlich mit dabei sein sollen, doch man hat mich vom Dienst suspendiert. Aber nicht nur ich werde bei dem Einsatz fehlen. Auch die Vigilanten-Anführerin wird nicht mit dabei sein. Hollister Grey, der Waffenmeister, wird die Lücke füllen.

Die ausländischen Gäste sammeln sich in kleinen Grüppchen. Es wird gemunkelt, dass der geladene Gast aus Brasilien mit einem eigenen Team angerückt ist.

Ich recke meinen Hals, um einen besseren Blick auf die Gruppe werfen zu können. Die muskulösen, agilen Frauen und Männer stechen unter den blassen Londonern nicht nur wegen ihrer Hautfarbe heraus. Sie feiern diesen Einsatz, als wäre es ein Karnevals-

Umzug. Ich frage mich, ob sie mitbekommen haben, was hier heute Abend passiert ist.

Normalerweise wäre ich neugierig auf die Gäste und hätte mich mit den anderen Dienstmädchen darum geprügelt, sie bei Tisch bedienen zu dürfen. Heute bleibe ich lieber im Hintergrund und hoffe, es spricht sich nicht allzu weit herum, dass ich bei einem Diebstahl erwischt worden bin und von Victoria Bannister mit einem Schockzauber belegt wurde.

Endlich öffnet sich die Tür zu Sir Henrys Büro. An der Seite von Lady Kaitlin bahnt er sich seinen Weg auf der Treppe durch die Menge, die sich respektvoll vor ihm teilt. Er trägt seine offizielle blaue Robe mit den goldenen Ornamenten und dem auf der Rückseite eingestickten Ordenslogo. Er ist unbewaffnet, da er heute Nacht nicht ausrückt, sondern mit Lady Kaitlin im Ordenshaus ausharren und die Einsätze koordinieren wird.

Der Ordensprotector bleibt auf der Mitte der Treppe stehen, damit er von allen Anwesenden gesehen werden kann, während Lady Kaitlin sich am Fuß der Treppe neben Hollister Grey, dem Waffenmeister der Vigilanten, aufbaut und die Hände über ihrem Stock faltet. Sofort kehrt Ruhe ein, auch das brasilianische Team verstummt. Alle Köpfe wenden sich dem Ordensprotector zu.

»Wie ihr wahrscheinlich mittlerweile alle wisst, kam es am heutigen Abend zu einem bedauerlichen Vorfall. Einige der Anwesenden wurden Zeugen eines Kampfes unter unseren Vigilanten. Es wurden schwerwiegende Beschuldigungen erhoben, und solange diese nicht geklärt sind, gibt es leider keinen anderen Weg, als Victoria Bannister vorläufig in Gewahrsam zu halten.«

Ein Raunen geht durch die Menge. Scheinbar haben doch noch nicht alle von dem Vorfall erfahren. Oder sie haben nicht geglaubt, dass man Victoria tatsächlich einsperren würde.

Viele Blicke landen auf mir. Zumindest hat es sich herumgesprochen, dass ich bei den Ereignissen im Mittelpunkt stand. Sicher fragt sich die Zaubererschaft, warum nicht auch ich im Kerker schmore.

Sir Henry hebt die Hand: »Aber heute ist auch die Nacht von Halloween, und es ist unsere Pflicht, für die Sicherheit von Londons Straßen zu sorgen. Daher werden wir die Untersuchung der Ereignisse auf später verschieben müssen.«

Er übergeht die aufkommende Unruhe geschickt und fährt unbeirrt in seiner Rede fort.

»Wir danken den vielen Vigilanten und Magiern, die aus ganz Großbritannien – und sogar aus Brasilien – angereist sind, um sich mit uns dem Schrecken von Jack O'Lantern entgegenzustellen. Wir wissen nicht, wo er erscheinen wird, deswegen wurde der Schutz heute Nacht erhöht. Jack wird durch die Straßen wandeln und Chaos verbreiten, und wie jedes Jahr wieder werden wir verhindern, dass unbescholtene Londoner Bürger zu Schaden kommen und ihn für mehr als eine gelungene Maskerade halten.«

Applaus brandet auf. Sir Henry mahnt erneut zur Ruhe. »Dieses Jahr jedoch strebt der Hermetische Orden mehr an, als nur den alten Jack in Schach zu halten.«

Bei dieser Ankündigung wechseln die Vigilanten fragende Blicke. Sir Henry lässt seine Zuhörer nicht lange zappeln: »Wir wissen, dass wir Jack nicht besiegen oder für immer bannen können. Er taucht immer wieder auf in dieser Nacht, auch wenn wir ihn mit Waffen schlagen und ins Reich der Toten zurückschicken. Sein Tod ist stets von kurzer Dauer. Innerhalb einer Stunde materialisiert sich Jack an einer anderen Stelle, in einer anderen Straße.

Dieses Jahr gebe ich euch einen Auftrag: Haut Jack die Rübe von den Schultern! Und bringt mir ein Stück davon. Der Orden und ich hoffen, dass mit solch einem magischen Artefakt eine Bindung hergestellt werden kann, die es uns im nächsten Jahr erleichtert, Jack O'Lantern zu lokalisieren.«

Ein aufgeregtes Gemurmel geht durch die versammelten Vigilanten.

Sir Henry blickt zu Lady Kaitlin, die ihre Überraschung zu verbergen versucht.

Hat sie von diesem Plan nichts gewusst?

Schon länger habe ich das Gefühl, dass die Ordensführung Lady Kaitlin in wichtige Entscheidungen nicht mehr einweiht.

»Macht euch also auf die Suche. Konzentriert euch auf die Pubs und Bars und auf die Stellen, die wir euch auf der Karte markiert haben, wo Jacks Erscheinung in den letzten Jahren auftauchte. Wenn ihr ihn sichtet, gebt dem Ordenshaus Bescheid, Miss Gardener wird dann alle anderen Teams über Funk benachrichtigen.«

Sir Henry deutet auf die lila gefärbten Haare in der Menge. Squirrel hält ihre Hand zu einem Victory-Zeichen hoch. Doc Brown steht neben ihr bereit, um sich hinter die Computer-Bildschirme zu klemmen.

»Umgekehrt wird Miss Gardener den Polizeifunk abhören und sich bei euch melden, wenn es Kneipenschlägereien gibt, ein Zeichen dafür, dass Jack anwesend sein könnte. Noch Fragen?«

Der Protector schaut sich in der Menge um, doch niemand erhebt das Wort, alle scheinen begierig darauf zu sein, endlich loszulegen.

»Dann brecht jetzt auf, Vigilanten, und schlagt ein Stück aus der Rübe des Jack O'Lantern! Für den Hermetischen Orden und ein sicheres London!«

»Für den Hermetischen Orden!«, brüllen alle wie aus einer Kehle und heben ihre Waffen und Schwerter.

Ich bin froh, nicht mit ihnen ziehen zu müssen, und bleibe oben auf der Galerie. Mir steckt der Schockzauber noch immer in den Knochen.

Das gewaltige Eingangstor verschluckt die bunt gekleidete Menge. Die kalte, plötzlich einfallende Nachtluft lässt die grünen Flammen in den Kürbissen gespenstisch aufflackern, während sich unten die Halle leert. Zurück bleiben nur Squirrel und Doc

Brown. Sie haben ihre Einsatz-Zentrale in der Großen Halle im Ordenshaus aufgebaut, wo am nächsten Morgen das Frühstücksbüfett serviert werden soll.

Sir Henry steht auf der Treppe und sieht zu, wie alle aufbrechen. Lady Kaitlin ist die Stufen zu ihm hinaufgestiegen und redet auf ihn ein. Sie besprechen bestimmt das weitere Vorgehen. Das ist meine Chance, mit dem Protector zu reden.

Ich dränge mich durch das Dienstpersonal auf der Galerie, das Richtung Küche strebt.

»Sally, wo willst du hin?« Mrs Bones, die Hausdame in ihrem schwarzen Kleid, hat mich in der Menge entdeckt.

»Ich habe nur kurz noch was zu erledigen, dann komme ich in die Küche«, wiegele ich ab. Ich recke den Hals und versuche über die Köpfe der Dienstboten in ihren Uniformen hinweg nach unten zu sehen.

Warum bin ich nur so verdammt klein?

Doch ich kann nicht erkennen, ob Lady Kaitlin und der Ordensprotector sich noch auf der Treppe befinden, ich sehe nur Uniformen und weiße Hauben.

Was, wenn sie schon auf dem Weg zu seinem Büro sind?

»Küche?«, fragt Mrs Bones empört. »Du gehörst ins Bett, Sally.«

»Mir geht es gut«, antworte ich, obwohl meine Knie noch immer weich wie Gummi sind. »Ich kann arbeiten. Ich muss nur kurz …« Über die sich leerende Galerie hinweg sehe ich, wie der Protector zu seinem Büro geht. Ich verpasse meine Chance, ihn abzufangen, wenn ich noch länger aufgehalten werde.

Mrs Bones' dürre Gestalt stellt sich mir in den Weg. »Papperlapapp, auf keinen Fall. Ich will nicht hören, ich würde meine Dienstmädchen bis zur Erschöpfung arbeiten lassen. Du hattest einen schweren Tag und nimmst dir den Rest des Abends frei.«

»Das ist wirklich nicht notwendig, Mrs Bones.« Ich versuche, mich an ihr vorbeizuschieben.

»Ich bestehe darauf!« Mrs Bones stemmt die Hände in die Hüften, wie ein Storch, der sich aufplustert.

Ich bleibe stehen. Wenn die Hausdame ihre Hände in die Hüften stemmt, sollte man lieber tun, was sie sagt.

»Los, ab mit dir, ich will dich hier heute Abend nicht mehr sehen!«

Wenn ich es mir mit ihr nicht verscherzen will, bleibt mir nichts anderes übrig, als Mrs Bones' Befehl zu gehorchen und mich auf den Weg zu meinem Zimmer zu machen. Über die Schulter sehe ich frustriert zu, wie Sir Henry und Lady Kaitlin im Büro des Protectors verschwinden.

KAPITEL 29

Kaitlin

Halloween ist der Tag, an dem viele Menschen in ihrem Haus bleiben und das Licht löschen. Die einen wollen nicht von kleinen, zuckersüchtigen Bälgern gestört werden, andere haben vor Kurzem einen Verlust erlitten und sind nicht in der Lage, diesen so fröhlichen Feiertag anzugehen, ohne den Kindern Angst zu machen.

Für mich hingegen ist Halloween der ideale Zeitpunkt, um meine Schwester auf dem Friedhof des Ordens zu besuchen.

Doch noch ist es nicht so weit. Es bleibt noch etwas Zeit bis zur Nacht, und die will ich mit Sally nutzen, zumal sie vom Dienst befreit ist. Wir haben viel zu besprechen und vor allem zu üben. An einem Abend wie diesem ist der Zeitpunkt ideal, da alle anderen beschäftigt sind und nicht in die Bibliothek kommen werden.

Gerade als ich an Sally denke, kommt sie zu mir geeilt. Sie ist blass im Gesicht, und ich kann ihr an der Nasenspitze ansehen, dass sie Todesangst ausgestanden hat. Die Ereignisse des Nachmittags stecken ihr noch immer in den Knochen, und ich frage mich, ob es eine gute Idee ist, sie bei mir zu haben.

Auch wenn es stets geholfen hat, mich durch eine Aufgabe abzulenken – hilft das auch Sally? Auf keinen Fall will ich sie überlasten.

»Sie haben mich gerufen, Lady Kaitlin? Was kann ich für Sie tun?«

»Wie geht es dir?«

Sally beißt sich auf die Unterlippe. »Soweit gut.«

»Du brauchst mich nicht anzulügen, Sally. Wie geht es dir wirklich?«

Sie steht aufrecht wie eine in Marmor gehauene Statue, die ein wenig eingeknickt ist, vor mir. »Ich hätte nicht gedacht, dass es so weit kommt. Wir wollten doch Victoria nur überführen.«

»Wer hätte schon geahnt, dass Victoria sich so sehr wehren würde?«

Sally senkt den Kopf und schluckt schwer. Etwas belastet sie, und ich weiß nicht, was genau meinem Schützling aktuell mehr zu schaffen macht: Die Frage, was mit Caleb nach dem Ritual passiert ist? Der Verrat und der Angriff von Victoria? Oder die Tatsache, dass sie gegen den Orden ermittelt hat? Alles Dinge, die Sallys sonst so heile Welt auf den Kopf gestellt haben.

Tröstend nehme ich sie in den Arm. Einen Moment lang stehen wir so da, ich tätschele ihren Rücken, während sie sich an mich kuschelt. Beinahe so, wie sie es als kleines Mädchen ab und an gemacht hatte, wenn Mrs Brewster nicht zugegen war.

»Lady Kaitlin, darf ich Sie um einen Gefallen bitten?«

»Jederzeit, Kindchen. Was ist es denn?«

Sally holt tief Luft, wischt sich die Träne von der Wange und nickt sich selbst zu. »Als Victoria mich heute erwischt hat, war ich ihr hilflos ausgeliefert. Ich konnte nichts tun, um mich zu wehren. Dieses Gefühl ist schrecklich, und ich möchte es nie wieder erleben müssen.«

Bedächtig nicke ich. »Ich ahne, um was du mich bitten möchtest. Und ich denke, es ist durchaus sinnvoll, wenn wir in diesen besonderen Zeiten nicht dem üblichen Lehrplan folgen. Vielleicht ist es an der Zeit, dir ein paar stärkere Zauber zu zeigen.«

»Wirklich?« Sally löst sich vollends aus meiner Umarmung und stellt sich mir gegenüber, ihre Begeisterung ist greifbar. »Danke. Ich weiß das wirklich zu schätzen.«

»Alles, um dich zu schützen, Kindchen.« Dass ich dieses Versprechen nicht nur ihr, sondern auch ihrer Mutter gegeben habe, muss sie nicht wissen. »Gut, dann stell dich neben mich. Ich zeige dir die Grundlagen, die du üben musst. Wir fangen mit dem einfachsten Blockierzauber an.«

»Jetzt sofort?« Sally reißt die Augen auf. »Okay, warum nicht.«

»Oder bist du noch zu aufgewühlt?«

Einen Moment sieht Sally so aus, als ob sie zustimmen will, aber dann schüttelt sie den Kopf. »Ich schaffe das. Ich muss einfach. Wenn ich Zauber nicht in stressigen Situationen bewältigen kann, wann denn dann?«

Anerkennend neige ich den Kopf und deute ihr erneut, sich neben mich zu stellen.

»Du hebst deinen linken Arm auf Bauchhöhe und zeichnest mit der rechten Hand einen Kreis neben deiner Hüfte. Dazu stellst du dir eine Mauer vor, die du innerhalb eines Wimpernschlags vor dir hochziehst. Damit kannst du jeden Zauber blockieren, der auf dich gerichtet wird. Natürlich musst du wissen, dass ein Zauber kommt. Im Nachhinein klappt es nicht.«

Sally hebt ihren linken Arm. »So in etwa?«

Ich korrigiere die Position um einige Zentimeter und drehe ihr Handgelenk so, dass die Hand aufrecht zeigt. »Mit dieser Haltung kannst du dir besser vorstellen, wie du etwas aufhältst.« Zur gleichen Zeit dreht Sally ihre rechte Hand neben der Hüfte.

»Gut, das ist klasse. Und jetzt machst du das noch einmal und stellst dir eine Mauer oder besser ein Schild vor, das du vor dir hochziehst, damit nichts durchdringt. Siehst du es?«

Sally schließt die Augen und wiederholt die Bewegung. »Ein fester, undurchdringbarer Schild«, murmelt sie vor sich hin.

»In Ordnung. Fragen dazu?«

»Ich denke, erst einmal nicht. Die kommen sicher später, beim Üben.«

Nachdem sie die Grundlagen des ersten Zaubers verstanden hat, erkläre ich ihr zwei weitere. Einen Spiegelzauber und einen Abwehrzauber. Auch für diese beiden Zauber muss sie in den nächsten Tagen die Bewegungen und Worte in ihrem Zimmer üben.

»Danke, Lady Kaitlin. Sie haben keine Ahnung, was mir Ihr Vertrauen bedeutet.«

»Das hast du dir dein Leben lang auch hart erarbeitet.« Ich stütze mich an einem Lesepult ab und beobachte Sally. »Abgesehen von der Sache mit Caleb. Da hast du wirklich ein schlechtes Urteilsvermögen bewiesen.«

Sally öffnet den Mund, um sich zu verteidigen, aber ich hebe nur den Arm, um sie davon abzuhalten. »Keine Sorge. Ich halte es dir nur noch ein paar Jahre lang vor. Wir müssen aber noch etwas anderes besprechen. Hast du dafür noch Kraft?«

»Worum geht es denn?«

»Um Victoria und ihr morbides Sammelalbum der Organe. Immerhin muss sie damit etwas geplant haben. Die Frage ist: Was genau?«

»Haben Sie noch nichts dazu herausgefunden?«

Sally legt den Finger in exakt die Wunde, die ich selbst schon seit Tagen versuche zu verbinden. Aber sie bricht immer wieder auf und ärgert mich. In meinem Verstand habe ich alles zusammengeführt. Ich kenne die Details, aber es ist, als ob ich die Formel sehe, nur das Ergebnis nicht erreichen kann.

Deshalb ignoriere ich Sallys Frage und lenke davon ab. »Gehen wir noch mal alles durch, was wir wissen.«

»Sie hat Aarons Herz gestohlen und die Augen des Friedhofswärters, der von der Banshee getötet wurde.«

Ich nicke. »Zudem habe ich aus sicherer Quelle erfahren, dass sie wohl noch den linken Eckzahn eines Vampirs und ein Teil von einem Ghul gestohlen hat.«

Meine Ergänzungen erstaunen Sally, aber sie hakt nicht weiter nach, als ich abwinke.

»Das sind alles Paranormale, die nicht leicht zu besiegen sind. Was für ein Ritual es auch immer ist, es muss ein mächtiges und definitiv schwarzmagisch sein.«

»Steht nichts in Ihren Büchern in der Inneren Bibliothek?« Sally deutet auf die Tür zur Mittleren Bibliothek. »Etwas Schwarzmagisches wie diese Zutaten müssen doch verzeichnet sein.«

»Um ehrlich zu sein, kann ich es nicht genau sagen. Ich weiß, dass ich wissen müsste, wofür die Organe gebraucht werden, aber es ist, als ob sich die Lösung immer wieder in einen undurchdringlichen Nebel zurückzieht. Ich kann sie nicht ganz greifen.«

»Haben Sie sich mal untersuchen lassen, Lady Kaitlin?« Dieser forsche, wenn auch nicht falsche Vorschlag von Sally trifft mich.

»Es ist mein Körper, und ich bin mir sicher, dass es nur der aktuellen Situation hier im Orden geschuldet ist. Mein Verstand muss sich gerade mit so vielen Dingen zugleich beschäftigen, dass es kein Wunder ist, wenn ich nicht alles auf Anhieb abrufen kann.«

Einen Augenblick lang schaut Sally mich skeptisch an, ehe sie den Blick abwendet. »Natürlich, Lady Kaitlin. Das wird es sein.«

Dass Sally selbst nicht glaubt, was sie gerade gesagt hat, ist mir klar, aber sie besitzt genügend Anstand, um nicht weiter nachzuhaken. Stattdessen schlägt sie vor, einige Bücher zu holen, in denen wir eventuell weitere Informationen finden können. Um das Thema nicht länger zu verfolgen, stimme ich zu, sodass wir die nächste Stunde damit vergeuden, nach etwas zu suchen, das ich eigentlich längst wissen müsste.

Sally geht erst, als die Dunkelheit sich vollständig über den Turm der Bibliothek gesenkt hat. Ich warte noch eine halbe Stunde und schließe dann ab.

Der Weg aus dem Turm führt mich über einen kleinen Nebenausgang direkt in den Garten. Es ist frisch, ich sauge die kühle Luft ein, schlendere ein wenig durch die parkähnliche Gartenanlage, ignoriere die Wegbegrenzungen und gehe über den Rasen, um mir aus der kleinen Gartenlaube eine Sitzauflage zu holen. Zwar hat es tagsüber nicht geregnet, aber die Feuchtigkeit der Nacht hat sich bereits ins Gras gesenkt und dämpft meine Schritte.

Bevor ich zu sehr an die erschreckenden Ereignisse des heutigen Tages denken kann, umfängt mich dieselbe Melancholie, die ich jedes Jahr an diesem einen Tag empfinde. Wobei das nicht ganz stimmt. Ich empfinde sie jeden Tag meines Lebens, wenn ich an

Abigail denke, aber ich lasse sie nicht die Kontrolle übernehmen. Es hat mich einige Anträge und viele Diskussionen mit dem damaligen Protector gekostet, damit ich Abigail trotz ihres Ausschlusses im Garten des Ordens beisetzen lassen durfte. Aber ich war ihre einzige Angehörige, und dank meines hohen Ranges im Hermetischen Orden hat man mir dieses Privileg schließlich zähneknirschend zugebilligt. Sie hat keine dieser prunkvollen Gedenktafeln bekommen, wie sie anderen Magiern zugestanden wird, aber sie liegt auf dem Gelände. Mehr hatte ich nie gewollt.

Mit jedem Schritt, mit dem ich mich Abigails Grab nähere, spüre ich die Schwere der Trauer deutlicher. Als müsse ich zur Bestrafung all den Kummer an einem einzigen Tag gebündelt ertragen, weil ich ihn nicht regelmäßiger zulasse.

Doch damit kann ich leben. Es zeigt mir, dass ich noch nicht vollkommen abgestumpft bin.

Ich komme an der Trauertafel der im Kampf für den Orden Gefallenen vorbei. Zwar dringt nur wenig Licht des Ordenshauses bis zu dem Wäldchen vor, aber es genügt, um die frische Gravur von Zacharias O'Brian zu erkennen. Ein Opfer der jüngsten Intrige, die den Orden erschüttert.

Ein schwacher Schimmer tanzt vor einem der Gräber neben der Trauertafel. Offenbar ist der Übergang zwischen den Welten heute Nacht auch im Orden dünner geworden. Ich weiß nicht, welcher Geist da versucht, einzudringen, und kann nur hoffen, dass die Schutzzauber ihn weiterhin davon abhalten, vollständig durchzudringen.

Ich gehe bis zum äußersten Rand des Wäldchens, an das Ende des Grundstücks. Dort, in der hintersten Ecke, wurde Abigail beigesetzt.

Das schlichte Messingschild an der alten Eiche schimmert matt. Ich gehe in die Knie und berühre den Boden. Natürlich kann ich darüber keinen Kontakt zu Abigail aufnehmen, aber es fühlt sich richtig an. Die Verbundenheit, die uns als Schwestern zusammengehalten hat, fließt in diesem Moment von meinen Fingerspitzen in die Erde unter mir.

»Ich hoffe, es geht dir gut.« Wie jedes Mal, wenn ich an Halloween zu Abigail gehe, rede ich mit ihr.

Ein letztes Mal schaue ich mich um, vergewissere mich, dass ich allein bin, ehe ich mich vor das Grab auf die mitgebrachte Sitzauflage setze.

Abigail, es ist schon wieder ein Jahr her, und ich hoffe, du verzeihst mir diese Heimlichkeit, mit der ich dich besuche. Es ist viel passiert in den vergangenen Monaten.

Nach und nach berichte ich ihr in meinen Gedanken von Sally und meinem Entschluss, sie auszubilden. Von Zacs Tod, von dem Verdacht, den ich gegen Caleb hege. Von Beatrice und der Aufnahme der Pixies in die Neue Arkana. Und natürlich von Victorias Verrat am Orden. All das nur in meinen Gedanken, denn obwohl ich mir sicher bin, allein auf dem Friedhof zu sein, weiß ich nicht, wer sonst noch lauscht.

Beinahe eine Stunde sitze ich an Abigails Grab und halte stumme Zwiesprache mit ihr, auch wenn sie nicht antwortet. Doch allein der Gedanke ihrer Gegenwart an diesem Abend, an dem die Seelen der Verstorbenen näher an die Welt der Lebenden treten können, gibt mir das Gefühl der Verbundenheit, um ein weiteres Jahr durchzustehen.

Schließlich bewege ich meine Beine, die knacken und ächzen, als ich sie nach so langer Zeit wieder zur Arbeit nötige. Auch wenn ich es mir nicht eingestehen will, aber ich werde langsam alt. Vor einigen Jahren hat mir das lange Sitzen auf dem Boden noch nicht so viel Mühe bereitet. Nun spüre ich deutlich die Anzeichen des Alters. Mein Rücken schmerzt, und meine Beine fühlen sich taub an, als ob jemand sie mit Eiswasser übergossen hat.

Einen Moment lang gönne ich mir dieses Selbstmitleid, ehe ich mich schüttele und wieder zu meinem eigentlichen Denken zurückkehre: analytisch pragmatisch und emotionslos. Mittlerweile ist es wie ein Schalter, den ich in meinem Verstand umlegen kann. Manch böse Zunge mag behaupten, dass es die jahrelange Übung ist, und hat damit vermutlich sogar recht. Ich hingegen bezeichne es als eine meiner Stärken.

Gerade als ich hinter dem Baum hervortreten will, bemerke ich eine dunkle Gestalt, die sich dem Friedhof nähert. Verwirrt halte ich inne und ziehe mich in den Schatten des Baumes zurück.

Es gibt noch jemanden, der an diesem Abend den Weg zu den Gräbern wagt?

Es dauert einen Moment, bis ich erkenne, dass es Sir Henry selbst ist, der das kleine Wäldchen in diesem Augenblick betritt. Ich bleibe hinter dem Baum und beobachte seine Schritte. Er geht zum Grab seines Sohnes. Ich nicke, verstehe, dass er wohl ähnliche Beweggründe hat wie ich, diesen Abend zu nutzen. Auch wenn ich ihm bislang noch nie an Halloween auf dem Friedhof begegnet bin. Vor allem nicht mitten in der Nacht, was mich nun doch stutzig macht.

Sir Henry stellt eine Kerze in die Mitte von Nathans Grab und hantiert kurz auf dem Boden herum, ehe er sich wieder erhebt und die Arme vor seinem Herzen überkreuzt.

Das sieht seltsam aus, denke ich, und die Neugier wächst in mir. *Erlebe ich Sir Henry etwa gerade bei einem Ritual, oder störe ich nur bei seiner persönlichen Trauer?* Mir jedenfalls ist kein Ritual bekannt, das nur einer Kerze bedarf, deswegen vermute ich, dass er, ebenso wie ich, in Ruhe der Verstorbenen gedenkt.

Ich bekomme ein schlechtes Gewissen und mache den ersten Schritt in Richtung Ordenshaus. Langsam ziehe ich mich zurück, trete jedoch in Sir Henrys Nähe auf einen dünnen Ast, den vermutlich der kalte Nordwind in den letzten Tagen von einem der Bäume herunterkommen ließ.

Erschrocken zucke ich zusammen und beeile mich, weiterzugehen. Doch im Augenwinkel erkenne ich, dass Sir Henry meine Anwesenheit bemerkt hat. Jetzt ist es von Nachteil, dass ich eine

Stunde lang auf dem Boden gesessen habe. Mein Körper will nicht so schnell vorankommen, wie ich es von ihm verlange, sodass schon wenige Sekunden später eine Hand auf meiner Schulter liegt und mich aufhält.

»Lady Kaitlin, was machen Sie denn hier?«

Ich seufze leise und drehe mich schließlich um. Er hat mich erwischt, nun muss ich mich der Situation stellen. In seiner Stimme erkenne ich eine Vorsicht, die er mir gegenüber meistens gut verbirgt.

»Dasselbe könnte ich Sie fragen, Protector. An einem ereignisreichen Abend wie diesem ist es doch sehr unüblich, den Friedhof aufzusuchen.« Direkt in die Offensive zu gehen, erscheint mir am sinnvollsten. So kann ich vielleicht vom Grund meines Aufenthalts ablenken.

Sir Henry scheint jedoch nicht darauf eingehen zu wollen und lenkt seinerseits ab. »Es ist eine wundervolle Nacht, und ich wollte sie nicht verschwenden. Haben Sie ebenfalls die Sterne bewundert?«

Ich hebe kurz den Blick, aber mitten in der Innenstadt von London, egal, wie abgeschirmt unser Grundstück auch ist, kann man heute keinen einzigen Stern erkennen. »Vermutlich genauso wie Sie, Sir Henry«, entgegne ich mit einem süffisanten Lächeln und schaue zu Nathans Grab.

Sir Henry bemerkt meinen Blick und presst die Lippen zusammen. »Sie haben mich erwischt. Ich habe Nathan besucht, wollte eine Kerze anzünden, damit er den Weg in der Dunkelheit dieser Nacht findet.«

Ich frage mich kurz, warum er mir das erzählt. Immerhin geht es mich nichts an, und er ist mir keine Rechenschaft schuldig. »Sie wissen schon, dass man auf diese Weise Geister in die Welt der Lebenden holen kann, oder?«

»Nur, wenn man nekromantische Fähigkeiten besitzt.« Sir Henry winkt ab. »Aber wem erzähle ich das. Immerhin studieren

Sie die dunklen Zauber, damit wir sie ausmerzen können. Und einen Nekromanten hatten wir schon seit Jahrzehnten nicht mehr in London.«

Einen Moment lang zögere ich und frage mich, wieso er ausgerechnet jetzt mit diesem Thema anfängt. Aber er kann unmöglich von meinen Befürchtungen Caleb gegenüber etwas ahnen.

Oder doch?

Nein. Wenn Sir Henry nur den Hauch eines Verdachts hätte, würde er Caleb nicht in den Außeneinsatz ziehen lassen, dessen bin ich mir sicher.

»Nicht, soweit ich weiß. Solch eine dunkle Kraft wäre zu gefährlich.« Ich deute auf das Grab von Nathan. »Sie sollten zurück zu Ihrem Sohn gehen. Diese Kerze mag vielleicht nur eine Kerze sein, aber ein unbedachter Windstoß kann daraus ein gefährliches Ritual im falschen Augenblick machen.« Ich deute dabei einen Zauber an, von dem ich weiß, dass Sir Henry ihn ebenfalls kennt.

Es ist ein Spruch zur Kommunikation mit Geistern, die nicht sichtbar werden. Das Problem ist, dass man das Flackern der Kerze lange genug am Leben erhalten muss, damit der Geist nicht in der Lage ist, die Flamme zu löschen und somit den Zeitpunkt selbst zu bestimmen, an dem er das Gespräch abbricht. Im schlimmsten Fall, so wie es in dem Journal berichtet wurde, hat man auf alle Ewigkeit einen Geist, der mit einem spricht. Das kann ein guter Geist sein, der einen vor Gefahren warnt, aber in den wenigen dokumentierten Fällen sind es verirrte Seelen, die nur Chaos kennen.

»Da haben Sie natürlich wie immer recht, Lady Kaitlin. Ich danke Ihnen für die Erinnerung.« Sir Henry nickt mir zu, ehe er sich auf dem Absatz umdreht. Nach einigen Schritten bleibt er noch einmal stehen, zögert kurz, ehe er über die Schulter zu mir sagt: »Leben Sie wohl, Lady Kaitlin.«

Dann geht er weiter zum Grab seines Sohnes, und ich kann endlich wieder in die Wärme des Ordenshauses zurückkehren.

KAPITEL 30

Caleb

Wir patrouillieren seit der Dämmerung in der Gegend um die Fleet Street. Hier sind die altehrwürdigen Pubs, und nicht nur das *Olde Cheshire Cheese* ist in der Nähe, sondern auch *The Blackfriar* und das *Ye Olde Mitre*. Selbst das Bankenviertel mit seinen uralten Kneipen ist nur einen Katzensprung entfernt.

Trotzdem ist es die Suche nach der Nadel im Heuhaufen, denn noch hat sich nichts getan. Was nicht ungewöhnlich ist. Auch Jack O'Lantern startet, wie jeder normale Zecher, nüchtern seine Runde. Und da er ein unsterbliches Wesen ist, dauert es ein wenig, bevor er seinen Pegel erreicht, aus den ersten Bars rausfliegt und der Ärger beginnt.

Es ist 22 Uhr, und wir gehen davon aus, dass wir spätestens in einer Stunde mit den ersten ernsthaften Krawallen rechnen können. Nicht nur unser Freund mit dem Rübenkopf ist heute Abend in Feierlaune. Überall laufen verkleidete Menschen herum, einige schon deutlich angetrunken, die keine Ahnung haben, in welcher Gefahr sie schweben.

Denn je länger ein Wesen in der Zwischenwelt gefangen ist, desto grausamer wird es. Selbst Geister, die dort zu lange verharren, verlieren ihre Menschlichkeit. Sie werden verrückt und greifen wahllos an. Vigilant zu sein bedeutet auch, ein paar gequälte Seelen zu erlösen. Den Säufer für immer zu erledigen ist bislang aber noch niemandem gelungen.

Aus dem Briefing vom letzten Jahr weiß ich, dass Jack verschwindet, sobald man ihn verletzt oder tötet, und dann an einem anderen Ort wiederauftaucht. Erst bei Sonnenaufgang ist der Spuk zu Ende. Wenn wir Glück haben, gewinnen wir ein paar Stunden, da es auch für einen Geist nicht leicht ist, sich erst zu dematerialisieren und danach wieder zu erscheinen. Allerdings lautet unser heutiger Auftrag, ein Stück der Rübe zu sichern. Erst wenn wir das haben, können wir ihn unschädlich machen.

Bei allem, was über mich hereingebrochen ist, macht mir der heutige Abend mal wieder überdeutlich klar, warum ich nicht aufgeben will. Das hier, die Sicherheit der Menschen, das Jagen der Bösen ist es, was ich kann und tun will. Und das kann ich nur im Orden, ohne selbst zur Zielscheibe zu werden.

Dem Anlass entsprechend haben wir uns zum Schutz vor Jack Verkleidungen angelegt: Isa wird jeder mexikanischen *Día-de-Muertos*-Tradition gerecht. Sie sieht gruselig aus mit dieser aufgemalten, weiß-schwarzen Totenmaske im Gesicht und dem üppigen Blumenkranz im Haar. Mike huldigt den Ghostbusters, er ist ein absoluter Fan dieser Filme und hat einen Rucksack auf, der als Aufsaug-Einrichtung für Geister getarnt ist.

Da wir ein Stück von Jacks Rübe benötigen, wollen wir ihn mit einem Schockzauber außer Gefecht setzen, bevor wir ihn in die Zwischenwelt zurückschicken. Ich bin froh, dass Noah dafür Talent hat. So wird es nicht auffallen, wenn ich mich magisch zurückhalte – die Feuerzauber, die ich am liebsten einsetzte, lassen nicht viel Material übrig. Und mit meinem Katana, das ich heute nicht tarnen muss, fühle ich mich bestens gewappnet.

Zudem trage ich meinen langen Ledermantel und einen Piratenhut. Auf die Augenklappe wollte ich eigentlich verzichten, aber Mike und Noah fanden es zu witzig, sodass ich nachgegeben habe: Heute bin ich Jack Sparrow.

Wir gehen die Pubs ab und werfen in jeden einen kurzen Blick hinein, wie eine Gruppe Feiernder, die ihre Freunde sucht. Noah, der als Joker geht, grinst mich an, und ich versuche, mein Unbehagen zu verbergen. Ich hasse Clowns, und mein Kollege mit der clownähnlichen Schminke und den normalerweise krausen Locken, die heute dreckig-grün gefärbt und geglättet sind, ist für mich gruseliger als jedes Monster. Sogar gruseliger als Jack O'Lantern.

»Was meinst du, Caleb, wird Jack bald die erste Prügelei anzetteln?« Isa sieht mich fragend an, wie immer, strikt auf ihre Aufgabe fokussiert. Ich wüsste zu gern, warum sie Vigilantin geworden ist, hatte aber noch keine passende Gelegenheit, sie danach zu fragen.

»Ich gehe davon aus. Er müsste seit Sonnenuntergang am Saufen sein, also dürfte es langsam so weit sein.«

Leider ist Jack O'Lantern bei der Auswahl seiner Lokalitäten nicht wählerisch. Hauptsache, sie sind alt, haben genug Bier am Start und liegen im Zentrum von London, wo sich jetzt das Bankenviertel befindet. Er ist sehr in der Vergangenheit verwurzelt und schätzt keinen der neumodischen Pubs. Aber er rauft noch genauso gern wie zu seinen Lebzeiten, als Faustkämpfe und Messerstechereien in den Kneipen an der Tagesordnung waren.

Dummerweise sind wir nicht die einzigen verkleideten Gestalten. Um uns herum laufen Prinzessinnen, *Game of Thrones*-Charaktere, *Marvel*-Helden und ein paar angefressene Bobbys. Letztere nicht maskiert, sondern in regulärer Uniform. Sogar berittene Polizei ist heute überall vertreten – All Hallows Eve ist auch ohne magische Komplikationen ein Ereignis, das aus angeheiterten Einheimischen und feiernden Touristen einen Hexenkessel der besonderen Art macht. Wir gehören zu den wenigen, die nüchtern sind, und stehen mit ein paar weiteren Magiergruppen mittendrin im Geschehen. Allerdings ist London eine Millionenmetropole und wir sind hoffnungslos wenige, wenn es darum geht, einen randalierenden Ewiglichen zu jagen.

Wir sind gerade am *Ye Olde Mitre* vorbei – kein Rübenkopf in Sicht, nur jede Menge Party-People – und gehen aufmerksam weiter, nachdem Noah das Innere des Pubs gecheckt hat. Je später der Abend, desto wahrscheinlicher, dass Jack auffällig wird und Streit sucht. Und wenn eine unsterbliche Nervensäge eine Prügelei anfängt, braucht man keine überragende Intelligenz, um zu wissen, wer gewinnt. Wenn er übel drauf ist, hat sein Gegner danach einen zermatschten Schädel. Dass wir heute noch ein Stück seiner Rübe benötigen und ihn nicht einfach ins Jenseits schicken können, ist im Kampf gegen ihn nicht besonders hilfreich.

»Hast du das mit dem *Sahneschnittchen* mitbekommen?« Noahs Einwurf lenkt mich von seiner gruseligen Clown-Verkleidung ab.

»Ich gehe davon aus, wir reden nicht über Konditor-Erzeugnisse?« Meine Gegenfrage ist ernst gemeint. *Was zur Hölle meint er mit ›Sahneschnittchen‹?*

Durch Victorias Verhaftung und die Ereignisse davor hatte ich keinen Kopf für irgendwelchen Ordensklatsch. Auch meine Nekromantie kann durchaus ein wenig ablenkend und stressig sein. Nicht dass ich Klatsch mag, aber jeder ist gern auf dem Laufenden, und hier bin ich klar im Nachteil.

»Der Brasilianer«, wirft Isabella ein, ihre Stimme hält sie bemüht ruhig, aber ich höre einen bewundernden Unterton heraus.

Der Brasilianer?! Der südamerikanische Magier und Kämpfer, über den schon seit zwei Tagen der ganze Orden spricht?

»Okay, ich bin ganz Ohr. Was habt ihr zum Thema *Sahneschnittchen* herausgefunden?« Meine Stimme verrät keinerlei Neugier, zum Glück gelingt es mir, leichte Belustigung und absolute Gleichgültigkeit hineinzulegen. Aber ich bin gespannt wie ein Flitzebogen, was es mit dem Brasilianer auf sich hat.

Isa rückt als Erste mit der Sprache heraus. »Er heißt Ricardo Luis Acevedo und kommt wirklich aus Brasilien, wo er die Rituale und magischen Anwendungen der Eingeborenen im Regenwald erforscht hat. Und er sieht wahnsinnig gut aus …«

Mike stößt ein warnendes Geräusch aus, und wir halten angespannt inne. Auf der anderen Straßenseite läuft etwas, das im ersten Moment wie ein Rübenkopf aussieht, aber es ist nur *Lurch* aus der Addams Family. Oder Frankenstein, das ist Ansichtssache.

Mike zuckt entschuldigend mit den Schultern.

»Besser so als anders. Lieber ein Alarm zu viel als einer zu wenig.« Ich halte meine Stimme ruhig, merke aber, dass mein Adrenalinspiegel gestiegen ist und mein Puls rast.

Es ist spät geworden, die Menschen um uns herum werden immer lauter, lärmender und betrunkener, das Gedränge wird zunehmend heftiger. Mehrfach kommen uns Gruppen entgegen, die es uns schwer machen, geschlossen weiterzugehen. Es kann jeden Moment losgehen – und wir wollen in diesem Hexenkessel unauffällig einer Legende die Rübe zerstückeln: ein Traumszenario.

»Wir werden uns Jack schnappen, okay? Bis dahin bleiben wir ruhig. Wir sind das Team, das es heute packt!«

Drei Köpfe nicken.

»Isa, erzähl weiter. Ist dieser Avocado heute auch hier?«

»Acevedo, Caleb. Ja, deshalb sind er und sein Team ja gekommen. Und er wurde anscheinend gefragt, ob er nach der Jagd auf Jack nicht bei den Vigilanten bleiben möchte, zumindest habe ich das gehört. Angeblich ist er nicht nur ein fähiger Magier, sondern auch ein außergewöhnlicher Kämpfer und Teamleader. Er wird gemunkelt, dass er als Kampfmeister im Gespräch ist.«

»Quatsch. Toms Posten an einen Magier zu vergeben, der von außerhalb kommt, würde doch für Unmut im Orden sorgen. Das machen sie bestimmt nicht.« Mike klingt sehr überzeugt, und ich muss ihm recht geben. Allerdings hat der Orden aktuell nur wenig Auswahl an erfahrenen Kämpfern.

Mir fällt der Gedanke an einen neuen Kampfmeister schwer, der Posten ist für mich untrennbar mit Tom verbunden. *Hoffentlich ist er heute Abend nicht unter den Feiernden.*

»Mag sein, aber immerhin hat er ein Team aus seinen Leuten und einigen Top-Ehemaligen für heute zusammengestellt und damit angegeben, dass er sich Jacks Rübe holen wird. Er ist nicht gerade sehr bescheiden, nach allem, was ich mitbekommen habe. Und er ist bestimmt nicht nach London gekommen, weil er das Gebäck von Mrs Brewster so gut findet oder für eine Nacht der

Held sein will. Er will heute Nacht derjenige sein, der uns alle deklassiert und die Trophäe holt. Und das muss schließlich einen Grund haben.« Noah ist alles andere als eine Tratschtante. Seinen Worten vertraue ich ein wenig mehr als Mikes. Mike ist einfach zu gern bereit, ein Gerücht zu glauben und zu verbreiten. Noah dagegen ist ernsthafter und überlegter.

»Immerhin ist er hier in der Nähe eingesetzt. Unsere Gebiete grenzen aneinander.« Isas Stimme ist leise, sie sieht sich vorsichtig um.

Unsere Unterhaltung lenkt keinen von unserer Aufgabe ab, was mich beruhigt. Ich sehe, wie Isas Hand immer wieder zu ihren Messern wandert, nur kurz, aber ich nehme es zufrieden zur Kenntnis. Mein Team ist aufmerksam, jeder hat seine Waffen griffbereit.

»Mag sein, aber wir werden heute Nacht Jack erledigen und uns ein Stück Rübe holen, oder?«

»Aye!« – »Ja, klar!« – »Sowieso«, antworten Noa, Isa und Mike gleichzeitig.

Wir sind uns einig. Alle drei Vigilanten sehen mich an, und ich kann ihren unbedingten Willen erkennen, heute einen Erfolg zu verbuchen. Diese Kampfbereitschaft soll der *Schönling* in seinem Team erst mal aufbieten. Ich gestehe mir trotzdem meine Besorgnis ein. Ich brauche alles, nur nicht noch mehr Konkurrenz. Ich habe schon genug Probleme!

Ein kleiner Tumult auf der anderen Straßenseite, ziemlich nah am Tempelbezirk und in der Nähe des Pubs *The Old Bank of England*, fordert unsere Aufmerksamkeit. Wir überwachen das Gebiet Fleet Street bis zur Temple Church, aber im Fall eines Angriffs werden wir natürlich zu Hilfe eilen. *The Old Bank of England* ist in Sichtweite unserer Kontrollzone, ein beeindruckendes altes Eckhaus mit einem der ältesten Pubs der Stadt und sehr nah am Orden.

Ein Mann mit einer Platzwunde am Kopf taumelt den Gehweg

entlang. Isa rennt ohne zu zögern über die Straße, wir anderen folgen ihr alarmiert.

»Er haut den ganzen Pub kurz und klein. Der Kerl ist wahnsinnig! Und die Maske …« Der junge Mann sieht hilfesuchend Isa an, die beruhigend auf ihn einredet.

»Was für eine Maske?«, fragt Noah, bevor ich es tun kann.

»Er trägt eine verschrumpelte Rübe als Kopf und haut mit einem Stuhl um sich …«

Ich höre gar nicht weiter zu. Isa, die bei dem Verletzten bleibt, muss ich ebenso zurücklassen wie den jungen Mann. Ein Rübenkopf ist eine Aussage, die zur Eile antreibt.

Wir rennen los, ich bin schneller als meine Kollegen. Es gibt einen Grund, warum ich jeden Morgen jogge, und es ist bestimmt nicht, weil ich gern frühmorgens an der Themse entlangrenne. Ich bekomme noch mit, wie Isa Squirrel und die anderen Teams über ein Funkgerät die Sichtung von Jack O'Lantern mitteilt.

Wir brauchen den Pub nicht zu betreten. Als wir ankommen, taumelt Jack gerade heraus, das Bein eines Barhockers in der Hand. Er schlägt um sich und grölt laut in einer alten Sprache, die ich nicht verstehe. Jedes Wort klingt nach Körperverletzung. Neben uns taucht eine weitere Gruppe Vigilanten auf. Sie tragen silberne Utensilien bei sich, die einen Hauch zu echt aussehen und im Licht der Straßenlampen bläulich schimmern: Koboldsilber.

Ein dunkelhäutiger, muskulöser Mann mit einem gepflegten Drei-Tage-Bart führt die Gruppe an. Aus dem Augenwinkel erkenne ich einen pensionierten Tutor des Ordens. Für eine Begrüßung habe ich keine Zeit. Jack O'Lantern beansprucht meine ganze Aufmerksamkeit.

»Da sin' ja meineee Freundeee von'er Ordenssspolisei. Jedes Jahr wieeeeder. Wird euch das nich' langweiliggg?«

Jack lallt und taumelt, aber davon lasse ich mich nicht täuschen. Sein betrunkenes Ich ist der größte Raufbold in London, und betrunken ist bei ihm nur ein Ausdruck für sehr aggressiv und angriffslustig.

Er kommt die Treppe vom Pub herunter, nur ein paar Stufen, aber wir lassen ihm Platz. Je weiter er sich von den Menschen entfernt, desto besser. Einige Gäste, um die sich später die Obscura kümmern müssen, starren mit angstvollen Gesichtern aus den Rundbogenfenstern des erhöhten Erdgeschosses zu uns heraus. Eine große aufgestellte Tafel vor dem Pub weist *Shepherd's Pie* als Tagesgericht aus. Jack kickt sie weg, als wäre sie nicht mehr als eine leere Getränkedose. Scheppernd knallt die Tafel gegen eine rote Zeitungsbox, die daraufhin umkippt. Effektvoll wie in einem Film wehen die restlichen Printerzeugnisse davon. Aus den Fenstern des Pubs werden Handys blitzend und bestimmt auch filmend in die Höhe gereckt.

Verdammte Schaulustige!

Jack befindet sich jetzt zwischen meiner Gruppe, zu der Isa gerade wieder dazustößt, und den Vigilanten, die vom Tempelbezirk herbeigeeilt sind. Der dunkelhäutige Mann, der dieser Avocado sein muss, grinst zufrieden und greift nach einem gebogenen Säbel, den er mit einer flüssigen Bewegung hervorholt.

Stopp, das ist meine Rübe!

Unsere Blicke treffen sich – zwei Anführer, die um dieselbe Beute kämpfen. Ich meine, ein schalkhaftes Funkeln in seinem Blick zu sehen, aber das kann auch nur in meiner Einbildung existieren. Wir beide sind Teamleader, die keine Schwäche zeigen werden.

Noch immer reagiere ich aus Gewohnheit mit der mir eigenen Sturheit auf die offene Provokation. Ich will der Erste, der Beste sein, derjenige, der Jack erledigt und Sir Henry die Beute präsentiert.

Zwischen uns, sternhagelvoll, steht Jack O'Lantern, ein Geist, der eine gruselig geschnitzte, gräuliche Rübenverkleidung auf dem Kopf hat. In den Augen der Spukgestalt flackert es, als würden

Kerzen in den zwei dunklen, grob ausgehöhlten Vertiefungen gegen starken Wind ankämpfen. Ich bedeute meinen Kollegen, die Gegend zu sichern. Solange er nicht verwundet ist, wird er sich nicht zurückziehen. Jack ist ein ziemlicher Sturkopf, selbst Jahrhunderte nach seinem Tod geht er keinem Kampf aus dem Weg.

Der dunkelhäutige Ordenskämpfer mir gegenüber teilt seine Leute ebenfalls mit einer einzigen Handbewegung auf. Wider Willen bin ich beeindruckt.

Unsere beiden Teams haben sich so positioniert, dass unser Gegner keinen Platz mehr zum Entkommen hat. Er kann höchstens noch in die Bar zurück, wo auf der Treppe ein Mann liegt. Er blutet, und eine Frau kniet bei ihm. Jack hat auch dieses Jahr schon Unschuldige erwischt. Isa ist fast am Eingang, um ihn und die anderen Menschen zu schützen.

Zum Glück ist noch keiner der bewaffneten Bobbys hier, aber auch das ist nur eine Frage der Zeit. Bestimmt hat der Wirt die Polizei informiert.

Ich nähere mich Jack, und mein Gegenüber tut es mir gleich. Wir kreisen langsam unseren Gegner ein, der mit seinen derben, erdfarbenen Wollklamotten und dem ihm ins Gesicht geschnitzten Grinsen auf uns wartet, das Bein des Barhockers nachlässig in den knöchernen, fleischlosen Fingern. Eine Gruselgestalt, die bei näherem Hinsehen ihre Authentizität unter Beweis stellt. Für angetrunkene, verkleidete Städter mag es wie ein perfektes Kostüm wirken, ich jedoch sehe die Boshaftigkeit dieser Gestalt.

Der Brasilianer und ich bewegen uns fast spiegelgleich im Kreis um Jack herum, immer näher. Unser Gegner schwingt das Holzstück und lässt es ab und an in seine freie Hand schlagen. Das Geräusch von Holz auf Knochen klingt wie eine gruselige Kastagnetten-Begleitung zu diesem doch sehr speziellen Tanz. Der Mann, der wie ich den Gegner jagt, ist leichtfüßig wie eine Katze und macht dabei elegante Bewegungen. Aber auch ich bin nicht gerade ein Trampel, und so schaffen wir es, Jack noch näher zu kommen.

Mit jedem Schritt engen wir ihn ein. Ich warte nur auf den besten Zeitpunkt, um nach meinem Katana zu greifen.

Der Brasilianer mir gegenüber hält seinen krummen Säbel schon in der Hand, was dafür sorgt, dass Jack zu der Waffe aus Koboldsilber einen größeren Abstand einhält als zu mir. Unser Gegner ist nicht dämlich. Besoffen, ein Raufbold, unbarmherzig, aber garantiert nicht dämlich.

Wir sind auf gut zwei Meter an ihn herangekommen, wobei Jack sich permanent um die eigene Achse dreht, da er uns beide im Blick behalten will.

»Kommmmt nur, Magia'abschaum.« Seine Stimme ist kratzig, als würde er direkt aus einer Gruft sprechen, mit einem Unterton, der einem eine Gänsehaut beschert.

Er will den Kampf. Er braucht den Kampf – und ich teile meine Beute nicht gern.

Ich warte keine Sekunde länger und will gerade mein Katana ziehen, als mein Gegenüber auf Jack zuspringt, indem er mit einem Radschlag seine Position so rasch ändert, dass es mir schwerfällt, den Überblick zu behalten. Mit dem Säbel in der Hand hat er es überraschend schnell geschafft, sich in Schlagdistanz zu bringen. Entsetzt muss ich zusehen, wie der Brasilianer mit einem geschickten Schwung ein Stück von Jacks Rübe abtrennt.

Jack heult wütend auf und weicht zurück. Während der Schönling das Rübenstück auffängt und sich zurückziehen will, sehe ich, wie Jack das lange Stuhlbein in seinen knöchernen Fingern fester umklammert. Ich nehme die Bewegung wahr, mit der er seinen nächsten Angriff vorbereitet. Er will den Brasilianer damit aufspießen.

Mir bleibt keine Zeit. Dieser Avocado scheint sich der Gefahr nicht bewusst zu sein. Mit einem weiteren Move, der einem einhändigen Radschlag ähnelt, bewegt er sich auf Jack zu – viel zu konzentriert, ein weiteres Stück O'Lantern-Rübe zu ergattern, um Jacks Schwung wahrzunehmen.

Und dann passiert alles im Bruchteil einer Sekunde: Instinktiv und ohne nachzudenken, forme ich einen Feuerball und schleudere ihn auf Jack. Der Ball ist blau-glühend und setzt den Geist in Brand.

Und innerhalb eines Wimpernschlags verpufft Jack O'Lantern. Außer ein wenig Geruch nach verbrannter Wolle, einem brennenden Stuhlbein, das klappernd auf dem Asphalt aufschlägt, einem verwirrten Kämpfer vor mir und dem Rufen einiger Bobbys hinter mir deutet nichts mehr auf das eben Erlebte hin.

Jack ist fürs Erste erledigt.

Hinter dem Brasilianer, der sich schnell wieder gefangen hat, bricht Jubel bei seinen Teamkollegen aus. Weitere Magier treffen ein. Alle beglückwünschen den Brasilianer, der nun triumphierend das Stück Rübe in die Luft hält.

Dass mein Eingreifen den Saufbold unschädlich gemacht und überhaupt dafür gesorgt hat, dass es noch brasilianische Überreste zum Bejubeln gibt, scheint keinem aufgefallen zu sein. Im Gegenteil, Hollister Grey, der gerade hinzukommt, gratuliert diesem Ricardo mit einem Lächeln und dankt ihm überschwänglich für die Beseitigung der Gefahr und das Erfüllen des Auftrags.

Ich will schon den Mund öffnen, um die Sache klarzustellen, da dreht sich der Schönling zu mir um und schenkt mir ein selbstgefälliges Lächeln. Wütend wende ich mich ab – und erstarre. Hinter mir sind zwei berittene Polizisten, aber nur eins der Pferde steht auf seinen Beinen. Das zweite, ein braunes, riesiges Tier, liegt leblos auf der Seite, den Sattel noch am Leib. Der Reiter kniet neben dem Tier.

»Was …« Mehr bringe ich nicht heraus, während Isa an mich herantritt.

»Eine Schande. Sie kamen im vollen Galopp an. Als sie gestoppt haben, ist eins der Tiere zusammengebrochen.« Sie klingt sehr traurig, immerhin ist Isa passionierte Reiterin und liebt Pferde. »Bestimmt haben sie das Pferd heute Nacht überanstrengt.«

Betroffen starre ich auf das tote Tier.

Mir ist egal, dass Menschen aus dem Pub strömen, ein weiterer Streifenwagen mit Blaulicht angerast kommt, Magier mit ein paar Obscura anfangen, die Befragungen und Löschungen vorzunehmen, andere Teams den Platz absperren und alles koordinieren, um die Situation unter Kontrolle zu bekommen.

Ich kann nur auf das tote Pferd starren.

Nekromant. Lebensenergie.

Alle mögen denken, das Tier habe sich bei diesem Einsatz überanstrengt – ich weiß es besser. Der Feuerzauber hat mich nicht ermüdet.

Das Zittern nach einer Überanstrengung durch Zauberkraft muss ich nicht simulieren, eine kleine, gehässige und vor allem berechnende Stimme sorgt dafür, dass ich mich auf den Boden setzen muss. Mir ist klar, was ich getan habe.

»Ja, Caleb, ruh dich aus. Der Zauber war bestimmt kräftezehrend.« Dass meine Schwägerin in spe auch noch Verständnis zeigt, macht es mir nicht leichter.

Ich bin nicht im Geringsten erschöpft. Geschockt – ja. Entsetzt – auch.

Und ich bin mir sehr wohl darüber im Klaren, mit welcher Leichtigkeit ich den heißesten Feuerball meiner magischen Karriere gezaubert habe. Aber es musste ein Lebewesen dafür sterben. Dass es kein Mensch war, gibt mir ein wenig Hoffnung. Es wäre bestimmt ein Leichtes gewesen, die Energie eines der zahlreichen Gaffer für den Zauber zu nutzen. Es waren genügend anwesend. *Oder habe ich doch …?*

Vorsichtig sehe ich mich um, aber außer dem Pferd scheinen alle am Leben zu sein, sogar Jacks Opfer aus dem Pub steht trotz Platzwunde schon wieder auf den Beinen.

Auf einmal ist mir der gestohlene Ruhm egal. Mir ist alles egal. Ich will nur nicht erneut töten.

Ich muss das unter Kontrolle bekommen!

Doch der heutige Tag hat mir gezeigt, wie schwierig es ist, wenn ich meinen Job ausübe.

Eine weitere Frage steigt in mir auf: *Hat jemand Verdacht geschöpft?*

FOLGE

9

KAPITEL 31

Caleb

Ich betrete die Halle, wo das traditionelle Ordensfrühstück an Allerheiligen mit allen Beteiligten der gestrigen Aktion stattfindet. Die Stimmung der Magier und Vigilanten wirkt bedrückt. Obwohl die Gefahr durch Jack O'Lantern für ein weiteres Jahr gebannt ist, ist keiner von ihnen in Feierlaune. Der Vorfall mit Victoria belastet die Ordensgemeinschaft.

Der Raum wurde vergrößert und die ansonsten geschlossene Holzvertäfelung zu einem Lagerraum geöffnet. Der ungenutzte Raum ist blitzblank geputzt. Mit der Organisation und den vielen Gästen, deren Zimmer zusätzlich zu reinigen sind, muss das Hauspersonal jede Menge Überstunden geleistet haben. Ein Gedanke, der mir früher nie gekommen wäre. Das habe ich Sally zu verdanken. Ich bin froh, dass sie Victorias Angriff unbeschadet überstanden hat.

Am üppigen Büfett stehen drei Hausangestellte mit Häubchen und gestärkten Schürzen und geben Speck, Tomaten, Bohnen und Eier aus. Weitere Dienstmädchen füllen leere Platten und Teller mit Scones, allerlei anderem Gebäck und den verschiedensten Leckereien, die auf zusätzlichen Tischen zu finden sind. Tee, Saft, Brötchen … Es ist eine Frühstückstafel, die man auch bei einem Empfang der Queen problemlos präsentieren könnte. Nur Sally kann ich nirgends entdecken.

Am vordersten Tisch haben Sir Henry und Hollister Grey Platz genommen. Und als wären sie alte Freunde, sitzt dieser brasilianische Schönling auch bei ihnen. Er blickt mich durch den gesamten Saal hinweg an, bevor er mir leicht zunickt. Ich ignoriere diese Geste und wende meinen Kopf ab, ohne die Begrüßung zu erwidern.

Alle hier anwesenden Kämpfer der letzten Nacht, aktive oder inaktive, gehen mit vollgeladenen Tellern zu ihren Plätzen zurück. Ich entdecke Noah, Isa und Mike an einem Tisch am Fenster, auch Adam steuert gerade darauf zu.

Verdammt. Das hat mir zu meinem Glück gerade noch gefehlt.

Meine Fluchtgedanken sind umsonst, dieses Frühstück ist eine Veranstaltung, die man nicht schwänzen sollte. Auch wenn ich nach dem gestrigen Ereignis nicht vorhatte, heute Morgen mit der Familie zusammenzusitzen, selbst ich weiß, was sich gehört und was von mir erwartet wird. Und hier, vor der versammelten Magierschaft, nicht zu Adam und Isa zu gehen, wäre ein mehr als deutlicher Affront.

Seufzend greife ich mir einen Scone und etwas Feigenmarmelade. Ich habe Hunger, trotz allem, was passiert ist und einer unruhigen, viel zu kurzen Nacht.

Nach dieser vermaledeiten Veranstaltung will ich mit Sally reden und hören, wie es ihr geht. Dafür war noch keine Zeit, und langsam sorge ich mich um sie. Wenn bei ihr alles in Ordnung ist, werde ich mich auf mein Zimmer zurückziehen. Zum Glück ist heute für alle Vigilanten, bis auf eine Notwachmannschaft, ein freier Tag angesetzt. Ich brauche ein wenig Ruhe, um alles zu sortieren.

Außerdem bin ich genervt, weil der Brasilianer – Ricardo Acevedo – mir gestern meinen Ruhm gestohlen hat und jeder im Raum ihn zum Erfolg beglückwünscht. Abgesehen von meinem Team hat bislang keiner auch nur eine Andeutung von Lob in meine Richtung fallen lassen.

Es sollte mich nicht ärgern, die Vigilanten sind ein Team, der Auftrag wurde erfüllt. Leider bin ich nicht so altruistisch veranlagt, wie ich das gern wäre. Denn dieser dunkelhäutige Adonis hat mir nicht nur meinen Gegner abspenstig, sondern auch den Erfolg streitig gemacht. Das mag nicht die Welt bedeuten, aber es ist schmerzlich. Für mich und für mein Team.

Zudem kommt noch die Sache mit dem toten Pferd.

Ich gehe zum Tisch. Adam nickt mir reserviert zu. Er kennt mich gut, sein scharfer Blick scheint mich zu durchleuchten.

Isa ist bemüht, die angespannte Stimmung, die zwischen uns aufkommt, gar nicht erst zuzulassen. »Guten Morgen. Setz dich doch, Caleb.« Ihre muntere Begrüßung ist freundlich. Dass sie kaum geschlafen hat, merkt man ihr nicht an. Mit einer formvollendeten Handbewegung bedeutet sie einem der Bediensteten, die mit Kannen durch den Saal huschen, mir einen Kaffee einzuschenken. Sie ist die geborene Hausherrin und Dienerschaft gewohnt.

Als bei uns am Tisch Kaffee ein- und nachgeschenkt wird, macht sich Schweigen breit. Ich halte den Mund, massakriere stoisch den Scone auf meinem Teller und streiche dick Butter auf das Gebäck, während Adam mich dabei nicht aus den Augen lässt. Ich weiß, er erwartet eine Entschuldigung für mein bisheriges Desinteresse an seiner Gegenwart im Orden, aber die kann und will ich ihm nicht geben. *Was soll ich auch sagen?*

Hör mal, Bruderherz, ich bin ein Nekromant, und du kennst mich zu gut. Also habe ich versucht, dir aus dem Weg zu gehen und es vor dir zu verbergen, nichts für ungut.

»Warum lässt du das Gebäck nicht gleich ganz weg und schmierst die Marmelade direkt auf einen Butterblock?« Adams Stimme klingt angefressen. Er selbst streicht die Butter so dünn auf eine Brotscheibe, dass man die Times durchlesen kann. Und nun will er unseren unterschiedlichen Butterkonsum als Streitauftakt benutzen.

Ich halte weiterhin stoisch den Mund.

Noah und Mike starren betroffen auf ihre Teller, ob der angespannten Stimmung, die sich über den Frühstückstisch senkt. Ich weiß, dass meine mürrische Miene und halsstarrige Schweigsamkeit für Gerede sorgen wird. Doch ich weiß auch, was Adam vorhat. Er will mich aus der Reserve locken.

Halt ihn auf Abstand. Besser Adam ist sauer auf mich, als zu sehr involviert. Ich muss erst wissen, dass ich keine Gefahr für ihn und alle um mich herum bin. Er kennt mich zu gut! Adam und die anderen dürfen gar nicht erst ahnen, dass mit mir etwas nicht stimmt.

Also lasse ich sie lieber in dem Glauben, ich würde Adams Anwesenheit im Orden und die daraus resultierenden permanenten Familientreffen hassen.

»Himmel, Jungs, dann redet übers Wetter oder darüber, was ihr euren Eltern zum Hochzeitstag schenken wollt.« Isa klingt genervt.

Adam und ich tauschen einen kurzen Blick, der klarmacht, dass wir noch immer gleich ticken: Resigniert-belustigt mit dem gleichen schiefen Lächeln, weil Isa nicht versteht, dass wir es durchaus schaffen, tagelang nicht miteinander zu reden. Wir sind Brüder! Wenn wir etwas können, ist es, uns zu ignorieren oder uns an die Gurgel zu gehen. Leider bedeutet das auch, dass wir im Notfall bis aufs Blut füreinander kämpfen und einstehen würden. Deshalb wäre mir Funkstille lieber, aber mit Isa am Tisch ist das offensichtlich keine Option.

»Ihr habt Jack ja gleich bei der ersten Rauferei gestellt. Du warst auch dabei?« Adam gibt als Erster nach und richtet die Worte direkt an mich.

Dabei. Nette Formulierung.

Als wäre ich ein Deko-Objekt und hätte nicht verhindert, dass dieser brasilianische Tanzbär von einem Barhocker-Bein aufgespießt wird, nebenbei noch Jack O'Lantern in die Luft gejagt und dafür gesorgt, dass er niemanden mehr verletzen konnte.

Und ein Pferd getötet. Vergessen wir nicht das Highlight der gestrigen Veranstaltung.

Schlagartig ist die Laune, die ich gerade noch hatte, wieder im Keller.

Die volltönende Stimme des Protectors enthebt mich einer Antwort: »Einen wunderschönen guten Morgen, liebe Anwesende.« Sir Henry ist aufgestanden. Das leise Geschirrklappern und die gemurmelten Gespräche verstummen abrupt.

Ich lasse meinen Blick durch den Raum gleiten. *Wo ist Sally? Wurde sie etwa vom Dienst freigestellt?*

»Dieses Frühstück ist wie immer ein Startschuss für ein hoffentlich weiteres friedliches Jahr der Studien und des Wissens. Nicht nur Jack O'Lantern wurde unschädlich gemacht, auch eine schwere interne Verfehlung wurde gestern aufgedeckt. Wie es bestimmt jeder inzwischen mitbekommen hat, befindet sich Victoria Bannister derzeit in Haft und wartet auf ihre Verhandlung. Auch wenn es ein harter Schlag für uns ist: Sollten sich die Vorwürfe erhärten, zeigen wir damit, dass der Orden für Gerechtigkeit steht und diese auch durchsetzt, sogar in den eigenen Reihen. Bei erwiesener Schuld wird ein Urteil gegen die Chefin der Vigilanten ausgesprochen. Wir machen keine Ausnahmen und dulden auch keine, egal, ob es unsere oder die Welt der Paranormalen betrifft. Nur so können und werden wir den Frieden dauerhaft bewahren.«

Sir Henry hat die Hände vor sich gefaltet und lässt einen ernsten Blick über die Anwesenden gleiten, als wolle er damit jeden Einzelnen direkt ansprechen und beruhigen. Dann lächelt er, wenn auch ein wenig gezwungen, und fährt mit entspannter Stimme fort:

»Soweit ich das beurteilen kann, waren gestern alle Teilnehmer der Halloween-Jagd bestens vorbereitet und haben motiviert und voller Tatendrang am Erfolg mitgewirkt. Wie gefordert, konnte Mr Acevedo ein Stück des Kopfes von Jack O'Lantern sichern. Das wird uns einen entscheidenden Vorteil ermöglichen. Sollte der Zauber, welcher nun dank Mr Acevedos heldenhaftem Einsatz möglich ist, erfolgreich verlaufen, können wir mit Glück vielleicht schon im nächsten Jahr All Hallows Eve noch sicherer für Menschen und Magier machen.«

Lautes Beifallklopfen unterbricht die Rede des Protectors. Auch ich zwinge mich, wenigstens einmal auf die Tischplatte zu klopfen.

Sir Henry dreht sich erneut zu dem Brasilianer, der bescheiden den Kopf senkt.

»Es ist mir daher eine besondere Freude, heute auch noch eine erfreuliche Nachricht verkünden zu können. Mr Acevedo hat eingewilligt, seine beeindruckenden Kampfkünste für einige Zeit dem Orden und der Ausbildung in Edinburgh zu widmen und als Kampfmeister hierzubleiben. Nachdem unser letzter Kampfmeister uns so überraschend verlassen musste, freuen wir uns auf eine produktive und erfolgreiche Zusammenarbeit und auf die Tatsache, dass wir einen mehr als qualifizierten Nachfolger für diese Position finden konnten.«

Jetzt ertönt frenetisches Klopfen – und ich starre fassungslos nach vorne.

Der neue Kampfmeister steht auf und lächelt einmal in die Runde. Nicht nur, dass ich dem Kerl den Arsch retten musste und er jetzt dafür den ganzen Ruhm einheimst, nein, er wird auch noch auf Toms Stelle gesetzt, dessen Erfolge wegen eines einzigen Fehlers nichts mehr wert sind.

Wie hat Sir Henry es formuliert? *Überraschend verlassen musste.* Es fällt mir schwer, meine Wut darüber im Zaum zu halten. Die Worte fühlen sich nicht nur an wie ein Verrat an Tom Waringham, sie sind es auch.

»Danke, Sir Henry, für die Gratulation zu dem gestrigen Erfolg und der Ernennung zum Kampfmeister. Allerdings möchte ich den Sieg über Jack O'Lantern nicht allein beanspruchen, es war eine exzellente Teamarbeit und alle, die gestern Nacht bei der Jagd geholfen haben – selbst der am entferntesten Ort Londons positionierte Magier –, waren Teil dieses fantastischen Teams. Es heißt, ein Team ist nur so gut wie sein schwächstes Glied, aber das sehe ich anders. Ein Team ist nur gut, wenn es auch dem schwächsten Glied jede Chance und alle Hilfestellung gibt, die machbar sind. Nur so können wir gemeinsam wachsen.« Bei seiner Ansprache fixiert er mich, als wolle er mir zu verstehen geben, dass ihm der persönliche Erfolg eines einzelnen Mitglieds der Vigilanten am Arsch vorbeigeht.

Ich traue diesem Kerl nicht.

»Ich freue mich auf die Zusammenarbeit mit Ihnen und darauf, Sie alle näher kennenzulernen.«

Eins muss ich zugeben, er hat eine angenehme, dunkle Stimme, wenn auch mit einem leichten Akzent.

Ricardo Acevedo setzt sich mit einem Lächeln. Alle im Saal zollen ihm mit rhythmischem Klopfen ihren Respekt. Er sieht zu mir. Nur ich beteilige mich demonstrativ nicht an dem Applaus. Merkwürdigerweise hebt sich sein Mundwinkel, als fände er mein Verhalten weder beleidigend noch überraschend. Eher so, als hätte er genau das erwartet.

Nicht zeigen, dass ich wütend bin! Er ist jetzt mein Boss!

»Hoffentlich wird Victoria nicht bestraft. Sie war eine gute Vigilantin und Anführerin. Sie hat die Paras im Griff gehabt und in London für Sicherheit gesorgt.« Adams unschuldiger Kommentar schürt meine Wut noch zusätzlich.

»Victoria hat das Gesetz gebrochen und einen Vigilanten auf dem Gewissen. Und sie hat Paras dazu gezwungen, sich ihrem Willen zu beugen! Das ist nicht zu rechtfertigen. Im Griff hatte sie dabei gar nichts, Adam.«

»Kein Para ist unschuldig, Bruderherz. Sie sind nur instinktgesteuerte Monster ohne Hirn oder Schwarzmagier, die sich nicht an die Regeln halten. Deshalb nennt man sie Paranormal.«

»Adam, so kannst du das nicht sehen. Die Paras haben sich ihre Existenz nicht ausgesucht. Die wenigsten können etwas dafür. Werwölfe zum Beispiel oder Vampire – sie werden geboren oder gebissen.« Isa wirft Adam bei ihren Worten einen strengen Blick zu.

»Komm schon, Isa. Wir sind Vigilanten. Wir sehen doch tagtäglich, was diese Wesen tun«, wirft Noah ein, und Mike nickt bestätigend.

»Isa, ich weiß, du hast hier eine andere Meinung, aber die Erfahrung, die Bücher, die Geschichte – alles lehrt uns, dass man Paras nicht trauen kann. Es sind unnatürliche Wesen, die eine Gefahr für Magier und Menschen darstellen.«

Ich kann unseren Vater in Adams Worten hören. Adam ist ein fortschrittlicher Geist, aber viel zu sehr von Erziehung und Indoktrinierung geprägt.

Auch ich habe diese Ansichten nie hinterfragt und lange Zeit wie einen Schild vor mir hergetragen. Bis zum Highgate Cemetery waren Paras für mich nur Gegner. Jetzt, als Nekromant, als ein Para, ist meine Sichtweise eine andere.

»Du teilst doch meine Meinung, oder, Caleb?« Isa sieht von Adam zu mir bei dieser Frage, und ich runzle die Stirn.

»Für mich ist jedes Leben wertvoll, Adam. Nicht was man ist, zählt, sondern das, was man tut. Wie man lebt.«

Isa nickt bestätigend, während mein Bruder, ebenso wie Mike und Noah, mich erstaunt ansieht. Auch die beiden kannten meine Ansichten, meinen Willen, skrupellos gegen die Paras vorzugehen, und sind nun verwirrt. Genau wie Adam. Er versteht nicht, warum wir jetzt unterschiedliche Anschauungen vertreten, waren wir uns doch in diesem Punkt bislang stets einig.

»Caleb, ich verstehe nicht, wie du jetzt auf einmal diese Paras in Schutz nehmen kannst! Paras sind minderwertige Wesen, nicht mehr als Ungeziefer!«

»Adam, das meinst du doch nicht ernst!« Isa zischt es leise, aber deutlich wütend, gerade so laut, dass niemand außerhalb unseres Tisches etwas mitbekommt. Es ist offensichtlich, dass hier ein Streit im Honeymoon-Paradies aufzieht.

»Isa, ein Para hat Zac getötet. Das ist noch nicht mal einen Monat her! Ich hasse diese Kreaturen! Dein Verlobter hat recht, wenn er ihnen nicht traut.« Es ist Mike, der diese Worte sagt, während er mir einen glühenden Blick zuwirft, als könne er nicht glauben, dass ich Zacs Tod so verrate. Auch Noah nickt und sieht mich fassungslos an.

»Herzlichen Dank, jetzt ist mir der Appetit vergangen.« Mit diesen Worten stehe ich auf, werfe meine Serviette auf den Tisch und gehe. Mein Team und Adam sehen mir erstaunt hinterher, aber das ist mir egal. Sollen sie denken, was sie wollen. Ich gehe besser, ehe ich etwas sage, das mir leidtut oder – noch schlimmer – mich verrät. Ich bin ein Para, und es fühlt sich nicht gut an, grundlos verurteilt und auf die Abschussliste gesetzt zu werden.

So sieht es also auf der anderen Seite der Medaille aus.

Verflucht!

KAPITEL 32

Kaitlin

Der Morgen nach All Hallows Eve ist beschwerlich. Ich komme kaum aus dem Bett, was vermutlich an einem Fehler liegt, den ich am Vorabend begangen habe. Statt mir einen Stuhl zu nehmen, habe ich mich nur mit einem Kissen gepolstert auf den kalten Erdboden vor Abigails Grabstätte gesetzt. Nun tut mir alles weh, und ich habe Mühe, die Beine aus dem Bett zu heben.

Dennoch stehe ich auf. Die Bibliothek öffnet sich nicht von allein, und mich nur auf Adam zu verlassen, weil er gerade da ist, möchte ich nicht. Sicher wird auch er heute später kommen. Er hat gestern angekündigt, erst zu Bett gehen zu wollen, sobald seine Verlobte von ihrem Einsatz zurück ist. Nach allem, was im Orden passiert ist, weiß ich nicht, ob ich es ihm verübeln kann. Immerhin hat seine Verlobte maßgeblich zur Festsetzung von Victoria beigetragen. Eine Tat, die sie mir sympathisch macht, da sie, obwohl sie noch nicht lange im Ordenshaus ist, nicht zwingend auf Befehle, sondern auf ihren Bauch zu hören scheint. Sie könnte es weit bringen in der Hierarchie der Neuen Arkana.

Vielleicht eines Tages, denke ich und mache mich bereit für mein Treffen mit Sir Henry.

Ich stöhne, als ich meine morschen Knochen dazu bewege, mich anzuziehen. Es ist schwer, so unendlich schwer an diesem Tag, aber ich motiviere mich damit, dass es für den Rest des Jahres ruhiger werden wird. Victoria ist gefasst, und damit sollten die übermäßig häufigen Mordfälle und die seltsamen Organdiebstähle enden, was auch bei den Paras für Ruhe sorgen wird.

Ich ziehe meinen Umhang über und gehe in den ersten Stock, wo Sir Henry seine Privaträume hat. Er hat mich bereits in der

Nacht um ein Treffen gebeten, um das weitere Vorgehen in Bezug auf Victoria zu besprechen. Da wir nur noch zu zweit in der Ordensführung sind, obliegt es uns, über ihre Strafe zu reden.

Kraftvoll klopfe ich an.

William öffnet mir die Tür. Wie immer ist er korrekt und perfekt gekleidet. Steif verneigt er sich, als er mich sieht. »Lady Kaitlin ist eingetroffen, Sir.«

»Lass sie rein. Und, William, wir nehmen einen Tee, dann können Lady Kaitlin und ich in Ruhe reden.«

Sir Henry erhebt sich hinter dem Sekretär, der in dem Vorzimmer seiner Privaträume auf der linken Seite direkt neben zwei Ledersesseln steht, und deutet William, den Raum zu verlassen. Dieser neigt den Kopf, bittet mich hinein und verschwindet dann hinter mir in Richtung Küche.

»Ich nehme an, ein Tee zur Besprechung ist Ihnen recht?«

»Ich wüsste kein besseres Getränk für diesen Anlass.«

Sir Henry kommt hinter seinem Schreibtisch hervor und bietet mir einen der bequemen Sessel an, die an einer kleinen Sitzecke für zwei Personen stehen. Ich weiß, dass er sie nur benutzt, wenn es wirklich ernst ist. Vor einigen Jahren habe ich gesehen, wie er dort mit Victoria saß und über Nathan sprach, ehe unsere damalige Ordenssitzung begann.

»Dieser Anlass stimmt mich sehr traurig«, beginnt Sir Henry und setzt sich mir gegenüber in den dunkelroten Ledersessel, der bei der Nutzung ächzt, als ob er ein alter Mann wäre.

»Nun, wenn ich ehrlich bin, kann ich nicht sagen, dass es mich überrascht, was gestern Nacht passiert ist.« Ich falte meine Hände im Schoß und schaue den Protector offen an. »Schon seit Jahren ist mir die Veränderung an Victoria aufgefallen. Diese Härte, mit der sie seit Nathans Tod jeden Paranormalen verfolgt, ist nicht gesund.«

Bei der Erwähnung von Nathan zuckt Sir Henry zusammen und umgeht geschickt das Thema. »Ich denke nicht, dass das damit zu tun hat. Wir sollten vielmehr überlegen, was wir nun mit ihr machen.«

»Es gibt nur einen möglichen Ausgang für dieses Vergehen.« Die Härte, die nun aus meiner Stimme spricht, erschreckt selbst Sir Henry, dabei weiß ich genau, dass er meine Ansichten zu Victoria kennt. Dennoch spreche ich meine Forderung nicht aus. Noch nicht. Er wird verstehen, was ich damit sagen will, und selbst darauf kommen.

Die unausgesprochenen Worte schweben wie ein nicht getroffener Schockzauber zwischen uns. Sekundenlang starrt Sir Henry mich mit einem unergründlichen Blick an, während er sich eine Hand ans Kinn legt und darüberstreicht. Ein leises Kratzen von den frisch gewachsenen Bartstoppeln ist zu hören. In all den Jahren habe ich ihn nicht einmal schlecht rasiert gesehen. Was in der Nacht zuvor passiert ist, muss Sir Henry stärker mitgenommen haben, als ich bisher angenommen habe.

Ich frage mich, ob er sich vielleicht die Schuld daran gibt, dass er Victorias Verrat nicht früher hat kommen sehen. Immerhin ist er der Protector. Solange er jedoch nicht mit mir redet und seine Gedanken hinter einer aristokratischen Maske verbirgt, die er ebenso wie ich über die Jahre perfektioniert hat, weiß ich nicht, was er denkt.

Schließlich wendet er den Blick von mir ab und seufzt theatralisch. »Das können Sie nicht ernst meinen, Lady Kaitlin. Ich meine, es ist immerhin Victoria Bannister. Die beste Vigilantenanführerin, die wir seit Langem haben.«

»So gut kann sie nicht sein, wenn sie gegen den Friedensvertrag verstößt und Organe von Paranormalen sammelt.«

»Das ist eine Vermutung von Ihnen, Lady Kaitlin, die bisher noch nicht bewiesen ist. Ich habe bereits veranlasst, dass wir Victorias Räume durchsuchen, um die Organe zu finden. Doch falls wir nicht fündig werden, kann ich diese Anklage nicht dem Angriff auf Sally hinzufügen.«

»Glauben Sie mir. Sie werden die Organe finden. Vielleicht nicht in ihren Privaträumen, aber sie sind da!«

»Ich denke, wir sollten zuerst die Anschuldigungen mit der Kette überprüfen, um festzustellen, wer den Zauber gewirkt hat.«

»Dafür ist es bereits zu spät. Ich habe die Kette schon untersucht, aber keine Spuren eines Zaubers gefunden. Er muss schon vor mehreren Wochen getätigt worden sein.«

Sir Henry verzieht die Lippen, ehe er nickt. »Ich möchte noch etwas zu bedenken geben: Victoria hat viel Gutes in all den Jahren vollbracht. Wir hatten noch nie so gut ausgebildete Vigilanten. Das müssen Sie zugeben.«

Ich schüttele den Kopf. »Es geht nicht darum, ihre guten Taten und ihre schlechten Taten gegeneinander aufzuwiegen. Sir Henry.« Ich lehne mich vor, um ihm eindringlich ins Gewissen zu reden. »Victoria hat eiskalt Menschen und Paranormale getötet, um ihren Willen zu bekommen. Außerdem ist sie für Zacharias O'Brians Tod verantwortlich. Einen von uns. Einen Vigilanten. Sie hat kein Recht, weiterhin auf dieser Erde zu wandeln. Egal, wie gut ihr Leben gewesen ist. Sie haben andere schon für weitaus weniger verurteilt.«

»Wenn wir sie hinrichten, würden wir alle ihre Erfahrungen verlieren. Bei einer Löschung hätten wir diese zumindest noch in den Erinnerungsbüchern.«

»Das stimmt natürlich. Wenn wir jedoch die Magier nur noch löschen, die solche Gräueltaten zu verantworten haben, werden wir erhebliche Probleme mit dem Friedensvertrag bekommen.«

Sir Henry zieht die Augenbrauen hoch. »Sie würden also einen guten Menschen einfach so aufgeben, wenn er einmal etwas falsch gemacht hat?«

Fassungslos starre ich Sir Henry an. »Das meinen Sie nicht ernst, oder? Sie hat nicht nur einmal etwas falsch gemacht. Selbst wenn Victoria einmal gut gewesen ist, so hat sie sich auf einen Pfad begeben, der sie immer tiefer in die Dunkelheit gezogen hat. Ich sehe keine Möglichkeit, sie wieder auf den rechten Weg zurückzuholen.«

»Und wenn man sie vollständig löscht? Ihr all ihre magischen Erinnerungen nimmt? Nach Ihrer Logik müsste damit die alte Victoria wieder zum Vorschein kommen. Wir könnten sie neu ausbilden, und in einigen Jahren wäre sie wieder ein wertvolles Mitglied des Ordens.«

Ich kann mir ein Schnauben nicht verkneifen. »Das wäre ein Novum, und es hätte andere vor ihr gegeben, die das viel mehr verdient hätten.« Bevor ich jedoch weitersprechen kann, betritt William den Raum mit einem Tablett in der Hand. Ein Stövchen und eine Teekanne stehen darauf bereit sowie zwei Tassen. Zu meinem Wohlwollen ist auch meine übliche Tasse für den Nachmittagstee dabei.

Wir warten, bis William unseren Tee eingeschenkt hat. Auch wenn der Kammerdiener des Protectors für seine Verschwiegenheit bekannt ist, so will ich bei dieser überaus heiklen Angelegenheit nichts riskieren. Und Sir Henry drängt mich auch nicht, weiterzusprechen, weshalb wir uns nur anstarren.

»Sonst noch etwas, Sir?«

»Das wäre vorerst alles. Geben Sie Ricardo bitte Bescheid, dass wir uns in einer halben Stunde im Verhörraum treffen. Er soll das Verhör gegen Victoria Bannister führen.«

William verneigt sich, ehe er den Raum verlässt.

»Ricardo soll das Verhör führen? Warum?«

»Er kennt Victoria kaum und ist ihr gegenüber neutral eingestellt. Außerdem sollten wir seine Expertise und seine Erfahrung nutzen.«

»In Ordnung. Dann soll er anwesend sein. Aber sollten wir nach dem Verhör immer noch von ihrer Schuld überzeugt sein, werde ich Ihren Vorschlag nicht unterstützen. Sie neu ausbilden? Und in zehn Jahren haben wir vielleicht wieder eine mordende Magierin? Was werden die Paras dazu sagen, wenn wir die Täterin, die ihresgleichen umbringt, einfach so davonkommen lassen, nur weil sie eine aus der Ordensführung ist?«

Sir Henry öffnet den Mund, schließt ihn jedoch wieder und greift zu seiner Tasse. Auch ich nehme die Tasse mit der passenden Untertasse in die Hand und puste den Dampf ein wenig beiseite, um einen ersten Schluck zu nehmen.

Angewidert verziehe ich das Gesicht. Dieser Earl Grey, den Sir Henry trinkt, ist deutlich bitterer als meine Sorte. Scheinbar hat der Protector die Marke gewechselt, denn bei der letzten Sitzung schmeckte der Tee noch weit weniger unangenehm. Ich mache mir innerlich eine Notiz, dass ich in Zukunft meinen eigenen Tee verlange, wenn ich zu den Sitzungen mit Sir Henry gehe. Dennoch trinke ich weiter. Einen Tee zu verweigern, nur weil er bitter ist, wäre Verschwendung.

»Ich weiß wirklich nicht, ob ich eine Hinrichtung vertreten kann.« Seine Worte sind so leise, dass ich sie kaum höre. Dabei schaut er nicht mich an, sondern auf ein Bild von seinem Sohn, das an der Wand hängt. Ein stattlicher Bursche, der vermutlich ebenfalls Protector geworden wäre, wäre er nicht vor sieben Jahren gestorben.

»Eine Hinrichtung ist das Einzige, was uns vor einem Krieg mit den Paras schützen wird. Allein die Tatsache, dass wir einen Jungen aus dem Johnson-Rudel getötet und einen zweiten zum Tod verurteilt haben, weil Victoria falsche Hinweise gelegt hat, wird uns zum Verhängnis werden. Das wissen Sie und sollten Sie nicht außer Acht lassen.«

Sir Henry setzt erneut die Tasse an seine Lippen und nippt an dem Tee, während er nachdenklich den Blick durch den für die Besucher zugänglichen Teil seiner Privatgemächer streifen lässt. »Ich denke, wir haben hier eine Patt-Situation. Ich wollte mit dieser Besprechung vorab klären, wie wir beide die Sache sehen, damit wir das Verhör angehen können. Doch schlussendlich obliegt es meiner Verantwortung, was mit Victoria geschieht, und ich möchte das Verhör durchführen, um das volle Ausmaß zu verstehen. Bisher kenne ich nur Sally Davies' kurzen Bericht von gestern Abend und Ihre Andeutungen, Lady Kaitlin. Victorias Seite habe ich noch nicht hören können.«

Ich leere die Tasse Tee nach und nach, während er redet. Je schneller ich dieses bittere Getränk trinke, umso weniger schmecke ich davon. »Das ist natürlich Ihre Entscheidung. Ich kann Ihnen nur sagen, dass ich nicht lüge und der Beweis, den Sally gefunden hat, ebenfalls nicht.«

Kaum sind unsere beiden Tassen leer, erhebt sich Sir Henry. »Ich denke, es wird Zeit. In wenigen Minuten treffen wir uns im Verhörraum mit Ricardo. Ich muss noch etwas erledigen. Wir sehen uns dort, Lady Kaitlin.«

Ich seufze innerlich, als ich aufstehe und seine Privaträume verlasse. Das nimmt nicht den Weg, den ich mir für Victoria wünsche.

Eine Viertelstunde später sitzen wir im Verhörraum der Vigilanten. Hatte man Tom noch die Ehre erwiesen, ihn in Sir Henrys Büro zu verhören, so wird diese Victoria verweigert. Immerhin etwas. Denn Tom hatte nur den Fehler begangen, aus Liebe eine Dummheit zu begehen. Victoria hingegen halte ich für gemeingefährlich und überaus rachsüchtig. Hier im Verhörraum, wo sie an den Tisch gekettet ist und von Sir Henry, Ricardo und mir beobachtet wird, könnte es schwer für die ehemalige Vigilantenchefin werden, uns zu überwältigen.

Die Nacht in der Zelle im Verlies der Vigilanten hat ihre sonst so perfekte Erscheinung in Mitleidenschaft gezogen. Einige ihrer Haare sind nicht so glatt wie sonst und stehen kraus vom Kopf ab. Auch ihre Kleidung ist zerknittert und weist vereinzelte Flecken auf, die ich nicht definieren kann.

»Sind alle bereit?« Mit seinem kaum wahrnehmbaren Akzent spricht Ricardo Acevedo uns an. Mit einem Kopfnicken bestätigen Sir Henry und ich unsere Zustimmung, und Ricardo beginnt mit dem Verhör. »Victoria Bannister, wissen Sie, warum Sie heute hier sind?«

Victoria sitzt kerzengerade und mit einem unschuldigen Gesichtsausdruck vor uns. »Ja. Weil mir etwas angehängt wird, was ich nicht begangen habe.«

Es kostet mich viel innere Stärke, um nicht laut loszulachen. Sie versucht wirklich, sich unschuldig darzustellen. Wie kann sie es nur wagen?!

»Gestern Abend haben Sie eine Obscura durch das Ordenshaus bis in den Vigilanten-Trakt verfolgt und verlangten ihre Festnahme. Zudem haben Sie …« Ricardo schaut in den Papieren nach, die vor ihm auf dem Tisch liegen. »… Sally Davies mit einem Schockzauber belegt. Warum?«

»Weil dieses Dienstmädchen mir etwas in die Schuhe schieben will, das ich nicht begangen habe.«

»Wieso sollte sie das tun? Es ist ein Dienstmädchen. Welchen Nutzen hätte diese Sally davon?«

Victoria legt die an den Tisch gefesselten Hände ineinander und zuckt mit den Schultern. »Vielleicht will sie sich an mir für irgendetwas rächen, oder sie ist einfach verrückt. Ich weiß es nicht. Ich weiß nur, dass ich unschuldig bin.«

»Unschuldig, bis die Schuld bewiesen ist.« Ricardo nickt. Er blättert erneut in dem Ordner vor sich.

Ich erkenne die Handschrift von Squirrel, die scheinbar hastig einige handgeschriebene Notizen zu unserem Fall zusammengetragen hat. Wie gut, dass Sally und Caleb die Laborantin eingeweiht haben. Dadurch haben wir überhaupt erst die entscheidenden Beweise gegen Victoria gefunden.

»Wieso haben Sie eine Obscura, die keinerlei Magie beherrscht, mit einem Schockzauber angegriffen? Es wäre doch ein Leichtes gewesen, für eine Frau mit Ihren Fähigkeiten, dieses kleine Mädchen auch ohne Magie zu überwältigen.«

»Sie hat die fixe Idee entwickelt, dass ich eine Verschwörung in

Gang gebracht habe. Als ich sie in meinem Zimmer mit dieser Kette erwischt habe, hat sie mich überraschenderweise angegriffen. Wie Sie schon sagten, Ricardo, ist sie klein und zierlich. Ich habe nicht mit solch einem Frontalangriff gerechnet und deshalb nicht schnell genug reagiert.«

Eines muss man Victoria lassen. Sie hat auf alle Fragen eine Antwort parat. Das schürt jedoch nur meine Ungeduld, und ich möchte sie am liebsten schütteln, bis die Wahrheit aus ihr herausfällt.

»Ich bin Ihnen dankbar, dass Sie so ehrlich sind. Nicht jeder hätte die Größe, zuzugeben, von einem so schwachen Dienstmädchen überwältigt worden zu sein.«

Victorias Wangenknochen arbeiten, als wären sie ein Mahlwerk, aber sie nickt ruckartig.

Auch wenn ich ahne, dass Ricardo sie damit provozieren möchte, kann ich mich nun doch nicht mehr zurückhalten und falle dem Vigilanten ins Wort. »Was hat es mit den gesammelten Zutaten auf sich?«

Ganz langsam wendet sich Victoria an mich. In ihren Augen sehe ich Überraschung, als höre sie zum ersten Mal davon. »Welche Zutaten meinen Sie?«

»Lady Kaitlin, ich muss Sie darum ersuchen, mich meine Arbeit machen zu lassen.« Ricardo legt eine Hand auf meinen Arm und lächelt mir zu. Vermutlich hält er mich für eine alte, störrische Schachtel, die ihre Sinne nicht mehr ganz beisammenhat.

Nun, alt mag ich sein, vielleicht auch störrisch und ganz bestimmt sind im Moment auch nicht alle meine Sinne beisammen. Aber was diesen Fall angeht, so bin ich mir absolut sicher, dass ich mich nicht irre. Deswegen ignoriere ich seinen Einwand und gehe auf Victorias Frage ein:

»Das Herz des Werwolfs Aaron Johnson. Die Augen des durch die Banshee getöteten Friedhofswärters.«

Ich weiß, dass ich mich mit meinen folgenden Worten aus dem Fenster lehne. Immerhin war das kein Fall, der im Orden aufgetreten ist. Aber es ist ein kalkulierbares Risiko, das ich eingehe. Sollte sie wissen wollen, woher ich diese Information habe, gesteht sie indirekt, dass sie davon weiß, und niemand wird mich mehr danach fragen. Also achte ich ganz genau auf ihre Reaktion, als ich die nächsten Worte sage. »Der linke Schneidezahn des Vampirs.«

Den Bruchteil eines Wimpernschlags zuckt ein Augenlid von Victoria. Sie weiß, wovon ich spreche.

Gleich darauf ist ihre Maske wieder intakt, und sie runzelt gespielt die Stirn. »Wovon reden Sie bitte, Lady Kaitlin? Ich fürchte, dass Ihnen Sally da falsche Informationen geliefert hat. Ich habe keine Zutaten oder dergleichen gesammelt.«

»Und wie erklären Sie sich die erdrückenden Beweise gegen Sie?« Ich kann nicht anders, als weitere Fragen zu stellen. Diesmal jedoch unterbricht mich Ricardo nicht. Im Gegenteil. Er schaut neugierig von mir zu Victoria und wiederholt die Frage gleich darauf.

Doch diesmal zuckt Victoria nur mit den Schultern, anstatt zu antworten. Nichts ist eindeutiger, als keine Antwort zu geben. Scheinbar sehen das Sir Henry und Ricardo jedoch anders. Ich kann ihnen ansehen, dass sie Victorias Reaktion als Unwissenheit deuten und nicht als ignorantes Verhalten auf die Frage.

»Was wollen Sie mit diesen Zutaten machen, Victoria?« Ich beharre auf einer Antwort, auch wenn Ricardo scheinbar einen anderen Weg einschlagen will. »Für welches Ritual dienen all diese Organe? Was gehört noch dazu?«

»Ich weiß wirklich nicht, wovon Sie sprechen, Lady Kaitlin. Weder habe ich ein Werwolfherz entnommen noch einen Vampirzahn gezogen. Ich wüsste nicht einmal, wofür das gut sein sollte. Müsste das nicht Ihr Spezialgebiet sein? Immerhin haben Sie bei dem toten Werwolf des Johnson-Rudels darum gebeten, die Organe entnehmen zu dürfen.«

Dass Victoria ausgerechnet meinen wunden Punkt anspricht, ärgert mich, aber das lasse ich mir nicht anmerken. »Nicht ich sitze auf der anderen Seite des Tisches und werde verhört. Sie müssen uns sagen, was Sie mit den Zutaten vorhaben. Es ist ganz offensichtlich ein schwarzmagisches Ritual, und das darf nicht geschehen.«

»Lady Kaitlin, ich glaube, Sie haben da etwas missverstanden.« Victoria spricht langsam und etwas lauter mit mir, als wäre ich eine alte, tüttelige Frau.

Wen will sie damit täuschen? Ricardo? Will sie den, der sie verhört, auf ihre Seite ziehen, indem sie mich alt und dämlich dastehen lässt? Keine unkluge Taktik, wenn man bedenkt, dass Ricardo erst ein paar Tage im Hermetischen Orden ist und bisher noch wenig gesehen hat.

»Dann klären Sie mich doch auf, Victoria. Und bitte sprechen Sie nicht so laut. Das stört meine empfindlichen Ohren.« Ich kann mir die kleine Spitze gegen sie nicht verkneifen und setze ein falsches Lächeln auf.

Victoria schenkt mir ein ebenso falsches Lächeln. Ein Tanz, den wir schon seit Jahren vollführen und den wir im Beisein von Zeugen perfektioniert haben. Waren wir unter uns, ließen wir die Masken stets fallen.

»Selbstverständlich kann ich das erklären. Letzte Nacht hatte ich genügend Zeit im Kerker, um über alles nachzudenken, und ich glaube, dass es Sally ist, die in Wirklichkeit all das getan hat.«

»Sally Davies?« Ricardo blättert zurück und notiert sich etwas neben Sallys Namen, das ich nicht lesen kann. »Das Dienstmädchen? Wie kommen Sie darauf?«

»Nun, zunächst einmal war sie an allen Tatorten, die ich angeblich manipuliert haben soll. Sie war als Obscura in dem Einfamilienhaus in Brixton. Sie war auch in der Fabrik in Limehouse. Sogar auf dem Friedhof war sie zugegen, als die Banshee unglücklicherweise Zac getötet hat.«

»Das ist noch kein Beweis.« Ricardo schüttelt den Kopf, und seine schwarzen Haare tanzen dabei leichtfüßig wie ein brasilianischer Capoeira-Tänzer. »Andere Vigilanten waren ebenfalls vor Ort. So wie Sie, meine Liebe.«

Ich weiß nicht, was ich von Ricardos Befragung halten soll. Einerseits stellt er die richtigen Fragen, aber gleichzeitig wirkt er, als ob er Mitleid mit Victoria hat. Vermutlich wollte Sir Henry ihn genau deswegen haben. Weil er neutral genug ist, um alle Seiten des Falles zu sehen. Vorerst lasse ich ihn gewähren und warte ab, wohin die Befragung noch führen soll. Auch wenn es mir sehr missfällt, was Victoria da behauptet.

»Natürlich. Aber ich pflege keinen Umgang mit Paranormalen.«

Sir Henry zieht zischend die Luft neben mir ein. Ich hingegen zeige nach außen hin keinerlei Regung. Natürlich hat Sally Kontakte zu den Paras, wie ich inzwischen von ihr weiß. Aber woher bei allen Magiern weiß Victoria das?

»Wie bitte?«, bringe ich leise hervor.

»Fragen Sie diese kleine Obscura.« Victoria sieht Ricardo fest in die Augen und fesselt seinen Blick mit derselben Unnachgiebigkeit, wie ihre Hände an den Tisch gefesselt sind. »Sie sollten dem nachgehen. Dabei werden Sie sicher interessante Dinge feststellen. Und noch etwas ist merkwürdig.«

Victoria lässt eine dramatische Pause, die durch eine ungeduldige Handbewegung meinerseits beendet wird.

»Sally hat die Kette gehabt, als ich sie erwischt habe. Sie wollte mir dieses Beweisstück unterschieben. Welchen Grund sollte ich denn gehabt haben, einen meiner Vigilanten zu töten? Sie wissen doch, wie es unter Vigilanten ist. Wir sind wie eine Familie. Niemals hätte ich Zac oder einen der anderen gefährdet. Ich bitte Sie, Ricardo, sehen Sie sich dieses Mädchen genauer an. Prüfen Sie, was ich gesagt habe.«

Die Dringlichkeit ihrer Worte hätte vermutlich jeden überzeugt, der sie nicht kennt. Mich jedoch lassen sie kalt. Ich kann nur hoffen, dass Ricardo ebenfalls sieht, was Victoria da versucht.

Das Verhör geht noch einige Minuten weiter, doch abgesehen von Unschuldsbeteuerungen sagt Victoria nichts mehr. Schließlich beendet Ricardo die Befragung, und wir verlassen alle den Raum, bis auf Victoria, die von einem Trupp Vigilanten zurück in ihre Zelle gebracht wird.

Es würde mich exakt einen Satz kosten, um ihre Anschuldigungen gegen Sally zu widerlegen. Lili Gardner hat den Beweis, wie Victoria die Kette ersteigert, auf Video vorliegen. Doch ich will Lili nicht auch noch da mit reinziehen. Ich kenne nicht alle Details. Und es reicht schon, dass Caleb und Sally als Ermittler gegen die Vigilantenchefin an die Öffentlichkeit gegangen sind, als Caleb ihr im Aufenthaltsraum der Vigilanten den Rücken freigehalten hat. Mein Gefühl rät mir, Lili nicht zu verraten. Wenn sie ihre Ergebnisse teilen möchte, kann sie das selbst tun. Auf Victorias Radar zu landen, egal, ob sie verhaftet wurde oder nicht, ist eine Entscheidung, die man selbst treffen sollte.

KAPITEL 33

Sally

»Hier findest du noch ein paar einfache Verteidigungs-Zauber. Versuche es mit denen, Sally. Ich habe Kopfschmerzen und lege mich ein wenig hin. Adam kann sich solange um die Bibliothek kümmern.« Mit diesen Worten reicht Lady Kaitlin mir vier verschiedene Pergamentrollen, die mit einer feinen roten Kordel zusammengebunden sind. Es sind dieselben Zauber, die sie mir auf meinen Wunsch hin bereits gezeigt hat.

Gestern Abend habe ich frei bekommen, um mich zu erholen. Und auch am Morgen musste ich nur meinen Dienst bei Lady Kaitlin in der Bibliothek antreten, wo ich nun die letzten Bücher wegräume. Weil das ganze Ordenshaus noch schläft, ist nicht viel zu tun.

Wie ich gehört habe, sind die Vigilanten von ihrer gestrigen Jagd auf Jack O'Lantern erfolgreich zurückgekehrt und haben sich am Morgen im Ordenshaus getroffen. Danach sind die meisten von ihnen müde ins Bett gefallen – nach einem ausgiebigen Frühstück, versteht sich. Daher wird es heute auch nur einen kleinen Lunch geben und erst am Abend wieder ein großes Dinner.

Ich nehme die Pergamentrollen mit den Zaubern zum Üben mit hinauf in mein Zimmer, rufe nach meinem Kater Mr Snuggels, schließe die Tür hinter ihm und mache es mir auf meinem Bett bequem. Mr Snuggels rollt sich schnurrend zu meinen Füßen zusammen. Er liebt es, wenn ich frei habe und Zeit auf meinem Zimmer verbringe.

Vorsichtig löse ich die roten Kordeln und rolle die Pergamentrollen auf der Tagesdecke vor mir auf. Komplizierte Muster mit an den Rändern gekritzelten Symbolen sind jedem der Texte vorangestellt. Die Schriftrollen enthalten Anweisungen, wie man den Zauber ausführt. Dafür muss man entweder die richtigen Gesten kennen oder den Linien auf dem Pergament mit dem Finger folgen und gleichzeitig die Zauberformel sprechen. So weit, so gut. Die Gesten hat Lady Kaitlin mir gezeigt.

Das Problem ist: Ich verstehe nicht, wofür die Anweisungen sind, da der Text in einer alten Sprache verfasst ist, die heutzutage keiner mehr spricht. Und genau das macht das Studium der Magie so schwer.

Ein Magier verbringt die ersten Jahre seines Studiums in der Regel damit, alte Runen und Hieroglyphen zu erlernen, Latein, Alt-Griechisch, Arabisch und Sanskrit zu lesen sowie viele geheime Symbole und esoterische Begriffe von Eingeweihten zu erfahren. Allerdings hatte ich keine solche Ausbildung und kann deshalb auch keine koptische Schrift lesen, weshalb ich nicht die geringste Ahnung habe, was die Symbole vor mir bedeuten oder wie die Formel auszusprechen ist.

Ohne Anweisungen bekomme ich das niemals hin.

Warum hat Lady Kaitlin mir diese Schriftrollen gegeben? Sie weiß das alles. *Erwartet sie etwa, dass ich das nach einmal zeigen auswendig kann?*

In letzter Zeit klagt sie oft über Kopfschmerzen oder verliert den Faden und weiß nicht mehr, was sie eben noch gesagt hat. Es seien ein paar einfache Zauber, hat sie gemeint. Aber vielleicht hat sie das verwechselt. Die Formeln vor mir erscheinen mir jedenfalls ganz und gar nicht einfach.

»Ich werde nie eine Magierin«, sage ich zu Mr Snuggels, der den Kopf hebt und anfängt zu schnurren, als wolle er mir Mut machen. Ich kraule ihn hinter den Ohren. »Es ist einfach zu spät. Meine Mutter hatte in meinem Alter bereits einen Magister in Alt-Philologie und hat die Werke von Paracelsus ins Englische übersetzt.«

Vor meinem geistigen Auge entsteht ein vages Bild meiner

Mutter, wie sie studiert. Doch es fällt mir schwer, sie mir vorzustellen, ich kenne sie ja nur von den wenigen Fotos, die ich von ihr habe. Meistens verwandelt sich ihr Bild in den Schnappschuss, den ich auf meinem Nachttisch stehen habe. Das Foto ist im Ordenshaus entstanden, es zeigt sie in der Bibliothek, wie sie lächelnd an der Theke lehnt, in einem geblümten Sommerkleid mit einer leichten grauen Strickjacke darüber. Ihre Hände spielen an der Kette, die von ihrem Hals baumelt. Sie sieht glücklich aus auf diesem Foto. Ich habe es mir so oft angesehen, dass das Gesicht meiner Mutter mir im Traum erscheinen könnte, obwohl sie bei meiner Geburt gestorben ist und ich nie erfahren werde, wie ihre Stimme sich anhört.

Was Beatrice Davies wohl von ihrer Tochter denken würde, die nicht einmal einen einfachen Zauber hinbekommt?

Mit Sicherheit wäre sie enttäuscht. Sie wäre jetzt eine Bibliothekarin und hätte sich bestimmt gewünscht, dass ich auch eine werde. Dass ich an dem Tresen stehe und lächle.

Der Gegenstand, der auf einigen Fotos von Beatrice' Hals baumelt, mäandert durch meine Gedanken. Das kleine, runde Glas dreht sich in meinem Kopf, reflektiert die Sonnenstrahlen und blendet mich. Da fällt es mir wie Schuppen von den Augen: Es ist vielleicht die Leselupe, von der Lady Kaitlin gesprochen hat. Und ich weiß auch, wo ich sie finden kann! Obwohl ich die Sachen im Zimmer meiner Mutter nie besitzen wollte, habe ich sie oft nach Hinweisen auf meinen Vater durchwühlt und kenne jeden Gegenstand.

Ich springe vom Bett und erschrecke Mr Snuggels, der am Wegdösen war. »Entschuldige, aber mir ist gerade etwas eingefallen!«

Auf Socken eile ich durch den Gang im Dienstbotentrakt, um in den zweiten Stock zu kommen, wo die Magier ihre privaten Studierzimmer haben. Auch meine Mutter hatte hier einst eine eigene Kammer. Nach ihrem Tod hat man ihre Sachen zunächst unberührt gelassen und später entschieden, dass ich an meinem 18. Geburtstag darüber verfügen soll. Aber ich konnte mich bislang nicht dazu durchringen, das Zimmer anzurühren.

Ich galoppiere die Stufen der Haupttreppe hinab, obwohl mir das eigentlich nicht gestattet ist und ich die Dienstbotentreppe nehmen müsste, aber ich bin viel zu aufgeregt. Außerdem ist gerade niemand zu sehen, weil fast alle schlafen. Falls die Lupe, die ich meine, tatsächlich eine dieser seltenen Leselupen ist, wäre das für mich ein unbezahlbarer Schatz.

Der Raum liegt am Ende des langen Ganges. Ich haste über den weichen Teppich an den vielen Türen entlang, bis ich vor dem Studierzimmer meiner Mutter stehe, und drücke die Messingklinke herab. Sie hat die Form eines eleganten Vogels.

Die Tür ist nicht abgeschlossen.

Drinnen ist noch immer alles so wie an dem Tag, als ich zuletzt mit Ben hierherkam, um ihm die Flucht durch das Fenster zu ermöglichen. Die Möbel sind unter weißen Laken verborgen, Staub und Vernachlässigung liegen auf dem Raum wie eine stumme Anklage. Ich habe es nie für nötig gehalten, mich um das Zimmer zu kümmern, und ich wollte auch nie etwas von den Sachen – bis heute.

Am Schreibtisch ziehe ich das schwere Laken herab. Der Tisch aus Rosenholz kommt unter einer tanzenden Staubwolke zum Vorschein. Mit meinen Fingern zeichne ich die feinen Intarsien nach. Es ist ein schöner Schreibtisch. Für mein Zimmer unter dem Dach wäre er aber etwas zu groß und unpassend. In der obersten Schublade finde ich auf Anhieb, wonach ich suche: Die Lupe, die meine Mutter auf den Bildern an einer feinen Goldkette wie ein Monokel um den Hals getragen hat.

Mal sehen, ob du funktionierst.

*

Zurück in meinem Zimmer klettere ich auf das Bett und beuge mich mit gekreuzten Beinen über die Schriftrollen. Mr Snuggels, der meinen plötzlichen Aufbruch genutzt hat, um auf meinem Kopfkissen einzuschlafen, hebt träge ein Auge.

Ich dagegen hebe das rund eingefasste Glas über das Pergament und fahre die unlesbaren Schriftzeichen entlang. Nichts passiert. Die Wölbung des geschliffenen Glases vergrößert die Symbole lediglich, aber deshalb kann ich sie auch nicht besser verstehen.

Doch ich weigere mich aufzugeben. Lady Kaitlin hat gesagt, dass meiner Mutter die Lupe zur Übersetzung diente. Irgendetwas mache ich falsch. Ich muss nur dahinterkommen, was.

Weitere Male fahre ich mit der Lupe die Schriftzeichen entlang, wechsele mehrfach die Richtung, lese von unten nach oben, von links nach rechts. Doch die Bedeutung der Symbole bleibt mir verschlossen. Frustriert werfe ich die Lupe aufs Bett. Sie tut, was sie soll: Sie vergrößert Buchstaben und Symbole, mehr aber auch nicht.

Mr Snuggels hebt seinen Kopf und legt ihn neben meiner Hand wieder ab. Er spürt meine Enttäuschung und will mich ablenken. Ich tue ihm den Gefallen und kraule ihn im Nacken, während ich missmutig die Lupe betrachte. Runen sind dort eingraviert und winzige Ringe.

Ich angle mir das Schmuckstück und taste die filigrane Goldeinfassung ab. Ob sich die Ringe gegeneinander drehen lassen? Vorsichtig versuche ich, einen davon zu verschieben, aber erst als ich den Verschluss, mit dem die Lupe an der Kette befestigt ist, öffne und durch das Öhr an den Ringen ziehe, gelingt es mir. Behutsam probiere ich ein wenig herum, drehe die Ringe und verschiebe schließlich den äußeren Ring, bis die Symbole mit den inneren übereinstimmen.

Und tatsächlich! Die fremdartigen Worte auf dem Papyrus formen sich durch die Lupe betrachtet nun zu lesbaren Sätzen in englischer Sprache!

Jetzt steht klar vor mir, wofür welche der Zauberformeln auf dem Pergament benutzt werden können: Der Blockierzauber, um Magie zu blockieren, der Spiegelzauber, um Magie aufzuheben, und der Abwehrzauber, um eine Verteidigung zu bauen. Auf dem vierten Pergament ist ein Lichtzauber notiert. Der ist wohl dabei, weil er besonders einfach ist.

Ich bin begierig darauf, alle auszuprobieren, besonders den vierten, den ich noch nicht kenne.

Linien und Sprüche sind Formeln, um per Gedanken die Magie zur Veränderung der Realität zu zwingen. Geübte Magier können Spruch und Symbole weglassen und etwas mit reiner Willenskraft erschaffen, aber für den Anfang ist es einfacher, sich dieser Hilfsmittel zu bedienen.

Als Erstes nehme ich mir die Schriftrolle mit dem Lichtzauber vor und präge mir die Linien ein, während ich wieder und wieder die einfache Zauberformel durchlese. Ich muss alles zusammen hinbekommen: Die Linien nachfahren, gleichzeitig die Zauberformel laut aussprechen und vor allem richtig betonen, während ich in Gedanken einen Lichtfunken in meinen Händen heraufbeschwöre.

Ich konzentriere mich auf das Symbol in der Mitte der Schriftrolle und ziehe mit meinem Zeigefinger langsam die komplizierten Linien nach. Leise flüstern meine Lippen die Worte, die die magische Leselupe meiner Mutter mir offenbart, und lerne sie auswendig. Die einzelnen Silben klingen merkwürdig fremd in meinen Ohren und liegen schwer auf meiner Zunge.

Als würde sich mein Körper gegen die unbekannte Macht wehren, schlägt mein Puls schneller. Sein Rhythmus ist nicht im Einklang mit dem Singsang der Zauberformel. Mein Atem zittert und betrügt meine selbstbewusst vorgetragenen Worte. Meine Muskeln in den Schultern spannen sich an, während sich eine Art Elektrizität um mich herum aufbaut. Meine Kopfhaut und meine Fingerspitzen kribbeln.

Ich halte den Zauber mit meinen Worten gefangen, fliege mit meinem Zeigefinger immer schneller die Linien auf dem Pergament entlang, um eine Lichtkugel in meine offene Hand zu zwingen.

Ich spüre ein leichtes Kitzeln in meinen Fingerspitzen, ein Anstieg reiner Energie, die zwischen meinen nach oben gekrümmten Fingern pulsiert. Hitze steigt in meiner Handfläche auf.

Und dann – ein blasses Glühen, eine Kugel aus … Licht!

»Mr Snuggels!« Der Kater stellt erschrocken die Ohren auf, als ich seinen Namen schreie. »Licht! Ich habe Licht gezaubert!«

Die Kugel wabert für den Bruchteil einer Sekunde über meiner Handfläche. Doch meine Aufregung, meine Ungläubigkeit darüber, dass ich es tatsächlich geschafft habe, lässt sie einen Wimpernschlag später wieder verschwinden, als wäre sie nie dagewesen. Nur eine leichte Taubheit in den Fingern bleibt zurück. Aber das ist mir egal, ich weiß, was ich gesehen habe.

Ich hebe Mr Snuggels hoch und tanze mit dem Kater auf dem Arm durch das Zimmer.

»Ich habe Licht gezaubert! Ich bin eine Magierin!«

*

Noch eine Stunde später bin ich gut gelaunt und mit federndem Schritt unterwegs, um mir den Dienstplan am Brett neben den Dienstbotenklingeln im Parterre des Ordenshauses anzusehen. Nicht einmal die Aufgabe, die mir für heute zugeteilt wurde, kann mir die Laune verderben:

12:00–14:00 Uhr, Sally: Reinigen des Bootsanlegers

Eine äußerst unbeliebte Arbeit.

Wasseralgen machen die Treppenstufen rutschig und gefährlich, weswegen sie regelmäßig gereinigt werden müssen. Es wundert mich, wie es dazu kommt, dass ausgerechnet ich diese Aufgabe zugeteilt bekommen habe – schließlich bin ich ja jetzt der

Bibliothek und Lady Kaitlin unterstellt –, aber ich beschwere mich nicht und suche Eimer, Schrubber und den Entferner für Moose, Algen und Schimmel zusammen.

Ich kann zaubern. Heute kann mir nichts und niemand die Laune verderben.

Mit dem Eimer und einem Paar Gummistiefel mache ich mich auf den Weg hinab zu dem Tunnel, der zum Bootssteg führt. Im Dienstbotengang kreuzt William meinen Weg. Auf seinen weißen Handschuhen balanciert er ein Tablett mit Zigarren, das er vermutlich zur Großen Halle trägt. Spöttisch hebt er eine Augenbraue, als er mich, schwer bewaffnet mit der Putzausrüstung, losmarschieren sieht.

»Putzen am Bootssteg?« Seine Stimme trieft vor Häme. »Fall nicht ins Wasser. Wir wollen dich ja nicht aus der Themse fischen müssen. Die Strömung ist heute sehr stark, da kann viel passieren.«

»Keine Sorge, ich mach das nicht zum ersten Mal.« Ich lasse William und seine Überheblichkeit hinter mir im Gang zurück und ziehe beschwingt weiter.

*

Rasch durchquere ich die Große Halle und steige hinab in das untere Stockwerk. Von hier geht ein langer, rundgemauerter Gang Richtung Themse ab. Er stammt noch aus den Zeiten, als auf dem Gelände des Ordenshauses ein Kloster stand. Es sind die Reste eines Fluchttunnels, die dem Ordenshaus in der Nähe des Piers, an dem die HMS Wellington liegt, eine direkte Anbindung ans Wasser bieten. Ein schmiedeeisernes Gitter, wie bei einem Burgtor, sichert den Zugang. Das Gatter wiegt mehr als eine Tonne und lässt sich nur über einen Hebelmechanismus vom anderen Ende des Tunnels öffnen.

Rumpelnd verschwindet das Tor nach oben ins Mauerwerk, nachdem ich den schweren Hebel umgelegt habe. Der Tunnel aus rotem Backstein ist breit genug, dass zwei Menschen Schulter an Schulter bequem nebeneinander hergehen können. Es ist trocken hier, aber je weiter ich Richtung Themse komme, desto intensiver schlägt mir der brackige Geruch des Flusses entgegen. Bevor der mobile Damm gebaut wurde, konnte das Wasser bei Flut, und wenn starke Winde die Themse von der Flussmündung ins Landesinnere gedrückt haben, ziemlich weit den abschüssigen Tunnel hinaufsteigen. Die schwarze Verfärbung des Backsteins zeigt, wie hoch der Flusspegel einst gestiegen ist.

Heute ist der Wasserpegel niedrig. Am Anleger sind, an eisernen, im Mauerwerk eingelassenen Ringen, zwei Boote des Ordens festgebunden. Sie schaukeln leicht auf den Wellen. Am Ende des Ganges kann ich eine Linie aus olivfarbenem Schlamm, stinkenden Sedimentablagerungen und haarigen Algen sehen, die auf den Treppenstufen wachsen, die ins trübe Nass hinabführen.

Da die Themse auch Unrat herbeispült, beginne ich mit einem Kescher, Plastiktüten und Bierdosen aus dem Wasser zu fischen und in einem mitgebrachten Müllbeutel zu sammeln. Die Stufen sind rutschig, und ich muss aufpassen, dass ich nicht stürze. Aber deswegen bin ich ja hier, um die Stufen wieder begehbar zu machen.

Ich rühre die chemische Putzlösung in meinem Eimer an, bis es schäumt, und schraube dann den Schrubber auf die Teleskopstange. Mit etwas Kraft und scheuern lässt der Dreck sich lösen, und das Grau der Granitstufen kommt wieder zum Vorschein. Während ich die Treppenstufen Stück für Stück freilege, wandern meine Gedanken zu Victoria Bannister.

Sie weiß nun, dass ich hinter der Halskette her war. Und sie wollte um jeden Preis verhindern, dass ich damit abhaue. Wenn sie für das Auftauchen der Banshee auf dem Highgate Cemetery nicht verantwortlich gewesen wäre, hätte sie niemals so reagiert.

Aber was genau hat Victoria eigentlich vor?

Aaron wollte nur seinen kleinen Bruder befreien, was er mit seinem Leben bezahlt hat – und mit seinem … Herzen?

Das Herz eines Werwolfs mag eine mächtige Komponente für ein Ritual sein. *Was, wenn es stimmt, dass es die ganze Zeit nur darum ging, an Organe von Paras zu kommen?*

Mir schaudert.

Aber warum sollte Victoria Organe von paranormalen Wesen sammeln?

Wenn Lady Kaitlin nicht herausfindet, wofür all diese Zutaten benötigt werden, können sie die Antwort, wenn überhaupt, nur in einem Verhör aus Victoria herausquetschen.

Ich ziehe den Spüleimer mit dem Schaum dichter zu mir heran und nehme die Bürste von der Teleskopstange, um auf den Knien den obersten Treppenabsatz zu schrubben.

Niemand darf einen Werwolf einfach so töten, auch der Hermetische Orden nicht. Ein Para muss sich schon etwas zu Schulden kommen lassen und das Gesetz brechen, um eine Hinrichtung zu rechtfertigen.

Etwas, wie den Mord an einem Menschen … an mehreren Menschen, wenn ich mich recht besinne: an Bobby Atkins und seiner Mutter, den Teenagern in der verlassenen Fabrik in Limehouse – alles Freunde von Ben, Menschen, mit denen er Kontakt hatte. Für den Orden sah es so einfach aus. Ein junger Werwolf, der sich nicht unter Kontrolle hat, tötet seinen Freund beim Playstationspielen, und die dazukommende Mutter auch gleich mit. Dann, einen Tag später, seine Schulkameraden beim Skaten … eine Gefahr für die Menschen und für das Geheimhaltungsabkommen. Der junge Werwolf wird zum Tode verurteilt, danach kann man ihm in Ruhe das Herz herausschneiden. Was für eine perverse Tat.

Aber wie können wir das beweisen?

Ich kann nur hoffen, dass Victoria gesteht. Denn sonst sieht es sehr dünn für uns aus, da ich schätze, dass meine Aussage nicht viel wert ist. Gut, dass Squirrel wenigstens beweisen kann, dass Victoria die Halskette ersteigert hat und auf dem Friedhof war.

Meine Hände haben mit dem Schrubben aufgehört, meine Finger umklammern die Holzbürste. Gerade will ich mich aus meiner gebückten Haltung erheben, da nähern sich schnelle Schritte von hinten.

Ledersohlen auf hartem Granit.

Mein Puls schießt in die Höhe, aber ich kann mich nicht bewegen, kann nicht mal meinen Kopf drehen, um zu sehen, wer da kommt. Eine unsichtbare Kraft greift mich, packt mich gnadenlos im Nacken und drückt mein Gesicht mit einem Ruck hinab in den Eimer. Wasser schwappt über und durchnässt mich und mein Kleid. Ich kann gerade noch einen ängstlichen Hilfeschrei ausstoßen – doch das war ein Fehler.

Wasser und Schaum dringen mir in Nase und Mund, während sich die Schritte nähern. Jetzt mit scheinbarer Gelassenheit, als die unsichtbare Hand, geformt aus Hass und Magie, mich mitleidlos unter Wasser gedrückt hält und in dem Putzeimer ersäufen will wie eine pestkranke Ratte.

Vor meinen Augen wird erneut alles schwarz.

FOLGE

10

KAPITEL 34

Kaitlin

»Lady Kaitlin, es gab keine besonderen Vorkommnisse, wenn man mal davon absieht, dass Mr Kramer sich schon zum zweiten Mal diese Woche den Almanach zur magischen Literatur ausgeliehen hat. Ich weiß wirklich nicht, was er hofft, darin zu finden.«

Adam hat mich während des Verhörs und meiner vorherigen Besprechung mit Sir Henry in der Bibliothek vertreten. Zu meinem Bedauern muss ich zugeben, dass er das mit jedem Tag besser beherrscht. Ich weiß nicht, wie lange ich ihn noch hinhalten kann. Seinen Anspruch auf den vollständigen Zugang zur Bibliothek hat er längst erreicht. Allein schon aufgrund seines Vorwissens. Zudem ist er wissbegierig, fleißig und zuverlässig. Alles Eigenschaften, die ich mir von einem potenziellen Nachfolger wünschen würde, wenn ich mich nicht bereits festgelegt hätte.

»Wer weiß schon, was in Mr Kramers Kopf vorgeht. Diese Studenten aus dem Ausland sind alle schwierig einzuschätzen.« Lapidar winke ich ab und lasse ihn stehen, um in den Posteingang der Bibliothek zu schauen. Einige magisch versiegelte Erinnerungsblätter liegen dort bereit, die ich wegsortieren muss. Doch Adam lässt sich nicht so leicht abschütteln.

»Wie war die Besprechung? Gibt es etwas Neues?«

»Nichts, was ich mit Ihnen teilen dürfte, Mr O'Connor. Das wissen Sie doch.« Streng mustere ich ihn über die Schulter. Der seitliche Blick wird augenblicklich mit einem heftigen Kopfschmerz belohnt. Ich fasse mir an den Kopf und massiere meine Schläfen. »Bitte, übernehmen Sie die Äußere Bibliothek. Ich fürchte, es wartet noch Arbeit auf mich bei den Fallakten.«

»Das kann ich doch für Sie übernehmen, Lady Kaitlin. Sie

sehen erschöpft aus. Und das meine ich nicht auf Ihr Alter bezogen, bevor Sie mir das wieder vorhalten. Die Ereignisse von gestern sind vor den Augen von Zeugen geschehen. Folglich weiß das gesamte Ordenshaus bereits, was passiert ist. Dazu noch All Hallows Eve. Sie können es mir gegenüber zugeben, wenn Sie eine Pause brauchen.«

Ich ahne, dass Adam es gut meint, aber die Unterstellung, noch dazu vor den Ohren von anderen Magiern, kann ich so nicht stehen lassen. Auch wenn er recht hat. »Mir geht es ausgezeichnet. Danke für Ihre Fürsorge. Und nun zurück an die Arbeit.«

Adam sieht enttäuscht aus. Als ob er sich darauf gefreut hat, die Erinnerungsblätter wegzusortieren. Oder wollte er mir wirklich nur unter die Arme greifen? Ich kann ihn nicht einschätzen, obwohl mir das sonst leichtfällt. Deswegen drehe ich ihm nur den Rücken zu und gehe in die Mittlere Bibliothek durch die für die Öffentlichkeit verschlossene Tür.

Die Stille, die mich in dem runden Innern des Turmes umhüllt, ist eine Wohltat für meinen schmerzenden Kopf. Seit den Morgenstunden wird es immer schlimmer, und ich überlege das erste Mal, ob ich ein Schmerzmittel dagegen nehmen soll. Sonst bin ich kein Fan davon, da diese den Geist benebeln und man Fehler macht, die vermeidbar gewesen wären. Doch diesmal befürchte ich, dass die Kopfschmerzen eine größere Fehlerquelle sein werden, wenn ich sie nicht unterbinde. Sobald ich die Arbeit beendet habe, werde ich in mein Zimmer gehen und mir eine Tablette gönnen.

Vorerst setze ich mich auf meinen Sessel und sortiere die Erinnerungsblätter vom Vorabend. Es ist ein beachtlicher Stapel. Größer als bei jedem anderen Fall im Jahr. Wenn Jack O'Lantern in der Stadt ist, macht er mehr Arbeit als jeder andere Paranormale.

Nach und nach lese ich die Papiere und amüsiere mich über die Vorstellungskraft der Menschen. Sie haben nach logischen Erklärungen gesucht für das, was sie in den Pubs gesehen haben. Dabei ist die Wahrheit meist so viel einfacher.

Erst als ich das Erinnerungsblatt eines Polizisten in den Händen halte, stutze ich. »Was haben wir denn hier?«

Jemand hat ihn gelöscht, weil er den Kampf zwischen Ricardo und Jack O'Lantern gesehen hat. Der Kampf selbst ist nicht besonders interessant für mich. Aber zwei Sätze stechen mir ins Auge.

Ich weiß nicht, wem ich als Erstes helfen soll. Meinem Kollegen, dessen Pferd gerade einfach umgefallen ist, oder dem seltsamen Rübenkopf, der von einem Feuerball getroffen wurde.

Ein Feuerball? Wer hatte den gewirkt?

Ich kann mich nicht erinnern, obwohl ich weiß, dass ich es schon gelesen habe. Eine Fallakte gibt es noch nicht. Nur die Erinnerungen der Zeugen. Einer von ihnen ist gelöscht worden, weil er einen der Magier beim Zaubern beobachtet hat. Ich blättere zurück und suche in den mit unterschiedlichen Handschriften versehenen Papierbögen nach dem richtigen Zettel. Schließlich finde ich die schnörkelige Schrift von Madeleine, die alles zu der Magiebeobachtung notiert hatte.

»Dieser dunkelhaarige junge Mann mit dem Schwert hat einfach so einen Feuerball geworfen. Keine Ahnung, wie er das gemacht hat. Aber dann verpuffte der andere, und es war Ruhe.« Ich lese die Worte laut. Mehrmals, weil ich nicht glauben kann, was es bedeutet.

Ein junger dunkelhaariger Mann mit einem Schwert? Das kann nur ein Vigilant gewesen sein: Caleb. Er ist der Einzige, der nie ohne sein Katana aus dem Haus geht, wenn er im Dienst ist. Es kann nur Caleb gewesen sein.

Verdammt!

Mein Herzschlag beschleunigt sich, als mir klar wird, was das bedeutet. Ich glaube schon lange nicht mehr an Zufälle. Alles was passiert, geschieht aus einem Grund oder weil es jemand geplant hat. Das hier kann ebenfalls kein Zufall sein. Dennoch muss ich ihn ausschließen.

Mühsam erhebe ich mich aus dem Sessel und gehe noch einmal

in den vorderen Teil der Bibliothek, wo Adam gerade einer älteren Frau die Vorzüge einer Lesebrille schmackhaft macht, weil sie die Titel auf den Buchrücken nicht mehr entziffern kann.

Ich gehe jedoch schnurstracks zum Festnetztelefon, nehme es aus der Station und kehre zurück in die Mittlere Bibliothek. Hastig wähle ich die Nummer, die mich mit dem Dead Mans Hole verbindet.

»Gardener?«

»Guten Tag, Miss Gardener, ich bräuchte bitte eine Auskunft zu dem gestrigen Todesfall.«

Am anderen Ende der Leitung herrscht Stille. »Lady Kaitlin, sind Sie das?«

»Oh, Verzeihung. Ja, ich rufe aus der Bibliothek an und habe eine Frage. Ich gehe davon aus, dass Sie und Doc Brown alle relevanten Daten der gestrigen Nacht bereits vorliegen haben?«

»Ähm, klar doch. Aber was wollen Sie damit?«

»Ich recherchiere etwas zu der Wirkung von Magie auf Tiere. Und wie ich gehört habe, hat es gestern Abend ein totes Tier gegeben.« Die Lüge geht mir leicht von den Lippen. Ich kann schließlich nicht die Wahrheit sagen. Vermutlich hätte sie mir dann keine Auskunft gegeben.

»Ach, dieser Todesfall. Das arme Tier. Doc Brown ist noch nicht dazu gekommen, die Autopsie durchzuführen.«

»Können Sie mir denn schon irgendetwas sagen?«

Ich weiß nicht, ob es das Drängen in meiner Stimme ist, das ich nicht zurückhalten kann, oder das Mitleid von Lili mir gegenüber, aber sie antwortet mir.

»Ich kann es mir jedenfalls nicht erklären. Das Pferd war erst seit einem Jahr im Dienst und noch jung. Wenn ich raten müsste, würde ich eine Vorerkrankung am Herzen vermuten, die bei den vorherigen Untersuchungen übersehen wurde. Durch Magie ist es aber wohl kaum getötet worden. Es hat ja niemand einen Zauber auf das Pferd angewendet.«

Ich verkneife mir den Kommentar, dass es auch Nebenwirkungen von Magie – schwarzer Magie – gibt, die nicht gezielt angewendet werden. »Danke schön. Damit haben Sie mir sehr geholfen. Auf Wiedersehen.«

»Ciao.«

Ich lehne mich im Sessel zurück, das Telefon immer noch in meiner Hand. Das Gehäuse knackt etwas, während ich viel zu fest zudrücke. Ich hätte es sehen müssen. Die fauligen Orangen in der Orangerie sind da nur die Spitze des ansonsten toten Tiereisbergs. Dazu kommen noch die Ratten bei Madame Tussauds. Ratatöskr hatte Beatrice um Aufklärung gebeten. Laut der Fallakte, die schon längst über meinen Schreibtisch ging, war Caleb der führende Ermittler vor Ort gewesen und hatte einen Zauber gewirkt.

Ich sauge geräuschvoll die Luft ein und starre auf die Zettel, die auf dem schmalen Tisch neben mir liegen. Zur Sicherheit lese ich erneut die beiden relevanten Erinnerungen: Ein Mann, offensichtlich Caleb, hat einen Feuerball gewirkt. Zeitgleich ist das junge, gesunde Pferd tot umgefallen. Es ist der Beweis, den ich Sally gebeten habe, zu finden. Und all das kann nur eines bedeuten:

Caleb ist ein Nekromant!

Ob er es weiß oder nicht, er ist eine Gefahr. Vor allem für die Menschen in seiner Nähe. Dass bisher noch keiner davon verletzt wurde, grenzt an ein Wunder.

Ein schrecklicher Gedanke kommt mir: *Weiß Sally es und hat es mir nicht gesagt?*

In weniger als zwei Stunden wird sie mir meinen Nachmittagstee in der Orangerie servieren. Dann will ich sie fragen. Sollte sie wirklich einen Nekromanten decken, muss ich meine Entscheidung, sie als Nachfolgerin erwählt zu haben, noch mal überdenken.

Ich habe Verständnis für viele Arten der Zusammenarbeit. Mit einem Ghul eine Allianz zu bilden oder sogar ein Vampirnest und ein Wolfsrudel zu Verbündeten zu machen, um mit ihnen gemeinsam eine Zukunft der magischen Welt aufzubauen, halte ich für möglich.

Aber ein Nekromant ist etwas so unfassbar Böses, dass ich mir einfach nicht vorstellen kann, es am Leben zu lassen. Selbst der Magier Albert Stronzo, der Mitte des 20. Jahrhunderts bekannt war für seine Bestrebungen, auch offensichtlich bösartige paranormale Biester wie Chimären und Basilisken in die Gesellschaft einzubinden, hat sich strikt gegen Nekromanten ausgesprochen. Vermutlich liegt es daran, dass es in keinem einzigen Folianten eine positive Erwähnung der in der Geschichte bekannten Nekromanten gibt. Tatsächlich zeugen die meisten Journale und Berichte, die ich darüber gelesen habe, von Nekromanten, die sich in der Nähe von Kriegsschauplätzen aufhalten. Sie unterstützen stets die Seite, die die meisten Toten hervorbringt. Wie Octavio Piccolomini, der im 30-Jährigen Krieg im kaiserlich-habsburgischen Heer kämpfte. In der Schlacht bei Lützen wurde er mehrfach verwundet, überlebte aber wie durch ein Wunder jedes Mal. Im Gegensatz zu seinen drei Pferden, die allesamt ohne eine äußere Verletzung auf dem Schlachtfeld starben. Zuerst kämpfte er unter Wallenstein, doch als er merkte, dass es mehr Tote gibt, wenn er aufseiten des Kaisers kämpft, hat er sich diesem angeschlossen.

Nekromanten suchen den Tod und begrüßen ihn wie einen alten Freund, den sie voller Freude in den Arm schließen.

Ich frage mich, ob man eine solche Kreatur überhaupt töten kann. In all den Büchern, die ich mit Sally bereits durchsucht habe, ist mir kein Hinweis dazu aufgefallen. Fest steht, dass ein Nekromant ein seltsames Verhältnis zum Tod hat, aber ich weiß nicht, ob man ihn wirklich endgültig auslöschen kann. Und falls ja: Auf welche Weise?

Einfach den Kopf abschlagen, wäre vermutlich eine effiziente Methode, aber auch sehr barbarisch und nicht bestätigt. Was, wenn er danach weiterlebt und sich mithilfe der schwarzen Magie von der Verletzung regeneriert?

Ich schüttele den Kopf. So werde ich nicht weiterkommen. Es gibt nur eine Sache, bei der ich mir sicher bin: Caleb darf auf keinen Fall mehr im Orden bleiben. Und ich muss umgehend etwas unternehmen. Sir Henry sollte über diesen Umstand informiert werden, und ich muss Sally warnen. Sie darf keine Zeit mehr mit Caleb verbringen. Aber das Wichtigste, ich muss herausfinden, wie man einen Nekromanten tötet.

Ich erhebe mich aus dem Sessel und lege rasch die Erinnerungsblätter ab, ehe ich die Mittlere Bibliothek wieder sorgsam verschließe. Adam steht am Informationstresen und schaut durch die Kartei der Bücher, scheinbar auf der Suche nach etwas.

Obwohl es in der Bibliothek wie immer wohltemperiert ist, fröstelt es mich. Adam ist der Bruder von Caleb. Er wird ein ähnliches Schicksal erleiden wie ich. Denn dass Caleb am Leben bleiben wird, wenn ich ihn an den Orden verrate, ist undenkbar. Ich halte inne.

Kann ich dem jungen Bibliothekar das antun? Ihm seinen Bruder nehmen? Doch was sind die Optionen? Caleb ins Exil schicken?

Mit der Hand fahre ich mir über die Augen und treibe die Gedanken fort. Darüber kann ich mich jetzt nicht sorgen. Ich muss Sally schützen, wie ich es Beatrice versprochen habe. Langsam gehe ich auf den Tresen zu und muss mich dazu zwingen, geradeaus zu laufen. Die Entdeckung hat meinen Puls in die Höhe schießen lassen und dadurch meine Kopfschmerzen verstärkt. Mir wird schummerig vor Augen, aber ich halte mich auf den Beinen.

»Lady Kaitlin, gut, dass Sie zurück sind. Ich suche nach einem Buch über ägyptische Flüche. Haben Sie eine Idee, worunter das abgelegt sein könnte? Es ist weder in der Abteilung für Ägypten noch bei den Flüchen.«

»Das liegt daran, dass das Buch, das Sie vermutlich suchen, in der Inneren Bibliothek liegt.« Meine Hand zittert, als ich mich am Tresen abstütze. Ich verberge das Zittern, indem ich mich festklammere. Zum Glück bemerkt Adam das nicht.

Was ist nur mit mir los? Warum wird es immer schlimmer?

»Dürfte ich dann das Buch holen? Ich möchte es gerne lesen, um die Theorie hinter den Flüchen besser zu verstehen.«

»Ich sagte doch, dass Sie noch nicht so weit sind. Treten Sie bitte beiseite, ich muss etwas nachschlagen.«

Doch Adam bleibt einfach stehen. »Was muss ich tun, damit Sie mir vertrauen?«, fragt er mit einem Seufzen in der Stimme. »Ich mache alles, wirklich. Geben Sie mir eine Aufgabe oder stellen Sie mir Fragen. Ich werde jeden Test über mich ergehen lassen. Nur verwehren Sie mir bitte nicht den Zutritt zum Heiligsten, das dieser Orden zu bieten hat. Es würde meine Ausbildung verlangsamen.«

»Sie haben mir wohl nicht zugehört …« Ich werde lauter, doch noch während die Worte über meine Zunge stolpern, kommt mir eine Idee. »Sie würden alles tun?«

Adam nickt ein wenig zu hastig, aber ich kann den Ehrgeiz in seinen Augen funkeln sehen. Er will unbedingt in die Innere Bibliothek.

»Nun, dann habe ich eine Aufgabe, nein, eine Quest für Sie. Drei Aufgaben, die es zu erfüllen gilt. Wenn Sie nur eine nicht zu meiner vollsten Zufriedenheit erledigen, bleibt Ihnen der Zugang bis auf Weiteres verwehrt. Wenn Sie bestehen, werde ich Ihnen den ungehinderten Zugang zur Inneren Bibliothek erlauben.«

Adam zögert nicht, richtet sich nur zu seiner vollen Größe auf. »Drei Aufgaben? Ich gehe davon aus, dass keine davon illegal ist oder gegen die Regeln des Hermetischen Ordens verstößt?«

»Nicht im Geringsten. Es sind dem Berufsleben eines Bibliothekars angemessene Aufgaben. Also, sind Sie einverstanden?«

Da ich spüre, wie meine Kraft mit jeder Minute weiter aus meinem Körper weicht und ich nicht weiß, wie lange ich mich noch auf den Beinen halten kann, sollte ich mich so schnell wie möglich hinlegen. Gleichzeitig brauche ich aber Antworten. Was läge da näher, als jemand Jüngeres und deutlich Gesünderes mit den Nachforschungen zu beauftragen?

»Was soll ich tun?« Adam greift sich ein leeres Stück Papier, das vor ihm liegt, und einen Stift, den er aus der Innentasche seines dunkelblauen und perfekt sitzenden Jacketts zieht.

»Als Erstes sollen Sie herausfinden, wie man einen Nekromanten töten kann.«

Adam runzelt die Stirn, schreibt die Frage aber auf. »Okay, eine ungewöhnliche Frage. Aber ich verstehe, dass Sie mich testen wollen. Ich werde das herausfinden, versprochen.«

»Zweitens, und das ist ebenso wichtig: Es gibt ein Ritual, vermutlich schwarzmagisch, aber sicher bin ich nicht, ob bei dem verschiedene Zutaten benutzt werden. Ich kann auch nicht garantieren, dass die Liste der Zutaten vollständig ist. Auf jeden Fall muss ich wissen, wofür diese Zutaten gut sind.«

Ich nenne ihm die verschiedenen Organe, die verschwunden sind, ohne ihm zu verraten, was es damit auf sich hat. Eine objektive Sichtweise ist sicher von Vorteil. Eifrig schreibt Adam alles mit und schaut mich erwartungsvoll an.

»Drittens möchte ich, dass Sie eine mögliche Optimierung in unserem System finden. Sie sollen beweisen, dass Sie es verstanden und vor allem durchdrungen haben.«

»Die letzte Aufgabe ist leicht.« Er redet weiter, während er schreibt. »Ich habe schon einen Verbesserungsvorschlag zu dem Ausleihsystem, den ich Ihnen jetzt nach Halloween gemacht hätte. Aber ich werde es entsprechend ausformulieren und zusammen mit den anderen beiden Aufgaben abgeben. Ich werde Sie nicht enttäuschen, Lady Kaitlin.«

Ich verziehe mitleidig das Gesicht, weil er denkt, dass es sich um einen Test handelt. Dass er eventuell den Todesstoß für seinen Bruder findet, will ich ihm eigentlich nicht aufbürden, aber im Moment habe ich keine Wahl. Ich selbst fühle mich nicht dazu in der Lage, noch lange auf den Beinen zu bleiben. Mein Körper braucht ein paar Stunden Erholung. Wenn er die nicht bekommt, möchte ich mir nicht ausmalen, was als Nächstes mit mir passiert.

Also lasse ich die Bibliothek in Adams Händen, gehe auf mein Zimmer und lege mich mit einer starken Kopfschmerztablette schlafen.

KAPITEL 35

Sally

Langsam komme ich wieder zu mir. Aber immer noch ist alles schwarz um mich, allerdings liege ich jetzt auf einem schwankenden Untergrund, und meine Hände sind auf dem Rücken gefesselt. Wer auch immer das war, er war nicht zimperlich: Die Fesseln schneiden hart wie Kabelbinder in meine Handgelenke ein. Ein Stöhnen entweicht mir, das ich nicht unterdrücken kann. Aber der Knebel in meinem Mund sorgt dafür, dass niemand es hören wird. Auch meine Augen sind verbunden. Ich erkenne nichts von meiner Umgebung. Ein lautes Brummen wie von einem Außenbordmotor und die schnelle, schlingernde Bewegung verraten mir aber, dass ich in einem Boot, wahrscheinlich in einem, das an dem Anleger festgebunden war, liegen muss.

Ich versuche, mich auf die Seite zu rollen, aber da ist noch etwas festgezurrt über mir, vermutlich eine Plane. Man hat mich wie ein Paket verschnürt und eingepackt.

Wo bringt man mich hin? Und wer könnte ein Interesse haben, mich zu entführen oder entführen zu lassen?

Mir fällt nur eine Person ein: Victoria Bannister.

Ich unterdrücke die aufkommende Panik und versuche, einen klaren Verstand zu bewahren. Der Geschwindigkeit nach zu urteilen, sind wir schon ein ganzes Stück vom Ordenshaus weg, denn auf dem vielbefahrenen Fluss kann man erst weit hinter Woolwich Gas geben. Mein Entführer scheint es eilig zu haben. Wenigstens wurde ich nicht in dem Putzeimer ertränkt und lebe noch.

Der Muskelkater vom Schockzauber ist schlimmer geworden. Ich will in eine bequemere Position rutschen, aber das ist auf dem engen Raum kaum möglich: Meine Arme scheuern gegen eine Rippe des Bootsinneren, und meine Schultern brennen von der ungewohnten Position der nach hinten gezwungenen Arme. Wenigstens meine Knie kann ich zu mir heranziehen.

Angespannt warte ich, ob mein Entführer die Bewegung bemerkt und mich wieder zurück in die Bewusstlosigkeit schicken wird. Aber man lässt mich in Ruhe. Also versuche ich, meine Beine so weit anzuziehen, dass ich sie unter dem Knoten hindurchschlüpfen kann, aber ich bin nicht gelenkig genug.

Nach einer Zeit, die mir wie eine Ewigkeit vorkommt, bremst das Boot, und die Angst schwappt in Wellen zurück.

Was hat man mit mir vor? Mich über Bord werfen und ertrinken lassen? Hat man mich deswegen mit dem Boot rausgefahren, um einen unbeobachteten Platz auf der Themse zu finden?

Ein Ruck geht durch das Boot, gefolgt von einem heftigen Schwanken, als jemand von Bord geht. Wir sind angelandet. Die Plane über mir wird mit einem Ruck weggezogen. Ich werde an den gefesselten Armen gepackt und grob hochgezerrt.

Durch meine Augenbinde kann ich Tageslicht ausmachen. Aber mehr als vage Schemen kann ich nicht erkennen, als der Unbekannte mich über den Bootsrand auf einen Holzsteg schmeißt. Mir wird die Luft aus dem Bauch gedrückt, und ich stöhne auf, doch eine Pause wird mir nicht gegönnt. Sofort werde ich von kräftigen Händen auf die Füße gezogen und bekomme unbarmherzig einen Stoß in den Rücken. Ich stolpere vorwärts und höre vor mir das Geräusch einer sich öffnenden Schiebetür.

Ein Transporter?

Eben hatte ich noch Angst, dass man mich im Fluss ertränken will, jetzt rast mein Herz, weil ich nicht weiß, was mich in dem Wagen erwartet. Ich überlege, wegzulaufen, doch jemand drängt mich grob vorwärts, sodass ich mit dem Schienbein gegen eine Kante stoße. Keine Chance.

»Rein da!«

Ich stutze, ich kenne diese Stimme, aber es gelingt mir nicht, sie einzuordnen.

Auf den Knien rutsche ich in den Wagen, doch ich kann nicht verhindern, dass ich mit dem Kinn auf die Ladefläche knalle, als ein weiterer Stoß folgt. Vor Schmerz schießen mir Tränen in die Augen, und die Furcht schießt weitere hinterher. Mein Entführer packt grob meine Beine und schiebt mich auf der harten Fläche unsanft nach vorne, bis ich gegen eine Wand aus Metall stoße. Hinter mir wird die Transportertür zugeschoben und somit ist vielleicht meine letzte Chance, zu entkommen, dahin. Panisch rolle ich mich herum, um die Tür zu erreichen, solange sie noch offen ist. Doch ich stoße nur gegen eine harte, unnachgiebige Fläche.

Der Wagen setzt sich in Bewegung. Ich zerre an meinen Fesseln, auch wenn es wehtut; verbiege mich in dem Versuch, meine Hände hinter meinem Rücken hervorzubekommen. Schweiß läuft mir über die Stirn, meine Muskeln sind bis zum Zerreißen gespannt, doch ich schaffe es nicht, meine Beine durch die Armschlinge zu zwängen. Die Handfesseln sitzen zu eng und schneiden nur noch schmerzhafter ein.

Schluchzend gebe ich auf.

Meine Tränen durchtränken die Augenbinde, die man mir umgelegt hat, als wäre ich auf dem Weg zu meiner Hinrichtung. Und vielleicht bin ich das ja auch.

Inzwischen habe ich keine Zweifel mehr daran, dass Victoria hierfür verantwortlich ist. In den nächsten Stunden wird mich niemand vermissen, außer vielleicht Mrs Bones, die mich irgendwann am Bootssteg suchen wird. Doch bis dahin kann ich längst tot und verscharrt sein.

Ich bemühe mich, ruhig zu atmen und nicht an meiner eigenen Rotze zu ersticken. Die Hoffnung, doch noch entkommen zu können, will ich nicht begraben.

Obwohl es mir schwerfällt, meine Panik zu unterdrücken, versuche ich, die Fahrtzeit einzuschätzen. Wir halten mehrfach an Ampeln und biegen an Kreuzungen ab. Ich werde jedes Mal wie eine Puppe hin und her geschleudert. Wer auch immer am Steuer sitzt, nimmt keine Rücksicht auf seine Fracht. Muss er ja auch nicht, wenn er mich gleich tötet …

Angst überflutet mich. Ruhig zu atmen hilft mir nicht weiter. Ich ignoriere meine schnellen, kurzen Atemzüge und meinen galoppierenden Herzschlag. Ich brauche einen Plan. Aber ich habe weder ein Handy dabei, um Hilfe zu rufen, noch die Möglichkeit, mit meinen gefesselten Händen irgendetwas zu tun. Wenn der Transporter anhält und mein Entführer kommt, um mich zu holen, bleibt mir nur, mich mit aller Kraft zur Wehr zu setzen. Vielleicht gelingt es mir, ihn außer Gefecht zu setzen und davonzulaufen.

Dank der Überdosis Adrenalin, die jetzt meinen Körper flutet, wappne ich mich, mein Leben mit Zähnen und Klauen zu verteidigen, und rutsche in eine aufrechte Position. Doch als es so weit ist und der Transporter über einen unebenen Weg rumpelt und Minuten später mit knirschenden Reifen zum Stehen kommt, betrügt mein Körper mich, und ich fange an, vor Angst zu schlottern.

Hände packen mich und zerren mich hoch. Mir knicken die Knie ein, ich kann kaum stehen, geschweige denn gehen. Unbarmherzig werde ich vorwärtsgestoßen und stolpere auf schlammigen Boden einem unbekannten Schicksal entgegen.

Eine Hand umklammert meinen Oberarm und macht es mir unmöglich, wegzulaufen. Ich füge mich und folge meinem Entführer durch einen Durchgang, der so niedrig ist, dass ich mich bücken muss. Es geht tiefer hinein in Kälte und Dunkelheit. Der Untergrund ist felsig und fühlt sich glatt geschliffen an. Es riecht nach feuchtem Stein und Mineralien, aber nicht nach Meeresluft. Die Windstille und der dumpfe Widerhall unserer Schritte verrät mir, dass wir unter der Erde sind. Mehr als einmal stoße ich mit dem Kopf oder der Schulter gegen rauen Fels. Wir sind definitiv in einem Tunnel.

Aber wo gibt es in der Nähe von London Tunnel dieser Größe und Länge? Oder führt man mich im Kreis?

Denn immer, wenn ich denke, wir müssten doch bald ankommen, geht es weiter, um die nächste Kurve oder zu einer Abzweigung, so dass ich nicht nur mein Zeitgefühl, sondern inzwischen auch jegliche Orientierung verloren habe. Da sind nur mein keuchender Atem, unsere Schritte und die feste Umklammerung an meinem Arm, die mich vorwärts zerrt. Was auch immer er mit mir vorhat, er will mich wohl noch eine Weile am Leben lassen. Was mir bleibt ist die Hoffnung, mit meinem Entführer zu verhandeln, denn umbringen können hätte er mich schon längst.

Als wir endlich an unserem Zielort ankommen und man mich auf etwas Hartes mit einer sonderbar klebrig-weichen Oberfläche herabdrückt, verrutscht die Augenbinde. Meine Vermutung bestätigt sich: Ich befinde mich in einer Höhle, wahrscheinlich tief unter der Erde. Die Wände bestehen aus hellem Stein, aber der Schein der Laterne, die neben mir auf dem Boden steht, erhellt nur einen Teil der Höhle, von der mehrere Seitengänge abgehen. Der Rest verschwindet in der Dunkelheit.

Aus diesem Labyrinth werde ich nie wieder herausfinden.

Jemand bindet mich mit einem weiteren Seil fest. Ich drehe den Kopf, um meinen Peiniger zu sehen zu bekommen, doch statt meinem Entführer erblicke ich über den Rand der herabgerutschten Augenbinde eine Gestalt mit einer dunklen Pony-Frisur.

»Bett-y!« Der Knebel verschluckt meine Stimme.

Doch dort, neben mir, kauert die zusammengesunkene Gestalt meiner besten Freundin. Ihre Augen sind geschlossen. Sie ist völlig ausgemergelt, als hätte sie seit Wochen nichts gegessen. Weißes Zeug umhüllt ihren Oberkörper, weshalb ich auch nicht erkennen kann, ob sie noch atmet.

»Bätt-hy!« Sie regiert nicht. *Was, wenn sie tot ist?*

»Sei still«, faucht die Stimme hinter mir und gibt mir einen Schlag auf den Hinterkopf, der mich verstummen und für einen Moment Sterne sehen lässt. Erneut steigt Panik in mir hoch und droht, mich zu ersticken.

Was will man mit mir, was hat man Betty angetan? Wieso reagiert sie nicht? Ist sie etwa schon die ganze Zeit hier, seit Tagen – nein Wochen?

Ich verrenke mich, so weit es geht, um sehen zu können, was hinter mir passiert. Die Laterne neben mir wirft meinen und den lang gezogenen Schatten meines Entführers auf den staubigen Höhlenboden. Ich habe Angst, dass er einfach gehen wird, das Licht mitnimmt und mich und Betty im Dunkeln zurücklässt.

Zum ersten Mal habe ich Panik vor der Dunkelheit.

Meine wie in einen Kokon eingesponnene Freundin bewegt sich nicht, und sie reagiert auch nicht, weder auf meine Schreie noch auf die Worte unseres Entführers. Doch das Unheimlichste an Betty ist das entrückte Lächeln, das auf ihrem Gesicht liegt, als wäre sie am schönsten Ort der Welt.

»Bäthiiee, wach auf!«, rufe ich an meinem Knebel vorbei, doch sie rührt sich nicht. Ich rucke an meinen Fesseln, hoffe, mich hinauswinden zu können, doch sie halten viel zu gut.

Mein Entführer scheint sich nun nicht länger für mich zu interessieren und hantiert mit etwas hinter meinem Rücken, aber ich kann nicht sehen, was vor sich geht.

Aus dem Tunnel hinten rechts höre ich schlurfende Geräusche, ein Rascheln wie von Kleidern oder das Aufschütteln von Flügeln.

Ich halte erschrocken den Atem an. Noch etwas ist mit uns hier in der Höhle.

Ein leicht muffiger Geruch, wie von alten Kleidern, die zu lange auf dem Dachboden gehangen haben, weht zu mir herüber.

»Ja, hier ist noch eine für dich. Komm nur her.«

Mit wem spricht er?

Das Schlurfen nähert sich, gefolgt von einem flatternden Geräusch, wie Flügelschlag. Die Lampe wirft einen weiteren Schatten neben mir auf den Boden. Einen Schatten, der hoch über mir aufragt, Arme und Beine besitzt – und eine merkwürdig lang gezogene, schlanke Körperform mit Flügeln, wo keine sein sollten.

Was ist das?!

Der Schatten kommt näher.

»Ni-ch-pft!«

Ich stemme mich gegen meine Fesseln, doch das Seil sitzt zu eng. Ich schaffe es niemals, den Knoten zu lockern, habe schon jetzt fast keine Kraft mehr. Es gibt nur eines, was ich tun kann, und das ist alles, was mir noch übrig geblieben ist:

Ich gebe es auf, mich gegen die Fesseln zu wehren, und entspanne meine Muskeln. Mit meiner ganzen Energie konzentriere ich mich auf meine Hände, die hinter meinem Rücken gefesselt sind und langsam taub werden. Vorsichtig schließe ich meine Finger, bis wieder Blut darin zirkuliert, presse die Augenlider fest zusammen, atme ein und fokussiere mich auf die Worte, die ich gelernt habe, auf die Linien, die mein Finger nachgezogen hat, den Zauber, den ich geübt habe, und der mir vor wenigen Stunden das erste Mal gelungen ist. Mein Wille richtet sich nur noch darauf, die Kugel aus Licht zwischen meinen Handflächen zu formen, eine heiße, grelle, blendende Lichtkugel, die ich mit Angst, Wut und Verzweiflung speise.

Die Luft um mich herum beginnt zu knistern, meine Nackenhaare stellen sich auf.

»Nimm sie dir ruhig, mein Freund, ich komme dann später wieder, wenn du gegessen hast«, höre ich die Stimme meines Entführers hinter mir. Grauen überkommt mich bei seinen Worten.

Eine federleichte Hand mit langen schwarzen Krallen legt sich auf meine Schulter, sanft wie die Berührung eines Schmetterlings. Der abgestandene Geruch nach Mottenkugeln wird stärker, und mir wird schwindelig.

Jetzt!, denke ich und drücke meine ganze Konzentration in den Lichtzauber zwischen meinen Händen.

Ein Aufblitzen wie das plötzliche grelle Blitzlichtpulver einer altmodischen Kamera füllt die Höhle. Ein unmenschliches hohes Aufkreischen ertönt hinter mir. Mein Zauber ist gelungen! Das Wesen, was auch immer es sein mag, weicht spuckend und zischend zurück, sein Schatten krümmt sich, die Krallen sind schützend vor den Körper erhoben.

»Was war das?! Was machst du da?« Mein Entführer tritt vor mich, sein Gesicht vor Wut verzerrt im Licht meiner erlöschenden Magie.

Es ist William.

»Lichtmagie? Hast du etwa eben gezaubert? Du Missgeburt, wer hat dir das beigebracht?!«

»Wasch glaubscht tu?« Ich mache mich bereit, eine zweite Lichtkugel auf ihn zu schleudern.

»Ich glaube, das wird dir auch nicht helfen, falls das alles ist, was du draufhast.« William grinst böse und schnippt mit dem Finger.

Mein magisches Licht erlischt, wie von Zauberhand erstickt. *Wie hat er das gemacht?!*

Die Höhle versinkt wieder in Dunkelheit, nur das schwache Licht der Laterne beleuchtet noch immer einen kleinen Radius neben mir. William winkt das Wesen herbei. Der Schatten hinter mir wird wieder größer, ragt über mir auf. Sein muffiger Geruch umhüllt mich, Staub tanzt um mich herum, als sich wieder eine krallenbewehrte Hand auf meine Schulter legt und eine sanfte Berührung, fast wie ein Streicheln, mich an meinem Hals kitzelt.

»Will-am, nischt, ich …« Panik erfüllt mich. Ich beginne zu zappeln, versuche, mich der Berührung zu entziehen. »Waahs hassu vor?«

»Du hast unsere Pläne durchkreuzt, und nun musst du aus dem

Weg geschafft werden. Aber dabei kannst du dich noch als nützlich erweisen.«

»Lasch Bäthy gehen!«, flehe ich.

Ein scharfer Stich in den Hals, und meine Glieder werden schlaff. Mein Körper wird taub, und mir wird ganz warm und wohlig. Mein Sichtfeld zieht sich immer enger zusammen. Wieder wird alles schwarz um mich herum, als die Laterne langsam heruntergedimmt wird und mein Bewusstsein wie in Watte gehüllt schläfrig hinüberdämmert.

KAPITEL 36

Caleb

Ich habe es tatsächlich noch nicht geschafft, Sally zu finden. Was eine kurze Rückfrage werden sollte, wie es ihr geht, entpuppt sich zunehmend als nervenaufreibende Schnitzeljagd durch das gesamte Ordenshaus.

Laut dem Dienstplan ist Sally am Bootsanleger, einem Tunnel zur Themse, wo wir mit den Booten an- oder ablegen, um ins Dead Mans Hole zu fahren. Als ich nachschaue, sind zwar Putzeimer samt Algenmittel noch dort, und der Schrubber liegt auch wie ein totes Tier im Gang, aber keine Spur von Sally. Das besorgt mich, sie ist nicht der Typ, der eine Aufgabe unvollendet längere Zeit sich selbst überlässt. Zudem würde sie niemals ihre Utensilien so wild verstreut liegen lassen. Allerdings kann ich ansonsten nichts Ungewöhnliches entdecken, was meine wachsende Beunruhigung begründen könnte.

Normalerweise würde ich nun den Schrubber nehmen und einen einfachen, unkomplizierten Ortungszauber anwenden, ein Spruch, der sich für Freunde und Familie eignet. Solange diese in der Nähe sind, spürt man sofort, wohin man sich wenden muss. Aber für eine grobe Richtungsangabe auf dem Ordensgelände ist das Risiko eines toten Tieres oder von weit Schlimmerem nicht akzeptabel. Außerdem weiß ich dann wahrscheinlich nur, dass sie irgendwo im Orden unterwegs ist. Keine Erkenntnis, für die ich zaubern sollte.

Ich eile zurück ins Haupthaus und beschließe, zuerst in Sallys Zimmer im Dachgeschoss nachzuschauen. Ich will nicht, dass sie Ärger bekommt, sollte sie nur kurz ihren Arbeitsplatz verlassen haben.

Es gibt nur wenige alte Speisenaufzüge und einen Lastenaufzug, der aber so antiquarisch ist, dass er kaum benutzt wird. Die meisten schweren Transporte werden von Dienstboten oder Magiern unter Zuhilfenahme von Levitationszaubern vollzogen, der Rest hat zu laufen.

Immer zwei Stufen auf einmal nehmend, eile ich nach oben und bin froh, dass ich körperlich keine Einschränkungen mehr habe, kein Zauber mich in letzter Zeit geschwächt hat und alle Verletzungen abgeheilt sind. Abgesehen von der Müdigkeit wegen des Schlafmangels, habe ich mich noch nie so gut gefühlt. Ich fürchte, die Nekromantie hat einen essenziellen Anteil an meiner hervorragenden Fitness. Deshalb kann ich mich auch nicht darüber freuen.

Oben angekommen, sehe ich in den Flur, der sich vor mir erstreckt. An jedem Dienstbotenzimmer steht der Name des Bewohners, in der klaren Schrift von Mrs Bones, der Hausdame, geschrieben. Wo unten, bei den Magierquartieren, dicker, dekadenter Orientteppich vorherrscht, liegt hier zweckmäßiger Nadelfilz. Vor jeder Tür steht eine kleine Plastikwanne für Schuhe, aber die meisten Wannen sind leer. Wir Magier können uns nach dem Ordensfrühstück und der durchwachten Nacht zur Ruhe begeben, aber das *Supper* muss trotzdem vorbereitet werden, genauso wie der *Afternoon Tea*. Wenn die Dienerschaft wenig Schlaf bekommen hat, darf das die Magierschaft weder bemerken noch beeinträchtigen.

Ich fluche innerlich, dass Sally mir meine naive Unschuld in Bezug auf Dienstboten und bestimmte Vorgänge im Haushalt genommen hat. Mittlerweile habe ich schon ein schlechtes Gewissen, wenn ich meine Wäsche abgebe!

Und nun ist ausgerechnet der Grund für meine erweiterten Kenntnisse über Dienstbotenangelegenheiten spurlos verschwunden.

Verdammt, wo bei allen Magiern steckt sie nur?

Ich habe keine Ahnung, welches Sallys Zimmer ist, und gehe erst mal in den rechten Gang. Die ersten Zimmer gehören Mrs Brewster, Sir Henrys Diener sowie dem Butler Mr Morris. Es ist sogar hier eine Hierarchie erkennbar, je ranghöher ein Dienstbote ist, desto näher liegen seine Räume an der Treppe. Ich gehe davon aus, dass Sally auch ein Zimmer weiter vorne hat, und werde nicht enttäuscht. Ein paar Türen später hängt das Schild *Sally Davies.* Denn jedem der Dienstboten steht eine Räumlichkeit zu – auch wenn einige einen Wohnort außerhalb des Ordens bevorzugen.

Ich klopfe an, drei harte, ungeduldige Schläge, aber es bleibt ruhig. Kurz sehe ich mich um und drücke dann die Klinke hinunter. Die Tür ist verschlossen.

»Sally? Bist du da?«, rufe ich leise gegen die Tür – wenn sie doch in ihrem Raum ist, wird sie es hören. Aber es bleibt still, und auch sonst deutet nichts auf ihre Anwesenheit hin.

Wo könnte sie noch sein? Ich überlege, in die Orangerie zu gehen, aber es ist nicht die Zeit, zu der Lady Kaitlin sich dort aufhält. Und Sally wird bestimmt nicht für die Köchin Kräuter pflücken, wenn sie doch am Bootsanleger Arbeit zu erledigen hat. Also bleibt mir nur der Gang in die Bibliothek oder die Küche. Ich beschließe, zuerst in der Bibliothek nachzusehen. Dass Lady Kaitlin sie angefordert hat, macht für mich am meisten Sinn.

Der kurze Weg an der frischen Luft tut mir gut, der Sauerstoff vertreibt einen Teil der Müdigkeit. Als ich die ruhigen und kühlen Hallen der Bibliothek betrete, die Lady McGregor bewacht, kann ich den alten Turmdrachen nirgends entdecken. Sollte sie jemals erfahren, dass ich sie unter der Hand so nenne, finde ich mich vermutlich als Fliege im Bereich der fleischfressenden Pflanzen in der Orangerie wieder. Obwohl sie – wenn es um ihre Bücher geht – durchaus die Eigenschaften einer hortbewachenden Großechse hat.

»Guten Tag, Caleb.« Der Besitzer der kultivierten Stimme ist niemand anders als mein großer Bruder, der mich über einen Tisch voller Dokumente hinweg abwartend anblickt. Ich versuche, unsere in letzter Zeit doch recht distanzierten Umgangsformen aufrechtzuerhalten, und nicke ihm nur knapp zu.

»Was führt dich hierher? Du meidest doch Bücher wie der Teufel das Weihwasser.« Adam betrachtet mich mit einer Mischung aus Interesse und brüderlicher Missbilligung. Nur er bekommt so einen Gesichtsausdruck hin, ohne dabei auszusehen, als würde er eine Grimasse schneiden.

»Ich suche eine Obscura. Hast du sie zufällig hier gesehen? Klein, rothaarig, Sommersprossen. Ihr Name ist Sally Davies.«

Blöde Frage, bestimmt kennt er Sally, aber ich will ihm klarmachen, dass ich schon länger hier bin. Der Orden ist mein Territorium. Ziemlich dämlich, das in einem Saal voller Bücher zu probieren, aber manche Dinge folgen keinen logischen Regeln.

Genauso gut hätte ich draußen an die Wand markieren können.

»Natürlich kenne ich Sally. Sie serviert Lady Kaitlin den Tee und hilft hier aus. Sie ist ziemlich vorwitzig, aber gewissenhaft. Was willst du von ihr?«

Adam schiebt ein aufgeschlagenes Buch auf dem mit Dokumenten übersäten Tisch zur Seite. Offensichtlich fehlen Blätter in dem Wälzer – und das erregt meine Aufmerksamkeit. Der Einband ist festes, altes Leder, das wie Haut anmutet. In Altenglisch steht auf dem Rücken in schwarzen Lettern, kaum lesbar auf dem dunkelbraunen Umschlag: *Studien des Todes und der Nekromantie.*

Mir wird eiskalt. *Warum liest Adam ausgerechnet dieses Buch?*

Auf einmal rücken die Sorgen, die ich mir um Sally mache, in den Hintergrund, drängt sich doch jetzt ein viel schlimmeres Problem in das Zentrum meiner Aufmerksamkeit.

Hat Adam Verdacht geschöpft?

Nein, dann hätte er mich anders begrüßt und mir die Vigilanten auf den Hals gehetzt.

Wäre es möglich, dass es das Buch ist, aus dem die Seiten sind, die der Alchemist besitzt?

Ja, das könnte sein! Und eventuell steht in dem Buch, wie ich beenden oder rückgängig machen kann, was mit mir passiert. Vielleicht liegt dort die Lösung meiner Probleme! Die Antwort auf die Frage, wie ich einem verfluchten Dasein als Para entkommen kann!

»Was treibst du eigentlich hier? Es sieht aus, als wolltest du den Tisch unter Papier ersticken.« Meine Stimme halte ich ruhig.

Mir fällt auf, wie unruhig Adam ist. Er steht selbst unter Druck, das verrät mir allein die Art, wie er seine Krawatte ein wenig gelockert hat, und dass er sich ein paar Mal durch die sonst immer korrekt sitzenden kurzen Haare gefahren sein muss. Er wirkt nicht so perfekt wie normalerweise, dafür wesentlich menschlicher. Eine gute Voraussetzung, um ihn abzulenken und mir das Buch über Nekromantie zu borgen. Vielleicht kann Donald mir dabei helfen, mein Problem zu lösen. Falls es sich tatsächlich um das Buch mit den fehlenden Seiten handeln sollte, könnten wir die des Alchemisten einfügen und die aus dem Zusammenhang gerissenen Satzfragmente wiederherstellen.

»Lady Kaitlin hat mir drei Aufgaben gestellt. Ich recherchiere gerade, um ihr endlich zu beweisen, dass ich kein Blindgänger bin. Das alte Mädchen ist gegen meinen Charme immun.«

Er wirft mir einen Blick zu, der mir trotz allem ein Lächeln entlockt. Es gibt nur wenige weibliche Wesen, die dem geballten O'Connor-Charme widerstehen können. Meine Mutter gehört dazu, Isa ebenso. Und mir fällt auf, dass Sally gegen meinen Charme auch gänzlich immun zu sein scheint.

»Ich sammle nur die Unterlagen, ich habe mir oben einen Lesesaal reserviert, um dort zu arbeiten. Wenn ich diese Aufgaben bestehe, akzeptiert sie hoffentlich meine fachliche Kompetenz und Sir Henrys Entscheidung für mich als ihren Nachfolger. Auch wenn Lady Kaitlin mich nicht hierhaben will, sie hat keine Wahl.

Sie braucht einen Nachfolger. Aber wie es scheint, ist niemand gut genug für sie.«

Ich greife auf den Tisch, schnappe mir wahllos fünf Bücher und staple das kleine Buch über Nekromantie wie zufällig oben auf.

»Wohin?« Meine Frage klingt ein wenig genervt, als wäre ich eigentlich in Eile. Adam soll nicht denken, ich helfe gern, sondern, dass ich es der Höflichkeit halber tue.

Sein Blick wird wieder reserviert. »In den zweiten Lesesaal im ersten Stock. Was willst du?«

Er kennt mich einfach zu gut.

»Von dir? Nichts. Geh mir nicht auf die Nerven. Ich helfe dir kurz und bin schon fast wieder weg. Zu viel Zeit in deiner Gesellschaft ist mir zu anstrengend, Bruderherz.«

»Ich kann dich auch nicht ausstehen, Cal.«

Er geht auf mein Gefrotzel ein und schenkt mir ein schiefes Grinsen, bevor er seine Pergamente zusammenrollt und stapelt. Kurz habe ich ein schlechtes Gewissen, dass ich damit durchkomme und ihm nur helfe, um das Buch zu stehlen. Zu gern würde ich jemandem meine Sorgen anvertrauen. Adam mit seinem Wissen wäre prädestiniert dafür, ihn zu fragen, was ich tun kann, aber allein das Thema verbietet es. Zudem hasst Adam Paras – und ich bin im Moment einer.

Wütend laufe ich los, die Treppe hinauf. Ich kann nichts gegen dieses Gefühl tun, ich bin von allem überrollt worden und muss langsam erkennen, dass ich damit nicht ganz so gut fertigwerde, wie ich es gern würde.

Das Buch über Nekromantie ist, noch bevor wir den ersten Stock erreichen, in meinem Hosenbund verschwunden. Ich brauche Optionen! Brauche etwas, was ich tun kann, einen Ausweg, oder zumindest Hoffnung – etwas, was bisher nicht absehbar oder in Reichweite liegt. Ein kleiner Bücherdiebstahl sollte da meine geringste Sorge sein.

Ich lege den restlichen Stapel in dem kahlen Lesesaal ab, der genauso ungemütlich ist wie der Saal, in dem ich mit Sally war. Lady Kaitlin scheint jeden Magier aus ihren Hallen vertreiben zu wollen. Wahrscheinlich teilt sie ihre Bücher nur ungern.

Um Adam zu beruhigen und meinen Diebstahl zu verschleiern, laufe ich schnell noch einmal nach unten und lasse, nur ein paar Momente später, einen Haufen durcheinanderliegender Pergamentrollen auf den ausgebreiteten Büchern zurück. Adam kommt mit den restlichen Blättern und Rollen, die er neben die anderen legt.

»Wenn du Sally siehst, sag ihr, sie soll sich bei mir melden. Ich habe ihr zwar eine Nachricht gesendet, aber vielleicht hat sie ihr Handy nicht bei sich.«

Adam nickt. »Caleb, ich bin nicht im Orden, um dir das Leben schwer zu machen, das weißt du?«

Ich nicke. »Ich weiß. Aber das heißt nicht, dass es mir nicht doch das Leben schwer macht.« Mit diesen Worten gehe ich davon.

Adam war und ist immer derjenige von uns gewesen, der besonnener und nachgiebiger agiert. Aber gerade jetzt, während das Buch über Nekromantie in meinem Hosenbund steckt und bei jedem Schritt deutlich spürbar ist, kann ich ihn nicht an mich heranlassen. Ich würde ihn in Gefahr bringen! Wenn ich alles überstanden habe, werden wir es besprechen, und ich werde mich entschuldigen.

*

Es regnet, und ich bin mit dem Motorrad unterwegs. Das Buch habe ich sauber in ein Wachstuch eingeschlagen, man mag über mich denken, was man will, aber ich weiß, wie man mit wertvollen Dingen umgeht. Ich kann es nicht allein entziffern und ärgere mich, weil ich nicht alle Runen übersetzen kann. Ursprünglich hatte ich die am Rand gezeichneten Runen auf den losen Blättern des Alchemisten nur für Schmutz gehalten. Dank des gut erhaltenen Folianten wird mir klar, dass die wichtigen Informationen noch verschlüsselt sind. Der Alchemist wird mir helfen, immerhin hat er es angeboten, zudem besitzt er die ausgerissenen Seiten.

Als ich in Mayfair ankomme, ist der Laden des Alchemisten gut gefüllt. Ich trete ein, und Donald Egmond wirft mir einen kurzen, fragenden Blick zu, während er eine alte Dame bedient, die einen Hut trägt, der aussieht wie ein Obstkorb. Ich deute zu dem Durchgang hinter der dunklen Theke, und er nickt.

Ohne auf die anderen Anwesenden zu achten – drei große Männer, ich vermute Werwölfe, eine verhüllte Gestalt und eine Frau, die merkwürdig spitze Zähne und große Augen hat –, gehe ich nach hinten und durch die Küche, die auch als behelfsmäßiges Labor dient, in sein Wohnzimmer. Im Kamin flackert ein Feuer. Ich bin dankbar, da es die Nässe aus meinen Gliedern vertreibt. Vor den wärmenden Flammen warte ich auf meinen Gastgeber, der ungewöhnlich rasch erscheint. Er muss seine Kunden im Eiltempo abgefertigt haben.

»Caleb, gibt es Neuigkeiten?« Seine neugierige Frage zeigt, dass er nicht so gleichgültig ist, wie er scheint.

Ich begreife, dass ihm nichts an mir liegt. Er ist nur an Wissen und Informationen interessiert. Wie eine Spinne im Netz auf die Fliege wartet, so wartet er auf meine Antwort, auch wenn er versucht, das unter netten Worten und Gesten zu verdecken. Allerdings: *Welche Wahl habe ich schon?* Er ist der Einzige, der mir helfen will und kann.

Ich ziehe das Buch hervor und packe es vorsichtig aus. Seine Pupillen weiten sich, als er den Titel liest. Er nimmt es entgegen, als wäre es chinesisches Porzellan und sehr zerbrechlich.

»Es fehlen Seiten darin. Ich denke, damit kommen wir weiter.« Meine Bemerkung ist überflüssig, denn er holt schon die sorgfältig eingepackten Blätter hervor und zieht sich weiße Handschuhe an. Lady Kaitlin würde das zu schätzen wissen.

»Du hast das Buch zu meinen Seiten gefunden. Das wird uns Antworten liefern. Gute Arbeit, junger Freund.«

»Ich muss wissen, was mit mir passiert, Donald. Ich musste bei einem Einsatz einen Zauber wirken und habe ein Pferd getötet. Das muss aufhören.«

Er hält kurz in seiner Arbeit inne und sieht mich besorgt an: »Das ist keine gute Neuigkeit, weder für dich noch für das Pferd.«

Ich finde seine launige Erwiderung nicht besonders witzig und schweige.

Er nimmt seine Tätigkeit wieder auf und fügt vorsichtig die Blätter in das Buch ein, wobei er genau auf die Risskanten achtet. Während er leise Worte murmelt, verbinden sich die Seiten wieder mit ihrem Folianten mit einem kleinen, hellen Aufblitzen von Licht, sobald sie an der richtigen Stelle platziert werden. Als er die letzte Seite eingefügt hat, ist mir klar, dass ich dieses Buch – mein Buch – niemals zurückgeben kann.

Der Alchemist beginnt zu erklären: »Da sind Runen am Rand. Sie sind keltisch und waren bislang unvollständig. Ohne das ganze Werk ergaben sie keinerlei Sinn für mich.«

Ich antworte nicht. *Was soll ich auch sagen?* Dass die Zeichen keltischen Ursprungs sind, habe ich mir fast schon gedacht, aber Keltisch ist keine Sprache, die ich so ohne Weiteres übersetzen kann.

Der Finger des Mannes vor mir fährt über die Seiten, von Zeit zu Zeit streicht er mit der anderen, der unbehandschuhten Hand über seinen Bart. Das leichte Kratzen der Bartstoppeln und das Knistern des Feuers sind die einzigen Geräusche im Raum.

»Das Pferd, Caleb … Kein Zweifel, dass es wegen deines Zaubers gestorben ist? Bist du dir da ganz sicher?«

Nervös nicke ich. Ich bin mir so sicher, wie man sich sein kann, wenn man von etwas absolut keine Ahnung hat.

»Ich habe Jack O'Lantern mit einem Feuerball außer Gefecht gesetzt. Es hat mich nicht angestrengt, und nach dem Kampf lag das Tier hinter mir tot am Boden. Ich bin also sicher, dass es durch mich passiert ist. Laut der Autopsie von Doc Brown war das Pferd kerngesund. Auch das Herz des Tieres war unbeschädigt.«

Donald sieht mich betroffen an. Ein dicker Kloß bildet sich in meinem Hals, das Schlucken fällt mir schwer. Ich hatte gehofft, von ihm einen Ausweg offeriert zu bekommen oder die Information, was ich für Zutaten benötige, um ein Heilmittel zu brauen. Ich hatte die ganze Zeit auf einen guten Ausgang gehofft, weil ich noch nicht akzeptiert habe – oder akzeptieren konnte –, was mir eigentlich klar sein sollte:

Ich. Bin. Ein. Para.

Ein Nekromant.

Der Blick des Alchemisten zerstört den letzten Hoffnungsfunken in mir, der wie eine sterbende Motte an einer Kerze kurz aufzischt, um dann zu verglühen. Aber noch hat er die Worte nicht ausgesprochen, und ich versuche, den Funken am Leben zu erhalten.

»Es ist doch umkehrbar?«, frage ich leise, mit einer Stimme, die mir nicht zu gehören scheint. Jedes Wort fällt mir unendlich schwer, es geht hier um meine Zukunft. Keine Heilung ist gleichbedeutend mit meinem Todesurteil. Der Orden würde mich vernichten wollen. Die Paras genauso. Ich wäre das ultimative Monster.

Es muss einfach eine Lösung auf diesen Seiten zu finden sein. Ich kann unmöglich vom Universum so hart bestraft werden. Ich bin nicht böse! Ich habe niemandem etwas getan!

Noch nicht.

Donald antwortet mir nicht, sondern liest stoisch weiter, blättert Seite um Seite um, aber sein Gesicht wird zunehmend ernster, und seine Kiefermuskulatur arbeitet unablässig. Was auch immer in dem Buch steht, es ist keine einfache Lektüre. Kleine Schweißperlen stehen dem Alchemisten auf der Stirn, als würde er eine körperliche Anstrengung vollbringen.

Nur langsam wächst in mir die Erkenntnis, dass der Mann Angst hat, mir die schlechte Nachricht zu überbringen. Er versucht, Zeit zu schinden. Wahrscheinlich ist er besorgt, wie meine Reaktion ausfällt.

»Es ist unumkehrbar, richtig? Ich bin ein Nekromant, und auch das Buch kennt kein Heilmittel.« Meine Stimme ist fest, ich versuche dabei, ruhig zu atmen, obwohl jedes Wort wie Säure in meiner Kehle ist.

»Ich bin nicht sicher, ob es eine Heilung gibt. Hier sind Runen, die weit über das alte Keltisch hinweggehen. Ich kann nicht alles lesen, was in diesem Buch steht. Dazu benötigt man einen gelehrteren Menschen, als ich es bin, Caleb.«

Noch immer versagt er mir die Antwort. Aber er gibt mir zumindest ein wenig Hoffnung.

»Sag mir die Wahrheit, Donald. Was hast du herausgefunden?«

Der Alchemist sieht mich an, und ich sehe das Mitleid in seinem Blick.

»Caleb, es tut mir schrecklich leid. Die Lebensenergie des Pferdes, die du verwendet hast, das war schwarze Magie. Es hat deine Entwicklung gefestigt und vervollständigt. Ich hatte dich davor gewarnt, weiterhin Zauber zu wirken. In dem Buch steht, dass es nun kein Zurück mehr gibt und du auf ewig das Gift des Todes in dir tragen wirst. Solange du lebst, wirst du deine magischen Kräfte mit der Energie von Lebewesen speisen. Denn du bist jetzt ein schwarzmagischer Nekromant.«

Ein Para. Ein Monster.

FOLGE

11

KAPITEL 37

Caleb

Als ich ins Ordenshaus zurückkehre, ist mir immer noch kalt, aber nicht, weil die Feuchtigkeit meinen Knochen zusetzt. Es ist Grabeskälte, die aus meinem Inneren aufsteigt und den Informationen der letzten Stunden geschuldet ist. Ich bin ein Nekromant, ein Weg zurück scheint nicht zu existieren. Und es gibt nur einen Menschen auf dieser Welt, der mir jetzt noch Verständnis entgegenbringen wird und vielleicht bereit ist, mir zu helfen. Dass ich diesen Menschen nicht bei meiner Familie finde, ist traurig.

Auch wenn ich Sally eigentlich nur fragen will, wie es ihr nach Victorias Angriff geht, jetzt habe ich noch einen weiteren Grund, sie zu finden. Ich muss ihr erzählen, was ich bin. Sie muss wissen, was passiert ist. Ihr allein vertraue ich. Mit niemand anderem könnte ich dieses dunkle Geheimnis teilen.

Als ich den Orden betrete, kommt mir ausgerechnet Hollister Grey entgegen. Das Glück ist nicht mehr auf meiner Seite.

»Mr O'Connor«, beginnt er mit seinem üblich nörgeligen Tonfall, aber ich habe weder Zeit noch Lust, mich mit ihm auseinanderzusetzen.

»Nicht jetzt, Grey. Ich melde mich bei Ihnen.« Meine Worte klingen schroff, fast bösartig, und der Waffenmeister des Ordens zuckt tatsächlich zurück.

Wenn allein mein derzeitiger Gesichtsausdruck eine solche Wirkung auf ihn hat, muss ich dringend ein wenig ruhiger werden. Sonst kann ich mir gleich ein Schild malen, auf dem Nekromant steht, und es mir um den Hals hängen.

Zuerst gehe ich zum Bootsanleger, bestimmt ist Sally zu ihrer Tätigkeit zurückgekehrt und dort anzutreffen. In dem modrig stinkenden Gang hat sich jedoch nichts verändert, auch die Putzsachen liegen noch herum. Das sieht Sally gar nicht ähnlich. Es wird bereits dunkel.

Ich bin mir auf einmal sicher, dass etwas nicht stimmt. Mehr eine Ahnung als Wissen. Die Wut in mir auf das Schicksal und meine Lage weicht einem unguten Gefühl und der Sorge um Sally.

Ich beschließe, direkt bei der Köchin nachzufragen, Sally steht ihr nahe. Wenn sie jemandem etwas anvertraut, dann entweder Lady Kaitlin oder Harriet Brewster. Ich eile zurück ins Haupthaus, die langen unterirdischen Wege entlang. In der Haupthalle biege ich in einen Dienstbotengang ein, der in die Küche führen muss. Immerhin verschwinden dort immer mal wieder Diener mit Teetabletts oder kommen mit dampfenden Kannen von dort ins Allerheiligste. Und tatsächlich führt der hell erleuchtete Gang, der seltsam ungemütlich anmutet mit den blank polierten, altertümlichen Fliesen, zur Küche. Die mir entgegenkommende Duft- und Geräuschkulisse lässt gar keinen anderen Schluss zu.

Es riecht nach Zwiebelsoße, als ich die Küche betrete. Der Geruch hängt schwer in dem ebenfalls hell erleuchteten Raum im Tiefparterre. Madeleine, die gerade einen riesigen Berg Kartoffeln schält, starrt mich verblüfft an. Ein Vigilant in diesen heiligen Hallen dürfte ein Novum sein. Ich nicke ihr kurz zu, bevor ich am Ende des Raumes die Köchin, Mrs Brewster, entdecke. Sie rührt hoch konzentriert in einem riesigen Kessel, in dem eine orangefarbene Masse zäh vor sich hin brodelt. Bestimmt Kürbismus, für die Pies, die es nach Halloween über Wochen fast jeden Tag im Orden gibt. Auch Magier verschwenden ungern Lebensmittel.

Ich gehe zu ihr hinüber, weiche zwei weiteren Mädchen aus, die an einer Spüle stehen und dem Frühstücksgeschirr zu Leibe rücken, und umrunde die Arbeitsfläche.

»Sie haben hier nichts zu suchen, Mr O'Connor. Sie halten nur den Betrieb in meiner Küche auf.« Mrs Brewsters Worte sind so laut, dass alle sie hören können, und sie klingen leicht gereizt. Die Köchin führt hier ein hartes Regiment, aber bestimmt ist es anders nicht möglich, die Arbeit zu bewältigen. An allen Ecken ist Betrieb, Diener bereiten Tee zu, Töpfe blubbern, Einkäufe sind wegzuräumen und ein Mädchen sortiert gerade Waren in eine der Speisekammern am Ende des riesigen Raumes.

Ich bin hier so willkommen wie ein Kühlschrankverkäufer in der Arktis.

»Ich suche eines Ihrer Mädchen. Sally Davies. Ich benötige noch dringend Informationen für einen Bericht.«

Ich kann förmlich spüren, wie überall die Ohren gespitzt werden. Ein Diener in der Ecke der Küche bereitet ein Tee-Tablett vor, aber auch er hat in seinen Bewegungen innegehalten. Das hier wird sich herumsprechen.

»Sie ist nicht hier. Wäre der normale Weg nicht, Sally über die Hausdame zu informieren?« Die Köchin mustert mich missbilligend. Bestimmt sehe ich übernächtigt aus, eine Rasur benötige ich dringend, und meine Haare dürften wirr abstehen. Aber ich war ununterbrochen die ganze Nacht auf den Beinen, und der heutige Tag neigt sich auch schon dem Ende zu.

Ich starre genauso stur zurück. Die Schürze der Köchin ist noch fast blütenweiß, aber ein paar ihrer Locken haben sich aus dem zweckmäßigen Dutt gelöst und verraten, dass sie schon eine Weile im Dampf steht und arbeitet. Ihre Wangen sind hochrot, trotzdem strahlt sie eine eiserne Unnachgiebigkeit aus. Wie ein General, der unzählige Truppen schon ins Verderben geschickt hat. Dieser Blick zwingt bestimmt jedes Dienstmädchen in die Knie, ich aber bin ein Vigilant. Ermordete Kaninchen und Hühner reichen schon lange nicht mehr, mich das Fürchten zu lehren. Egal, wie böse mich Harriet Brewster jetzt auch anfunkelt.

»Ich habe selbstverständlich zuerst auf dem Dienstplan nachgesehen. Meine Angelegenheit duldet keinen Aufschub. Ihre Ziehtochter sollte im Moment am Bootsanleger sein, ehrlich gesagt, sollte sie mit ihrer Arbeit schon längst fertig sein. Aber die Putzmittel liegen dort noch herum, und von Sally fehlt jede Spur. Bevor ich die Hausdame über diese Pflichtverletzung und Sallys Trödelei informiere, wollte ich nachsehen, ob sie bei Ihnen ist. Aber Sie haben recht, es kann mir doch egal sein, ob Miss Davies Ärger bekommt oder nicht.« Ich lege genau das richtige Maß an Desinteresse und Ungeduld in meine Stimme, um keinerlei Spekulationen Raum zu geben. Ich war kollegial und wollte nicht, dass eine Obscura wegen unerlaubten Verlassens des Arbeitsplatzes gerügt wird.

»Sie hat ihre Putzmittel dort gelassen?« Mrs Brewster stellt diese Frage schon leiser, mit gerunzelter Stirn und Unsicherheit in der Stimme. »Das sieht ihr gar nicht ähnlich. Ich werde nachsehen, ob sie in ihrem Zimmer ist.«

»Nein, ich werde selbst nachsehen. Lassen Sie sich nicht aufhalten, bestimmt haben Sie viel zu tun. Ich erwarte jedoch, dass Sie mit Miss Davies ein ernstes Wort wechseln.«

Jetzt sieht mich die Köchin alarmiert an. »Mr O'Connor, Sally Davies ist pflichtbewusst. Wenn sie niemand angefordert hat, gibt es keinen Grund, warum sie ihren Arbeitsplatz verlassen würde, ohne Bescheid zu geben. Sie kennt das Protokoll. Vielleicht ist sie ja nur ein paar frische Lappen holen, oder sie wurde zu Lady Kaitlin gerufen.«

Dieser Argumentation würde ich normalerweise zustimmen, aber Sally hätte niemals ihre Arbeitsgeräte so unordentlich liegen lassen. Und auch Harriet Brewster macht sich jetzt Sorgen, das merke ich deutlich. Also verzichte ich darauf, ihr noch mitzuteilen, dass die Utensilien nicht gerade ordentlich verstreut waren.

Bevor ich jetzt alle unnötig in Aufregung versetze, muss ich mich noch versichern, ob sie mittlerweile nicht doch in ihrem Zimmer oder bei Lady Kaitlin in der Bibliothek ist. Nirgends ist Sally lieber als in diesem verstaubten Papierlager, aber im Gegensatz zu mir ist sie ja auch eine Leseratte.

Ich nicke knapp der Köchin zu und gehe ohne ein weiteres Wort aus der Küche, der Geruch nach Zwiebeln verfolgt mich bis in den Flur. Die Dienstboten, denen ich auf dem Weg nach oben begegne, starren mich entsetzt an. Vigilanten und Magier in den Bereichen anzutreffen, wo sie sich sonst unter sich wähnen, scheint ein wirklich seltenes Ereignis zu sein. Einer der Diener fällt beinahe die Treppe hinunter, in seinem Bestreben, mir Platz zu machen, damit ich unbeschadet zurück in die große Halle komme.

Erneut halte ich auf den Bibliotheksturm zu, der in der aufziehenden Dämmerung wie eine Mahnung in den Nachthimmel ragt. Ich gehöre hier nicht mehr dazu, ich bin kein Vigilant mehr. Eigentlich wäre ich verpflichtet, mich selbst auszulöschen. Ironie pur, wenn man genau drüber nachdenkt. Bestimmt hat es diesen Fall noch nie gegeben, ein Vigilant, der Nekromant wurde. Ein Präzedenzfall. Ich wollte immer etwas Besonderes sein, mich abheben und aus dem Schatten meines Bruders treten.

Auf einmal kommt mir dieser naive Wunsch wie ein Fluch vor, eine selbst erfüllende Prophezeiung.

Ich bemühe mich, ruhig zu bleiben. Ich muss es einfach jemandem erzählen, jemandem mit Verstand und dem Glauben an das Gute in jedem Lebewesen – und dazu muss ich Sally finden.

Als ich erneut die Bibliothek betrete, steht Adam am Empfangstresen. Sein Blick wird eiskalt, als er mich sieht, ich kann mir denken, warum. Ich will mir nichts anmerken lassen, aber das ist gerade jetzt sehr schwierig. Zu sagen, ich wäre noch aufgewühlt, wäre die Untertreibung des Jahrhunderts. Man hört ja auch nicht jeden Tag, dass man seine Spezies gewechselt hat.

»Wo ist das Buch?« Mein Bruder hält sich nicht mit Höflichkeiten auf. Mein Diebstahl ist nicht unbemerkt geblieben. Das hätte mich auch gewundert, Adam ist alles, nur nicht unaufmerksam oder dämlich.

»Ich habe keine Ahnung, wovon du sprichst, Adam. Aber ich werde nicht mit dir streiten.«

»So, nicht? Ich dachte, seit ich hier bin, tust du nichts anderes. Ich musste Sir Henry erklären, dass Hausmusik nichts für dich ist, weil du alle brüskiert hast, indem du das Konzert verlässt. Ich musste unsere Eltern besänftigen, die denken, du würdest der Familie den Rücken zukehren. Ganz zu schweigen von den Einladungen, die du ausgeschlagen hast, unter den fadenscheinigsten Ausreden. Wie komme ich nur auf die absurde Idee, ausgerechnet *DU* könntest Streit suchen? Aber darum geht es jetzt nicht. Wo ist das Buch?«

Offensichtlich sind alle meine Manöver, um Adam von meiner Wesensveränderung abzulenken, durchaus bemerkt worden. So viel zum Thema subtile Distanzierung. Ich hätte wissen müssen, dass es bei Adam nicht funktioniert. Eigentlich wäre jetzt der ideale Moment, um Farbe – in diesem Fall wohl schwarzmagische Farbe – zu bekennen. Obwohl ich mir sicher bin, dass mein Bruder zu mir halten würde – Blut war in unserer Familie immer dicker als Wasser –, damit würde ich seine Zukunft als Bibliothekar, seine Zukunft mit Isa, alles, was ihn hierhergeführt hat, auf dem Scheiterhaufen meiner Befindlichkeiten verbrennen.

Nein. Egal, wie sehr er mich oftmals auch nervt, er ist mein großer Bruder. Ich liebe ihn und würde ihm niemals schaden. Ich werde ihm diese Bürde nicht aufladen. Diesmal nicht. Diesmal muss ich ganz allein sehen, wie ich dieses Schlamassel bewältigt bekomme. Die Zeiten unserer Jugend sind vorbei, jeder ist für sein Leben selbst verantwortlich, und Adam hat im Gegensatz zu mir noch ein Leben und eine Zukunft vor sich.

Toll. Endlich erwachsen und zeitgleich dem Tod geweiht. So hatte ich mir das nicht vorgestellt.

Wenn ich mir wenigstens einer Sache zu 100 % sicher bin, dann der Tatsache, dass Adam nicht erfahren darf, was aus mir geworden ist. Und dass ich ein Buch geklaut habe, das sich mit Nekromantie beschäftigt, geht damit Hand in Hand.

Es liegt sicher verwahrt in meinem Zimmer – ich kann es niemandem geben, solange ich nicht jedes einzelne Wort und dessen Bedeutung darin kenne. Sogar der Alchemist musste sich hier meinem Willen beugen. Es ist mein Buch. Immerhin bin ich der Nekromant, und solange noch nicht jedes Wort übersetzt ist, werde ich die letzte Hoffnung auf einen Weg zurück nicht aus der Hand geben.

»Na hör mal, Bruderherz, wenn du deine Sachen verschlampt hast, ist es sehr unhöflich, genau mich zu verdächtigen, nur weil ich vorhin mal so nett war und geholfen habe. Ich hasse Bücher, schon vergessen?«

Adam schnaubt. Seine Augen funkeln, und ich sehe deutlich, dass er mir kein Wort glaubt. Er kennt mich einfach zu gut, obwohl ich mittlerweile gelernt habe, überzeugender zu lügen. Etwas, was er noch nicht weiß und ich bei ihm auch noch nie praktizieren musste. Jetzt prallt seine jahrelange Erfahrung mit mir gegen die Lehren, die ich in den letzten sechs Jahren meiner Studien und Ausbildung erhalten habe. Ich hoffe einfach, dass es mir gelingt, ihn zu täuschen.

»Was für einen deiner staubigen Wälzer hast du denn verlegt?« Ich lege Desinteresse und ein wenig Verachtung in meine Stimme bei der Frage.

Adams Gesicht läuft hochrot an. Es kommt selten vor, dass er seine Beherrschung verliert, aber bei Büchern hört bei ihm der Spaß auf. Während ich zu den – ich zitiere: – *›Monstern‹* gehöre *›die Ecken als Lesezeichen umknicken‹*, behandelt Adam jedes Buch mit einem Respekt, den er nicht mal unserem Vater in diesem Maße entgegenbringt. Auch wenn er das so nie zugeben würde.

»Ich habe gar nichts verlegt. Es war da, und nach dem Umzug in den Lesesaal war es weg. Es ging um Nekromantie. Wo hast du es?« Er zischt jedes Wort, gerade so laut, dass ich es höre, aber nicht so laut, dass es jeder mitbekommt. Adam ist stinksauer, der Verlust trifft ihn persönlich.

Das schlechte Gewissen, das kurz in mir aufwallt, unterdrücke ich. Dann bekommt er eben einen Rüffel anstatt der Belobigung von Lady Kaitlin, die er gerne hätte. Bei mir geht es ums nackte Überleben. Mein Mitleid hält sich somit in Grenzen.

»Gut, dir fehlt also ein alter Foliant über Nekromantie. Sehr bedauerlich und bestimmt ärgerlich, wo du es doch hasst wie die Pest, wenn nicht alles an seinem Platz ist. Aber es gibt bestimmt interessantere Lektüren, die dich über diesen vermutlich temporären Verlust hinwegtrösten. Ich suche immer noch eine Obscura, ich denke also, mein Anliegen ist wichtiger. Ein paar verstaubte Seiten sollten dich nicht vom Wesentlichen ablenken, Bruderherz. Hast du Sally mittlerweile gesehen?«

Er schnaubt, und ich kann sehen, wie er in Gedanken Sally gegen das Buch abwägt. Auf seiner Stirn entsteht eine steile Falte, und er mustert mich böse. Ich bin sicher, die Entscheidung für den nächsten Satz fällt mit einer knappen Mehrheit. Hauchdünn, sozusagen.

»Nein, Miss Davies war noch nicht hier. Sonst hätte ich ihr deine Nachricht ausgerichtet. Lady Kaitlin ist in ihrem Schlafzimmer. Du kannst sie ja fragen, ob sie ihre Dienerin gesehen hat.«

Ich habe kein Bedürfnis nach einem Gespräch mit Lady Kaitlin, schon gar nicht jetzt. Sie hat mich damals zum Alchemisten geschickt und ist indirekt schuld an meiner Situation. Hätte sie einfach gesagt, ich wäre dem Tode geweiht und es gäbe keine Rettung – dann hätte mich der Schrei der Banshee erledigt, und ich würde jetzt nicht als Nekromant herumlaufen. Sie hat meine Menschlichkeit und meine Zukunft auf dem Gewissen, sie hat dafür gesorgt, dass ich mit der Schwarzmagie in Berührung kam.

Warum hat sie mir überhaupt geholfen?

»Also, Caleb, wo ist das Buch?« Adam hat nicht vor, aufzugeben, und ich habe nicht vor, auch nur einen Millimeter von meiner Position abzuweichen.

»Ich habe dein dämliches Buch nicht. Was sollte ich damit? Mein Tisch wackelt nicht, und wenn, würde ich bestimmt nicht ein Buch aus der Bibliothek nehmen. Ich mag vor dir keine Angst haben, Adam, aber kein Mitglied im Orden würde Lady Kaitlin McGregor ein Buch entwenden, wenn er noch ein paar funktionierende Gehirnzellen beisammenhat. Hältst du mich tatsächlich für so dämlich, eines zu klauen und mich damit bei der Ordensführung in Ungnade zu bringen? Nach meiner Degradierung wegen der getauschten Schichten? Glaubst du wirklich, mir liegt so wenig an meiner Karriere? Ich hatte gedacht, wenigstens du hättest eine höhere Meinung von mir und meinem Intellekt. Aber nein, du bist wie Vater, du denkst auch, ich bin ein totaler Versager. Wahrscheinlich hältst du mich auch nur für einen besseren Schläger des Ordens und glaubst darüber hinaus noch, ich würde dir ins Gesicht lügen. Und da wunderst du dich, dass ich keine Familientreffen mit dir und Isa forciere?«

Ich habe exakt die richtigen Worte getroffen, in genau der richtigen verächtlich-gekränkten Tonlage. Aufgrund meines inneren Aufruhrs nach dem heutigen Tiefschlag durch die Diagnose des Alchemisten ist es mir erstaunlich leichtgefallen, Adam so anzugehen. Etwas, was mir sonst nie gelungen wäre.

Mein Bruder wird kalkweiß und scheint ernsthaft betroffen zu sein. Dabei war er im Recht! »Caleb, es tut mir …«

Ich unterbreche ihn rüde, auch um seine unnötige Entschuldigung zu verhindern.

»Natürlich tut es dir leid. Ich will deine Entschuldigung aber nicht. Ich habe dein Buch nicht, also such dir jemand anderen, den du mit deinem unerträglichen Snobismus auf den Wecker gehen kannst. Wenn ich als Vigilant dir und dem Rest der O'Connors ein Dorn im Auge bin, kein Problem. Ihr müsst euch nicht mit mir abgeben, ich brauche keinen von euch!«

Noch ein Tiefschlag. Ich sehe deutlich, dass ich Adam jetzt wütend mache. Und genau das will ich erreichen. Wenn er wütend auf mich ist, wird er nicht misstrauisch. Im Zorn ticken wir gleich – wir konzentrieren uns auf den Gegner und nehmen die

Details um uns nicht mehr wahr. Ich lerne gerade, dieses Muster zu durchbrechen. Als Bibliothekar musste Adam das bislang nicht. Bücher geben selten Widerworte oder bekämpfen einen.

»Caleb, ich warne dich. Jetzt gehst du zu weit!« Adams Stimme ist eiskalt, er ist jetzt sauer, das Buch hat er schon fast vergessen. Mein Vorwurf, er wäre ein Snob und würde meinen Beruf für unter seiner Würde halten, war ein perfekt platzierter Tiefschlag. Ich kenne ihn genauso gut wie er mich. Zum ersten Mal wende ich das gegen ihn an – und ich habe ein schlechtes Gewissen deswegen. Aber er darf weder merken, dass mit mir etwas nicht stimmt, noch darf er auch nur im Geringsten ahnen, was es ist, das ich verberge.

»So? Ich gehe zu weit? Wer ist denn hierhergekommen, ohne mich zu fragen, was ich davon halte? Wer musste mir auch noch an meinem Arbeitsplatz vor Augen führen, dass ich nie dem Familienstandard gerecht werde? Warum bist du verdammt noch mal nicht in Paris geblieben?«

Die letzten Worte zische ich, und ich meine sie zu meiner Verwunderung ernst. Ich muss gar nicht versuchen, ihm Wut vorzuspielen. Ich bin wütend! Wäre er dort, hätte ich jetzt ein Problem weniger und müsste nicht den einzigen Menschen, der mich im Grunde immer beschützt und unterstützt hat, gegen mich aufbringen! Wegen eines Folianten über Nekromantie und der Tatsache, dass nun ich ihn schützen muss.

Er hätte mich als seinen Bruder in Erinnerung behalten – ohne Groll und Zwist. Doch genau das haben wir jetzt: Streit. Weil ich ihn nur so auf Abstand halten kann.

Denn nur so kann auch Adam loslassen. Er muss wütend auf mich sein, und ein Blick in seine Augen zeigt mir, dass ich es geschafft habe.

Kalt sieht er mich an, tief getroffen und verletzt. Ich kann jedoch auch die Qual sehen, die er zu verbergen sucht, und das bereitet mir beinahe körperliche Schmerzen.

»Du gehst jetzt besser, Caleb. Ich glaube, ich habe dir nichts mehr zu sagen – wir haben uns nichts mehr zu sagen.«

»Das sehe ich genauso, Adam. Leb wohl.«

KAPITEL 38

Sally

Ich schnappe nach Luft und schlage die Augen auf.

Mein Herz rast.

Ich liege in meinem bequemen Bett in meinem Zimmer im Ordenshaus. An der blau gestrichenen Decke sind die goldenen Sterne, die ich als Kind an die Dachschräge gemalt habe. Alles ist so, wie es sein soll.

Wie kann das sein?

Ich greife in mein Haar, das tropfend vor Schaum sein sollte, aber alles ist trocken. Vor dem Fenster steigt Rauch aus den Schornsteinen der Blackstone und Queen Elisabeth Chambers wie Atem eines Drachen und verbreitet vergossenes Weiß über den blauen Himmel. Ein strahlender Tag in den Farben des Glücks. Ich setze mich auf. Mir ist schwindelig. Mein Muskelkater ist wie durch ein Wunder verflogen oder mein Gefühl betäubt. Mr Snuggels springt auf die Matratze und streicht schnurrend um mich.

»Ich hatte einen ganz merkwürdigen Traum, Mr Snuggels«, sage ich und vergrabe mein Gesicht im Fell des Katers. Er schnurrt, und seine Wärme vertreibt den Schrecken.

»Ich habe geträumt, dass William mich umbringen will«, murmele ich ins Fell, sein kleiner Motor brummt wie ein Uhrwerk.

Fast spüre ich noch immer die gnadenlose Kraft, die mich in den Schaum des Putzeimers hinabgedrückt hat. Das schreckliche Gefühl, zu ertrinken. Aber jetzt bin ich hier in meinem Zimmer, spüre das weiche Fell meines Katers und alles ist in Ordnung.

Wie real sich das angefühlt hat.

Ich sehe mich um. Alles ist noch so, wie ich es zuletzt zurückgelassen habe. Am Fußende des Bettes liegen die Pergamentrollen, mit denen ich Verteidigungszauber geübt und einen Lichtzauber hinbekommen habe.

»Aber das war nur ein Traum«, gestehe ich Mr Snuggels. Ich muss eingeschlafen sein. In Wahrheit ist das gar nicht passiert. Ich habe kein Licht gezaubert. Das wäre ja auch zu schön, um wahr zu sein. Und natürlich habe ich nicht ein Monster in einer Höhle mit meiner Magie bekämpft. Meine Fantasie ist mit mir durchgegangen.

Ich lasse den Kater los. »Meine Güte, ich muss ganz schön erschöpft gewesen sein.«

Wie lange habe ich wohl geschlafen? Wie spät ist es? Ich sollte besser nach unten gehen und nachsehen, was für einen Dienst ich habe. »Nicht, dass ich doch noch den Bootssteg schrubben muss.«

Auf einmal kommt mir das lächerlich vor. Als ob Mrs Bones mich zu so etwas einteilen würde. Schließlich arbeite ich jetzt in der Bibliothek.

Ich steige aus dem Bett und den Lagen an Kissen und Decken. Mein Kleid ist gar nicht verknittert, stelle ich fest, als ich an mir herabsehe. Ich muss mich nicht einmal umziehen, sondern sehe in meiner Uniform aus wie aus dem Ei gepellt. Mrs Bones wäre stolz auf mich.

Ich verlasse mein Zimmer und gehe den Gang hinab Richtung Dienstbotentreppe. Mr Snugggels folgt mir mit hocherhobenem Schwanz und streicht mir schnurrend um die Beine. Er will gekrault werden. Ich bleibe stehen und streiche ihm über sein flauschiges Fell. Es ist ungewöhnlich still, außer dem Schnurren des Katers ist nichts zu hören.

Der Flur kommt mir länger vor als sonst, die Proportionen lang gezogen und verzerrt, die Türreihen links und rechts gehen immer nur weiter und weiter und verschwinden im Nichts. Hinter den Türöffnungen herrscht Dunkelheit, aber am Ende des Ganges steht ein Raum weit offen. Flackerndes Licht wie von einem Kamin quillt daraus hervor und malt ein einladendes Viereck auf den Teppich im Flur.

Das ist doch das Zimmer meiner Mutter, das mit dem schön geformten Türknauf in Form eines Vogels. Warum steht die Tür offen?

Wie in Trance nähere ich mich dem Rechteck aus Licht. Der Klang meiner Schritte hinterlässt ein Echo.

Das Zimmer von Beatrice Davies ist von einem hellen Schein erfüllt, aber es kommt nicht von dem Kamin, wie ich zuerst dachte, sondern von der Sonne, die durchs Fenster strahlt.

Am Fenster steht eine Frau, wie eine Erscheinung. Die Sonne bildet eine Korona um ihr Haar, und ich muss blinzeln, um das geblümte Sommerkleid zu erkennen, das sie unter einer grauen Strickjacke trägt. Der Fensterrahmen umgibt sie wie das Passepartout einen Scherenschnitt.

Ich kann es nicht glauben.

»Mama?«

Ist sie das wirklich?

Die Frau dreht sich zu mir um. Ich erkenne kaum ihr Gesicht, weil sie so sehr ins Licht getaucht ist, aber in meinem Herzen weiß ich, es ist die Frau von meinem Foto, schlank und lächelnd. Meine Mutter. Sie sieht ganz genau so aus, wie ich sie mir immer vorgestellt habe.

»Mama, was machst du hier?« Vorsichtig nähere ich mich der Erscheinung am Fenster.

Beatrice lächelt mich an. »Sally, meine Tochter. Es ist so schön, dich zu sehen.« Sie streckt die Arme nach mir aus.

Ich kann nicht glauben, dass sie wirklich hier ist. Aber dort steht sie, direkt vor mir. Tief in meinem Inneren habe ich immer gewusst, dass sie noch lebt. Dass sie gar nicht fort ist, nicht wirklich, dass sie eines Tages zurückkehren wird.

Um den Hals trägt sie die verzauberte Lupe. *Habe ich diese nicht benutzt, um die Zauber auf den Pergamentrollen zu übersetzen? Oder war das auch nur ein Traum?* Das Gold blinkt in den Strahlen der Sonne auf. Ich mache einen Schritt auf die Lichtgestalt zu und versinke in ihrer Umarmung. Meine Mutter hält mich fest, und es ist, als wäre sie nie fort gewesen. Als hätte sie mich schon immer so umarmt und wäre nur auf einer kurzen Reise gewesen, von der sie nun endlich zurückgekehrt ist.

»Wo warst du all die Zeit? Warum warst du nicht bei mir?«

»Ich konnte nicht. Es tut mir so unendlich leid. Ich hatte Wichtiges zu tun. Aber nun bin ich ja hier.« Sie streicht sanft und beruhigend über meine Haare.

Tausend Fragen liegen mir auf der Zunge, aber keine davon scheint angemessen. All der Kummer, all der Groll wegen ihrer Abwesenheit ist vergessen. Ich bin nur noch froh, dass sie endlich da ist. Ich löse mich ein wenig aus ihrem Arm, um sie betrachten zu können. Lachfältchen spielen um ihre Augen, und sie wirkt so jung. Keinen Tag älter als auf dem Foto. Ich lächele ebenfalls. Die Möbel um uns herum, die bis vor Kurzem noch unter weißen Bettlaken geschlummert haben, sind vom Staub befreit und glänzen und strahlen nun wieder. Alles wirkt so, als wäre Beatrice nie fort gewesen.

»Wirst du wieder in das Ordenshaus einziehen?«

»Das kann ich nicht.«

Sofort macht sich Enttäuschung in mir breit. »Wieso nicht?«

Beatrice lächelt nur. »Etwas Wichtiges wartet auf mich.«

Ich wusste, sie würde nicht lange bleiben, dennoch hatte ein Teil von mir tief drinnen gehofft, dass es anders wäre. Dass sie jetzt für mich da wäre.

»Wieso bist du dann hier?«

»Na, weil heute dein großer Tag ist.« Ihr Lächeln wird noch breiter, überstrahlt ihre Augen. Sie nimmt meine Hand. »Wusstest du das nicht? Alle warten schon auf dich.«

»Was meinst du …?« Ich habe keine Ahnung, wovon sie spricht.

Beatrice' Hand in meiner ist warm, sie drückt meine Finger, und es fühlt sich an, als würde Magie hindurchfließen.

Die Zeit tropft wie Honig.

»Lass uns zu ihnen gehen.« Beatrice führt mich an ihrer Hand aus ihrem Zimmer.

Es ist, als würden die Wände des Flures zurückweichen und Platz machen für den Eingang zur Bibliothek, während ich Seite an Seite mit meiner Mutter durch das Ordenshaus wandere, als wäre es schon immer so gewesen. Eine warme Brise weht uns den Geruch nach Büchern und Kaminfeuer aus der offenen Bibliothekstür entgegen.

Lady Kaitlin erwartet uns dort. Sie steht gebieterisch neben dem Tresen am Eingang, wo auch der Ordensprotector Sir Henry sich aufgebaut hat, der zwinkernd eine große silberne Medaille in den Händen hält. Beide haben die gleiche blaue Robe an, die mit dem Wappen des Ordens bestickt ist und nur zu besonderen Anlässen getragen wird, und strahlen mich an, als hätte ich in der Lotterie gewonnen.

Der Boden unter mir schwankt, als stünde ich auf den Planken eines Schiffes, und die Höhe des Turmzimmers lässt mich schwindeln. Die Regale voller ledergebundener Buchrücken verschwinden in der Dunkelheit über unseren Köpfen. Tagsüber wandert die Sonne von einem der hohen Fenster im Turm zum nächsten, aber jetzt sind es schwarze Löcher, in denen die Sterne glitzern. Ich kann ganz klar das Sternbild des Schützen erkennen, Jupiter blinkt mir zu. Das weckt eine vage Erinnerung in mir. *War da nicht was mit Jupiter und Halloween?* Doch der Gedanke entgleitet mir, bevor ich ihn greifen kann.

Beatrice lässt meine Hand nicht los.

Auch alle anderen sind da: Caleb und Mike und Noah, Harriet und Betty und Mary, Mrs Bones und Butler Morris. Sie alle strahlen, als freuten sie sich für mich, als hätten sie schon vorher gewusst, dass das hier passieren würde, als wäre es allen klar gewesen, dass meine Mutter noch lebt und zurückkommen wird.

»Was geht hier vor sich?«, frage ich.

Adam O'Connor tritt vor, wie immer tadellos gekleidet, und reicht mir die Hand: »Meinen herzlichen Glückwunsch. Du warst einfach die Bessere.«

Ich verstehe nicht. Doch dann tritt auch Sir Henry vor und gratuliert mir: »Herzlichen Glückwunsch, Sally Davies. Willkommen im Orden.« Benommen schüttele ich seine Hand.

»Soll das heißen …?«

Lady Kaitlin räuspert sich. Sie sieht viel gesünder aus als in den letzten Tagen, sie braucht nicht einmal ihren Stock, und ihre Stirn ist frei von Sorgenfalten. Sie überreicht mir die silberne Medaille mit dem aufgeprägten Wappen des Ordensgründers, das überzogen ist mit schwarzen Adern wie bei einer Verätzung durch Magie.

»Hiermit ernenne ich dich zu meiner Nachfolgerin und zur offiziellen Bibliothekarin des Hermetischen Ordens.«

Ich bin sprachlos. Alle fangen an zu applaudieren, und der Raum dreht sich um mich wie im Schwindel. Ich kann mein Glück gar nicht fassen.

Ich soll wirklich die neue Bibliothekarin werden?

Harriet umarmt mich und drückt mich ganz fest, sie duftet nach Vanille und frisch gebackenen Keksen: »Ich habe nie daran gezweifelt.«

Dann spüre ich, wie auch Lady Kaitlin mir voller Respekt die Hand schüttelt, und auch Mrs Bones und Butler Morris. Alle freuen sich für mich und sind sichtbar stolz, dass ich es geschafft habe.

Eine warme Brise umweht mich wie ein Versprechen auf eine glänzende Zukunft. Ich möchte nicht, dass dieser Moment jemals aufhört.

Caleb lacht mir zu und hebt den Daumen, vor Freude, dass ich seinen Bruder im Rennen um die Bibliothek ausgestochen habe. Ich lache auch. Ich würde ihm gerne erzählen, wie es dazu gekommen ist, aber das ist nicht nötig, er scheint nicht verwundert, auch er hat an mich geglaubt.

Ich drehe mich zu meiner Mutter um. Stolz blickt sie mich an. Staub tanzt in Zeitlupe wie Sprenkel gefangen in Bernstein vor meinen Augen. Harriet entzündet Kerzen auf einer Torte und lässt Tee servieren. Von irgendwoher erklingt Musik.

Und da ist auch Aaron!

Ich hatte ihn zunächst gar nicht bemerkt, weil er im Schatten neben einem Regal gestanden hat, aber jetzt sehe ich ihn ganz deutlich, und mein Herz fängt an zu schlagen. Aaron, in einem lässigen T-Shirt, die Muskeln zeichnen sich deutlich darunter ab, und seine Haare fallen ihm leicht lockig in die Stirn.

Wie kann es sein, dass er hier ist?

Er tritt aus dem Schatten hervor. Er sieht genauso gut aus wie an dem Abend, als er mich geküsst hat, und er hat auch wieder diesen schelmischen Blick drauf, weshalb mein Herz vor Aufregung pocht. In seinen Händen trägt er etwas, und im ersten Moment glaube ich, es ist ebenfalls eine Medaille, die er mir überreichen will. Doch dann sehe ich, dass es sein eigenes, pochendes Herz ist.

Gallertartiges Blut quillt schwarz zwischen seinen Fingern hervor und tropft auf den rot-weiß karierten Marmorboden. Zwischen den Fugen der eingelegten Kompassrose fließt eine dunkle, zähe Flüssigkeit heraus. Aarons eben noch glänzenden Pupillen schließen sich zu einem schwarzen Fleck, in dem sich mein blasses Gesicht lang gezogen spiegelt.

»Du hast mein Herz gestohlen«, grollt Aaron mit tiefer Stimme und klingt auf einmal gar nicht mehr wie er selbst. Seine Muskeln schwellen an und Haare sprießen auf seinen Oberarmen, als er sich in einen Werwolf verwandelt.

Entsetzt weiche ich zurück.

KAPITEL 39

Kaitlin

Es ist dunkel in meinem Zimmer, als ich aufwache. Ich muss also ein paar Stunden geschlafen haben. Eine Wohltat, auch wenn die Kopfschmerzen noch nicht vollständig verschwunden sind. Sie pulsieren schwach im Hintergrund meines Bewusstseins. Eine andauernde Qual, die hoffentlich nicht für immer währt. Zum wiederholten Mal nehme ich mir vor, zu einem Arzt zu gehen, sobald die gegenwärtige Situation ausgestanden ist. In der Hoffnung, dass nicht direkt das nächste Problem an der Ecke wartet.

Ich schäle mich mit Mühe aus dem Bett und bemerke, dass ich in meiner Tageskleidung geschlafen habe. Ich stutze. Hatte ich mich nicht ausgezogen zum Schlafen? Der Schleier der Gedächtnislücken greift erneut um sich, ich kann mich auch nicht daran erinnern, wie ich ins Bett gekommen bin.

Verdammt! Etwas stimmt mit mir ganz und gar nicht.

Wenigstens erinnere ich mich noch daran, dass ich Adam ein paar Aufgaben gegeben habe. Wichtige Aufgaben, von denen ich hoffe, dass er sie spätestens morgen erledigt hat. Denn lange warten kann ich in Bezug auf Caleb nicht. Die Gefahr ist einfach zu groß.

Ein Blick auf die Uhr verrät mir, dass es schon 19 Uhr ist und ich den Nachmittagstee in der Orangerie verpasst habe. Ich werde Sally also rufen müssen, um ihr zu sagen, dass sie sich von Caleb ab sofort fernzuhalten hat.

Während ich mein Zimmer abschließe, um wieder in die Bibliothek zu gehen, frage ich mich, ob sie auf mich hören wird. So wie ich sie kenne, hält sie sich so lange daran, bis Caleb mit einem Problem zu ihr kommt. Also wäre es eigentlich logischer, das Problem selbst im Keim zu ersticken. Ich nicke entschlossen. Caleb rufen, wird das Beste sein. Wenn er nur halb so vernünftig ist, wie ich es von ihm erhoffe, dann wird er verstehen, warum ich Sally und den ganzen Orden vor ihm schützen will.

Die Bibliothek ist bis auf Adam leer. Der sortiert mit Magie einige Bücher weg und holt aus den oberen Regalen der Abteilung für tödliche Zauber einige neue Folianten heraus. Zumindest ist er kreativ, was seine Recherche angeht. Hätte ich nicht Sally ausgewählt, wäre er ein hervorragender Kandidat für meine Nachfolge.

»Wie ich sehe, geht es Ihnen schon besser, Lady Kaitlin.«

Ich muss ihm glauben, denn ich habe es versäumt, in den Spiegel zu schauen, bevor ich meinen Raum verlassen habe. »Danke. Sind Sie schon vorangekommen mit Ihren Aufgaben?«

Adam schmunzelt. »Sie haben mir diese doch erst vor ein paar Stunden übertragen.«

»Ist das ein Grund, diese nicht augenblicklich zu erfüllen?« Ich ziehe eine Augenbraue hoch und starre ihn erwartungsvoll an.

Es hat die entsprechende Wirkung auf Adam. Er zeigt für den Bruchteil eines Augenblicks Verunsicherung. »Bisher habe ich nur den Verbesserungsvorschlag formuliert und versucht, etwas zum Tod eines Nekromanten herauszufinden. Noch ohne Erfolg. Leider hat mich mein Bruder zwischendurch davon abgehalten, weiter zu recherchieren. Aber ich gebe nicht auf, Lady Kaitlin«, beeilt er sich zu sagen. »Isabella weiß bereits, dass ich heute später nach Hause kommen werde.«

»Gute Arbeitseinstellung.« Ich bleibe neben dem Tisch stehen, auf dem die Bücher landen, die er herbeiruft. »Apropos Bruder. Ich muss ihn augenblicklich sprechen. Könnten Sie ihn bitte für mich herholen?«

»Jetzt?« Adam hält in seinen Bewegungen für den Zauber inne und schaut auf die Uhr an seinem Handgelenk. »Kann das nicht noch bis morgen warten? Ich wollte mich gerade mit den Büchern beschäftigen.«

»Die Angelegenheit bedarf der sofortigen Erledigung. Bitte holen Sie ihn augenblicklich in die Bibliothek.«

Adam reibt sich über seine kurzen Haare den Hinterkopf. »Ich muss schauen, wo er ist und ob er noch mal herkommen will.«

»Sagen Sie ihm, es geht um Sally. Dann wird er kommen.« Ich bin mir sicher, dass ich nichts verraten habe, was Adam nicht schon aufgefallen ist. Die Freundschaft zwischen Sally und Caleb ist spätestens seit dem Vorabend aufgeflogen, als sie ihn um Hilfe bei dem Kampf gegen Victoria gebeten hat. Ich bin mir sicher, dass Adam davon durch seine Verlobte ebenfalls gehört hat.

»Ist alles in Ordnung?« Seine Stirn legt sich in tiefe Falten.

»Das werden wir dann sehen. Holen Sie ihn jetzt!«

Adam lässt die letzten Bücher noch auf den Tisch schweben, ehe er mit leichtem Zögern in Richtung Ausgang geht.

Eine Viertelstunde später ist er mit seinem Bruder zurück. »Danke schön, Adam. Und jetzt gehen Sie bitte in einen der Leseräumen oben, um zu recherchieren.«

»Ich soll also nicht bei dem Gespräch anwesend sein.« Adam nickt und verabschiedet sich. »Wenn etwas sein sollte, rufen Sie mich einfach.« Er sieht zerknirscht aus. Die typische Neugier eines Bibliothekars kommt in ihm durch. Vermutlich zusätzlich angestachelt, weil es seinen Bruder betrifft.

»Wieso haben Sie nach mir geschickt? Adam sagte, es geht um Sally? Haben Sie sie gefunden?«

Ich hebe die Hand und bedeute ihm zu schweigen, bis ich die Tür des Lesesaals höre, die sich schließt. Dann wende ich mich Caleb zu. »Was meinen Sie mit gefunden, Mr O'Connor?«

»Sie ist verschwunden. Egal, wo ich nachgeschaut habe, sie ist nicht da. Ich dachte, vielleicht wäre sie hier bei Ihnen. Aber scheinbar ist sie das auch nicht.«

Caleb wandert nervös auf und ab, fährt sich durch die Haare. Scheinbar hat er das heute schon ein paar Mal gemacht, denn sie sitzen längst nicht so perfekt, wie sie es sonst tun.

»Haben Sie schon in der Küche nachgefragt? Manchmal ist sie bei Mrs Brewster und hilft dort aus.«

Caleb bleibt abrupt stehen und schlägt sich gegen die Stirn. »Nein, ein Dienstmädchen in der Küche zu suchen. Der Gedanke ist mir noch nicht gekommen.«

»Kein Grund für beißenden Sarkasmus, Mr O'Connor.« Der eisige Ton in meiner Stimme erinnert ihn daran, wen er vor sich hat, und er verzieht die Lippen.

»Entschuldigen Sie. Ich wollte nur mit Sally reden, aber sie ist nicht zu finden.«

»Wo haben Sie denn schon überall gesucht? Vielleicht kann ich ja helfen.« Auch wenn ich nicht viele Ideen habe, wo Sally sein könnte, so interessiert es mich doch, was mit ihr ist. Wenn sie wirklich verschwunden sein sollte, muss ich mich augenblicklich darum kümmern. Ihr darf nichts passieren. Der Schockzauber vom Vorabend hat mich schon daran erinnert, dass sie verletzlicher ist, als mir lieb ist. Beatrice wird es nicht gefallen, wenn sie davon hört. Dass eine voll ausgebildete Vigilantin hinter ihrer Tochter her ist, dürfte nicht für ruhige Nächte meiner ehemaligen Nachfolgerin sorgen.

»Zuerst war ich bei ihrem Zimmer, danach habe ich mir ihren Dienstplan angeschaut. Demnach sollte sie den Bootssteg putzen. Aber da habe ich sie auch nicht gefunden. Nur ihr Putzzeug, das sie dort liegen gelassen hat. Hier, in der Bibliothek, war ich auch. Ohne Erfolg. Ich mache mir wirklich Sorgen. Nach gestern Abend bin ich mir nicht sicher, ob es ihr gut geht. Haben Sie noch eine Idee, wo sie sein könnte?«

»Wollten Sie darüber mit ihr reden? Wie es ihr geht?« Ich hake nach, auch wenn es mich nichts angeht, worüber die jungen Leute so reden wollen.

»Nein, etwas anderes, aber darum geht es jetzt nicht. Wissen Sie, wo sie ist? Ich will nicht, dass Victoria noch irgendeinen Rachezauber auf Sally wirken kann. Oder dass ihr etwas zustößt.«

»Du machst dir wirklich Sorgen um sie.« Ich bedeute ihm, sich hinzusetzen. »Ihre hektischen Bewegungen machen mich ganz hibbelig. Setzen Sie sich, Mr O'Connor.«

Caleb folgt meiner Anweisung, auch wenn sein Bein weiterhin nervös wackelt. »Natürlich mache ich mir Sorgen. Sie ist ein einfaches Dienstmädchen, das sich nicht gegen Magie wehren kann, und nach allem, was gestern passiert ist, glaube ich, dass es ihr nicht gut gehen wird. Außerdem muss ich dringend mit ihr reden.«

»Wir werden uns um dieses Problem kümmern, Mr O'Connor. Das verspreche ich Ihnen. Es spricht für Sie, dass Sie sich um eine Obscura sorgen.« Ich bin froh, dass Caleb Sally für den Moment nicht gefunden hat, auch wenn die Sorge um sie in mir ebenfalls anwächst.

Einige Bilder blitzen vor meinen Augen auf. Sally, die tot in einem Graben liegt, weil Victoria einen Schläger auf sie angesetzt hat. Die Wahrscheinlichkeit ist gleich null, das ist mir bewusst. Immerhin hat sie erst von Sallys Beteiligung an den Nachforschungen erfahren, als Sally die Kette geholt hat. Zeit, um jemanden zu beauftragen, gegen Sally vorzugehen, war da keine mehr. Trotzdem sehe ich diese Bilder, als wären sie direkt vor mir. Selbst das Schütteln meines Kopfes bringt da nichts. Es geht ihr gut, rede ich mir immer wieder ein, um nicht augenblicklich aufzuspringen und einen Suchzauber auszusprechen. Eine übertriebene Geste für jemanden, der erst seit ein paar Stunden nicht mehr gesehen wurde.

»Vor allem, weil es nicht die erste Obscura ist, die verschwindet. Sallys Freundin ist immer noch nicht wieder aufgetaucht. Vielleicht bin ich deswegen auch so besorgt.«

»Sehen Sie da einen Zusammenhang?« An die verschwundene Betty habe ich tatsächlich nicht mehr gedacht in den letzten Tagen. Zu viel war passiert, um mich auch noch um dieses Problem zu kümmern. Aber nun, da Caleb es anspricht, komme ich nicht umhin, darüber nachzudenken.

»Auch Betty wurde von niemandem gesehen. Stunden bevor Sally sie überhaupt erst vermisst gemeldet hat. Und Sally wurde auch von niemandem gesehen. Mrs Bones hat auch keinerlei Notiz darüber, dass Sally den Orden verlassen hat. Sie muss also hier noch irgendwo sein.«

»Waren Sie in dem Zimmer von Sallys Mutter?«

Caleb zögert. »Nein, bisher nicht. Geht sie da öfter hin?«

Ich schüttele den Kopf. »Unter normalen Umständen nicht. Aber die Umstände sind aktuell alles andere als normal.«

Sofort springt Caleb auf, um vermutlich hinüber in das Haupthaus zu laufen, aber ich halte ihn auf.

»Sie bleiben hier!« Meine Stimme wird von den Büchern um uns herum verschluckt, ist jedoch kraftvoll genug, um Caleb aufzuhalten.

»Wieso? Wir sollten nicht zögern und sofort nachschauen.«

Mit dem Kopf deute ich auf den Sessel, auf dem er zuvor gesessen hat. »Hinsetzen. Oder glauben Sie, dass ich Sie gerufen habe, um nach Ihrem Wohlbefinden zu fragen?«

»Ich dachte, Sie hätten mich wegen Sally gerufen.« Caleb zögert, ehe er sich schließlich wieder setzt. »Warum sollten Sie mich sonst rufen, wenn es nicht um Sallys Verschwinden geht?«

Zur Sicherheit schaue ich mich noch einmal in der Bibliothek um. Von meiner Position aus kann ich den Eingang sehen. Niemand kann an mir vorbeischleichen, wenn er erst im Innern der Bibliothek ist. Aber was ich im Begriff bin zu sagen, darf niemand vorab hören. Weder Adam noch sonst jemand aus dem Orden. Ansonsten wäre die Entscheidung, die ich getroffen habe, hinfällig.

»Ich muss Sally vor Ihnen schützen, Caleb.« Mit Absicht verwende ich seinen Vornamen, will die Distanz zwischen uns abbauen, damit er versteht, wie ernst es mir ist.

»Vor mir?« Caleb lacht. »Ich würde ihr nie wehtun. Das sollten Sie doch wissen.«

»Vielleicht nicht absichtlich. Aber als Nekromant hat man sich nicht immer unter Kontrolle.«

Die Worte treffen ihn wie ein Pfeilhagel, er versteift sich, als ob er Schmerzen hätte. Er weiß es. Ich dachte, ich würde ihm eine Neuigkeit mitteilen und müsste ihn erst noch davon überzeugen. Aber sein erschrockener Gesichtsausdruck verrät ihn: Er weiß es bereits. Und das weckt meinen Zorn. Wenn er es schon die ganze Zeit gewusst, aber nie etwas dagegen unternommen hat, ist er mehr als grob fahrlässig mit seinem Schicksal und dem der anderen aus dem Orden umgegangen. Das ändert einiges an dem Plan, den ich ursprünglich gefasst habe.

»Ein was?« Es ist ein mickriger Versuch, den er selbst nicht einmal glaubt, wie ich an seinem verzerrten Gesichtsausdruck ablesen kann.

»Bitte, Caleb, beschämen Sie nicht meine Intelligenz. Sie wissen genau, wovon ich rede.«

Einen Moment lang starrt er mich an, sieht so aus, als ob er mir weiterhin widersprechen möchte, doch dann sackt er in sich zusammen. Er sagt nichts, sitzt einfach nur wie ein Häufchen Elend vor mir.

Das ist nicht die Reaktion, mit der ich gerechnet habe. Innerlich habe ich mich auf einen Kampf oder mindestens auf eine harte Diskussion eingestellt. Vielleicht sogar den Versuch, mich zu töten, damit sein Geheimnis gewahrt bleibt. Doch nun sitzt er vor mir, hebt die Hände und verbirgt sein Gesicht damit.

Er wird doch wohl nicht weinen? Nein, im nächsten Augenblick zieht er die Hände nach unten weg und wischt sich noch einmal über die Wangen.

»Was hat mich verraten?«

Die Frage klingt beinahe belanglos, als ob er über das Wetter reden würde. Dabei ist es äußerst ernst. Beinahe noch ernster als die Organsammlung von Victoria. Ein Ritual kann man aufhalten, man kann es in der Regel rückgängig machen oder die Auswirkungen des Zaubers bekämpfen. Doch einen Nekromanten vor sich zu haben ist unberechenbar. Die Situation kann jeden Moment eskalieren. Wenn Caleb seine Kräfte schon voll beherrscht, könnte er mich jederzeit auslöschen. Quasi mit einem Fingerschnipsen. Wer weiß, wie lange er schon von seinem Zustand Kenntnis hat und wie intensiv er seither geübt haben könnte. Die Nekromantie ist nichts, womit man herumexperimentieren sollte. Aber vielleicht hatte Caleb genau das getan, als er das Pferd getötet hat. Ich kann nur hoffen, dass er bisher noch keinen Menschen geopfert hat.

»Es sind mehrere Dinge gewesen. Die toten Ratten bei Madame Tussauds, die Miss Montrose freundlicherweise in ihrem Bericht erwähnt hat.« Ich muss ihm nicht auf die Nase binden, dass ich die Information zusätzlich noch von Ratatöskr bekommen habe.

Caleb schüttelt den Kopf und ballt eine Faust. »Und ich habe ihr noch gesagt, dass das nicht relevant für den Fall ist, aber sie muss ja immer gründlich sein.«

»Wollen Sie Miss Montrose etwa vorwerfen, dass sie ihren Job gemacht hat?« Ein weiteres Kreuz für einen Nekromanten ist der Verlust der Rechtschaffenheit. Kaum einer der dokumentierten Nekromanten hatte einen Sinn für Gut und Böse und war stets auf den eigenen Vorteil bedacht. Und der liegt meistens leider darin, andere Lebewesen zu töten, um selbst am Leben zu bleiben.

»Natürlich nicht. Ich habe es damals selbst noch nicht gewusst. Außerdem habe ich nicht damit gerechnet, dass es jemand herausfindet. Wie lange wissen Sie es schon?«

»Seit heute Nachmittag. Seitdem ich in die Erinnerungslöschungen geschaut habe.«

»Das Pferd?« Caleb seufzt, lehnt sich mit den Ellbogen auf seine Knie und schaut mich von unten herauf an.

Ich nicke. Es bedarf nicht vieler Worte, um ihm klarzumachen, dass er aufgeflogen ist. Dabei beobachte ich ihn ganz genau. Er scheint nicht enttäuscht zu sein, eher erleichtert, dass ich es herausgefunden habe. Erneut stutze ich. »Wieso haben Sie es nicht gesagt, Caleb?«

»Wem sollte ich es denn sagen?« Caleb lacht ohne wirkliche Freude. »Übrigens, Sir Henry, ich bin ein Nekromant, nachdem ich ein schwarzmagisches Ritual bei einer nicht gemeldeten Hexe durchgeführt habe.« Er hebt beide Daumen an. »Das Gespräch wird sicher zu meinen Gunsten verlaufen.«

»Wie ich sehe, haben Sie Ihren Sarkasmus noch nicht verloren. Offensichtlich haben Sie keine Angst davor, mit mir darüber zu reden. Wie kommt es, dass Sie aus Angst vor den Konsequenzen nichts sagen, aber nun seelenruhig vor mir sitzen?«

»Verzeihung, aber es ist eine absurde Situation.« Er richtet sich wieder auf und lümmelt sich in den Sessel hinein. »Wenn Sie mich verhaften lassen wollten, hätten Sie das getan, anstatt meinen Bruder nach mir zu schicken und mit mir zu reden. Sie haben also nicht vor, mich zu verhaften. Warum das so ist, verstehe ich noch nicht, aber Sie werden es mir sicher gleich sagen.«

Amüsiert verschränke ich die Finger vor meinem Bauch und lege die Hände entspannt ab, auch wenn mir im Moment nach allem außer Entspannung zumute ist. Ich bin im Begriff, einem Nekromanten ein Angebot zu machen, das zwar Sally und den Orden schützen wird, aber nicht Beatrice und die Paranormalen. Vielleicht sollte ich ihr dringend eine Nachricht zukommen lassen und sie warnen. Ja, das ist wohl eine gute Idee. Und ich weiß auch schon, wie ich das tue. So kann ich gleich zwei Dinge auf einmal erledigen. Doch vorher muss ich noch das Gespräch mit Caleb beenden und danach Sally finden.

»Da haben Sie wohl recht, Caleb. Ich habe vor langer Zeit ein Versprechen abgegeben, und das gedenke ich zu halten. Solange Sie hier im Orden sind, werde ich dieses Versprechen jedoch nicht halten können. Solange Sie hier sind, ist Sally in Gefahr. Und das ist etwas, das ich nicht dulden kann.«

»Und was soll ich Ihrer Meinung nach machen? Mich wie ein Samurai in mein Katana stürzen?«

»Ich bezweifle, dass das etwas bringen würde, außer den Tod von weiteren unschuldigen Tieren oder Menschen, die in Ihrer Nähe sind.«

Caleb erhebt sich. »Moment, wollen Sie damit andeuten, dass ich nicht sterben kann?«

»Sicher können Sie sterben, sonst würde die Welt voller Nekromanten sein. Aber stellen Sie sich darauf ein, dass es nicht leicht werden wird.«

Er ballt die Fäuste, knirscht mit den Zähnen. »Und wie soll ich Sally schützen, wenn ich weiterhin hier arbeite?«

Ich sage nichts, schaue ihn nur erwartungsvoll an und warte darauf, dass die Erkenntnis in seinen Verstand sickert. Es dauert ein paar Sekunden, ehe er die Augen weit aufreißt und mich kopfschüttelnd anschaut.

»Auf keinen Fall. Der Orden ist mein Zuhause. Ich werde nicht gehen.«

»Sie haben keine Wahl, Caleb.«

»Man hat immer eine Wahl.« Wütend starrt er mich an und es ist, als ob die Luft zwischen uns knistert. Nur absolut nicht im positiven Sinne. Die Spannung wächst, je länger wir uns ansehen.

Schließlich stehe ich ebenfalls auf und schaue ihm direkt in die Augen. »In diesem Fall nicht, Mr O'Connor.« Die Zeit der Nähe ist vorbei. Ich wahre die Distanz, spreche mit der kraftvollsten Stimme, die ich in meinem blauen Blut finden kann, um ihm klarzumachen, dass sein Leben, so wie er es kennt, zu Ende ist. »Wenn Sie bis morgen früh den Orden nicht verlassen haben, werde ich den Vigilanten, ihren Teamkameraden, den Befehl erteilen, Sie zu verhaften.«

»Aber …«

»Nein!« Ich werde lauter, hoffe, dass Adam nichts hört. Aber Caleb muss es verstehen. Ich werfe einen Blick nach oben, auch wenn ich die Lesesäle nicht sehen kann. Vielleicht kann mir Adam dabei sogar helfen. »Das ist mein letztes Wort. Sehen Sie es als Akt der Nächstenliebe. Sie haben nur diese eine Chance auf Freiheit. Entweder Sie verschwinden noch heute Nacht aus dem Hermetischen Orden, oder ich werde persönlich dafür sorgen, dass Sie verhaftet werden. Und dann kann Ihnen niemand mehr helfen.«

FOLGE

12

KAPITEL 40

Caleb

Nicht nur, dass Lady Kaitlin mit ein paar Worten meine Zukunft im Orden für alle Zeit zerstört hat, nein, sie hat auch meine Suche nach Sally abgewürgt, als wäre es nicht wichtig. Sie führt sich auf wie eine absolute Herrscherin, und ich kann nichts dagegen machen. Denn ich bin mir sicher, dass sie zu Sir Henry geht. Allerdings glaube ich nicht, dass sie es vor dem Ende ihres Ultimatums tun wird.

Wenn Lady Kaitlin mich bei Sir Henry anschwärzt, werde ich dann vom Orden wie ein Para gejagt werden? Von Isa, Mike und Noah? Würde ich mich wehren, falls es hart auf hart kommt? Wäre ich bereit, einen von ihnen zu verletzen, zu töten, um selbst am Leben zu bleiben?

Lady Kaitlin offeriert mir immerhin einen Ausweg, einen freiwilligen Rückzug.

Ich hasse sie dafür!

Aber ich habe gar keine Wahl, ich muss das Ordenshaus verlassen. Ich kann nicht riskieren, dass bekannt wird, was ich bin.

Was würde Adam sagen, wenn er erfährt, was aus mir geworden ist? Er hasst Paras, genau wie mein Vater. Was würde er von einem Bruder halten, der ein Nekromant ist?

Doch Sally ist schon den ganzen verdammten Tag lang verschwunden. Und Lady Kaitlins Versprechen, sich um Sallys Sicherheit zu kümmern, traue ich nicht. Ich traue niemandem in solchen Dingen, und mit Sicherheit nicht einer Frau, die so alt ist, dass sie bestimmt schon mit Methusalem im Sandkasten gespielt hat. Zudem bezweifle ich, dass der alten Schachtel mehr Erfolg vergönnt sein wird als mir.

Zitternd vor Wut und Anspannung stehe ich in der Dämmerung vor dem dunklen Bibliotheksturm und frage mich, wann Sally endlich hier auftaucht. Ich brauche jemanden, der mir einen Rat gibt. Auch darüber, wo ich hingehen kann. Hingehen soll. Vielleicht kann mir dabei auch der Alchemist helfen. Aber zuerst muss ich mit Sally reden. Ich will sicher sein, dass mit ihr alles in Ordnung ist, und ihr erklären, was passiert ist – dass ich gezwungen werde, alles aufzugeben.

Mein Kopf ist zunehmend überfordert und präsentiert mir irrwitzige Lösungsansätze. Ich habe keine Ahnung, ob diese unheilbringenden Ideen der gegenwärtigen Situation oder meinem Dasein als Nekromant geschuldet sind. Doch alle zu verbrennen, die mir gefährlich werden können, mag für Daenerys Targaryen in Game of Thrones eine praktikable Lösung sein, für mich sollte weder das noch eine Kill-Bill-Revival-Vorstellung zum Mittel der Wahl werden.

Aber ich spüre diese Wut in mir und meine Bereitschaft, sie zu entfesseln: gegen Lady Kaitlin, gegen den Orden und jeden, der es wagt, sich mir in den Weg zu stellen. Gegen Victoria und die Hexe Soraya Porter, die mit ihrem Ritual meinen Zustand heraufbeschworen hat. Sie alle waren daran beteiligt und hätten meinen Zorn mehr als verdient. Nur mit Mühe kann ich die düsteren Gedanken im Zaum halten und zurückdrängen, aber auch nur, weil ich versuche, mich auf Sally zu konzentrieren.

Wäre ich wirklich der bösartige Schwarzmagier, von dem die Bibliothekarin ausgeht, würde ich dann ihre Forderung, zu gehen, erfüllen? Würde ich die Wut in mir überhaupt bekämpfen? Was hält mich davon ab, Lady Kaitlin einfach zu töten?

Außer der Lady und dem Alchemisten kennt niemand mein Geheimnis. Es sieht Kaitlin McGregor gar nicht ähnlich, so nachlässig zu sein …

Noch unähnlicher sieht es ihr allerdings, selbst auf die Suche nach Sally zu gehen.

Hatte ich erwartet, Sally würde gleich zum Turm eilen, herbeigerufen von der Bibliothekarin, werde ich auch hier überrascht. Mit Mantel, Stock und ziemlich unsicher auf den Beinen verlässt die Lady höchstpersönlich ihren Turm.

Ich schleiche ihr hinterher.

Zuerst geht sie alle Orte ab, an denen ich selbst schon nachgesehen habe. Ich werde sauer, weil sie mir nicht mal eine einfache Überprüfung im Orden zutraut. Erst als sie offensichtlich zum selben Schluss kommt wie ich, hält sie kurz inne. Resigniert schüttelt sie den Kopf, strafft ihre Gestalt und läuft dann weiter zum Park, wo sie ein Eichhörnchen auf den Arm nimmt und sich mit ihm unterhält.

Ist sie irre? Sieht so die versprochene Hilfe und die Suche nach ihrem Dienstmädchen aus?

Verwirrt beobachte ich, wie Lady Kaitlin danach zielstrebig, wenn auch nicht festen Schrittes, das Ordensgelände hinter sich lässt. Sie wollte Sally suchen. *Wieso verlässt sie dazu das Ordenshaus? Was weiß sie?*

Ich frage mich, wo sie hin will, und nehme die Verfolgung auf. Im Schatten der Häuser und in sicherer Entfernung behalte ich sie im Blick. Es ist eine klassische Überwachung, und sie bemerkt mich nicht.

Die Souveränität, die sie immer ausgestrahlt hat, scheint geschwunden zu sein. Überhaupt wirkt die alte Dame zerbrechlicher als noch vor ein paar Wochen. *Alterserscheinungen?* Wahrscheinlich. Trotzdem war sie unnachgiebig und hoheitsvoll, als sie mir das Ultimatum gestellt hat. Ich sollte kein Mitleid mit ihr haben.

Während die alternde Lady in Richtung Parlament wackelt, schwanke ich zwischen Sorge um Sally und latenter Wut auf Lady Kaitlin. Sie sollte lieber Sally suchen, anstatt in der Dämmerung spazieren zu gehen. Aber ich habe schon alle Orte abgesucht. Ihr zu folgen ist meine letzte Hoffnung.

Am Parliament Square Garden mit seinen Statuen und umliegenden Touristenattraktionen biegt sie ab. Doppeldeckerbusse und Taxis blockieren die Straßen. Versprengte Touristen eilen aus der schließenden Westminster Abbey, um zu ihren Hotels zurückzukehren oder in einem der unzähligen Pubs in Richtung Trafalgar Square zu verschwinden.

Lady Kaitlin wirkt mutlos, als wäre der Ort, an dem sie sich niederlässt, ein Schafott und nicht Stufen vor einer Statue mitten in London. Sie zieht ihren Mantel fester um sich und starrt auf das Parlament und zu Big Ben hinüber. Ein kalter Wind weht über den Platz, treibt die gefallenen Blätter vor sich her und sorgt dafür, dass das alte Mädchen fröstelt.

Ich sollte sie hassen, aber ich mache mir tatsächlich Sorgen um sie. Etwas, was mich ärgert, aber nicht nur das: Sie, die mir geholfen hat, zu dem zu werden, was ich jetzt bin, will mich aus dem Orden treiben, weil sie davon ausgeht, ich könnte für die Menschen dort eine Gefahr darstellen. Allein der Gedanke an diese Unterstellung …

Mühsam dränge ich die wiederaufkeimende Wut zurück, die mit einem Kribbeln in meinen Fingerspitzen einhergeht. Die Magie in mir lauert darauf, eingesetzt zu werden. Doch dieses Problem muss warten. Mein Gefühl warnt mich, dass die Zeit für Sally knapp wird. Und bei so etwas irre ich mich selten.

Ich komme zu dem Ergebnis, Lady Kaitlin dem Parliament Square Garden und der Dunkelheit zu überlassen und noch mal im Orden nach Sally zu suchen, als sich ein älterer Herr nähert, ein fröhliches Liedchen pfeifend und einen Spazierstock schwingend. Auffällig offensichtlich steuert er auf Lady Kaitlin zu.

Ich ducke mich hinter der Statue von Gandhi, wo das gelbliche Licht der Laternen mich nicht erreicht. Eine Ratte huscht unter einen nahe gelegenen Abfalleimer und erinnert mich daran, was ich für eine Gefahr für Lebewesen bin. Sie scheint mich aufmerksam zu beobachten.

Offenbar werde ich langsam total paranoid.

Ich kann ein leises Seufzen von Lady Kaitlin hören und gehe dichter an die Statue heran. Die Bronze dient mir als perfekte Deckung. Die Büsche, die daneben in Kübeln wachsen, verbergen mich, wobei ich durch ihre Zweige die Lady, die mit dem Rücken zu mir sitzt, perfekt beobachten kann. Angespannt warte ich, was die beiden besprechen, und bin neugierig, wer dieser merkwürdige Hercule-Poirot-Verschnitt ist.

Ist er der Schlüssel zu Sallys Aufenthaltsort?

KAPITEL 41

Kaitlin

Caleb ist gegangen, ohne sich von seinem Bruder zu verabschieden, der noch immer oben in dem Lesesaal recherchiert. Das Ultimatum, das ich ihm gestellt habe, ist endgültig. Caleb hat keine andere Wahl, als den Orden zu verlassen. Sonst lasse ich ihn verhaften. Ich bezweifle, dass er sich diese Blöße geben wird. Allerdings hat er mir auch nicht zugesichert, dass er gehen wird. Morgen früh werde ich mehr wissen. Nun gibt es Dringenderes zu erledigen, als einen Nekromanten aus dem Orden zu vertreiben.

Ich gehe selbst noch einmal alle Orte ab, an denen Sally sein könnte, doch wie Caleb schon vermutet hat, ist sie verschwunden. Wie vom Erdboden verschluckt, seitdem sie zum Steg gegangen ist. Einen Moment lang stehe ich an besagtem Bootssteg und schaue auf das Wasser hinaus. Es sieht so aus, als ob sie angefangen hat zu putzen, aber nicht fertig wurde. Jemand hat sie unterbrochen. Entweder hat jemand sie weggerufen oder … *Ja, oder was?* Victoria ist in ihrem Verlies. Die kann ihr nichts anhaben. Und auch sonst ist niemand hinter Sally her, von dem ich weiß. Beatrice hat mich auch nicht gewarnt. Und dass sie beim Putzen ausgerutscht und in die Themse gefallen ist, bezweifle ich stark. Doch die Zeiten sind gefährlich genug, um keinen negativen Grund auszuschließen.

Ich muss sie finden. Irgendwo muss sie schließlich sein. Ich brauche Gewissheit. Es ist wie ein innerer Zwang, der meinen Blick in Richtung der gut beleuchteten Flussbiegung schickt, hinter der das House of Parliament liegt. Der Ort, an dem ich Hilfe finden kann. Schnelle Hilfe. Aber auch die Person, die mich zu

Dingen zwingen wird, die ich nicht will. Ich seufze und lasse die Schultern für einen Moment fallen.

»Habe ich denn eine Wahl?«, frage ich den Fluss, doch der antwortet mir nur mit dem steten Plätschern, das mir so vertraut ist. Zu meinem Unbehagen muss ich zugeben, dass ich Hilfe brauche.

Draußen im Park des Ordens ist es dunkel, aber da London eine Stadt ist, die niemals schläft, dringt immer etwas Licht an die ersten Baumlinien. Einige Eichhörnchen springen dort herum, die scheinbar noch immer Vorräte für den Winter suchen, obwohl Squirrel ihnen so viel Futter gibt, dass sie das nicht bräuchten.

Ich warte, bis eines von ihnen innehält und mich ansieht. Das ist Bestätigung genug für mich, und ich wende mich an das Eichhörnchen. Jeder, der mich jetzt beobachtet, denkt vermutlich, dass ich mit der leeren Luft oder im besten Fall mit einem Tier rede. Vielleicht hält mich der Beobachter auch für verrückt. Aber für mich ist das der einzige Weg.

»Sag ihm, dass ich ihn sprechen muss. Es ist dringend. Wir treffen uns im Parliament Square Garden.«

Dann verlasse ich den Park und gehe in Richtung Flussufer. Schon von Weitem kann ich mein Ziel erkennen. Das House of Parliament oder – wie es weltweit besser bekannt ist – Palace of Westminster ist hell erleuchtet zu dieser späten Stunde, als ich es passiere. Trotz der Kälte im November gibt es immer noch Touristen, die sich vor dem Gebäude ablichten lassen. Es ist eines der Wahrzeichen von London.

Der Parliament Square Garden ist am Abend nur spärlich beleuchtet. Der Park ist übersichtlich und nicht besonders groß. Als ich ihn betrete, schaue ich mich immer wieder um. Ich werde das Gefühl nicht los, dass ich verfolgt werde, aber jedes Mal, wenn ich mich umschaue, ist da niemand Besonderes. In meiner aktuellen Verfassung kann ich mir aber nicht ganz sicher sein, ob ich meinen Gefühlen oder meinen Instinkten noch trauen kann. Sie sind fehlgeleitet, durch Fehler in meinem Verstand. Vielleicht ist dieser

Verfolgungswahn nur eine weitere Halluzination, die ich nicht abschütteln kann.

Es gibt keine Bänke in der kleinen, quadratischen Parkanlage, nur ein paar Stufen, die zu den Statuen zwischen den Bäumen führen. Auf den rot marmorierten, rechteckigen Sockeln stehen im Park verteilt einige berühmte Persönlichkeiten wie Mahatma Gandhi, Sir Winston Churchill und Sir Robert Peel. Ich setze mich zu Füßen der Statue von Gandhi, um dort zu warten, beobachte die wenigen Touristen, die zu so später Stunde noch im Park unterwegs sind. Sie machen Fotos oder kommen von der Westminster Abbey und huschen einfach nur vorbei.

Erneut suche ich die Umgebung ab. Hoffentlich hat er meine Nachricht bekommen, denn falls nicht, sitze ich hier umsonst in der Kälte.

Doch meine Bedenken sind unbegründet. Schon eine Minute später flitzt eine kleine Ratte herbei und verneigt sich vor mir. Ich schmunzele über die formvollendete Verbeugung, die außer mir niemand sehen kann.

Auf einmal höre ich beschwingte Schritte neben mir. Jemand pfeift ein fröhliches Lied und schwingt dabei einen Gehstock.

»Lady Kaitlin, es ist mir eine Ehre, Sie an diesem Abend hier in meinem Reich begrüßen zu dürfen.« Die Stimme ist alt, etwas kratzig, aber zugleich voller Zuneigung.

»Ratatöskr, vielen Dank, dass Sie Zeit für mich haben.« Ich erhebe mich von den Stufen und stelle mich ihm gegenüber auf. Die Spitzen seines Zwirbelbarts wehen in der leichten Brise des Novemberabends und werden gegen seine prallen Wangen gedrückt. Sein Doppelkinn liegt auf einem strahlend weißen Hemd auf, das von einer schwarz-weiß gepunkteten Fliege zusammengehalten wird, und sein cremefarbener Mantel leuchtet in der Dunkelheit so hell wie der Mond. Einmal mehr befürchte ich, dass man uns sehen und beobachten könnte.

»Sie wissen doch, dass ich für Sie immer ein paar Minuten meiner Zeit erübrigen kann. Abgesehen davon, bin ich Ihnen dankbar für die Abwechslung. Ständig nur die Flure wischen und Toiletten reinigen ist auf Dauer kein Vergnügen. Egal, wie viele Jahre man es schon macht.«

Abgesehen von mir gibt es wohl in London nur eine Handvoll Menschen, die wissen, dass Ratatöskr noch einem normalen Job nachgeht. Einen, den man nicht von einem König der Nager erwartet hätte. Er ist einer der Hausmeister im House of Parliament. Als ich ihn mal fragte, warum er arbeiten gehe, sagte er nur, dass die Stimmen in seinem Kopf sonst überhandnehmen würden. Durch das Putzen kann er sich auf etwas anderes konzentrieren als nur auf die wirren Erzählungen der Nager in seinem Verstand.

Denn das ist es, was Ratatöskr beherrscht. Er ist wie eine große Nachrichtenzentrale für Nagetiere. Alles, was in deren Welt passiert, melden sie an ihn. Und er überlegt, was er dann mit den Informationen anfängt. Das ist auch der Grund, warum ich zu ihm gegangen bin.

»Ich benötige Ihre Hilfe.«

Ratatöskr bietet mir seinen Arm an und deutet an, dass wir spazieren gehen sollen. Kurz zögere ich, will ihm nicht zu nah kommen. Auch wenn er stets adrett gekleidet ist und sogar im Anzug zur Arbeit geht, ist mir seine Nähe unangenehm, wenn man, wie ich, weiß, dass er romantische Absichten mir gegenüber hegt. Dennoch hake ich mich bei ihm ein. Meine Kopfschmerzen kehren langsam wieder zurück. Vermutlich der Kälte in dem Park geschuldet, auch wenn die frische Luft und die Bewegung mir gutgetan haben.

»Was kann ich für Sie tun?«

»Ich suche eine Person. Eine junge Frau. Sie ist Dienstmädchen im Orden und seit heute Mittag verschwunden. Niemand hat sie gesehen, und ich befürchte, dass ihr etwas zugestoßen sein könnte.«

»Sehen Sie, und das ist der Grund, warum ich Sie so schätze, Lady Kaitlin.« Ratatöskr stößt seinen Spazierstock in die Luft. »Sie interessieren sich auch für die vermeintlich kleinen Menschen.«

Ich gehe nicht darauf ein, denn für Betty habe ich dasselbe nicht getan. Es geht mir in erster Linie um Sally, die ich zu schützen versprochen habe. Aber das kann ich Ratatöskr nicht sagen. Niemand in der Neuen Arkana weiß, dass Beatrice eine Tochter hat – und das soll so bleiben. Auch das hatte ich vor langer Zeit von ihr verlangt.

»Können Sie mir helfen?«

»Haben Sie eine Beschreibung für mich?« Ratatöskr richtet sich auf und räuspert sich einige Male, als müsse er sich auf einen Operngesang vorbereiten.

»Ich habe ein Foto von ihr, wenn das hilft.«

»Bestens. Sie denken wirklich immer mit, Lady Kaitlin. Eine ausgezeichnete Eigenschaft, wie ich betonen möchte. Nicht jeder auf meiner Arbeitsstätte hat diese. Ich meine damit übrigens nicht das Dienstpersonal.« Ratatöskr zwinkert mir zu und drückt meine Hand, die auf seinem Arm liegt.

Er schaut sich das Bild an und bleibt im nächsten Augenblick stehen. Kurz schließt er die Augen. Seine Muskeln entspannen sich, und aus dem sonst so fröhlichen Gesicht starrt mir auf einmal Mittelmäßigkeit entgegen. Es ist, als ob ein anderer Mensch vor mir stehen würde. Überrascht beobachte ich das Schauspiel, das vor mir stattfindet. Niemand ist in unserer Nähe, aber ich kann das Huschen auf den Parkwegen und das Rascheln in den Bäumen im nächsten Augenblick hören.

War es das schon? Schickt er mit einem einzigen Gedanken in wenigen Sekunden alle Nager los, die er erreichen kann?

Da öffnet er so abrupt die Augen, dass ich vor ihm zurückweiche.

»So, jetzt müssen wir nur kurz warten. Keine Angst, Lady Kaitlin, ich bleibe bei Ihnen, bis wir eine Antwort haben.«

»Danke, das wäre nicht nötig. Ich kann morgen wiederkommen und nachfragen.«

Ratatöskr lacht lauthals los, und sein ganzer Körper wackelt neben mir. »Was glauben Sie denn, wie lange ich auf eine Antwort warten werde? In wenigen Minuten sollten wir Ihr Hausmädchen gefunden haben.«

»So schnell?« Diesmal verberge ich meine Überraschung nicht vor ihm, und er tätschelt amüsiert meine Hand.

»Wenn Sie die größte Anzahl an vierbeinigen Reportern auf der ganzen Welt zur Verfügung hätten, würden Sie ebenfalls schnelle Ergebnisse erhalten.«

Neugier packt mich, und ich bin geneigt, ihn zu fragen, wie das funktioniert, aber ich möchte kein Interesse an seiner Person zeigen. Schon zu lange versucht Ratatöskr, mich zu einem Date einzuladen. Er ist charmant, weltoffen und zugleich der seltsamste Kerl, der mir je untergekommen ist. Und doch will ich mich nicht mit ihm verabreden. Ich bin einfach zu alt für so etwas.

»Aber bevor wir ein Ergebnis erhalten, möchte ich von Ihnen wissen, wie es Ihnen geht.«

»Bestens, vielen Dank der Nachfrage.« Ich habe Ratatöskr bisher vielleicht etwas mehr als ein halbes Dutzend Mal in meinem Leben getroffen, aber ihm erzählen, was in mir vorgeht, welche Befürchtungen ich in Bezug auf meine Gesundheit habe, das werde ich sicher nicht tun.

Ratatöskr schaut mich skeptisch an. »Eine Wahrheit ist nur so lange eine Wahrheit, bis jemand sie aufdeckt und zur Lüge deklassiert.«

»Wer hat das gesagt?«

»Oh, einer meiner Vorgänger, glaube ich. Die Erinnerungen sind da etwas vage, wenn es um die Vergangenheit geht. Aber er hatte nicht ganz unrecht. Ich hoffe, dass Sie mit Ihrer Wahrheit noch lange unentdeckt bleiben.«

Stirnrunzelnd betrachte ich ihn. *Weiß er etwa von meinem Zustand? Wenn ja, wie hat er davon erfahren? Beobachtet er mich etwa durch die Eichhörnchen im Ordenspark?*

Der Gedanke, dass er mich heimlich beobachten lässt, schickt mir einen Schauer über den Rücken, und ich versteife mich in seinem Arm.

»Keine Sorge. Ein Gentleman genießt und schweigt.« Einen Moment lang kehrt Stille zwischen uns ein. Ratatöskr stolziert wie ein Herrscher aus alten Tagen an meiner Seite. Er wirkt, als ob ihm das Anwesen gehören würde. Dabei ist er in der Welt der Menschen ein Niemand. Ein Hausmeister, den keiner weiter beachtet. In der Welt der Paranormalen ist er vermutlich eines der mächtigsten Wesen.

»Wir sollten noch über die Bezahlung für meine Dienste sprechen.«

»Bezahlung?« Damit habe ich nun wirklich nicht gerechnet. Vor allem muss ich noch verdauen, dass er mich, und wer weiß, wen noch alles im Orden, heimlich durch seine Nager beobachten lässt. Innerlich notiere ich mir, dass ich die Jalousien an meinem Schlafzimmerfenster ab sofort immer schließe.

»Natürlich könnte ich es auch als Gefallen deklarieren, aber dann hätte ich auf lange Sicht nichts davon. Nein, ich möchte eine Gegenleistung für die Suche nach Ihrem Mädchen.«

»Wie viel?« Geld ist nun wirklich kein Problem für mich. Und wenn ich dafür meine Reserven angehen muss. Sallys Sicherheit ist es mir allemal wert.

»Oh, ich bin kein Fan von Materiellem. Das sollten Sie doch wissen.«

Ich hebe eine Augenbraue und betrachte ihn von oben bis unten. »Vielleicht nicht von Geld, aber von dem, was man mit Geld kaufen kann, schon.«

Er lacht erneut, dass sein Bauch wackelt, und tippt sich an die Nase. »Eine feine Spürnase haben Sie da, Lady Kaitlin. Unrecht haben sie auf jeden Fall nicht. Ich genieße das Leben, und dazu gehört einfach gutes Aussehen.«

»Soll es dann ein neuer maßgeschneiderter Anzug sein? Oder eine neue Taschenuhr?« Ich überlege, was ein König der Nager wohl für Wünsche hat.

»Weit entfernt.« Ratatöskr bleibt stehen und ergreift meine Hände. »Ich erbitte ein Abendessen mit Ihnen.«

Ich schließe meine Augen. »Bitte was?«

»Eine Verabredung. Sie müssen nur den Tag und die Uhrzeit bestimmen. Den Rest erledige ich.«

»Das ist sehr schmeichelhaft, aber …«

»Bedenken Sie, dass ich derjenige bin, der inzwischen weiß, wo sich Ihr Mädchen aufhält. Meine Nager waren fleißig und haben sie gefunden.«

»Wo ist sie?« Ich lasse seine Hände los und warte gespannt.

Ratatöskr bleibt gelöst und hebt belehrend den Finger. »Erst möchte ich, dass Sie meiner Bedingung zustimmen. Geben Sie mir Ihr Wort darauf, dass Sie mit mir ausgehen. Ich verspreche Ihnen, Sie werden es nicht bereuen.«

»Das ist Erpressung.«

»Ist es Erpressung, wenn Ihnen das Ergebnis gefallen wird? Sowohl der Ort, an dem sich das Mädchen aufhält, als auch unsere Verabredung?«

Ich schlucke meinen Ärger über diese Art der Erpressung hinunter, denn nichts anderes ist es, und nicke schließlich. »Meinetwegen. Ich gebe Ihnen, Ratatöskr, mein Wort als Lady, dass wir uns verabreden werden.«

Aufgeregt klatscht er in die Hände und dreht sich einmal um sich selbst. Dabei wirkt er nicht wie der behäbige, alte Mann, der einen Gehstock benötigt, sondern viel eher wie ein junger Mittzwanziger. »Das freut mich sehr. Sie ahnen gar nicht, wie lange ich mich schon auf diese Möglichkeit vorbereite. Dann will ich Sie auch nicht weiter auf die Folter spannen. Ihr Mädchen wird in den Chistlehurst Caves festgehalten.«

Wieder raschelt es nicht weit von uns im Gebüsch, aber diesmal achte ich nicht auf die Ratten, die vermutlich in ihre Kanalisationen zurückkehren. Stattdessen bedanke ich mich eilig bei Ratatöskr und verabschiede mich von ihm.

Auf dem Weg zurück zum Orden rufe ich Inspector Kumar an und teile ihm mit, dass Sally scheinbar in Gefahr ist. Denn mir fällt kein triftiger Grund ein, warum sie sich so weit vom Orden entfernen und diese Höhlen aufsuchen sollte.

»Keine Sorge, Lady Kaitlin.« Inspector Kumar klingt so, als ob er sich hastig noch etwas Essen herunterschlingt. »Ich mache mich sofort auf den Weg und kümmere mich persönlich darum.« Auch wenn er kein Magier ist, so habe ich Vertrauen in seine Fähigkeiten. Kumar ist schon seit Jahren ein zuverlässiger Verbündeter.

Die Sorge klammert sich noch immer um mein Herz, aber seine Zusicherung lockert sie so weit, dass ich durchatmen kann. Der Weg bis zum Ordenshaus ist für meine aktuelle Verfassung dennoch viel zu lang, und ich muss mehrere Pausen einlegen, um wieder zu Kräften zu kommen. Der Schlaf am Nachmittag hat zwar geholfen, aber die Aufregung des Abends macht all die gewonnene Kraft wieder zunichte. Zum zweiten Mal an diesem Abend muss ich mir eingestehen, dass ich Hilfe brauche.

Doch zu wem kann ich mit meinen Problemen gehen, ohne schwach dazustehen?

Beatrice war die Einzige, die mir einfiel, aber die hat gerade genügend andere Sorgen, mit denen sie klarkommen muss. Außerdem müsste ich ein weiteres Treffen mit ihr arrangieren, und das so kurz hintereinander war einfach zu gefährlich für die neue Arkana.

Doch wen sonst?

Mit dieser Frage beschäftige ich mich den gesamten Weg zurück zum Ordenshaus, um nicht an Sally denken zu müssen. Eine Lösung finde ich dennoch nicht und merke, dass ich mir mit meiner distanzierten Kälte und dem Abstand zu anderen Magiern ein ziemliches Problem geschaffen habe.

KAPITEL 42

Caleb

Die Höhlen!

Wenn sie dort ist, ist sie das bestimmt nicht freiwillig. Immerhin ist Sally aus dem Orden verschwunden, ohne sich abzumelden, und hat ihre Arbeit im Stich gelassen. Bestimmt hat sie nicht spontan Lust auf einen Ausflug bekommen.

Ich bin mir sicher, dass Victoria dahintersteckt. Sie sitzt im Verlies und sollte nicht in der Lage sein, Ärger zu machen. Aber sie hat gute Kontakte und genügend Macht – auch wenn sie gefangen ist. Sally hat sie in ihre jetzige Situation gebracht und von allen am schwersten belastet. Sallys Verschwinden oder ihr Tod würde die Freilassung der *Eishexe* zur Folge haben.

Oder ist es pure Rache, die hier eine Rolle spielt?

Ich bin sicher, es hat etwas mit den Vorkommnissen der letzten Zeit zu tun, aber ich habe absolut keine Ahnung, woher jetzt die Gefahr kommt und wer Sally bedroht. Das ist ein blinder Fleck, der unberechenbar ist – ich muss vorsichtig sein.

Noch während ich darüber nachdenke, ziehe ich mich von meiner Lauschposition zurück. Ein lautes Rascheln begleitet meinen viel zu schnellen Aufbruch, aber zum Glück achtet im Moment keiner auf das Geräusch. Der Mann, ein mir unbekannter Para, wie ich aus dem Gespräch vernommen habe, ist zu sehr auf Lady Kaitlin fixiert. So viel zur Untadeligkeit der Lady Kaitlin McGregor. Aber ihr Treffen mit dem Fremden hat das Ergebnis geliefert, das ich brauche.

Ich verharre einen Moment absolut reglos, um sicherzugehen, dass ich nicht doch noch von ihr entdeckt werde. Dann ziehe ich mich vorsichtig weiter in die Dunkelheit zurück. Eine Ratte huscht davon, ich muss sie aufgeschreckt haben. Als ich sicher bin, dass mich die beiden Turteltäubchen weder sehen noch erkennen können, spurte ich los – ich will zu meinem Bike.

Ich lege den Weg zum Orden rennend zurück, mit einem langen Ledermantel und dem Schwert eine sportliche Höchstleistung. Meine Lunge brennt, als ich durch den Torbogen laufe. Ich bin froh, mein Katana mitgeführt zu haben – nicht auszudenken, wenn ich jetzt noch Ausrüstung zusammensuchen müsste!

Der Schlüssel im Motorrad steckt. Ich nehme meinen Helm eilig vom Lenker, steige auf und rase mit heulendem Motor aus dem Ordensgelände, den Chistlehurst Caves entgegen. Mein Herz hämmert immer noch wie wild in meiner Brust.

Bis Lady Kaitlin in den Orden zurückkehrt und dort um Hilfe ersucht, habe ich die Höhlen längst erreicht. Sie hat schon auf dem Hinweg zum Parliament Square Garden viel Zeit benötigt. Ich brauche selbst mit dem Motorrad jetzt noch mindestens eine dreiviertel Stunde bis dorthin – die Höhlen liegen weit außerhalb des Stadtzentrums, gut 15 Meilen vom Orden entfernt.

Bei wem Sally auch immer ist, derjenige hat einen Grund, sie aus der Stadt zu schaffen.

Nur welchen? Und warum wird sie gefangen gehalten?

Laut dem alten Mann lebt Sally noch – daran klammere ich mich. Obwohl das keinen Sinn ergibt, aber das muss es auch gar nicht. Solange ich sie heil und gesund aus der Höhle befreien kann, ist mir alles andere egal. Ich darf nur nicht vergessen, dass es wahrscheinlich einen Gegner gibt, den ich nicht mal kenne.

Die Verkehrsdichte ist zum Glück gering. Es ist dunkel, und ich zirkele mit dem Bike viel zu schnell um die anderen Verkehrsteilnehmer. Der Wind ist eiskalt, meine Hände umklammern das Gas zu fest. Über eine wenig befahrene Straße nähere ich mich endlich der Autobahn, als hinter mir plötzlich das schrille Kreischen von Sirenen ertönt. Ein Blick in den Spiegel lässt mein Adrenalin noch höher schnellen.

Die verdammten Bobbys!

Eine Verfolgungsjagd wäre zu auffällig, und vor allem würde sie mehr Zeit kosten, als anzuhalten und mitzuspielen. Obwohl alles in mir weiterfahren will, mich zu den Höhlen drängt und zur Eile antreibt, nehme ich das Gas weg und halte an. Ich höre, wie das Polizeiauto stoppt, sich zwei Türen öffnen und wieder zugeschlagen werden.

»Sir, steigen Sie bitte vom Motorrad.«

Der Bobby tritt neben mich, während der zweite Polizist bei dem Streifenwagen stehen bleibt, wie mir ein kurzer Blick in den Rückspiegel zeigt. Bestimmt hat er schon mein Kennzeichen überprüft.

Wir sind ganz in der Nähe der Autobahnauffahrt, und ich stehe auf dem Randstreifen, an einer dunklen, kaum beleuchteten Allee. Nur das Licht des Streifenwagens erhellt die Szenerie. Sauer und genervt gehorche ich und hole die Papiere aus meinem Mantel:

Für so etwas habe ich eigentlich gar keine Zeit. Ein kleiner Zauber würde die Situation lösen.

Aber das würde auch nekromantische Energie freisetzen. Etwas, was ich nicht darf.

Aber warum eigentlich nicht? Wenn ich sowieso den Orden verlassen soll – warum nicht ein wenig zaubern? Wenn ich schon verurteilt bin, ohne etwas getan zu haben, warum die Tat nicht auch durchführen? Es ist für einen guten Zweck. Es könnte Sally retten!

Ich versuche, den Gedanken abzuschütteln. Bisher hatte ich einfach Glück, dass es nur Nagetiere und ein Pferd getroffen hat. Was, wenn mich dieses Glück verlässt?

Vielleicht war es auch kein Glück.

»Führerschein und Fahrzeugpapiere, bitte.«

Ich gehorche und reiche dem jungen Mann meine Papiere. Der zweite Beamte steht nach wie vor am Streifenwagen und hält sich zurück.

Ich habe hierfür keine Zeit!

»Sir, sie waren 25 Meilen pro Stunde zu schnell unterwegs. Ist Ihnen das bewusst?«

Ja, verdammt! Ich versuche eine Obscura zu retten, die in Schwierigkeiten steckt, ohne dabei zu zaubern! Natürlich fahre ich dann ein wenig schneller, du Muggel!

»Ja. Entschuldigen Sie, ich habe nicht auf den Tacho geachtet. Ich bin ein wenig in Eile.«

Der Polizist wirft mir einen strengen Blick zu und fängt an, um mein Motorrad herumzulaufen.

Herrje, gib mir den verdammten Strafzettel und verschwinde!

»Sir, haben Sie eine Betriebserlaubnis für die Auspuffanlage?«

Ja. Im Orden. In meinem Zimmer.

Es reicht mir. Ich mag nicht zaubern dürfen, aber ich muss zu Sally und kann mich nicht hier mit zwei Vollpfosten in Uniform über die Umbauten an meinem Bike unterhalten, damit diese einen noch dickeren Strafzettel schreiben können und ein Lob von ihrem Vorgesetzten bekommen.

Ich spüre, wie der Zauber sich formt, schon in dem Moment, als ich die Entscheidung dafür getroffen habe. Es ist ein Schockzauber, mit dem ich den Mann vor mir außer Gefecht setzen möchte und der zeitgleich das Papier verdampft, auf dem meine Daten stehen. Danach muss ich mich noch um seinen Kollegen kümmern. Kein einfacher Spruch in der Kombination, zudem habe ich Schockzauber nie besonders gut beherrscht. Ich konzentriere mich und ziehe die benötigte Menge Energie an mich. Ich muss nur schnell sein, bestimmt werden sie nicht erklären können, was mit ihnen passiert ist. Wenn sie eine Fahndung herausgeben, nachdem sie das Bewusstsein wiedererlangt haben, bin ich längst über alle Berge!

Meine Fingerspitzen kribbeln, und ich spüre, wie sich magische Energie sammelt, Energie, die ich nun ausschließlich aus Lebenskraft beziehe, wenn der Alchemist und Lady Kaitlin recht haben. Aber es ist notwendig, ich habe keine Wahl.

Es fühlt sich richtig an, ohne jede Erschöpfung. Ich fühle mich stark. Mächtig. Es ist ein Gefühl wie der Sieg über einen unsichtbaren Gegner, als ich endlich meine Bedenken loslasse und zaubere.

Wie kann so eine Kraft böse sein? Sie ist berauschend!

Der Zauber, für den ich sonst alle Konzentration benötigt habe und der mich bei meiner Abschlussprüfung den ganzen Tag geschwächt hat, gelingt auf Anhieb, ohne mich zu beeinträchtigen. Ich spüre, wie er sich gestaltet und auf seine Ziele trifft.

Ich brauche mehr davon. Viel mehr! So muss Magie sein!

Der Bobby vor mir bekommt glasige Augen und bricht zusammen, während sich alle Aufzeichnungen in einer unscheinbaren grauen Rauchwolke in Nichts auflösen. Ich erwarte, dass aus den Bäumen um uns herum kleine, tote Tiere fallen, aber es ist nur ein dumpfer Aufschlag hinter mir am Polizeiauto zu hören.

Der zweite Bobby liegt jetzt auch am Boden, von Krämpfen geschüttelt. Keine Frage, woher ich meine Lebensenergie für diesen Zauber bezogen habe. Ihn habe ich noch nicht anvisiert, und obwohl ich ihn auch außer Gefecht setzen wollte, war das so nicht beabsichtigt. Kurz wallen Schuld und Angst in mir auf, aber die Zuckungen zeigen, dass der Mann noch lebt. Ich eile hinüber und prüfe seinen Puls – er ist kräftig und gleichmäßig, auch wenn der Polizist bleich und krampfend am Boden liegt.

Er lebt noch! Du bist kein Killer! Du kannst es dosieren!

Trotz meiner Magie – die Bobbys leben, das muss für den Moment reichen. Kurz zögere ich, aber dann greife ich erneut nach der Lebensenergie. Diesmal fühlt es sich anders an als zuvor.

Vielleicht, weil ich es bewusst mache?

Der Zauber trifft die Kamera im Polizeifahrzeug, hüllt diese ein und löscht die Aufzeichnungen der letzten Minuten, während der andere Bobby am Boden nun ein gequältes Geräusch von sich gibt. Als würde der Zauber, durch den ich die Daten tilge, ihn selbst treffen. Ich fasse nach dem Hals des Ohnmächtigen und taste nach seinem Puls. Ich würde am liebsten weiterzaubern, diese uneingeschränkte Macht nutzen – aber ich zwinge mich, dieser Versuchung nicht zu erliegen.

Die Krämpfe des Mannes haben nachgelassen, aber auch sein Puls ist schwächer und unregelmäßiger geworden. Der eben noch kraftvolle Schlag ist dem Pochen eines geschwächten Herzens gewichen. Ich bin mir sicher, einen weiteren meiner Zauber überlebt er nicht.

Aber ich bin noch nicht zum Mörder geworden.

Niemand hat uns bisher beachtet, nur wenige Autos fahren vorbei. Allerdings muss ich jetzt schnellstens verschwinden, die Szenerie mit zwei am Boden liegenden Polizisten ist mehr als auffällig. Mit einem bedauernden Blick auf meine Opfer – ich kann nicht viel für sie tun, außer einen kurzen Notruf abzusetzen – eile ich zu meinem Motorrad.

Ich muss zu Sally. Ich muss sie retten. Das Opfer der Polizisten soll nicht umsonst gewesen sein, und ich habe nichts Unrechtes getan. Vigilanten sind oft gezwungen, Menschen zu verzaubern, zu täuschen oder mit der Hilfe der Obscura sogar ihre Erinnerungen zu löschen.

Es ist nichts passiert, außer, dass ich jetzt wieder meinen Weg fortsetzen kann!

Die Gedanken, die mich überfluten, als ich endlich den kalten Fahrtwind wieder im Gesicht spüre und auf die Autobahn abbiege, können mein schlechtes Gewissen nicht gänzlich mildern. Ich habe Menschen verletzt und dabei nekromantische Energie eingesetzt.

Aber es ist gut gegangen! Lady Kaitlin hat sich geirrt, ich stelle keine Gefahr dar!

Allerdings spüre ich tief in mir ein seltsames Verlangen, das Gefühl, die Energie, die mir geschenkt wurde, zu nutzen. Ich weiß, dass mir diese zwei Zauber nicht reichen. Ich will mehr davon. Viel mehr. Ich will diese Kraft, diese Macht ergründen. Sie bewusst einzusetzen fühlt sich unbeschreiblich an. Vielleicht kann ich ja steuern, woher ich die Energie beziehe?

Ohne jemals zu töten?

Ich muss es probieren. Ich will unbedingt diese Macht ergründen!

KAPITEL 43

Sally

Aaron kommt aus den Schatten langsam auf mich zu, zwischen seinen Fingern quillt klebriges Blut dunkel hervor und tropft zähflüssig auf den Boden. Sein Herz pocht schwarz und verschrumpelt in seiner Faust, während sich sein Körper zitternd in einen Werwolf verwandelt. Fell sprießt in Sekundenschnelle wie sich verbreitender Schimmel über seine Oberarme, die Muskeln schwellen zu einer sehnigen Kampfmaschine an.

Ich weiche erschrocken zurück, doch meine Füße finden keinen Halt, es ist, als ziehe man den Boden unter mir weg, und ich stürze tief hinab in einen düsteren Abgrund.

»Sally! Sally! Komm zu dir.« Wie von weiter Ferne dringt eine Stimme zu mir.

»Sally, wach auf!«

Ich falle, rudere mit den Armen, will meinen freien Fall bremsen, doch ein Ruck geht wie ein elektrischer Schlag durch meinen Körper.

Ich reiße die Augen auf. Mein Herz rast.

Ich stürze nicht länger in einen Abgrund, ich sitze auf einer weichen Masse in einer dunklen Höhle und meine Arme sind hinter meinem Rücken festgebunden. Verwirrt blinzele ich, versuche, das grausige Bild von Aaron loszuwerden.

Was ist passiert?

Von irgendwo hinter mir leuchtet ein schwaches Licht, wie von einer Laterne. Meine Erinnerung kehrt zurück. Ich bin in der Höhle. Ich war gar nicht in meinem Zimmer im Ordenshaus und habe auch nicht meine Mutter getroffen, ich war die ganze Zeit hier in dieser Höhle, doch ich habe keine Ahnung, wie viel Zeit vergangen ist.

Stimmen und aufgeregtes Rufen lassen mich zusammenzucken. Caleb beugt sich über mich und blickt mir besorgt ins Gesicht.

»Sally?!« Er hat überall Schrammen, als hätte er gekämpft.

Ich will etwas sagen, doch mein Mund ist noch immer geknebelt. Caleb legt das Schwert, das er kampfbereit in der Hand hält, auf dem Boden ab und macht sich an dem Seil zu schaffen. Er löst die Knoten, und nach und nach fallen die Fesseln zu Boden, bis ich meine Arme befreien kann. Sie prickeln und schmerzen. Ich streife mir den Knebel ab.

»Caleb«, keuche ich. Mein Mund ist trocken wie Wüstensand.

»Alles in Ordnung? Ich dachte schon …«

Ich auch.

Die Panik, von einer unsichtbaren Kraft in einen Eimer mit Wasser gedrückt zu werden und dann in einem Boot entführt und in einer dunklen Höhle gefesselt worden zu sein, kehrt zurück. Calebs Berührungen, als er mir auch die Fesseln um meine Beine losschneidet, vertreiben den Schrecken.

Ich falle ihm um den Hals. Ich bin so erleichtert, ihn zu sehen. Wenigstens er ist real, ich kann seinen Körper und seinen Herzschlag spüren. Es war alles nur ein Traum: Aaron, meine Mutter … Sie ist nicht zurückgekehrt, und ich wurde nicht zur Bibliothekarin ernannt. Natürlich nicht. Und Aaron … er ist tot. Das weiß ich.

Ein Albtraum.

»Caleb, es war so real …«, flüstere ich.

»Schon gut. Ich hab dich.«

Für einen Moment halten wir uns fest. Ich habe keine Kraft mehr, meine Beine und Arme sind taub von den Fesseln, nur zögerlich löse ich mich von ihm.

»Wie hast du mich gefunden?«

»Ich hatte Hilfe. Wir haben uns alle große Sorgen gemacht, du warst auf einmal verschwunden.«

»Jemand hat mich am Bootssteg überfallen, es ging so schnell.«

»Jetzt ist ja alles gut.« Tröstend streicht Caleb mir eine Haarsträhne aus dem Gesicht. Sein Blick ist besorgt, aber es liegt auch noch etwas anderes darin. Etwas, das mein Herz wieder schneller schlagen lässt.

Der Moment vergeht, und meine Gedanken kehren in die Höhle zurück. Reste eines weißen Kokons liegen zerfetzt gegenüber auf dem Höhlenboden und ebenfalls aufgeschnittene Fesseln. »Was ... was ist mit Betty?!«

»Es geht ihr gut, sie lebt. Sie ist schon draußen. Mike und Noah kümmern sich um sie.«

»Ich will sie sehen.«

»Ja, natürlich.« Caleb hebt sein Katana vom Boden auf und schnallt es wieder auf seinen Rücken.

Meine Beine sind noch immer wie Gummi, und ich fühle mich zittrig, weil erst langsam wieder Gefühl in meine Gliedmaßen kommt. Meine Hände kribbeln wie von tausend Ameisen, als mein Blut in ihnen zirkuliert, und in meiner Schulter pulsiert ein stechender Schmerz. Trotzdem versuche ich tapfer aufzustehen. Sofort knicken meine Beine unter mir weg.

Caleb fängt mich auf. Sein Blick ist besorgt, geradezu zärtlich. Ein Anblick, an den ich mich vermutlich gewöhnen könnte. Der Raum dreht sich weiter um mich. Gut, dass Caleb mich noch immer festhält.

Wie lange war ich gefesselt?

Es muss Stunden her sein, dass ich am Bootssteg die Stufen geschrubbt habe. Ich kann kaum stehen, versuche es aber.

Caleb legt seinen Arm um mich und zieht mich ein wenig dichter zu sich heran. »Ich bringe dich hier raus.«

»Wäre nicht nötig ...«, protestiere ich, doch in Wahrheit brauche ich seine Stütze.

Hinten in der Höhle, bei dem Durchgang zu einem der Tunnel, entdecke ich den dunklen Schatten einer zusammengesunkenen Gestalt mit Flügeln am Boden liegen. Ich schrecke zusammen, doch das Monster rührt sich nicht mehr.

»Was … was war das?«

Caleb bemerkt meinen Blick. »Was auch immer es war, es kann dir nichts mehr tun. Ich habe es getötet.«

Meine Hand fährt zu der Stelle an meinem Hals, wo es sich angefühlt hat, als hätte mich etwas gestochen. Doch da ist nichts, meine Haut ist glatt und unversehrt. Ich will auch gar nicht genauer hinsehen, was das für ein Monster war, ich bin froh, dass Caleb es bezwungen hat.

»Wir bringen das Biest ins Dead Mans Hole, dort kann Doc Brown es sich genauer ansehen. Danach wissen wir mehr.«

Caleb führt mich aus der Höhle. Wir folgen einer Reihe von langen unbeleuchteten Gängen, bis wir endlich Tageslicht sehen. Warmes Sonnenlicht umflutet uns, als wir aus der engen Höhle auf eine grüne Wiese treten, und ich muss blinzeln. Nach der langen Zeit in der Dunkelheit brauchen meine Augen einen Moment, sich an die Helligkeit zu gewöhnen. Der Van der Vigilanten und Calebs Motorrad stehen vor dem zugewucherten Zugang der Höhle, der von außen nur schwer zu erkennen ist. Auch ein Krankenwagen ist vor Ort. Zu meiner Erleichterung sehe ich Betty auf einer Trage liegen. Sie wird gerade von Mike und ein paar Sanitätern hineingeschoben.

Ich möchte zu ihr laufen. Doch Caleb hat offenbar Angst, ich könnte wieder zusammenklappen, und hält mich fest.

»Ich denke, du kannst mich jetzt loslassen.«

»Bist du dir sicher?« Seine Stimme klingt besorgt.

Ich nicke, obwohl ich mich nur ungern von ihm löse, doch hier oben sind mir zu viele Zuschauer. Caleb gibt mich zögerlich frei. Augenblicklich vermisse ich seine Körperwärme, und beinahe hätte ich es mir überlegt und ihn gebeten, mich wieder festzuhalten. Doch ich will nicht schwach wirken vor all den anderen.

Gemeinsam gehen wir hinüber zu Betty.

»Geht es ihr gut?«

»Ja, sie wird wieder«, beruhigt mich einer der Sanitäter, während der andere vorne einsteigt.

Ich nehme Bettys Hand, die blass und ausgemergelt auf der Trage liegt. Sie ist noch immer bewusstlos.

»Wir bringen sie jetzt ins Krankenhaus. Sie ist dehydriert und unterernährt.«

Ich beiße mir auf die Lippen. »Wir hätten sie früher finden müssen.«

»Wir haben sie rechtzeitig gefunden.« Caleb drückt meinen Arm, ich bin ihm dankbar für seine Berührung und die tröstenden Worte.

»Wir fahren jetzt los«, sagt der Sanitäter.

Caleb nickt ihm zu. »Sally, willst du mit Betty fahren?«

Eigentlich will ich Caleb erzählen, was passiert ist, aber ich möchte auch meine Freundin nicht im Stich lassen. Er bemerkt meinen Zwiespalt und lächelt.

»Fahr mit ihr, wir sehen uns im Krankenhaus.«

Also steige ich hinten zu Betty und quetsche mich auf den schmalen Notsitz neben dem Sanitäter, der meine Freundin an Schläuche und Geräte anschließt und ihr etwas in den Arm spritzt. Der angeschlossene Monitor blinkt und piepst. Der Sanitäter bemerkt meinen Blick.

»Keine Sorge, es wird ihr bald wieder besser gehen.«

Ich nehme Bettys Hand, während wir mit Blaulicht losfahren. Sie sieht tatsächlich schon etwas fitter aus und bekommt wieder Farbe im Gesicht. Ihre Augenlider flattern und öffnen sich.

»Hey Betty. Alles in Ordnung?«

Betty sieht mich aus erstaunten Augen an, als ob sie mich nicht wiedererkennen würde, doch dann nickt sie.

Ich drücke ihre Hand. »Das wird wieder. Du bis jetzt in Sicherheit.« Jetzt wird alles wieder gut.

*

Wir brauchen nicht lange bis zum Krankenhaus. Ich darf bei Betty bleiben und halte die ganze Zeit ihre Hand. Ärzte in weißen Kitteln umschwirren sie. Erleichterung durchflutet mich, denn ich weiß, nun ist sie in guten Händen. Der Orden wird dafür sorgen, dass sie das Krankenhaus bald verlassen darf. Lady Kaitlin wird ihr einen von ihren Stärkungstränken geben, und Betty wird schnell wieder die Alte sein. Wir werden zusammen im Pyjama auf unseren Betten sitzen, lachen und Zukunftspläne schmieden.

Als Betty wieder eingeschlafen ist, schickt mich einer der Pfleger aus dem Zimmer. »Sie braucht jetzt ein wenig Schlaf.«

Ich gehe ins Wartezimmer, wo Caleb auf einem der Plastikstühle ausgeharrt hat, in der Hand einen Kaffee im Pappbecher. Er steht auf, als er mich kommen sieht.

»Was sagen die Ärzte?«

»Unterernährung und Dehydrierung, doch ansonsten geht es ihr gut. Sie wird keine bleibenden Schäden davontragen und kommt bald wieder auf die Beine. Ich bin so froh, dass sie wieder da ist.«

Caleb nickt. »Mike und Noah haben Inspector Kumar informiert, er wird sich des Falles annehmen und verhindern, dass irgendetwas an die Öffentlichkeit dringt.«

So wie immer.

»Aber wie bist du eigentlich auf Bettys Spuren gekommen? Ich dachte schon …« Caleb bricht ab und wirft mir einen bekümmerten Blick zu.

Hat er, der große Krieger und Vigilanten-Teamleiter, sich solche Sorgen um mich gemacht? Ich kann mir ein Lächeln nicht verkneifen.

»Ich hatte keine Ahnung, dass sie dort ist, ich bin selbst Opfer einer Entführung.«

»Das habe ich befürchtet.« Calebs Mine verdüstert sich, doch er hat sich schnell wieder im Griff. »Was ist passiert?«

Ich blicke mich um. »Ich erzähl dir alles. Aber nicht hier.«

»Okay. Du siehst auch aus, als hättest du lange nichts zu beißen gehabt. Wie wäre es, wenn wir irgendwo gemütlich essen gehen?«

Als er Essen erwähnt, spüre ich meinen Magen grummeln. *Vielleicht bin ich deshalb so zittrig.* »Ja, das wäre großartig.«

»Dann komm.«

*

Draußen ist es bereits tiefste Nacht, die Straßenlaternen auf dem Parkplatz malen runde Flecken auf den Asphalt. Vor dem Krankenhaus parkt der schwarze Van der Vigilanten, aber auch Calebs Motorrad. Ich bin noch nie mit ihm gefahren, habe aber schon oft gesehen, wie er mit durchdrehenden Reifen vom Gelände des Ordenshauses gefahren ist. Caleb reicht mir einen Ersatzhelm und hilft mir, ihn aufzusetzen, dabei berühren sich unsere Finger. Ich halte seiner Berührung stand.

»Ganz schön eng, zu zweit auf einem Motorrad.«

Caleb lächelt. Ein Lächeln, das bis in seine Augen strahlt. Die Anspannung scheint von ihm gewichen zu sein. Und in diesem Lächeln schmilzt auch das leise nagende Gefühl, dass ich zu lange gewartet habe, um ihm zu sagen, wer hinter meiner Entführung steckt.

»Alles in Ordnung?«

»Ja, ich bin nur noch nie Motorrad gefahren …«

»Keine Sorge, ich fahr vorsichtig.« Er wirft mir ein schiefes Grinsen zu, das mein Herz schneller schlagen lässt. »Und du kannst dich an mir festhalten.«

Ich schwinge mich auf den Beifahrersitz hinter ihn und klammere mich an seinen Ledermantel. Caleb startet das Bike und fährt sanft und rücksichtsvoll los. Nach ein paar Metern biegt er vom Krankenhausparkplatz auf die Hauptstraße ab und beschleunigt, doch eng geschmiegt an seinem Rücken, bekomme ich das kaum mit. Ich fühle mich bei ihm beschützt und sicher.

Wir gleiten die Straße hinab. Die Häuser zischen an uns vorbei, und die vertrauten Fassaden von Läden und Glasfassaden verwischen zu einer bunten Collage vor mitternachtsschwarzem Samt. Caleb biegt in eine Seitenstraße der Fleet Street ab, die mir bekannt vorkommt. Er parkt das Bike und nimmt den Helm ab.

»Ich kenne hier ganz in der Nähe einen netten Italiener, der noch aufhat. Er liegt etwas versteckt und macht die besten Pizzas von London.«

»Klingt gut.« Ich nehme ebenfalls den Helm ab. Meine Haare sind bestimmt ruiniert. Verlegen will ich meine roten Strähnen zu einem Zopf zusammenflechten, doch Caleb hält mich zurück.

»Lass sie offen, sie bringen deine Augen zum Leuchten.«

Caleb führt mich über ausgetretene Stufen zu einem versteckten kleinen Italiener auf eine Dachterrasse hinauf. Das Licht des aufgehenden Mondes legt sich wie geschmolzene Butter auf die Skyline Londons und taucht in der Ferne die Glaskonstruktion des Walkie Talkies in silberne Flammen.

Es sind nur noch wenige Gäste da, die Tische und Stühle zwischen den mit üppigem Grün bepflanzten Kästen kaum besetzt. Der Kellner führt uns zu einem runden Tisch, der für zwei Personen eingedeckt ist. Caleb rückt mir galant den Stuhl zurecht.

»Danke.« Ich setze mich hin, überrascht von dieser Aufmerksamkeit.

»Was kann ich euch bringen?« Der Kellner stellt uns unaufgefordert zwei Gläser kühlen Weißwein hin.

»Vielleicht eine Pasta? Die kann ich dir wirklich empfehlen, Sally. Oder doch lieber Pizza?«

»Pizza wäre mir lieber, am liebsten Pizza Napoli.«

Caleb lächelt. »Mir auch. Dann zweimal Pizza Napoli alla casa, bitte.«

»Prego, zweimal nach Art des Hauses«, notiert der Kellner und zieht sich zurück.

Caleb hebt sein Weinglas. »Auf den Sieg, den wir errungen haben.«

»Auf den Sieg!« Wir stoßen an, und ich nippe am Wein. Der Alkohol steigt mir sofort zu Kopf, und obwohl er auf der Zunge kühl ist, wärmt er meinen Bauch.

»Fühlst du dich besser?«

»Ja, danke.« Der Schwindel, den ich jetzt spüre, kommt definitiv vom Alkohol. »Ich ... muss dir etwas sagen.«

Caleb stellt sein Weinglas ab. »Gerne.« Als ich zögere, ermuntert er mich mit einem: »Leg los, ich hör dir zu.«

»Ich habe meinen Entführer gesehen. Es war William. Er ist mir zum Bootssteg gefolgt und hat mich mit Magie angegriffen.«

Für einen flüchtigen Augenblick presst Caleb die Lippen zusammen, doch dann lächelt er. »Bist du dir sicher? Wir haben die Höhlen durchkämmt, aber da war niemand außer dem Monster.«

Der Kellner kommt mit unseren Pizzen, und ich gewinne einen Moment, um mich zu sammeln.

Kein William? Habe ich mir das vielleicht nur eingebildet? So wie den Traum mit meiner Mutter und der Ernennung zur Bibliothekarin?

Auch der hat sich sehr real angefühlt. Ich bin tatsächlich ein wenig durcheinander.

Ich warte, bis der Kellner die großen Teller mit heiß dampfender Pizza frisch aus dem Holzbackofen vor uns hingestellt hat, und greife noch einmal zum Weinglas. Die Pizza riecht fantastisch. Mir läuft das Wasser im Mund zusammen, und ich beiße erst einen großen Bissen ab, bevor ich Caleb antworte.

»William hat mich entführt und Betty vermutlich auch. Er war bereit, uns zu töten. Er hat uns kaltblütig diesem Wesen überlassen. Wir müssen etwas unternehmen.«

Caleb schluckt den Bissen herunter, auf dem er kaut. »Dein Ernst? Der Kammerdiener von Sir Henry steckt dahinter?«

»Ja, der Kammerdiener des Protectors.«

»Meinst du, Victoria hat ihn geschickt, um dich auszuschalten?«

»Das wäre möglich«, gebe ich zu. Der Gedanke sollte eigentlich Angst einflößend sein, aber mit Caleb an meiner Seite kann mir nichts passieren. Gemeinsam werden wir bestimmt eine Lösung finden.

Ich konzentriere mich auf den Teller vor mir. Köstlicher Duft steigt von der Pizza auf. Ich schneide in die kräftige Kruste, was meinen Magen zum Knurren bringt.

Caleb grinst mich mit einem breiten Lächeln an.

»Was? Ich hab seit heute Morgen nichts gegessen, ich hab Hunger!«

»Nichts. Klang gerade nur wie ein Bergpuma.«

Angriffslustig hebe ich meine Hand. Ich bin versucht, meine Pumakrallen auszufahren und mein Messer nach ihm zu schleudern. Caleb wirft mir einen amüsierten Blick zu, in dem auch ein klein wenig Bewunderung liegt. Beinahe gleichzeitig beginnen wir laut zu lachen.

Die Pizza ist genauso köstlich, wie sie aussieht, aber was noch viel schöner ist, ist hier mit Caleb zu sitzen, zu reden und mit ihm zu lachen. Vor der Glasfassade glitzern die nächtlichen Lichter von London und tauchen die Stadt in bunte Eleganz. Leise Musik kommt von irgendwoher aus den Lautsprechern. Ich fühle mich frei und glücklich.

Ob Caleb unser Zusammensein genauso sehr genießt wie ich?

Wir hatten noch nie Zeit, einfach so beieinanderzusitzen und uns zu unterhalten. Die Dachterrasse gehört inzwischen uns, alle Gäste sind gegangen, und wir haben die Nacht und den Sternenhimmel für uns ganz allein.

»Sieh mal, der Mond.« Caleb zeigt auf den fahlen Trabanten, der nun wie ein hochgezogener Ballon am dunklen Firmament über den Hochhäusern schwebt und mich mit einem Hochgefühl erfüllt, als wäre ich in einem Film. Die Sterne funkeln wie hingestreute Diamanten. Einer blinkt ganz besonders hell, sein Standort über der Tower Bridge ruft eine Erinnerung in mir wach.

Der Jupiter als hellstes Gestirn, strahlender als die Venus. Ein Ereignis, das nur alle sieben Jahre stattfindet.

Wo nur hatte ich diese Berechnungen von den Sternenkonstellationen des Jupiters gesehen? Mir ist, als wäre mir etwas Wichtiges entfallen.

Oder war das auch nur ein Traum?

Caleb schenkt mir nach und lenkt meinen Blick von dem glitzernden Nachthimmel über uns auf sich. Er reicht mir das Glas, und unsere Hände berühren sich. Seine Finger streicheln wie selbstverständlich meine. Wärme breitet sich von dort bis in meinen Bauch aus. Die unterschiedlichsten Gefühle branden in Wellen heran und tragen mich dichter zu ihm. Mein Körper reagiert wie von selbst, als wäre ich ferngesteuert.

Caleb beugt sich ebenfalls vor, ich spüre seinen warmen Atem auf meiner Wange, als er mich sachte küsst. Mein Kopf dreht sich wie von selbst, und unsere Lippen berühren einander. Er zieht mich in einen langen Kuss, seine Lippen auf meinen.

Ich wünsche mir, dass dieser Moment niemals endet.

FOLGE

13

KAPITEL 44

Kaitlin

Da ich am Nachmittag geschlafen habe, sitze ich nun wach auf meinem Bett. Es ist mitten in der Nacht. Vermutlich weit nach Mitternacht, und ich kann nicht einschlafen. Nicht einmal mein üblicher Nachttee hat geholfen, mich zu beruhigen. Vertretungsweise hat ihn mir ein anderes Mädchen gebracht, denn Sally ist noch immer verschwunden. Ich warte sehnsüchtig auf einen Rückruf von Inspector Kumar, der mir sagt, dass alles in Ordnung ist. Dass es Sally gut geht und sie sich nur heimlich mit einem Mann in den Chistlehurst-Höhlen getroffen hat. Ein äußerst unwahrscheinliches Szenario, aber eines, das meine angestrengten Nerven beruhigt.

Wenn Sally etwas zustößt, dann würde Beatrice mich lynchen. Was in meiner aktuellen körperlichen Verfassung vermutlich eine Verbesserung wäre. Vor allem, da sie jedes Recht dazu hätte. Mein Versprechen, Sally in Sicherheit zu halten, komme, was wolle, hätte ich dann gebrochen. Und das würde sie mir nie verzeihen. Wahrscheinlich würde sie es mir so übel nehmen, dass sie die Neue Arkana verlassen würde. Und dann wäre alles zerstört, was sie aufgebaut und ich erdacht habe.

Es wäre nicht das erste Mal, dass wir mit dem neuen Orden kurz vorm Scheitern stehen. Und nun, da ich darüber nachdenke, ergeben sich weitere Parallelen. Auch damals hat es einen schweren Verrat gegeben, der die Arbeit von fünfzehn Jahren beinahe vernichtet hätte.

Diesmal ist es der Hermetische Orden, der unter einem Verrat zu leiden hat. Einem, der mit Victoria aus den eigenen Reihen kommt. Durch ihre Arbeit hat sie allen Widersachern von Fortschritt und Gleichberechtigung in der Führung des Ordens Wind in die Segel geblasen. Im schlimmsten Fall rücken die erzkonservativen Magier nun wieder in den Vordergrund, die einer Frau niemals erlaubt hätten, Chefin der Vigilanten zu werden. Aber das werde ich zu verhindern wissen.

Wir haben damals den Verrat in der Neuen Arkana überwunden. Es hat uns viel Kraft und noch mehr Zeit gekostet, aber es ist uns gelungen.

Meine Gedanken driften in die Vergangenheit, an ein Treffen mit Beatrice.

*

Es war Weihnachten, und überall in der Innenstadt glitzerte bunte Dekoration. Weihnachtssterne leuchteten an den Geschäften, und in den Schaufenstern hingen Lichterketten, um die Auslage weihnachtlicher erscheinen zu lassen. Ich verließ in der Winterzeit selten den Orden, weil es mir dann draußen einfach zu hektisch war. Doch dieses Mal machte ich eine Ausnahme.

Triff mich bei deinen Patenkindern.

Diese Nachricht war plötzlich beim morgendlichen Zähneputzen auf meinem Spiegel aufgetaucht. Zunächst war ich verwirrt, doch als ein schwungvolles *B* darunter auftauchte, verstand ich augenblicklich, wer mir die Botschaft geschickt hatte.

Beatrice wollte sich mit mir treffen, und ich wusste auch wo. Bevor Sallys Mutter offiziell gestorben war, hatten wir uns über unsere Lieblingstiere unterhalten. Beatrice liebte Katzen über alles und hätte vermutlich selbst eine besessen, wenn es nicht als Bibliothekarin unsinnig wäre, ein Tier mit scharfen Krallen in die Nähe von Büchern zu bringen. Dafür hatte sie regelmäßig ein Katzenheim besucht, in dem sie mit den verwahrlosten Tieren kuschelte und spielte.

»Und Lady Kaitlin, welches Tier mögen Sie am liebsten?« Beatrice hatte nicht nachgelassen, bis ich darauf antwortete.

»Zwergkaninchen, um ehrlich zu sein. Sie sind niedlich, passen in jede Wohnung und sind einfach zu halten. Äußerst praktisch.«

»Aber Sie haben nie welche besessen, oder?«

»Nicht direkt. Ich habe die Patenschaft für sieben Zwergkaninchen im Londoner Zoo übernommen. Sie gehören nicht mir, aber von meinen Spenden erhalten die kleinen Nager ihr Futter.«

Beatrice hatte mich daraufhin lange zu den Tieren ausgefragt, und ich hatte gerne geantwortet. Sie war die Einzige im Orden, die wusste, dass ich diese Patenschaften übernommen hatte. Deswegen war mir auch klar, wo sie mich treffen wollte.

Die Bibliothek konnte ich erst in der Mittagszeit verlassen. Ich ging direkt in den Zoo. Dank meiner Patenschaft besaß ich eine Jahreskarte, auch wenn ich schon seit beinahe anderthalb Jahren nicht mehr vor Ort gewesen war. Beatrice saß auf einer Bank, mit dem Rücken zu mir, in dem begehbaren Stall der kleinen Nager. Sie trug ihren Schal weit ins Gesicht gezogen und einen Hut, der den Rest gut verbarg. Ich erkannte sie nur an dem dunkelblauen Mantel, den sie oft anhatte.

Ich setzte mich neben sie, schob einen Umschlag mit Fotos von Sally hinüber und sagte zunächst nichts. Wir warteten in der Öffentlichkeit immer einige Minuten, um zu sehen, ob mich jemand verfolgt hatte. Doch da kaum einer sonst an einem Wochentag im Dezember freiwillig in den Zoo ging, saßen wir nun allein in dem überdachten Stall.

»Schön, Sie zu sehen, Lady Kaitlin. Geht es Sally gut?«

»Ihr geht es gut. Aber deswegen hast du mich doch nicht so dringend zu dir gerufen, oder?«

Beatrice zögerte kurz, und für einen Moment glaubte ich, dass es doch der einzige Grund war. »Natürlich nicht.« Sie winkte ab. »Ich möchte nur sichergehen, dass meine Tochter in bester Obhut ist. Nach allem, was mit Nathan passiert ist …« Sie lässt den Satz unvollendet.

In ihrer Kindheit hat Sally viel mit Nathan gespielt, was ich Beatrice natürlich auch erzählt habe.

»Nathans Tod war tragisch, hat aber rein gar nichts mit der Sicherheit von Sally zu tun. Sie ist im Orden, und alle kümmern sich um sie. Wirst du mir irgendwann verraten, warum du so sehr um ihre Sicherheit fürchtest?«

»Eines Tages vielleicht, wenn ich weiß, dass ich mir keine Sorgen mehr machen muss. Bis dahin müssen Sie mir einfach vertrauen und auf Sally aufpassen.«

»Hat es etwas mit ihrem Vater zu tun?«

In den letzten Jahren hatte ich genug Zeit, um mir Gedanken zu machen, warum Beatrice mir nichts dazu sagen wollte. Sally hatte keine Feinde, sie war keine Magierin und würde auch keine werden, solange niemand sie ausbildete. Die einzige Unbekannte in Sallys Leben war ihr Vater, von dem ich bis heute nicht wusste, wer er war. Wenn die Bedrohung Sally direkt betraf, war er der Einzige, von dem sie ausgehen konnte. Die andere Alternative war eine Bedrohung gegen Beatrice, aber davon hätte sie mir bestimmt erzählt.

»Ich werde nichts sagen.« Sie verschloss ihre Miene und ich konnte nicht erkennen, ob ich mit meiner Vermutung ins Schwarze getroffen hatte.

Schließlich seufzte ich. Beatrice hatte sich in den letzten Jahren als ebenso stur wie ich herausgestellt. Was sehr von Vorteil für unsere Sache war. Für mich aber auch manchmal mehr Nachfragen bedeutete. »Wieso bin ich denn dann im Zoo? Die Nachricht klang eilig.«

»Wir müssen über die aktuellen Ereignisse reden. Dringend. Ansonsten werden wir die Neue Arkana beenden müssen.«

»Das klingt ja so, als ob es nur ein Projekt wäre, das wir beide zum Spaß nebenbei begonnen haben.« Ich schnaubte und warf etwas Tierfutter in das Gehege der Zwergkaninchen. Sofort kamen sie angehoppelt und stürzten sich darauf. »Ich hoffe doch sehr, dass es für dich mehr ist als ein einfaches Projekt.«

»Bitte, Lady Kaitlin, Sie wissen genau, was ich aufgegeben habe. Solch einen Vorwurf sollten gerade Sie mir nicht machen.«

Entschuldigend nickte ich ihr zu und sagte nichts weiter. Sollte sie mir doch erklären, warum ich hier war.

»Nathans Tod vor einigen Monaten hat für erneute Unruhe unter den Paranormalen gesorgt. Und ich weiß nicht, wie ich diese beruhigen soll.« Beatrice seufzte und lehnte sich nach vorne. Auf einmal wirkte sie wie eine gebrochene Frau, die nicht wusste, was sie mit ihrem Leben anfangen sollte. Als ob sie alles anzweifelte, was sie in den beinahe zwei vergangenen Jahrzehnten aufgebaut hatte.

»Na, na, was ist denn los, Kindchen?« Mit Absicht wählte ich die Bezeichnung, die ich schon vor ihrer Arbeit bei der Neuen Arkana benutzt hatte, um ihr die Angst zu nehmen.

»Es fühlt sich alles so sinnlos an. Seit dem Vorfall vor drei Jahren, als das Gespenst angegriffen hat, vertraut keiner mehr einem anderen. Es ist wie ein Kampf gegen widerspenstige Windmühlen. Das Misstrauen unter den Paranormalen ist so tief in ihren Gedanken verankert, dass ein einziger Vorfall ausgereicht hat, um die Arbeit von 15 Jahren vollständig auf null zu setzen. Es ist so mühsam.«

Der Ausbruch von Beatrice kam überraschend, und doch hatte ich mich gefragt, ob all die Probleme, die wir zu bewältigen hatten, spurlos an ihr abgeperlt waren. Jetzt hatte ich meine Antwort. Sie hatte sie nur verdrängt, und nun suchten sie sich einen Weg an die Oberfläche.

»Gemeinsam schaffen wir das schon, Beatrice. Das weißt du doch. Wäre es einfach gewesen, hätte ich es einem x-beliebigen Studenten der Magie auftragen können. Aber ich brauchte dich, um dieses epische Vorhaben umzusetzen.«

»Eher ein episches Desaster.« Beatrice richtete sich wieder auf und wischte sich die Haarsträhne aus dem Gesicht, die sich unter ihrer Mütze gelockert hatte. »Die Vampire sind seit drei Jahren kaum noch zu einem der Treffen gekommen. Dabei war Chen meine erste Verbündete, und ich dachte eigentlich, dass sie weiterhin dabeibleiben würde, trotz der Ermordung ihres Clanmitglieds. Von den Ghulen möchte ich gar nicht erst reden. Sie haben sich völlig zurückgezogen und weigern sich, mit mir zu sprechen. Wenn ich Glück habe, kann ich in ein oder zwei Jahren wieder etwas bei ihnen erreichen.«

»Wieso verweigern sie sich dir? Nicht du hast dem Gespenst den Auftrag erteilt.«

»Aber ich habe die Gespenster eingeladen, der Neuen Arkana beizutreten. Und schlussendlich bereue ich es. Erinnern Sie sich noch an unser Gespräch damals? Ich hatte Bedenken.«

»Und ich habe sie zerschlagen. Das ist ein Risiko, das wir beide gewillt waren einzugehen. Uns blieb keine andere Wahl. Wenn wir etwas erreichen wollen, dann nur, wenn wir auch etwas riskieren.«

»War es das wert? Jetzt stehen wir fast wieder am Anfang. Im Grunde bestehen wir noch, aber wir können nicht wirklich etwas erreichen, weil niemand dem anderen vertraut. Es ist zum Verrücktwerden.«

»Ich verstehe deinen Frust. Wir dürfen trotzdem nicht aufgeben. Der Erfolg vor dem Verrat durch das Gespenst gibt uns recht. Wir sind auf einem guten Weg. Der neue Orden ist das, was sich die paranormale Welt für die Zukunft wünscht. Keine Innovation gelingt ohne Rückschläge.«

»Wer hat das gesagt?«

»Oh, eine sehr weise weißhaarige Frau. Sie hat ein paar Zwergkaninchen als Patenkinder, weißt du?« Ich zwinkerte Beatrice zu und tätschelte ihre Schulter. »Ich weiß, dass es nur langsam vorangeht. Aber es geht voran. Das ist es, was zählt.«

Beatrice schüttelte den Kopf. »Geht es das wirklich? Ich höre erste Stimmen, dass wir zu vorsichtig vorgehen. Vor allem von den kleineren Gruppierungen bei den Werwölfen, die nicht immer auf Sam Johnson hören. Die Dryaden haben sich vollständig zurückgezogen und reden nur noch in großen Gruppen mit mir. Nur wenige vertrauen mir noch ihre Probleme und Gedanken an. Die Nachtmahr, die ich vor vier Jahren, kurz vor dem Verrat, angeworben habe, ist nach Spanien ausgewandert, weil sie den Mord für eine Verschwörung des Ordens hält. Sie glaubt, dass das Gespenst von den Magiern verzaubert wurde, um Krieg zwischen uns hervorzurufen.«

Ich lachte, was die Zwergkaninchen zu meinen Füßen verscheuchte. »Also, der Orden ist sicher zu vielem fähig, aber Paras töten, um einen Krieg auszulösen, das wäre doch ein wenig zu viel erwartet.«

»Ich weiß. Aber einige haben diese Bedenken. Das macht es unendlich schwer für mich als ehemalige Magierin des Ordens.«

Beatrice erhob sich und wanderte einige Schritte auf und ab, während ich sie dabei beobachtete. Ihre Bewegungen waren grazil wie immer. Trotz ihrer mittlerweile fast fünfzig Jahre wirkte sie fit und agil. Im Gegensatz zu mir, die schon vor langer Zeit mit dem Sport aufgehört hatte. Seit ihrem Weggang aus dem Orden hatte sie sich sehr verändert. Ihre Haut war brauner geworden, die Haare kürzer und ihre Gestalt hagerer. Sie war nie dick gewesen, aber sie hatte ein gesundes Gewicht gehabt. Mittlerweile fragte ich mich, ob sie noch genug zu essen bekam. Auch die Ringe unter ihren Augen waren angewachsen und dunkler geworden. Sehr viel dunkler und tiefer. Als ob sich all die Probleme mit der Neuen Arkana in ihr Gesicht gegraben und sich dort in den Falten niedergelassen hatten.

»Du bist eine verdammt gute Magierin und nicht mehr auf der Gehaltsliste des Hermetischen Ordens. Das sollten die Paras doch mittlerweile wissen.« Ich ergriff ihre Hand und hielt sie fest. »Was kann ich also tun, damit du dich besser fühlst und weitermachst?«

»Ich bin mir unsicher, aber etwas müssen wir unternehmen. Wir könnten überlegen, wie wir das Vertrauen der Paras zurückgewinnen. Das sollte unsere erste Priorität sein. Denn ohne das Vertrauen wird es niemals zu Allianzen kommen.«

Eine Weile überlegten wir, was wir unternehmen konnten, bis Beatrice schließlich eine Idee hatte. »Ich weiß, es klingt verrückt, aber wäre eine Art Para-Austausch eine Möglichkeit? So wie die Austauschschüler an den Schulen. Nur, dass ich persönlich dafür geradestehen würde, dass die Paras sich nicht zerfleischen?«

»Meinst du denn, dass die Clans und Rudel da mitmachen würden? Wenn sie sich nicht vertrauen, warum sollten sie dann einen von sich in die Höhle des Löwen werfen?« Ich schüttelte den Kopf. »Aber auf der Idee kannst du aufbauen. Statt eine Dryade zu den Ghulen zu schicken, könntest du mit etwas Einfachem anfangen. Gehe zu ihnen und bitte sie, ein Geheimnis in einen Briefumschlag zu schreiben, den du verwahren wirst. Jeder Clanführer wird erfahren, dass alle solch einen Brief geschrieben haben. Die Vampire werden sicher damit rechnen, dass die Werwölfe versuchen, an ihren Umschlag zu gelangen und andersherum. In einem Monat gehst du wieder zu ihnen und zeigst den versiegelten Umschlag, denn keiner von ihnen wird bei dir einbrechen, um das Geheimnis der anderen herauszufinden.«

»Glauben Sie wirklich, dass das klappen wird?«

»Ich bezweifle, dass irgendwer von denen ein Geheimnis dort hineinschreiben wird, aber sie werden sehen, dass sie einander eigentlich doch vertrauen können. Vielleicht nicht nach einem Monat, aber es ist ein erster Schritt in die richtige Richtung. Und bis dahin überlegen wir uns, wie wir weiter das Vertrauen zurückgewinnen können. Ich denke, dann haben wir eine gute Chance.«

»Ihre Worte in den Ohren aller toten Magier und getöteten Paranormalen, Lady Kaitlin. Ich bin nicht so zuversichtlich, was diesen Plan angeht.«

»Das solltest du aber bald sein, wenn du ihn umsetzt. Sonst wirkt es nicht sehr überzeugend, wenn du vor deinen Verbündeten stehst.«

»Keine Sorge. Bisher habe ich noch jede Idee vertreten, die Sie ausgearbeitet haben. Klang sie auch noch so verrückt.« Beatrice strich über die Fotos von Sally, die ich ihr gegeben hatte.

»Schon gut. Ich zweifele auch nicht an dir. Du bist es, die zweifelt. Willst du aufgeben?« Die Frage musste ich ihr so direkt stellen, da sich eine Gruppe von Schulkindern näherte, die vermutlich in den Streichelzoo und somit in das Gehege der Zwergkaninchen wollten. Uns blieb nicht mehr viel Zeit, ehe ich aufbrechen musste.

»Ich habe schon ein paar Mal mit dem Gedanken gespielt. Doch um ehrlich zu sein, habe ich Angst, jetzt wieder zurückzukehren. Was sollte ich denn zu Sally sagen? ›Hi, schön, dich wiederzusehen. Ich bin deine Mutter, habe die letzten 18 Jahre deines Lebens zwar in der Nähe verbracht, dich aber nicht kontaktiert, weil ich was Besseres zu tun hatte?‹« Beatrice schnaubte. »Ich bezweifle, dass Sally das gut aufnehmen würde. Nein, ich kann nicht mehr zurück. Nicht jetzt, wo die paranormale Welt durch Nathans Tod so aufgewühlt ist. Die Vigilanten gehen härter vor als sonst, und das weckt den Unmut der Paras, die zu Unrecht verfolgt werden. Verständlicherweise. Ich muss jetzt für sie da sein.«

Ein warmes Gefühl breitete sich in meinem Bauch aus, als ich Beatrice so reden hörte. »Du stehst also immer noch vollkommen hinter der Neuen Arkana?«

Sie starrte mich einen Moment lang mit zusammengekniffenen Lippen an, ehe sich ihre Mundwinkel sanft nach oben bogen. »Es ist zu wichtig, als dass ich es nicht könnte.« Damit ging sie die ersten Schritte in Richtung Ausgang. »Danke, Lady Kaitlin, dass Sie sich mit mir getroffen haben. Sie haben mir sehr geholfen.«

»Ich habe eigentlich nichts gemacht, als Fragen zu stellen und dir zuzuhören.« Auch ich erhob mich und verabschiedete mich mit einem Winken von den Zwergkaninchen.

»Aber genau das hatte ich gebraucht. Ein offenes Ohr und jemanden, der weiß, was in meinem Leben vorgeht. Danke dafür und bis zum nächsten Mal.«

Bevor ich ihr etwas sagen konnte, zog sie ihre Mütze tiefer ins Gesicht und war auch schon aus dem Gehege verschwunden. Nachdenklich blickte ich ihr nach und hoffte, dass sie der Aufgabe weiterhin gewachsen war.

KAPITEL 45

Sally

Caleb und ich küssen uns auf der Dachterrasse des Italieners über den Dächern Londons, und es fühlt sich so richtig an, als hätte es schon immer so sein sollen: Caleb und ich. Er hält meine Hand, und ich will, dass es niemals aufhört. Ich habe immer gedacht, er würde mich nicht ernst nehmen. Seine Sticheleien haben mich auf die Palme gebracht, aber jetzt, wo ich seinen Herzschlag genauso aufgeregt neben meinem spüre, kapiere ich, dass das seine Art zu flirten ist.

Die Sterne glitzern über uns wie in einem Märchen, ich wünschte, wir könnten noch Stunden hierbleiben. Ich habe jegliches Zeitgefühl verloren, und tausend Fragen huschen mir durch den Kopf.

Weiß Mrs Bones, wo wir sind? Hätte ich mich abmelden müssen? Habe ich überhaupt meine Utensilien am Bootssteg weggeräumt?

Irgendwie spüre ich ein leichtes Unbehagen, als würde ich Pflichten vernachlässigen oder einen Termin verpassen.

Sollte ich nicht Hollister Grey einen Bericht liefern, was am Bootssteg passiert ist?

Doch all das spielt keine Rolle, ich bin hier mit Caleb, und nichts ist wichtiger. Der Traum, in dem ich meine Mutter getroffen habe und zur Bibliothekarin ernannt wurde, kommt mir weniger fantastisch vor, als hier mit Caleb zu sein.

Er hat mich geküsst! Er sieht so gut aus, und jedes Mal wenn er mich ansieht, kribbelt es in meiner Magengrube.

»Was ist, bin ich ein so schlechter Küsser?«

»Hm, da muss ich erst mal nachdenken …« Ich lache und ziehe einen Schmollmund. Natürlich ist er ein besserer Küsser als mein Ex, der war ein Reinfall.

»Jeder Kerl, der dich hat gehen lassen, ist dumm.«

Das denke ich auch, aber weitere Gedanken verschwende ich nicht mehr an meine Vergangenheit. Ich sitze Caleb gegenüber, bei einem Traum-Date, das wir ganz für uns allein haben. Auch wenn es nicht als Date geplant war.

Oder hatte Caleb doch so etwas im Sinn, als er mich einlud?

»Noch etwas zu trinken?«

Ich möchte nicht ablehnen, aber ich fühle mich schon ein klein wenig betrunken. Mein Körper ist in einem angenehm gelösten Zustand, der mich schweben lässt. Vor Jahren war ich in Nathan verliebt, die Schwärmereien eines dummen, kleinen Mädchens, das einen Jungen anhimmelte, der viel älter war als sie, dabei war der Sohn des Ordensprotectors nur nett zu mir. Nathan hat mir das Gefühl gegeben, willkommen zu sein und zur Welt der Magier zu gehören.

Jetzt gibt Caleb mir dasselbe Gefühl.

Nathan hat mir immer gesagt, ich sei etwas Besonderes.

Und jetzt sieht Caleb mich an, als wäre ich etwas besonders Kostbares.

»Wenn du keinen Wein willst, wir können auch etwas anderes bestellen ...«

»Schon gut. Ich hätte nur nicht gedacht, dass du der Typ für Weißwein bist.«

»Bin ich auch nicht.« Er grinst »Mir wäre ein Bier lieber gewesen.«

Ich lächle ihn an, denn irgendwie rührt es mich, dass er sich meinetwegen so viel Mühe gibt. »Du kannst recht nett sein. So ab und zu. Wenn du nicht gerade arschig bist.«

»Du auch.« Er zieht mich wieder zu sich heran und küsst mich, sanft und fordernd zugleich.

Ich lehne mich nur zu gerne in seinen Kuss und schmecke seine Lippen, die so weich sind. So wie Caleb hat mich noch niemand geküsst. Die Zeit scheint stehen zu bleiben.

Ein Geräusch in der Nähe lässt mich zusammenzucken. Das Jaulen eines Hundes. Caleb streicht mir beruhigend über die Haare.

Meine Gedanken schweifen ab, zu Aaron. Bis heute weiß ich nicht, ob er mich nur geküsst hat, damit er Einlass ins Ordenshaus bekommt, oder ob er echte Gefühle für mich hatte. Ich werde es wohl nie erfahren.

Caleb bemerkt sofort, dass ich mit meinen Gedanken nicht bei ihm bin. Er löst sich von mir. »Was hast du?«

»Mir ist kalt«, lüge ich, um meine wahren Gedanken nicht preisgeben zu müssen. Der furchtbare Traum, in dem Aaron mir erschienen ist und der gerade kurz wieder aufgeblitzt ist, steckt mir noch allzu real in den Knochen.

»Ich wärme dich.« Caleb nimmt seinen Ledermantel von der Stuhllehne und legt ihn mir um. Normalerweise würde er ihn niemals hergeben.

Mein Herz pocht vor Freude über diese Geste, auch wenn der Mantel mir viel zu groß ist. Und er einen muffigen Geruch ausströmt, wie nach Mottenkugeln. Auf einmal fühle ich mich schläfrig.

»Ich wollte dir doch was sagen?«, murmele ich, während sich ein nagendes Gefühl in mir ausbreitet. »Was wollte ich noch mal tun?«

»Du wolltest noch etwas Wein trinken.« Caleb schenkt mir nach. Die Lichter der Stadt glitzern wie tausend blinkende Notsignale, aber irgendetwas daran ist falsch.

»Wo ist noch mal gleich die Tower Bridge?« Meine Orientierung ist gestört, ich dachte, wir hätten freien Blick auf die Themse.

Oder war das in die andere Richtung?

Die Skyline von London erscheint mir auf einmal falsch, zu viel, zu dicht gedrängt, die spitzen Türme von Westminster und die runden Kuppeln von St Paul's in zu enger Nachbarschaft, als würde sich mein Sichtfeld verengen.

Wo war ich noch mal? Warum bin ich hier?

Ich wollte doch meine Freundin Betty retten.

Oder habe ich das bereits getan?

»Du bist in Sicherheit«, flüstert Caleb an meinem Ohr, und ich sinke tiefer in seine Umarmung. Der pudrige Geruch nach Mottenkugeln nimmt überhand. Meine Hand fährt zu meinem Hals, wo ich einen Stich verspürt habe, wie von einer Nadel. Dort fühlt sich die Haut heiß und fiebrig an.

»Küss mich«, flüstert eine Stimme mir ins Ohr, und meine Lippen finden seine.

Ich schließe die Augen. Seine Lippen schmecken so süß, wie ich immer vermutet habe, er weiß, wie man küsst. Und unsere Körper harmonieren miteinander. Dank ihm habe ich alles, was ich mir wünsche, alles, was ich mir jemals erträumt habe. Ich muss nie wieder einen Boden schrubben oder einen Kürbis aushöhlen und bin nie mehr allein. Es gibt keine Feinde und keine Verschwörungen. Ich werde in seinen Armen liegen, bis in alle Ewigkeit.

Jemand rüttelt mich unsanft an der Schulter.

»Sally!«

Ich will nicht. Nicht jetzt. Ich presse meine Augenlider aufeinander und meine Lippen noch fester auf Calebs Mund. Ich will nicht, dass irgendjemand dazwischenkommt. Doch das Rütteln an meiner Schulter wird energischer.

»Sally! Wach auf!«

Ich löse mich mühsam und schüttele den Kopf. »Nein. Lass mich.«

»Du musst aufwachen, Sally, komm zu dir!«

Wie durch dickflüssigen Schlamm wate ich an die Oberfläche meines Bewusstseins.

»Sally!«

Ich versuche, die Augen aufzuschlagen, um zu sehen, wer das ist, doch meine Lider sind klebrig und zäh wie meine Gedanken. Alles ist mühsam.

»Caleb?«

Kurz sehe ich sein Gesicht vor mir, dann entgleitet es mir. Das Schütteln an meiner Schulter nimmt wieder zu und lässt nicht ab. Ich kann den Störenfried nicht länger ignorieren.

Schlagartig komme ich zu mir – und stehe nicht auf der Dachterrasse.

KAPITEL 46

Caleb

Ich habe meine Fireblade in der Nähe von Scadbury Manor abgestellt und laufe jetzt, das Handy am Ohr, durch die Dunkelheit zwischen hohen Bäumen hindurch. Es gibt einen offiziellen Eingang zu den Höhlen, und es gibt viele, nicht so bekannte Nebeneingänge. Bestimmt hat man Sally nicht in den Bereich gebracht, wo Touristen und Guides herumrennen – und da sie tagsüber verschwunden ist, bleibt nur ein Eingang, der hinter dem offiziellen Zugang in einem kleinen Wäldchen liegt. Zumindest laut meiner allzeit gut informierten Quelle, der ich jetzt Antworten schulde, die ich bestimmt niemals geben werde.

Für einen Einbruch in die Höhlen fehlt mir nicht nur die Zeit, sondern auch das Werkzeug, und ich will nicht zaubern, wenn Sally in der Nähe ist. Was, wenn ich von ihrer Lebensenergie die Kraft nutze, die ich benötige, um sie zu befreien? Sie sollte das hier überleben und nicht zu einem Kollateralschaden für einen Öffnungszauber werden.

»Caleb, noch ungefähr 500 Meter geradeaus.« Lilis Stimme an meinem Ohr ist beruhigend, die Tatsache, dass sie mich auf fünf Meter genau orten kann, ist es weniger. Ich werde das Handy entsorgen müssen, wenn ich den Orden verlasse. Wer Lili Gardener kennt, erkennt die Vorteile von Prepaid-Handys.

»Es ist stockdunkel, hier ist nichts zu sehen. Bist du dir sicher?« Meine Stimme klingt gereizt, diese Wanderung hat nicht zu meinem Rettungsszenario gehört, wie ich es mir im Idealfall ausgemalt habe. Das hatte sich heroischer gestaltet und war nicht so … mühsam.

»Hör mal, du wolltest einen Hintereingang für die Höhlen haben, nicht ich. Es ist ein Gang unterhalb der Mauer von Scadbury Manor, der dich direkt in die Caves führt. Du schuldest mir was, also maul mich nicht an und lauf weiter um das Grundstück herum. Ich sag dir, wenn du in der Nähe bist.«

Sicherheitshalber habe ich Lili nicht erzählt, dass Sally in Gefahr ist. Ich will vermeiden, dass noch mehr Ordensmitglieder hier auftauchen. Denn wenn ich im Notfall doch zaubern muss, könnte das denkbar ungünstig sein.

Der offizielle Eingang liegt jetzt schon über zwei Meilen entfernt, und ich bin froh, Lili angerufen zu haben. Ich hätte diesen Nebenzugang niemals gefunden.

»Jetzt such die hintere Grundstücksmauer von Scadbury Manor.«

Ich kann schemenhaft die Umzäunung im Mondlicht erkennen und steuere durch das dichte Unterholz und den unebenen Boden darauf zu.

»Siehst du die Mauer? Da sollte eine alte Holztür sein, da findest du den Eingang.«

»Bleib mal dran, Lili.«

»Ach, lass dir ruhig Zeit. Ich hab ja eh nichts zu tun, ich warte immer nur darauf, irgendjemand einen Gefallen tun zu können.«

Ich ignoriere Squirrels beißenden Sarkasmus und leuchte mit dem Handy das Gebilde vor mir ab. Hohe Hecken umranden das gesamte Grundstück. Nach einem Moment entdecke ich endlich hinter lianenartigen bräunlichen Ranken einen dunklen Schatten, der eine Tür sein könnte. Nur die Tatsache, dass nicht mehr an allen Sträuchern Blätter hängen, macht es mir überhaupt möglich, den Eingang zu entdecken – im Sommer ist er bestimmt nicht auszumachen. Und um diese Jahreszeit stapfen offensichtlich nur nekromantisch veranlagte Vigilanten im Dunkeln durch das Unterholz, um zum *Cave-Diving* zu gehen.

Na ja, immerhin brauche ich keine Angst zu haben, mir könnte einer was tun. Sieht so aus, als müsste man jetzt vor mir Angst haben.

Irgendjemand war schon hier, einige Zweige sind abgebrochen, Fußspuren und ein paar Schleifspuren sind im Licht meiner Lampe zu erkennen. Als ich näher an die überwucherte Mauer herantrete, sehe ich, dass die Tür nur angelehnt ist. Ich bin froh, einen Ledermantel zu tragen, der mich vor den Dornen der Ilexsträucher schützt, und nehme das Gespräch zu Lili wieder auf.

»Ich hab die Tür. Danke dir. Du hast – mal wieder – was gut bei mir.«

»Pah! Sag mir lieber, was du mitten in der Nacht in den Höhlen suchst. Oder zeig es mir, je nachdem, was du dort herausholst. Bist du sicher, dass alles okay ist bei dir? Soll ich nicht doch Verstärkung schicken?«

»Lili, vertrau mir. Ich melde mich, wenn ich Hilfe brauche.«

Sie schnaubt. »Nein, Freundchen, du meldest dich in exakt einer Stunde, oder ich schicke dein Team hinter dir her, verstanden? Vigilant hin, großer Kämpfer her – außer mir weiß keiner, wo du gerade rumstapfst, und die Höhlen sind weit verzweigt. Du hast sechzig Minuten, bevor die Kavallerie anrückt. Und dann will ich hören, was du dort zu suchen hattest.« Sie legt ohne ein weiteres Wort auf.

Ich fluche leise. Die Höhlen sind erforscht, weil sie in Kriegszeiten als Luftschutzbunker genutzt wurden, aber nicht alle Gänge sind der Öffentlichkeit zugänglich, und es ist trotz allem gefährlich, sich hier zu verirren. Einschließlich Anfahrtszeit mit dem Vigilanten-Van gerechnet, habe ich ungefähr zwei Stunden Vorsprung für ein Höhlensystem von über 35 Kilometern Länge, wenn Lili ihre Drohung wahrmacht und mein Team losschickt. Ich hoffe einfach, ich finde Sally schnell genug. Aber dazu wird ein kleiner Zauber nötig sein. Er braucht weniger Energie als ein Feuer- oder Erinnerungszauber und sollte kein Wesen töten, das größer als eine Ratte ist – hoffe ich zumindest. Es ist eine Gratwanderung, ein kalkuliertes Risiko, aber mir läuft die Zeit davon. Mir und Sally.

Zuerst drücke ich die Holztür auf und schiebe mich in den Gang, der dahinter erstaunlich breit in die Tiefe führt. Ich kann nicht weit sehen, aber der Zauber, den ich beabsichtige, funktioniert über Lichtortung. Zwei Fliegen mit einer Klappe sozusagen.

»Reperire homo femina.« Der Spruch, leise gemurmelt, mit einer komplizierten Geste ausgeführt, für die ich drei Monate üben musste, erzeugt eine gelb-grüne Kugel, die vor mir schwebt. Ich halte die Luft an, aber um mich herum höre ich nichts. Ich kann die Wände erkennen: glatt gehauener Stein. Hier wurde früher sicher Feuerstein und später Kreide abgebaut.

Die Kugel vor mir ist tennisballgroß und vibriert, das leise Brummen fängt sich an den Wänden und das gelb-grüne Licht wirft gruselige Schatten zurück. Dann beginnt das magische Gebilde vor mir langsam in die Tiefe zu schweben, und ich muss mich beeilen, um Schritt zu halten. Wenn ich sie verliere, kann ich sie nicht löschen, und dann wird sie – wem oder was auch immer – meine Ankunft viel zu früh preisgeben. Keine Alternative, auf die ich besonders scharf bin. Jeder dann notwendige Zauber könnte auch Sally gefährden.

Ich eile über den Steinboden, der glatt und ausgewaschen ist und mich ein paar Mal beinahe zu Fall bringt. Zweimal muss ich abbiegen, immer der Kugel in dem Labyrinth an Gängen folgend. Gelegentlich muss ich mich ducken, um einen Durchgang zu passieren. An manchen Stellen sind sogar Geländer und Haltegriffe angebracht, aber je tiefer ich hinabsteige, desto seltener sehe ich solche Zeichen von Zivilisation. Irgendwann verschwinden auch die an der Decke installierten elektrischen Leitungen, die zu vereinzelten Lampen geführt haben. Die Luft wird kälter und feuchter, je tiefer ich der Kugel hinabfolge.

Schließlich wird der Abstieg flacher. Am Boden liegt eine dicke Staubschicht, die mir erst jetzt auffällt, wo der Gang breiter wird. Ich sehe, dass dort Fußspuren hinterlassen wurden. Einige sehen aus, als hätte jemand eine Person mehrfach zu Boden gestoßen.

Handabdrücke im Staub, die ich nicht näher untersuchen kann, da die Kugel vor mir an Geschwindigkeit zulegt.

Ein Schatten und ein Rascheln hinter mir lässt mich, mein Katana in die Luft erhoben, kampfbereit herumfahren. Nur mit Mühe kann ich das Adrenalin in mir im Zaum halten, als ich entdecke, dass eine Fledermaus davonschwirrt. Hier muss es irgendwo einen weiteren Eingang geben, durch den die Tiere ins Freie gelangen.

Ich wende mich wieder der Kugel zu, die jetzt vor mir den immer weiter werdenden Gang ausleuchtet. Figuren und Köpfe sind in das weiche Gestein gehauen, ein schauriger Torbogen aus Steinbildnissen. Es sind nicht die bekannten Bildhauereien, die oben in der Höhle den Touristen gezeigt werden. Hier übersäen gruselige Fratzen, lang gezogene Schnauzen, Zähne und Klauen die Wände und Decke des Ganges. Ich versuche, mir das Unbehagen über diese stummen Wächter nicht einzugestehen, als ich dem Ortungszauber weiter folge. Wie oben die Menschen haben hier unten die Paras ihre Spuren in dem weichen Kreidegestein hinterlassen.

Wer in aller Magier Namen hat Sally entführt? Stecken Paras dahinter? Und wenn ja, warum? Es ergibt keinen Sinn!

Ich widerstehe dem Drang, laut nach Sally zu rufen, und sehe, dass der Lichtzauber langsamer wird. Der Gang ist mittlerweile kein Gang mehr, sondern hat sich zu einer hohen, großen, fast runden Höhle erweitert. Die Kugel schwebt in der Mitte des Raumes. Mit dem Katana in der Hand drehe ich mich vorsichtig um, bemüht, kein Geräusch zu machen.

Sie muss hier sein! Nur wo? Die Kugel hätte sonst nicht gestoppt!

Auf einmal sehe ich eine Gestalt am Rand der Höhle am Boden, darüber kauert etwas, das wie eine riesige Fledermaus aussieht: Faltige Schwingen umfangen die zierliche Gestalt. Als es sich tiefer beugt, ertönt leise ein unangenehm klingender Schmatzlaut, der von den Wänden unzählige Male zurückgeworfen wird.

Ein Vampir? Aber der hätte das Licht doch bemerkt! Was auch immer, es muss Sally sein, die dort im Griff dieses unheimlichen Wesens gefangen ist! Lebt sie noch?

Ich versuche, näher heranzukommen. Das Geschöpf scheint das Licht nicht wahrzunehmen. Es wirkt eher tierisch als humanoid. Also definitiv kein Vampir. Aber die Person, die von dem gruseligen Angreifer teilweise in einer Art Kokon eingewebt wurde, ist tatsächlich Sally. Sie ist blass und wirkt leblos, doch ich kann erkennen, dass sie noch lebt, ihr Brustkorb hebt und senkt sich. Am Hals hat sie eine kleine Wunde, aus der träge ein paar Tropfen Blut rinnen, die im dämmrigen Licht des Ortungszaubers nahezu schwarz auf ihrer bleichen Haut schimmern. Ein Kokon fixiert sie in einer Position, die dem Geschöpf guten Zugang gewährt, es sieht aus, als wäre dieser Kokon ein Teil seiner Speisekammer – und Sally ein Leckerbissen, den er sich einlagert.

Mein Handy piept leise, und ich verfluche meine Unachtsamkeit. Das Ding bei Sally wendet sich mir und dem Geräusch zu und richtet sich zu einer beeindruckenden Größe von über zwei Metern auf. Als es noch gebückt war, wirkte es gebrechlich und alt, aber jetzt, offensichtlich gestärkt und angriffslustig, weil ich es beim Fressen unterbrochen habe, zeigt es sich in all seiner Bösartigkeit. Seine weißlichen Augen wirken blind, trotzdem folgt mir sein Blick. Es weiß genau, wo ich bin. Die Schwingen sind verkrüppelt und gehen in dreifingrige Arme über, an deren Enden spitze schwarze Krallen sitzen. Der Mund und das Gesicht wirken eingefallen.

Als es mich anfaucht, sehe ich, dass es zwar keine Zähne, dafür aber einen Stachel besitzt, der aus dem Maul der Kreatur pfeilschnell hervorschießt – eine höchst gefährliche Waffe. Es versucht, mich zu verletzen.

Mein Katana pfeift durch die Luft. Gerade noch so kann ich dem Angriff ausweichen.

Mein Gehirn versucht herauszufinden, was für ein Geschöpf

das sein könnte, welcher Spezies ich es am besten zuordnen kann und wo es am verwundbarsten ist. Das Einzige, was halbwegs hinkommt, ist ein Traumfresser, aber die sind sehr selten, und nur wenige, die einen Traumfresser jemals gesehen und überlebt haben, konnten seine Gestalt beschreiben.

Schön, ich habe also aufgepasst und mal was darüber gelesen. Wenn das hier vorbei ist, kann ich meine Erkenntnisse schriftlich festhalten!

Der nächste Angriff erfolgt schnell. Das Ding will mich töten. Ich kann ihm zwar ausweichen, aber nicht erkennen, in welche Richtung es verschwunden ist und wo es sich jetzt befindet. Die Höhle ist riesig, und das Licht des Ortungszaubers reicht gerade so für marginales Sehen. Dummerweise weiß ich auch nicht, ob ich mit dem Katana etwas ausrichten konnte. Zu all dem habe ich keine Ahnung von der Anatomie dieses Wesens.

Es kann nur ein Traumfresser sein. Nur, wo hat er seine Schwachstelle? Da diese Geschöpfe mit der Fantasie der Opfer spielen, um sich – je nach Vorliebe – von deren Glücksgefühlen oder Angst zu nähren, sind die Beschreibungen sehr unterschiedlich. Sie sind Meister der Illusion, saugen ihre Opfer über Tage oder Wochen aus und füllen ihre Drüsen für den folgenden langen Schlaf. Nach einer kurzen Fressperiode können sie Jahrzehnte lang in ihren Nestern überleben. Es sind nur wenige Fälle bekannt, wo man mehr als ein paar ausgemergelte Leichen in den Behausungen dieser seltenen Kreaturen gefunden hat.

Alles keine Informationen, die mir jetzt nützen und Schwachstellen offenbaren.

Ich sehe es in dem Moment, als es erneut zum Angriff ansetzt. Ich kann das Schlagen der Flügel hören, als die Gestalt in die Luft geht und mich mit überraschend scharfen Krallen dabei von den Füßen reißt. Hart pralle ich mit dem Rücken auf den kalten Fels und bleibe keuchend liegen, entsetzt über die Kraft und Schnelligkeit dieses Paras.

Verdammt. Das läuft gar nicht gut! Ich brauche eine Idee!

Das Ding kann fliegen. Das hatte ich verdrängt. Es ist definitiv ein Traumfresser. Bilder und Zeichnungen gibt es wenige, aber sie sollen grau sein und Flügel haben, lichtscheu sein und ein Echolot in der Dunkelheit nutzen. Wie Fledermäuse. Aber ich habe keine Ahnung, wie ich es töten kann. Die wichtigste Information habe ich wohl nicht in meinem Oberstübchen gespeichert. Wenn ich auf Nummer sicher gehen will, muss ich dem Ding den Kopf abtrennen.

Ich erstarre, als ich unter mir plötzlich Nässe spüre und feststelle, dass ich in einer riesigen, stetig wachsenden Blutlache liege.

Mein Blut?!

Darum muss ich mich später kümmern.

Obwohl allein der Geruch meines Gegners mir Übelkeit bereitet und ich spüre, wie die klebrige Flüssigkeit meine Kleidung durchtränkt, suche ich die Höhlendecke nach ihm ab, mein Katana zum Angriff bereit in der Hand. Der Traumfresser fixiert mich von oben mit seinen blind wirkenden Augen, als könne er mich sehen. Mein Blut steigt höher, stetig viel zu schnell. Die warme, zähe Flüssigkeit reicht mir schon bis zu den Knien.

Was zur Hölle? Wie ist das möglich?

Entsetzt rappele ich mich auf. Mein Blick fährt zu Sally, sie ist unversehrt – kein Blut dort, wo sie eingesponnen ist, nur der helle Kokon.

Der nächste Angriff meines Gegners kommt überraschend, ich war abgelenkt, und eine seiner Krallen schlägt in meinen rechten Oberarm. Mit einem schmerzerfüllten Aufschrei lasse ich mein Katana fallen. Es kracht scheppernd in das weiter ansteigende Blut, dessen metallischer Gestank den Raum flutet.

Es hätte nicht scheppern dürfen. Das hier ist nicht real!

Der Traumfresser scheint einen Illusionszauber zu beherrschen. Und ich dachte, diese Wesen könnten nur über ihren Stachel die Zauber und Bilder in die Köpfe ihrer Opfer pflanzen. Offensichtlich haben sie noch weitere Fähigkeiten. Denn dieses Ding verändert meine Realität und sorgt dafür, dass ich im Nachteil bin. Deshalb ist Sally auch nicht im Blut versunken. Deshalb hat mein Schwert beim Fallen ein falsches Geräusch erzeugt.

Mir wird schlagartig klar, dass ich einen solchen Gegner nicht ohne Magie bekämpfen kann.

Bevor ich zu Atem komme, höre ich die ledrigen Schwingen erneut. Ich werfe mich herum, tauche ein in die rote, ekelerregende Flüssigkeit und versuche, mich vor den Krallen zu schützen, indem ich untertauche in dem anschwellenden See aus Blut …

Hart pralle ich auf den kalten Höhlenboden, das Blut ist schlagartig verschwunden. Meine Schulter brennt wie Feuer, mein Katana liegt nun drei Meter von mir entfernt auf dem Boden. Die Lichtkugel hängt noch immer leise brummend in der Luft. Darüber, an der Höhlendecke, sehe ich meinen Angreifer lauern. Er hat mich von meiner Waffe getrennt und bereitet sich auf einen weiteren Angriff vor.

Bestimmt will er mich stechen, um dafür zu sorgen, dass ich stillhalte und er in meinen Kopf eindringen kann, um sich von meinen Gefühlen zu nähren. Er hat nicht vor, mich zu töten. Immerhin bin ich freiwillig hierhergekommen und habe ihm eine aufwendige Jagd erspart. Hier unten bekommt er bestimmt nicht oft das Essen frei Haus geliefert.

Das Vieh scheint noch abzuwägen, wie es vorgehen soll. Ich kann im Schatten eine weitere menschliche Gestalt ausmachen und begreife, dass man nicht nur Sally als Futter für den Traumfresser hier heruntergebracht hat.

Die Kreatur über mir regt sich erneut, sie setzt zu einem weiteren Angriff an.

Ich bin entwaffnet und wehrlos. Aber vor allem: Wenn ich jetzt sterbe, stirbt auch Sally. Dieses Geschöpf wird sie nicht gehen lassen, im Gegenteil. Es wird seine Mahlzeit vollenden, und unsere

Knochen werden hier irgendwann blank und kahl das letzte Zeugnis unserer Existenz sein.

Ich muss meine magischen Fähigkeiten nutzen. Aber hier sind nur Sally und ein weiterer Mensch, der schon ziemlich leblos wirkt. Wenn ich jetzt zaubere, um das Wesen zu töten, wer garantiert mir dann, dass ich die Energie nicht von Sally ziehe und sie damit umbringe?

Niemand.

Aber wenn ich nichts tue, sterben wir beide. Der Traumfresser tötet mich, und niemand garantiert mir, dass Sally überlebt, bis Hilfe kommt. Oder dass er sie nicht tiefer in das Höhlensystem schleppt, weil er gestört wurde – es gibt keine Alternative.

Ich ziehe die Energie an mich, die ich für einen Feuerzauber benötige, es gelingt mir wieder einmal erstaunlich leicht. Es ist ein berauschendes, mächtiges Gefühl. Ich konzentriere mich drauf und spüre, dass ich gegen etwas ankämpfe, das sich an diese Energie klammert, aber ich bin mir sicher, dass ich diese Kraft nicht von Sally beziehe. Sie ist von einem Wesen, das noch nicht geschwächt ist und einen starken Zauber speisen kann.

Ich konzentriere mich weiterhin mit aller Macht darauf, die Lebenskraft nicht aus Sallys Richtung zu kanalisieren, und habe nun das Gefühl, bewusst steuern zu können, wie ich meine Zauberkraft nähre. Die Quelle, von der ich die Energie ziehe, ist nicht in dieser Höhle. Mir bleibt keine Zeit, einen Triumph über diesen Erfolg zuzulassen oder über diese merkwürdige Empfindung und dieses Wissen nachzudenken.

Oder mich zu fragen, wessen Lebensenergie ich gerade nutze.

Pfeilschnell stößt sich das Wesen über mir von der Decke ab und schießt mit einem schrillen Kreischen auf mich zu. Ich reagiere mit aller mir zur Verfügung stehenden Macht und zerre an der magischen Energie, um einen mächtigen Feuerstoß zu erzeugen. Augenblicklich umhüllt er blau-zischend und krachend die Kreatur und setzt sie in Brand. Ich springe zur Seite und weiche dem lodernden Körper aus, der kreischend an der Stelle aufschlägt, an der ich eben noch stand. Funken und Flammen umhüllen den Traumfresser, der nur noch ein zuckendes Lagerfeuer in der Höhlenmitte ist, wo sein Schrei gurgelnd erstirbt.

Nur mit Mühe widerstehe ich dem Drang, sofort zu Sally zu laufen, obwohl alles in mir nach ihr sehen will. Zuerst hole ich mein Katana. Sollte das Ding Verwandtschaft haben, möchte ich nicht gänzlich unbewaffnet sein. Die Energiequelle, die ich genutzt habe, ist nahezu versiegt, das spüre ich. Ein weiterer Zauber würde es töten.

Was habe ich angezapft? Ein Wildschwein? Ein Reh? Egal.

Mit dem Schwert in der Hand eile ich zu Sally und knie neben ihr nieder. Sie ist blass, aber sie atmet. Ihre Augen sind geschlossen, und ich bin froh, dass der Ortungszauber die Höhle ausleuchtet. Sie hätte bestimmt eine Taschenlampe mitgenommen. Sie hat immer alles im Griff.

»Sally!«

Sie reagiert nicht, und meine Besorgnis erreicht schwindelerregende Höhen. Lieber würde ich auf ewig gegen Monster kämpfen, als noch einen Moment nicht zu wissen, ob sie wieder aufwacht!

»Sally! Wach auf!« Meine Worte klingen zittrig, ich hoffe, sie kommt zu sich. Die Gefahr mag gebannt sein, aber hat sie es auch unbeschadet überstanden? Ich bin froh, das Ding, das sie verletzt hat, getötet zu haben.

Auf einmal regt sie sich, und ich höre ein gemurmeltes »Nein. Lass mich«.

Gott sei Dank! Sie kommt zu sich! Wir müssen dringend raus aus dieser Höhle. Ich sehe mich nach der zweiten Gestalt um, sie regt sich nicht, viel Leben scheint nicht mehr in ihr zu stecken. Ich brauche Hilfe. Aber zuerst muss Sally ansprechbar sein.

»Du musst aufwachen, Sally, komm zu dir!« Ich befreie sie aus dem Kokon, ziehe sie an mich, und anstatt sich zu wehren, wie ich es schon beinahe erwartet habe, schmiegt sie sich an meine Brust.

Allen Zauberern sei Dank!

»Sally!«

Ihre Lider flattern, langsam öffnet sie ihre Augen. Niemand wird jemals ermessen, wie erleichtert ich in diesem Augenblick bin. Sally ist alles, was ich noch habe. Ihr Blick ist unsicher, und sie sieht mich verwirrt an, während sie versucht, sich aufzusetzen.

»Caleb?«

»Langsam, Sally. Lehn dich an die Wand. Du bist in Sicherheit, hörst du?«

Sie schließt erneut die Augen. Mein Blick fällt auf ihren Hals und die schwarzen Spuren. Vorsichtig fahre ich über die Stelle, an der der Traumfresser sie verletzt hat, und wische das Blut beiseite, bevor ich sie sanft gegen den Fels lehne. Allein, dass sie verletzt ist, schürt meine Unruhe und Sorge. Es fällt mir schwer, sie loszulassen, aber sie lebt. Ich muss nachsehen, wer das zweite Opfer ist und wie es diesem geht.

Es ist eine Frau, und als ich in das Gesicht sehe, fürchte ich zuerst das Schlimmste. Die Augen liegen tief in den Höhlen, die Lippen sind rissig und aufgeplatzt. Es ist Betty, und sie sieht mehr tot als lebendig aus, aber sie lebt. Ihr Körper ist dehydriert und ausgemergelt – Traumfresser füttern ihre Opfer nicht.

Ich hole mein Handy aus der Tasche und stelle erleichtert fest, dass ich einen halben Balken Empfang habe. Zum Telefonieren wird es nicht reichen, aber ich sende eine SOS-WhatsApp an Lili – selbst wenn sie jetzt nicht durchgeht, beim ersten Quäntchen Empfang wird sie die Nachricht erhalten, mein Team informieren und Hilfe senden, falls sie es noch nicht getan haben sollte. Die Stunde dürfte um sein.

Ich ziehe meinen Ledermantel aus und wickle ihn um Betty, mehr kann ich im Moment nicht für sie tun. Sie wird es überleben. Ihr Puls ist zwar schwach, aber regelmäßig.

Ich gehe zu Sally zurück. Die Lichtkugel in der Mitte der Höhle erlischt gerade. Der Traumfresser ist tot, sein Feuer ist verglommen, und nur noch seine Überreste im Zentrum der Höhle sind von ihm übrig.

»Sally?«, frage ich leise, während ich sie auf meine Arme hebe und mit der Handytaschenlampe die Umgebung ableuchte. Ich werde sie hier rausbringen und dann ihre Freundin Betty holen. Sie muss in ein Krankenhaus, und Sally sollte auch untersucht werden. Die Einstichstelle an ihrem Hals muss verarztet werden, und eine Tetanusspritze kann auch nicht schaden. Wer weiß, was dieses Vieh alles übertragen kann!

»Caleb?«, murmelt Sally. Ihr Kopf schmiegt sich an meine Brust und ihre Arme schlingen sich um meinen Hals.

»Halt dich fest, Sally. Ich brauche eine Hand für das Handy.«

Sie nickt schwach und schmiegt sich noch näher an mich, während ich vorsichtig den Weg zurückgehe. Ich bin zutiefst erleichtert, dass ihr so wenig passiert ist.

Sie wird wacher, und ich spüre, wie immer mehr Körperspannung in ihre zarte Gestalt zurückkehrt.

»Ich bin so … froh.« Ihre Worte sind so leise, während ich mich dem Ausgang nähere.

»Worüber, Sally?«

»Dass du mir nicht böse bist, weil ich dir nichts über die Warnung von Lady Kaitlin gesagt habe. Dass du verstehst, warum ich es nicht tun konnte. Ich habe es gehasst …«

Von was redet sie?

Sie hat die Augen geschlossen und scheint noch immer nicht ganz klar zu sein. Bestimmt denkt sie noch, sie ist in einem Traum gefangen.

Oder hat Lady Kaitlin ihr schon gesagt, was ich bin?

Nein. Lady Kaitlin würde zuerst die Gefahr bannen, und das hat sie erst vor ein paar Stunden getan, erst danach würde sie Sally etwas davon erzählen. Aber was war es dann, was sie nicht tun konnte?

Wir sind fast oben, und ich bin neugierig. »Was meinst du? Alles ist gut, warum sollte ich böse auf dich sein? Sally?«

Sie seufzt erneut, und ich spüre ihre Lippen an meinem Hals. Ein wohliger Schauer läuft über meinen Körper.

Himmel!

»Sie hat mir gesagt, du müsstest vor dem Ritual der Hexe erfahren, was passieren könnte. Aber du bist ja kein Nekromant geworden. Ich wollte nicht, dass du erfährst, wie gefährlich es ist …«

Ich halte inne. Ich kann schon die Holztür sehen, aber das ist mir gerade völlig egal. Denn auf einmal ergibt vieles einen Sinn: ihre Vorsicht. Ihre Seitenblicke. Sie hat es gewusst. Sie hätte mich warnen können. Sie hätte alles verhindern können. Deshalb konnte Lady Kaitlin es überhaupt erst entdecken – sie hat von vornherein die Nebenwirkungen des Rituals gekannt. Und Sally wollte mir diese nicht mitteilen. Sie hat es mir verheimlicht – mit voller Absicht!

»Caleb, jetzt wird alles gut, wir sind beide noch am Leben.«

Ich lasse Sally herunter, grob und ohne Rücksicht auf ihren Zustand. Sie lehnt sich verwirrt und mit wackeligen Beinen an die Wand und starrt mich im Licht meines Handys mit großen Augen fragend an.

»Was hast du auf einmal? Caleb?«

Ihre Stimme ist nur ein fernes Rauschen, abgelöst von unsagbarer Wut, die in meinen Adern rauscht. Es kostet mich alles an Beherrschung, jetzt keinen Zauber zu wirken. Sie nicht mit einem Fluch zu belegen.

Sie hat mein Leben ruiniert und mir nicht mal die Wahl gelassen! Sie hat für mich entschieden und mir eine mehr als wichtige Information vorenthalten. Ich kann nicht mal sagen, wie ich entschieden hätte – Sally Davies hat mir die Entscheidung komplett abgenommen und mich zu einem Leben als Nekromant verdammt.

Die zarten Gefühle, die ich für sie gehegt habe, verpuffen und machen einem Hass Platz, von dem ich nicht einmal gewusst habe, dass ich ihn in dieser Intensität empfinden kann. Sie hat mein

Leben ruiniert! Ohne mit mir zu sprechen und ohne das Recht dazu zu haben. Sie hat mich angelogen, obwohl sie diejenige war, der ich mehr vertraut habe als meinem eigenen Bruder.

»Du hättest mich besser gleich umgebracht. Wie konntest du das nur tun? Du hast mein Leben auf dem Gewissen. Du hast alles zerstört!«

Sie wird kalkweiß und blickt mich verwirrt an – ich muss aus ihrem Dunstkreis, bevor ich mich vergesse.

Ich lasse sie hinter mir zurück, gehe eilig die restlichen Meter zur Tür und will einfach nur frische Luft holen, durchatmen, meine Gefühle in den Griff bekommen, als ich einen leblosen Körper hinter der offenen Holztür entdecke. Ich kenne die Person, und mir wird eiskalt.

Ich weiß, was dafür verantwortlich ist. Der Zauber, mit dem ich Sally gerettet habe. Sie ist die Schuldige, die dafür gesorgt hat, dass ich zu so etwas überhaupt in der Lage bin.

Allein für den leblosen Inspector vor mir hasse ich das, was Sally mir angetan hat. Ich hasse, was ich bin. Und ich hasse sie dafür, dass ich alles verliere, was mir je etwas bedeutet hat. Dass ich meine Familie, meine Freunde und den Orden verliere. Und warum? Weil sie nicht den Mut hatte, mich selbst entscheiden zu lassen, mein Leben in Würde zu beenden, als es zu Ende sein sollte. Sie hat mich für ihre eigenen Ziele benötigt und mir die Wahrheit vorenthalten.

Aber am meisten schmerzt, dass sie mein letzter Anker war, der mich gehalten hat. Sie war mein Fels.

Ich hätte niemals einem Dienstmädchen vertrauen dürfen!

FOLGE

14

KAPITEL 47

Caleb

Ich sehe erleichtert dem ersten Krankenwagen hinterher, der Kumar in die nächstgelegene Klink bringen wird. Ich habe ihn nicht getötet, aber er ist sehr schwach und nicht ansprechbar. Zum Glück hat er keine Ahnung, was mit ihm passiert ist.

Sally traut sich nicht mehr, mir in die Augen zu sehen, aber das ist mir egal. Meinetwegen soll sie in der Hölle schmoren. Sie ist bei ihrer Freundin Betty, die gerade ebenfalls von Sanitätern in einem zweiten Krankenwagen versorgt wird.

Lady Kaitlin hat den Inspector geschickt, um Sally zu finden und in Sicherheit zu bringen. Das hat zum Glück Lili mitbekommen. Mein Hilferuf hat dann endgültig dafür gesorgt, dass sie mein Team losgeschickt hat. Isa ist zwar nicht dabei, aber Mike und Noah durchsuchen gerade die Höhle und werden dann den Traumfresser ins Dead Mans Hole zur Autopsie bringen. Es wird nur einen internen, kleinen Bericht geben – und ich werde begründen müssen, warum ich wusste, wo sich Sally befindet. Das kann ich mit dem Ortungszauber auch ganz gut erklären. Aber bis es dazu kommen wird, werde ich nicht mehr im Orden sein.

Ich habe meine Entscheidung gefällt. Ich werde mich dem Ultimatum von Lady Kaitlin beugen. Sie mag um die Verräterin Sally besorgt sein, ich um alle anderen in meiner Nähe. Ich habe Kumar verletzt.

Welche Wahl habe ich schon, als den Orden zu verlassen? Und nach Sallys Verrat – was hält mich noch dort?

Mein Bruder? Für ihn bin ich in meinem jetzigen Zustand nur eine unerträgliche Bürde.

Der Krankenwagen mit Betty fährt nun auch ab. Ich eile zu

meinem Bike und fahre hinterher. Nicht wegen Sally, aber ich muss hören, ob Kumar das Ganze unbeschadet überstehen wird. Der Inspector war immer nett zu mir, und ich habe ihm das Leben ausgesaugt wie ein verfluchter Vampir. Ich habe ihn benutzt, um jemanden zu retten, der mich selbst ohne mit der Wimper zu zucken in mein Verderben hat rennen lassen.

Das Krankenhaus taucht vor mir auf. Ich sehe, wie die Sanitäter die Trage mit dem Inspector eilig in die Notaufnahme fahren. Es fällt mir schwer, mein Bike anständig abzustellen und durch den Besuchereingang zu gehen.

In der Notaufnahme entdecke ich Sally, die neben Bettys Trage steht. Ich wende mich ab und gehe zu Inspector Kumar, wo ich mich als Polizist ausweise. Der Arzt bittet mich, zu warten, bis er Untersuchung und Erstversorgung durchgeführt hat. Ich nehme auf einem der unbequemen Plastikstühle Platz, während die Ärzte sich um die Patienten kümmern und Schwestern hektisch hin und her laufen.

Um mich abzulenken, gebe ich Anweisungen an Lili, Mike und Noah per WhatsApp weiter.

Einer der grünen Vorhänge der Notaufnahmekabinen bewegt sich. Eine Ärztin kommt heraus, ich kann Betty sehen – und Sally, die mit Tränen in den Augen ihre Hand hält. Betty hängt an zwei Infusionen. Ein Überwachungsmonitor zeigt einen regelmäßigen Herzschlag. Sie hat die Augen offen.

»Alles wird gut, Betty. Ich bin so froh, dass wir dich gefunden haben. Ich hab mir solche Sorgen um dich gemacht«, höre ich Sally sagen.

Ha! Jetzt heuchelt sie Besorgnis, sobald Betty ihr den Rücken zudreht, wird sie ihr ein Messer ins Herz rammen. Freundschaft! Zu so etwas ist sie doch gar nicht fähig!

»Lauren?«

Ich bin trotz allem erleichtert, als ich höre, wie Betty nach ihrer Lebensgefährtin fragt. Meine Lust, mit Sally zu interagieren, ist gleich null, aber Betty hat eine Antwort auf die leise Frage verdient. Also stehe ich kurz auf und gehe zum Fußende des schmalen Krankenhausbettes hinüber, ohne Sally dabei eines Blickes zu würdigen. Betty ist bleich wie ein Laken und hat mehrere Blutergüsse. Die Einstichstelle an ihrem Hals ist verbunden, ein Bein ist geschient. Es ist gebrochen, trotzdem hatte sie Glück im Unglück. Sie ist schrecklich ausgezehrt und wird Wochen bis zu ihrer gänzlichen Erholung benötigen.

»Wenn jemand fragt, was passiert ist, hattest du einen Autounfall und lagst eine Zeit im künstlichen Koma. Keiner wusste, wer du warst, deshalb konnte auch niemand deiner Familie Bescheid geben. Lili wird später Lauren anrufen und auch deine Eltern informieren. Außerdem hat sie einen entsprechenden Unfallbericht in die Polizeidatenbank eingespeist. Also keine Sorge, du siehst Lauren bald wieder und musst dir keine Geschichte ausdenken.«

Sally wirft mir einen erleichterten Blick zu. Das ist mein Job. Zumindest noch. Ich erwidere ihren Blick mit all der Wut und Abscheu, die ich für sie empfinde. Sie senkt daraufhin die Lider.

Verräterin!

Betty rinnt eine Träne die Wange herunter, erleichtert schließt sie ihre Augen. Ich drehe mich um und gehe zurück zu meinem Stuhl, um auf Nachricht über Inspector Kumars Zustand zu warten. Der einzige Grund, warum ich nach wie vor hier bin.

Immer mal wieder geht eine Schwester hinein in die Kabine oder ein Arzt kommt heraus, aber noch scheint die Behandlung nicht abgeschlossen zu sein. Ich hoffe einfach, ich lade keinen Mord auf mein Gewissen. Einen Mord an einem Unschuldigen, um eine Person zu retten, die mich ohne Warnung in mein Verderben geschickt hat.

»Betty, war es William? Steckt er mit drin? Wer hat dich entführt? Victoria? Wegen des Kelchs?« Ich höre Sallys gemurmelte Fragen. Sie gibt nicht auf und will Antworten.

Gespannt lausche ich, es wäre gelogen, wenn es mich nicht interessieren würde.

»Ich … weiß es nicht. Es ist alles … wie … im Nebel. Ich bin so müde. Sonne. Da war Sonne … und Lauren, am Strand … wunderschön.« Bettys Stimme bricht, sie hat Mühe, sich zu konzentrieren. Wenigstens hat ihr der Traumfresser offenbar einen Urlaub gezeigt und sich von angenehmen Fantasien genährt. Die Alternative wäre weitaus unschöner gewesen. Glück im Unglück, sozusagen.

»Miss, Ihre Freundin braucht jetzt Ruhe. Wir bringen sie auf ein Zimmer. Sie darf ab morgen Besuch bekommen. Keine Sorge, sie wird wieder, in ein paar Tagen kann sie die Klinik verlassen. Sie muss nur zu Kräften kommen.« Die Schwester sagt die Worte nachdrücklich und löst die Verriegelung des Bettes, um ihre Patientin auf die Station zu schieben.

Sally verabschiedet sich leise von Betty und steht auf. Als sie in Richtung Ausgang an mir vorbeikommt, eilt sie gesenkten Hauptes davon. Sie hat ein kleines Pflaster am Hals und ist blass, aber ansonsten unversehrt. Wie so oft hat sie mehr Glück als Verstand.

Endlich tritt der Arzt aus Kumars Kabine und kommt auf mich zu. »Sir? Sind Sie der Kollege des Inspectors?«

Ich nicke, der Mann sieht mich ernst an. »Er wird durchkommen. Aber es wird eine Weile dauern, bis er wieder auf den Beinen ist. Wir verstehen es nicht, aber sein Herz hat einfach versagt. Ohne Verschluss, ohne Infarkt, wie es scheint. Er wird noch einige Untersuchungen benötigen, aber wir konnten die Herztätigkeit wieder stabilisieren und kräftigen. Ungewöhnlich in diesem Alter, so etwas erleben wir nur bei sehr alten Menschen. Glücklicherweise war er früh genug hier. Eine halbe Stunde später hätten wir vermutlich nichts mehr für ihn tun können. Er kommt zur Überwachung noch bis morgen auf die Intensivstation, wenn sein Herz sich weiter so rasch erholt, kann er bald auf die Innere verlegt werden.«

Unendlich dankbar höre ich, dass Kumar es schaffen wird. Mein Gewissen ist noch rein, ich habe keinen Menschen getötet. Dass ich ihn verletzen konnte, ist schlimm genug. Dass ich nun auch weiß, dass ich meine Kraft gezielter einsetzen und sie in eine Richtung kanalisieren kann, ist nur ein schwacher Trost.

»Danke, Doktor. Bitte sorgen Sie dafür, dass er alles bekommt, was er braucht. Die Schwester hat meine Rufnummer, falls sich etwas ändern sollte.«

Der Arzt nickt knapp und eilt davon, während der Inspector – bewusstlos an unzählige piepsende Maschinen angeschlossen – ebenfalls Richtung Aufzug gefahren wird.

Erleichtert gehe ich zum Ausgang und trete in die kalte Morgenluft hinaus. Es ist noch dunkel, aber es regnet nicht mehr, und die Temperaturen sind empfindlich gefallen. Vor dem Klinikum steht Sally in ihrer verschmutzten, zerrissenen Dienstmädchenuniform. Als sie mich entdeckt, kommt sie zögernd und scheu auf mich zu. Ich versuche, einfach an ihr vorbei zu meinem Bike zu gehen, aber sie hält mich auf.

»Caleb, bitte, es tut mir …«

»Das interessiert mich nicht. Spar dir die Worte. Du hast zugelassen, dass die Hexe mich verflucht!« Ich fauche sie an, und sie zuckt zurück. »Und dann hast du es mir auch noch verschwiegen und bist zur Tagesordnung übergegangen. Ich hasse dich dafür!«

Trotz meiner Wut fällt mir auf, dass sie friert, und bestimmt hat sie bei ihrer Entführung keine Zeit gehabt, Telefon und Geldbeutel einzustecken. Sie ist hier gestrandet – mitten in der Nacht, vor einem Krankenhaus, eine Stunde vom Orden und London entfernt.

»Komm. Ich fahr dich in den Orden zurück. Man soll mir nicht nachsagen, ich würde mich nicht wie ein Gentleman verhalten. Obwohl in deinem Fall die Frau offensichtlich keine Lady ist.«

Sie bekommt etwas Farbe im Gesicht, ich habe sie getroffen, aber ich meine gerade jedes Wort todernst.

»Nein, danke. Ich lasse mich abholen. Irgendjemand wird bestimmt noch wach sein. Mrs Bones, vielleicht.« Ihre Worte sind so leise und klingen erstickt, als würde sie nur mit Mühe die Tränen zurückhalten.

Ist mir egal. Ich bin ein Nekromant. Wegen ihr!

Ich schlucke meinen Zorn für diesen Moment hinunter. Unmöglich, eine Frau, die vor ein paar Stunden in der Gewalt eines Paras war, mitten in der Nacht ohne Schutz in der Kälte zurückzulassen. Abgesehen davon, bezweifele ich stark, dass sie im Moment im Orden jemanden erreicht. Die vorherige Nacht war anstrengend, die meisten werden noch nicht wach sein. Außerdem hat sie kein Telefon dabei.

Ich fluche innerlich, nehme mein Handy zur Hand und gehe wütend ein Stück von ihr weg. Lady Kaitlin klingt schlaftrunken. Ich halte mich nicht mit unnötigen Höflichkeiten auf und informiere die alte Dame, dass wir auf dem Weg sind und ich Sally zu ihr zurückbringe. Und ihr Ultimatum erfüllt wird.

Emanzipation hin oder her, ich weiß, was sich gehört und welche Gestalten in der Dunkelheit ihr Unwesen treiben. Außerdem wissen Mike und Noah, dass wir beide mit ins Krankenhaus gefahren sind. Genau. Ich mache das für Mike und Noah. Weil es meine Pflicht ist. Meinetwegen könnte sie hier verrotten oder nach London zurücklaufen!

Ich wende mich ihr wieder zu. Es kostet mich Mühe, die nächsten Worte zu sagen, ohne sie anzuschreien. »Ich muss dich nicht leiden können, um dich in den Orden zu fahren. Du kommst mit mir. Nicht, dass ich am Ende noch nachgesagt bekomme, ich hätte dich zurückgelassen. Auch wenn du das von einem grausamen, bösartigen Nekromanten bestimmt erwartest, ist es nicht so?«

Sie zuckt erneut zusammen, sieht aber nicht auf.

»Dann los. Wir fahren in den Orden, danach bin ich die Verantwortung für dich endgültig los. Und deine verlogene Gesellschaft gleich mit.«

Ich steige auf die Maschine und drücke ihr meinen Helm in die Hand. Kurz sieht sie verwirrt darauf, bevor sie ihn sich aufsetzt. Er ist zu groß, aber ich habe nur den einen dabei. Sie sollte froh sein, dass ich ihn ihr überhaupt gebe. Ich bin so wütend wie noch nie zuvor auf einen anderen Menschen, obwohl eine kleine Stimme in mir durchaus weiß, dass ich mehr als nur grob zu ihr bin.

Aber was will sie anderes erwarten? Ich bin ein Nekromant, durch ihre Schuld!

Ich warte ungeduldig, bis sie zögerlich hinter mir auf dem Motorrad Platz genommen hat.

»Halt dich fest.« Ich knurre den Befehl, nichts ist mir gerade mehr zuwider, als jetzt noch ihre körperliche Nähe ertragen zu müssen. Ich hatte tatsächlich in letzter Zeit für einige Momente Gedanken zugelassen, die uns näher zueinander gebracht hätten!

Wie konnte ich nur so dämlich sein, ihr zu vertrauen, und mein Leben in ihre Hände legen?

Ich starte die Maschine und lasse das Gas laut aufheulen. Sallys Griff um meine Mitte wird augenblicklich fester, und das ist auch gut so. Ich habe gesagt, ich bringe sie zurück, nicht dass es eine angenehme Spazierfahrt wird.

Mit durchdrehendem Hinterrad, das Gas am Anschlag, lasse ich die Kupplung kommen, und das Motorrad rast förmlich die Ausfahrt hinunter, so schnell, dass ich in der ersten Kurve höre, wie die Fußrasten bei der enormen Schräglage am Asphalt schleifen. Hinter mir ertönt ein panischer Aufschrei.

Das hat sie nun davon!

Es ist vielleicht nicht die feine englische Art, aber sie will bestimmt schnell in den Orden zurück.

Als wir das Queen Mary's Hospital in Chislehurst hinter uns lassen und endlich auf die A 20 Richtung London auffahren, knalle ich die Gänge runter und lasse die Drehzahl nach oben in den roten Bereich schießen. Der Motor der Honda heult laut auf, die Maschine hat 191 Pferdestärken und überträgt diese jetzt vibrierend auf die Straße. Das Vorderrad geht in die Luft, und nur auf dem Hinterrad rase ich die Auffahrt der Autobahn hoch. Ich spüre, wie sehr Sally zittert und wie heftig sie sich an mich klammert. Der eisige Fahrtwind, der mir den Atem nimmt, lässt mich ein wenig zur Besinnung kommen. Sally hat Todesangst, mit Mühe drossele ich die Geschwindigkeit.

Sie hat keine Ahnung, was sie mir und meinem Leben angetan hat. Das schlechte Gewissen, weil ich ihr absichtlich Angst mache, hält sich in Grenzen. Sie hat die ganze Zeit gewusst, was aus mir werden könnte. Und zu keiner Zeit hat sie mich gewarnt. Ich hatte sie wirklich für eine Freundin gehalten!

Und so rase ich – wenn auch ein wenig langsamer und ohne weitere Wheelies – London entgegen und dem Zeitpunkt, an dem ich sie für immer aus meinem Leben verbannen kann.

KAPITEL 48

Kaitlin

Irgendwann muss ich doch eingeschlafen sein, denn das Klingeln meines Telefons lässt mich hochschrecken. Für einen kurzen Augenblick weiß ich nicht, wo ich bin. Mein Traum war eine Mischung von Ereignissen aus der Vergangenheit und der Gegenwart. Victoria war darin vorgekommen und auch Beatrice, die sich als Verbündete gegenseitig verraten haben. Ich brauche einen Moment, um zu verstehen, dass ich in meinem Bett liege und das Telefon in meinem Schlafzimmer noch immer klingelt.

»Hallo?« Ein kurzer Blick aus dem Fenster über meinem Bett sagt mir, dass die Dämmerung bald einsetzen wird.

»Lady Kaitlin?« Eine männliche Stimme ist am anderen Ende und klingt außer Atem. Als hätte derjenige einen Marathon hinter sich. Doch da ist noch etwas anderes in der Stimme. Wut? Enttäuschung? Mein müder Verstand realisiert erst nach einigen Sekunden, dass es Caleb ist, der mich anruft.

»Mr O'Connor? Warum rufen Sie mich auf meiner Privatleitung an?«

Die Leitung knackt etwas, vermutlich ruft er von seinem Handy aus an. »Ich habe Sally gefunden. Es geht ihr den Umständen entsprechend. Ich dachte, das interessiert Sie.«

»Wie bitte?« Verwirrt richte ich mich auf und schlage die Decke beiseite. »Woher wussten Sie, wo Sally war?«

»Das spielt keine Rolle. Ich habe sie gefunden. Was passiert ist, kann sie Ihnen selbst erzählen.«

»Glauben Sie, dass ich meine Meinung deswegen ändern werde?« Ich verstehe den Grund seines Anrufs noch nicht und versuche, einen Sinn darin zu finden.

»Nein, damit habe ich abgeschlossen.« Seine Stimme klingt hart wie Granit.

Was ist nur passiert, dass er nicht mehr für seinen Aufenthalt im Orden kämpft? Hätte er nun nicht alles daransetzen müssen, um mich davon zu überzeugen, dass er keine Gefahr für andere ist?

»Und wie kommt dieser Sinneswandel?« Ich hake nach, will wissen, warum er mich so früh am Morgen weckt.

»Ich fand einfach, sie sollten wissen, dass Sally in Sicherheit ist. Ich bringe sie gleich in den Orden zurück. Hätte ja sein können, dass Sie sich Sorgen gemacht haben. Aber scheinbar habe ich mich geirrt. Nun, wie gut, dass Sie mich und mein Fehlverhalten nicht mehr lange ertragen müssen.«

»Ich danke Ihnen für die Information, Mr O'Connor. Und ich schließe daraus, dass Sie sich dazu entschieden haben, den Orden zu verlassen?«

»Es gibt keine Alternative. Immerhin haben Sie mir ein Ultimatum gestellt. Ich will kein Risiko eingehen, auch wenn ich nicht glaube, dass ich eine Bedrohung für irgendjemanden darstelle.«

»Diese Entscheidung sollten Sie meiner fachmännischen Meinung überlassen.« Ich schüttele den Kopf über so viel Uneinsichtigkeit. Caleb ist selbstgefällig und wird sich niemals ändern. Auch wenn er sagt, dass er geht, glaube ich das erst, wenn er wirklich gegangen ist. »Können Sie mir sagen, was genau pas…«

Doch bevor ich meinen Satz beenden kann, hat er schon aufgelegt.

Verwirrt schaue ich den Hörer an, obwohl ich genau weiß, dass die Leitung nicht von meiner Seite aus beendet wurde.

»So ein unhöflicher Kerl!« Ich schimpfe noch einen Moment, ehe ich mich aufraffe und aufstehe. »Jetzt kann ich auch nicht mehr schlafen.« Außerdem will ich wissen, was mit Sally passiert ist. Und das werde ich wohl nicht von Caleb erfahren, sondern nur direkt von Sally.

Ich ziehe mich an, stecke das Telefon zur Sicherheit in meinen

Umhang und gehe in die Bibliothek, wo ich Adam in der Sitzecke sehe. Er hat die Augen geschlossen und schnarcht leise, ein aufgeklapptes Buch in Händen, das ihm auf die Brust gesackt ist. Amüsiert stelle ich mich direkt vor ihn und warte, ob er meine Anwesenheit bemerkt. Da er nicht reagiert, lasse ich ihn noch etwas schlafen. Sobald Sally eintrifft, muss ich ihn sowieso wegschicken, da ich ungestört mit ihr reden möchte. Ich habe so viele Fragen:

Warum war sie bei den Höhlen? War sie freiwillig dort? Was hat Caleb gemeint, als er sagte *›den Umständen entsprechend‹*? Und wie bei allen alten Magiervorfahren hat Caleb herausgefunden, wo Sally war, obwohl ich nur Inspector Kumar informiert habe?

Aufgeregt verlasse ich die Bibliothek und begebe mich in die menschenleere Eingangshalle. Wenn sie ankommt, möchte ich die Erste sein, die sie in Empfang nimmt. Nicht, dass Mrs Bones ihr direkt wieder eine Aufgabe gibt, noch bevor sie mir erklären kann, was eigentlich vorgefallen ist.

Schließlich kommt Sally herein, dicht gefolgt von Caleb, der Sally nicht eines Blickes würdigt. Statt mich zu grüßen, wie es angebracht wäre, wendet sich Caleb ab und geht direkt in Richtung Vigilanten-Trakt. Seine Miene ist eine einzige Eisfläche.

Aber ich lasse ihn gewähren. Es sind seine letzten Minuten im Orden. Danach muss ich mir nur noch Gedanken machen, ob er mich heimlich eines Tages umbringen wird oder ich ihm je wieder begegnen werde. Mein Fokus liegt auf Sally, deren Finger sich aneinanderklammern, die aber ansonsten nicht wie eine entführte Frau wirkt. Unwillkürlich nehme ich sie dennoch in den Arm.

»Was ist passiert, Kindchen?« Beruhigend tätschele ich ihren Kopf.

Es dauert einen kleinen Moment, in dem sie tief durchatmet und sich strafft. »Das sollten wir nicht hier besprechen.«

Ich verstehe augenblicklich und nicke. Gemeinsam gehen wir in die Bibliothek, und ich lotse sie in mein Privatzimmer, ohne dass Adam etwas mitbekommt, der noch immer selig in derselben

Position liegt. Ich kann also davon ausgehen, dass er tatsächlich schläft.

»Erzähl, Kindchen, was ist passiert?« Da Sally immer noch blass ist, biete ich ihr den einzigen Stuhl in meinem Privatzimmer an. Ich hingegen setze mich auf mein Bett und warte gespannt, was sie zu berichten hat.

»Es war William. Er muss mit Victoria zusammenarbeiten.«

»Was meinst du? Was hat William getan?«

»Hat Caleb es Ihnen noch nicht erzählt?« Sally schüttelt den Kopf und seufzt aus tiefster Seele. »William hat mich am Steg niedergeschlagen und entführt, um mich einem Traumfresser zum Fraß vorzuwerfen. Dabei haben wir auch Betty gefunden, die jetzt im Krankenhaus ist.« Sally atmet erneut durch, als könnte sie selbst nicht fassen, was sie da gerade sagt.

Auch ich muss schlucken. »William? Wie das? Wie konnte er dich überwältigen?«

»Er beherrscht Magie.«

Die Luft verschwindet zischend in meinem Mund. »Dann muss Victoria ihn heimlich ausgebildet haben. Wo ist er jetzt?«

»Ich denke, Caleb wird es in diesem Moment Sir Hollister Grey mitteilen, damit man William verhaften kann. Wenn nicht, dann …«

Sallys Kampfgeist erwacht langsam wieder, und die Blässe weicht einer wütenden Röte auf ihren Wangen. Ich wage es nicht, ihr zu sagen, dass Caleb vermutlich in diesem Augenblick den Orden verlässt. Damit kann sie sich später befassen. Jetzt muss ich dafür sorgen, dass sie ihm nicht wie ein treudoofer Dackel hinterherrennt.

»Du wirst gar nichts mehr machen, ehe du dich nicht ordentlich ausgeschlafen hast.«

Sally verzieht den Mund und schüttelt den Kopf. »Da ist noch etwas.«

»Was denn noch, Kindchen? Erzähl schon.«

»Caleb weiß, dass ich von der Möglichkeit der Nekromantie wusste, bevor das Ritual stattgefunden hat und dass ich es ihm verschwiegen habe.«

»Oh.« Einen Moment lang schaue ich sie mitleidig an. »Das tut mir leid, aber das sollte jetzt nicht dein vorrangiges Problem sein, Kindchen. Du bist entführt worden, weil dich Victoria aus dem Weg haben will. Wir wissen nicht, ob sie nicht eventuell noch weitere Verbündete hat. Du wirst in den nächsten Tagen nicht mehr von meiner Seite weichen, hast du das verstanden?«

»Aber …«

»Kein Aber. Wir bauen ein Klappbett hier in dem Zimmer auf, und dann bleibst du bei mir. Egal, was deine Verpflichtungen sagen. Selbst Sir Henry muss einsehen, dass noch nicht alles aufgeklärt wurde.« Ich stehe auf und will mich direkt auf den Weg zu dem Protector machen. »Kommst du mit? Er wird sicher einen Bericht aus erster Hand verlangen.«

»Gerne. Betty kann auch noch aussagen. Die war länger in der Höhle als ich.«

»Die liegt aber noch im Krankenhaus, wenn ich das richtig verstanden habe, oder?« Ich deute auf Sally und winke ihr, mir zu folgen. »Wir werden jetzt augenblicklich zu Sir Henry gehen, um ihm von Victorias neuerlichem Verbrechen zu berichten. Es wird ihm nichts anderes übrig bleiben, als sie hinrichten zu lassen.«

Ich schließe meinen Umhang vor mir, um mich auf die Kälte außerhalb der Bibliothek einzustellen, und marschiere los. Sally folgt mir. Braves Mädchen.

»Soll Victoria wirklich getötet werden?« Es ist kein Mitleid in Sallys Stimme, nur Neugier. Die Wärme meines Zimmers begleitet uns noch ein Stück weit bis in die Mitte der Bibliothek. Ich zögere mit der Antwort, warte, ob Sally selbst weiterredet, aber sie scheint ihren Gedanken nachzuhängen.

»Sie ist ein Monster. Monster sollten nicht am Leben bleiben.«

Gerade als wir Adam passieren, der immer noch tief und fest schläft, klingelt mein Telefon erneut. »Bei allen rechtschaffenen Bibliothekaren, was ist denn heute los?« Ich bekomme sonst so gut wie nie Anrufe und heute gleich zwei? »Wer spricht da?« Dass ich genervt klinge, kann ich nicht verhindern. Ebenso wenig wie die Tatsache, dass Adam von dem Klingelton zusammenzuckt und die Augen aufreißt.

»Lady Kaitlin, gut, dass ich Sie erreiche.«

Einen Moment lang stutze ich. Die Stimme kenne ich, aber nicht vom Telefon. Die letzten 25 Jahre habe ich die Person nur heimlich getroffen. »Emilia, das ist unverhofft.«

Dass ich einen anderen Namen für Beatrice verwende, sollte ihr Hinweis genug sein, dass ich nicht allein bin. Und vor allem, dass ihre Tochter anwesend ist. »Sie ist bei Ihnen?«

»Ja natürlich.«

»Gott sei Dank. Dann hat sie eine Chance.«

»Eine Chance? Wovon sprichst du?«

»Ich habe versucht, ihn aufzuhalten, aber ein Vater ist nun mal nicht aufzuhalten, wenn es um das Herz seines Sohnes geht.«

Normalerweise hätte ich vermutet, dass es eine Metapher ist. Meine Adern gefrieren allerdings zu Eis, als mir klar wird, dass Beatrice in diesem Fall aber das tatsächliche Herz meint. »Was ist los?«

»Sam Johnson will nicht mehr auf die Versprechungen von Sir Henry warten. Der behauptet zwar, das Herz nicht zu besitzen, aber Sam glaubt, dass es bei einem Ritual eingesetzt werden soll. Und das will er auf keinen Fall zulassen. Ich habe alles versucht, um ihn aufzuhalten, aber er will nicht länger warten.«

»Was hat er vor?«

»Er will den Orden angreifen und sich das holen, was ihm zusteht.«

Ich halte die Luft an, während sich in meinem Verstand verschiedene Szenarien abspielen. »Woher weiß er von dem Ritual?«

»Das ist das nächste Problem. Ratatöskr hat Ratten in den Orden geschickt und ist ziemlich sauer, weil die Ordensschutzzauber sie früher oder später allesamt getötet haben. Aber vorher konnte er noch ein Gespräch zwischen Victoria und Sir Henry belauschen. Lady Kaitlin, er hat sich nach dem Lagerort der Zutaten erkundigt.«

Das Eis meiner Adern befällt nun auch meine Gedanken. Rasten sie eben noch wie wild, kreisen sie nun einen einzigen ein: Sir Henry ist ebenfalls beteiligt. Und er war willens, seine Verbündete Victoria ans Messer zu liefern, um seinen Plan umzusetzen.

Was für ein kranker Bastard!

Ich habe immer geahnt, dass Sir Henry sich seit dem Tod von Nathan verändert hat, aber so sehr, dass er sich auf die schwarzmagische Seite schlägt? Und zu welchem Zweck? Was haben die beiden vor? Mir wird klar, dass William kein Partner von Victoria ist, sondern vermutlich nur der Handlanger des Protectors. Das ergibt so viel mehr Sinn als eine reine Zusammenarbeit zwischen Victoria und William.

»Lady Kaitlin, geht es Ihnen nicht gut?« Adam zerbricht mit seinen Worten die erste Schicht Eis um meine Gedanken.

»Bist du dir absolut sicher? Hat er vielleicht ein Verhör belauscht?« Auch wenn ich Sir Henry nicht leiden kann, so hätte ich ihm diese Boshaftigkeit niemals zugetraut.

»Es besteht kein Zweifel. Ratatöskr ist sich absolut sicher.«

»Verdammt noch mal. Hätte er nicht seinen Mund halten können?« Ich drehe mich von Sally und Adam weg, die mich beide mit großen Augen anschauen.

Beatrice seufzt. »Nein, dafür sind sie zu gut befreundet. Ratatöskr und Sam haben sich in den letzten beiden Jahren viel unterstützt. Was der Neuen Arkana sehr zugutekam.«

»Was ist mit euch? Könnt ihr ihn nicht aufhalten?«

Die Stille am anderen Ende der Leitung macht mir mehr Sorgen, als ich zugeben will. Schließlich seufzt Beatrice. »Der Rat der

Arkana hat sich dazu entschieden, sich rauszuhalten. Die Werwölfe sollen das selbst klären. Ich habe mein Möglichstes getan, um es zu verhindern, aber Sam hatte sich schon lange vor der Sitzung entschieden.«

»Das kann doch nicht wahr sein!« Ich entferne mich ein paar Schritte von Sally und Adam, biege in den Gang für altgriechische Schriften und Zauber ab, damit die beiden meine nächsten Worte nicht hören. »Wozu haben wir den Orden gegründet, wenn er doch nichts ausrichten kann?«

»Das ist eine der Grundlagen des Ordens. Wir sind demokratisch. Wenn wir etwas entscheiden, dann gemeinschaftlich. Und genau das haben wir getan.« Beatrice spricht entschlossen, und ich muss zu meinem Widerwillen zustimmen.

»Du hast ja recht. Was kann ich machen? Wann will er angreifen?«

»Er ist bereits auf dem Weg. Ich habe ihm zwar versprochen, nicht einzugreifen, aber ich muss Sally in Sicherheit wissen. Sie darf nicht in die Kampfhandlungen verstrickt werden. Sorgen Sie für ihre Sicherheit.«

In dem Moment, in dem ich es ihr versprechen will, erklingt ein lauter Alarm in allen Räumen, und ich zucke zusammen.

»Ein Angriff!« Adam klingt weniger ängstlich als vielmehr überrascht.

Ich eile aus dem Gang zurück. »Es ist zu spät, jetzt noch Vorkehrungen zu treffen. Sie sind da.«

»Oh nein. Bitte, kümmern Sie sich um Sally.«

»Ich werde mein Bestes geben. Danke für die Warnung.«

»Viel Glück, Lady Kaitlin.« Damit legt Beatrice auf, und ich stecke das Telefon zurück in meinen Umhang.

»Welche Warnung? Wer war das?« Sally starrt mich mit großen Augen an. »Was ist das für ein Alarm? Werden wir angegriffen?«

»Das war jemand, dem ich mein Leben bedingungslos anvertrauen würde.« Ich klopfe auf die Tasche, in der das Telefon liegt.

»Bedingungslos. Und genau das muss ich jetzt von dir verlangen. Vertraust du mir, Sally?«

»Natürlich, Lady Kaitlin.« Sally runzelt die Stirn und streicht ihre verrissene Kleidung glatt. »Wieso fragen Sie?«

»Ich muss dich darum bitten, hier in der Bibliothek zu bleiben. Zu deiner eigenen Sicherheit.«

»Was bedeutet dieser Alarm?« Adam macht die ersten Schritte auf den Ausgang der Bibliothek zu. »Was hat der Anruf zu bedeuten? Wer hat Sie gewarnt?«

»Stopp, Adam. Sie bleiben hier in der Bibliothek.« Die Eisschicht tropft mit jedem Ton des Alarms weiter von meinen Gedanken, und ich kann wieder klar denken.

»Aber was, wenn meine Hilfe gebraucht wird?«

»Dabei können Sie nicht helfen. Sie waren die ganze Nacht hier und haben vermutlich nicht viel geschlafen. Für diesen Angriff sind Sie nicht fit genug.«

»Woher wollen Sie das wissen?«

»Ich war selbst mal in Ihrem Alter und habe Nächte mit Recherche zugebracht. Wann sind Sie eingeschlafen? Vor einer Stunde?«

Adam zuckt mit den Schultern, schaut immer wieder zum Ausgang der Bibliothek, als wollte er jeden Augenblick loslaufen. »Sie wollten doch Ergebnisse sehen. Ein geringer Preis für die Belohnung, die mich bei der Erfüllung erwartet.«

»Das ist aktuell unsere geringste Sorge! Sie bleiben hier und beschützen die Bibliothek – und Sally.«

»Vor wem?« Adams Frage ist nicht unberechtigt. Wenn ich die Bibliothek in Sicherheit wissen will, muss er erfahren, was ihn erwartet.

»Dem Johnson-Rudel. Ein mächtiges Werwolfsrudel hier in London.«

Sally keucht bei der Erwähnung des Namens, was Adam zum Glück als Angst interpretiert, er tätschelt ihr beruhigend die Schulter. »Keine Sorge, hier bist du sicher.« Dann wendet er sich wieder mir zu. »Warum greifen sie an?«

»Bei einem früheren Überfall wurde der erstgeborene Sohn des Alphas getötet. Seine Leiche haben wir zurückgegeben, aber das Herz hat gefehlt. Das hat Victoria für irgendein Ritual gestohlen. Und genau das will er sich jetzt vom Protector holen.«

»Oh nein! Aber Sir Henry hat das Herz doch gar nicht.« Sally legt den Kopf schief und starrt mich an. »Wo die Zutaten sind, wissen nur William und Victoria.«

»Wieso William?« Adam hebt eine Hand, um uns symbolisch aufzuhalten. »Was habe ich verpasst?«

»Eine Menge, weil Sie zu sehr damit beschäftigt sind, sich diesen Posten zu sichern, statt auf das tatsächliche Wohl des Ordens zu achten.« Meine Worte treffen ins Schwarze, und ich sehe, wie sehr es ihn verletzt, aber anders kriege ich ihn nicht zum Schweigen. Ich gebe ihm eine kurze Zusammenfassung der Ereignisse der Nacht, von Sallys Entführung, der Befreiung durch Caleb und Williams Beteiligung daran.

»Unfassbar. Aber warum sollte Sir Henry dann die Zutaten haben? Wieso glaubt dieser Alpha das?«

»Das ist eine lange Geschichte, die ich Ihnen irgendwann mal erzähle. Jetzt haben wir keine Zeit dafür. Fakt ist jedoch: Sir Henry ist in den Verrat involviert, den Victoria begangen hat. Er arbeitet mit Victoria zusammen oder ist vielleicht sogar der Kopf dieser ganzen Intrige.« Ich gebe ihm einige Sekunden, um die Nachricht zu verdauen. Scheinbar bleibt ihm eine Antwort im Halse stecken.

»Nein!«, entfährt es Sally leise, aber ich ignoriere sie vorerst und fixiere Adam weiterhin.

»Und ich gebe Ihnen jetzt eine Aufgabe, die wichtiger ist als alles, was ich Ihnen bisher aufgetragen habe: Beschützen Sie Sally und die Bibliothek.«

Auch wenn Adam sichtlich zu schlucken hat, nickt er. »Einverstanden. Und was machen Sie?«

»Ich werde bei der Verteidigung mithelfen und versuchen, den Alpha von dem Angriff abzubringen.«

»Lassen Sie mich mithelfen.« Sally deutet auf den Boden unter ihren Füßen. »Wenn Sir Henry wirklich involviert ist, dann wird er bei dem Angriff Victoria sicher nicht im Verlies lassen, sondern sie und die Zutaten, wo auch immer die sind, retten. Ich kann nachsehen, ob Victoria noch da ist, während Sie zum Protector gehen.«

Rigoros schüttele ich den Kopf. »Auf gar keinen Fall. Das ist zu gefährlich. Wir wissen nicht, welchen Weg die Werwölfe durch das Ordenshaus nehmen.«

»Ganz sicher nicht durch die Dienstbotengänge. Dafür sind die Werwölfe zu groß und zu breit. Wenn die Vigilanten ausschwärmen, um die Eindringlinge abzufangen, kann ich unbemerkt fast bis ins Verlies gelangen.«

Dennoch schüttele ich den Kopf. »Das kann ich nicht zulassen. Ich habe deiner Mutter vor langer Zeit versprochen, dass ich für deine Sicherheit sorge, und das kann ich nicht gewährleisten, wenn du dich wie ein sturer Teenager in Gefahr begibst. Du bleibst bei Adam in der Bibliothek.«

Sallys Kieferknochen arbeiten wie wild, aber sie sagt nichts mehr. Sobald ich aus der Bibliothek heraus bin, wird Adam sie aufhalten müssen, und ich kann nur hoffen, dass er ihrem Sturkopf gewachsen ist.

»Passt auf euch auf.« Damit verabschiede ich mich von den beiden und folge dem Alarm aus der Bibliothek in einen Kampf, von dem ich bete, dass er keine weiteren unnötigen Opfer fordern wird. Denn dass Magier oder Paras bei einem Wolfsrudelangriff sterben werden, ist so sicher wie das Amen in der Kirche.

KAPITEL 49

Sally

Caleb hat sich von mir abgewandt. Gerade jetzt, wo ich ihn brauche, verhält er sich wie ein Arschloch. Auf der Motorradfahrt wäre ich fast gestorben vor Angst. Er hat keine Rücksicht auf mich genommen und ist bestimmt absichtlich so halsbrecherisch gefahren, dass ich eine Heidenangst hatte, runterzufallen. Und jetzt, wo alles vielleicht noch schlimmer wird, redet er nicht mehr mit mir.

Ich kann nicht glauben, dass Sir Henry dahinterstecken soll. Dass er wusste, was Victoria getan hat. Wenn das wirklich stimmen sollte, dann ist der Orden verdorbener, als ich dachte.

Aber warum sollte der Mann, der die Gesetze und Prinzipien des Ordens wie kein anderer repräsentiert, zulassen, dass unschuldige Paras ermordet werden?

Ich jedenfalls kann nicht untätig akzeptieren, dass Unschuldige sterben: Weder Magier noch Werwölfe sollten Blut vergießen für etwas, das Sir Henry getan hat. Ich muss das Herz finden und es Sam Johnson bringen, das habe ich ihm versprochen, und nur so kann ich den Angriff stoppen.

»Adam! Wir müssen ins Verlies!«

Calebs Bruder, der gerade erst aus dem Schlaf gerissen wurde, hat Mühe, all die Neuigkeiten zu verdauen. Er versucht, Haltung zu wahren, indem er seine Frisur richtet und seine Weste geraderückt, die im Schlaf verrutscht ist.

»Nein! Lady Kaitlin hat die Order gegeben, dass ich die Bibliothek bewache und auf dich aufpasse.«

»Die Angreifer sind aber nicht hinter Büchern her, sondern hinter dem Werwolfherz.« Ich blicke zur Tür und überlege, ob ich einfach ohne ihn losgehen soll.

Adam missversteht meinen Blick: »Hab keine Angst, niemand wird es wagen, hier einzudringen. Und ich bin sehr gut in der Lage, auf dich aufzupassen.« Er geht mit langen Schritten durch die Bibliothek, um die pompöse, doppelflügelige Tür zum Turm zu verschließen.

Ich muss raus, bevor er den Eingang magisch verriegelt und uns hier festsetzt. Es ist mir egal, was Lady Kaitlin angeblich meiner Mutter versprochen hat. Sie hat mich vor William nicht beschützt und wird es auch in Zukunft nicht können. Ich werde hier jedenfalls nicht wie ein Feigling in der Bibliothek ausharren, während alle anderen draußen den Orden verteidigen. Nur wird Adam mich nicht gehen lassen.

»Adam, warte! Das Protokoll verlangt, dass zuerst die Mittlere Bibliothek versiegelt wird.«

Adam runzelt die Stirn. »Die Mittlere Bibliothek ist ordnungsgemäß verschlossen. Ich selbst war als Letzter dort.«

»Nein, Lady Kaitlin war eben noch da drin«, lüge ich.

Verunsichert wirft Adam einen Blick in Richtung der Mittleren Bibliothek, aber die Regale versperren ihm den Blick auf den Eingang, sodass er nicht beurteilen kann, ob ich die Wahrheit sage. »Ich dachte, Lady Kaitlin wäre von oben aus ihren Gemächern gekommen, wo sie sich hingelegt hatte.«

»Ich gehe nachsehen«, biete ich zum Schein an, und zum Glück schluckt er den Köder.

»Nein, ich sehe selbst nach. Du kennst die Formel nicht, um den Zugang zu versiegeln. Kümmere du dich um das Haupttor und lege schon mal die Riegel vor.«

»Ja, Sir«, knickse ich gehorsam und wende mich der großen doppelflügeligen Tür zu, als ob ich vorhätte, sie zu schließen. In Wahrheit fange ich aber an zu rennen, sobald Adam außer Sichtweite ist, und verlasse alles andere als fügsam den Bibliotheksturm. Soll Adam doch auf die Bücher aufpassen, ich habe Wichtigeres zu tun.

*

Draußen schlägt mir kalte Luft entgegen. Ich hetze den Gartenweg am Teich entlang zum Ordenshaus. Wenn ich Pech habe, finden mich die Wachen und schicken mich zurück. Ich muss mir eine gute Ausrede einfallen lassen, falls mich jemand hier oder im Vigilantentrakt erwischen sollte.

In der Ferne sehe ich zwischen den Bäumen Wachen aufmarschieren. Ich raffe meinen Rock hoch und renne schneller. Um die Grundstücksgrenze schimmern blaue Barrieren, die jeden Eindringling normalerweise abwehren. Kein Werwolf kann auf das Grundstück gelangen.

Beim Hintereingang zum Dienstbotentrakt schlüpfe ich durch die Tür. Die Gänge sind leer und verlassen. Der Alarmton, der besagt, dass das Ordenshaus angegriffen wird, ist hier noch lauter zu hören. Eigentlich sollten sich inzwischen alle Dienstboten im Küchentrakt eingefunden haben, wo sie unter Schutz gestellt werden können. Es wird auffallen, dass ich nicht dabei bin. Aber egal. So wird mich wenigstens niemand vom Personal aufhalten und fragen, was ich vorhabe.

Das schrille Geräusch reizt meine Nerven, ich habe es das letzte Mal gehört, als Aaron in den Orden eingedrungen ist, um seinen Bruder Ben zu befreien. Das Risiko, dass sich Werwölfe im Haus befinden könnten, muss ich eingehen. Doch eigentlich ist das Ordensgelände sehr gut bewacht. Aaron konnte damals nur hineingelangen, weil ich ihn durch die magische Barriere gelassen habe, indem ich ihn ins Ordenshaus eingeladen und durch den Schutzschirm gezogen habe. Jetzt, zu Halloween, sind die Verteidigungszauber durch zusätzliche Schilde verstärkt. Außerdem sind noch ein paar Gäste im Haus, sodass der Orden besser als sonst verteidigt ist – ein denkbar ungünstiger Zeitpunkt für einen Angriff.

Warum plötzlich diese Eile? Steht das Ritual unmittelbar bevor?

Sam Johnson muss außer sich sein, dass er sein Rudel in dieses Risiko schickt. Ich hoffe nur, niemand wird verletzt.

Ich hetze den Gang entlang. Der Widerhall meiner Schritte

und mein keuchendes Atmen verfolgen mich in der Enge der Dienstbotengänge. Die Neonröhren über mir flackern und gehen plötzlich aus. Es ist auf einen Schlag stockdunkel.

Auch das noch! Ein Stromausfall?

Der Alarm verstummt. Doch ich habe es nicht mehr weit und taste mich zu dem versteckten Durchgang im Wandpaneel vor. Dieser führt zu einer Öffnung in der Nähe der Eingangshalle, wo eine Treppe nach unten abgeht.

Langsam schiebe ich die Wandvertäfelung auf und schaue mich um. Die Halle vor mir liegt verlassen da, aber ich kann schnelle Schritte und lautes Rufen hören. Die Vigilanten gehen auf ihre Posten. Auch hier brennt kein Licht, nur ein fahler grüner Schein von einem der geschnitzten Kürbisse auf einer Fensterbank, die noch nicht weggeräumt wurden, schimmert unheimlich in der Dämmerung. Ich schnappe den Kürbis und klemme ihn mir unter den Arm. Besser als gar keine Beleuchtung, falls im Keller ebenfalls alles dunkel sein sollte. Mit der grinsenden Fratze fühle ich mich gleich etwas beschützter, auch wenn ihr Zauber langsam erlischt. Es ist eine von den gruseligen, die Mary geschnitzt hat.

Ich blicke mich um, ob noch immer keine Wache zu sehen ist, und betrete dann die Treppe, um über diesen Gang, von dem auch der Tunnel zum Bootssteg abzweigt, in den Vigilantentrakt zu kommen – dem einzigen Zugang zum Verlies.

Auch hier ist alles still. Wie ich es gehofft hatte, konzentrieren sich die Vigilanten oben auf die Sicherung des Ordenshauses. Victoria stellt für sie keine Gefahr dar, die überwacht werden muss.

Ich steige in die Tiefe hinab und betrete den breiten, rundgemauerten Gang, immerhin brennt dort die Notbeleuchtung. Meine Schritte sind nicht mehr als ein leises Rascheln auf den jahrhundertealten Steinen. Ich weiß nicht wie, aber ich muss Victoria dazu bringen, mir zu verraten, wo sie das Herz aufbewahrt. Sie muss Vernunft annehmen und es zurückgeben, bevor noch mehr Blut vergossen wird.

Ein Geräusch vor mir lässt mich erstarren. Ein Scharren, gefolgt von einem tiefen, kehligen Knurren, das mich auf der Stelle wie festgefroren stehen bleiben und mir das Blut in den Adern gefrieren lässt.

In der Dunkelheit des gemauerten Ganges lauert ein großer Schatten, der sich langsam auf zwei Beine erhebt. Seine Umrisse reichen aufrecht fast bis zur Decke. Seine Zähne sind gefletscht – und mir stellen sich die Nackenhaare auf.

Oh Gott, ein Werwolf in seiner gefährlichsten Form! Wie ist der hier hereingekommen?

Nur langsam löst sich meine Schreckensstarre, er hat mich noch nicht entdeckt. Instinktiv weiche ich einen Schritt zurück. Doch das Biest schwenkt seinen gewaltigen Schädel in meine Richtung und knurrt, während seine Klauen wie bei einem Boxer an der Seite hin und her pendeln. Verzweifelt blicke ich mich nach einem Versteck oder einem Ausweg um. Aus dem Augenwinkel kann ich den Zugang ausmachen, der zum Abzweig in Richtung Bootssteg führt. Das Gatter steht offen!

Hat etwa niemand, seit ich dort zum Putzen war, es wieder geschlossen? Was für eine Schlamperei.

Der Werwolf muss sich über die Themse Zutritt verschafft haben.

Das Biest spannt seine Muskeln und wittert in der Luft meinen Geruch. Knurrend kommt es näher. Es sieht nicht gerade freundlich aus.

Ich weiche weiter zurück. Der Werwolf ist schmächtiger als Aaron es in seiner verwandelten Form war, sein Körper geschmeidiger. Das Fell ist karamellfarben und nicht grau, wie das von normalen Wölfen, auch wenn das bei den schwachen Lichtverhältnissen hier unten nur schwer zu erkennen ist. Der grüne Schein des Kürbisses in meinem Arm flackert höher, der Zauber darin wittert den Angreifer.

»Komm mir nicht zu nahe!«

Meine Worte prallen wirkungslos an dem Raubtier ab, lauernd senkt es sich herab auf alle viere und setzt eine krallenbewehrte Klaue vor die andere wie ein Panther, der seine Beute umkreist. Sehnige Muskeln spielen in den Schultern der Kreatur, die mir klarmachen, dass sie mit einem einzigen Satz bei mir sein könnte. Doch noch zögert das Biest.

Schützend halte ich den Kürbis vor mich. Im grünen Schein wirkt das Vieh schlanker, femininer, als ich Werwölfe in Erinnerung habe. Aber ich habe ja auch erst einen einzigen gesehen. Die Ähnlichkeit zu Aaron ist dennoch verblüffend, die ganze Körperhaltung und vor allem die Farbe des Fells. Ist das …?

»Annabell?«

Aarons Zwillingsschwester. Kein Zweifel, dieser Wolf sieht aus wie eine weibliche Kopie von Aaron, nur schmaler und geschmeidiger. Hoffnung keimt in mir auf.

»Erkennst du mich nicht? Ich bin es, Sally.« Ich halte meine freie Hand abwehrend hoch, um zu zeigen, dass ich keine Bedrohung bin.

Ein tiefes Knurren kommt aus der Kehle der Werwölfin. Sie fletscht die Zähne, Geifer tropft herab.

»Annabell, bitte, ich bin auf deiner Seite …«

Ich weiche vor ihr zurück. Die Wölfin setzt mir nach.

Dringen meine Worte überhaupt zu ihr durch?

Rückwärts stolpere ich weiter von ihr weg, doch alles, was ich dadurch erreiche, ist, dass sie mich nur noch mehr in die Ecke drängt. Bald stehe ich mit dem Rücken zur Wand. Und sie kann jeden Moment losspringen und mir an die Kehle gehen.

Warum sollte sie ausgerechnet mich verschonen? Ich bin es doch, die ihr Versprechen, das Herz zu finden, gebrochen hat.

Mir bleibt nichts anderes übrig. Ich schleudere ihr den Kürbis entgegen. Instinktiv springt die Werwölfin hoch, schnappt sich die Schnitzerei aus der Luft und zermalmt sie mit einem einzigen Zuschnappen ihres gewaltigen Kiefers. Orangefarbene Kürbissplitter schießen in alle Richtungen und spritzen gegen die Wände.

Ich reiße mich von dem Anblick los und nutze die Ablenkung, um wegzusprinten in Richtung Bootsstegtunnel. Hinter mir höre ich die Wölfin aufheulen, als die grüne Flamme im Inneren des Kürbisses in ihrem Maul wütet und sie zischend verätzt. Lange wird das Flämmchen sie nicht aufhalten, es wirkt gegen Geister, nicht gegen körperliche Monster auf unserer Ebene. Aber die wenigen Sekunden, die ich gewonnen habe, genügen mir, um den Durchgang zu erreichen. Mein Herz droht, mir aus der Brust zu springen, doch ich nehme meinen ganzen Mut zusammen und bremse, anstatt weiterzurennen. In der Mitte des Durchgangs zum Tunnel stelle ich mich in Position und drehe mich zu der Werwölfin um.

Die schleudert mit einem wütenden Knurren die Reste des Kürbisses rechts und links gegen die Wand, dass der Saft nur so von ihren Lefzen spritzt und das grüne Flämmchen kläglich zischend versiegt. Dann schüttelt sie sich am ganzen Körper wie ein Hund, der Wasser aus seinem Fell schleudert, und wendet ihren gewaltigen Schädel mit gereizt gefletschten Lefzen wieder mir zu.

Ich habe sie wütend gemacht.

Annabell duckt sich tiefer, wie eine Raubkatze. Die Muskeln an ihrer Schulter sind zum Zerreißen angespannt. Sie wird mich angreifen. Ich schlucke meine Angst hinunter.

Auch ich mache mich bereit und zwinge mich, auf meinem Posten zu bleiben. Unbewaffnet und wehrlos, mein ganzer Körper ebenfalls gespannt wie die Sehne einer schussbereiten Armbrust.

Sie setzt zum Sprung an.

Ich schicke ein letztes, stummes Gebet gen Himmel. Da macht das Biest einen gewaltigen Satz nach vorne. Es hätte mich von den Beinen gerissen und mit seinen scharfen Klauen zerfetzt, wenn ich den Sprung nicht erwartet und mich, so schnell ich konnte, zur Seite geworfen hätte – zur Seite und auf den Hebel.

Klauen zischen nur um Haaresbreite an mir vorbei, erwischen einen Teil meines Kleides und zerfetzen meine Schürze. Keuchend und schmerzhaft lande ich mit meinem Oberkörper auf dem Hebel neben dem Eingang. Mein Gewicht drückt ihn nach unten. Rasselnd fährt das tonnenschwere Gatter herab.

Die Werwölfin schlittert von ihrem eigenen Sprung getrieben mehrere Meter weiter in den Tunnel hinein. Als sie bemerkt, was passiert, bremst sie mit ihren Pfoten auf dem glatten Stein und wendet noch in der Bewegung elegant ihren Oberkörper, in dem Versuch, sich in die andere Richtung zu werfen, bevor das Tor sich vor ihr schließt.

Ich halte den Hebel mit meinem ganzen Gewicht nach unten gedrückt. Voller Panik sehe ich, wie sie heranjagt, und bete, dass mein Plan aufgehen wird. Doch das tonnenschwere Eisengatter senkt sich nur in Zeitlupe, viel zu langsam, die Wölfin wird es schaffen und unter den Metallspitzen hindurchgleiten – und dann Gnade mir Gott.

Doch der Schließmechanismus des Gatters hat auch einen magischen Schutz ausgelöst, und eine blau schimmernde Wand aus Energie schießt in dem Moment hoch, als Annabell zum Sprung ansetzt und durch die Lücke unter den sich herabsenkenden Eisenspitzen hindurchpreschen will. Sie prallt von dem Schutzzauber ab wie von einer undurchsichtigen Faust getroffen und knallt heulend mit blutiger Schnauze auf den Boden.

Krachend schließt sich das Tor und trennt mich und die Bestie voneinander. Mein Herz rast wie wild. Langsam richte ich mich wieder auf. Hinter dem Gitter jault und knurrt die Werwölfin. Annabell ist ausgesperrt und kann nichts mehr ausrichten. Ihr wird nichts anderes übrig bleiben, als zum Bootssteg zurückzukehren und durch die Themse zu schwimmen. Wenigstens ist sie dann außer Reichweite der Magier und kann an keinem Kampf teilnehmen.

»Tut mir leid. Ich finde das Herz deines Bruders und bringe es euch, versprochen.« Ich wende mich von dem Durchgang zum Bootstunnel ab und laufe in Richtung Vigilantentrakt.

Scheiße, das war knapp. Sie hätte mich auch zerfetzen können.

Es schien nicht so, als hätte Annabell in ihrer Werwolfsform zwischen Freund und Feind unterscheiden können.

War es für Caleb auch so, als er Aaron gegenüberstand?

Falls ja, kann ich nachvollziehen, warum er Aaron getötet hat.

Ich lasse das Heulen und Knurren der Werwölfin hinter mir. *Hoffentlich sind nicht noch weitere Wölfe hier unten.*

Sollte mir erneut einer begegnen, ist es vermutlich aus mit mir. Und wenn sich mir einer der Vigilanten in den Weg stellt, werde ich ihm erzählen, dass ich Victoria eine Botschaft überbringen soll. Ob ich damit durchkomme, wird sich zeigen.

Noch argwöhnischer als zuvor schleiche ich den Gang entlang zum Trakt der Vigilanten. Der Zugang ist leer und verlassen, weder Vigilanten, die mich aufhalten, noch Werwölfe, die mich anknurren. Nichtsdestotrotz bleibe ich vorsichtig, suche Schutz in Türnischen oder warte vor einer Ecke und lausche, bevor ich weiterlaufe.

Ohne Zwischenfall erreiche ich die Wendeltreppe, die zum Verlies hinabführt.

Dieser Angriff ist Wahnsinn und könnte in einem Krieg enden. Ich bin froh, Annabell nicht an die Vigilanten ausgeliefert, sondern sie ausgesperrt zu haben. Aber ich wünschte, ich hätte mit Ben sprechen können. Er hätte seinen Vater bestimmt zur Vernunft gebracht.

Auch hier unten brennt nur die Notbeleuchtung. Trübes Licht dringt aus dem Eingang zum Flur und malt meinen fahlen Schatten an die Wand hinter mir.

Wo sind eigentlich die Wachen?

Vorsichtig schleiche ich mich zum Durchgang. Die Zellen entlang der Wände sind derzeit alle leer, nur ganz hinten, in einer der Steinkammern, die mit einer Stahltür und einem kleinen Sichtfenster gesichert ist, sitzt Victoria. Hier war auch Ben eingeschlossen, vielleicht sogar in derselben Zelle.

Ich komme nicht dazu, mir Gedanken zu machen, wie ich weiter vorgehen soll, denn Victoria ist nicht allein. Ich höre eine männliche Stimme. Es ist Sir Henry. Er ist bei ihr. Mein Herz stolpert, als ich Schlüssel klimpern höre und wie jemand sich an einem der Schlösser zu schaffen macht.

Sir Henry. Hat er die Wachen weggeschickt und befreit nun Victoria?

Ich muss mir Klarheit verschaffen und spähe in den Flur. Noch bis eben hatte ich gehofft, es sei alles nur ein Missverständnis. Doch nun sehe ich Sir Henrys Verrat mit eigenen Augen, als er eine der hinteren Zelle betritt.

»Warum war der Eindringlingsalarm an?« Victorias Stimme dringt aus der offen stehenden Tür.

Es wird nicht lange dauern, bis sie und Sir Henry den Durchgang zur Treppe passieren und mich entdecken werden. Ich brauche dringend ein besseres Versteck. Über die Wendeltreppe nach oben fliehen, werde ich vermutlich nicht mehr schaffen. Mir bleibt nur eine der Zellen.

Ich stoße mich von der Wand ab, schlüpfe in die vorderste Zelle und verstecke mich hinter der Stahltür.

War ich leise genug? Oder haben sie mich bemerkt?

Angespannt warte ich. Doch es passiert nichts. Erleichtert atme ich auf, als ich Sir Henry reden höre:

»Ich fürchte, die Werwölfe greifen das Ordenshaus an, diese Dummköpfe. Sam Johnson will das Herz. Vermutlich sind schon einige auf dem Gelände. Ich habe Kampfgeräusche gehört.«

»Dann lass uns schnell loslegen.« Victoria klingt ungeduldig.

Von meinem Posten aus kann ich nicht sehen, was vor sich geht, und muss ohnmächtig mitanhören, wie Sir Henry und Victoria aus der Zelle treten.

Was soll ich jetzt tun? Ich kann sie nicht aufhalten. Ich hätte nicht allein hierherkommen sollen.

»Hast du die Drüse?« Victoria klingt wirklich nicht erfreut darüber, zwei Nächte im Verlies verbracht zu haben – ein wenig kann ich mir meine Schadenfreude über ihren Unmut jedoch nicht verkneifen.

»Ja. Es war nur ärgerlich, dass ich sie aus dem Dead Mans Hole besorgen musste. Kannst du mit dem Ritual auch ohne mich beginnen? Ich muss zurück in die Große Halle, sonst fällt es auf, wenn ich dem Kampf nicht beiwohne. Ich komme nach.«

»Natürlich, Protector, ich bin bereit. Aber was ist mit Lady Kaitlin? Nicht, dass sie uns wieder dazwischenkommt.«

»Lass Lady Kaitlin mal meine Sorge sein. Sie hat bereits genug Gift in sich, um kein Hindernis mehr darzustellen. Es ist ein Wunder, dass sie noch aufrecht stehen kann, aber eine weitere Überdosis wird sie nicht mehr wegstecken können.«

Mir wird eiskalt, als ich das höre.

Was hat er gesagt? Gift und Überdosis? Heißt das, er versucht, Lady Kaitlin zu vergiften?

Das würde jedenfalls ihren Zustand in letzter Zeit erklären. Ich muss sie unbedingt warnen. Aber ich kann hier nicht weg, nicht jetzt.

Victorias hohe Absätze klackern laut durch den Flur. Sir Henrys Schritte folgen. Ich halte den Atem an, als sie die Tür vor dem Raum passieren, in dem ich mich verstecke.

»Ich habe die Wachen abgezogen, du dürftest keine Probleme haben, von hier zu verschwinden. Wo genau hast du die restlichen Zutaten versteckt?«

»Im Grab. Bei dem Silberkelch des Earls of Pembroke, zusammen mit dem Vampirzahn, den Augen und dem Herz des Werwolfs. Ich muss sie nur noch holen. Was ist mit der Tagtraumdrüse? Ist sie gut gefüllt?« Victorias Schritte bleiben stehen, die von Sir Henry ebenfalls. Sie müssten jetzt vor der Wendeltreppe angekommen sein.

Hat Victoria mich bemerkt?

Angst kriecht mir den Nacken hinauf. Erneut halte ich den Atem an, bis Sir Henrys Stimme die Stille durchbricht:

»Der treue William hat dafür gesorgt, dass unser Freund genügend Nahrung an Fantasien hatte.«

Victoria lacht. Sie klingt sehr zufrieden. Mir dreht sich der Magen um, ich ahne, wovon sie reden.

Ich höre Absätze auf der Treppe nach oben steigen und atme auf. Ich muss dringend Lady Kaitlin und Adam warnen.

Victoria bleibt mitten auf der Wendeltreppe stehen.

Hat sie mich aufatmen gehört? Hat mein Schatten mich verraten?

Ich drücke mich dichter an die Wand, stelle das Atmen ein und hoffe, dass sie weitergeht, bevor mir schwarz vor Augen wird.

»Dann ist es jetzt so weit? Wir holen Nathan zurück?«

Ich traue meinen Ohren nicht. Was meint Victoria mit *›zurückholen‹*? Nathan ist tot!

»Ich verlasse mich auf dich, Victoria. Jupiter steht nur alle sieben Jahre in einer so günstigen Konstellation, darum musst du es jetzt durchziehen, notfalls auch ohne mich.«

»Ich werde dich nicht noch einmal enttäuschen, Henry.«

»Das will ich hoffen. Ein weiteres Mal vergebe ich dir nicht.«

Victorias und Henrys Stimmen werden leiser. Sie steigen die Treppe weiter nach oben. Noch bin ich nicht außer Gefahr. Ich muss warten, bis sie weg sind, und lausche, wie ihre Schritte verstummen. Dann schleiche ich aus meinem Versteck und folge ihnen nach oben. Die Zeit rennt.

Victoria hat gesagt, dass sich das Herz in einem Grab befindet, aber nicht in welchem. Allzu viele Grabstätten gibt es jedoch nicht auf dem Ordensgelände, und wenn Victoria sich jetzt dorthin begibt, dürfte es ein Leichtes sein, sie zu stellen. Allerdings ich kann das nicht allein. Ich brauche Caleb, aber der ist jetzt sonst wo im Ordenshaus auf Wachposten, auch wenn ich im Moment lieber nicht darüber nachdenken möchte, wie er von mir denkt. Hätte ich mein Handy mitgenommen, würde ich ihn jetzt anrufen, auch wenn er vermutlich nicht rangehen würde, wenn er meine Nummer sieht. Nach den Höhlen war er richtig sauer auf mich und hat sich wie ein Arschloch benommen.

Ich hatte doch keine Wahl. Wenn ich dem Ritual nicht zugestimmt hätte, wäre er jetzt tot.

Wie auch immer, ich muss Caleb warnen und Lady Kaitlin. *Aber wie?* Caleb wird mich ignorieren, und Lady Kaitlin ist irgendwo im Ordenshaus unterwegs auf der Suche nach Sir Henry. Meine einzige Chance ist Adam.

Also renne ich, so schnell ich kann, den Weg zurück, den ich gekommen bin: Durch die im Dunkeln liegenden Dienstbotengänge und den Park bis hinüber zur Bibliothek, wo ich mit beiden Fäusten gegen das Tor schlage.

»Adam! Mach auf!«

Schwere Riegel werden beiseitegeschoben. Adam öffnet. Sein Gesichtsausdruck wechselt von verärgert zu verwundert. »Du bist abgehauen, Dienstmagd!«

»Dafür haben wir jetzt keine Zeit! Wir müssen Lady Kaitlin warnen.« Schnell rassele ich herunter, was ich im Verlies belauscht habe, und beschwöre Adam, mir zu glauben.

»Ich denk mir das nicht aus. Bitte, du musst Lady Kaitlin finden.«

So verwirrend die Ereignisse für ihn sein müssen, Adam beweist, dass er ein schneller Denker ist. Er zückt sein Handy und informiert Lady Kaitlin über Telefon. Er versucht es auch bei Caleb, doch der geht nicht ran. Ich mache mir Sorgen.

Adam formt einen Ortungszauber mit seinen Händen, und vor ihm in der Luft entsteht eine kleine, wabernde Kugel. Er folgt dem schwebenden Gebilde durch das Tor. »Bewach solange die Bibliothek, bis Lady Kaitlin eintrifft!«

Dieses Mal füge ich mich Adams Befehl und warte hinter geschlossenen Toren darauf, dass Lady Kaitlin zurückkommt. Sobald sie hier ist, werden wir zu den Grabstätten aufbrechen. Wir können nicht zulassen, dass Victoria Aarons Herz für ein Ritual verwendet, um Nathan aus seinem Grab wiederauferstehen zu lassen, falls es tatsächlich das ist, was sie vorhat. Das würde den labilen Frieden zwischen den Paras und dem Orden für immer zerstören.

In der Ferne entdecke ich Lady Kaitlin auf ihren Stock gestützt über den Rasen eilen. Ich verlasse die Bibliothek, schließe die Tore hinter mir und renne auf sie zu.

FOLGE

15

KAPITEL 50

Caleb

Ich werfe wahllos meine Kleidung in die braune Lederreisetasche, während draußen der durchdringende Alarm alle zum Kampf ruft. Der Orden wird angegriffen, aber das ist mir egal. Paras infiltrieren die heiligen Hallen – und ich bin selbst ein Para. Ein Ausgestoßener. Sollen sie ihre Kämpfe doch allein austragen, ich bin so gut wie raus aus dieser Institution und fühle mich niemand mehr verpflichtet.

Ich werde nicht viel mitnehmen. Mein Bike, ein paar persönliche Dinge, meinen Laptop, die Beretta und mein Katana. Mehr brauche ich nicht, egal, wo es mich hin verschlägt. Geldsorgen habe ich keine, und die besonderen Währungen liegen in meinem Bankschließfach.

Mein Handy brummt permanent, aber ich ignoriere es. Wenn man Brücken abbricht, sollte man es konsequent tun. Ich werde es sowieso nicht mitnehmen. Squirrel hätte mich im Handumdrehen geortet – und ich will nicht gefunden werden.

Ein Klopfen an der Tür lässt mich innehalten. *Besuch, während der Orden in Gefahr ist?* Ich greife nach meinem Katana und trete kampfbereit zur Tür. Obwohl ich nicht glaube, dass Angreifer anklopfen.

»Wer ist da?«

»Dein Bruder, verdammt noch mal. Was zur Hölle machst du in deinem Zimmer? Caleb, wir werden angegriffen!«

Ich kicke die Reisetasche hinter das Sofa und öffne Adam die Zimmertür. Offensichtlich hat er einen Ortungszauber verwendet, um mich zu finden, der kleine Ball verpufft gerade.

»Du musst ihnen helfen. Ich fürchte, sie haben den Verstand

endgültig verloren!« Adam hält sich nicht mit den sonst obligatorischen Höflichkeiten auf und lässt mir gar keine Zeit, mich über den Ortungszauber zu echauffieren.

»Wem helfen?« Ich bin verwirrt.

Adam fährt sich aufgeregt durch die Haare und wirkt überfordert. Er mag kein Kämpfer im klassischen Sinn sein, aber er ist nicht leicht einzuschüchtern und macht sich selten so offensichtlich Sorgen.

Ein Gentleman zeigt seine Unruhe nicht! Ich kann den Tadel meines Vaters, wie er Adams Verhalten kommentiert, förmlich hören.

»Lady Kaitlin und Sally. Warum gehst du auch nicht an dein verdammtes Telefon? Victoria ist geflohen, und wenn ich nicht rechtzeitig zurück bin, um sie daran zu hindern, werden die beiden bestimmt allein aufbrechen und sie stellen! Eine Dienstmagd und eine altersschwache Bibliothekarin gegen die Chefin der Vigilanten?!

Caleb, sie brauchen deine Hilfe! Ich kann ihnen nicht helfen, mir fehlt die Ausbildung, außerdem bin ich der Bibliothek verpflichtet. Dass ich dich warne, ist schon gefährlich. Sally bewacht ganz allein die Folianten, während Werwölfe gerade den Orden angreifen, weil sie ein dämliches Herz zurückholen wollen!«

Ich höre gar nicht weiter zu. Es ist nicht die Sorge um die beiden Frauen, die mich antreibt, auch wenn keine von ihnen den Tod verdient hat. Ein wenig Folter vielleicht, aber nicht den Tod. Es ist meine Wut auf Victoria. Sie ist schuld an Zacs Tod, und ich kann nicht zulassen, dass sie jetzt entkommt. Ich werde ihre Flucht beenden und sie aufhalten!

Diesen Kampf gegen sie sehne ich herbei. Von ihr Lebensenergie abzuzapfen, wäre mir ein Vergnügen! Sie zu töten meine Rache für Zac!

Ich schnappe mir meine Beretta und stecke sie hinten in meine Hose. »Wo ist sie?«

Adam hält mir schon die Tür auf. »Im Park, bei den Gräbern. Sally hat irgendetwas von einem Nathan gemurmelt und seinem Grab! Ich muss zu den Folianten zurück, Sally ist allein in der Bibliothek, falls sie überhaupt noch dort ist. Pass auf dich auf!«

»Du auch, Adam. Kein Buch ist deinen Tod wert, ist das klar?«

Wir nicken uns kurz zu, und ich eile vor ihm die Treppe zum Erdgeschoss hinunter, immer zwei Stufen auf einmal nehmend.

Zwei Etagen tiefer wende ich mich zum Durchgang zur Haupthalle. Von da aus komme ich am schnellsten in die Parkanlage und zu den Gräbern in dem Wäldchen, während Adam durch den Seitenausgang schlüpft, um schnellstmöglich bei seinen geliebten Büchern zu sein. Ich sehe ihm kurz hinterher und hoffe, er ist vorsichtig. Dies dürfte unser letztes Aufeinandertreffen gewesen sein.

Auch er dreht sich um und nickt mir aufmunternd zu.

»Leb wohl, Adam«, murmele ich leise und wende mich dann der Haupthalle zu.

Die Tür fliegt auf, ehe ich sie selbst erreiche, und ein großer dunkelbrauner Werwolf steht mir knurrend gegenüber. Geifer tropft von seinen Lefzen.

»Hör mal, Hündchen, ich bin nicht dein Feind. Such dir einen anderen Magier. Einen Angriff auf mich würdest du bitter bereuen. Und nicht überleben, vertrau mir.« Mit diesen Worten gehe ich ohne Angst und vollkommen ruhig an dem riesigen und vor Aufregung zitternden Muskelberg vorbei.

Er ist nicht mehr mein Feind. Aber auch nicht mein Freund. Für ihn werde ich freiwillig keine Energie verschwenden, auch wenn es mir im Moment egal ist, woher ich meine Kraft beziehe, solange es nicht mein Team, Isa oder Adam trifft. Aber Adam ist gleich wieder in seiner geliebten Bibliothek, und Isa ist heute nicht im Orden.

Der Wolf knurrt mich bedrohlich, aber leise an. Offensichtlich ist er aufgrund meiner Reaktion und der Weigerung, ihn anzugreifen oder als Gefahr zu sehen, total irritiert. Ich trete an ihm vorbei in die Haupthalle, während der Wolf sich entschließt, mich ebenfalls zu ignorieren, und weiterrennt.

Braver Hund.

Das Licht in der Haupthalle ist ausgefallen, ebenso der Alarm, der alle im Orden aufgeschreckt hat. Meine geschärften Sinne nehmen meine Umgebung dennoch bewusst und klar wahr: Ich kann über mir das Trampeln rennender Personen hören und Rufe von Magiern. Aus den Dienstbotenquartieren ertönen ebenfalls Kampfgeräusche, und von draußen vernehme ich das schmerzverzerrte Heulen eines Wolfes.

Ich spüre, wie bereit ich bin, erneut zu zaubern.

Ich will zaubern.

Und da ich nun nicht mehr an den Orden gebunden bin, kann ich tun, was ich will – und ich fühle mich mit dieser Erkenntnis unglaublich frei.

Dieser Kampf hier geht mich nichts mehr an. Sie wollen mich nicht. Sollen sie allein damit zurechtkommen! Ich bin ihnen keine Rechenschaft mehr schuldig!

Lady Kaitlin hat mir unmissverständlich erklärt, dass ich jetzt zu den Paras gehöre, zu den Wesen, die angreifen. Dummerweise hat mir Adam klargemacht, dass im Orden noch Menschen sind, die ich nicht einfach im Stich lassen kann und darf: Mike, Noah und Adam.

Ich werde aber nicht für den Orden kämpfen. Er hat auch nicht für mich gekämpft, wie Lady Kaitlins Ultimatum deutlich gezeigt hat. Ich kämpfe für die Gerechtigkeit.

Ohne weiteres Zögern betrete ich die Halle und sehe gerade noch, wie ein schlanker brauner Wolf aus dem offenen Haupttor brettert, stark blutend und humpelnd. Der Magier, der diesen Wolf in die Flucht geschlagen hat, muss in der Nähe sein, aber das interessiert mich nicht, nicht mehr.

Ich wende mich dem Ausgang zu. Die meisten Kämpfe scheinen auf dem Ordensgelände stattzufinden, wo jetzt vermutlich auch Sally und Lady *rechthaberisch* sind. Eigentlich verdienen es beide, von den Werwölfen gefressen zu werden.

Aber da ist auch noch Victoria.

Und sie gehört mir! Ich werde dieser Schlampe den Triumph über Sally und die alte Dame nicht gönnen. Sie verdient es nicht, am Leben zu bleiben. Und ich werde Zac rächen!

»Gib mir das Herz meines Sohnes zurück, alter Mann!«

Die Stimme oben, auf dem ersten Treppenabsatz, lässt mich herumfahren. Zu meinem Erstaunen sehe ich Sir Henry auf der einen Seite der Treppe stehen, und auf der anderen einen hünenhaften, nackten Afroamerikaner herunterkommen. Seine Haut glänzt schweißnass, und er ist gut zwei Köpfe größer als der Protector, der ihm nun einen Schockzauber entgegenschleudert. Der Mann verwandelt sich blitzschnell in einen riesigen schwarzen Wolf und fängt den Zauber ab, als wäre es nur ein kleiner Stromschlag gewesen und nicht der Schockzauber eines der mächtigsten Ordensmagier.

Was genau meint der Wolf mit ›Herz seines Sohnes‹?

Der tiefschwarze Wolf, der sich gerade wieder zurückverwandelt, hat eine große Ähnlichkeit mit dem von mir vor einigen Wochen genau in dieser Halle getöteten Exemplar. Er muss mit ihm verwandt sein, ich tippe auf den Vater. Und so wie es aussieht, sind er und das Rudel wegen des Herzens meines Opfers hier.

Ein Schauer läuft mir über den Rücken, als ich sehe, wie Sir Henry einen komplizierten Spruch wirkt. Ich kenne die Gesten, auch wenn ich sie noch nie ausgeführt habe. Der Rasierblattzauber fügt dem Gegner unzählige Verletzungen zu und führt letztendlich zum Tod. Der Mann, der nun wieder in menschlicher Gestalt fast bedächtig auf den Protector zugeht, kann nicht wissen, was der Magier vorhat.

»Mein Sohn mag für sein Eindringen den Tod verdient haben,

aber ich habe Sie gewarnt. Wenn wir das Herz nicht bekommen, holen wir es uns.« Seine Stimme klingt dunkel, kehlig und knurrend. Ich sehe, wie seine Muskeln zittern – und Sir Henry die komplizierte Bewegung abschließt.

Ich habe diesem Mann ein Familienmitglied genommen und bin mir mittlerweile auch sicher, dass der junge Ben unschuldig ist. Die Paras wurden von Victoria benutzt, und jetzt wollen sie Gerechtigkeit. Oder, wie in diesem Fall, ein Herz.

Sir Henrys Gesicht ist eine Maske voller Bösartigkeit, als er die Hände erhebt. Der Zauber hüllt ihn in ein rotes Leuchten. Der Wolf hat keine Ahnung, was gleich passieren wird, und verwandelt sich in dem Moment, als der Protector die arkane Kraft freilässt. Die Wunden, die er dem Wolf schlägt, sind tief und bluten augenblicklich. Ein Rasierblattzauber ist qualvoll und endgültig. Er gilt als grausamste Methode, einen Feind zu töten. Eindeutig dazu gedacht, keine Gefangenen zu machen. Weit am Rande dessen, was noch toleriert wird – und nur eine Handbreit von schwarzer Magie entfernt.

Der Wolf bricht aufheulend zusammen. Ich kann das dicke, träge Blut sehen, das die Treppe hinunterläuft, von Stufe zu Stufe tropft, wie zäher Sirup. Der sterbende Blick des Wolfes fängt sich in meinem, und in diesem Moment wird mir glasklar, was richtig und falsch ist. Was ich zu tun habe. Wer Freund und wer Feind ist.

Obwohl ich diese Kraft und diese Art der Magie noch nie besonders gut beherrscht habe, kanalisiere ich ohne zu zögern mein ganzes Denken und Fühlen auf Sir Henry, fokussiere mich auf seine Präsenz, die ich förmlich greifen kann. Es ist erstaunlich leicht, nachdem ich es zulasse und akzeptiere, was ich tue.

Ich bediene mich an Henrys Lebenskraft, sehe, wie der arrogante, siegessichere und bösartige Gesichtsausdruck einem fassungslosen Entsetzen weicht, und spüre die Wärme, die sich über mich auf den Wolf überträgt, der gerade viel zu schnell atmet. Ich fühle, wie der Protector sich wehrt. Doch lange kann er meinem Zauber nicht standhalten. Er taumelt und knallt rücklings auf den Treppenabsatz, wo er mit verdrehtem Körper reglos liegen bleibt. Heilzauber waren nie etwas, was mir besonders gut gelungen ist, aber nun kann ich sehen, wie sich mit jedem schwächer werdenden Atemzug von Sir Henry eine weitere Wunde des riesigen Raubtieres schließt.

Der Wolf öffnet die Augen. Sein Blick bohrt sich erneut in meinen, während ich den Heilzauber aufrechterhalte und mit der Lebenskraft des Protectors nähre, bis die Wunden des Wolfes geschlossen sind. Es dauert nur einen Augenblick, und doch möchte ich nicht aufhören, möchte dieses Gefühl, diese Macht länger erleben.

Sir Henry scheint nicht mehr zu atmen. Nur mühsam stoppe ich den Zauber und hole zittrig Luft.

Der Wolf verwandelt sich zurück, klammert sich an dem antiken Holzgeländer fest, an dem er sich hochzieht, und rappelt sich mühsam wieder auf. »Ich weiß, was du bist. Warum hilfst du mir?«

Ich seufze schwer. »Weil du jedes Recht hast, den Orden für seine Verfehlungen anzugreifen. Das Herz – dieser Wolf, der hier getötet wurde, er gehörte zu deinem Rudel, richtig?«

Es sollte mir egal sein, doch ich habe ihn getötet. Aber ich habe ihn trotz allem respektiert. Er hat für seinen Bruder gekämpft, etwas, was ich ohne zu zögern jederzeit auch tun würde.

»Ja. Er war mein Sohn. Ich will nur das, was uns zusteht. Sein Herz. Damit mein Kind seine Ruhe findet.«

Er kommt wieder zu Kräften, starrt mich aber vorsichtig an. Ihm ist klar, was ich bin, aber selbst das ist mir egal. Er schuldet mir etwas, auch wenn er nicht ahnt, dass ich ihm wesentlich mehr schulde. Immerhin verdankt er den Grund für seinen heutigen Überfall meinem Erfolg im Kampf gegen seinen Sohn.

Verdammt. Ich habe sein Kind auf dem Gewissen.

An der Tür erscheint ein Wolf mit rotbraunem Fell. Er humpelt und blutet, knurrt mich aber dennoch angriffslustig an, als er die Halle betritt. Der Alpha gibt einen bellenden Laut von sich. Der andere Wolf verharrt, lässt mich aber nicht aus den Augen.

»Ihr werdet untergehen. Du hast beinahe gegen den alten Mann verloren, dein Rudel kämpft einen aussichtslosen Kampf. Es sind zu viele Magier hier. Zu viele Gegner für ein einziges Rudel. Ich werde das Herz suchen, und wenn es zu retten ist, bringe ich es dir. Aber zieht euch zurück. Dein Sohn hätte bestimmt nicht gewollt, dass seine Familie seinetwegen den Tod findet. Rette dein Rudel!«

Der Alpha sieht mich an, seine dunklen Augen funkeln, ich kann den inneren Kampf sehen, der ihn auffrisst. Ein Blick auf den zweiten Wolf und dessen Verletzungen gibt offensichtlich den Ausschlag.

»In Ordnung.« Die Worte kommen geknurrt. »Aber das heißt nicht, dass ich dir vertraue oder wir Freunde sind. Du bist ein …« Er bricht ab, wirft dem anderen Wolf einen kurzen Blick zu und seufzt. »Egal. Ich schulde dir was. Bring mir das Herz meines Sohnes, wir ziehen uns zurück – vorerst!«

Er spannt sich an und springt auf mich zu, die Treppe hinunter. Im Flug verwandelt er sich wieder in den riesigen pechschwarzen Wolf und rennt dann elegant aus der Eingangshalle. Der rotbraune Wolf folgt ihm wie ein Schatten nach einem letzten Knurren in meine Richtung.

Ich registriere den Kampflärm von draußen und ein Heulen, das bestimmt der Ruf des Alphas zum Rückzug ist. Vermutlich ist es in ganz London zu hören. Ich weiß, dass mir nicht mehr viel Zeit bleibt. Dafür habe ich eine ungefähre Vorstellung davon, wo ich die *Eishexe* und das Herz des Werwolfs finde, das für ein schwarzmagisches Ritual verwendet werden soll. Ein Ritual, das ich verhindern werde.

Ich renne aus der Eingangshalle und lasse den leblosen Körper des Protectors auf der Treppe zurück. Draußen wende ich mich dem Park zu. Ein älterer Magier taumelt an mir vorbei und hält sich den Arm, dunkle Blutstropfen auf dem Boden beweisen, dass auch Werwölfe keine halben Sachen machen. Etwas entfernt sehe ich Hollister Grey, der sich über einen leblosen Wolf beugt, einen langen, blutigen Dolch in der Hand.

Die Wölfe haben den Angriff auf das Ordenshaus teuer bezahlt, ich jedoch kann nicht mehr helfen oder mich aufhalten lassen. Ich habe getan, was ich tun konnte. Vermutlich sind Lady Kaitlin und Sally gerade dabei, sich mit der Person anzulegen, die der Grund für all das hier ist. Und ich habe nicht vor, die Rache an Victoria ihnen zu überlassen.

Ich eile durch die Kälte, über die gepflegte Grünanlage zu dem Wäldchen, wo sich die Gräber der Ordensmitglieder befinden. Die kahlen Äste scheinen sich wie dunkle, bedrohliche Skelette nach mir zu strecken, der Wind ächzt in den fast blattlosen Kronen. Die Nacht ist dunkel, der abnehmende Mond spendet nur wenig Licht, aber ich brauche keine Hilfe, um meinen Weg zu finden.

So gepflegt und stets akkurat zurechtgestutzt der Rest des Parks ist, hier, im Wäldchen bei den Gräbern, ist nur wenig von menschlicher Pflege zu erkennen. Moos, Efeu und wild wuchernde Weinreben beherrschen die Szenerie und geben der Natur etwas Ursprüngliches.

Nathan ist der Sohn des Protectors, und obwohl es ihm nicht zustand, wurde sein Leichnam in der Mitte dieses heiligen Ortes beigesetzt, dort, wo die ehemaligen Ordensführer, Vigilantenchefs und Bibliothekare begraben werden. Sir Henry hat seinen gesamten Einfluss spielen lassen, um seinem Sohn einen Platz in der ersten Reihe zu sichern.

Der Boden unter meinen Füßen ist moosig, und keiner meiner Schritte verrät mich, als ich mich vorsichtig der Lichtung nähere. Das Katana steckt in der Halterung des Mantels – ich denke nicht, dass Victoria einen klassischen Endkampf vorzieht: Sie ist durch und durch eine talentierte Magierin.

Die Kampfgeräusche und das Heulen der Wölfe sind nicht mehr zu hören, je näher ich den Gräbern komme. Lediglich ein Kauz ruft seine Gefährtin, und der Wind lässt die steifen alten Baumgerippe stöhnen, aber ansonsten ist es still. Bis auf … das Knistern und Knacken von Elektrizität, das durch die sich lichtenden Bäume dringt.

So schnell ich kann, eile ich dem Geräusch entgegen, darauf bedacht, selbst keinen Laut zu machen, weil ich meine Ankunft nicht zu früh offenbaren will. Die Stämme der Bäume geben endlich einen Blick auf die Lichtung frei. Überall flackern magische Flammen in hohlen Totenschädeln. Durch die Augenhöhlen dringt grünliches Licht, das die Szenerie gespenstisch, geradezu effektvoll beleuchtet. Irgendjemand hat die Bühne für heute Nacht vorbereitet – dieses Ritual wurde von langer Hand geplant.

William? Sir Henry? Es spielt keine Rolle.

Ich entdecke Nathans Grab. Es ist mit einer schwarzen Grabplatte gekennzeichnet, auf der das Relief seines Gesichts zu sehen ist. Was neu ist, sind die knorrigen Wurzelholzschalen, die davor auf dem weichen, moosigen Boden sternförmig verteilt sind. Ein Pentagramm aus Schalen. In einer kann ich ein Herz erkennen, in einer anderen liegen Augäpfel.

Meine Aufmerksamkeit wandert von den Schalen zu den Frauen, die sich auf der Lichtung gegenüberstehen. Sally hat die Hände erhoben und vollführt komplizierte Bewegungen, während Lady Kaitlin hinter ihr steht und sie an der Schulter festhält. Sie stärkt Sallys Zauber.

Im nächsten Moment begreife ich, dass es Sally ist, die dem mächtigen Elektrozauber von Victoria einen nicht minder machtvollen Verteidigungszauber entgegensetzt und sich und Lady Kaitlin dadurch schützt. Diese Leistung ist beeindruckend, auch wenn ich deutlich erkenne, dass Sally ohne Kaitlins Hilfe diese Kraft nicht gezielt hätte einsetzen können. Nur zu zweit halten sie gerade so dem Angriff der Vigilantenchefin stand, die mit einer Hand den Zauber wirkt, während sie mit der anderen ein Buch hält, aus dem sie in einer Sprache vorliest, die kehlig und fremdartig klingt.

Die Luft ist schwer von der aufgewendeten Magie, und jedes Haar an meinem Körper richtet sich auf. Man muss nicht viel Ahnung von Magie haben, um zu wissen, dass hier ein sehr dunkles und gefährliches Ritual vollzogen wird.

Sally keucht leise, ich kann die Schweißtropfen sehen, die sich auf ihrer Stirn bilden. Ein Wunder, dass sie überhaupt so lange durchgehalten hat.

Bisher hat mich noch niemand entdeckt, aber ich kann spüren, wie mit jedem weiteren Wort, das Victoria spricht, und mit jeder Sekunde, die verstreicht, die Zeit unbarmherzig davonläuft. Und noch etwas nehme ich wahr: Eine Kraft zerrt an mir, und mit jeder dieser kehlig gesprochenen Silben scheint etwas von meiner eigenen Kraft zu schwinden.

Noch bevor ich Victoria angreifen kann, bricht das Gras vor der Grabplatte auf und gibt einen Krater preis. Eine Gestalt materialisiert sich neben dem aufgebrochenen Boden. Victoria entfährt ein triumphierender Laut. Kurz lässt ihre Konzentration nach, und ich kann sehen, wie der Verteidigungszauber von Sally und Lady Kaitlin wieder an Kraft gewinnt.

»Nathan.« Victorias Stimme klingt sanft, erfreut und glücklich, während die Gestalt allmählich Form annimmt und ein junger, attraktiver Mann erscheint. Ein Mann, der nicht hier sein sollte. Ein Toter. Ein Wiedergänger.

Nathan Blake!

Ich denke nicht nach, ich will Victoria aufhalten und versuche, die dazu benötigte Energie von diesem unnatürlichen Wesen vor dem Grab zu ziehen, das sich jedoch längst nicht vollständig materialisiert hat. Noch scheint Nathan in einem Zustand zu sein, in dem er den Eintritt in diese Realität nicht beendet hat. Ich kann ihn hinter einem Schleier, wie unter Wasser, zwar sehen, aber nicht wirklich erkennen.

»Caleb! Wie erfreulich. Ich hatte schon vermutet, dass Sie nekromantische Fähigkeiten haben, aber jetzt zu sehen, wie diese Energie das Ritual verstärkt und vollendet – es ist berauschend.«

Victoria jubelt, und mir wird klar, dass ich nie in der Lage war, diese intelligente Frau zu täuschen. Sie mag es nicht geplant haben, was mit mir passiert ist, aber sie hat es durchaus bemerkt. Und für ihre Zwecke eingesetzt.

Während sie mit mir redet, hält sie weiterhin die Blitze aufrecht, die sie auf Sally und Lady Kaitlin feuert. Ich bemühe mich, meine Energie ausschließlich von Nathan zu beziehen. Egal, wie sauer ich auf Sally und die Lady bin, ich möchte keine von beiden verletzen.

»Armer Caleb. Sie können ihn nicht benutzen, um mich zu töten.« Victoria scheint sich königlich zu amüsieren. Sie ist sich sicher, dass ich ihr nichts tun kann. »Und aufhalten kann man das Ritual jetzt auch nicht mehr. Mit Ihrer Energie gespeist ist Nathan stärker, als wir uns das erträumen konnten!«

Verdammt!

Nathan Blake könnte ein Nekromant sein. Nekromantische Energie ist keine Lebensenergie. Aber egal, was er ist, und warum er für mich nicht angreifbar ist, er muss vernichtet werden!

»Herrje, Junge. Leg die Skrupel ab. Nimm meine Energie«, höre ich eine leise, wenn auch bestimmte Stimme. Diese Stimme kenne ich. Die Stimme und den rechthaberischen Unterton darin.

Erstaunt wende ich meinen Kopf zu Sally und Lady Kaitlin, die beide nur noch mühsam dem fast beiläufig gezauberten Angriff von Victoria standhalten. Sally leistet Unmenschliches für eine unausgebildete Magierin – nichts anderes ist sie gerade. Und die Lady überträgt ihr so viel arkane Energie, wie sie nur kann.

Der Blick der alten Dame trifft meinen, fast glaube ich, ein amüsiertes Funkeln in ihren Augen zu sehen, trotz der Todesgefahr, in der sie schwebt.

»Jetzt träum nicht, Junge! Ich hab nicht die ganzen Nacht Zeit.« Ihre Stimme ist leise, aber kräftig, und sie nickt mir zu, als wolle sie die Worte bestätigen.

Ich zögere nur einen Sekundenbruchteil, dann kanalisiere ich meine Gedanken auf die beiden Frauen. Kurz frage ich mich, ob ich den Verteidigungszauber von Sally durchdringen kann, aber das ist kein Problem. Entweder ist er einfach nicht für mich bestimmt, oder Lady Kaitlin lässt mich herein.

Es ist wie zuvor, die belebende, nahezu euphorische Energie verleiht mir eine schwindelerregende Macht.

Victoria hat noch nicht begriffen, dass ich eine Energiequelle gefunden habe, um sie anzugreifen. Bösartig grinst sie mich an und rezitiert weiter, lauter als zuvor. Die Worte scheinen direkt an die Gestalt gerichtet zu sein, die sich zunehmend materialisiert und verfestigt. Ich spüre förmlich, wie das Ding stärker wird. Und zu meinem Entsetzen geht das mit einer Schwächung meiner eigenen Kraft einher.

Der Wiedergänger bekämpft mich!

Es fällt mir zunehmend schwer, meine Konzentration aufrechtzuerhalten. Schweiß tritt mir auf die Stirn, als ich mich von Lady Kaitlins Energie bediene. Es ist nicht mehr so mühelos, wie zu Beginn des Kampfes.

Ich begreife, dass dieses Ritual durch mich erst für Victoria zu einem sicheren und vor allem leichten Erfolg wird. Nathan scheint seine erstarkende Lebenskraft nun direkt von mir zu beziehen. Meine Muskeln beginnen zu zittern, und es fällt mir nicht leicht, unbeteiligt zu wirken. Ich gleiche das aus, indem ich Lady Kaitlin noch mehr schwäche – und höre bestürzt das angestrengte Keuchen der alten Dame, das meine Anstrengung begleitet.

»Nicht nachlassen, du Dummkopf! Nimm keine Rücksicht auf mich«, zischt sie mir zu. Sie hat mein kurzes Zögern bemerkt und weiß offenbar mehr über meine Skrupel als ich selbst. Sie duldet jetzt kein Versagen, auch wenn es ihr Leben kosten sollte. Victoria ist der Schlüssel, falls ich sie vernichte, haben wir vielleicht noch eine Chance, das Ritual zu beenden und diese Abscheulichkeit wieder in ihr Grab zurückzuschleudern.

Unter Aufbietung einer Kraftanstrengung, die ich so schon lange nicht mehr gefühlt habe, zerre ich an der Lebensenergie der Bibliothekarin und zapfe auch Sallys Lebenskraft an, um diese in einen Zauber umzuwandeln. Deutlich spüre ich, wie die grausame Präsenz am Grab versucht, mich zu schwächen und sich weiter von mir zu nähren. Sally schreit leise auf, als ihr Verteidigungszauber vereinzelte Blitze durchlässt. Ein Blick zu ihr zeigt mir, dass sie noch erschöpfter und blasser wirkt.

Ich muss auch sie benutzen. Die Lebenskraft der alten Dame reicht bei Weitem nicht!

Die unverständlichen, kehligen Worte, die Victoria intoniert, werden von dem elektrischen Sirren ihres Angriffszaubers begleitet, und immer mehr Blitze durchbrechen die Verteidigung. Sally keucht und geht in die Knie, hält aber den Schutzzauber weiterhin aufrecht, obwohl ich sie jetzt zusätzlich schwäche.

Mit Mühe gelingt es mir, Victorias Angriffszauber zu fokussieren, während in meinem Kopf ein grausames, tiefes und metallisches Lachen ertönt, das direkt aus dem Totenreich zu kommen scheint. Ein Schauer läuft mir über den ganzen Körper, schwarze Punkte tanzen vor meinen Augen und ich fühle, wie meine eigene Lebensenergie mich verlässt. Die Anstrengung ist deutlich spürbar, als ich die arkane Energie von beiden Frauen an mich binde, um den Angriff zu vollführen.

Endlich züngeln die ersten lilafarbenen Flammen an Victorias High Heels in die Höhe. Sie nimmt es gar nicht wahr, während ich den Zauber langsam, fast bedächtig seine ganze zerstörerische Macht entfalten lasse. Das Lachen in meinem Kopf hält an, auch die Monstrosität hat den Zauber noch nicht entdeckt. Die Anstrengung lässt jeden meiner Muskeln zittern, aber ich lasse nicht nach. Es ist ein mentales Tauziehen, und ich spüre, wie der Gegner langsam auf mich zugleitet. Irgendetwas passiert. Ich weiß, dass ich gewinnen werde, auch wenn ich dazu viel zu viel Leben von den beiden Frauen neben mir benötige. Trotzdem darf ich jetzt nicht nachlassen, ansonsten sind wir alle verloren.

Endlich wird die Anstrengung leichter, ich fühle mich befreit und sehe befriedigt, dass Victoria nun doch die Realität begreift.

Das siegessichere, metallische Gelächter in meinem Kopf weicht einem wütenden Aufschrei, der in dem Moment abrupt verstummt, als Victorias Mund sich öffnet.

»Neeeeeeeeiiiiiiiiiiiiiiin!«

Ihr schriller Schrei, zwischen Wut, Unglaube und Zorn, unterbricht kurz meine Konzentration. Unbarmherzig und gierig greife ich erneut nach der Lebensenergie von Lady Kaitlin und Sally, jetzt ohne Behinderung durch diese unnatürliche Monstrosität. Ich konzentriere mich auf den Feuerzauber, während die *Eishexe* hektisch versucht, sich zu verteidigen. Aber umsonst, jetzt, ohne Widerstand, genieße ich die unbeschreibliche Macht, die wie ein berauschendes Lebenselixier durch meinen Körper strömt und nun wieder ungehindert meinen Zauber mit Energie versorgt.

Die Flammen schlagen höher und höher, werden glühend heiß, umzüngeln weiß-blau Victorias Knöchel und fressen sich unbarmherzig an ihr fest. Ich sehe zu, wie einer ihrer Absätze zu schmelzen beginnt, während ihre siegessichere Fratze Stück für Stück in sich zusammenfällt. Wut und Unglaube verzerren nun ihr Antlitz.

Ohne Skrupel ziehe ich ein wenig mehr Energie an mich.

Victoria verstummt, als ich mit einem weiteren Zauber ihre Stimmbänder lähme. Zeitgleich kippt Sally leblos ins Gras. Die plötzliche Stille ist beängstigend. Offensichtlich habe ich diesen Zauber durch Sally genährt. Es fällt mir schwer, ihre noch immer pulsierende Energie in meiner Nähe zu ignorieren und allein auf die schwächer werdende Macht von Lady Kaitlin zurückzugreifen.

Als die Flammen an Victoria höher steigen, ihre Beine und danach ihren Unterkörper einhüllen, ist das Gesicht der Vigilantin zu einem stummen, gruseligen Schrei verzogen. Sie versucht, das Feuer mit ihren bloßen Händen zu bekämpfen, mit denen sie panisch auf die Flammen einschlägt.

Aus dem Augenwinkel nehme ich wahr, wie Lady Kaitlin in die Knie geht, und beschließe, den Zauber abzubrechen.

»Das lässt du schön bleiben. Jetzt oder nie, Jungchen! Enttäusch mich nicht.« Obwohl ihre Stimme schwach und zittrig klingt, fast nicht mehr hörbar, hat sie nichts von ihrer Entschlusskraft verloren.

Das Gefühl, Lady Kaitlins verbliebene Lebensenergie auf Victoria zu lenken, die Macht weiter zu entfalten und ihr diese qualvolle Strafe für Zac, für das Herz des Wolfes, die Augen des Friedhofwärters, für all ihre Vergehen zukommen zu lassen, ist unglaublich befriedigend und berauschend zugleich. Nicht zuletzt zahlt Victoria auch für das Leben von Lady Kaitlin, das ich gerade von der Lady abziehe.

Die Bibliothekarin bricht schließlich wortlos zusammen und fällt mit einem dumpfen Geräusch auf den weichen Waldboden, direkt neben ihren Schützling. Sally atmet schwer und ist ohnmächtig, aber Lady Kaitlin wirkt reglos. Tot.

Der Stillezauber versiegt, Lady Kaitlins Macht bricht ab, und Victorias schriller Todesschrei erklingt, während sie sich in Flammen gehüllt windet. Die Hitze versengt sie auch innerlich. Ihre Haut zerfließt, noch bevor sie zu schwelen beginnt und schließlich lichterloh in Flammen aufgeht. Der Schrei erstirbt, als zuletzt ihr grausam verzerrtes Gesicht im Feuer verschwindet. Sekunden danach ist Victoria nur noch ein kleines, qualmendes Häufchen Asche auf dem moosigen Boden.

Himmel! Es ist so berauschend, so erfüllend. Ich könnte jeden Tag solche Energie freisetzen – ich kenne nichts, was mich ähnlich euphorisch zurücklässt!

Nur langsam wird mir klar, dass wir noch nicht gewonnen haben. Alarmiert wende ich mich zu Nathan – aber es ist zu spät, er ist fort. Das Grab wirkt unberührt, der Boden hat sich wieder geschlossen. Victoria hat mit dem Leben bezahlt – aber haben wir auch Nathan besiegt?

KAPITEL 51

Sally

Ich komme zu mir. Mein Schädel brummt. Nicht weit entfernt sehe ich eine Gestalt am Boden liegen.

»Lady Kaitlin!«

Ich rappele mich auf und stürze zu meiner Mentorin, doch sie rührt sich nicht. Ihre Augen sind geschlossen, die Hand, die noch so stark und ermutigend auf meiner Schulter gelegen hat, liegt kraftlos im moosigen, jetzt verdorrten Gras.

»Was ist passiert?« Ich hebe meinen Blick zu Caleb, der nicht einmal schwankt. Er steht aufrecht und wirkt lebendiger und energiegeladener als jemals zuvor. Beinahe … tödlich. »Was hast du getan?«

»Das ist doch jetzt nicht wichtig, Victoria ist tot, und wir müssen von hier verschwinden. Los steh auf! Bevor die Vigilanten kommen und sehen, was wir … was ich getan habe.«

»Nein, wir müssen die anderen holen, Mike und Noah, wir müssen erklären, was hier passiert ist.«

»Dafür ist es zu spät, Sally. Ich habe Sir Henry angegriffen und unschädlich gemacht. Niemand wird uns glauben – mir, einem Nekromanten, und dir, einer Dienstmagd.«

Caleb durchquert mit energischen Schritten den verdorrten Kreis zwischen den Wurzelholzschalen. Um uns herum herrscht Dunkelheit, die Flammen in den Totenköpfen sind erloschen und nur das Mondlicht spendet einen fahlen Schein. Er reicht aus, seinen Umriss zu erkennen. Wenigstens ist es so auch für andere schwerer, uns hier auszumachen.

Caleb drängt mich zur Seite und hebt Lady Kaitlin vom Gras auf. Kleine Tannennadeln haben sich in ihrem sonst so ordentlichen Haar verfangen, und ihre Gliedmaßen hängen schlaff und leblos herunter, während Caleb mit ihr an Nathans Grab vorbeisteuert.

Ich eile ihm hinterher, der nicht einmal auf mich wartet, und werfe noch einen Blick auf die zu einem Pentagramm aufgestellten Schalen. Doch ich finde von den benutzten Utensilien nicht mehr als traurige, verkohlte Überreste.

Caleb schafft die bewusstlose Lady Kaitlin zur Bibliothek. Adam lässt uns herein, nachdem ich mit den Fäusten gegen die Tore getrommelt und seinen Namen gerufen habe. Caleb begrüßt seinen Bruder mit einem Nicken und legt Lady Kaitlin auf ihrem Sessel ab. Ich folge den beiden, knie neben ihr nieder und fühle ihren Puls. Sie atmet, aber ihre Augen sind geschlossen, und sie reagiert noch immer nicht.

»Was, bei Dantes Inferno, ist passiert?« Adam schiebt an den Toren die schweren Riegel wieder vor und erneuert den Schutzzauber um den Bibliotheksturm. Ein blaues Licht breitet sich bis hoch oben unter das Dach aus. »Wurdet ihr von den Werwölfen angegriffen?«

»Nein, es ist viel schlimmer.« In kurzen Worten erzählt Caleb, dass er Victoria bei dem Ritual an Nathans Grab aufgehalten hat, aber sie dafür töten musste – und dennoch zu spät kam. »Nathan Blake ist auferstanden, um dann wie ein Geist wieder zu verschwinden.«

»Lady Kaitlin!« Sanft rüttele ich an ihrem Arm.

Adam legt beschwichtigend eine Hand auf meine Schulter. »Lass mich sie mal ansehen.« Ich rücke beiseite, und Adam murmelt einige Formeln und zeichnet Symbole in die Luft. Er ruft einen Diagnosezauber auf, bekommt aber offenbar kein Ergebnis, weshalb er verständnislos den Kopf schüttelt. »Sie lebt, das ist das Wichtigste.«

»Ja, aber was hat sie? Und was sollen wir jetzt tun?«, fragt Sally.

Adam sieht zu seinem Bruder: »Weißt du, was mit ihr passiert ist, Caleb?«

Anstatt zu antworten, wendet Caleb sich ab, geht zu den Fenstern, die sich zum Park und der Orangerie hinaus öffnen, und starrt in die Dunkelheit. Draußen werden Rufe laut, ich kann Sir Henrys sonore Stimme ausmachen. Calebs Miene verdüstert sich. Scheinbar hat jemand der Vigilanten die Überreste bei den Gräbern entdeckt. Wir hätten sie dort nicht so liegen lassen sollen, aber wir hatten keine Zeit, die Utensilien und Victorias Asche zu beseitigen.

Ihre Asche? Gott, ist Caleb jetzt ein Mörder? Wie konnte es nur dazu kommen, dass wir uns gegen die Anführer des Ordens stellen mussten?

»Was sollen wir jetzt tun? Fliehen?« Die Frage, warum Lady Kaitlin zusammengebrochen ist, müssen wir später klären, jetzt ist erst einmal wichtig, dass wir heil hier rauskommen. Victoria ist tot. Sie hat Nathan aus seinem Grab gerufen, weil Sir Henry es so wollte. Ich kann es noch immer nicht glauben. Dabei habe ich mit eigenen Augen gesehen, wie Nathan sich über der Grabplatte seiner Ruhestätte materialisiert hat, als hätte er nicht sieben Jahre dort in seinem Sarg geruht, sondern wäre nur eine Weile auf Reisen gewesen.

»Sie haben es von langer Hand geplant.« Calebs wütende Stimme reißt mich aus meinen Gedanken.

Adam nickt und kratzt sich am Kinn, auf dem sich der Schatten eines Bartes abzeichnet. Er sieht übermüdet und ausgelaugt aus. »Ich bin mir inzwischen ziemlich sicher, dass Sir Henry das Ritual initiiert hat. Ihr hattet recht. Lady Kaitlin hat mir diese Aufgaben erteilt.« Er deutet auf die Lektüre, die er auf seinem Tisch gestapelt hat. »Und nun verstehe ich auch, was sie beweisen wollte. Es ging Sir Henry um ein Wiederauferstehungsritual – eine uralte, hebräische Zeremonie – ausgeführt mit der Anrufung von Planetenenergien und Opfergaben paranormaler Organe, wie es nur in der Nacht nach Halloween alle sieben Jahre nach dem Tod des Opfers geschehen kann. Aber wer würde uns das glauben? Wir haben nur die Aussage von Sally über das, was sie im Verlies gehört hat.«

»Ja, die Opfergaben wurden bei dem Ritual vernichtet, wir können nicht einmal mehr nachweisen, was Victoria gesammelt hat«, füge ich verzweifelt hinzu.

»Ist das noch wichtig? Sir Henry hat nun seinen Zombie-Sohn im Schlepptau, und keiner von uns weiß, welche Kräfte Nathan besitzt.« Caleb tigert unruhig vor der Tür auf und ab, als erwarte er, dass jeden Moment jemand gegen die Tore trommelt.

»Wir müssen Lady Kaitlin vor Sir Henrys Zugriff schützen. Er hat versucht, sie zu vergiften. Wir müssen ein Gegenmittel finden. Vielleicht ist sie deswegen in diesem Zustand? Weil sie seit langer Zeit Gift zu sich genommen hat.«

Ich frage mich, wie Sir Henry das angestellt haben könnte.

»Wir können Lady Kaitlin jedenfalls nicht hierlassen. Im Orden ist sie nicht sicher.« Ich streichele ihre Hand, die sich noch immer warm anfühlt. Ihr Puls schlägt ruhig und regelmäßig.

»Wir können sie aber auch nicht zu mir nach Hause bringen. Ich will Isa da nicht mit reinziehen. Abgesehen davon, wäre sie bei uns auch nicht in Sicherheit.«

»Ich kann ebenso wenig hierbleiben wie Lady Kaitlin. Sir Henry weiß, dass ich den Werwölfen geholfen habe. Und ich will gar nicht erst wissen, was passiert, wenn er herausfindet, dass ich es war, der Victoria getötet hat.« Caleb rauft sich die Haare.

Ich versuche, ihn zu beschwichtigen. »Du hast das Richtige getan.« Doch ich ernte nur einen bösen Blick. Er hat mich wieder einmal gerettet. Ich hatte nichts, um Victoria auszuschalten. Der Plan, sie gemeinsam mit Lady Kaitlin aufzuhalten, ist gründlich schiefgegangen.

Ich beiße mir auf die Lippen und sage nicht, dass auch ich hier ganz und gar nicht mehr sicher bin, seit William versucht hat, mich umzubringen. Vermutlich auf Geheiß von Victoria, aber möglicherweise auch von Sir Henry. Rachsüchtig genug war

Victoria ja, andererseits hat sie mit Sir Henry unter einer Decke gesteckt.

Ob Victoria wohl jemals etwas getan hat ohne den Segen des Protectors?

Dass er sie hat verhaften lassen, war ebenfalls nur eine Farce. Er hätte schon bald alle Anklagepunkte gegen sie fallen lassen und mich, die Hauptzeugin, endgültig aus dem Verkehr geräumt. So wie einst Betty, die den Kelch gefunden hat, der zu Nathans Wiederauferstehungs-Ritual benötigt wurde.

Wut steigt in mir auf. Aber das führt zu nichts. Im Moment ist nur wichtig, Lady Kaitlin in Sicherheit zu bringen, bevor die Vigilanten kommen.

Ich taste ihr Kleid ab. Sie liegt noch immer schlaff und zusammengesunken in ihrem Sessel, das Kinn auf die Brust gesenkt, die Augen friedlich geschlossen. Ihre Atmung ist flach und leise. Als würde sie nur schlafen. Aber sie wacht einfach nicht auf. Bei dem Duell muss etwas schiefgegangen sein. Kurz bevor ich selbst das Bewusstsein verloren habe, konnte ich spüren, wie ihre Energie auf einmal nachließ.

Um ihren Hals sehe ich die Kette mit dem Schlüssel zur Inneren Bibliothek baumeln. Ich taste weiter ihre Taschen ab, auf der Suche nach ihrem Handy, und werde fündig. Rasch wische ich auf dem Display das einfache Muster zur Entsperrung nach, das ich sie schon oft habe benutzen sehen, und scrolle in die Liste der zuletzt entgegengenommenen Anrufe.

Adam beobachtet mich mit gerunzelter Stirn. »Was hast du vor?«

»Ich suche nach dieser Verbündeten, nach Emilia, mit der Lady Kaitlin telefoniert hat. Sie hat bei ihr angerufen und sie vor dem Angriff gewarnt. Vielleicht wird sie Lady Kaitlin aufnehmen, wenn sie erfährt, was mit ihr passiert ist.«

Caleb hört auf, im Raum auf und ab zu tigern. »Wer ist diese Emilia? Können wir ihr vertrauen?«

»Ich weiß es nicht, aber wir müssen dringend einen sicheren Ort finden. Und sie hätte wohl kaum eine solch wichtige Warnung an Lady Kaitlin herausgegeben, wenn ihr Lady Kaitlins Wohlergehen egal ist. Vielleicht wird sie ihr auch jetzt, in dieser schwierigen Lage, helfen.«

Ich drücke auf Wahlwiederholung. Atemlos hören Caleb und Adam zu, wie das Freizeichen ertönt. Draußen in der Nacht werden die Rufe lauter, ein Alarm ertönt, fern im Haus.

»Ja?« Es hat nur wenige Sekunden gedauert, bis sich die atemlose Stimme einer Frau am anderen Ende meldet.

Hat sie etwa neben dem Telefon auf Kaitlins Nachricht gewartet?

»Hallo? Hier ist … eine Freundin von Lady Kaitlin. Sie benötigt Hilfe.« Mit angehaltenem Atem lausche ich in den Hörer.

Am anderen Ende entsteht ein kurzes Schweigen, dann fragt dieselbe Stimme aufgeregt: »Was ist passiert!?«

»Sie wurde vergiftet und hat das Bewusstsein verloren. Bitte, sie kann nicht im Orden bleiben. Sie braucht ein sicheres Versteck.«

Wieder herrscht für einen Moment atemloses Schweigen. Meine Finger, die das Smartphone halten, beginnen zu schwitzen – ich habe Angst, was passiert, wenn sie Nein sagt.

Wo soll Lady Kaitlin dann hin?

Andererseits weiß ich nichts über diese Frau am anderen Ende der Leitung und habe keine Ahnung, ob ich ihr trauen kann.

Das Schweigen zieht sich in die Länge und dehnt Sekunden zu einer Ewigkeit.

»Hallo? Sind Sie noch da?«

»Ja. Ich kann ein sicheres Versteck organisieren. Aber Sie müssten sie vom Ordensgelände herunterschaffen. Bekommen Sie das hin?«

»Ich denke schon. Es gibt da einen Tunnel … wir können sie zur Themse bringen.«

»Ja, der Fluchttunnel ist gut. Sehr gut. Das könnte klappen. Ich schicke Chen Lu Chén mit einem Boot. Sie wird sie abholen.«

Chen Lu Chén? Die Vampirchefin? Diese Emilia arbeitet mit Vampiren zusammen?

»Sind Sie noch da?«

»Ja.« Ich habe kaum eine Wahl. Was bleibt mir anderes übrig, als darauf einzugehen? »Gut, wir bringen Lady Kaitlin zum Bootssteg. Aber sie geht nicht allein. Sie wird in Begleitung sein.«

»Natürlich«, sagt die Frau am anderen Ende und legt auf.

Adam und Caleb blicken mich an. Ich stecke Lady Kaitlins Handy in meine Schürze und streiche sie glatt. »Emilia ist einverstanden. Sie sagt, sie wird dafür sorgen, dass ein Vampir Lady Kaitlin unten am Bootssteg abholt.«

»Ein Vampir?!« Adam wirft mir einen alarmierten Blick zu.

»Bist du dir sicher, dass wir ihr trauen können?« Auch Caleb sieht mich finster an. Er ist offenbar überhaupt nicht mit dem einverstanden, was ich eben ausgemacht habe.

»Keine Ahnung. Aber fällt euch etwas Besseres ein? Diese Vampirin lässt sicher mit sich reden und wird hoffentlich vernünftig sein.«

Caleb verzieht das Gesicht. »Ja, sicher sehr vernünftig. Chen verspricht sich natürlich einen Gefallen davon.«

Ich nicke. Vermutlich. »Wenn es zu einem Krieg mit den Paras kommt, wäre es gut, die Vampire als unsere Verbündeten zu haben.«

Und die Werwölfe.

Aber ich glaube nicht, dass das noch möglich sein wird. Ich habe Aarons Herz nicht retten können. Es ist bei dem Ritual zerstört worden. Ich kam zu spät. Sam Johnson wird mir das niemals verzeihen.

Caleb strafft die Schultern. »Was soll's, ich werde dafür sorgen, dass Lady Kaitlin kein Haar gekrümmt wird, weder von einem Vampir noch von dieser Emilia.«

Adam mischt sich ein. »Wir haben wohl kaum eine andere Alternative und sollten uns zumindest anhören, was diese Vampirin für einen Deal anzubieten hat. Lady Kaitlin muss verschwunden sein, bevor Sir Henry hier auftaucht – und Caleb auch. Ich bin mir sicher, die Vigilanten fahnden bereits nach dir, weil du den Werwölfen geholfen hast, und irgendwann werden sie auch bei mir in der Bibliothek nachsehen.«

Gemeinsam wickeln wir Kaitlin in eine Decke. Um ihren Hals blinkt der Schlüssel zur Inneren Bibliothek auf. Mit ihm tritt man Lady Kaitlins Erbe an. Denn dort unten verbirgt sich ihre ganz private Sammlung: sämtliche Folianten mit verbotener Magie, die sie vor fremden Blicken verborgen hält. Ein Ort, den selbst ich noch nie zu Gesicht bekommen habe.

»Den solltest du nehmen, Adam.« Ich deute auf den Schlüssel.

Adam nickt, streift ihr sanft die Kette ab und lässt sie in seine Westentasche gleiten.

Das war's dann wohl. Nun ist Adam der neue Bibliothekar.

Adam bemerkt meinen Blick. »Du und ich, wir beide müssen bleiben und die Wahrheit ans Licht bringen, Sally. Wir sind die Einzigen, die wissen, was wirklich vorgefallen ist. Keine Angst, ich passe auf dich auf. Niemand wird dir etwas tun. Sie haben nichts gegen dich in der Hand.«

»Sie wollen mich nur tot sehen«, schnaube ich zynisch.

»Das werden sie nicht wagen. Victoria ist tot, Lady Kaitlin spurlos verschwunden und Caleb flüchtig. Die Schuld wird auf ihn fallen. Einen weiteren Mord kann Sir Henry sich nicht leisten, dafür werde ich sorgen. Ich werde dich unterrichten. Ich weiß, dass Lady Kaitlin das so gewollt hätte.«

»Was?! Woher …?«

Adam grinst. »Mir ist nicht verborgen geblieben, was du und Lady Kaitlin da getrieben habt. Es war offensichtlich, dass sie dich zu ihrer Schülerin gemacht hat. Sie wollte, dass du eine Magierin wirst.«

Und ich habe immer gedacht, Adam hätte von meinen Übungsstunden nichts mitbekommen. »Meinst du das ernst? Du willst meine Ausbildung fortführen?«

»Die Gefahr ist noch nicht gebannt. Du musst dich wehren können.«

»Keine Sorge, das kann sie. Sie hat es heute Abend bewiesen.« Caleb hebt Lady Kaitlin auf seine Arme. »Ich werde sie von hier wegbringen. Du, Sally, bleibst hier bei Adam. Alle im Orden sehen in dir nur ein Dienstmädchen. Victoria ist durch Magie getötet worden, die du, im Gegensatz zu mir, nicht beherrschst – und ich bin flüchtig und entführe gerade Lady Kaitlin. Adam und du, ihr werdet behaupten, dass ich Sally manipuliert habe, die Kette zu stehlen. Wenn selbst mein Bruder gegen mich aussagt, wird man dir glauben.«

Ich will ihm widersprechen, doch er wendet sich einfach ab und geht mit der bewusstlosen Lady Kaitlin auf dem Arm in Richtung Ausgang.

Adam eilt herbei und löst die Schutzzauber und die schweren Riegel. Kalte Nachtluft schlägt uns entgegen. Dutzende magische Lichtkugeln schweben durch den Park. Inzwischen werden sie herausgefunden haben, dass das Häufchen Asche von Victoria stammt, und das Gelände auf der Suche nach ihrem Mörder abkämmen.

»Warte, Caleb.« Adam vollführt eine komplizierte Geste und legt einen Illusionszauber über Caleb, sodass Lady Kaitlin in seinen Armen nicht mehr zu sehen ist. Dann umarmt er ihn. »Pass auf dich auf, Bruder.«

»Du auch.« Caleb nickt mir kurz zu. Ich kann nicht glauben, dass er wirklich geht. Es gibt so viel, was ich ihm noch sagen will. Doch Caleb verlässt ohne einen weiteren Blick den Bibliotheksturm und verschwindet hinaus in die Nacht, sein Katana quer über dem Rücken, während der lange Mantel um seine Beine schwingt.

Meine Kehle schnürt sich zu.

Das war's? Ein knappes Nicken? Mehr nicht? Nach allem, was wir zusammen durchgemacht haben? Er wendet mir einfach den Rücken zu, um von den Bäumen, der Illusion und der Nacht umarmt zu werden wie ein lang vermisster Freund? Ich dachte, uns würde inzwischen mehr verbinden.

Aber das war ja alles nur ein Traum gewesen, wird mir klar, eine Wunschvorstellung, eingegeben von einem Traumfresser. In Wahrheit empfindet er nicht so für mich wie ich für ihn, und er wird mir nie verzeihen, dass ich der Hexe erlaubt habe, das Ritual durchzuführen, das ihn zu einem Nekromanten gemacht hat.

KAPITEL 52

Kaitlin

Es ist alles so langsam. Mein Verstand, mein Herz, meine Atmung. Ich spüre alles an mir. Jede einzelne Gliedmaße. Es fühlt sich seltsam an. Als ob ich komplett in Watte gepackt bin. Weich und luftig, doch ich kann mich nicht bewegen. Wie in einem katatonischen Schock liege ich einfach nur mit geschlossenen Augen da und fühle mich, als ob ich durch einen Nebel wandere. Nein, das ist das falsche Wort. Ich schwebe, gehen kann ich nicht.

Hallo?

Habe ich das Wort gesagt? Oder nur gedacht? Ich kann es nicht beschwören. Meine Zunge fühlt sich taub und trocken an, als hätte ich schon zu lange nichts mehr getrunken.

Dumpf höre ich Schritte neben mir, jemand unterhält sich, aber ich verstehe kein Wort. Zu schnell dämmere ich wieder weg, fliege davon in eine Traumwelt, die von Werwölfen und Angriffen durch den Protector gespickt sind. Und von einem düsteren Wesen, das ich selbst mit verursacht habt. Einem Nekromanten. Caleb.

Ich habe zugelassen, dass er am Leben bleibt.

Warum nur?

Meine Gedanken sind wirr, ich bin mir nicht sicher, was passiert ist und wo genau ich eigentlich bin. Vor allem aber weiß ich nicht mehr, was mit mir passiert ist.

Es dauert zwei weitere Traumphasen, ehe ich mich daran erinnere, dass ich tot sein muss. Noch immer ist alles verschwommen und so leicht, dass ich es kaum greifen kann, nur ein Gedanke lässt mich nicht mehr los. Ich habe Caleb erlaubt, meine Energie zu nehmen, um Victoria aufzuhalten. Ich muss danach wohl ohnmächtig geworden sein. Das würde diesen seltsamen Dämmerschlaf erklären, in dem ich mich befinde. Vermutlich ist mein Körper noch zu erschöpft, während mein Verstand schon wach genug ist, um wieder denken zu können.

Ein leichter Schmerz in meiner Armbeuge lässt mich innerlich zusammenzucken. Äußerlich nehme ich keine Regung von mir wahr.

Nimmt mir jemand Blut ab?

Nein, ich spüre einen kurzen, kalten Schauer, als eine Flüssigkeit in meine Vene eindringt. Panik kommt in mir auf.

Was ist das? Was ist passiert, nachdem ich in Ohnmacht gefallen bin? Haben wir gewonnen? Bin ich in Sicherheit auf der Krankenstation oder ist das Sir Henry, der mir endgültig den Rest gibt?

»Sie braucht viel Ruhe. Die Infusion wird ihr helfen.« Die Stimme kenne ich. Das ist Sam Johnson.

Hatte er nicht gerade erst den Orden angegriffen?

Caleb hat sie zum Rückzug bewogen. Neugierig lausche ich weiter auf Stimmen oder Umgebungsgeräusche, um herauszufinden, wo ich bin. Aber kurz nachdem ich Sams Stimme gehört habe, dämmere ich wieder weg.

»Es tut mir so leid, Lady Kaitlin. Ich wünschte, ich hätte den Angriff verhindern können. Dann wären Sie jetzt nicht im Koma.«

Koma? Was redet Beatrice denn da? Ich höre doch alles.

Mein Verstand jedoch begreift schneller als mein Herz, dass sie recht hat. Es würde erklären, warum ich mich nicht rühren kann.

»Sie können nichts dafür, Bea. Das hatte nur wenig mit dem Angriff zu tun, sondern mehr mit meiner … Hätte ich ihr Angebot nicht so bereitwillig angenommen, wäre Lady Kaitlin jetzt nicht außer Gefecht.« Calebs Stimme ist weit weg, ich höre sie wie durch einen dichten Nebel.

»Ihr irrt euch beide.« Sam Johnsons Worte hingegen sind so klar, als ob er sie mir direkt ins Ohr pflanzt. Er muss ganz in meiner Nähe sein. »Es ist das Gift, das sie in diesen Zustand versetzt hat. Zusammen mit der Anstrengung und der Abgabe ihrer Kraft an dich, Caleb, ja. Aber niemand von euch ist schuld an ihrem Zustand. Das ist einzig und allein der Protector.«

»Du hättest einfach schneller sein müssen. Dann wäre er bereits tot, und wir hätten nicht diese Probleme.« Die spitzen Worte kommen von Chen Lu Chén, der Vampirclanchefin.

Und so langsam macht sich die Erkenntnis in mir breit, dass ich wirklich in Sicherheit sein könnte. Beatrice würde bestimmt nicht in den Orden kommen. Also muss ich in einem Geheimversteck der Arkana sein. Anders kann ich mir die anwesenden Personen nicht erklären.

Aber was ist nur geschehen?

»Du hättest ja mitkommen können, Chen.« Sam klingt nicht so, als ob er sich angegriffen fühlt. Eher, als ob er amüsiert die Mundwinkel hochzieht.

»Dann hätte vielleicht nicht ein Magier deinen haarigen Hintern retten müssen.«

»Der hatte nur Glück«, knurrt Sam.

»Ihr wisst schon, dass ich anwesend bin und euch hören kann, oder?«

Chen und Sam schnauben beide gleichzeitig über Calebs Worte, und für einen Moment kehrt Stille ein. Stille, die mich denken lässt, dass ich all das nur träume.

Wieso sollten sie sich anschweigen?

Die Fragen prasseln auf mich ein, doch ich finde keine Antworten darauf. Mir bleibt nur, mich verzweifelt daran zu klammern, dass ich die Unterhaltung verfolgen kann in der Hoffnung, nicht wieder wegzudösen oder gar ganz ohnmächtig zu werden.

»Lasst uns nicht streiten. Es ist wichtiger, dass ihr den Angriff einigermaßen unbeschadet überstanden habt. Ob er richtig war oder nicht, ist jetzt egal.« Beatrice spielt die Stimme der Vernunft, wie ich mit einem warmen Gefühl im Herzen feststelle. »Wir sollten uns lieber überlegen, wie wir mit der neuen Situation umgehen.«

»Welche Situation meinst du genau?« Chen muss durch den Raum laufen, denn ich höre Stöckelschuhe auf einem festen Untergrund. »Dass wir einen Nekromanten in unserer Mitte vor anderen unserer Art verbergen? Dass wir dank Sams Angriff beinahe aufgeflogen wären? Oder dass der Protector seinen toten Jungen wiederbelebt hat?«

»Wie will er das eigentlich rechtfertigen?« Sam spricht leise und gefasst, aber ich spüre den Druck seiner Hand an meinem Handgelenk.

Calebs Stimme wird lauter. Scheinbar kommt er näher, oder der Schleier meines komatösen Zustands hebt sich etwas. »Er hat im Orden eine Rede gehalten. Vor allen Magiern und voller Lügen. Nathans Tod vor sieben Jahren sei nur eine Tarnung gewesen.«

»Und wofür, bitte? Was rechtfertigt eine siebenjährige Abstinenz aus dem Orden? Dass jemand für tot erklärt werden muss, um agieren zu können, ist äußerst unüblich.«

Aber nicht für uns, denke ich mit einem Schmunzeln im Stillen bei Beatrice' Worten.

»Er war angeblich auf einer gefährlichen Mission in Frankreich unterwegs. Welche das genau war, hat Sir Henry nicht gesagt. Sie sei geheim, und nur die Leitung des Ordens habe den genauen Grund für die lange Abwesenheit wissen dürfen. Keine Ahnung, wie er es geschafft hat, aber keiner hat nachgehakt. Alle sind überglücklich, dass Nathan wieder da ist.«

»Ich verstehe das nicht. Es haben doch alle seinen Tod mitbekommen. Ist nicht irgendwer noch im Orden, der seine Leiche gesehen hat? Angeblich soll er doch üble Gesichtsverletzungen davongetragen haben.« Sam Johnson spricht genau den Aspekt an, der mir ebenfalls aufstößt.

Zwar ist Nathans Leiche nicht offen durch den Orden getragen worden, aber zumindest Doc Brown wird den Tod des Jungen festgestellt haben.

Wie ist es Henry gelungen, den Doc zum Schweigen zu bringen? Ob er ihn einfach aus dem Weg geschafft hat? Hat er ihm die Erinnerung daran genommen? Oder ist Doc Brown vielleicht ein Teil der Verschwörung?

Letzteres glaube ich nicht. Es würde nicht zu Doctor Brown passen. Auch wenn ich wenig mit dem Pathologen aus dem Dead Mans Hole zu tun habe, so mache ich mir doch Sorgen um ihn.

»Die Verletzungen wurden mit guter Theaterschminke, einem Illusionszauber und der Schauspielkunst seines Sohnes erklärt. Zudem hat er den Nahtodtrank getrunken. Und da Victoria und der zweite Vigilant von damals nicht mehr leben, ist niemand da, der den tatsächlichen Tod bezeugen kann.«

»Und ich dachte immer, Magier könnten nicht so dämlich sein.« Chen schnaubt angewidert. Ein Hauch ihres teuren Parfüms umfängt mich. Sie muss gerade eine Runde um mich gedreht haben.

»Es kommt noch besser. Alle im Orden sind froh, dass er wieder da ist, und feiern ihn als Helden. Er hat seine äußerst wichtige Aufgabe nämlich nur aufgegeben, um den Protector vor dem Werwolfangriff zu warnen.«

»Das ergibt doch alles gar keinen Sinn!« Sam lässt mein Handgelenk los, und auf einmal fühle ich mich seltsam allein. Die Berührung zu spüren, hat diese sonderbare Situation realer erscheinen lassen. Nun kann ich nicht mehr sagen, ob es nicht doch einfach ein Traum ist, den ich mir zusammenspinne.

»Ich weiß. Aber die Magier schlucken es. Sie sind alle erleichtert, dass der Angriff vorbei ist. Sir Henry hat Nathan als Vigilantenchef eingesetzt. Jetzt, da Victoria weg ist, haben sie ja jemanden gebraucht, und wer wäre besser geeignet als der Held der Stunde?« Etwas scheppert lautstark weit entfernt.

»Lass meine Einrichtung heil!« Sam knurrt die Worte, und ich kann spüren, dass er Caleb jederzeit angreifen würde, sobald der Junge eine falsche Bewegung macht. »Schlimm genug, dass ich einen Nekromanten in meinem Behandlungsraum habe.«

»Besser mich als Nathan oder seinen hetzerischen Vater. Der verbreitet nämlich, dass der Angriff der Wölfe nur der Auftakt für einen viel größeren Krieg der Paras sei. Deswegen mobilisieren sie im Orden alle Ressourcen und haben sogar weitere Vigilanten von den Ausbildungsstätten abgezogen, um sie frühzeitig in Dienst zu stellen. Absolut unverantwortlich. Einen unausgebildeten Vigilanten gegen einen ausgewachsenen Para zu schicken ist einfach dämlich.«

»Da stimme ich dir ausnahmsweise mal zu. Chen, kannst du mir kurz helfen, die Materialien aufzufüllen, die der Herr Nekromant so leichtsinnig auf den Boden geworfen und damit unbrauchbar gemacht hat?«

Ob Chen zustimmt, kann ich nicht hören, aber kurz darauf klappert eine Tür. Stille breitet sich in meinen Gedanken aus. Einzig Beatrice' Atem kann ich wahrnehmen. Sie scheint nicht weit von mir entfernt zu sein. Kurz darauf spüre ich eine Berührung im Gesicht.

»Danke, dass Sie Lady Kaitlin hergebracht haben, Caleb. Ich weiß, dass Sie das nicht hätten machen müssen.«

»Es war nicht nur meine Entscheidung. Auch die von dem Dienstmädchen, von dem ich Ihnen erzählt habe.«

»Sally, richtig?«

Innerlich muss ich über Beatrice' Frage nach dem Namen schmunzeln. Natürlich kennt sie den Namen ihrer Tochter, über die Verwandtschaftsverhältnisse weiß Caleb offenbar nicht Bescheid. Ich hoffe, das bleibt auch so, bis ich wieder aufwache. Denn wenn es so weit ist, will ich selbst Sally erklären, warum wir das damals entschieden haben.

»Genau. Sally meinte, dass Sie eine Freundin von Lady Kaitlin sind und sie Ihnen vertraut.«

»Das ist wohl wahr. Wissen Sie schon, was Sie tun werden, nun, da Sie nicht mehr in den Orden zurück können?«

Caleb schweigt einen Moment, ehe er antwortet, und ich kann

die Verbitterung hören, die sich in seinem Herzen eingenistet hat. »Um ehrlich zu sein, habe ich keine Ahnung. Lady Kaitlin hat mich sowieso kurz vor dem Angriff des Ordens verwiesen. Sie wollte nicht, dass ich noch in ihrer Nähe bleibe. Aber ich weiß nicht, wohin ich gehen soll. Vermutlich erst mal weit weg.«

»So weit würde ich nicht gehen.«

Die klobigen Schritte von Caleb enden abrupt. »Wieso? Weil Sie mich ebenso auslöschen wollen wie alle anderen?«

Mit warmer, weicher Stimme spricht Beatrice die nächsten Worte. »Sehen Sie nicht überall das Negative, Caleb. Keiner hier in diesem Raum hat vor, Sie umzubringen. Mal abgesehen davon, dass niemand genau weiß, ob das überhaupt möglich ist.«

»Sie vielleicht nicht. Aber der Werwolf mit Sicherheit. Ich glaube, er kann mich nicht leiden.«

»Da wäre ich mir nicht so sicher. Aber wenn Sie es genau wissen wollen, sprechen Sie ihn einfach an.« Beatrice spricht leichthin, als rede sie nur über das Wetter.

Aber ich verstehe Caleb. Der Orden und seine Magier sind nicht dafür bekannt, offen miteinander zu sprechen. Die alteingesessene Magierschaft ist auf ihre Regeln und Konventionen bedacht. Bloß keinen verärgern und nie direkt ein Problem ansprechen. Ein Grund, warum ich in meinen jungen Jahren als Bibliothekarin öfter angeeckt bin, ehe ich eben diese Schwäche zu meiner Stärke gemacht habe. Wenn niemand etwas anspricht, kann ich mich verhalten, wie ich will, und man sieht es mir nach. Das hat das Leben als Führungskraft im Orden deutlich erleichtert.

»Sie meinen, ich soll ihn fragen, was er von mir hält?«

»Wir hier bei der Neuen Arkana sind offen und reden über alles. In unserer jungen Geschichte haben wir schon einiges erlebt, und nichts ist schlimmer als ein schwelender Konflikt, der nur besteht, weil man sich zu fein dafür ist oder zu sehr an althergebrachte Konventionen gebunden fühlt, um miteinander zu reden.«

»Es ist doch sowieso egal, ob ich mich mit dem Kerl verstehe. Ich verschwinde.«

»Wie gesagt. Ich würde an Ihrer Stelle nicht zu weit weg verschwinden.« Beatrice erhebt sich und verlässt meine Seite, was wieder das Gefühl von Einsamkeit in mir auslöst. Zudem kommen noch pochende Kopfschmerzen hinzu, die ich nicht durch eine Massage an meinen Schläfen besänftigen kann.

»Das sagen Sie nun schon zum zweiten Mal. Was wollen Sie damit andeuten?«

»Wir müssen uns mit Nathan und seiner Wiederauferstehung beschäftigen. Und nach allem, was ich einst gelernt habe, brauchen wir Sie, Caleb.«

»Wofür könnten Sie ein so gefährliches Wesen wie mich brauchen, Bea? Ich kann nicht zaubern, es sei denn, ich bringe wissentlich Menschen und Tiere in Gefahr. Meine einzige Möglichkeit, weiterzuleben, ohne ein schlechtes Gewissen zu haben, ist, in den Himalaja auszuwandern. Oder ins Outback.«

»Nicht, wenn wir Ihnen helfen. Ich denke, wir finden eine Lösung für Ihre Probleme. Sie wirken auf mich nicht so, als ob Sie im Grunde Ihres Wesens böse sind. Vielleicht irre ich mich. Aber ich bleibe bei der Aussage, dass Sie der Einzige sind, der uns helfen kann.«

»Ich wüsste nicht wie. Brauchen Sie mein Wissen über den Orden?«

»Nein, davon habe ich selbst genug, danke. Ich brauche Sie als Nekromant.« Stille breitet sich in dem Raum aus. Kurz klappert die Tür wieder. »Chen und Sam, gut, ihr seid zurück. Wir müssen etwas besprechen.«

»Hey, wofür brauchen Sie mich als Nekromant?« Caleb wird ungeduldig, das kann ich hören, aber Beatrice lässt sich nicht aus der Ruhe bringen.

»Dazu komme ich gleich, Caleb. Geduld, bitte. Auch wenn die anderen Ratsmitglieder nicht vertreten sind, so glaube ich, dass ich schon ein gutes Stimmungsbild von euch beiden erfahren werde. Ich möchte, dass wir darüber abstimmen, ob wir Caleb O'Connor in die Neue Arkana aufnehmen.«

»Einen Vigilanten und Nekromanten? Das wäre zumindest eine mächtige Waffe im Einsatz gegen den Orden.« Chen klingt amüsiert. Ich bin mir nicht sicher, ob sie Caleb wirklich als Waffe einsetzen würde. Zutrauen kann ich es ihr allerdings.

»Nicht als Waffe, sondern als Verbündeten. Sam, was meinst du?«

Ich kann mir vorstellen, wie Beatrice den grübelnden Werwolf betrachtet, während die Stille sich ausbreitet. Gleich darauf höre ich Schritte und spüre erneut die warme Hand des Arztes auf meiner Haut. Augenblicklich beruhigt sich mein Herzschlag, von dem ich nicht einmal gemerkt habe, wie er nach oben geschossen war, nachdem Beatrice meine Seite verlassen hat.

»Ich finde, dass er hier nichts zu suchen hat. Aber er hat mich und mein Rudel gerettet. Also schulde ich ihm etwas. Solange er niemanden verletzt, und ich meine wirklich niemanden, akzeptiere ich seine Anwesenheit hier. Außerdem sollten wir festhalten, dass niemand außerhalb dieser Räumlichkeiten von seiner Nekromantie erfahren darf.«

»Das ist gut, denn wenn mich mein Verstand nicht völlig täuscht, werden wir seine nekromantischen Kräfte brauchen. Vor langer Zeit habe ich ein Buch gelesen.« Das Wehmütige kann Beatrice nicht aus ihrer Stimme verbannen, es sticht mir direkt ins Herz. Sie vermisst die Bibliothek, und ich kann es gut verstehen.

Ich selbst weiß immer noch nicht, was mit meinen Büchern passiert, jetzt, wo ich nicht mehr da bin. Vermutlich hat Adam kommissarisch die Leitung übernommen. Hoffentlich ist Sally in Sicherheit. Tot oder stark verletzt kann sie nicht sein, sonst wäre Beatrice nicht so entspannt.

Beatrice räuspert sich. »Darin war von Wiederbelebungen durch schwarze Magie die Rede. Ein Zauberer holte ein Monster von den Toten zurück, doch dieses tötete viele seiner Freunde. Der Zauberer hat alles versucht, um das Wesen, das er zurückgeholt hat, wieder zu vernichten, aber es ist ihm nicht gelungen. Erst als er auf einer Expedition in den Norden einen Nekromanten traf, konnte dieser mithilfe eines Zaubers das Monster endgültig vernichten. Denn ein Nekromant ist das einzige Lebewesen, das in der Lage ist, etwas zu töten, das durch schwarze Magie belebt wurde.«

»Du weißt schon, dass du gerade die Geschichte von Frankensteins Monster wiedergegeben hast, oder?« Sam schmunzelt und streicht mit seinem warmen Daumen über mein Handgelenk.

»Sie ist deswegen nicht weniger wahr. Ich glaube, dass wir Caleb brauchen werden, wenn wir Nathan wieder zurückschicken wollen.«

Stolz breitet sich in meiner Brust aus, als mir klar wird, dass Beatrice ihr Wissen, das ich sie einst gelehrt habe, immer noch abrufen kann. Sie wäre eine gute Bibliothekarin geworden.

»Heißt das, du willst etwas gegen ihn und den Orden unternehmen?« Chen vergewissert sich, aber es besteht kein Zweifel an Beatrice' Aussage.

»Es ist einfach zu viel passiert. Nicht nur, dass der Protector und die Vigilantenchefin Paras getötet und mit den Organen und dank schwarzer Magie Nathan zurückgeholt haben, sie haben auch Lady Kaitlin vergiftet. Solch ein Verhalten können und dürfen wir nicht dulden.«

Als ich die Worte von Beatrice höre, deren Bedeutung ich schon einmal gehört, aber offenbar nicht verarbeite habe, ist es eigentlich keine Überraschung für mich. Vergiftet. Natürlich. Das erklärt die Kopfschmerzen, die Halluzinationen und die Gedächtnislücken. Ich hätte es ahnen müssen. Und vermutlich habe ich es schon – im Unterbewusstsein. Nur habe ich die Tragweite und den Ernst meines Zustands unterschätzt.

»Wir können auch später noch über unser weiteres Vorgehen

reden. Grundsätzlich unterstütze ich jede offensive Handlung gegenüber dem Orden. Aber ich muss zum Wohle meiner Patientin jetzt darauf bestehen, dass ihr alle den Raum verlasst. Die Tortur, die ihr bevorsteht, benötigt keine Zeugen. Erst recht nicht, solange wir nicht wissen, ob sie es überleben wird.«

»Ich hoffe, dass die Ingredienzen bei dem Ritual helfen werden.«

Ich spüre einen gehauchten Kuss auf meiner Stirn und frage mich, was Beatrice und die anderen vorhaben.

Wäre ich doch nur wach und könnte mit ihnen reden.

Verzweifelt versuche ich, einen Finger zu krümmen, aber es will mir nicht gelingen. Ich liege einfach nur da und kann nicht einmal die Augen öffnen.

Der Raum leert sich, während die Panik in mir aufwallt. Sam sprach von einer Tortur, Beatrice von einem Ritual. Ich kann nur hoffen, dass ich es nicht zu genau wahrnehmen werde.

Schließlich ist es ruhig, und ich höre nur noch, wie Sam leise atmet und mir ins Ohr flüstert. »Ich hoffe sehr, dass Sie das nicht spüren werden.«

Im nächsten Augenblick fühle ich ein Piken in meinem Handrücken, dort, wo er seine warme Hand abgelegt hatte. Kein schlimmer Schmerz, wie ich amüsiert feststelle. Vermutlich hat Sam nur Angst, dass ich zu alt für solch ein Ritu…

Weiter kann ich nicht denken, vor meinem inneren Auge explodiert meine Wahrnehmung, und alles wird pechschwarz wie die Nacht, in die ich stürze.

DAS TEAM VON IM NAMEN DES ORDENS

Diana Itterheim war federführend bei IM NAMEN DES ORDENS. Sie ist Autorin, Development Producerin, Architektin, Literaturagentin und vieles mehr. Zudem betreut sie die Writers' Rooms der lit.factory und verwirklicht unter verschiedenen Pseudonymen gemeinsam mit Autorenteams spannende, fantastische oder romantische Serien. www.litmedia.agency

Lara Lorenz lebt mit ihrem Ehemann und vier Stubentigern in Mittelhessen. Mit *Unsterbliche Jäger*, einem Vampirthriller, hatte sie 2015 ihr Debüt. Neben weiteren erfolgreichen eigenen Publikationen schreibt sie Liebesromane, Fantasy und Krimis für verschiedene Verlage. www.laralorenz.de

Ann-Kathrin Karschnick lebt mit ihrer Familie in der Nähe von Hamburg. Sie schreibt phantastische Romane und wurde für *Phoenix – Tochter der Asche* 2014 mit dem Deutschen Phantastikpreis ausgezeichnet. Als Violet Thomas und Clara Simon schreibt sie gefühlvolle Liebesromane und Cosy-Romance. www.ann-kathrinkarschnick.de

Daniela Pusch ist Kostümbildnerin, arbeitet am Musicaltheater und als freie Lektorin. Sie schreibt Jugendbuch-Thriller und für Computer Games, ihre Kurzgeschichten wurden für den Agatha-Christie-Krimipreis nominiert. www.danielapusch.com

Sandra Grauer wäre gerne Balletttänzerin oder Rhythmische Sportgymnastin geworden, wäre sie nicht so ungelenkig. Stattdessen ist sie Bestsellerautorin und schreibt für diverse Verlage Fantasy, Liebesromane und Krimis. Ihr Fantasy-Roman *Clans of London – Hexentochter* wurde 2020 für den DELIA-Jugendliteraturpreis nominiert. www.sandra-grauer.de

Eine Serie unerklärlicher Morde hält London in Atem

Robin G. Hunter
IM NAMEN DES ORDENS 1
Die Asche des Lazarus
Roman

544 Seiten
ISBN 978-3-404-20983-5

London: Die Magier des Hermetischen Ordens wachen über den zerbrechlichen Frieden, der zwischen den Menschen und den paranormalen Wesen herrscht. Caleb ist einer von ihnen – als frisch ausgebildeter Vigilant ermittelt er in der magischen Unterwelt der Stadt. Als er zum Schauplatz eines Mordes gerufen wird, trifft er dort auf die 25-jährige Tatortreinigerin Sally. Die junge Frau hegt einen brisanten Verdacht: Wird im Orden schwarze Magie praktiziert? Zusammen mit der Ordensbibliothekarin Lady Kaitlin werden die beiden in einen Strudel aus Intrigen und Verrat, Schein und Verbrechen hineingezogen.
Nach einer Audible-Original-Produktion

Lübbe

Dunkle Kräfte unterwandern den hermetischen Orden. Die gesamte magische Macht befindet sich in Gefahr

Robin G. Hunter
IM NAMEN DES ORDENS 3
Das Gift des Alchemisten
Roman

ISBN 978-3-404-20985-9

London: Der Hermetische Orden ist kein sicherer Ort mehr. Nathan Blake, der Sohn des Protectors, ist plötzlich zurückgekehrt – von den Toten? Caleb hält sich seit seiner Flucht versteckt, während Sally die finstere Wahrheit kennt und so schnell wie möglich den Orden verlassen möchte. Doch die Neue Arkana, eine geheime Gegenbewegung zum Orden, setzt auf sie als Spionin. Und nicht nur Sally versucht, den verschwörerischen Machenschaften auf den Grund zu gehen: Donald Egmont, der Alchemist, muss dringend die Ursache für das plötzliche Ungleichgewicht herausfinden – die gesamte magische Welt schwebt in größter Gefahr...

Nach einer Audible-Original-Produktion

Lübbe

Die Community für alle, die Bücher lieben

Das Gefühl, wenn man ein Buch in einer einzigen Nacht verschlingt – teile es mit der Community

In der Lesejury kannst du

★ Bücher lesen und rezensieren, die noch nicht erschienen sind

★ Gemeinsam mit anderen buchbegeisterten Menschen in Leserunden diskutieren

★ Autoren persönlich kennenlernen

★ An exklusiven Gewinnspielen und Aktionen teilnehmen

★ Bonuspunkte sammeln und diese gegen tolle Prämien eintauschen

Jetzt kostenlos registrieren: www.lesejury.de

Folge uns auf Instagram & Facebook:
www.instagram.com/lesejury
www.facebook.com/lesejury